J.R.R. Tolkien.

The Third Part

J. R. R. Tolkien

王者再临 第三部

The Return of the King

〔英〕J.R.R.托尔金 著　朱学恒 译

上海译文出版社

目 录

第五卷

第一章	米那斯提力斯	…… 003
第二章	灰衣人出现	…… 038
第三章	洛汗全军集结	…… 062
第四章	刚铎攻城战	…… 082
第五章	骠骑长征	…… 115
第六章	血战帕兰诺	…… 127
第七章	迪耐瑟的火葬堆	…… 142
第八章	医院	…… 152
第九章	最后的争论	…… 170
第十章	黑门开启	…… 185

第六卷

第一章	西力斯昂哥之塔	…… 201
第二章	魔影之境	…… 227
第三章	末日火山	…… 250
第四章	可麦伦平原	…… 271
第五章	宰相与人皇	…… 286
第六章	众人别离	…… 306
第七章	归乡旅程	…… 326
第八章	收复夏尔	…… 337

第九章　　灰港岸　　　　　　　　…… 368

附　录　　A：帝王本纪及年表　　…… 385
　　　　　B：编年史　　　　　　…… 458
　　　　　C：族谱　　　　　　　…… 484
　　　　　D：夏尔历法　　　　　…… 489
　　　　　E：文字与语言　　　　…… 500
　　　　　F　　　　　　　　　　…… 521

插图目录

Stanburg（米那斯提力斯）
009

登哈洛
067

西力斯昂哥之塔
204

魔多
231

巴拉多要塞
263

索伦之臂
274

七星圣白树
382

天下精灵铸三戒，
地底矮人得七戒，
寿定凡人持九戒，
魔多妖境暗影伏，
暗王坐拥至尊戒。
至尊戒，驭众戒；
至尊戒，寻众戒，
魔戒至尊引众戒，
禁锢众戒黑暗中，
魔多妖境暗影伏。

THE LORD OF THE RINGS III

THE RETURN
OF THE KING

第五巻

第一章
米那斯提力斯

皮聘从甘道夫的斗篷下往外张望。他搞不清楚自己是睡是醒，感觉好像依然身在这段疾如星火、半飘半飞的梦境中。黑暗的景物不停往后飞掠，风声在他耳边呼呼地吹着，除了在天空中漫游的星辰之外，什么都看不见，右边则是衬着黑色天空的巨大山脉阴影。他迷迷糊糊地试着想要弄明白现在身处何时何地，但这种如梦似幻的感觉让他完全无法判断。

他回想他们第一晚高速马不停蹄地奔驰，然后，在曙光之中，他见到了一抹微弱的金光，并抵达了一座寂静的城镇以及山丘上那栋空荡荡的大房屋。他们前脚才踏进那大屋，那长着翅膀的魔影再度自上空飞掠而过，人们无不惊恐万分。但甘道夫一直在他耳边呢喃着温柔的话语，让他在一处角落沉睡，他很疲倦，十分不安，隐约感觉到人们来来去去，互相交谈，而甘道夫则在发号施令。然后，又是上马急驰，在夜间狂奔。这是第二夜，不，是他使用过晶球之后的第三夜。一想起那段恐怖的经历，他不禁打了个寒战，完全清醒过来，耳边急促的风声也立刻转变成各种威胁的声音。

一道光芒照亮了天空，一团黄色的火焰在黑暗的屏障后面闪耀。皮聘缩起身体，感到十分害怕，不明白甘道夫究竟带他来到了什么恐怖的地方。他揉揉眼睛，这才发现原来是将圆的月亮正从东方的阴影中缓缓升起。看来时候尚早，应该还会再赶上好一段路。他换了个姿势，开口说话。

"甘道夫，我们在哪里？"他问。

"在刚铎国境内，"巫师回答道，"还在安诺瑞安一带。"

两人沉默了片刻。接着，"那是什么鬼东西？"皮聘突然间抓住甘道夫的斗篷大喊道，"你看！火！红色的火焰！这里有恶龙吗？你看，还有那边！"

甘道夫对着骏马大喊作为响应。"影疾，快！我们必须再快一点，时间已经很紧迫了。你看！刚铎的烽火已经燃起，这是通知盟友驰援的信号，战火已经点燃了。你看，阿蒙丁山上亮着火焰，爱伦那赫的烽火也已点燃，讯号正迅速往西传去：那多、伊列拉斯、明瑞蒙、加仑汉，以及在洛汗边境的哈力费理安。"

但影疾却突然慢了下来，接着抬起头嘶鸣了几声。从黑暗中传来了其他马匹的响应，接着就听见了隆隆的马蹄声，月光下，三名骑士急驰而来，像是鬼魅一般飞掠而过，消失在西方。影疾抖擞精神，立刻撒开四蹄疾奔，夜色如呼啸的风般掠过它身边。

皮聘又开始昏昏欲睡，没太注意甘道夫正在告诉他刚铎的习俗，城主如何在偏远的山丘上和广大疆域的边界上建造烽火台，同时也在这些地方设置驿站，随时备好快马将消息传递到北方的洛汗，或是南方的贝尔法拉斯去。"北方的烽火已经沉寂了许久了，"他说，"古代由于刚铎拥有七晶石，他们根本不需要这种简陋的通讯方法。"皮聘又不安地动了动。

"快睡吧，不要害怕！"甘道夫说，"因为你不像佛罗多一样必须去魔多，你要去的是米那斯提力斯。这是自由世界最后的堡垒。如果刚铎沦陷，或是魔戒失落，连夏尔都会跟着落入魔掌。"

"听起来并不怎么让人心安啊！"皮聘说，不过，睡意还是老实不客气地征服了他。在他进入梦乡之前，最后一个印象是高耸的白色山峰,这些山峰沐浴在西行圆月的光辉中,好像飘浮在云海间的岛屿一样。他想着佛罗多不知身在何方,如果他真的已经到了魔多,现在是生是死?他并不知道,远方的佛罗多也正在看着同样的月亮在黎明前自刚铎沉落。

皮聘被人声给吵醒了。又一个昼藏夜行的日子过去了。此刻晨曦微露,寒冷的黎明快要来临,冰冷的灰色迷雾包围着他们。影疾浑身冒着热气,汗水淋漓,但它依旧骄傲地昂首挺立,未露疲态。许多披着厚重斗篷的高大人类站在它身边,在他们身后的迷雾中矗立着一堵石墙。看来这石墙已经有部分坍塌,不过,在天色未明之时就已经听见许多人忙碌工作的声响:铁锤击打、车轮滚动、铲子挖掘。四处有火把与火堆在迷雾中黯淡闪烁着。甘道夫正在和挡住他去路的男子说话,当皮聘凝神倾听的时候,才发现他们正在讨论的是他。

"是的,我们的确认识您,米斯兰达,"那群人类的领袖说,"你也知道七重城门的通行口令,因此可以通过此处前行。但我们不认识您的同伴。他到底是什么种族?是北方山脉中的矮人吗?在这种时候,我们不希望让任何陌生人踏上我们的土地,除非他拥有强大的战斗力,是前来帮助我们的,而我们又能够信任他。"

"我愿意在迪耐瑟王的宝座前替他担保。"甘道夫说,"至于一个人的勇气和战功,你们不能单纯用外表来评断。印哥,虽然你比他高一倍,但他经历过的战斗和危险远远超过你。他和我都刚离开艾辛格攻防战的现场,我们正准备将消息传到刚铎去。如果不是因为他日夜兼程地赶路,已经很疲倦了,我会叫醒他的。他叫作皮瑞格林,是个非常勇敢的人。"

"人?"印哥怀疑地重复道,旁人哈哈大笑。

"人类!"皮聘完全苏醒过来,大喊道,"人类!我才不是哪!我是霍比特人,不是什么勇敢的人类,除非必要,我才不愿意冒险咧。你们别被甘道夫给骗了!"

"许多立下伟大功绩者是不会夸口的。"印哥说,"但是,霍比特人是什么种族?"

"也就是半身人。"甘道夫回答道,"不,不是预言中的那一位。"他看见那些人脸上惊讶的神情后说:"不是他,是他的同类。"

"是的,而且还是曾经和他一起旅行的同伴。"皮聘说,"你们城市的波罗莫也曾经和我们同行,他在北方的大雪中救了我一命,最后为了保护我而在寡不敌众的情况下牺牲了。"

"不要多说!"甘道夫说,"这种噩耗应该先告诉他父亲才对。"

"我们已经猜到了,"印哥说,"最近发生了许多诡异的事件。不过,你们现在赶快过去吧!米那斯提力斯的城主一定急于接见任何带来他儿子最后消息的人,不管这人是人类还是——"

"霍比特人!"皮聘说,"我能为你们城主效力之处大概不多,但为了悼念勇敢的波罗莫,凡我所能做到的,我愿竭尽绵薄之力。"

"祝你们好运!"印哥说,他率领的人纷纷让路给影疾通过,影疾穿过了墙上的一座小门。"米斯兰达,愿你在这危急存亡的关头,给迪耐瑟和我们所有国民带来睿智的指引!"印哥大喊道,"不过,你每次都会带来悲伤与危险的消息,他们说,你向来如此。"

"那是因为我难得来,而且只有在众人需要援助的时候才出现。"甘道夫回答,"至于你,我的指引是:你现在修补帕兰诺平原上的围墙已经为时过晚。要对抗即将来临的风暴,勇气将是你们最好的防御——我为你们带来的,就是勇气与希望。我所带来的消息并非全都是噩耗。放下你们的铲子,磨利你们的刀剑吧!"

"今天日落之前这里的工事就会完成。"印哥说,"这是我们最不需要加强防御的一段城墙,也是最不可能遭到攻击的地方,因为它面对着我们的盟友洛汗国。你知道他们吗？你认为他们会响应我们的召唤吗？"

"是的，他们会来的。但是，他们已经在你们的背后奋战了许多回合。不管是这条路还是任何其他的道路，都已经不再绝对安全了。要刚强胆壮！若不是有我甘道夫在，你将会看到大批敌军横扫过安诺瑞安而来，根本不会有骠骑国的援军！即使到现在，这里还是危机四伏。珍重！再见，不要松懈！"

甘道夫这才来到了拉马斯安澈之后的平原。在伊西立安落入魔王之手后，刚铎人将他们艰辛建造的这道外墙，称为拉马斯安澈。这道城墙从山脚下向外延伸三十余哩，然后从另一边折返，将帕兰诺平原完全包在里面；这片从山脚缓降到低平的安都因河谷的绵长斜坡与层层阶地，是十分丰饶富庶的城关之地。这道城墙的东北方向距离王城大门最远，约有十二哩的距离，那段城墙矗立在隆起的河岸上，俯瞰着大河边长而平坦的河滩，人们将该处的防御工事修得高耸坚固；因为从奥斯吉力亚斯城的桥梁和渡口过来的道路，由此经一段有围墙的堤道，穿过有兵力驻守的城墙大门，大门两旁是有城垛的塔楼。这道城墙的东南面离王城最近，约莫三哩远。安都因河绕了很大一圈流经南伊西立安的艾明亚南的山丘，在该处急转向西，城墙就建在河岸边；在它下方是哈龙德的码头和港口，专门停泊从南方封地溯流前来的船只。

这城关的土地非常肥沃，阡陌纵横、果园遍布。每户农庄都建有谷仓和烘谷房、羊圈和牛栏，许多潺潺小溪沿着山势流下，穿越这片绿野，注入大河——安都因河。不过，居住在这里的牧人和农人并不多，大部分刚铎的居民还是住在王城的七层城池内，还有一部分人则是居住在山中的罗萨那奇谷中，或是更南边拥有五条溪流的美丽的列班宁。位于高山和海洋之间的那片区域，居住着一支刻苦耐劳的民族，他们虽然被认为是刚铎人，但他们的血统已经混杂了，他们当中有身材矮壮、皮肤黝黑的人类，其祖先很可能是西方皇族来到之前的黑暗年代中，居住在阴暗群山中的人类初民。再过去，在广大的贝尔法拉斯领地上，印拉希尔王子居住在海边的多尔安罗斯城堡中。他和他的子民都拥有高贵的血统，他们身材高大，长着蓝灰色的眼眸，是一群充满了荣誉感的子民。

甘道夫策马奔驰了一段时间之后，天色渐渐变亮，皮聘这才醒过来开始打量四周。他的左边是如同大海一般深邃的雾气，完全将东方遮掩在阴影中；右边则是高耸直达天际的山脉，似乎在天地创生时，大河凭着蛮力硬是撞出一座雄伟的山谷来，未来这将会成为一块充斥着战斗和纷争的地方。正如同甘道夫承诺的一样，他也看见了白色山脉的尽头，明多陆因山黑漆漆的身形，它的峡谷呈现出黑紫色的阴影，陡峭的山壁随着天色而渐渐变得明亮。在它伸出的山脚下，坐落着固若金汤的城池，七层坚固难攻的城墙将它团团围住；结实而古老的城墙，恍惚间会让人以为这是巨人们从山脉中开凿出来的奇观。

正当皮聘惊讶地凝视这奇景时，城墙从朦胧的灰色逐渐转变成白色，在晨曦中泛起淡淡的红光；突然间，太阳跃到了东方的阴影之上，灿烂的金光洒满了整座王城。皮聘感动得惊呼出声，因为矗立在王城最高一层中的爱克西力昂高塔，在天空的反衬下散发出万丈光芒，闪烁如珍珠与白银打造出来的塔身高耸、美丽而优雅，它那耀眼夺目的尖顶仿佛是用水晶雕成的；白色的旗帜从城垛上升起，在晨风中猎猎飘扬，他听见从高远之处传来了清脆的银号角声。

就这样，甘道夫和皮聘于日出时分来到了刚铎城池的大门前，沉重的铁门在他们面前缓缓打开。

"米斯兰达！米斯兰达！"人们大喊着，"你的出现，让我们明白风

Stanburg[①]（米那斯提力斯）

暴的确迫近了！"

"风暴的确迫在眉睫，"甘道夫说，"我是乘着这阵风暴的前翼赶来的。让我进城！在迪耐瑟王还担任摄政王时，我必须立刻晋见他。不管接下来发生什么事情，你们所熟知的刚铎可能从此消失在历史中。快让我进城！"

在他威严无比的嗓音下，人们敬畏地纷纷退让，不敢再继续质问；不过，当看到霍比特人和他们胯下的骏马时，人们依旧无法掩饰眼中的好奇之色。王城中的人们极少骑乘马匹，在街道上更少见到马匹的踪影，唯一的例外只有替摄政王跑腿的信差。他们交头接耳地说道："这一定就是洛汗国王所拥有的骏马吧？或许骠骑军团很快就会前来支持了。"影疾依旧头也不回，自信地往目标走去。

米那斯提力斯的城池是以独特的方式兴建的，王城分为七层，每层都凿山而建，各层皆有独立的城墙和入口。但这些入口并非呈一直线：主城墙的正门位于整座城半圆的东方，下一座门则是建造在城的东南方，第三座则是在城的东北方，如此交错而上兴建；因此，进入城堡的道路，便会一下左一下右沿山交错而上。每当这条道路经过垂直正门的位置时，它都会穿过拱形的隧道，隧道打穿一座极为庞大突出、将整座城池除了第一层之外皆分割成两半的巨大岩石。这特殊的景观一部分是依天然的山势，一部分是因古代巧匠的鬼斧神工；这座边缘锋利如船舰龙骨般的巨岩就位于正门广场后方，面向东，一路直伸到与这座圆形城池的最高层齐平，上面兴建了一圈城垛，因此那些在城堡中的人，可以像是巨舰上的水手一般，从顶端俯瞰七百呎之下的正门。通往城堡的入口也同样朝东，但是从坚硬的岩石中挖凿出来的；然后

---

① Stanburg 是托尔金在画作原稿上用古英语写下的名字，意为"石城"。

是一道点着灯火的长长斜坡，往上通往第七座门。如此，人们终于来到了执政厅，以及净白塔下的喷泉庭院；高耸简洁的净白塔由底直入云霄三百呎，摄政王的旗帜就在塔顶俯瞰着千呎以下的大平原。

这的确是座固若金汤的城池，只要城内还有一兵一卒，就算千军万马也无法将其夺下。除非有敌人从后方来袭，攀越明多陆因山较低的山脊，来到山脉连接卫戍之丘的狭窄山肩上。不过，那道与第五层城墙齐高的山肩，已经修建了强大的防御壁垒，一直修筑到了山脉西边的绝壁之下；那片区域坐落着先王们的陵寝，在高塔和山脉之间永远沉寂。

皮聘注视着这座巨大的石造城池，越来越觉得敬畏不已。这比他所曾幻想过的任何建筑都要雄伟辉煌，比艾辛格还要高大、坚固，也更为美丽。但事实上，它却是座逐年衰颓的都城，能在此安居乐业的人口已经减少了一半。他们所经过的每条街道上都有一些雕梁画栋的大宅与庭院，它们的大门和拱门上刻着美丽陌生的古文字，皮聘猜测那一定是曾经居住在该处的伟人的名号。但是，现在这些建筑都变得一片死寂，不再有脚步声在长廊中回响，不再有笑语声点缀厅堂，空洞的门窗中也不见有人向外张望。

终于，他们走出幽暗来到了第七座门，温暖的阳光从大河对岸照过来，照在光滑的城墙、稳立的石柱以及巨大的拱门上，拱门的中心石上雕刻着一个戴王冠的国王头像；此时的佛罗多正在伊西立安的林间艰难跋涉着。甘道夫下马步行，因为城堡中不准任何马匹进入。在主人温柔轻声的安抚下，影疾不甚情愿地让人将它带开。

此门的守卫都穿着黑衣黑甲，头盔的形状也十分特殊，有高耸的盔尖以及与脸侧密合的长护颊，在太阳穴的地方则打造着海鸟翅膀的装饰。这些头盔都闪烁着银色的光芒，因为它们是用古代鼎盛时期所传承下来的秘银所打造的。披风上则刺绣着一株盛开如雪的白树，树的上方还有一顶银色皇冠以及好些光芒四射的星辰。这就是伊兰迪尔的家徽,如今,全刚铎中除了驻守在圣白树曾经一度生长的喷泉庭院中的禁卫军之外,没有任何人穿着这样的衣饰。

看来,他们抵达的消息已经先一步传到了;他们没有受到质问就立刻获准入内。甘道夫快步横越铺着白色石板的庭院,一座美丽的喷泉在晨光下舞动着,周围长着一片青嫩翠绿的草地;但在绿地的正中央却伫立着一株枯死的树木,它低垂在喷泉的上方,喷出的泉水洒在它光秃折断的枝干上,再忧伤地落回清澈的池水中。

皮聘紧跟在甘道夫身后,匆匆走过时瞥了它一眼。他觉得这树看起来好忧伤,不禁好奇在这个每样东西都受到悉心照料的花园中,为什么会留下这么一株枯死的老树。

七星七晶石,一株圣白树。

甘道夫曾呢喃过的那句话浮现在他心头。接着,他发现自己已经来到了金光闪耀的高塔下方大殿的门前。他跟在巫师身后经过高大沉默的守门卫士身边,走进阴凉、幽暗而带有回音的石厅。

在两人穿越一条空旷的长廊时,甘道夫在皮聘耳边低声说:"皮瑞格林先生,小心你的一言一行!这可不是霍比特人轻松开玩笑的时刻。希优顿是个慈祥的老好人,迪耐瑟与他全然不同,他既骄傲,城府又深,家世显赫、权柄盖世,他只差在没有国王的称号而已。等一下他大部分的问题都会是针对你的,因为只有你能告诉他有关他儿子波罗莫的遭遇。他最宠爱波罗莫,或许可以称之为溺爱;之所以如此,因为他们是不一样的人。在这父子亲情的掩饰之下,他会认为从你比从我身上更容易打探到他想要的消息。不要泄漏不该说的事情,对佛罗多的任务更要谨守秘密。时候到了我会处理的。除非别无选择,否则你最好也别提到亚拉冈。"

"为什么不提？神行客有什么不对吗？"皮聘低声问道，"他准备要来这边，不是吗？而且，他应该很快就会到了。"

"或许，或许吧。"甘道夫说，"不过，即使他来到这里，出现的方式最好是出乎众人的意料之外，连迪耐瑟也想不到。情况最好是那样。至少，不应该由我们来宣告他即将前来的消息。"

甘道夫在一座光可鉴人的金属大门前停下来。"听着，皮聘先生，我现在没时间把刚铎的历史都讲给你听；如果你当初曾经多学一点，不是老在夏尔的树林里掏鸟蛋逃学，情况会好得多。照着我说的做！当你为一位握有大权的王侯带来他继承人的死讯时，如果还多嘴告诉他有另一个人即将前来向他索取王位，那就太蠢了。这样够清楚了吗？"

"王位？"皮聘惊讶地说。

"是的，"甘道夫说，"如果你这一路上都是浑浑噩噩的，现在也该醒来了！"他开始敲门。

门被打开了，却看不到是谁开的门。皮聘看见门后是一座宽广的大殿，大殿两侧有宽敞的翼廊，旁边开着深嵌在墙上的窗户，光线自其中透入；隔开两侧翼廊与主殿的是两排直撑殿顶的高耸石柱。它们是由整块黑色大理石雕凿而成的，巨大的柱头上雕刻着各种奇花异兽；再向上去，深幽的阴影中可见宽阔的拱顶上闪烁着黯淡的金光，其间镶嵌着各种颜色的精细花纹。在这座庄严肃穆的大殿中，没有悬挂任何装饰品或是历史图画，也没有任何织锦或木造的物品；但在石柱之间，却静默伫立着一尊尊高大冰冷的石像。

当皮聘看着这两长排的先王雕像时，他突然间想到了亚苟那斯的巨大岩雕，一股敬畏之情不禁油然而生。在大殿的尽头处有个许多台阶的高台，上面有一个高大的王座，王座上方有大理石雕成的华盖，状如冠盔；王座后方的墙壁上，雕刻着一棵繁花盛开的大树，上面缀饰着许多宝石。不过，王座却是空荡荡的。在高台下方最低一级的宽深台阶上，安置着一张朴素的黑色石椅，一名老者坐在椅上，正凝视着自己的双膝。他手中握着一根顶端是金色圆球的白权杖。他没有抬头。他们俩严肃庄重地向他走去，直到离他座椅三步的地方才止步。然后，甘道夫开口了。

"您好，米那斯提力斯的城主和摄政王，爱克西力昂之子迪耐瑟！在这黑暗的时刻，我前来提供我的建议和信息。"

老人这时才抬起头来。皮聘看见一张轮廓深刻的脸，有着高傲颧骨和白如象牙的肌肤，以及一双深邃的黑眼和鹰钩鼻；这脸让他实在难以联想到波罗莫，反而有些像亚拉冈。"眼前的时刻确实黑暗，"老人说，"米斯兰达，你总是在这种时刻来访。虽然种种迹象显示刚铎的末日近了，但这黑暗如今却不及我个人的黑暗。据说你带来了亲眼目击我儿死亡的人证，就是这位吗？"

"是的。"甘道夫说，"是两名目击者中的一位，另一位正在洛汗国的希优顿王身边，不久之后就会赶来。您也看得出来，他们就是半身人，但他并非预言所说的那一位。"

"但他依旧是个半身人，"迪耐瑟神情严厉地说，"对这称呼我没有一点好感，就是这该死的预言扰乱了我们的筹划，将我儿子从宫中诱走，踏上那招致他死亡的路途。我亲爱的波罗莫啊！我们现在正需要你，当初应该派法拉墨去的。"

"本来也应该是他去的。"甘道夫说，"不能因为你难过就不讲理！波罗莫主动争取这项任务，不容其他人去执行。他很强势，想要的东西就必定要得到。我和他同行了相当时日，对他的个性也有相当的了解。不过，你刚刚提到他的死讯，难道在我们来此之前你就得知了吗？"

"我收到了这个。"迪耐瑟放下权杖，将之前他所凝视的东西从膝盖上拿起来。他两手各握着从中间被一劈为二的半个号角：那是用银环固定在一起的野牛角。

"这是波罗莫随身携带的号角！"皮聘惊呼道。

"是的。"迪耐瑟说，"当年我也曾经携带过，我们家族中的每个长子都携带过，这可直溯至皇族血脉断绝之前的遥远年代，它是马迪尔之父维龙迪尔在卢恩的原野中所猎杀到的巨大野牛之角所打造的。十三天之前，我听见了微弱的号角声在北方边境响起；大河将断裂的号角带来给我；它再也无法发出任何声音了。"他暂停片刻，气氛变得十分凝重。突然，他把阴沉的双眸转向皮聘："半身人，对此你有什么要说的？"

"十三，十三天，"皮聘结巴地回答，"是的，我想是这么久了。没错，当他吹响号角的时候，我正在他身边。但是我们孤立无援，四周只有越来越多的半兽人。"

"那么，"迪耐瑟锐利的目光盯住皮聘，"你当时在场？说详细些！为什么没有援军？怎么你逃了出来而他却丧命？像他那么骁勇善战的人，怎么可能只是半兽人就能拦得住他？"

皮聘一下子涨红了脸，忘了害怕，说："即使是最强的猛将，也可能被区区的一支羽箭射死，而波罗莫浑身上下都插满了箭矢。当我最后看见他的时候，他正坐靠着一棵大树，试图从腰侧拔出一支黑羽箭。然后我就被打昏、被俘虏了。我从此再没看见他，也不知道后来的情形。但我心中对他无比崇敬，他是如此英勇、奋不顾身。我们在森林中遭到黑暗魔君手下的伏击，他为了拯救我同胞梅里雅达克和我，奋战至死；虽然最后他失败倒下，但我对他的感激并没有减少一分一毫。"

接着，皮聘直视着老人的眼睛，在之前那冰冷语气的藐视与怀疑下，他体内的傲气开始沸腾："毫无疑问，对于一位人类中如此尊贵的君王来说，像我这样一个霍比特人，一个来自北夏尔的半身人，所能提供的协助一定是微不足道的。但是，即使如此，为了回报这救命之恩，我还是愿意献上我的忠诚。"皮聘掀开他灰色的斗篷，抽出他的短剑放在迪耐瑟的脚前。

老人的脸上掠过一抹淡淡的微笑，如同冬日黄昏冰冷微弱的阳光一般；他将号角的断片放到一旁，低下头来伸出手说："把那武器给我！"

皮聘拿起短剑，将剑柄递给摄政王。"这是哪里来的？"迪耐瑟问道，"它经历了很多很多年的风霜，这必是我族在遥远的过去于北方铸造的武器吧？"

"它是从我故乡边境上的陵墓中找到的。"皮聘说，"但如今只有邪恶的尸妖居住在该处，因此，我不愿对您详述该处的情形。"

"我看得出来你有过不凡的经历，"迪耐瑟说，"这也再次证明了人不可貌相——连半身人也不例外。我接受你的效忠，因为你不受我的言辞所威吓，虽然你的腔调在我们南方人听来很奇怪，但你说话十分有礼貌。在未来的日子里，我们会需要所有有礼貌的人，不管他们是大是小。向我宣誓吧！"

"拿住剑柄，"甘道夫说，"如果你下定决心了，就跟着城主说。"

"我已经决定了！"皮聘道。

老人将短剑放在膝盖上，皮聘按住剑柄，跟着迪耐瑟缓缓说道："本人在此宣誓效忠刚铎，以及这国度的摄政王；自此之后，为它喉舌，义无反顾，置生死于度外，不惜踏遍天涯，穿越战火及升平。直到我主解除我的束缚，或世界毁灭，至死方休。以上，夏尔的帕拉丁之子，皮瑞格林谨誓。"

"爱克西力昂之子迪耐瑟，刚铎的管理者，辅佐吾皇的摄政王，谨记阁下的誓言。我将不会遗忘你的誓言，必定响应你的效忠：以爱回应忠诚，以荣誉回应英勇，以复仇回应背叛。"皮聘取回宝剑，将它收回鞘中。

"现在，"迪耐瑟说，"我对你的第一个命令是：直言不讳，不许沉默！把完整的经过全都告诉我，把你记得所有关于吾儿波罗莫的事都说出来。坐下，开始说！"他话一说完，就敲响了脚凳边的一个小银锣，仆人们立刻走了过来。皮聘这才发现他们原来都站在门边的壁龛中，因此，当甘道夫和他进来的时候才会没有注意到。

"为客人送上酒菜和座椅，"迪耐瑟说，"一小时之内不准任何人打搅。"

"国事繁忙，我最多只抽得出这么多时间来。"他对甘道夫说，"现在似乎有许多更重要的事，但对我而言，都比不上这件事急。或许我们可以晚上再接着谈。"

"希望能再早一些。"甘道夫说，"我从艾辛格星夜飞驰，横越四百五十哩的土地，并不只是为了送一名小战士来给你——不论他是多么彬彬有礼。希优顿打赢了一场大仗，艾辛格已经被攻破，我折断了萨鲁曼的法杖，难道这对你来说都不重要吗？"

"对我来说都很重要，但就对抗东方的威胁这点上，我已经知道够多的情报了。"他黑色的双眸转向甘道夫，皮聘注意到这两人之间有许多相似之处，并且可以明显感觉到两人之间的较劲，似乎有隐而不明的火焰在两人的双眸之间奔驰，随时可能爆发出来。

迪耐瑟看起来的确比甘道夫还要像巫师，更有王者之气、更英俊、更强而有力，年纪看起来也更大些；但是，皮聘却可以感受到甘道夫拥有更强的力量和智慧，他的尊贵是不轻易外显的。而且，甘道夫的年岁更长，比众人想象的苍老多了。"到底有多老呢？"他思索着，这才发现自己以前竟然从来没对此产生过疑问。树胡提到过有关巫师的事情，不过，即使是那个时候，他也不认为甘道夫是他们的一分子。甘道夫究竟是什么？他到底是在远古的什么时候来到这个世界，又是什么时候才会走？不久之后，他的沉思被打断了。甘道夫和迪耐瑟依旧互不相让地瞪着彼此，仿佛想要读取对方的心思，不过，最后还是迪耐瑟先撤回了目光。

"是啊,"他说,"虽然他们说晶石已经失落了许久,但是刚铎的王公贵族依旧拥有比凡人锐利的目光,还有许多搜集情报的渠道。大家先坐吧!"

仆人拿着椅子和矮凳各一张进来了,还有一人捧着一只托盘过来。托盘上放着银壶和银杯以及白色的糕点。皮聘坐了下来,但他无法将目光从苍老的摄政王身上移开。不知道是真的还是幻觉,他似乎觉得对方在提到晶石时,双目突然精光暴现,扫向皮聘的脸孔。

"现在,我的忠臣哪,告诉我你的故事。"迪耐瑟半是和蔼半是嘲讽地说,"能和吾儿为友之人所说的话,总是受欢迎的。"

皮聘永远无法忘记在大殿中所待的那一个小时,在刚铎统治者锐利的目光下,不时被他尖锐的盘问刺得难以招架,同时又意识到甘道夫在他身旁注视和倾听着,而且(皮聘感觉到)正强自克制着内心逐渐膨胀的不耐和怒气。当一个小时过去,迪耐瑟再度敲响银锣时,皮聘觉得精疲力尽。"现在最多也不过九点而已,"他想,"我已经觉得可以吃下三顿早餐了。"

"领米斯兰达大人到为他所准备好的客房去,"迪耐瑟说,"如果他的同伴愿意,可以暂时和他同住。还有,通知下去,我已经接受了他的效忠,你们都应该称他为帕拉丁之子皮瑞格林,并且把低阶的通行密语告知他。通知将军们在第三小时钟响后,立刻来此报到。"

"至于你,米斯兰达大人,到时若你愿意出席,也可以过来一趟。除了我短暂的睡眠时间之外,不会有人阻止你来见我。请你对一名老人的愚行息怒吧,等你再来时,请给予我忠告!"

"愚行?"甘道夫说,"不,大人,你是到死也不做昏庸之人。你尽管把你的哀伤当作掩饰吧!难道你以为我不明白你让我在旁枯坐一小时,看你质问我一无所知的同伴是什么用意吗?"

018

"既然你了解,就该感到满足。"迪耐瑟回答道,"在需要的时刻骄傲到蔑视忠告和协助是愚蠢的;而你是按照自己谋略来提供你的才智。但是不论它多有价值,刚铎的统治者都不会成为他人的掌上玩物。对他来说,这世界上的一切都比不上刚铎的福祉;而统治刚铎,大人,是我的而非他人的责任,除非人皇再度回归。"

"除非人皇回归?"甘道夫说,"摄政王啊,负责维系王国,随时做好对这件事的准备,这不就是你的责任吗?为了完成这个任务,你应该接受所有可能的协助。我只能这么说:不管是刚铎,还是其他或大或小的国度,都不归我管辖,但我所关切的是这世界上一切善良事物现在所面临的危机。至于我嘛,即使刚铎毁灭,但只要今夜所发生的事情能够流传下去,能够在未来开花结果,那我的任务也就没完全失败。我也负有辅佐人君的义务,难道你不知道吗?"话一说完,他就转过身,和皮聘并肩离开。

在走路的时候,甘道夫并没有多看皮聘一眼或是和他说话。他们的带路人领他们出了大殿的门,穿过喷泉庭院,踏上一条两边都是高耸岩石建筑的小径。在转了几个弯之后,他们来到一栋靠近城堡北边外墙的屋子,离卫戍之丘连接山脉的那条狭窄山肩不远。进入屋内,他们被领着登上一道宽敞的雕花楼梯,来到高于街道的二楼,接着被领进一个漂亮的房间,明亮、通风。墙壁上还挂着许多闪着黯沉金光的挂毯。房间内的布置相当简单,只有一张小桌子、两把椅子和一条长凳;不过,房间两侧都有挂着帘幕的凹室,里面有着铺设整齐的床和盥洗的盆具。房内还有三扇面北的狭窄高窗,可以俯瞰安都因那仍笼罩在迷雾中的河湾,以及更远处的艾明穆尔与拉洛斯瀑布。皮聘得爬上长凳,才能越过厚厚的石窗台向外眺望。

"甘道夫,你在生我的气吗?"在领路人走出去关上门后,他说,"我真的已经尽力了。"

"你真的尽力了!"甘道夫说,突然放声大笑起来;他走到皮聘身边,伸手搂住他的肩膀,一起望向窗外。皮聘有些惊讶地瞥了一眼此刻挨在自己脸旁的那张脸,因为那笑声听起来十分欢欣和愉快。但是,他在巫师的脸上起初只看见哀伤和忧心的皱纹;不过,当他凝神细看时,可以注意到在这神情之下藏着无比的快乐:这情绪若一涌而出,足以感染全国的人民,让他们一起开怀大笑。

"你的确已经尽力了,"巫师说,"我希望你以后不要再这样被困在两个恐怖的老人之间进退不得。不过,皮聘哪,刚铎的统治者从你身上得知的事依旧比你想的还要多。你无法隐瞒带领众人离开摩瑞亚的并非波罗莫这个事实,同时,你们当中有一名受到高度崇敬的人将要前来米那斯提力斯,而且他拥有一把名闻遐迩的宝剑。在刚铎,人们很看重昔日的历史;自从波罗莫离开之后,迪耐瑟用很长的时间去推敲那首有关埃西铎克星的诗歌。

"皮聘,他和这个时代的其他人类都不同,不论他父系的血统如何,就当是命运巧合吧,西方皇族的血统在他身上十分鲜明,在他另一名儿子法拉墨身上也是,但他最钟爱的波罗莫却没有继承到这血统。他具有感知力,如果他专心一意,甚至可以知道人们心中的思想,即使他们住在远方也一样。要欺骗他非常困难,光是有这样的念头就很危险。

"千万记住这点!因为你现在已经对他宣誓效忠了。我不知道你当时脑中或心中想到什么,竟会那样做;但你做得好极了。我没有阻止你,因为慷慨激昂的行为不该受到冰冷忠告的拦阻。那感动了他,同时(容我这么说)也激发了他的幽默感。现在,至少在你不值班的时候,你可以在米那斯提力斯自由来去。不过这事还有另一面。你现在成了他的属下,他不会忘记这事情的。随时提高警觉!"

甘道夫沉默了片刻,叹气道:"算了,没必要为了明天会发生的事情而忧愁。可确定的是，从今天开始，未来每一天的状况都会越来越糟糕，而我也没有办法阻止情势的演变。棋盘已经摆好了，棋子也开始移动。有一枚棋子是我十分想见的，就是已成为迪耐瑟继承人的法拉墨。我想他应该不在城中，但我又没时间去收集情报。皮聘，我得走了，我得去参加他这场众将领的军事会议，尽可能地得知消息。这盘棋魔王已经占了先机，他即将展开全面的攻势了。帕拉丁之子皮瑞格林，刚铎的战士，像你这样的卒子可能知道的和我们一样多，磨利你的宝剑吧！"

甘道夫走到门口，转身说道："皮聘，我得赶时间！"他说，"你出门的时候帮我个忙，如果你还不是太累，最好能够在休息前帮我办好——去找影疾，看看它被安置的状况如何。刚铎的人民睿智而善良，对待动物也很仁慈，但他们并不像其他的民族一样擅于照顾马匹。"

甘道夫话一说完就走了出去；就在这时，城堡的高塔中传来了清脆的钟声。这宏亮的钟声敲了三响，在空气中回响如悦耳的银铃，然后停止。这是日出之后三小时的钟声。

几分钟之后，皮聘离开房间，走下楼梯，观察着外面的街道。这时的阳光温暖而明亮，高塔和建筑都朝西投下清楚分明的阴影。明多陆因山雪白的顶峰衬着湛蓝的天空，显得格外耀眼。全副武装的男子在城中的街道来来往往，似乎正随着报时的钟声进行换班和上哨。

"我们在夏尔都称这个时间为九点。"皮聘大声地对自己说，"正是在春日的阳光下坐在窗边吃顿丰盛早餐的好时间。天哪！我真希望能够有顿早餐可吃！这些人到底吃不吃早餐哪，还是大家都已经吃完了？他们到底什么时候、在哪里吃午餐呢？"

这时，他注意到一个身穿黑白两色衣服的男子，从城堡中央沿着狭窄的街道朝他走来。皮聘觉得十分寂寞，下定决心要在对方经过时和他攀谈；不过，其实他并不需要这样做，因为那人已经径直来到他面前了。

"你是半身人皮瑞格林吗?"他说,"有人告诉我你已经宣誓效忠城主和王城了。欢迎!"他伸出手,皮聘热情地和他握手。

"我是巴拉诺之子贝瑞贡,我今天早上不需要值勤,奉命来告诉你通行密语,以及对你说明一些你想要知道的事情。至于我个人,我也很想知道有关你的事情。虽然我们曾经听过半身人的传言,但我们的故事里极少提到你们,更别说亲眼目睹了。此外,我听说你还是米斯兰达的朋友。你跟他很熟吗?"

"呃,"皮聘说,"我想你可以说我从小就认识他了,而且最近我还和他东奔西跑的。不过,他可是本深不可测的巨著,我对他恐怕只有一两页粗浅的了解而已。或许,我对他的认识跟他人相比还算可以吧。在我们的远征队中,我想,只有亚拉冈是真正了解他的人。"

"亚拉冈?"贝瑞贡说,"他是谁啊?"

"啊,"皮聘结结巴巴地回答,"他是个和我们一起到处旅行的人,我想他现在还在洛汗国。"

"我听说你去过洛汗,我也很想要听听你对那里的认识;因为我们把最后一丝希望都投注在那里的人身上了。啊,抱歉,我都忘记此行的任务了,我应该要先回答你的问题才对。皮瑞格林先生,你想要知道什么?"

"呃,这个嘛,"皮聘说,"请恕我无礼,但我心里一直挂念着这件事,这急迫的问题是,嗯,就是早餐的事情啦!我是说,你们到底什么时候用餐,吃饭的地方又在哪里?还有旅店呢?我之前有注意过,但是在我们骑马上来时连一家都没看到。我一路抱着希望,想着一来到礼仪文明之邦后,能够好好喝杯啤酒呢!"

贝瑞贡严肃地看着他:"阁下果然是位身经百战的老兵。"他说,"虽然我不是个游历四方的人,但人们都说,沙场老兵会随时把握下一个休息和饮食的地方。如此说来,你今天还没吃过东西吗?"

"这个——客气地说,算是有啦。"皮聘说,"但那只是你们城主仁慈赐下的一杯酒和一两块蛋糕而已;但他可是咄咄逼人地盘问了我一个小时,那可很耗精力啊!"

贝瑞贡笑了:"我们有句俗语说,人小胃口大。但你所吃的东西,和城堡中其他的人并没有两样,而且还有地位崇高的陪客和你一起。这里是座面临战火的要塞,我们每天都在日出前起床,随意吃些东西,立刻开始值勤。别失望!"他注意到皮聘脸上的表情,立刻笑着说,"勤务特别重的人们,可以在上午额外补充他们损失的精力。然后,我们还有午餐,大家会在勤务允许的状况下集合起来吃饭;即使在这么紧张的状况下,我们在日落的时候也不会忘记晚餐。

"来吧!我们先散散步,然后去找些吃的东西,再去城垛上用餐,欣赏这美丽的早晨。"

"等等!"皮聘涨红着脸说,"贪吃,或因为你们的盛情让我饿到竟然忘了一件工作——甘道夫,也就是你口中的米斯兰达,交代我去看看他的坐骑影疾。那是洛汗国的骏马,我听说它是他们国王最钟爱的珍宝,但他特别赐给米斯兰达。我认为影疾的新主人爱它的程度胜过爱许多人,如果他的善意忠言对这座城有任何价值的话,你们最好也用同样的尊敬态度对待影疾;如果可能的话,甚至要比你对待眼前的这名霍比特人更有礼貌些。"

"霍比特人?"贝瑞贡问道。

"这是我们对自己的称呼。"皮聘说。

"我很荣幸得知这名称,"贝瑞贡说,"现在我得说,陌生的口音无损于有礼的言辞,霍比特人真是谈吐文雅的种族!来吧!你应该让我认识一下这匹骏马。我喜欢动物,但在这座岩城中我们没有多少机会可以看见动物;因为我的同胞都是来自山谷,在那之前则居住在伊西立安。别担心！我们不需要在马厩里待很久，只需要礼貌性地拜访一下，然后就可以去补充体力了。"

皮聘见到影疾受到很好的照顾，在第六环城中，也就是城堡的墙外，设有相当完善的马厩，其中饲养着几匹快马，城主的信差就住在马厩旁，他们随时待命传递城主或是将军们的紧急军令。此时，所有的马匹和骑士都已经出城去了。

影疾一看见皮聘走进马厩，立刻转过头开始嘶鸣。"早安！"皮聘说，"甘道夫只要一得空，就会尽快赶来。他很忙碌，但他请我来问候你，看看你是否安好。还有，我希望你在长途奔驰多天之后，能好好休息。"

影疾昂昂首，前蹄刨着地面。但他让贝瑞贡温柔地抚摸它的头，拍拍它结实的身躯。

"它看起来像养精蓄锐在等待竞赛，而不是风尘仆仆千里而来。"贝瑞贡说，"真是一匹强壮高贵的骏马！它的马鞍呢？肯定要十分华丽才配得上它。"

"再华丽的马鞍都配不上它。"皮聘说，"它不佩戴任何鞍具。如果它愿意载你，它就会这样载你；如果它不愿意，天下没有任何的嚼环、马鞍或鞭子可以驯服它。再会了，影疾！耐心点，战争就快到来了。"

影疾昂首嘶鸣，整间马厩也跟着摇晃起来，两人忍不住捂住耳朵。然后，在确认马槽中的食料充足之后，他们就离开了。

"现在该我们去找自己的食料了。"贝瑞贡说，他领皮聘走回城堡，来到高塔北边的一扇门前。然后，他们走下一段阴冷的长阶梯，进入一条点满了油灯的宽走廊。走廊两边有许多的木门，其中有一扇是开着的。

"这是我隶属的卫戍部队的粮仓。"贝瑞贡说，"塔刚，早安！"他对着门内大喊："时候还早,但是我身边有个刚向城主宣誓效忠的新兵。他已经勒紧裤带骑了很长的一段路,今天早上又很认真地工作了一段时间,现在饿得受不了了,给我们弄点吃的东西吧!"

他们弄到了面包、奶油、奶酪和苹果。苹果是冬天存粮中最后仅剩的几个,虽然皮有点皱,但还是很脆很甜;除此之外,他们还拿到了一壶新酿好的麦酒,以及木制的碟子和杯子。两人将这些东西全都收到柳条篮内,再爬上楼梯回到阳光底下。贝瑞贡带皮聘走到向外突出的巨大城垛的最东端,该处的墙上有个窗洞,窗台下方有张石椅。从这里往外望,晨光下刚苏醒的世界可尽收眼底。

他们吃吃喝喝,一会儿讨论着刚铎和它的传统与习俗,一会儿说着夏尔和皮聘所见过的陌生国度。他们越聊,贝瑞贡就越觉得惊讶,也越来越敬佩眼前的霍比特人——他一会儿坐在椅子上晃着他的小短腿,一会儿踮起脚尖越过窗台望着下方的大地。

"皮瑞格林先生,我就实话实说好了,"贝瑞贡说道,"在我们眼中,你看起来几乎和小孩子一样,最多不过度过九个寒暑;但是,你所经历的险恶风浪,远超过我们许多的灰发老人。我本来以为,你是我主一时兴起,像他人说的,效法古代国王的行止挑选他驾前的随从。我现在才明白并非如此,请您原谅我的愚昧。"

"没问题。"皮聘说,"不过,你们说的也不完全错。以我族的传统来看,我的确还只是个少年,照我们在夏尔的说法,还要四年我才算'成年'。啊,别替我费心了!过来这边看看,告诉我该看见些什么。"

太阳正在缓缓上升,下方河谷中的雾气渐渐消退。最后一层雾气正从上方飘过,像是随着东方的微风吹来的丝丝白云,城堡上的白色军旗和其他旗帜此刻正迎着东风招展飘扬。极目远眺,在下方谷底大约十五哩远的地方,可以看见灰蒙蒙的大河从西北方流来,波光闪烁,然后转了个大弯,再朝西南流去,直到消失在一片迷雾与微光中,再过去,大约一百五十哩外,是大海。

皮聘可以一览无遗地望见展现在他面前的整片帕兰诺平原,上面点缀着小小的农庄、田地、谷仓和兽栏,不过,到处都看不见任何的牲畜或其他动物。绿色的田野上纵横交错着许多道路与小径,许多忙碌的人们来来往往,排列成行的四轮马车朝着主城门滚滚而来,有些则正往外离开。不时会有骑士策马飞驰到城门口,翻身下马,急奔入城。不过,绝大多数的车辆都是沿着主干道往城外去,那条干道往南转向,然后沿着山丘转了个比大河还陡的弯,迅速消失在视线中。那是条十分宽阔、平整的大道,沿着它的东边有一条绿色的马径,再过去则是一堵高墙。骑士们在马径上来回奔驰,但所有的街道上都挤满了往南走的大篷车。皮聘很快就发现它们其实是井然有序的:篷车分成三列,最快的一列是由马拉着;另一列比较缓慢、庞大,篷布也较为华丽的是由牛拉着;沿着路的西侧走的第三列,是许多靠人艰难拉着前进的小车。

"这条路是通往土姆拉顿和罗萨那奇的山谷,再下去是山中的村落,然后会去到列班宁。"贝瑞贡说,"这些最后出发的车辆载着无法作战的老弱妇孺。他们必须在中午以前撤离正门和主干道至少三哩。这是上级的命令。很悲伤,但是却不得不如此。"他叹气道,"许多在此分离的人可能再也无法相聚了。这座城里的孩童本来就很少,现在则是全都走光了。只剩下几个坚持不肯离开的少年,想要找些工作做,我自己的儿子就是其中一名。"

两人沉默了片刻,皮聘紧张地往东看,仿佛随时都会看见成千上万的半兽人铺天盖地杀来。"我在那边看见的是什么啊?"他指着安都因河拐弯的地方问道,"那是另一座城吗,还是什么东西?"

"那以前的确是一座城,"贝瑞贡说,"是刚铎的王都,而这里只不过是座堡垒。你所看到的就是奥斯吉力亚斯在安都因河两岸的废墟,很久以前它就遭敌人攻下,被彻底地烧毁。不过,在迪耐瑟年轻的时候,我们将它夺了回来,不是当作人民的居所,而是当成一个前哨站;我们也将大桥重新建好,用来运输部队。然后,米那斯魔窟的堕落骑士就出现了。"

"你说的是黑骑士?"皮聘双眼圆睁,仿佛过去的恐惧又被唤醒。

"是的,他们披着黑衣黑甲,"贝瑞贡说,"看来你对他们似乎有所了解,只是你在之前的故事中并没有提到他们。"

"我见过他们,"皮聘轻轻地说,"但是,我不会在这么靠近他们的地方说他们,太近了。"他猛然闭口,把视线移向大河上方,但他似乎只能看见一大片充满威胁性的阴影。或许他看见的是山脉隆起的轮廓,他们参差不齐的峰顶被相距六十哩的雾气给淡化了;或许那只是一团乌云,可是乌云后方却是更深暗的阴影。不过,就在他观看的时候,那层难以穿透的阴影正在不断地扩张集结,缓缓、缓缓地升腾而起,将太阳遮蔽。

"你是说在这么靠近魔多的地方?"贝瑞贡低声说,"是的,魔多就在那边。我们很少提到它,但多年来我们一直住在这触目可见那阴影的地方。有时候它看起来比较遥远、模糊,有时候却比较靠近、深沉。现在它正在逐渐扩大、变得更黑,而我们的恐惧和不安也随之增长。那些堕落骑士在不到一年之前夺回了渡河的桥梁,我们许多最精锐的战士都死在他们手中。波罗莫好不容易才将敌人赶回东岸,我们至今依旧死守着奥斯吉力亚斯西边的废墟。至少暂时是如此。不过,我们预料那里将会出现新一波的攻势,或许是这场战争中最大的攻势。"

"什么时候呢?"皮聘问道,"你们猜得到吗?我昨晚看到了烽火的讯号和传令的快马,甘道夫说那是战争即将爆发的讯号。他似乎十分着急,但现在一切好像又慢了下来。"

"这是因为一切都已经准备妥当了。"贝瑞贡说,"这是在潜水前的深呼吸。"

"那昨晚为什么又要点燃烽火呢?"

"如果兵临城下才去请求援助,那就未免太晚了。"贝瑞贡回答道,"不过,我并不清楚城主和将军们的策略;他们有许多收集情报的方法。我主迪耐瑟和凡人不同,他可以看到十分远的地方。有些人说,当他在夜间独自坐在高塔中时,他只要集中注意力向四方探索,就可以预测部分的未来;有时,他甚至会试着入侵魔王的思想,与之展开搏斗。因此他才会未老先衰、体力透支。但不管怎样,我的法拉墨大人也在前线,在大河那一边执行某种危险的任务,或许是他把情报传了回来。

"不过,你若想知道我个人对于烽火点燃的看法,我认为那多半是因为昨天傍晚从列班宁传来的消息。安都因河口有一支庞大的舰队在集结,那是南方昂巴的海盗船。他们早就不再畏惧刚铎的力量,并且已经和魔王结盟,现在准备为了他的缘故发动致命的攻击。因为,这攻击会牵制住列班宁和贝尔法拉斯一带的援军,该处的战士人数众多,又身经百战。因此,我们才会更倚重洛汗国那边的消息,听到你们带来得胜的情报时才会那么兴奋。

"但是,"他停了停,起身环顾北方、东方和南方,"艾辛格的叛变,让我们明白自己正处在一张尔虞我诈的巨大罗网中。这次将不会是以往河滩上的小规模冲突,不会是来自伊西立安和安诺瑞安的偷袭、伏击和劫掠。这是场经过长时间细心擘划的战争,不管我们多么自傲,都只不过是其中的一小部分罢了。根据情报,从远东的内陆海、北方的幽暗密林,到南方的哈拉德,全都有敌军在调动。这一回,全世界都面临了考验——挺立抵御住,或倒下——落在魔影的统治之下。

"不过,皮瑞格林先生,我们还有一种荣幸:我们一直都是黑暗魔君最痛恨的敌人,这恨从远古累积至今,比大海还要深。这里将是承受最严重攻击的地方。也因此，米斯兰达才会马不停蹄地赶到这边来。如果我们陷落了，还有谁挺立得住？皮瑞格林先生，你觉得我们有任何挺立得住的希望吗？"

皮聘没有回答，他看着这固若金汤的城池和高塔，以及迎风飘扬的旗帜，还有蓝天中的艳阳，然后转向东方逐渐聚拢的阴影，心中想起了魔影那大批的爪牙：森林和山脉中的那些半兽人、艾辛格的叛徒、替魔眼观察四周的飞禽走兽，以及出现在夏尔的黑骑士，还有骑着有翼妖兽的戒灵。他不禁打了个寒战，希望似乎破灭了。就在那一瞬间，太阳颤晃了一下，变得晦暗不明，似乎有双黑暗的翅膀正越过它。他觉得自己依稀听见云霄深处传来一声呼喊，极为微弱，但是冰冷残酷，让人心跳与血液都冻结。他脸色发白，靠着墙壁蹲了下来。

"怎么搞的？"贝瑞贡问道，"你也感应到有什么不对劲了吗？"

"是的，"皮聘低声说，"这是我们失败的征兆，也是末日的阴影，堕落骑士已经飞上了天空。"

"是的，这是末日的阴影。"贝瑞贡说，"我恐怕米那斯提力斯将会陷落，永夜将会来临。我浑身的血液似乎都冻结了。"

两人垂头丧气地坐在那边，沉默了好一阵子。突然，皮聘抬起头来，发现阳光依旧灿烂，旗帜依旧飞扬。他摇摇头，"已经过去了！"他说，"不，我绝不会就这样灰心丧志。甘道夫曾经倒下，却又回来，再度与我们同在。我们会挺立住，即使只剩一只脚，或是跪着，我们也不会屈服。"

"你说的对！"贝瑞贡大声说道，站起身来，来回踱着大步。"不，虽然所有的事物到最后都有一个尽头，但刚铎还不该毁灭。即使积尸成山，国破家亡，我们也绝不低头。世界上还有其他的静谧之地，还有逃往山中的秘密道路。希望和回忆，依旧可以保留在某个草木翠绿的隐密山谷中。"

"即使如此，我还是希望结局会真的到来。"皮聘说，"我根本不算是战士，也不喜欢战斗，但束手无策地等待一场躲不开的战争，感觉最糟糕了。今天真是漫长的一天！如果我们可以不要袖手旁观、能够先发制人，我的心情至少会好一点。如果不是甘道夫，洛汗国可能依旧保持着偏安的心态。"

"啊，你真是一语刺中了许多人心中的痛处！"贝瑞贡说，"不过，当法拉墨回来之后，局势可能会改变。他非常勇敢，远远比许多人所想象的更勇敢。在这种年月里，许多人不相信像他这样一个饱读诗书、蛮有智慧的人，能够在沙场上做一名刚毅果敢、判断准确的大将。但法拉墨就是这样一个人。他不像波罗莫那样鲁莽急躁，但决心毅力却丝毫不逊色。可是，他又能够做些什么呢？我们不可能攻击那座大山后方的国度。我们的力量已经大幅缩小了，除非敌人自己闯进来，否则我们无法主动攻击。到时我们下手绝不会留情的！"他拍打着腰间的宝剑。

皮聘看着他：高大、自信、大度，就如他在这片土地上已经见过的一些人一样；当他论及战斗的时候，眼中闪烁着光芒。"真可惜！我不能体会这种跃跃欲试的感觉。"皮聘想着，却没有开口。"甘道夫说我是个卒子？或许是吧，但我大概走错棋盘了。"

两人就这样一直聊到日正当中，直到正午的钟声响起，城堡内起了一阵骚动；除了值班的人之外，其他人全都集合用餐。

"你要和我一起来吗？"贝瑞贡说，"你今天可以和我的部队一起用餐。我不知道你会被分派到哪个小队去，或许王上会让你直接在他麾下听令。不过我们都欢迎你来。趁现在还有时间，多认识一些人总是好的。"

"我很高兴有这个机会。"皮聘说,"说实话,我觉得蛮孤单的。我最好的朋友留在洛汗,一路上都没有人可以聊天作乐。或许我可以直接编到你的队上去?你是将军吗?如果是的话,你应该可以收容我,或替我说情?"

"不,不,"贝瑞贡笑着说,"我不是什么将军。我既没有官阶也没有爵衔,只是城堡卫戍第三连的一名小兵而已。不过,皮瑞格林先生,即使只是刚铎之塔中的卫兵,在城内都十分受人敬重,在整个国度中更是莫大的荣誉。"

"那我真的是愧不敢当。"皮聘说,"先带我回房间吧,如果甘道夫还没回来,就请你领着我继续逛逛吧!"

甘道夫不在房内,也没有留下任何消息;因此,皮聘就跟着贝瑞贡一起用餐,同时结识了许多第三连的战士。皮聘十分受欢迎,而贝瑞贡也一样沾光大受尊敬,令他觉得受宠若惊。有关米斯兰达的同伴和他与城主的密谈,已经在城堡中传得沸沸扬扬,谣言还说他是半身人的王子,特地从北方赶来与刚铎结盟,准备提供五千精兵协助对抗魔王。有些人还说当洛汗国的骑士赶到时,每个人都会载着一名半身人战士,他们体型虽小,却个个勇敢。

虽然皮聘必须满怀遗憾地摧毁这些谣言,但他就是甩不掉他的新头衔。人们认为,能够和波罗莫平起平坐、受到迪耐瑟大人礼遇的人,这样的称号才恰当。他们感谢他能够来到众人当中,纷纷专注地聆听外地的消息,并且给他许多的饮料和食物让他开怀大吃。事实上,他唯一要担心的就是甘道夫建议他必须"提高警觉",不能像平常霍比特人和朋友闲聊时一样口无遮拦。

最后,贝瑞贡站了起来。"先向您道别了!"他说,"我必须去值一班到天黑的勤务,我想,在场的每位也都一样。如果,像你说的,你真的感到有些孤单的话,或许你会希望找个比较快乐的向导,我儿子会很高兴能够带你到处逛逛这城。我得说,他真的是个不错的小家伙。如果你愿意,可以到最下一环城去找制灯街上的旧客房,城中所有留下来的孩子都在那边,你可以在那里找到他。在正门关起来之前,还有很多东西值得看看呢。"

他走了出去,很快其他人也跟着一起离开了。天色依然晴朗,只是有些雾茫茫的,而且即使在这么南方,以三月天来说,这天也相当燠热。皮聘觉得有些昏昏欲睡,但客房显得太过冷清,他决定出门去逛逛整座城。他带了一些省下的食物去喂影疾,虽然它那边不缺什么吃的,但它还是很高兴地接受了。然后,皮聘就开始在错综复杂的街道中四处穿梭。

他所过之处,人们无不好奇地瞪大了眼睛。迎面碰上他的,会对他尊敬地行礼,按着刚铎的礼俗抚胸鞠躬致意;不过,他还听见人们在他背后好奇地大呼小叫,通知屋内的亲朋好友赶快来看半身人的王子、米斯兰达的同伴。许多人所说的不是通用语,不过,不需要多久,他就能猜得出来 Ernil I Pheriannath 是什么意思。看来,他的头衔已经早他一步传进城里了。

最后,在穿过好些街道拱门、美丽的巷弄与人行道之后,他来到了最底下、最宽一环的城区中,在路人的指引下来到了制灯街,那是一条通往正门的大路。不久之后他就找到了老客房,那是一座看上去饱经风霜的石头建筑,两翼的厢房沿着街边向后延伸,中间有一小块绿地,后方的主屋则是一座有许多窗户的屋子,屋前有一条宽阔的石柱门廊,并有几阶楼梯下到屋前的绿地。男孩们在柱子间嬉戏,这是皮聘在米那斯提力斯城中唯一看到孩童的地方,他不禁停下脚步看着他们。这时,有一名少年发现了他,一声呼啸之后就带着几名同伴冲过草地来到街道旁,在皮聘面前停了下来,开始仔细地打量着他。

"你好!"少年说,"你是从哪里来的?我们之前没见过你。"

"的确,"皮聘说,"不过他们说我已经成为刚铎的战士了。"

"喔,帮帮忙!"少年说,"那我们这些人全都可以打仗啦。你到底几岁,叫什么名字?我已经十岁了,很快就要有五呎高啦。我现在就比你高了。我爸爸是卫戍部队的士兵,他是最高的。你的爸爸呢?"

"我应该先回答哪个问题?"皮聘说,"我的父亲在夏尔的塔克镇小井附近种一块地。我快二十九岁了,这点我赢你;不过,我只有四呎高,除了长胖之外,我可能不会再长高了。"

"二十九岁!"少年惊讶地忍不住吹了声口哨。"天哪,你还真老啊!几乎和我舅舅伊欧拉斯一样老了。不过,"他满怀希望地说,"我打赌我可以把你扳倒在地上,或是把你抱起来。"

"如果我让你,或许可以吧,"皮聘笑着说,"或许我也可以用同样的招数对付你,我们老家也知道一些摔角的技巧。我告诉你,我在家乡可算是又高又壮的家伙呢,我可从来没让人把我扳倒在地上过。所以,如果别无选择,我搞不好得要宰了你才行。等你年纪再大一些,你会知道人是不可貌相的;虽然你可能把我当成一个软弱的陌生少年,看起来很好欺负,但我必须警告你:我不是,我可是个老练、勇敢、邪恶的半身人!"皮聘扮出一副凶恶的表情,让那孩子不由自主地退了一步,但他随即握紧双拳,两眼闪动着打斗的光芒走向前。

"等等!"皮聘哈哈大笑着说,"你也别轻易相信陌生人所说的话!我可不是什么战士。况且,如果你想当挑战者,至少应该先自我介绍才够礼数吧。"

少年骄傲地挺起胸膛,说:"我是卫戍部队成员贝瑞贡的儿子伯几尔!"

"我果然猜得不错,"皮聘说,"你看起来就和你父亲一样。我认识他，是他叫我来找你的。"

"那你为什么不早说呢？"伯几尔说，他脸上的表情突然变得很不高兴。"别告诉我他改变了主意，要叫我和女人们一起离开！最后一班车子都走了。"

"他的口信即使不算好，也没差到这个地步。"皮聘说，"他说，除了扳倒我之外，你还可以带我在城里面逛逛，排遣一下我的寂寞。我可以告诉你一些远方国度的消息作为回报。"

伯几尔拍着手，松了一口气笑起来。"太棒了！"他大喊着，"快来吧！我们赶快赶到正门口去看看吧。现在就出发！"

"那里有什么好看的？"

"边境的将军们在日落前应该要进城，跟我们来就可以看到了。"

伯几尔的确是个相当不错的伙伴，事实上，他是皮聘离开梅里以来所遇到的最好的同伴，他们很快就打成一片，又说又笑地在街道间穿梭，丝毫不在意人们投以奇怪眼光。过不了多久，他们就发现自己混入了朝向正门走去的人潮中。皮聘在那边展现了让伯几尔更为尊敬的特殊地位：当他报出名号，说出通行密语之后，守卫向他敬礼，让他通过；更好的是，守卫让他带着同伴一起过去。

"太好了！"伯几尔说，"我们小孩子现在没有大人带是不准走出正门的，这下子我们可以看得更清楚了。"

正门外，大路的两旁和汇聚所有通往米那斯提力斯的道路的广场上，都站满了人。所有人都专注地看着南方，很快地人们开始低声交谈："那边有了尘烟！他们来了！"

皮聘和伯几尔奋力挤到人群最前面，准备看个清楚。远处传来了号角声，人们的欢呼声如同波浪一般朝他们涌来。然后是一声震耳的号角，他们四周所有的群众全都开始欢呼起来。

"佛龙！佛龙！"皮聘听见人们喊着，"他们在喊些什么？"他问道。

"佛龙来了！"伯几尔回答道，"胖子佛龙，罗萨那奇的统治者。我的祖父住在那边！万岁！他来了。佛龙万岁！"

在队伍的正前方是一匹四肢粗壮的大马，上面坐着一个虎背熊腰的男子，一脸灰色的胡子，看起来年纪很大了。他披着锁子甲，戴着黑色的头盔，肩膀上扛着一支沉重的长枪。在他身后是一长列的部队，他们都全副武装，手持巨大的战斧；这些人脸色都十分严肃，他们比皮聘在刚铎看到的人要黝黑、矮壮一些。

"佛龙！"人们大喊着，"患难见真情！佛龙万岁！"但是，当罗萨那奇的援军通过之后，人们开始窃窃私语："这么少！只有两百人，这是怎么一回事？我们还以为会有两千人呢。这一定是和那黑色舰队入侵的消息有关。他们只能派出一小支部队来支援。虽然是杯水车薪，但总比什么都没有要好。"

这支部队就在众人的欢呼之下进入了刚铎的正门，外围地区的战士在这黑暗时刻前来援助刚铎的主城；但是，来的援军总是太少，总是比众人需要的或是希望的少。林罗谷的援军跟在德佛林王子身后步行前来，总共三百人。来自摩颂河上游的黑根谷，高大的都因希尔带着儿子敦林和迪鲁芬，以及五百名弓箭手来支援。从安法拉斯——遥远的朗斯特兰——来的则是一长列各式各样的帮手，有猎人、牧人和小村中的农人，除了他们的领主哥拉斯吉尔的卫队之外，这一大群人几乎没有携带任何装备。从拉密顿来的是几十名剽悍的山民，没有军官领队；伊瑟来的渔民，是从船上抽调出来的几百名援手。皮那斯杰林的绿丘来的贺路恩，则带来了三百名老练的绿衣战士。最后，军容最壮盛的是多尔安罗斯的印拉希尔王，他是摄政王的血亲，家徽则是巨舰和银色的天鹅；他领着一队骑着一色灰马、铁衣重甲的骑士，身后还跟着七百名全副武装的战士,个个高壮如将领,全都拥有灰眸黑发,一路唱着军歌前进。

援军只有这么多,不到三千人。不会再有其他的支持了。他们的歌声和脚步声走进城内,缓缓消失。围观的群众沉默不语地伫立了片刻,烟尘悬浮在空中,微风止息,夜晚临近。城门关闭的时间已经近了,红红的太阳已经落到了明多陆因山之后。阴影降临了王城。

皮聘抬起头,他觉得天空似乎变成毫无生气的死灰色,仿佛头上挂着一片浓重的灰尘与烟雾,连阳光都变得十分迷蒙。但在西方,落日将一切都染上了鲜红的色彩,在这燃烧天际的余烬中,明多陆因山看起来更显得深黑一片。"这美丽的一天,就这样在熊熊的怒火中结束了!"他自言自语道,完全忘记了身边的那名少年。

"如果我不在日落钟响前回去,我就真的要面对熊熊的怒火了!"伯几尔说,"走吧!关门的号角声已经响起了。"

他们手牵着手走回城中,是城门关闭前最后进城的两个人。当他们抵达制灯街时,全城的钟塔都响起了肃穆的钟声,许多窗户中亮起了灯火,沿着士兵所驻守的城墙与营房也传来了歌声。

"我得先说再见了。"伯几尔说,"替我向我父亲问好,谢谢他派你来陪我。请你有空再来找我。我真希望现在不是战时,不然我们一定可以好好大玩一场的。我们可以去罗萨那奇的祖父家玩,那边春天的风景好漂亮,森林和田野间都长满了花朵。或许我们将来还是可以去那边的。他们绝对打不垮我们的城主,而且我父亲又非常的勇敢!再见,要再来喔!"

两人分手后,皮聘立刻赶回城堡。这段路程实在很长,他开始觉得又热又饿;天黑得很快,四周马上就变得漆黑一片,天上连一颗星星也没有。等他赶到的时候,已经错过了大家集合用餐的时间,但贝瑞贡还是很高兴地和他打招呼,让他坐在自己身边,听他说自己儿子的消息。吃完饭之后,皮聘聊了一会儿,然后才向大家告退,他觉得心头有种郁闷的感觉,很想要再见到甘道夫。

"你知道路吗?"贝瑞贡站在他们之前观赏风景的地方问他,"今晚天色很黑,我们又会开始灯火管制,不能让任何一个区域在敌人眼中变得明显。还有另一个消息我必须转达给你:明天一大早你会被召唤到迪耐瑟王身边去,我想你可能不会被编到第三连来了,希望我们日后有机会见面。再会,愿你有个好梦!"

客房内十分幽暗,只有桌上点了一盏小灯。甘道夫还是不在。皮聘觉得心情更沉重了。他爬到板凳上,试着往窗外张望,但外面黑得好像一池墨水一样。他爬下板凳,关上窗户,躺回床上。他躺在床上等着甘道夫回来的声响,最后才不安地睡着了。

到了深夜,他被一道光芒弄醒,发现甘道夫已经回来了,正在帘外的房间中来回踱步。桌上点有一支蜡烛,摆了许多文件。他听见巫师叹着气,嘀咕着:"法拉墨究竟什么时候才会回来?"

"嗨!"皮聘把头伸出床边的帘子外。"我想你可能已经完全把我忘了。我很高兴看见你回来。今天好漫长啊!"

"但今晚可能会短得让人担心。"甘道夫说,"我回来这边,因为我需要安静独处。你应该趁还有床可睡的时候好好休息。天一亮,我就会带你去晋见迪耐瑟王——不对,是一接到召唤就去,而不是等到天亮。黑暗已经来袭了。明天将不会有日出。"

第二章
灰衣人出现

甘道夫走了，影疾的马蹄声消失在夜空中。梅里走回到亚拉冈身边，他随身只有一个很轻的小包，因为他的行李早就在帕斯加兰弄丢了，现在仅有的几件有用之物是他在艾辛格的废墟中捡来的。哈苏风已经安好了马鞍。勒苟拉斯、金雳和他们的坐骑已在旁边待命。

"远征队还剩下四名成员。"亚拉冈说，"我们一起出发吧！但我们不会像我原来所想的，只有四个人上路。骠骑王已经决定立刻离开此地。在那有翼的黑影出现之后，他希望借夜色的掩护赶回山中。"

"然后前往何处？"勒苟拉斯问道。

"我现在还不确定。"亚拉冈回答，"至于骠骑王，他准备在四天之后在伊多拉斯集结所有的部队。在那里，我想他会先分析有关这场战争的情报，然后带着骠骑军团前往米那斯提力斯。至于我，以及任何愿意与我同行的人……"

"我跟你一起走！"勒苟拉斯说。"金雳也是！"矮人跟着说。

"嗯，至于我自己，"亚拉冈回答，"我前面的路很黑暗。我也必须赶去米那斯提力斯，但我尚未看见可行之路。长久以来所预备的一个时刻，开始迫近了。"

"别把我丢下啊！"梅里说，"我一直没派上什么用场，但我也不想被抛在一边，像是行李一样到结束的时候才被想起来。我不认为现在骠骑们还会花时间照顾我。虽然，国王的确说过，当我们到达他的王宫时，我要坐在他身边告诉他夏尔的所有情况。"

"是的，"亚拉冈说，"梅里，我认为你该待在他身边。但是，不要预期会有快乐的结局。我恐怕希优顿王要很久之后才能够再度安坐在他的王宫中。许多的希望将在这苦涩的春天里破灭。"

很快地，所有人都准备好出发：一共二十四骑，金雳坐在勒苟拉斯后面，梅里则坐在亚拉冈前面。他们趁着夜色飞快赶路。不久之后，一行人就越过了艾辛河渡口中央的山丘，一名骑士从后面赶了上来。

"王上，"他对骠骑王说，"我们身后还有别的骑士。当我们渡过河口时，我想我听见了他们的马蹄声。现在我们完全确定了。他们正马不停蹄地赶上来。"

希优顿立刻下令全军停止前进。骠骑们调转马头，擎起长枪。亚拉冈跳下马，把梅里抱下来，同时拔出宝剑，在骠骑王身边站定。伊欧墨和他的贴身护卫也从队伍前头绕到了后方。梅里这时更觉得自己是丝毫派不上用场的行李，他想，如果真的开打了，他也不知道自己该做些什么。万一骠骑王单薄的兵力被包围、击败，就算他孤身一人逃入黑暗中，在一望无际的洛汗原野中，他根本不知该如何是好。"这样不行！"他想。他拔出宝剑，把腰带勒紧。

西沉的月亮被大片的浮云遮住了，但突然间又穿云而出，照射出清朗银光。接着，他们都听见了马蹄的声音，过不多久，他们便看见黑暗的身影从渡口的方向急驰而来。月光照射在枪尖上，不时闪烁出寒光。追兵的人数难以判定，但他们看起来并不比骠骑王的卫队少。

当他们来到五十步的距离时，伊欧墨大声喊道："停步！停步！是谁在洛汗国土上策马奔驰？"

追兵们以高超的马术勒住马匹刹住冲势，接着是一阵让人喘不过气的沉寂；然后，在月光下，众人看见一名骑士跳下马，缓缓走向前。

他举起手,对着众人露出掌心,这是和平的手势,但骠骑王的手下仍然抓紧了武器。到了十步之外,那人停了下来,他十分的高大,全身都包围在阴影中。然后,他清澈的声音响起。

"洛汗?你们刚刚说的是洛汗国吗?这真是太好了。我们从很远的地方赶来,就是要找寻这个国度。"

"你们已经找到了。"伊欧墨说,"在你们越过那边的渡口之后就进入了这国。这是骠骑王希优顿的疆土。未经他同意,无人可在骠骑国中奔驰。你是谁?为何如此匆忙?"

"我是贺尔巴拉·登纳丹,北方游侠。"那人大声说道,"我们在找亚拉松之子亚拉冈,我们听说他在洛汗国。"

"你们也找到他了!"亚拉冈大喊道。他把缰绳交给梅里,冲上前去拥抱来客。"贺尔巴拉!"他激动地说,"这真是个意外的惊喜!"

梅里松了一口气。他本来以为这是萨鲁曼的最后伏兵,要趁骠骑王身边兵力薄弱的时候偷袭他。不过,看来他这次不用为了保卫希优顿而牺牲了,至少暂时是如此。他将宝剑收回剑鞘中。

"太好了!"亚拉冈转回头说,"这是我从远方故乡来的同胞。他们为什么会来此,人数有多少,我想贺尔巴拉会说明的。"

"我带了三十个人前来。"贺尔巴拉说,"匆忙中我们只能集结到这么多同胞,但我们的好兄弟爱拉丹和爱罗希尔也和我们一起赶来了,他们等不及想要打仗哪!我们一接到你的召集令,立刻就披星戴月地赶过来。"

"可是,我没有召集你们啊,"亚拉冈说,"我只在心中想过。我经常想到你们,今夜更是如此;但我没有送出只字片语。不过,来吧!这些事情都可先放到一边去。我们正冒着绝大的危险赶路。如果骠骑王同意,你们可以加入我们一起走。"

事实上,希优顿对这消息感到很高兴。"好极了!"他说,"亚拉冈大人,如果你的同胞都和你一样,三十名骑士就足以力抗千军了!"

骠骑们立刻再度上路,亚拉冈和登丹人一起骑了一阵子。当他们讨论到北方和南方的消息时,爱罗希尔对他说:

"我从我父处带口信来给你:时日无多。若汝时机紧迫,勿忘亡者之道。"

"我的时日似乎总是不够用,无法完成我想达成的事。"亚拉冈回答,"但是,局势必须真的很紧迫,我才会走上那条路。"

"我们很快就会知道了。"爱罗希尔说,"先别在公开场合讨论这件事吧!"

接着,亚拉冈对贺尔巴拉说:"兄弟,你带的那是什么东西?"他注意到对方没有携带长枪,反而背着一根长棍,似乎是根旗杆,但长棍的一端却又裹着黑布,上面紧密缠着皮绳。

"这是我替瑞文戴尔的公主带来给你的礼物。"贺尔巴拉回答道,"她花了很多时间,秘密织缝了这东西。她同时也请我带几句口信给你:如今来日无多。我们的希望或者来临,或者全部的希望都破灭。因此,我将这亲手为你做的东西送给你。再会了,精灵宝石!"

于是亚拉冈说:"现在我知道你背着的是什么东西了。先暂时替我保管吧!"他转过头,看着北方众多星辰下的大地,随后,在剩下的旅程中都不再开口。

当他们骑过深溪谷,终于来到号角堡时,东方已经泛白。他们躺下休息片刻,同时讨论目前的处境。

梅里呼呼大睡,直到被勒苟拉斯和金雳叫醒。"太阳晒屁股了!"勒苟拉斯说,"其他人都起了,睡虫先生,赶快起来啦!把握机会欣赏眼前的风景吧!"

"三天之前的晚上这里有过一场血战，"金雳说，"我和勒苟拉斯在这边打了个小赌，我就靠一颗半兽人的脑袋赢了他。快过来看看吧！梅里，这里还有很多洞穴，绝美的洞穴！勒苟拉斯，我们要不要去看看？"

"不行！我们没时间啦。"精灵说，"别让仓促破坏了对美景的欣赏！我已经答应你，如果世界再度恢复和平与自由，我会和你一起回来这里的。现在已经快中午了，听说到时我们会先用餐，然后就立刻开拔。"

梅里打着哈欠，爬了起来。几个小时的睡眠实在不够，他很困乏，而且觉得心情低落。他想念皮聘，觉得自己只是个没用的负担，其他人都在忙着策划要如何加快速度，去处理一件他搞不清楚的事情。"亚拉冈呢？"他问道。

"在堡顶的房间里。"勒苟拉斯说，"我想他可能没吃也没睡。他几个小时前上去那儿，说他必须好好思考一下，只有他的同胞贺尔巴拉和他一起去，他似乎心事重重。"

"这些新来的家伙看起来实在奇怪。"金雳说，"他们看起来饱经风霜，却又有王者风范，洛汗国的骠骑在他们身边看起来像是小孩子一样。他们全都神情严肃阴沉，看起来像是饱经风吹雨打的岩石一样，连亚拉冈也是；而且他们全都一言不发。"

"不过，如果他们开口说话，也全都像亚拉冈一样彬彬有礼。"勒苟拉斯说，"你注意到爱拉丹和爱罗希尔兄弟吗？他们的装束不像其他人那般阴沉，他们俊美、英勇，正像精灵贵族；瑞文戴尔的爱隆之子有这种气势，也不足为怪。"

"他们为什么要来？你打听到了吗？"梅里问道。他现在已经穿好衣服，正披上灰色的斗篷；三人一起走向号角堡破损的大门。

"就像你听到的一样，他们是应召而来的。"金雳说，"他们说，瑞文戴尔收到了消息：亚拉冈需要同胞的支持，请登丹人立刻前往洛汗！但现在他们也不清楚这消息是怎么传去的。我猜多半是甘道夫通知的。"

"不，是凯兰崔尔。"勒苟拉斯说，"她不是通过甘道夫告诉我们，北方会有一群灰衣人出现吗？"

"对了，我想你说的没错。"金雳说，"是森林女皇！她能够看透许多人的内心和欲望。勒苟拉斯，我们为什么不也设法请我们的同胞前来支持？"

勒苟拉斯站在大门前，明亮的双眼转向北方和东方，脸上露出了忧虑的神情。"我想他们不会来了，"他回答道，"他们不须赶来参战，战火已经延烧到我们的家门前了！"

有好一阵子，三名伙伴就这样走着，谈论着战况的各个变化。他们从破损的大门往下走，经过道路两旁的千人冢，最后来到了圣盔渠，俯瞰着前方的深溪谷。黑而阴沉的死亡丘已经矗立在该处，胡恩日前践踏和破坏草原的痕迹依旧相当清晰。登兰德的俘虏和许多当地的守军有些在渠中、有些在墙后、有些在原野中工作；但是，每个人都一反常态地一声不出，这是座在血战之后正在休养生息的山谷。很快，三人转回头，去堡垒中的大厅准备吃午餐。

骠骑王已经到了，他们一走进去，他就下令在他身边替梅里安排一个位置。"这其实并不合我的意，"希优顿说，"这里比我在伊多拉斯的美丽宫殿差远了。而你本来该在这边的朋友也已经走了。不过，距离你我能够一起安心坐在梅杜西宫中的时刻恐怕还要很久，在我出征回来之前，不可能有时间大宴宾客。不过，现在先来吧！边吃边说，趁我们有时间的时候尽量聊聊。然后你就跟我并骑。"

"我有这个荣幸吗？"梅里又惊又喜地说，"这实在太好了！"他这辈子从未对任何亲切的话语如此感动过。"我一直担心我只是所有人的负担，"他结巴地说，"但您知道的，我愿意尽我所能去做。"

"我可一点也不怀疑你的好意。"骠骑王说，"我已经替你特别准备好了一匹小马；在我们的旅途上，它会用不逊于任何骏马的速度载着你前进。我们已经决定要从号角堡走山路，而非走平原前往伊多拉斯，因此会在登哈洛和等待我们的王女伊欧玟会合。如果你愿意的话，可以担任我的随扈。伊欧墨，此地有任何的武装可以让我的贴身侍从使用的吗？"

"王上，这里的武器库并不完备。"伊欧墨回答道，"或许我们可以找到一顶轻装头盔给他，但恐怕没有适合他身量的刀剑和盔甲。"

"我自己有柄宝剑。"梅里从位子上跳下来，将他那把锐利的短剑从黑色的剑鞘中抽出。刹那间，他对眼前的老人涌起一股无比敬爱之情，于是单膝跪下，拉起老人的手虔诚地一吻。"希优顿王，夏尔的梅里雅达克愿将它置于您的膝上，您能够恩准吗？"他大声道，"请接受我的效忠！"

"我很高兴地接受。"骠骑王说，并将苍老的双手放在霍比特人的褐发上，对他施以祝福。"梅杜西王室的骠骑侍从梅里雅达克，平身！"他说，"取回你的宝剑，愿你战无不胜！"

"我将视您如父。"梅里说。

"至少暂时如此。"希优顿回答。

他们边吃边聊天，直到伊欧墨打断他们。"王上，我们出发的时间快到了。"他说，"我可以命令手下吹响号角了吗？可是，亚拉冈呢？他的座位一直是空的，他也没来用餐。"

"我们立刻准备出发，"希优顿说，"派人通知亚拉冈大人，让他知道开拔的时候快到了。"

骠骑王带着梅里以及贴身护卫走到号角堡的门口，骠骑们正在翠绿的平原上集结，许多战士已经上马了。这将会是个庞大的队伍，骠骑王只留下一小部分守军看守号角堡，其余所有的兵力全都前往伊多拉斯。昨晚已经有一千名持枪骑兵连夜策马离去，但这时还有五百名左右的骠骑准备和国王一起出发，他们大部分都是西谷一带的战士。

游侠们井然有序，沉默地坐在离其他人一段距离的空地上，每个人都佩带宝剑、长枪和弓箭，他们披着暗灰色斗篷，兜帽遮住了他们的面孔和头盔。他们的坐骑全都硕壮强健、抬头挺胸，但毛发却未整理，十分蓬乱。有一匹骏马暂时还没有骑士，那是他们从北方千里迢迢带来的亚拉冈的坐骑，它的名字叫作洛赫林。它们的马鞍上没有任何闪烁的宝石或是黄金，马具配备也都平淡无奇；游侠们身上也没有任何的徽章或标志，只除了每个人的斗篷都用一枚星形的银色领针别在左胸。

骠骑王登上坐骑雪鬃，梅里坐在小马史戴巴上，在一旁等候。伊欧墨从大门内走出，亚拉冈在他身边，贺尔巴拉距离两人一步之遥，依旧扛着那根绑着黑布的长杆，身后则是两名无法分辨年纪的高大男子。他们正是爱隆的儿子，几乎没有人能分辨他们之间的不同：他们都是黑发灰眸，拥有精灵那俊美的脸孔，银灰色的斗篷下都穿着闪亮的链甲。跟在他们身后出来的是金雳和勒苟拉斯。但梅里的目光无法从亚拉冈的身上移开，他太吃惊，因为亚拉冈的变化太大，他仿佛一夜之间经历了多年的岁月。他脸上神情凝重，面色灰白，疲乏不堪。

"王上，我十分忧虑不安。"他站在骠骑王的骏马旁说道，"我听说了一些异常的消息，也看见远方出现了新的危机。我苦思许久，恐怕此刻我必须改变我的目标了。伊欧墨，告诉我，你们现在赶往登哈洛大概需要多少时间？"

"现在是正午过后一小时，"伊欧墨说，"我们在三天之后的傍晚应该可以抵达，那时是月圆之后的第一天，骠骑王下令的全军集结可在第二天完成。如果我们想要集结洛汗的所有兵力，速度无法更快了。"

亚拉冈沉默了片刻。"三天，"他喃喃道，"那时洛汗的兵力才集结起来。我看也无法再快了。"他抬起头，看来已经下定了决心；他脸上的忧虑减少了一些。"那么，王上，请您见谅，我和同胞们必须采取不同的策略了。我们必须踏上自己的道路，不再隐藏行踪。对我来说，低调隐匿的时刻已经结束了。我要走最短的路往东疾行，我准备前往亡者之道。"

"亡者之道！"希优顿打了个寒战。"你为什么会提到这地方？"伊欧墨转过头瞪着亚拉冈，梅里注意到，所有在旁听见这几个字的骠骑，脸色似乎都变得十分苍白。"如果真有这条路，"希优顿说，"它的入口应该是在登哈洛，但没有任何活人可以通过那个地方。"

"唉！吾友亚拉冈！"伊欧墨说，"我本来希望我们可以一同骑赴战场；但是，如果你所寻找的是亡者之道，那我们就必须分别，而且，恐怕永无机会在阳间会面了。"

"无论如何，我都必须走那条路。"亚拉冈说，"不过，伊欧墨，请记住我的话：纵使中间隔着魔多的千军万马，我们还是会见面的。"

"亚拉冈大人，你可依愿而行。"希优顿说，"或许，踏上他人不敢走的陌生道路，是你命中注定的。这样的分离让我感到忧伤，我的战力也将因此大幅削减；但是，我不能够再拖延，我们必须马上向山径出发！再会了！"

"王上，再会！"亚拉冈说，"骑向您的胜利！梅里，再会！我将你交给会妥善照顾你的人，这比我们追猎半兽人到法贡森林时所希望的好太多了。我希望勒苟拉斯和金雳会和我同行，但我们不会忘记你的。"

"再会！"梅里说。他找不出其他的话好说。他觉得自己非常渺小，那些阴郁的话语不但让他感到一头雾水，更使他觉得心情莫名地沉重。他这时比任何时刻都更怀念皮聘那永远乐天、不知死活的态度。骠骑们已经准备好了,马匹不安地跃动;他希望大家赶快开始,把一切做个了结。

希优顿对伊欧墨说了几个字,元帅举起手大喊一声,随着这声号令,骠骑们出发了。他们通过圣盔渠,越过深溪谷,然后迅速往东一转,踏上沿着山脚蜿蜒一哩左右的小径;接着往南转进山中,消失在众人的视野里。亚拉冈骑到圣盔渠,看着骠骑王的部属全都进入了深溪谷。然后,他转过身对贺尔巴拉说道:

"三名我关心的人离开了,个子最小的那个是我最关心的。"他说,"他不明白自己正骑向什么样的结局;但,即使他知道,他还是会坚持向前的。"

"夏尔的人个子虽小,却是个十分可贵的种族。"贺尔巴拉说,"他们不知道我们为了捍卫他们的安全付出了多少代价,但我并不感到后悔。"

"如今我们两族的命运已经交织在一起了。"亚拉冈说,"未来也是一样!唉!我们必须在这里暂时分离。好啦,我必须先吃点东西,然后也得快马加鞭离开。来吧,勒苟拉斯和金雳!我吃饭的时候有些话要和你们说。"

三人一起走回号角堡;但亚拉冈在大厅的餐桌前依然沉默了好一阵子,其他人等着他开口。"说吧!"勒苟拉斯终于开口说,"说出来会好一点,可以让你摆脱心中的阴影!从我们清晨来到这恶战之地后,到底发生了什么事情?"

"我经历了比我们在号角堡的恶战更严酷的争斗。"亚拉冈回答,"两位好友,我使用了欧散克的真知晶石。"

"你竟然使用了那被诅咒的巫术之石!"金雳高声大叫,脸上露出震惊又恐惧的神情,"你对——他说了什么?连甘道夫都害怕跟他会战!"

"你忘记你是在跟谁说话。"亚拉冈声色俱厉地说,他的眼中闪动着光芒。"我岂不是已在伊多拉斯的宫门前公开宣告了我的称号吗?不,金雳。"他脸上严厉的神情消退了,看起来像一个多夜没睡极其疲乏的人,他语调和缓地说,"不,朋友们,我是晶石名正言顺的主人,我本来就拥有使用它的资格和力量,至少我是这样认为的。没有人可以质疑我的资格。至于力量——勉强还算足够。"

他深吸一口气。"那是场艰苦的较量,事后身心的疲倦很难这么快就恢复。我没有对他吐露任何事,最后还将晶石的使用权夺了回来。单是这样,就让他难以忍受了。而且,他看见了我。是的,金雳先生,他看见我了,但那不是我展现在你们面前的形貌。如果那有助于他,我就铸下错误了。但我并不这么认为。单是知道我还活着,还在这世间对抗他,我认为对他来说已是很沉重的打击了;因为,在此之前他并不知道这件事。欧散克之眼看不穿希优顿的盔甲,但索伦无法忘怀埃西铎和伊兰迪尔的圣剑。就在他苦心擘画,准备发动最后攻势的一刻,埃西铎的后裔和圣剑出现在他眼前;我刻意向他展示了重铸的圣剑。他还没有强大到足以摆脱恐惧的威胁;不,他现在会寝食难安!"

"但他还是拥有无比的势力,"金雳说,"现在他下手会更不留情,不会再有任何迟疑。"

"忙中必定会出错,"亚拉冈说,"我们必须对魔王施压,不再被动地等待他出击。两位,当我掌控了晶石之后,我知道了很多情报。我发现敌人在刚铎南方发动了强大的攻势,这将会拖住米那斯提力斯大部分的援军,如果不赶快对付这场攻势,我估计主城将会在十天以内陷落。"

"那这就是它的命运了。"金雳说,"我们哪里还有多余的力量可派去,又哪有可能及时抵达呢?"

"我派不出任何援军,因此我必须亲自前往。"亚拉冈说,"但是,只有一条路可以穿越这些山脉,让我在大势已去之前及时抵达海岸,那就是亡者之道。"

"亡者之道!"金雳说,"这真是个凶恶的名称;我看得出来,洛汗的人民也不喜欢这名字。活人能够行经这条道路而不死吗?即使你通过了这条路,仅仅数十人又要如何击退魔多的大军?"

"自从骠骑们来到这块土地之后,就再也没有活人走过这条路了。"亚拉冈说,"因为这是一条对他们封闭的路。是,在这黑暗的时刻,埃西铎的子嗣只要有胆识,就可以走这条路。听我说!这是爱隆之子带给我的口信,它出自于天下最博学的爱隆之口:'请亚拉冈记得先知的预言,以及亡者之道。'"

"先知是怎么说的?"勒苟拉斯说。

"在佛诺斯特的最后一任国王亚帆都任内,先知马尔贝斯是这么说的。"亚拉冈说:

> 大地被暗影笼罩,
> 黑暗之翼展向西方。
> 高塔颤动,王之陵寝
> 末日迫近。亡者苏醒;
> 毁诺者的时刻将临。
> 在伊瑞赫之石,众将再起
> 聆听山中的号角回荡
> 是谁吹响号角?谁将召唤他们
> 离开微光,被遗忘之民啊!
> 是他们立誓效忠者的子嗣。
> 他将自北方而来,危机迫切:
> 他将进入亡者之道的大门。

"毫无疑问,这是条黑暗的道路,"金雳说,"但在我眼中,这预言更为黑暗。"

"如果你想要更了解这个预言,请你和我一起来。"亚拉冈说,"因为这就是我准备踏上的道路。但我并非是心甘情愿的,只因危机迫切,别无选择。因此,你们也必须是自愿的才行;在这条道路上将会遭遇到恐惧和挑战,甚至是更糟糕的事情。"

"我愿意和你一起踏上亡者之道,不论它通往何种结局。"金雳说。

"我也愿意!"勒苟拉斯说,"我并不害怕亡者。"

"我希望被遗忘之民没有忘记如何战斗,"金雳说,"否则我看不出为什么要去打搅他们。"

"如果我们能赶到伊瑞赫,应该就可以明白了。"亚拉冈说,"他们所毁的誓言是对抗索伦,如果他们要履行誓言,他们就必须要作战。因为,在伊瑞赫置放着一块黑色巨岩,据说,那是埃西铎从努曼诺尔带来中土大陆的;它被安放在一座山丘上,山中之王在刚铎创建时于该处向埃西铎宣誓效忠。可是,当索伦再起,邪恶再度壮大蔓延时,埃西铎召唤山中的子民实践他们的誓言,但是他们拒绝了,因为在那黑暗的年代中,他们反而开始敬拜索伦。

"于是埃西铎对他们的国王说:'汝将为最后一王。倘若西方战胜汝之暗王,吾将此诅咒降于汝与汝之子民:若不履行誓言,汝等将永无安息之日。此战火将绵延无数岁月,在终了之前,汝等将再度接受召唤。'他们在埃西铎的怒火前逃窜,不敢前去为索伦作战;他们躲在山中的隐密处,自此与世隔绝,在荒凉的山中人数也渐渐变少。不过,在伊瑞赫以及其他这些人居住过的地方,无法安息的亡者开始徘徊游荡。由于没有任何活人可以伸出援手,我只能朝这个方向前进。"

他站了起来。"出发!"亚拉冈拔出宝剑高声喊道,剑刃在号角堡大厅的朦胧中闪出冷冽的剑芒:"前往伊瑞赫之石!我准备踏上亡者之道,愿意的人跟我来!"

勒苟拉斯和金雳没有回答,只是起身跟着亚拉冈一同离开大厅。沉默的游侠们依旧戴着兜帽,等待在外面青绿的草地上。勒苟拉斯和金雳一起上马,亚拉冈跃上洛赫林。贺尔巴拉举起巨大的号角,雄浑的号角声在圣盔谷中回荡着;随着号声,众人如同奔雷一般越过谷地,所有留守的部队则是敬畏地目送他们远去的身影。

在希优顿从山脉间的小道缓慢前进时,灰衣部队却迅速驰过平原,在第二天下午抵达了伊多拉斯;他们在该处暂停了片刻,然后进入山谷,天黑的时候正好抵达登哈洛。

王女伊欧玟亲自迎接,很高兴见到他们;她从来没有见过像登丹人和爱隆之子这么威猛的战士;但在众人之中,她的目光还是最常停留在亚拉冈的身上。当众人坐下和她一起用餐的时候,她从他们口中听到了自希优顿御驾亲征之后所发生的事情;在此之前,她所知道的仅有少数的消息。当她听见圣盔谷的大战、敌人的惨败和希优顿与骑士的冲锋时,她眼中闪起了光芒。

最后,她说:"诸位大人们,你们都已经累了,请先到我仓促中为诸位准备的地方休息。明天我们将会替你们安排更豪华的地方。"

但是,亚拉冈说:"不,王女,不用替我们操心!我们只要能够在这边躺一晚,明天早上能用餐就够了。我们的任务极其紧急,明天天一亮就必须立刻出发。"

她对他露出迷人的微笑,说道:"大人,您真是有心,在征途中竟愿意绕这许多路,将消息带来给伊欧玟,在她避难于野时来陪她说话。"

"其实,没有人会认为绕这样一趟路是浪费时间。"亚拉冈说,"不过,王女,如果不是我必须走的路得经过登哈洛,我也不会前来此地。"

从她的回答中听来,她似乎被触怒了。"那么,大人,您走错路了；从哈洛谷没有任何往东或是往南的路，看来您最好还是回头吧。"

"不，王女，"他回答说，"我并没有走错路；在你出生、为此地增添光彩美丽之前，我就已经来过这里。有一条路可以离开这座山谷，我要走的就是那条路。明天我准备进入亡者之道。"

她听到这话，像是受到沉重的打击，脸色苍白地瞪视着他，久久说不出话来，在座的其他人也都沉默不语。"可是，亚拉冈，"她最后终于说，"难道你的任务是去送死吗？你在那条路上只会遇到死亡。它们不会容许活人通过的！"

"或许它们会容许我通过，"亚拉冈说，"至少我得冒这个险，其他的路都不行。"

"这太疯狂了，"她说，"跟在你身边的都是骁勇善战、以一当百的勇士，你不该带他们落入死亡的阴影，应该领他们踏上战场，那里正需要他们。我请求你留下来，和我的兄长一起走；如此一来，我们的希望才会更加光明，斗志才会更加昂扬。"

"王女，这不是疯狂的行为，"他回答道，"我踏上的是预言中的道路。而且，跟随我的人都是自愿的，如果他们现在想留下来和骠骑一起进军，也是可以的。而我，就算单枪匹马，也要踏上亡者之道。"

他们的讨论就这样结束了，一群人沉默地用餐；但她的双眼始终停留在亚拉冈身上，其他人都看得出来她内心极其痛苦。最后，众人站了起来，向王女告退，感谢她的款待，然后离去休息。

亚拉冈和勒苟拉斯及金雳同宿一个帐篷，当他的两名同伴进去之后，王女伊欧玟从后面走来，叫住了他。他转过身，看见穿着白衣的她像夜色中一道闪烁的清光；但她的双眼却在燃烧。

"亚拉冈，"她说，"你为什么选择这条死亡之路？"

"因为我别无选择。"他说，"只有这样做，我才能看到自己在对抗索伦的战争中尽到该尽的责任。伊欧玟，我并非刻意选择危险的道路。

如果我能够随心所欲，那么如今我早就回到北方，在美丽的瑞文戴尔山谷中徜徉。"

她沉默了片刻，似乎在思索他这句话的意思。然后，她突然将手放在他手臂上。"你是个意志坚定、刚毅果断的君王，"她说，"这样的人才会赢得荣誉。"她暂停片刻，"大人，"她说，"如果你坚持要走，请让我跟随你。我已经厌倦了在山中躲躲藏藏，希望去面对危险与战斗。"

"你的责任是照顾你的子民。"他回答道。

"不要再说什么责任了！"她叫道，"难道我不是伊欧的子嗣？我是个女战士，不是奶妈或用人！我受够了迟疑不决，苦苦等待。既然他们已经不再迟疑，下定决心出战，为什么现在我不能按照自己的意愿生活？"

"很少人能够因此获得荣誉。"他回答，"至于你，王女，你不是同意在国王回来之前管理这些人民吗？如果当时选中的不是你，那么就会是其他的元帅或将军担起同样的职务。不管他愿不愿意，他都不能够驰骋在沙场上。"

"为什么总是选上我？"她苦涩地说，"当骠骑们出征的时候，为什么总是我得留下，在他们赢得名声时在家管理家务，在他们归来时为他们准备好吃住？"

"也许没有人归来的日子，很快就会到了。"他说，"那时，就会需要不计名声的勇气，因为没有人会记得为了保卫你们家园而立下的英勇事迹。但英勇的事迹不会因为无人赞美而减损了它的英勇。"

她回答道："你说了这么多，背后的意思不过是：你是个女人，就应该待在家里。当男人战死沙场的时候，你必须留在屋内被活活烧死，因为男人已经不需要你了。但我是伊欧王室的成员，不是什么女仆。我能骑善战，不害怕死亡和痛苦。"

"你害怕什么，王女？"他问道。

○53

"我害怕的是牢笼。"她说,"害怕经年累月地被关在牢笼中,直到最后垂垂老去,所有立下伟大功绩的机会都失去了,没有留下值得回忆之事,也没有了希望。"

"然而你竟建议我不要冒险踏上我所选择的道路,因为它太危险?"

"我当然可以这样建议别人,"她说,"但我并未建议你逃避危险,而是希望你能骑赴战场,用你的剑去赢得荣誉和胜利。我不愿意见到高贵、优秀之物遭到无故的浪费。"

"我也一样。"他说,"因此,王女,我必须对你说:留下来!南方没有你该负的任务。"

"那些跟着你一起去的人也没有。他们去,只是因为敬爱你、不愿意和你分开。"说完她就转身,消失在夜色中。

天色刚亮,太阳尚未跃上东方高高的山脊,亚拉冈就已经准备好出发了。他的同伴全都已经上马,正当他也准备翻身上马时,王女伊欧玟前来向他们道别。她穿着如同骠骑的服饰,腰间佩着长剑。她手中拿着一杯酒,举至唇边喝了少许,祝他们一路顺风;然后她将杯子递给亚拉冈,他喝了一口,说道:"再会,洛汗之女!我祝你王室绵延不绝,愿你和你的子民都幸福快乐。对你的兄长说:我们会在阴影的那头再相聚的!"

最靠近她的金雳和勒苟拉斯,发现她似乎流下了眼泪,在一张如此坚强、高傲的面孔上看到泪水,更令人感到沉重。她开口问道:"亚拉冈,你还是要去吗?"

"是的。"他说。

"你还是不愿同意我的请求,让我和你一起去吗?"

"不,王女。"他说,"在获得骠骑王和你兄长的恩准前,我不能同意;而他们要到明天才会回来。然而我必须把握每一分每一秒的时间。

再会了！"

她跪了下来，说："求求你！"

"不，王女。"他拉着她的手，扶她站了起来。然后他亲吻她的手，随即跃上马鞍，头也不回地离开了；只有那些靠近他、熟识他的人，才看得出他忍受着极大的痛苦。

伊欧玟双手握拳动也不动地站在那边，如同石雕一般，她看着他们的身影，直到众人都消失在丁默山，亦即"亡灵之山"的阴影中，那儿正是亡者之门的坐落处。当他们走得完全看不见身影后，她转过身，如同瞎子一般蹒跚而行，脚步踉跄地回到屋中。她的同胞没有人目睹这场告别，因为众人全都畏惧地躲了起来，直到天色大亮，那些鲁莽的陌生人全都离开之后才出现。

有些人说："他们都是精灵变成的妖怪，让他们前往那些属于他们的黑暗角落，永远别再回来。这年头已经够坏了！"

当一行人策马离开时，天色依旧灰蒙蒙的，太阳尚未爬上他们前方亡灵之山的山脊。正当他们穿越罗列在路两旁的古老岩石来到丁祸时，一股恐怖的气氛笼罩了他们。那里的树林黑暗阴森，连勒苟拉斯也无法忍受久待。众人在山脚下发现了一片低洼的空地，在他们行进的小路中央赫然矗立着单独一大块巨石，就像是死神的手指一般。

"我觉得血液都快结冰了！"金雳说，其他人都沉默不语，他所发出的声音完全被脚底下潮湿的松针给吸收了。马匹不愿意经过这块看来十分凶险的巨石，骑士们只好下马，牵着它们通过。如此，他们终于来到峡谷深处；那里耸立着一堵陡峭的岩壁，黑暗之门就坐落在岩壁上，像是黑夜在他们面前裂开大口一般。在它巨大的拱门上雕刻着许多符号和图案，都已模糊难辨，恐惧的气息如同灰雾一般从其中源源涌出。

众人停了下来，每个人都忍不住觉得胆寒，只除了精灵勒苟拉斯，因为人类的亡灵对他来说并不恐怖。

"这是个邪恶的入口,"贺尔巴拉说,"我可能会在门后送命,尽管如此,我还是勇敢进入;只是,马匹不会进去的。"

"但是我们必须进去,因此这些马也得去。"亚拉冈说,"如果我们能够通过这片黑暗,之后还有很远的路要赶,每耽搁一小时,就让索伦更接近胜利一步。跟我来!"

于是,亚拉冈领路,在他那坚强的意志力下,所有的登丹人和坐骑都跟着他一起进入。这些马匹对它们主人的爱是如此深切,只要主人能够坚定地走在它们身旁,它们就愿意面对那门里的恐惧。但是,洛汗国的骏马阿罗德退却了,它站在那里,在恐惧中浑身冒汗,不停发抖,让人看了真是难过。于是勒苟拉斯伸手遮住它的眼睛,在这阴沉的气氛中对它柔声吟唱着歌曲,直到它勉强愿意被领进去,因此勒苟拉斯也进去了,门外只剩下矮人金雳。

他的双膝打颤,对自己的反应感到极端愤怒。"从来没听说过有这种事!"他说,"精灵愿意进入地底,而矮人竟然不敢!"话一说完他就一头冲了进去。但他跨进门时,觉得自己的双脚如同铅块般沉重;同时铺天盖地的黑暗也立刻笼罩了他——葛罗音之子金雳,曾经毫无畏惧地探索过这世界无数的地底深处,此刻只觉眼前一片漆黑。

亚拉冈从登哈洛带了火把过来,现在他正举着火把走在最前面;爱拉丹拿着另一支火把走在后面压阵,金雳跟跄地尾随在后,想要赶上他。除了火把微弱的光芒之外,他什么都看不见;但如果众人停下来,似乎就有一种永无休止的窃窃私语声从四面八方向他包围过来,那种喃喃不停的语言是他从来没有听过的。

没有东西攻击他们或阻止他们前进,但矮人越往前走恐惧就越深:主要是因为他现在知道,不可能回头了;众人身后的路已经被黑暗中紧随在后无形无影的大批队伍给堵住了。

  时间就这样不知不觉地流逝,直到金霁眼前出现了一幅他日后都不愿意回想的景象。就他所判断,道路十分宽广,但队伍现在突然来到了一处极空旷的地方,两边已经没有任何山壁,让人不寒而栗的气息紧紧压着他,让他几乎无法移动。随着亚拉冈的火把往前靠近,在他左边出现了一样闪闪发亮的东西。亚拉冈停下脚步,前往查看这到底是怎么一回事。

  "他难道都不害怕吗?"矮人咕哝道,"若是在其他的洞穴中,葛罗音之子绝对是第一个冲过去查看黄金反光的人。但绝不是在这里!就让它留在那边吧!"

  即使如此,他还是渐渐走近,看见亚拉冈跪在那边,爱拉丹举着两支火把替他照明。在他眼前是一名勇士的骸骨。他原先似乎穿着链甲,他身旁的马具也仍完好,多半是因为这座洞穴十分干燥的缘故。他身上的长甲衣是镀金的。他的黄金腰带上镶着石榴石,他趴在地上的头骨上戴着黄金打造的头盔。众人这时才发现,他倒在靠近洞穴远端的石壁前,在他面前是一扇紧闭的石门,他那白森森的指骨依旧抓着门缝。他身旁有柄断折破碎的宝剑,看来他在绝望中似乎用它砍过这扇门。

  亚拉冈没有碰他,在沉默地注视了片刻之后,他起身叹了一口气道:"心贝铭花永远不会来到世界的这处尽头!"他喃喃道,"总共十六座的墓丘如今都已长满了青草,在这漫长的岁月中,他就这样躺在一扇打不开的门前。这到底是通往哪里?他又为什么想要过去?恐怕永远不会有人知道了!

  "因为这并非我的任务!"他转过身,对着身后不断低语的黑暗大喊道:"把你们的宝藏和秘密留在那被诅咒的年代中!我们只想要尽快通过。让我们走,跟着过来!我召唤你们前往伊瑞赫之石!"

没有任何回答，除非这较之前的低语还要恐怖的沉默算是答复；一阵寒风吹来，火把的火焰一阵摇晃后熄灭，再也无法点燃。接下来的时间，不管是一小时还是更久，金雳都记不得了。其他人拼命赶路，但他总是最后一个，紧追在后的恐怖似乎随时都会攫住他，还有一种窸窸窣窣的声音跟在他背后，听起来像是模糊的脚步声。他跟跟跄跄地往前，直到最后像只野兽一样四肢着地往前爬。他再也忍受不了这种状况了！如果他不能够结束这一切，他就要转过身去面对那紧追不舍的邪灵。

　　突然间，他听见水滴落下的声响，十分清晰响亮，如同一块岩石落进黑暗阴森的梦境里。四周逐渐变亮，终于！众人穿越另一扇又高又宽的拱门，一条小河在他们身旁奔流着。前方，是一条夹在陡峭山崖之间向下的斜坡，山崖如同锐利的刀尖一样直插天际。这条斜坡又窄又深，上方一线的天空是黑暗的，可以看见细小的星星在闪烁。不过，稍后金雳才知道，这是他们从登哈洛出发的同一天，距离日落还有两小时。然而，对他来说，这似乎是置身另一个世界、另一个年代的黄昏。

　　众人再度上马，金雳回到勒苟拉斯身边。他们排成一列前进，夜色逐渐深沉，恐惧依旧紧追着他们。勒苟拉斯转回头准备和金雳说话，矮人只能看见精灵那双明亮的眼睛在自己面前闪闪发亮。在他们身后是爱拉丹，他是负责压阵的人，却不是走这条下坡路的最后一人。

　　"亡者跟在后面。"勒苟拉斯说，"我看见人类和马匹的影子，苍白的旗帜像是条条云雾，长矛如同迷雾夜里冬日的树丛，亡者正跟着我们。"

　　"是的，亡者紧跟在后，他们已经听到了召唤！"爱拉丹说。

　　他们终于走出了峡谷，仿佛突然间从墙缝中钻出来一样，横在他们眼前的是一座巨大的山谷,他们身边的小河往下流去,形成许多小瀑布,发出冰冷的水声。

"我们到底是在中土世界的什么地方?"金雳问。爱拉丹回答道:"我们才从摩颂河的源头下来,这条冰冷的河川一路流向冲刷着多尔安罗斯城墙的大海。此后,你就不需要问别人河名的由来了,人类叫它黑根河。"

摩颂谷是个倚着山脉南面绝壁的宽广平地,它陡峭的斜坡上长满了绿草;但在这个时候,太阳已经下山了,一切看起来都灰蒙蒙的。远处下方人类居住的房舍中透出点点火光;这是座土地肥沃的山谷,有许多居民住在这里。

亚拉冈头也不回地大喊,让所有人都听得清清楚楚:"朋友们,忘记你们的疲倦!策马向前,向前!在今天结束之前我们必须抵达伊瑞赫之石,眼前还有很长的道路。"于是,众人头也不回地驰过山地,最后来到一座横跨汹涌激流的桥梁,看见一条通往下方平原的道路。

当他们靠近的时候,村中人家的灯火纷纷熄灭,大门紧闭,在室外的人们惊慌大喊,像是被猎杀的动物一般仓皇奔逃。在聚拢的夜色中,人们不停地重复一句话:"亡者之王!亡者之王来了!"

远方的警钟不停地响着,所有的人在亚拉冈面前惊慌地逃窜。灰衣部队像猎人般毫不迟疑地向前冲,直到他们的马匹也因为过度疲倦而脚步蹒跚。如此,在午夜之前,在一片如同山中洞穴般漆黑的黑暗中,他们终于抵达了伊瑞赫山丘。

亡灵所带来的恐惧气息在山丘间流连,窜入四周的田野。在山丘顶上矗立着一块黑石,它像一颗大圆球,露出来的部分大约和人一样高,一半被埋在土里。它看起来不像这世间的东西,仿佛是从天上掉下来的,某些人也确实这么认为;但是那些记得西方皇族传说的人都知道,这是埃西铎在努曼诺尔毁灭时带出来的,在他登陆之后将它立在这里作为纪念。山谷中的居民都不敢靠近它,当然更不敢把家园建造在附近;因为他们说这是幽冥人聚会的地方,他们会在恐惧的时候聚集,围石而坐,窃窃私语。

一行人来到巨岩旁,在死寂的黑夜中停了下来。爱罗希尔递给亚拉冈一只银号角,他奋力一吹;对站在近旁的人而言,他们似乎听到了响应的号角声,仿佛是从远方洞穴的深处传来的。他们没有听见别的声响,却可以感觉到有一群庞大的部队聚集在他们所站立的山丘周围;有一股如同幽灵呼吸般的寒风从山脉间吹下。亚拉冈下了马,站在巨岩旁用宏亮的声音喝问道:

"毁誓者们,你们为何前来?"

一个仿佛从远方传来的声音穿透夜色,回答了他:

"为了实践我们的誓言,并获得安息。"

于是亚拉冈说:"时候终于到了。现在我要前往大河安都因旁的佩拉格,你们必须紧跟着我。当这块大地上所有索伦的奴仆都被肃清之后,我将视誓言已经获得实践,诸位就可以离去,获得永久的安息。因为我是伊力萨王,埃西铎的子嗣,刚铎的继承人!"

话一说完,他就命令贺尔巴拉展开他带来的旗帜。看哪!那是面黑色的旗帜,如果上面有任何的花纹,在黑暗中也无法分辨。四周立刻陷入一片沉寂,在漫长的黑夜中,再也没有人听见任何的喘息或是叹气。一行人在巨岩旁扎营,但由于四周的阴寒之气,他们并没有睡着。

当冰冷苍白的黎明浮现,亚拉冈立刻起身,领着众人十万火急地赶路。众人经历了无比的疲倦,这种只有亚拉冈曾经承受过的经历,也惟有他的意志力在敦促着众人向前。除了北方的登丹人、矮人金雳和精灵勒苟拉斯之外,根本没有任何凡人能够承受这种折磨。

他们越过了塔龙之颈,来到了拉密顿。幽冥大军紧跟在后,恐惧的寒气在他们之前飞快地蔓延。最后，他们来到了西里尔河上的卡蓝贝尔，血红的太阳也落到众人身后西方的皮那斯杰林山后。西里尔渡口的城镇已经空无一人，许多男子都已经前往参战，其余的人在听到亡者之王前来的传言后，全都躲入附近的丘陵中。第二天，黎明并未出现，灰衣部队策马骑入魔多策动的风暴中，就此消失在凡人的眼中；但亡者依旧紧跟在后。

第三章
洛汗全军集结

　　此刻，一切的力量都开始朝向东方集结，准备迎接即将到来的战火和魔影的攻击。正当皮聘站在王城的大门口，看着多尔安罗斯王随着他的旗帜前来的时候，骠骑王也正好从山脉中走了出来。

　　白昼正在消逝，最后一丝阳光将骠骑们长长的身影投射在他们前方。黑暗已经悄悄爬上遍满陡峭山坡、沙沙作响的松林脚下。骠骑王在这黄昏时分放缓了骑行速度。小径绕过一块巨大裸露的岩石，没入低声呢喃的阴暗树林中。骠骑们排成一列长长的队伍不停地往下走。当他们最后到达这座峡谷的谷底时，发现夜幕已经降临此地。太阳已经消失了。黄昏的微光闪烁在瀑布上。

　　一整天的行程中，在他们下方远处始终有一条溪流从背后高处的隘口奔跃流下，在覆满松树的岩壁间开出一条窄道；此时它穿越了多岩的谷口，流入宽广的谷地中。骠骑们跟着小溪前进，哈洛谷就这么突然呈现在众人面前，喧哗的水声在黄昏中听起来格外响亮。雪界河在此和诸多较小的支流汇合，水势湍急，在多岩的河床上激起阵阵水雾，一路流向伊多拉斯和底下翠绿的山丘及平原。右前方，在这座大山谷的顶端，雄伟的厉角山耸立在云雾缭绕的山脉上方，它巨齿状的山峰上覆盖着终年不化的积雪，在世界遥远的高空中闪闪发亮，山的东面笼罩着青灰的阴影，西面则沐浴在夕阳的猩红光辉中。

　　梅里惊奇不已地看着这个陌生的国度，在这漫长的旅途上，他已经听了许多关于这里的传说。这是个没有天空的山谷，他的双眼透过阴暗山谷间迷蒙的空气，看见的只有不断升高的山坡，巨大的岩壁层层相叠，迷雾包围着一座座悬崖。他半梦半醒地坐在那边，倾听着流水的声响、树木的低语、岩石的碎裂，以及弥漫在这一切声响之后一片广大的寂静。他喜欢山，或者说，他喜欢的是那些远方故事中连绵起伏的山脉；但现在他却被中土大陆的重担压垮了。他渴望躲在安静的小房间中，坐在炉火边，把这庞大无名的世界关在门外。

他觉得非常非常的疲倦，虽然他们前进的速度并不快，但中间没有多少休息的时间。几乎整整三天，他一小时接一小时地颠簸着攀上爬下，翻过隘口，穿越狭长的山谷，渡过许多小溪。有时，当路比较宽广的时候，他会和骠骑王并辔而骑，没有注意到许多骠骑看见这景象都露出微笑：霍比特人骑着毛发蓬松的灰色小马，骠骑王骑着高大的白色骏马，两者形成有趣的对比。在这些时候，他会和希优顿王聊天，告诉他有关自己家乡和同胞们的故事，或是反过来聆听骠骑国的传说，以及他们远古时先祖的伟大功业。不过，大多数时间，特别是在这最后的一天，梅里只是独自骑在国王后面，一言不发地聆听着背后的骠骑们缓慢、宏亮的说话声。这种语言中似乎有许多他听得懂的字，他们说起来比夏尔的念法更为丰富和有力，但他还是没办法把这些字串在一起听懂他们讲的话。有些时候，会有某个骠骑提高清亮的声音，唱起军歌，即使梅里完全听不懂歌词的内容，却还是会觉得热血沸腾。

但不论状况如何改变，他还是觉得十分的孤单。这天傍晚时，情况更糟，他开始想念不知混到这大千世界何处的皮聘，思索亚拉冈、勒苟拉斯和金雳的下场又会怎么样。然后，突然间，他想到了佛罗多和山姆，禁不住打了个冷颤。"我几乎都忘记他们了！"他懊悔地说，"但是，他们的任务其实比我们任何一个人都重要，我来此就是为了帮助他们。如果他们现在还活着,恐怕已经距离此地数百哩了!"光是想到这样的遭遇,他就觉得浑身发冷。

"终于到了哈洛谷了!"伊欧墨说,"我们的旅程就快到终点了。"众人停了下来。离开狭窄的峡谷后,道路急遽下降,一眼望去,就像透过高高的窗户,看见下方整座笼罩在薄暮中的大山谷。在河边可见一盏小小的灯火在闪烁着。

"或许这段旅程已经结束了,"希优顿说,"但我还有很长的路要走。昨晚是月圆,明天一早我就必须骑往伊多拉斯,集结骠骑全军。"

"但如果您听我的建议,"伊欧墨压低声音说,"在那之后您该回到这里来,静观这场战争的变化,不管是赢是输。"

希优顿笑了:"不,吾儿,请让我这样称呼你,也请你别用巧言那一套温言软语来说服我!"他挺起胸膛,回头看着身后排成长列的麾下战士,往后一直延伸入暮色之中。"自从我策马西征以来,感觉似乎经过了好多年,但我绝不会再倚靠任何的拐杖了。如果这场仗输了,躲在山中又有什么用处?如果这场仗赢了,就算我耗尽最后一分力气,马革裹尸又有什么好遗憾的?现在先不提这个,今晚我会在登哈洛过夜,至少我们还可以平静地度过一晚。走吧!"

在逐渐增浓的暮色中他们下到了山谷。雪界河在此流经山谷的西边。很快,小径就将他们领到了渡口,该处浅浅的水流大声地冲刷过岩石。渡口有人把守,当骠骑王骑近的时候,许多男子从岩石的阴影间跳了出来;当他们看见来人是国王时,纷纷高兴地大喊:"希优顿王!希优顿王!骠骑王回来了!"

然后,有人吹响了号角,号声在山谷中回荡,其他的号角跟着响应,河流对岸立刻燃起了点点灯火。

从高山上突然传来了雄壮的军号齐鸣,听起来像是从某个空旷的地方发出的,它们汇集成一个声音,在山壁间不停地撞击回荡着。

就这样,骠骑王自西方凯旋归来,回到了白色山脉下的登哈洛。他发现他留守子民的军力已经集结起来了;他归来的消息一传开来,将军们立刻骑马来到渡口晋见王上,并且带来了甘道夫的口信;率领众将前来的是哈洛谷的领主督希尔。

"王上,三天以前的黎明,"他说,"影疾像是一阵风般从西方赶来伊多拉斯,甘道夫带来了您打胜仗的消息,让我们感到欢欣鼓舞。但他同时传达了您的旨意,要骠骑迅速集结。然后,那有翼的魔影就出现了。"

"有翼的魔影?"希优顿说,"我们也看见了它,但那是在甘道夫离开前的深夜。"

"或许吧,王上,"督希尔说,"那可能是同一个,或是另一个像它的,那会飞行的黑暗有着飞鸟的外形,那天早上越过了伊多拉斯,让所有的人都因恐惧而颤抖。它在宫殿上方盘旋,当它往下俯冲,几乎撞上屋顶时,空中传来了一声刺耳的尖叫,几乎让我们心脏停止跳动。然后,甘道夫建议我们不要在平原上集结,而是在这山脉的掩护中和您会合。他也要求我们非万不得已不要多点灯火。我们都照着做了。甘道夫说话极有权柄,让人无法质疑。我们相信如果是您也会这样做的。后来,这些邪恶的东西就再也没出现在哈洛谷了。"

"做得很好。"希优顿说,"我现在要去上方营地,在我就寝前,我会在那里会见所有的元帅和将军。请他们来见我,不要拖延!"

小径往东横过山谷直行,此处路宽大约半哩。四周全是平滩和杂草丛生的草地,在降临的夜幕中呈一片灰色,但在前方,在谷地远处那端,梅里看到一座隆起的岩壁,那是厉角山巨大山麓最后的外露层,是雪界河在过往岁月中所切割开来的痕迹。

在所有平坦的空地上都聚集着人群。有些只是毫无章法地挤在路边，夹道欢迎从西方凯旋的国王和骠骑们；但是，在他们后方是整齐划一的帐篷和棚架、一排排坚固的系马桩、大量的武器，以及层层林立、茂密如新栽灌木林般的长枪。此刻，集结在此的庞大部队被笼罩在夜幕中，虽然夜晚的寒风自高处吹下，却无人点灯，无人燃火。披着厚重斗篷的哨兵们毫不懈怠地来回巡逻。

　　梅里不知道眼前究竟有多少骠骑。在这越来越浓的暗夜中，他估算不出他们的数量，但在他看来，这像是一支有成千上万人的大军。就在他左顾右盼的时候，国王率领的部队来到了山谷东边的峭壁下；道路从这里突然开始往上攀升，梅里惊讶地抬起头来。他这时所走的路是他之前从未见过的，这是远在历史歌谣的记载之前，人类双手所建造的伟大工程。它不停地往上攀升，像是巨蛇一般蜿蜒，在陡峭的岩石间钻来钻去。它陡直如梯子，忽前忽后，盘升而上。马匹可以在上面前进，车辆也可以缓慢地拖拉上去；但是，如果上方有人防守，敌人就无法攻上此地，除非他们生出翅膀由天而降。在山路的每一个转弯处，都立有一座雕成人形的巨石，这些人形高大壮硕，粗手大脚，每个都盘腿而坐，粗短的手臂搁在肥胖的肚皮上。其中有些在岁月的磨蚀下已经变得面目模糊，只剩下深凹的眼洞忧伤地望着路过的旅人。骠骑们几乎无人对这些雕像瞥上一眼。他们都叫这些为普哥人，对它们视若无睹，它们既无力量，连威吓力也一点都不剩了。但当这些石人忧伤地隐现在路旁时，梅里充满好奇地注视着他们，心中升起一种几乎是同情的感觉。

　　过了好一阵子，他回头一看，才发现自己已经身在谷地上方好几百呎了，但在遥远的下方，他仍依稀可见一长排蜿蜒的骠骑继续在骑过渡口，秩序井然地进入为他们准备好的营帐中，只有国王和他的卫队往上走向高处的要塞。

登哈洛

最后，国王的队伍来到了悬崖边缘，盘升的路切入石壁中，继续向上走过一小段斜坡，出到了一块宽广的高地上。人们叫这里费瑞安台地，上面长满了青草和石南；它高踞在雪界河所切割出的深谷上方，坐落在背后那座大山的山坳中：南边紧靠着厉角山，北面是锯齿般的爱兰萨加山；在两者之间，正对着这些骠骑的陡峭山坡上，耸立着松林遍布、黝黑阴沉的丁默山，也就是"亡灵之山"。那块高地被一条两旁都矗立着成排大石的路隔成两半，那路一直延伸进树林中，消失在夜幕里。那些胆敢踏上这条路的人，很快就会来到丁默山之下黑暗的丁祸，面对那块充满威胁性的巨石，以及张开黑暗大口的封印之门。

这就是黑暗的登哈洛，一处早已被遗忘的人类所留下的痕迹。他们的名号早已失传，没有任何歌谣或传说还记得他们。现在早已无人知晓当年他们为何兴建这个地方，究竟是为了安身立业？还是祭祀神明？或是让帝王埋骨此处？他们在黑暗的年代中在此默默地埋头工作，那时还没有任何船只前来大陆西方的海岸，登丹人的刚铎也尚未建立；然而现在他们都消失了，只留下那些古老的普哥人，沉默地坐在路的每一个转弯处。

梅里瞪视着那两排巨大的石块，它们破损漆黑，有些歪斜，有些倾倒在地，有些甚至摔成了碎片；它们看起来像是一排排衰老、饥饿的牙齿。他想着这些岩石原来有什么用处，同时也暗自希望国王不会随着它们走入其后的黑暗中。然后，他看见了道路的两旁有着许多的帐篷与棚架；奇怪的是，这些帐篷都不是设在树下，反而是刻意避开树林，朝峭壁旁挤过去。多数的帐篷设在右边，也就是台地比较宽广的那一边，在左边是一个范围不大的营地，中间设有一座高耸的大帐篷。一名骑士从左方出来迎接他们，他们转离了石路。

当他们走近之后，梅里才发现那骑士是名女子，梳成辫子的长发在微弱的光线中闪闪发亮；不过，她腰部以上的穿着和战士一样，头上戴着头盔，腰间系着长剑。

"骠骑王万岁！"她大声喊道，"我真高兴可以看见您安全回来。"

"我也一样，伊欧玟，"希优顿回答道，"一切都还好吧？"

"都很好。"她回答，不过梅里觉得她的声音出卖了她的情绪。如果不是因为那张脸是如此的坚毅、冰冷，他可能会认为她之前才掉过眼泪。"一切都很顺利。只是人们被迫突然离家，踏上漫长的迁徙之道，对他们来说相当疲累。人民的确有抱怨，因为他们已经许久没遭遇过战争了；不过，没有什么坏的状况发生。就如您所见的，一切都已经就绪了。您的下榻处也已经准备好了；因为我获得了所有您的消息，也知道您抵达的时间。"

"那么，亚拉冈来过了。"伊欧墨说，"他还在吗？"

"不，他已经离开了。"伊欧玟别过头去，看着东南方黑暗的山脉。

"他去了哪里？"伊欧墨问道。

"我不知道。"她回答道，"他前夜抵达，昨天一早太阳出来之前就离开了。他已经走了。"

"女儿啊，你看起来很伤心。"希优顿说，"究竟发生了什么事情？告诉我，他是不是提到了那条路？"他指着朝向丁默山的那两排漆黑岩石说，"亡者之道？"

"是的，王上。"伊欧玟说，"他已经进入了那从未有人生还的黑暗中。我没办法说服他。他走了。"

"那么我们的道路注定就此分开了。"伊欧墨说，"他可能已经身亡了。我们必须在没有他的状况下前进，希望也变得黯淡许多。"

他们不再交谈，缓步穿过这块长着矮石南的草地，来到国王的大帐篷。梅里发现一切都已经准备妥当，连他都没被忽略。在国王的大帐旁边安设有一座小帐篷，他孤单地坐在帐内，看着人们来来去去，和国王商议、讨论。夜越来越深，西方山脉的顶端缀满了星辰，但东方依旧漆黑一片。两排巨岩缓缓被夜色吞没,但在岩石再过去那边,比夜色更暗的,是丁默山那庞大蹲伏的阴影。

"亡者之道。"他自言自语道,"亡者之道?这究竟是什么意思?他们都抛下我,他们全都迎向某种命运:甘道夫和皮聘去东方参战,山姆和佛罗多去魔多,神行客和勒苟拉斯及金雳去亡者之道。不过,我想,很快就会轮到我了。不知道这些人究竟在讨论些什么?骠骑王又准备怎么做?不管他去哪里,我都会跟着一起去。"

他一边如此阴郁地思索着,一边突然想到自己已经饿了许久。他一跃而起,要出去看看是否有其他人与他同感。不过,就在那一刻,号声响起,一名男子前来召唤他,请国王的随扈到国王身边报到。

在大帐篷的最内部有一块以帘幕隔开的小空间,地上还铺着许多的兽皮。希优顿、伊欧墨、伊欧玟,以及哈洛谷的领主督希尔都坐在一张小桌旁。梅里站在国王的凳子旁边耐心等待,直到老人从沉思中回过神来,转头对他露出笑容。

"来吧,梅里雅达克先生!"他说,"你不需要站着。只要还在我的国度里,你就应该坐在我旁边,讲述各种故事,让我轻松一些。"

大伙在国王左手边为霍比特人空出了一个位子,但没有人真的请他讲故事。大家都不怎么交谈,大部分的时间只是沉默地吃喝。最后,梅里鼓起了勇气,问出他一直如鲠在喉的问题。

"王上,我两次听你们提到亡者之道。"他说,"那是什么地方?神行客又——我是说亚拉冈大人,他又去了哪里?"

骠骑王叹了一口气,但一时间没有人回答,最后,伊欧墨才开口道:"我们不知道,因此我们才会觉得心情非常沉重。"他说,"至于亡者之道,你自己已经踏上了它的第一阶。不,我不该说这么不吉利的话!我们之前所走的道路会前往丁祸的亡者之门,但门后情况如何,无人知道。"

"没有人类知道,"希优顿说,"但是,现今极少提起的古代传说讲过一些。如果我伊欧王室代代口传的古老故事是真的话,那么丁默山底下的大门通往一条密道,穿过大山去到某个早已被人遗忘的出口。自从布理哥之子巴多越过了那扇门,从此在人间消失之后,就再也没有人类胆敢尝试那条道路。布理哥当时举杯庆祝黄金宫殿的落成,而巴多举起牛角杯一饮而尽,匆匆立下重誓前往冒险,却再也没有回来继承属于他的王位。

"人们说黑暗年代的亡灵看守着那条道路,不让任何生人进入它们隐秘的厅堂;不过,有些时候,人们会看见它们如同幽灵一般从大门出来,在石路上来回走动。那时,哈洛谷的居民会门窗紧闭,害怕地躲在屋内。不过,亡灵极少现身,只有在世局动荡、死亡将临的时候才会出现。"

"不过,在哈洛谷另有一个传说,"伊欧玟低声说,"在不久之前一个没有月光的夜晚,有一大群的阴影出现在那条道路上。没有人知道它们是哪里来的,只知道它们踏上那条石路消失在山中,仿佛是专程来赴约的。"

"那亚拉冈又为什么要走这条路呢?"梅里问道,"你们难道不知道任何可能的理由吗?"

"除非他曾经私下跟你说过什么话,"伊欧墨回答,"否则目前还在阳世的人,恐怕都无法回答你的问题。"

"自从我第一次在王宫中见到他以来,他似乎变了很多。"伊欧玟说,"他变得更严肃、更苍老,我觉得他像命定将死之人,就像亡灵会召唤的人一样。"

"或许他确实受到了召唤,"希优顿回答,"而我内心也认为自己将不会再看见他了。但他确实是个拥有不凡命运的王者。女儿,在我看来,这名客人的离开让你十分难过,请听我说个故事,愿你从中获得安慰。据说,当我们伊欧一族从北方前来,越过雪界河之后,我们想要找个在危急时候可以避难的地方。布理哥和他的儿子巴多爬上这处要塞的石阶,去到了那扇门前。在门坎上坐着一名老人,苍老得让人无法猜测年纪;或许他曾经一度高壮尊贵,但现在却萎缩衰老得像一块石头。由于他动也不动,一声不出,一开始他们的确以为他是石像;等到他们经过他,准备走进门内时,他开口了。那声音仿佛是从地底窜出一般,让他们惊讶的是,他所用的竟然是西方语:此路不通!

"于是他们停下脚步,打量着他,这才发现他还活着;但他没看他们。此路不通!他的声音又说了。这是亡者所建,由亡者所看管,直到时机来临才会开放,此路不通!

"'那时机是什么时候呢?'巴多问道,但他再也无法获得任何答案。老人就在那时倒下,无声无息地死去;我族从此再也无法得知古代山中居民的过往历史。不过,或许,预言中的时机终于到了,而亚拉冈可以通过那条路。"

"可是,除了大胆闯入那座门,谁会知道时机是否已经到来?"伊欧墨说,"即使我走投无路,必须面对魔多的大军,我也不愿意去走那条路。唉,在我们最需要他的时候,这位尊贵的战士竟然失去了理智!难道地面上的邪恶还不够吗,需要他进入地底去找寻?战争已经迫在眉睫了。"

他停了下来,因为在那一刻,门外传来一阵吵闹声,一名男子呼喊着希优顿,而守卫立刻喝问拦阻。

守卫队长推开帘幕,"王上,有个人在这里,"他说,"是一名刚铎的传令兵,他希望能立刻见你。"

"让他进来!"希优顿说。

一名高大的男子走了进来，梅里差点惊呼出声；在那刹那间，乍见之下，他以为波罗莫又重生归来了。然后，他定睛一看，这才确定不是；这名男子是个陌生人，只是模样很像波罗莫，看起来像是他的亲人，同样的高大自傲、拥有一双灰眸。他似乎刚从马背上下来，身上披着深绿色的斗篷，底下穿着精工打造的锁子甲，在他头盔的前方镶着一颗小银星。他的手中拿着一支黑羽钢刺箭，箭尖漆成朱红色。

他单膝跪下，将箭支献给希优顿。"洛汗之王，刚铎之友，我向您致敬！"他说，"我名叫贺刚，是迪耐瑟麾下的传令兵，王上派我将这开战的信物交给您。刚铎正处在危机之中，洛汗国一直是我国忠实的盟友，但这次，迪耐瑟王请求您全军支持、全速出动，否则刚铎将会陷落！"

"朱红箭！"希优顿紧握着这信物，仿佛期待这召唤已久，当它来临时却又感到恐惧。他的手颤抖着："我在位的年岁中从来没有收过朱红箭！真的已经到了这个地步吗？迪耐瑟王认为我要怎样才算全军全速驰援？"

"王上，这点只有您才知道。"贺刚说，"但是，不久之后，米那斯提力斯就会被团团围住；除非您的军力足以突破敌方滴水不漏的包围，否则迪耐瑟王命令我告知您他的判断：骠骑们强大的兵力若能进入城中，会比留在平原上好。"

"但是，他也知道我们惯于在开阔之地于马背上作战，而且我们的子民平常都散居各处，集合骠骑是需要时间的。贺刚，米那斯提力斯的城主是否知道的比他所送来的口信还要多？因为，如你所见，我们已经处在战争状态下，并非毫无准备。灰袍甘道夫已经来过我们这里，我们早已动员，准备面对东方的大战。"

"我不知道迪耐瑟王知道或是猜到了些什么，"贺刚回答，"但我们的确迫切需要援军。我王并非指派我前来下达军令，他只请求您记得旧日的情谊和誓言，您的倾力相助对洛汗国的未来也是好的。根据我们的情报，有许多势力已经前往东方加入了魔多的黑旗下。从北方直下到达哥拉平原，全都冲突不断，战争的流言四起。在南方，哈拉德林人也正在调动部队，我国沿岸全都面临极大的威胁，因此，该地没有多少援军能够前来支持我们。请您尽快！我们这时代的命运都将系于米那斯提力斯城前的一战，如果洪水无法在此处被阻住，那么它将会淹没洛汗国美丽的国土，就连这山中的要塞都将无法幸免。"

"这真是很糟糕的消息。"希优顿说，"但并非完全出乎意料。请这样回复迪耐瑟王——就算洛汗本身没有受到威胁，我们也会前往支持。但是，我们在和叛徒萨鲁曼交锋的过程中受到重创，而且正如他的情报中所清楚显示的，我们必须考虑我国北方和东方的边境。黑暗魔君这次集结的兵力庞大到十分惊人的地步，他甚至可能同时开辟多个战场，以多股兵力分进集结。

"不过，这些谨小慎微的话就不用再多说了。我们会去的。开拔的时间是明天，在一切都整编完毕之后，我们就会立刻出发。我本来可以派出一万兵力让你们的敌人受到重创；但是，恐怕现在会少多了，因为我不敢让自己的子民毫无防卫地暴露在敌人面前。不过，我还是会亲自率领至少六千兵力驰援。告诉迪耐瑟，虽然可能战死沙场，但骠骑王还是决定御驾亲征前去刚铎。然而，两国之间的距离并不近，而我麾下的战士和马匹在抵达的时候，都必须还有精力作战才行。明天早晨之后的一周，你们才能够听到伊欧子嗣自北方前来的吼声。"

"一周！"贺刚说，"如果必须要这么长的时间，那也别无他法。但是，七天之后抵达，你们恐怕只能看到化成废墟的米那斯提力斯，除非另有我们意料之外的援军抵达。不过，到时至少你们可以扫荡那些亵渎我们尸骨、在白塔上大开庆功宴的半兽人和野人们。"

"我们至少可以做到这一点。"希优顿说，"我才经历过一场恶战，刚赶回此地,我必须先去休息了。你今晚可以留在这里。如此你明天早上可以目睹洛汗全军集结,然后你可以怀着鼓舞之心回国,再说休息之后你会骑得更快。早上最适合研讨战略,或许夜里的思绪会让许多想法改变。"

话一说完,国王就站了起来,其他人也跟着起立。"现在每个人都去休息吧,"他说,"愿你们睡好!至于你,梅里雅达克先生,我今晚不需要你帮忙了。请你明天天一亮就做好准备听我召唤。"

"我会准备好的,"梅里说,"即使您让我和你一起前往亡者之道,我也不会退缩。"

"不要说这种不祥的话!"骠骑王回答,"能够获得这种名号的路并不止一条。但我也没说要让你和我一起踏上任何的道路。晚安了!"

"我不要被留下来,等到大家都回来之后才想起我!"梅里说,"我不要留下,我不要!"在对自己一遍又一遍的重复中,他在自己的帐篷里睡着了。

一名男子把他摇醒了。"醒醒,醒醒,霍比特拉先生![1]"对方大喊道,梅里一下子从深沉的睡梦中惊坐起来,但外面看起来还是漆黑一片啊。

"怎么一回事?"他问道。

"骠骑王叫你。"

"但太阳还没升起来啊!"梅里说。

---

[1] 霍比特拉(Hobytla):根据语言学家的研究,霍比特人这个名称是来自于洛汗语的霍比特兰(Hobytlan),亦即"住洞者"之意。在此,该名男子是用洛汗语称呼梅里。

"是没有,霍比特拉先生,而且看起来今天也不会升起来了。在这种浓密的乌云之下,人们会以为它永远都不会出现了。不过,虽然太阳不见了,时间却不会等人,动作快一点!"

梅里匆匆披上几件衣服,往外看去。整个世界正在变黑。连空气看起来都是黑褐色的,周遭一切都笼罩在灰黑之中,看不见影子;仿佛万物都静滞下来。天空看不出有任何云朵的形状,只有在远处的西边,可以看见那一大片黑暗如同伸出的魔爪般继续向前蔓延,只有十分微弱的光芒从爪缝间渗透出来。头顶的天空上则像压着沉重的顶盖,阴暗、没有形状,光线不但没有增亮,甚至变得越来越微弱。

梅里注意到有许多人指着天空窃窃私语,他们的脸色都显得灰白、哀伤,有些人甚至露出畏惧的神色。他怀着一颗沉重的心去见国王。刚铎的传令兵贺刚比他早到,他身边还站着另外一个人,穿着和外貌都很接近,只是比较矮壮。当梅里走进帐篷的时候,他正好在和国王说话。

"王上,它是从魔多的方向来的。"他说,"是从昨晚日落的时候开始的。我在您国境东谷的山丘中看见它慢慢升起,在天空逐渐蔓延,我奔驰了一整夜,同时也眼睁睁地看着它在背后将星辰一颗颗吞食。现在,这巨大的乌云将黯影山脉和此地之间所有的大地全都笼罩在黑暗中;而且,它还在不停地变黑。战争已经开始了!"

好一会儿,骠骑王沉默不语地坐着。最后,他终于开口。"我们终于还是遇上了!"他说,"这是我们这个时代最大的一场大战,许多事物都将就此消逝。但至少我们不需要再躲藏了。我们会走最近的路全速赶去。立刻开始集合!不能等待任何迟到的部队了。你们在米那斯提力斯的补给品够吗?如果我们要全力赶去,就必须轻装赶路,只能携带足够我们到达战场的粮食和饮水。"

"我们早已做了准备,战备存粮非常充足。"贺刚回答道,"你们可以尽量减轻负担,以最快的速度赶去!"

"传令下去，伊欧墨，"希优顿说，"骠骑全军出动！"

伊欧墨走了出去，要塞中的号角响起，底下山谷中传来震耳的回应；只是，在梅里的耳中，这些号角声似乎没有昨晚听起来那么的清澈、雄壮。在这沉重的空气中，它们似乎变得十分沉闷刺耳，带着一丝不祥的预兆。

骠骑王转向梅里。"梅里雅达克先生，我要前去参战了。"他说，"过一会儿我就要上路了。我解除你的职务，但这不包括我俩之间的友谊。如果你愿意的话，不妨留在这里，你可以服侍代替我治理臣民的伊欧玟公主。"

"可是，可是，王上，"梅里结巴地说，"我对您献上了我的忠诚和宝剑。希优顿王，我不想在这样的状况下和您分离。我所有的朋友都已经前去参战了，如果只有我一个人留在这里，我会抬不起头来的。"

"但是，我们必须要骑高大的快马，"希优顿说，"虽然你的勇气不逊于任何人，但你还是没办法骑乘这样的马匹。"

"那就把我绑在马背上吧，或是让我挂在马镫上或任何东西上。"梅里说，"虽然距离很远，但就算我不能骑，我跑也要跑到；就算我把腿跑断，延迟几个礼拜才到也不在乎！"

希优顿露出微笑。"若是这样，我宁可让你和我一起骑乘雪鬃。"他说，"不过，你至少可以和我一起前往伊多拉斯，看看黄金宫殿梅杜西。我会先往那个方向去。史戴巴可以载你这段路；在抵达平原之前，我们不会开始急行军。"

伊欧玟站了起来。"来吧，梅里雅达克！"她说，"我带你看看我替你准备的装备。"两人一起走了出去。"这是亚拉冈对我唯一的请求，"伊欧玟在行经帐篷间时说道，"你应该有参战的资格。我同意了，并且尽可能照办。因为，我心里认为你最后一定会需要这些装备的。"

她领着梅里来到了禁卫军驻扎的地方；一名军械人员递给她一顶小头盔、一面圆盾牌，以及其他的装备。

"我们没有适合你穿的盔甲，"伊欧玟说，"也没时间特别替你打造一件；不过，这里有一件坚固的皮背心，以及皮带和一柄小刀。你已经有了一把宝剑了。"

梅里深深一鞠躬，王女向他展示那面盾牌，它和金雳当初收到的盾牌一样，上面也同样有着白马的徽记。"把这些全收下，"她说，"穿戴它们迎向好运！再会了，梅里雅达克先生！不过，或许我们还会再见面，你和我。"

如此，在这逐渐聚拢的阴暗中，骠骑王做好率领所有骠骑往东进发的准备。人们的心情十分沉重，许多人在这黑暗中感到害怕。但他们是个坚强的民族，对于王上有无比的忠诚。即使是在由伊多拉斯撤退来此的老弱妇孺驻扎的营地里，也极少听见啜泣或是低语的声音。他们明知自己即将面临末日，却依然沉默地面对它。

两个小时很快就过去了，骠骑王坐在白马上，在微弱的光线中闪着亮。虽然他头盔下方飘扬的头发雪白，但他看来自信而高大；许多人看见他毫不畏惧，都兴起了有为者亦若是之感。

在淙淙的河流旁聚集了五千五百名全副武装的骠骑，其他还有数百名骑着轻装马匹的男子，一声号角响起，骠骑王举起手，骠骑全军就沉默出发了。最前面是骠骑王家族中十二名武勇过人的先锋，然后是骠骑王，右边则是伊欧墨。他已经在要塞中和伊欧玟道别了，这让他十分难过；不过，此时，他将精神全都专注在眼前的漫漫征途上。梅里骑着史戴巴与刚铎的传令兵跟在后面，在那之后则是另外十二名骠骑王室的成员。他们经过了一长列神情坚毅的人们，但是，当他们几乎走到队伍的终点时，有一道锐利的眼神射向霍比特人；那是一位比一般男子都要矮小的年轻人，梅里打量着他，心中边思索着。他注意到对方拥有一对清澈的灰眸；紧接着，他不禁打了个寒战，因为那是一副生亦何欢、慷慨赴死的神情。

他们沿着雪界河旁灰色的道路往下骑行，河水在岩石间哗哗奔流；他们穿越了下哈洛和上溪两座小村，那两地许多妇女从黑暗的门后向外望，脸上神情哀伤。就这样，没有号角，没有竖琴的伴奏，也没有雄壮的歌声，日后传颂无数个世代的洛汗东征就这么开始了。

> 清晨，自黑暗的登哈洛
> 塞哲尔之子与领主和将官同时出发：
> 他来到伊多拉斯，古老的厅堂
> 迷雾笼罩的骠骑皇宫；
> 黄金宫殿在黑暗中失色。
> 他向子民道别，
> 离开家园和王座，神圣的故乡，
> 在光明消退前，这曾是他宴饮之处。
> 骠骑王奋勇向前，恐惧紧追不舍，
> 命运就在前方。忠诚驱策着他，
> 诺言让他不敢松懈，誓要抵抗邪恶。
> 希优顿王驰向前，五日五夜不停歇，
> 伊欧子嗣勇征东，
> 穿越佛德、沼境、费理安森林，
> 六千兵马驰往森蓝德，
> 明多陆因山下的蒙登堡，
> 南国的海王之城
> 遭敌围困，烈火侵攻。

末日驱赶骠骑，黑暗吞没大地，
骏马与骑士，蹄声传千里
落入沉寂中，歌谣永传颂。

    骠骑王的确是在深沉的昏暗中抵达伊多拉斯，虽然当时的时间不过是中午。他在那里只短暂停留了片刻，让将近百名因取武器迟来的骠骑和他们会合。在用过午餐之后，他准备再度出发，同时向他的随扈和蔼地道别。但梅里再一次恳求，希望不要和他分开。

    "我之前已经说过了，未来的征途并不适合史戴巴。"希优顿说，"梅里雅达克先生，虽然你可能善于使剑，而且人小志气高，但是，在我们将于刚铎面临的血战中，你又能派上什么用场呢？"

    "谁能够未卜先知呢？"梅里回答，"但是，王上，既然你接受我成为您的侍卫，为什么又不让我和您并肩作战？我不愿意在歌谣和传说论到我时，总说我被人撇在后方！"

    "我接受你的效忠是为了你的安全，"希优顿说，"同时也希望你会服从我的命令。我麾下的骠骑都没办法承载你而又跟上队伍。如果这场战斗是在我的家门口发生，或许你可以名留青史；但这里距离迪耐瑟的王城三百零六哩之遥，不要再跟我争辩了。"

    梅里深深一鞠躬，闷闷不乐地转身走开，看着眼前的马队。队伍已经准备好要出发了：人们正在收紧马肚带、检查马鞍、安抚马匹；有些人则不安地看着逐渐降低的天空。一名骑士悄悄走来，在霍比特人的耳边低语。

    "我们的俗谚说，有志者，事竟成。"他低语道，"我就是这么做到的。"梅里抬头一看，发现对方正是他早上注意到的那名年轻人。"我看得出来，你希望和骠骑王同进退。"

    "是的。"梅里说。

骑士说："那么你可以跟我一起走。你可以坐在我前面，在我们骑上远处的大平原之前，我可以用斗篷遮住你，而这黑暗会是我们最好的掩护。你最好不要拒绝我的好意，不要多说，只管来就对了！"

"实在太感谢你了！"梅里说，"大人，多谢你的援手，但我还不知道你的大名。"

"喔，是吗？"骑士柔声说，"那就叫我德海姆好了。"

因此，当骠骑王出发的时候，霍比特人梅里雅达克就坐在德海姆身前。两人胯下高大的骏马温佛拉对这多出的重量并不在乎；因为德海姆尽管敏捷结实，却比大多数的男子要轻。

众人就这么骑入黑暗中。在伊多拉斯以东三十六哩，雪界河汇流入树沐河附近的一片柳树林中，他们扎营过夜。隔天他们紧接着穿越佛德，接下去是沼境，在他们右边有一大片橡树林，沿坡生长在刚铎边界上黝黑的哈力费理安山的山丘上；但在他们左边远处，迷雾笼罩着树沐河河口的沼泽。在他们策马前进的途中，不断听到有关北方战争的传言。独行者策马狂奔而过，带来东方边境遭到突袭的消息，以及半兽人正在向洛汗的高地进军。

"前进！继续前进！"伊欧墨大喊道，"我们现在回头已经太晚了。希望树沐河能够保卫我们的侧翼。我们必须加快脚步。前进！"

希优顿国王就这么离开了自己的国家，一哩又一哩地朝向目标迈进。骠骑们越过了一座又一座的烽火台：加仑汉、明瑞蒙、伊列拉斯、那多。但它们的烽火全都熄灭了。大地一片暗灰与沉寂；他们眼前的魔影越来越深重，每个人心中怀抱的希望之火也跟着渐渐熄灭。

第四章
刚铎攻城战

皮聘被甘道夫叫了起来。房间里面点着蜡烛,只有非常微弱的光线透过窗户照进来;空气十分凝重,仿佛有风暴即将来临。

"什么时候了?"皮聘打着哈欠说。

"日出两小时了。"甘道夫说,"你该起床了。城主已经召唤你,准备指派给你新的任务。"

"他会提供早餐吗?"

"不!我会给你的,到中午之前你也只能吃这么多,食物现在已经开始采取配给制了。"

皮聘可怜兮兮地看着那一小条面包,以及(他认为)非常单薄的奶油,旁边还有一杯稀牛奶。"你为什么要带我来这边呢?"他说。

"你自己应该很清楚吧。"甘道夫说,"我是为了不让你惹麻烦,如果你不喜欢这里,最好记住,这是你自找的。"皮聘不敢再多说。

不久之后,他就和甘道夫再度走入那条冰冷的长廊,前往高塔的大厅。迪耐瑟坐在灰蒙蒙的大厅中;皮聘觉得他好像一只耐心的老蜘蛛,似乎从昨天以来都没有移动过。他示意甘道夫在旁边坐下来,却让皮聘干站在那边,没有理会;过了好一会儿,老人才转向他:

"好啦,皮瑞格林先生,我希望你已经好好享受了昨天一整天,还喜欢吗?不过,我恐怕本城的膳食供应不如你期望的好。"

皮聘有种很不自在的感觉，他的所作所为不知怎地都被城主得知了，连他脑中的想法似乎也被他猜到不少。因此，他没有回答。

"你要怎么效忠我？"

"大人，我还以为你会告诉我。"

"我会的，不过我必须先知道你到底适合做什么。"迪耐瑟说，"如果我把你留在身边，或许我很快就可以知道了。我的贴身侍卫之前请求加入城中的守军，因此你可以暂时取代他的地位。你可以服侍我、替我传令，如果在这场战争和会议中我还有任何的闲暇，你可以陪我聊天。你会唱歌吗？"

"是的，"皮聘说，"呃，是的，至少我的同胞们可以忍受我的歌声。不过，大人，我们民族没有适合这种伟大殿堂与黑暗时代的诗歌。我们歌曲中最糟糕的也不过是大风大雨。绝大部分我会唱的歌都是让人哈哈大笑的，或者是有关食物和美酒的。"

"这些歌为什么不适合这个时刻，或是不适合我的宫殿呢？我们已经在魔影之下生活得够久了，当然想要听听不受魔王威胁的地方的故事。这样一来，尽管我们昼夜不懈的牺牲和努力很少获得感谢，我们也不会觉得是徒劳无功的。"

皮聘的一颗心往下沉。他一点也不想对米那斯提力斯的城主唱任何夏尔的民谣，尤其是那些他最熟悉的搞笑歌曲；对于目前这种景况，那些歌曲太……呃……太不登大雅之堂了。不过，现在他暂时不需要考虑这两难的处境，摄政王并没有命令他当场唱歌。事实上，迪耐瑟转向甘道夫，询问有关洛汗国的状况和他们的战略，以及国王的外甥伊欧墨的地位。城主对于这个居住在远方的民族所知甚详，让皮聘觉得非常佩服。而且，他想，迪耐瑟一定已经很久没有离开过这座城市了。

这时，迪耐瑟挥挥手，示意皮聘暂时离开。"去城堡的兵器库，"他说，"穿戴好净白塔的制服和装备。我昨天就已经下令了，今天应该已经准备好了。等你穿好之后就赶快回来！"

果然如同摄政王所说的一样，皮聘很快地就穿上了非常独特的制服，只有黑银两色。他披上一件合身的锁子甲，或许上面的甲环是钢铁锻造的，却黑得如同墨水一般。他还收到一顶相当高的头盔，两边装饰着小小的乌鸦翅膀，中间有颗银色的星星。在锁子甲之外则是一件黑色的斗篷，胸前用银线绣着圣树的徽记。他的旧衣服被叠得很整齐，收到一旁去，但他还是可以保留罗瑞安的灰色斗篷，只是在值勤的时候不能够穿着它。如果他有镜子的话，他会发觉自己现在看起来真的非常像是刚铎人给他的称号：Ernil I Pheriannath——半身人王子。但他觉得浑身不舒服，而天空的阴沉也开始让他心情沉重起来。

这一整日天色阴暗朦胧。从没有太阳的黎明一直到黄昏，那沉重的阴影越来越浓，城中所有人的心情都感到压迫而沉重。在高空中，一大团乌云从黑暗之地缓缓地朝西移动，吞噬了光明，带来一股战争的风；但在乌云下方，空气是静止的，令人感到窒息，整个安都因河谷仿佛都在等候一场毁灭性风暴的侵袭。

在日出后第十一个小时，皮聘终于可以暂时休息一下。于是，他离开大殿出去找些吃的和喝的，一方面激励自己低落的士气，一方面也让自己在等候中能够比较撑得住。在公共食堂他再度遇见了贝瑞贡，他越过帕兰诺平原前往堤道上的守卫塔执行一项任务，才刚回来。两人一起散步到城墙边，因为皮聘觉得待在室内像在坐牢，在守卫森严的城堡中更觉得气闷。这时两人又再度并肩坐在昨天他们吃东西聊天的那个朝东的窄窗口前。

现在时间该是日落了，但铺天盖地的乌云已经远伸至西方，太阳只有在最后落到靠近海平面的时候，才脱离乌云，在将临的夜暗前投射出最后一抹告别的光芒；而佛罗多正好在那十字路口看见这光照在国王断落的头上。但是，在明多陆因山阴影下的帕兰诺平原，不见任何的光芒：大地一片沉寂，阴郁凄凉。

对皮聘来说，他上次坐在这里似乎是好几年前的事了。那时他还是个无忧无虑，不受一路上所经历的磨难影响的快乐霍比特人。现在，他是个准备面对恐怖攻势的大城中的一名小小士兵，身上穿着光荣而沉重的高塔卫戍部队制服。

如果是在其他的时空下，皮聘或许会对自己身穿的新衣感到高兴，但是，他现在知道这并非儿戏。他真真实实是在最危险的时刻做了一位严厉君主的侍卫，一名誓死效忠的仆人。锁子甲十分沉重，头盔也重重压着他的头。他将斗篷披在椅子上，疲倦地将眼光从下方黑暗的平原上移开，打了个哈欠，接着又叹了一口气。

"你觉得累了？"贝瑞贡问道。

"是的，"皮聘说，"很累了，我已经厌倦了无所事事的等待。我在我主的门口不停地踱步，熬过了许多个小时，在这段时间中，他一直和甘道夫、印拉希尔王和其他重要的人物讨论不休。贝瑞贡先生，我到现在还不习惯饿着肚子服侍别人，看着他们吃东西，这对于霍比特人来说真是个严酷的考验。我想你一定会认为我应该要觉得深感光荣；但是，这样的光荣又有何用？事实上，在这袭来的阴影之下，就算是吃吃喝喝又有何用？这到底是怎么一回事？连空气都是凝重的褐色！难道每当吹起东风，你们这里就会这么阴暗吗？"

"不，"贝瑞贡说，"这并非自然的天候。这是他恶毒的诡计，是他从火山之中激发出的毒烟，想要摧折我们的士气，打乱我们的部署，而它的确产生了影响。我希望法拉墨王子赶快回来，他绝不会低头丧志的。可是，现在谁知道他能不能穿过黑暗，渡河回来？"

"是啊，"皮聘回答，"甘道夫也很焦急。我觉得，他发现法拉墨不在这里时，觉得很失望。现在他自己又跑到哪里去了？在午餐之前他就离开了摄政王的会议室,我想,他的心情也很糟糕。或许,他已经有得知坏消息的预兆。"

突然间,就在他们说话时,两人像被用力一棍打哑了,浑身冻结如两块倾听的石头。皮聘捂着耳朵蹲了下去,而在谈论到法拉墨时正从城垛上往外望的贝瑞贡,还是呆站在那里,无法动弹,瞪大双眼看着城外。皮聘认得那令人战栗的尖叫声:那是他许久以前在夏尔的沼泽地所听到的同一个声音。只是,它的力量变得更强,仇恨变得更深,以极度的绝望毫不留情地刺透人心。

最后,贝瑞贡勉强挤出几句话。"他们来了!"他说,"鼓起勇气往下看!那些堕落的生物出现了。"

皮聘勉强爬上座椅,朝墙外望。他下方的帕兰诺平原一片朦胧,向着安都因大河延伸而去,越来越模糊。此刻,当他凝神细看的时候,可以看见半空中有五个鸟形的身影,犹如过早降临的黑夜,旋风般疾扫过大河飞来,它们恐怖如吃腐尸的兀鹰,身形却比巨鹰还庞大,浑身散发着死亡的气息。它们越飞越近,几乎要进入城中弓箭的射程内,但随即又盘旋离开。

"黑骑士!"皮聘喃喃道,"会飞的黑骑士!贝瑞贡,你看!"他大喊着,"它们一定是在找什么东西!你看它们一直在盘旋俯冲,全都瞄准着那一点!你可以看见那边地面上有什么东西在移动吗?黑色的小东西。没错,是骑着马的人,四个还是五个!啊!我受不了了!甘道夫!甘道夫快来救我们!"

另一声凄厉的尖叫响起又消失,他再次从城墙边往后缩,像是被猎杀的动物一般不停地喘息。透过那声令人胆寒的尖叫,他听到下方传来显得十分遥远、微弱的号角声,尾音最后还猛然往上扬。

"法拉墨!法拉墨大人!这是他的号声!"贝瑞贡大喊着,"真是太勇敢了！但是，如果这些邪恶的魔鹰还拥有恐惧以外的武器，他们怎么可能赶到城门口？你看！他们挺住了。他们会赶到门口的。不！马匹发疯失控了……天哪！骑士都被甩了下来，他们正在徒步奔跑——不，还有一个人骑在马上，他又骑回去照应他人。那一定是法拉墨将军，他可以掌控人类和马匹。啊！又有另外一只恐怖的魔怪在朝他俯冲。来人哪！快来人哪！没有人愿意出去帮忙吗？法拉墨！"

话声一落，贝瑞贡立刻奔入黑暗中。贝瑞贡这种不顾己身安危，先想到自己热爱的长官的行为，让皮聘觉得十分羞愧。他立刻站起身，向外眺望。就在那一刻，他看见一道银白色的闪光从北方冲来，像是昏暗平原上的一道流星。它以如同飞箭一般的速度前进，而且越来越快，迅速和朝城门奔来的四人会合。在皮聘眼中，那苍白的光芒似乎正在不停地扩大，将它四周的阴影驱散开来。当那身影越来越靠近的时候，他觉得自己似乎听见一声大吼，听起来像城墙内的回声。

"甘道夫！"他大喊着，"那是甘道夫！他总是在最绝望的时候现身。冲啊！白骑士，冲啊！甘道夫，甘道夫！"他疯狂地大喊，仿佛正在替赛场中的选手加油，只是这位选手早已不再需要加油。

但是，这时，天空中的黑影已经发现了这名不速之客。一道黑影向他盘旋而来；皮聘似乎看见甘道夫举起手，一束白光射向天际，那名戒灵发出一声长长刺耳的尖叫，转身飞开。另外四名戒灵见状立刻犹豫不前，随即迅速往空中攀升，向东方飞去，消失在上方低沉黑暗的乌云中。下方的帕兰诺平原一时间似乎变得光明了些。

皮聘继续观看，他看见白骑士和那马上的人会合了，并停下来等待那些步行的人。人们从城中蜂拥而出，很快一行人就都走到了外墙下方视线不及之处，他知道他们已经进了正门。他推测他们一定会立刻前来白塔晋见摄政王，于是急忙赶到城堡的入口处，加入许多在那边的人，他们也同样在城墙上目睹了这场追杀和援救。

没多久，在一环环向上通往高塔而来的街道中就传来了震耳的喧闹声，人们欢呼、大喊着法拉墨和米斯兰达的名号。皮聘看见排列成行的火炬，后面跟着欢欣鼓舞的群众，簇拥着两名缓步骑行的骑士：白衣骑士不再发出光芒，他在朦胧中显得苍白，仿佛他的火焰在刚刚已经烧尽了或被遮住了；另外一名骑士穿着深色装束低垂着头。他们一起下马，仆人接过影疾和另一匹马的缰绳，两人一起朝门口的卫兵走来：甘道夫脚步沉稳，灰色的斗篷随风翻飞，眼中依旧有着熊熊火焰残留的余烬；另一个人一身绿衣，步履有些不稳，似乎是受了伤或是因为刚刚的追逐而筋疲力尽。

皮聘挤上前去看见他们正经过拱门的灯下，当他看到法拉墨苍白的面孔时，他猛吸了一口气。从那张面孔上，可以看出他遭受过巨大恐惧或痛苦的袭击，但现在一切都已控制住，并已恢复平静。法拉墨在门前站了一会儿，和守卫说话，他神情庄重而严肃，皮聘凝望着他，这才明白他长得和哥哥波罗莫有多么相像；皮聘从第一眼见到波罗莫时就喜欢他，仰慕他伟大的君王风范，行事举止却又和蔼可亲。但是，一见到法拉墨，皮聘却感觉到一股前所未有的情绪波动——眼前是一名拥有高贵血统和气质的人类，就像亚拉冈不时显露出来的一样，或许相较起来没有那么尊贵，但也不像亚拉冈那么难以捉摸、不易亲近。这是上古人皇血统的继承者，生于后世，但也被那古老种族的智慧和哀伤所感染。他现在才明白，贝瑞贡提到他时，为什么会充满了敬爱之情。他是个人们乐于服从和跟随的将军，即使是在那些黑翼的阴影笼罩之下，皮聘也愿意跟他出生入死。

"法拉墨！"他跟着其他人一起放声大喊，"法拉墨！"法拉墨在城中人类的嘈杂声中，听出了他陌生的口音，转过身来低头看见他，不禁露出惊讶的神色。

"你是什么时候来的？"他说，"一名半身人，竟穿着高塔的制服！

你是……"

他话还没说完，甘道夫就走到他身旁插话道："他是和我一起从半身人的故乡来的。"他说，"他是和我一道的。我们先别在这里耽搁时间吧。还有很多话要说、很多事情要做，而且你也已经疲倦了。他会跟我们一起来的。事实上，如果他没像我这般健忘，还记得他的新职责的话，他这个时候也该去服侍摄政王了。来吧，皮聘，跟我们走！"

不久之后，他们来到了城主的房间。房中生有一盆炭火，周围安设了数张宽大的座椅；仆人们也跟着送上美酒。皮聘几乎不为人注意地站在迪耐瑟的座位后方，着急地想要聆听最新的消息，甚至连自己的疲倦都忘记了。

法拉墨吃了几片面包，喝了一大杯酒之后，在父亲的左手边一张较低的椅子上坐了下来。另一边，甘道夫坐在一张雕花木椅上；起初他看起来像是睡着了。因为法拉墨一开始只是谈着十天前他被派去执行的秘密任务，他描述了伊西立安目前的状况，以及魔王及其盟友们的调兵遣将；他提到了在路上埋伏的哈拉德林人，还有将他们和巨兽一起歼灭的过程。这就像过去常听到的，完全是一名将军在向主上进行例行的报告，即使战果看来十分辉煌，但和目前的危机相比，也沦落为稀松平常的边境冲突。

接着，法拉墨的视线突然停留在皮聘身上。"但现在要谈我们所遇上的怪事了。"他说，"这并不是我所见过的第一位从北方传说中来到南方的半身人。"

一听见这话，甘道夫立刻抓住扶手，猛地坐直身；但他什么也没说，只使了个眼色制止了皮聘正要张开的大嘴。迪耐瑟看看他们的脸，点了点头，似乎他们不用开口他就已经洞悉了未说之事。所有的人都沉默、专注地倾听着法拉墨娓娓道来这段故事；他的目光大部分时候都看着甘道夫,偶尔会瞟向皮聘,似乎是为了提醒自己之前所见过的那两人。

当他的故事逐步讲到他和佛罗多及仆人的相遇,以及在汉那斯安南所发生的事时,皮聘察觉到甘道夫紧握着椅把的手正在微微颤抖着。那双手此刻看起来极为苍白,而且十分苍老,当他看着它们时,皮聘突然感到一阵恐惧,这才明白,甘道夫本人竟然也在担心,甚至是害怕。房间中的空气变得十分凝滞、沉重。最后,当法拉墨叙述他和对方分别,而他们意图前往西力斯昂哥的计划时,他的声音低沉下去,他摇了摇头,无奈地叹了口气。甘道夫立刻跳了起来。

"西力斯昂哥?魔窟谷?"他说,"时间,法拉墨,什么时间?你和他们是什么时候分开的?他们大概什么时候会抵达那个受诅咒的山谷?"

"我是在两天前的清晨和他们分别的。"法拉墨说,"如果他们往南直走,从那边到魔窟都因谷大约有四十五哩;然后从那边还得往西走十五哩才会到那座被诅咒的高塔。即使以最快的脚程计算,他们在今天之前也到不了那个地方,或许现在也还没到。我明白你在担心什么。但这笼罩天地的黑暗和他们的冒险之间并无关联。这黑暗是从昨晚开始的,伊西立安昨天一整天都笼罩在阴影中。根据我的判断,魔王早就准备好对我们发动总攻击,而攻击的时间早在这两名半身人离开我的保护前就决定了。"

甘道夫来回踱步。"两天前的早晨,也就是他们已经走了三个白天了!你和他们分开的地方距离这里有多远?"

"直线距离大约七十五哩。"法拉墨回答,"我已经尽全力赶回来了。昨晚我在凯尔安卓斯扎营,那是在大河北边我们驻扎兵力的一个三角洲,马匹则是留在这边的河岸上。当黑暗来袭,我知道情况紧急,便立刻和其他三名能骑马者赶来。我将其余的部队派往南边,加强奥斯吉力亚斯渡口的防卫。我希望我这么做没有错吧？"他看着父亲。

"错？"迪耐瑟大吼一声，眼中突然异光闪动："你问我干嘛？那些人是由你指挥的。还是，你请我评判你所有的作为？你在我面前装得十分谦卑，但你暗地里根本把我的话当耳旁风，一意孤行。你看，和以前一样，你说话还是很有技巧；可是，你从头到尾都一直看着米斯兰达，希望他确认你说的对不对，有没有泄漏太多！他从很久以前就赢得了你的信任。

"吾儿啊，你父亲虽老，却还没有那么不中用。我还是和以前一样能听能看；你口里只说一半或不愿说的，都瞒不了我。我知道很多谜团的答案。唉，不值得啊，波罗莫死得真不值得！"

"父王，如果我所言所行令您感到不快，"法拉墨平静地说，"在您将如此严厉的评断加在我身上之前，我真希望能够事先知道您的指示。"

"那会改变你的决定吗？"迪耐瑟说，"我很清楚，你还是会做出同样的事。我太了解你了。你一直以来就想效法古代的君王，像他们一样高贵、慷慨、仁慈、谦和。这对于出身高贵、在承平之世治国的王族来说，是很恰当的。但是，在乱世中，慷慨谦和往往必须付出死亡作代价。"

"我不后悔。"法拉墨说。

"你不后悔！"迪耐瑟大吼道，"法拉墨大人，但死的不是只有你，还有你父亲，以及你所有的子民。在波罗莫去世之后，保护他们就成了你的职责！"

"那么，父王希望——"法拉墨说，"我和哥哥的命运交换吗？"

"是的，我真希望是这样！"迪耐瑟说，"波罗莫效忠的是我，他不是巫师的玩偶。他会记得父王的需要，不会浪费命运赐给他的机缘。他会把那充满力量的礼物送到我面前。"

法拉墨一时之间失控了："父王，我要请您记得，为什么在伊西立安的是我而不是他。至少，不久之前，我这不肖子还听过您的一次教诲。将那任务交给他去执行的就是摄政王您啊！"

"这杯我自酿的苦酒我自会喝下，不需要你来提醒我！"迪耐瑟说，"我现在岂不每天每夜都在品尝这苦果，预感还有什么更坏的事会发生？现在果然不出我所料。事情何以不从我所愿！那东西应该到我手里的！"

"冷静一点！"甘道夫说，"波罗莫也绝对不可能把它带来给你的。他已经死了，而且死得其所，愿他安息！你不过是自欺欺人罢了。如果他拿走那东西，那么他将会沦入魔道；他会把那东西占为己有，当他回来的时候，你连自己的儿子也不会认得了！"

迪耐瑟脸上的神情变得坚硬又冷酷，说："你发现波罗莫没有那么容易操弄，是吧？"他柔声说，"但我身为他的父亲，我可以肯定地告诉你，他会把那东西带给我的。米斯兰达，或许你很睿智，但不论你如何机关算尽，你都不是全知全能的。有些忠告，不是巫师的罗网和蠢人的愚行可以掩盖的。在这件事上，我所知道的比你推测的还要多。"

"那您所知道的是？"甘道夫说。

"我所知道的，足够判断出我们必须全力避免两个愚蠢的做法。使用那东西是非常危险的。而在这种时刻，像你和我那儿子所做的那样，派一名没脑袋的半身人把它送到魔王的国度中，更是彻头彻尾的疯狂。"

"英明的迪耐瑟王，您又会怎么做呢？"

"我两个都不做。但几乎可以确定的是，我绝对不会拿众人全面的毁灭去冒险，让那东西处在除了愚蠢人之外谁都不抱希望的危险中，让魔王有重新找回那东西的可能性。不，我们应该要将它收好，藏起来，收在阴暗、幽深、没人找得到的地方。除非面临最后的绝境，否则绝对不使用它，将它放在他拿不到的地方，除非他彻底战胜我们，我们全都死亡，那时无论有什么事降临，我们都无所谓了。"

"大人，您的思考模式和以前一样，都仅限于刚铎统治者的角度。"甘道夫说，"但是，除了你们之外，还有其他的人类、其他的生灵，而且时间还在继续。以我来说，甚至是他的奴仆都让我非常同情。"

"如果刚铎陷落，其他的人类能从哪里获得援助？"迪耐瑟回答道，"如果我现在已经将那东西安地地收藏在这城堡的宝库中，我们这场讨论就不会因此起争端，我们也不会在这一片昏暗中因恐惧而颤抖，担心最坏的事发生。如果你不相信我能通过那考验，你对我的了解根本就不够！"

"我无论如何都不相信你。"甘道夫说，"如果我信任你，我早就把那东西送到你手中，不需要让我自己和其他人经历这么多的磨难。现在听完你这一番话之后，我就更不信任你了，就和我不信任波罗莫一样。等等，你先别动怒！在这件事情上，我也不信任我自己；即使它是白白送给我的礼物，我也不会拿的。迪耐瑟，你很坚强，在某些事务上你还是可以控制自己；但是，如果你拿到那东西，它会彻底击垮你的。即使它被埋在明多陆因山下，当黑暗增长的时候，它还是会让你朝思暮想，焚毁你一切的理智，到时候，更糟糕的状况将会随之降临到我们身上。"

在那一刻，迪耐瑟看着甘道夫的双眼又再度发出异光，皮聘再度感觉到两人意志力的拉扯与抗衡。但这次，两人的目光就像锐利的刀剑一样，在交锋时冒出火花。皮聘浑身发抖，担心会有某种致命的一击。可是，迪耐瑟突然间松懈下来，再度变得冷酷。他耸了耸肩。

"如果我拿到！如果你拿到！"他说，"这种假设都是空谈。它已经进入了魔影的势力范围，只有时间会证实，等待着它和我们的是什么。而这时间不长了。在此之前，所有对抗魔王的人都当团结一致，并尽可能抱持最后一丝希望，当这希望灰飞烟灭，刚毅之人仍可以自由之身战死。"他转过身面对法拉墨道："你认为奥斯吉力亚斯的防卫怎么样？"

093

"不够强。"法拉墨说,"正因为这样,我才会把伊西立安的部队派去增强那里的防卫。"

"我看这恐怕还是不够。"迪耐瑟说,"敌人的第一击将会落在该处。他们会需要一些刚勇的将领来指挥他们。"

"许多地方都一样,"法拉墨叹气道,"如果我敬爱的哥哥还在世就好了!"他站起身。"父王,我可以告退了吗?"话没说完,他的双腿一软,幸好扶住了父亲的椅子才没有摔倒。

"我看得出来你很累了。"迪耐瑟说,"你赶了很长的一段路,我听说一路上还有邪恶的阴影追击。"

"先别谈这个!"法拉墨说。

"那就先不谈吧。"迪耐瑟说,"先去休息吧。明天我们会面临更严酷的考验。"

所有的人都向城主告退,把握机会好好休息。甘道夫和皮聘拿着小火把,准备走回暂居的地方,此时外面是一片无星无月的黑暗。在他们回到房内之前,两人都保持沉默,最后,皮聘握住甘道夫的手。

"告诉我,"他说,"还有希望吗?佛罗多还有希望吗?我的意思是,至少佛罗多还有成功的可能吗?"

甘道夫把手放在皮聘头上。"从一开始就没有多少希望。"他回答道,"正如你刚刚听见的,这只是一个愚蠢者的希望。当我听见西力斯昂哥时——"他顿住,走到窗台前看着外面,仿佛双眼可以穿透东方的黑暗。"西力斯昂哥!"他呢喃着,"为什么会选那条路呢?"他转过身说道:"皮聘,听见这个地名的时候,我几乎失去了信心。但事实上,我认为从法拉墨带来的消息中,还可看见希望。因为,情况很清楚,魔王在抓住佛罗多之前开启了战端。因此,从今天起的许多天,他的目光都会在全世界逡巡,反而遗漏了他自己的国度。而且,皮聘,我从这里就可以感觉到他的仓皇和恐惧,他被迫在一切准备周全之前发动攻击,一定是有什么事情让他不得不如此。"

甘道夫沉思了片刻。"或许,"他喃喃道,"小子,或许连你所做的傻事都有帮助。我来算算:大约五天之前,他就发现我们打垮了萨鲁曼,取走了晶石,但这又怎么样呢?我们也不能在不让他发现的状况下好好利用晶石。啊!我这么推想!亚拉冈吗?他的时机快到了。皮聘,他的内心十分坚强,毅力远远超越一般人。他勇敢、意志坚定,能够自己作出正确的选择,必要时也敢铤而走险。或许就是这样啊!他可能利用晶石刻意出现在魔王面前、挑战他,为的就是这个目的。我是这么推测的。算了,除非洛汗国的骠骑能实时抵达,我们才可能知道进一步的消息。这真是动荡的乱世啊!趁还能够休息的时候闭上眼休息吧!"

"可是——"皮聘说。

"可是什么?"甘道夫说,"今晚我只接受一个可是。"

"咕鲁,"皮聘说,"天晓得他们怎么能和他一起行动,甚至是听从他的带领?我也看得出来,法拉墨跟你一样,一点都不喜欢他们要去的那个地方。到底有什么问题?"

"我现在也不能回答。"甘道夫说,"但我认为佛罗多和咕鲁在一切结束之前是会碰面的,不管会导致善果还是恶果。但今晚我不愿意详述西力斯昂哥的历史,我担心的是阴谋,那个可怜的小家伙可能正计划着某种阴谋。我们又能如何?叛徒往往会作茧自缚,甚至创造出他无心缔造的善果,世事难料。晚安!"

第二天的早晨像是黄昏一样灰暗,原先因为法拉墨回来而鼓舞的民心士气,现在又再度低落下去。这天,有翼的阴影并未再度出现,但是,从早到晚,人们不时会听见高空传来微弱的尖叫声;许多听到那声音的人都不禁浑身发抖,较为胆小的人更会丧胆哭泣。

如今，法拉墨又再度离开了。"他们就是不让他休息。"有些人低声说，"王上对他的儿子太严苛了，他现在必须挑起两个人的重担，一是他自己的，一是属于他那永远不会回来的哥哥的。"人们不停地望向北方，问道："洛汗的骠骑呢？"

事实上，法拉墨并非自愿离开的。但是，城主毕竟还是刚铎的统治者，那天他也不准备在战略会议中向任何人低头。那天一早，城主就召开战略会议。在会议中，所有的将领们都同意，由于南方遭受到突如其来的威胁，导致他们的兵力大幅减少，因此无法主动出击，除非洛汗国的骠骑抵达，才有可能扭转这局势。在这期间，他们必须增派人手防御城墙，进行等待。

"不过，"迪耐瑟说，"我们也不能轻易放弃外围的防御，拉马斯安澈的城墙是我们耗费无数人力才修建好的。魔王的部队也必须为了渡过河口而付出惨重的代价。他要全力进攻我城，不能由北自凯尔安卓斯前来，因为那里有沼泽地，也不能从南攻向列班宁，因为河太宽，会需要许多的船只。因此，他会集中全力攻击奥斯吉力亚斯，当年波罗莫阻挡住他的攻势，就是同样的状况。"

"但那时只不过是刺探。"法拉墨说，"今天，就算我们让敌人付出十倍于我方的伤亡人数，也还是不值得的。他可以承受一整个军团的伤亡，但一个连队的牺牲对我们却是重大的损失。如果他强攻渡河，我们派在外地的驻军撤回主城的过程将会极其危险。"

"凯尔安卓斯又如何呢？"印拉希尔王说，"如果奥斯吉力亚斯守住的话，该处也必须要能守得住。我们也别忘记左翼可能有的威胁。洛汗国的援军可能会来，但也可能失约。根据法拉墨的情报，魔王的黑门前聚集了大军，他可能同时派出数个军团，攻击一个以上的渡口。"

"在战争中本来就要冒许多险。"迪耐瑟说，"凯尔安卓斯已经驻有部队，目前我们不会再派出援军。但我绝不会拱手让出渡口和帕兰诺平原——关键在于在场有哪一位将军拥有勇气执行上级的意志。"

众人一片沉寂。最后，法拉墨说话了："父王，我不会违抗您的旨意。既然您已经失去了波罗莫，我愿意去，代他尽力而为——只要您下令。"

"我下令。"迪耐瑟说。

"再会了，父王！"法拉墨说，"倘若我能侥幸生还，请您给我一个公平的看法！"

"那要看你是以什么样的姿态生还！"迪耐瑟说。

在法拉墨往东进发之前，最后和他说话的是甘道夫。"不要因为心中的痛苦而轻贱自己的生命。"他说，"除了战争以外，这里还有其他的理由需要你。法拉墨，你的父亲是爱你的，他最后会明白的。再会了！"

就这样，法拉墨大人又再度离开了，他带走了一些能够抽调出来的志愿者。城墙上，有些人透过阴暗的天色，朝着远方的废墟城市凝望，猜测着该处到底面临什么样的状况，因为什么都看不见。其他人则依然如同以往一样看着北方，估算着希优顿驰援的距离。"他会来吗？他还记得两国之间的盟约吗？"他们说。

"是的，他会来的！"甘道夫说，"尽管他有可能来得太迟。想一想看！朱红箭最快也不过两天前才送达他手中，从伊多拉斯到此路又很远。"

在新的情报传来时，已经又是夜晚了。一名男子匆忙从渡口骑来，报告从米那斯魔窟出发的大军正在逐渐接近奥斯吉力亚斯，南方高大残酷的哈拉德林人也加入了他们的阵容。"我们也才刚刚得知，"信差说，"黑影将军是他们的首领，在河对岸都可以感受到他散发出来的恐怖气息。"

皮聘来到米那斯提力斯的第三天，就在这噩耗中结束了。只有少数几人前去休息，因为大家都明白，现在，即使是法拉墨也不可能守住渡口很久了。

第二天一早，虽然黑暗已经扩张到底，没有再变得更深沉，但它还是在人们的心中造成极为沉重的压力，他们也都觉得十分恐惧。噩耗很快又再度传来。敌人已经强渡了安都因河口，法拉墨正撤退到帕兰诺的城墙后，在堤道堡垒中重新集结他的兵力；但敌人拥有十倍于他的兵力。

"即使他能够成功横越帕兰诺平原，也不可能摆脱紧追不舍的敌人。"信差回报，"敌人为了渡河已经付出了惨重的代价，但却没有像我们所希望的那样惨重。他们的渡河计划十分周详。我们现在才知道，长久以来，他们就开始秘密地制造木筏和渡船，藏放在东奥斯吉力亚斯中。他们像甲虫一般蜂拥而来。但真正击败我们的还是黑影将军。光是听见他即将到来的谣言，就没有多少人能够抵挡。他自己的部下也对他畏惧不已，只要他一声令下，他们会当场自相残杀。"

"那么，那里比此地更需要我！"甘道夫立刻策马出城，他模糊的身影很快就消失在众人的视线中。皮聘彻夜不眠、独自站在城墙上，凝望着东方。

天亮的钟声又再度响起，在这浓密的黑暗中显得格外讽刺。皮聘这时却看见远方有了火光，就在帕兰诺平原城墙屹立的地方。守卫们大声呼喊，城中的所有男子全都严阵以待。远方不时发出红色的闪光，慢慢地，透过滞重的空气，可以听见一声声低沉的闷响传来。

"他们已经攻下了城墙！"人们大喊道，"敌人炸开了缺口。他们来了！"

"法拉墨在哪里?"贝瑞贡不安地大喊,"千万别说他已经战死了!"

首先带来消息的是甘道夫。上午过了一半,他带着屈指可数的骑士护送一列马车回来。车上载满了伤员,都是他们从堤道堡垒的废墟中抢救出来的战友。他立刻赶去见迪耐瑟。城主此刻坐在净白塔中的大厅内,皮聘侍立在他身边;透过黯淡的窗户,他暗色的双眸不停地注视着北方、南方和东方,仿佛想要看穿那笼罩在他四周的邪恶黑暗。他的目光最长停留在北方,有时他会停下来侧耳倾听,仿佛借着某种古老的魔法,他的耳朵可以听见远方平原上如雷的马蹄声。

"法拉墨回来了吗?"他问道。

"没有,"甘道夫说,"但当我离开的时候,他还活着。他决定要留下来断后,以免帕兰诺平原的撤退行动溃不成军。有他在现场坐镇,至少可以让部队再坚持一阵子。但我对此实在没把握。他要抵御的那个敌人太强大,因为我所担心的那人已经到了。"

"不会是——不会是黑暗魔君吧?"皮聘在恐惧中忘记了分寸。

迪耐瑟苦笑着说:"不,皮聘先生,时候还没到哪!只有在我们一败涂地,自己全面获胜之后他才会来。他会利用其他人当作他的武器。半身人先生,所有睿智的君王,都会这么做。否则,为什么我会坐在这座塔中思考、观察和等待,甚至连自己的儿子都不惜牺牲?我并不是已经不能出阵作战了!"

他站起身,掀开黑色的斗篷,看啊!斗篷底下他穿着锁子甲,腰带上系着一柄长剑,剑柄长大,突出于黑银两色的剑鞘中。"我已经这样生活了多年,连睡觉的时候都不会除下。"他说,"这样,我的身体才不会因为年岁而变得老朽胆怯。"

"但是,在巴拉多之王的指挥之下,他的麾下大将已经攻占了你的外层防御。"甘道夫说,"他是古代的安格玛巫王、妖术师、戒灵,九名堕落之王的首领,在索伦的手中,他是柄让人充满恐惧的利刃,是让人绝望的幽影。"

"那么，米斯兰达，你终于碰上可以和你匹敌的对手了！"迪耐瑟说，"至于我，我从很久以前就知道邪黑塔真正的掌权者是谁。你回来就只为了告诉我这些消息吗？或者，你是因为打不过对方而逃之夭夭？"

皮聘打了个寒战，担心甘道夫会因这刺激而勃然大怒，但他的恐惧是多余的。"或许吧！"甘道夫柔声回答，"但对我们实力的真正考验还没到来。如果古代的预言没错，无论多么勇武的英雄好汉都杀不了他，他的克星是连贤者都不得而知的谜团。无论如何，至少，那邪恶的首领自己并不急着向前；他正是照着你之前所提过的睿智规范而行，躲在后方，驱赶着他的奴仆疯狂向前。

"但你猜错了，我回来的目的是护送那些还可以医治的伤员；拉马斯的城墙已经多处被毁，魔窟的大军很快就会从多个缺口进攻。我来主要是提这件事：很快，平原上就会燃起战火；我们必须准备一支突击的伏兵，最好全是骑马的战士。那是我们唯一的希望，目前敌人的骑兵依旧是他们最弱的一环。"

"我们现在也好不到哪里去，如果骠骑们现在能出现就好了！"迪耐瑟说。

"其他的部队会比他们先抵达。"甘道夫说，"凯尔安卓斯的守军已经和我们会合，那座三角洲已经沦陷。另一支从黑门前出发的部队，从东北方渡河攻击了他们。"

"米斯兰达，有些人指责你乐于带来坏消息。"迪耐瑟说，"但这对我来说并不算是新消息了：昨天天黑以前我就知道了。至于突击的伏兵，我已经考虑过这件事了。你们下去吧。"

时间慢慢流逝。经过一段时间之后，城墙上的守军开始看见撤退的先头部队。疲惫的战士一小群一小群散乱地往回走，其中大多数人身上都挂彩了；有些人甚至像是被追杀一般地没命狂奔。人们依旧可以看见远处东方闪动着火光，这些火焰似乎从各处穿透了城墙，在平原上蔓延开来。房屋和谷仓起火了。然后，一条条细小的红色火龙蜿蜒穿过黑暗，迅速从四面八方朝主城门通往奥斯吉力亚斯的大道汇聚而来。

"这些敌人，"男人们说，"外墙已经陷落了，他们从每一个缺口蜂拥而入。看来他们还带着火把！我们的部队呢？"

时间逐渐接近傍晚，光线越来越微弱，连视力很好的人，都无法从城堡中看清楚战场上的情况。唯一能确定的是：火焰不停地蔓延，火龙的长度和数量也一直在增加。最后，距离主城不到一哩的地方，一群秩序井然的战士出现了，他们以稳定的步伐前进，依旧保持着队形。

城中的人们屏息以待。"法拉墨一定就在那边。"他们说，"他可以指挥人类或是野兽，他会安全回来的！"

撤退的主力队伍距离主城大约只剩四百米了，在他们身后有一小队骑兵从黑暗中急驰而来，那是断后部队幸存的最后几名战士。他们又再度转过身，面对数量惊人的敌人。这时，突然间传来了凶猛的喊叫，敌人的骑兵冲锋了。原先的火焰长龙变成了波涛汹涌的急流，一列一列的半兽人拿着火把，野蛮的南方人擎着红旗，用粗鲁的语言不停叫骂着冲上来，眼看就要赶上撤退的队伍。同时，从黑暗的天空中传来一声刺耳的尖叫，长着翅膀的黑影飞出，戒灵俯冲而下，准备大开杀戒。

撤退的队伍立刻溃散。人们开始脱队，不假思索地四散奔逃，有些将武器抛下，有些恐惧地大喊，有些则是趴在地上不能动弹。

城堡中传来了冲锋的号角声，迪耐瑟终于出动了他的伏兵。他们集结在正门和外墙边的阴影中，就等着他的讯号，他们是城内所有仅存的骑兵。他们队伍整齐地高速冲锋，口中大声呐喊着杀向敌人，城墙内也响起回应的呐喊；在骑兵的最前端，是多尔安罗斯王和他擎着蓝旗的天鹅骑士。

"安罗斯为刚铎而战！"他们大喊着，"安罗斯和法拉墨要会合了！"

他们以奔雷的气势击溃了撤退队伍两翼的敌人，但一名骑士超越了后面的所有人，犹如一阵草原上的疾风掠过敌阵——影疾载着他，他再度浑身发光，高举的手中闪动着耀眼的光芒。

戒灵尖叫一声，猛地拉高冲势飞开，因为它们的首领还没前来挑战敌人手中净化的火焰。魔窟的部队本来一心一意只想残杀劫掠撤退者，冷不防被这一阵猛烈的冲杀击垮，立刻像大风中的火星一吹而散。刚铎撤退的部队欢呼着转过身，开始攻击追兵。原先的猎人成了猎物，撤退反而转成进攻。战场上立刻尸横遍野，满地都是半兽人和人类的尸体，骤然熄灭的火把冒出恶臭，在平原上卷起阵阵的烟雾。骑兵毫不留情地继续向前。

但迪耐瑟并不允许他们继续追击。虽然敌人的攻势受阻，暂时被击退，但东方的部队依旧源源不绝地前来增援。号角再度响起，发出退兵的号令。刚铎的骑兵停了下来。在他们的掩护之下，撤退部队重整队形，再度秩序井然地朝向正门迈进。他们抵达城门，抬头挺胸地迈入；城内的人民也以敬佩的眼光看着他们，大声称赞他们；但是，众人内心也都很沉重，因为从战士的数量看来，他们的牺牲非常惨重。法拉墨损失了三分之一的部下，而他自己人又在哪里呢？

他是最后回来的人，他的部下都已经进了城内。骑兵们策马进城，最后是多尔安罗斯的旗帜和领袖，他怀中抱着和他流着相同血脉的迪耐瑟之子法拉墨，他是在尸横遍野的战场上找到将军倒下的躯体。

"法拉墨！法拉墨！"人们在街道上哭喊着。但他没有回答，他们将他簇拥着送进城堡，回到他父王的身边。正当戒灵在白骑士攻击的光芒下后退时，法拉墨正和哈拉德的一名大将在马上僵持不下，从敌阵中冷不防飞来一箭射中了他，令他坠落下马。如果不是多尔安罗斯骑兵的冲锋，他可能早就被南方人的利剑斩杀在战场上。

印拉希尔王将法拉墨送入净白塔，他说："王上，你的儿子在英勇奋战之后回来了。"他描述了他所见的奋战经过。但迪耐瑟只是站起来，注视着儿子的脸孔，一言不发。然后，他命令仆人们在房中安排一张床，将法拉墨放在床上，接着请众人离开。他自己则是上到高塔顶端的秘室中；那时，许多抬头观望的民众看见窄窗内冒出苍白的光芒，在闪动一阵之后，光芒就熄灭了。当迪耐瑟从塔上下来之后，他走到法拉墨床前，坐在他身边，依旧一言不发；只是，摄政王的脸色灰白，看起来比他卧床的儿子更像个死人。

就这样，米那斯提力斯最后终究遭到了围困，被敌人团团严密地包围了。拉马斯城墙遭到突破，整个帕兰诺平原也落入敌人的掌握中。从城外最后传来的消息，是由北方逃来的部队在正门关闭前所带进来的。他们是从安诺瑞安和洛汗进入米那斯提力斯必经之道上的守军。这些残兵是由印哥所带领，五天前就是他让甘道夫和皮聘通过的，那时，太阳还依然升起，早晨还充满希望。

"骠骑们还是没有消息。"他说，"洛汗国的援兵不会来了。即使他们来了，恐怕也无法突破包围圈。我们首先听到的消息是，有一支新的部队已经从凯尔安卓斯的方向渡河了。他们的兵力非常强大：好几个魔眼直属的半兽人军团，以及无数个由我们以前从未见过的陌生人类所组成的连队。他们身材并不高，但十分壮硕凶残，像矮人一样留着胡子，拿着巨斧。我们猜测，他们可能是从东方的荒野中前来的野蛮部族。他们在北方的道路上部署了重兵，还有许多则是进驻了安诺瑞安。骠骑们看来是无法赶过来了。"

正门关了起来。城墙上的守卫一整夜都可以听见敌人在外面肆虐的声音，他们恣意破坏、四处放火，砍杀任何在城外的人类，不管他们原先是死是活。在这一片黑暗中，人们无法估计越过大河的敌人究竟有多少，但是，当依旧黯淡的清晨到来，笼罩在平原上时，人们才发现昨夜的恐惧并没有让他们夸大敌人的数量。平原上黑压压地挤满了他们行进的部队，在幽暗中，极目所及之处，只见敌人安置了许多黑色或是鲜红色的营帐，密密麻麻如同恶臭的毒蕈围在这座受困的城市四周。

半兽人如蚂蚁般忙碌地工作，他们在弓箭射程之外，绕城挖掘一条条宽大的壕沟；每当一条壕沟完成时，沟内就被注满了火焰。这火焰究竟是如何被点燃的，是靠着独门的技术还是靠魔法？没有人看得见。他们忙碌了一整天，不断向前推进，米那斯提力斯的守军束手无策地看着，完全无法阻止。只要一段壕沟完成，守军们就可以看见对方推来巨大的车辆，紧接着就是更多的敌军。他们都躲在壕沟的掩护之后，同时也架设起巨大的弩炮和投石器。城墙上的武器都无法射到那么远的地方，也无法阻止敌人的工作。

一开始，人们只是哈哈大笑，并不怎么害怕那些装置。因为环绕这座城的主城墙不只极高，厚度更惊人，这是努曼诺尔人在流亡中力量和工艺衰微之前所建造的。它的外墙面如同欧散克塔一样，黝黑、坚硬、光滑，不管是火焰还是钢铁都无法破坏；除非有某种力量能将它连根拔起，否则它根本不畏惧任何形式的攻击。

"没用的，"他们说，"就算敌人那无名的主将亲自前来也一样，只要我们还活着，他也绝对进不来。"但有些人忍不住质疑道："只要我们还活着？还有多久？他拥有的武器从古到今已经不知击垮了多少强敌。那就是饥饿。道路都已经被封闭了，洛汗国的援军是不会来了！"

但那些装置并没有把弹药浪费在金刚不坏的城墙上。规划这场剿灭魔多大敌战役的并非鸡鸣狗盗之辈，而是拥有诡诈智慧的力量和心智。巨型投石器架好后，在敌人的呼喊和绳索、滑轮的运作之下，难以计数的弹药被投向极高的高空。因此这些弹药越过了城垛，如同致命的暴雨一般直落在第一环城中。许多弹药借着独特的技术，在着地时炸成一大团火焰。

很快的，城内就陷入了一片火海，所有多余的人力全都被抽调去扑灭各处冒出的火苗。在这一团混乱之中，又有第二波没那么危险，却更为恐怖的弹雨落了下来。这些东西落在城门后所有的街道上；它们小而圆，却不会爆炸燃烧。当人们跑去想要弄清楚是什么东西时，却纷纷克制不住地发出惨叫或嚎啕大哭。敌人这回射进城内的是战死在奥斯吉力亚斯、拉马斯城墙、平原上的那些战士的头颅。他们的模样非常可怕：有些头颅已经被破坏得难以辨认，有些则是被砍满了恐怖的伤口，但许多还是可以辨识出来的，每个人看起来都死得非常痛苦；而且半兽人还在他们的头上毫不留情地烙下了魔眼的印记。虽然这些人头遭到如此的毁损和侮辱，但城中的守军还是会从中发现他们曾经认识的人，想起他们活着时全副武装昂首阔步而行，或耕作田地，或在假日从翠绿的山谷骑上山来时的模样。

人们徒然朝着那些聚集在正门前的残忍敌人挥舞拳头，对方毫不理会咒骂，也听不懂西方人类的语言，只是用类似野兽和食腐鸟类的嘶哑语言吼叫着。但很快的，米那斯提力斯城内的守军士气陷入了新的低潮，没有多少人还敢挺身抵抗魔多的部队，因为邪黑塔的王又带来了另一个比饥饿更快速、更强大的武器：恐惧和绝望。

戒灵再度出击。这一次，他们的暗王发动了几乎全部的力量，而他们传达它意志和力量的声音，也随之变得更具破坏力，充满了邪恶与恐怖。他们如同等待啃食人类尸体的兀鹰一样，在空中不停地盘旋。他们刻意保持在人类的视力和弓箭的射程之外，却从不离开，他们致命的声音回荡在空气中。每一声凄厉的尖叫都让人越来越难以忍受，到了最后，在这些黑影掠过上空时，连意志最坚定的战士都会卧倒在地上，无法动弹；再不然，他们就是浑身僵硬地站着，让武器从软弱的手中落下，脑中的思绪完全被黑暗所掩盖，再也不想要抵抗，只有想着躲藏、逃窜和死亡。

在这黑暗的一天中，法拉墨都躺在净白塔厅中的卧榻上，高烧不退，神智不清；有些人说他快要死了，很快的，这消息就传遍了全城，人人都说他快要死了。他的父亲坐在他身边，一言不发，只是看着他，完全不再注意防御的事。

这是皮聘所见过最黑暗的时刻，即使是被强兽人抓住的时候也没有这么绝望。他的职责是服侍摄政王，等候召唤，但他似乎被人遗忘了，他站在没有点灯的厅堂门边，尽可能地控制住自己心中的恐惧。他眼睁睁看着迪耐瑟在他的眼前不停衰老，仿佛他高傲的意志中有什么东西崩断了，他坚定的心智也被击垮了。完成这一击的或许是伤心，又或许是悔恨。他在那张坚毅的脸上看见了泪水，这比怒气更让人难以忍受。

"王上，不要哭。"他结结巴巴地说，"或许他会好起来的。您问过甘道夫了吗？"

"不要拿巫师来安慰我！"迪耐瑟说，"那愚蠢的最后一线希望已经破灭了。魔王找到了它，他的力量开始增强；他看见我们每一丝的想法，我们所做的一切都是徒劳。"

"我派自己的儿子出去冒那不必要的危险，没有感谢他，没有祝福他，现在，他躺在这里，血液中流着剧毒。无奈啊，无奈啊，不管战事如何演变，我的血脉都将从此断绝，刚铎就连宰相的家族也将从此终结。人类的皇族将落入贱民统治之下，即使躲入山里最后也将被全部灭绝。"

许多人来到门口，求见城主。"不，我不出去！"他说，"我必须留在儿子身边,他在死前或许还会开口。那时刻已经不远了。你们想要跟谁就去跟谁,即使是那个灰袍傻瓜也无妨,尽管他的希望已经破灭了。但我只会留在这里。"

因此,甘道夫接掌指挥了刚铎主城最后的防卫战。只要他一出现,人们就士气大振,将那魔影的记忆赶出脑海。他不眠不休地来回穿梭在城堡和主城门之间,从南到北巡视城墙的每一段;多尔安罗斯王穿着闪亮的盔甲随他一同巡视。他和他的骑士依旧拥有真正努曼诺尔人皇者的血统,他们仍像君王贵族般镇定自若。看见他们的人们会低声说:"古老的传说或许是真的;那些人的身体里面或许真流着精灵的血液,毕竟宁若戴尔的子民曾经在那地居住过很长的一段时间。"然后,就会有人在这一片灰暗中唱起有关宁若戴尔的歌谣,或是远古流传下来的安都因河谷的颂歌。

但是,当甘道夫他们离开之后,人们又再度被阴影所笼罩,热血也跟着冷却下来,刚铎的英勇枯萎消散,化成飞灰。就这样,他们度过了另一个黯淡、恐惧的白天,进入了绝望的夜晚。在第一环城中已经有多处被熊熊烈火吞没,城墙上的守军已经有多处被切断了退路。还能忠于职守坚持在自己岗位上的士兵很少,大多数人都已逃入了第二座城门。

距离战场很远的地方,大河上已经搭建了更多的桥梁,一整天都有更多的部队和武器越过大河。最后,攻击终于在半夜发动了。先锋部队穿越了火焰壕沟之间许多刻意留下的通道,不顾生死、不计损失地向前冲锋,即使是在进入城墙上弓箭手的射程时仍保持着队形与阵势。然而如今城墙上剩余的守军实在太少,虽然火光为弓箭手照出许多标靶,让刚铎一向引以自豪的箭术大得施展,却也因为人数上的差距而无法重创敌人。接着，在看穿城中的士气已经被打垮之后，那隐藏的将领指示全军发动攻击。在奥斯吉力亚斯建造的巨大攻城塔开始缓缓地穿越黑暗，推上前来。

信差们再度冲进了净白塔的厅堂，由于事态紧急，皮聘还是让他们进来了。迪耐瑟缓缓将目光从法拉墨的脸上移开，沉默地看着他们。

"王上，第一城已经陷入了烈焰之中。"他们说，"您有什么指示？您依然还是城主与摄政王，并不是每个人都愿意听从米斯兰达的指挥。人们逃离了城墙，让城墙无人防守。"

"为什么？那些笨蛋为什么要逃？"迪耐瑟说，"晚死不如早死，反正我们迟早都会被烧成焦炭。回去你们的烈火堆！我呢？我现在要去我的火葬场！我的火葬场！迪耐瑟和法拉墨不需要墓窖。不需要！不要做香料防腐处理，躺在那儿做漫长的死亡睡眠。我们要像西方的第一艘船舰驶来之前那些野蛮人的国王一样烧成飞灰。西方的势力失败了，回到你们的火焰中吧！"

信差们既没鞠躬也没回答，都立刻转身逃了出去。

迪耐瑟站了起来，松开他一直握着的法拉墨那发烫的手。"他一直在烧，他已经在燃烧了。"他哀伤地说，"他灵魂的圣堂已经崩溃了。"然后，他缓缓走向皮聘，低头看着他。

"永别了！"他说，"帕拉丁之子皮瑞格林，永别了！你的服役时间很短，现在已经快结束了。我解除你的职务。去吧，去选择你最想要的死法吧。你想和谁在一起都可以，即使是那个带你来此面对这死亡的蠢蛋。把我的侍从找来，然后就走吧。永别了！"

"王上，我不会说永别的。"皮聘跪下来说。突然间，他又恢复了霍比特人的精神，站起身，直视老人的双眼。"我会接受您让我离开的命令，大人，"他说，"因为我真的很想要见到甘道夫。但他并不愚蠢，除非连他都愿意放弃生命,否则我绝不愿意想到死。但是,只要您还活着,我就不愿意违背自己发过的誓言,不愿意被解除服侍您的职务。如果他们最后杀进了这座城堡,我希望我人在这里,站在您身边,好好地挥舞一下身上的这把宝剑。"

"半身人先生,如你所愿吧。"迪耐瑟说,"但我的生命已经毁了。找我的侍从进来!"他转过身回到法拉墨身边。

皮聘离开他,把侍从找了进来。他们是六名强壮英俊的男子,却因为这召唤而浑身发抖。不过,迪耐瑟只以平静的声音命令他们为法拉墨的床盖上温暖的被褥,把床抬起来。他们照做了,将法拉墨扛着离开了这厅堂。他们缓缓前行,尽可能不惊动到卧榻上发烧的人,而迪耐瑟如今倚着一根拐杖,跟在他们后面,皮聘走在最后。

他们走出了净白塔,踏入黑暗,仿佛进行丧礼一般,低垂的乌云被下方摇曳的火光照成暗红色。他们无声地穿越广大的庭院,在迪耐瑟的命令之下,在那枯萎的圣树旁停了下来。

除了下城的喧闹之外,一切都寂静无声,他们可以清楚地听见水滴从枯枝上哀伤地落入池水中的声音。然后,他们继续走到要塞的门口,卫兵们惊讶但无可奈何地打量着他们。一行人转向西,最后来到了第六城后方墙上的一座门前。人们称这作梵和伦,因为只有举行丧礼的时候它才会打开,除了城主之外没有其他人可以使用这条道路,唯一的例外是负责清洁维护陵寝的工作人员。在门后是一条蜿蜒的小路,在九转十八弯之后,才会来到明多陆因山阴影下众王和宰相安息的陵寝。

一名看门人坐在路旁的小屋中,他拿着一盏油灯,眼中充满恐惧地迎上前来。在城主的命令之下,他打开大门,大门无声地往后滑开,他们拿过他手上的油灯,走了进去。路很黑,在摇曳的油灯光芒映照下，两旁古老的高墙和许多柱状栏杆显得十分阴森。他们一直往下走，缓慢的脚步声不停地回响着，直到他们来到"死寂之街"拉斯迪南，置身于苍白的圆顶、空旷的厅堂，以及早已亡故的人们的画像之间。他们走进了宰相陵寝，将重负放了下来。

　　皮聘不安地看着四周，发现自己身在一间宽广的拱顶大厅中，小小的油灯将巨大的阴影投在晦暗的墙上，仿佛给四壁挂上了帘子。在微弱的光芒中，他依稀能够辨认出许多排由大理石雕刻成的石桌；每张石桌上躺着一具双手交叠长眠的人，头枕在冷冰冰的岩石上。但最靠近众人的一张宽阔石桌上空无一物。迪耐瑟做了个手势，他们将法拉墨和他父王抬到桌上并排放在一起，用一张裹尸布将他们盖住，侍从们接着低头垂首立在两旁，仿佛是在亡故者的床前致哀一般。然后，迪耐瑟开口低声道：

　　"我们会在这里等待，"他说，"但别找香料师过来。带干燥的柴火过来，堆放在我们身边和身下，在上面倒满油。听我的命令，你们可以将火把丢上来。不要多说，只管照做就是了。再见！"

　　"王上，谨遵指示！"皮聘立刻转过身，充满恐惧地逃离这亡者居住的地方。"可怜的法拉墨！"他想，"我一定得赶快找到甘道夫才行，可怜的法拉墨！他需要的不是泪水而是医药啊。喔，我到底能在哪里找到甘道夫？我想，一定是在最忙乱的地方，他搞不好没时间分身来对付将死的人和疯子。"

　　到了门口，他转身对一名留下来看守的侍从说话："你的主人失去理智了。"他说，"动作慢一些！只要法拉墨还活着，请你们不要带火过来！在甘道夫到来之前什么事也不要做！"

　　"米那斯提力斯的统治者究竟是谁？"那人回答道，"是迪耐瑟王，还是灰袍圣徒？"

　　"看起来如果不是灰袍圣徒，那就什么统治者都没有了。"皮聘说，与此同时他使尽浑身解数飞奔上那条蜿蜒的小径,穿过那惊讶的看门人身边,跨出大门,继续不停地奔跑,直到城堡的入口处。当他经过的时候,卫兵向他打招呼,他认出了贝瑞贡的声音。

"皮瑞格林先生,你要去哪里?"他大喊着。

"我要找米斯兰达。"皮聘回答道。

"王上的命令一定很紧急,不该被我拖延;"贝瑞贡说,"不过,如果你可以的话,请赶快告诉我:到底发生什么事了?王上究竟去哪里了?我才刚上哨,但我听说他走向那禁门,侍从们还扛着法拉墨走在前面。"

"没错,"皮聘说,"他们去了死寂之街。"

贝瑞贡忍不住低下头,隐藏眼中的泪水。"他们说他已经快死了,"他叹道,"现在他终于还是走了。"

"不!"皮聘说,"还没死。即使是现在,我想我们还是有机会阻止他的死亡。可是,贝瑞贡,城主在他的王城陷落之前就崩溃了。他已经发疯了,会做出很危险的事情来。"他很快地转述了迪耐瑟诡异的话语和动作。"我必须立刻找到甘道夫才行!"

"那你必须前往战火最炽烈的地方。"

"我知道,王上准许我离开。不过,贝瑞贡,如果你可以的话,请你想想办法阻止这不幸发生。"

"除非是摄政王直接的命令,否则他不准许任何穿着黑银制服的人擅离职守。"

"好吧,你必须要在军令和法拉墨的生命之间做出选择。"皮聘说,"至于命令,我认为你要对付的不是什么王者,而是个疯子。我得走了。如果可能的话,我会尽快赶回来!"

他死命地跑着,往下一直冲、冲、冲,朝向外城跑去。人们狂奔经过他身旁,逃离大火现场,有些注意到他穿着的制服的人转过身大吼大叫，但他全不理会。最后，他终于穿过了第二门，门外的城墙之间几乎全都陷入熊熊燃烧的烈焰之中。但是，周围却处在一种十分诡异的沉寂中。没有人们的呼喊声，没有金铁交鸣的声音。接着，突然间传来一声可怕的吼叫与巨大的震动爆响，然后是深沉的隆隆回荡声。在足以让人两腿发软跪地的恐惧中，皮聘强逼着自己走过转角，来到正门后的广场上。他一下子停住了脚步。他看到甘道夫了，但是他却不由自主地往后缩，躲进阴影中。

自从午夜开始，敌方强烈的攻势就未曾停歇过。战鼓雷鸣，成千上万的敌人从北方和南方蜂拥而来。庞大无匹的巨兽也出现在战阵中，在忽明忽暗的血红火光中犹如一座座移动的房子，哈拉德林人拖拉着这些猛犸穿过火焰中的小路，它们正拉着巨大的攻城塔和武器朝向正门靠近。但是，他们的统帅一点也不在乎他们的表现，或是有多少人会被杀，这些部队的用处只是在测试敌人的防御强度，并让刚铎的守军疲于奔命。他把最精锐的部队都投入正门前。正门由钢铁所铸成，看来极其坚固，在由两旁坚固的石塔楼与城堡的强大火力守卫下，的确难以攻破。但是，它是关键点，相比于周围高不可攀、金刚不坏的城墙，这是整体防御中最弱的一点。

鼓声越来越响，火势越来越猛。巨大的攻城塔、投石器横过平原，不停地靠近；在这阵形之中，有一座庞大惊人的破城锤，它的长度堪比百年的神木，借着粗大的铁链晃动。魔多的铁匠们早已为了铸造这恐怖的武器而努力多时，它的尖端铸成咆哮狼头的形状，上面被施以破坏的法术。为了纪念远古时的地狱之锤，他们将这破城锤命名为葛龙德。巨兽拖着它，四周环绕着许多半兽人，后面跟着负责使用整个装置的山岭食人妖。

不过，正门周围的守军依旧十分强悍，多尔安罗斯的骑士和最勇敢老练的战士都集中在该处。箭雨飞矛稠密落下，攻城塔坍塌，或突然像火把一样熊熊燃烧。正门两旁的尸体堆积如山；但在难以想象的疯狂力量驱使下，有越来越多的敌军奋不顾身地冲上前。

葛龙德缓缓前行，没有任何的火焰能够伤害它；不过，拖拉的巨兽经常陷入疯狂、胡乱的冲撞，踩死一大堆护卫在它四周的半兽人。但是，他们的尸体会立刻被丢到一边，由其他人接替它们的位置。

葛龙德继续前进，鼓声狂乱地噪响着。在尸山上出现了一个丑恶的身影：一名高大、浑身裹在黑斗篷与兜帽中的骑士。他践踏着尸体缓缓地骑向前，丝毫不在乎刚铎的箭矢。他停了下来，高举一把苍白的长剑。在这一瞬间，攻守双方的人马都陷入了极度的恐惧中；人们垂手呆立，弓弦全部停歇。在那片刻，一切死寂。

战鼓再度响起，隆隆不绝。葛龙德在食人妖的怪力猛推之下被抛向前。它撞上了正门，正门晃了晃，巨大的声响如同密云中的闷雷一般响彻全城。但纯铁的大门和钢造的巨柱依旧挺住了这股攻击。

黑影将军从马镫上站起来，发出让人不寒而栗的喊声，念诵着某种已被人遗忘的古老语言，其力量与恐怖足以同时摧毁岩石和人心。

他喊了三次，巨大的破城锤跟着挥动了三次。在最后一击之下，刚铎的大门被攻破了。仿佛某种爆炸的咒语起了作用，刚铎的大门在一道刺目的白光中轰然一声炸得粉碎，坍塌在地。

戒灵之王无视一切地往前行。在远处血红火焰的衬托下，他黑暗的身影赫然耸现，现出一个带着让人绝望力量的庞大形体。戒灵之王就这么走到了从未有敌人踏入的拱门下，所有的战士在他面前四散奔逃。

只有一个人例外。甘道夫骑在影疾身上，动也不动地在大门前的广场上等候着：这世界上的骏马中，唯有影疾能够忍受这无比恐惧，坚强不屈，像死寂之街上的石雕般纹风不动。

"你不能进入此地！"甘道夫说，那庞大的黑影停了下来。"退回到你的深渊去！退回去！和你的主人一同堕入等待着你们的虚无。退回去！"

黑骑士掀开兜帽，看啊！在那兜帽底下，他有一顶国王的冠冕，却戴在一个看不见的无形头颅上。红色的火光射穿他头颅的位置，那披着斗篷的肩膀宽阔又黑暗。鬼气森森的笑声从隐形的口中传了出来。

"老笨蛋！"他说，"你这个老笨蛋！这是我的时刻。当你看见死亡的时候，难道认不出来吗？死吧！别胡言乱语了！"话一说完，他就高举长剑，火焰从剑刃边飞溅而出。

甘道夫不为所动。就在那一刻，在城中的某个庭院里，一只公鸡扯开喉咙啼叫；它尖利、清亮的啼声与咒语和战火都无关，只是在欢迎早晨的到来；在高空中，在死亡阴影之上，黎明已经来临。

仿佛为了回应这声响，从远方传来了另一种乐音——号角声、号角声、无数的号角声。在黑暗的明多陆因山下，号角声不停地回荡着。北方的号角雄壮地吹奏着。洛汗的骠骑终于赶来了！

第五章

骠骑长征

梅里躺在地上，裹在毯子内，由于四周伸手不见五指，所以他什么也看不见。可是，虽然夜空中一点微风也没有，四周的树木却都在微微地叹息。他抬起头。然后他又听见了那声音：像是在茂密的森林与山丘中回荡的微弱鼓声。这脉动声会突然消失，然后又在其他的地方接续下去，有时远，有时近；不知道值夜的卫兵是否听见了这声音。

他看不见他们，但他知道周遭全都是洛汗国的骠骑。他在黑暗中可以闻到马匹的气息，可以听到它们移动马蹄，踩踏在盖满松针的地面上的声音。部队在靠近爱伦那赫烽火台旁的松林中扎营，爱伦那赫是座矗立于狭长的督伊顿森林边缘的山丘，附近就是东安诺瑞安的宽敞大道。

梅里虽然很累，却一直睡不着。他已经连续骑了四天，那永不消散的黑暗开始让他心情也跟着变得沉重。他开始怀疑自己为什么这么迫切地要跟来，为什么在明明有各种借口，甚至连骠骑王都对他下令的情况下，他还是坚持不肯留在后方。他也思索着，如果老国王知道他违抗命令偷偷跑来，会不会生气？或许不会吧。德海姆和统领他们马队的将军艾海姆之间似乎有某种默契。他和所有的部下都当梅里是不存在的，当他说话的时候也佯装不知。大家可能都把他当成德海姆所携带的另一个背包。德海姆则十分满足于这情况，他也不和任何人交谈。梅里觉得自己很渺小、微不足道，非常孤单。时间变得越来越紧迫，众人的处境也越来越危险。他们距离米那斯提力斯建造在平原周围的外墙大概还有一天的马程。斥候被派去前线侦察状况,有些再也没有回来,其他人则是匆忙地赶回,报告前方的道路全都被敌人占领了。一支敌军驻守在道路上,大约在阿蒙丁山脉西方三哩的地方,还有一些人类的部队正沿着道路向此推进,距离已经不到九哩。半兽人则在路旁的山丘和森林中游荡。骠骑王和伊欧墨连夜召开会议。

梅里很想要找个人聊天,他想到了皮聘,但这只是让他更睡不着而已。可怜的皮聘被关在那巨大的岩城中,孤单而害怕。梅里希望自己能像伊欧墨一样,是个高大的战士,可以吹响号角之类的乐器,骑着快马赶去救援他。最后,他坐直身,聆听那再度响起的鼓声,现在似乎越来越靠近了。他可以听见人们低声交谈,被半遮掩住的油灯在树木间移动,附近的人类开始在黑暗中不安地走来走去。

一名高大的身影突然出现在他面前,不小心被他绊倒,开始诅咒讨厌的树根。他认出那是艾海姆将军的声音。

"大人,我不是什么树根,"他说,"也不是行李,而是个浑身瘀青的霍比特人。你至少可以告诉我发生了什么事情,补偿我所受的伤害。"

"在这该死的黑暗中,什么东西都有。"艾海姆回答道,"我王下令所有人必须立刻做好出发的准备,我们可能要紧急出动。"

"是敌人来了吗?"梅里紧张兮兮地问,"那是他们的鼓声吗?由于都没人作出响应,我还以为我在幻想呢!"

"不,不是,"艾海姆说,"敌人在道路上,不在山里。你听见的是沃斯人,他们是居住在森林中的野人,靠着鼓声来跟远处的同胞交谈。据说,他们还居住在督伊顿森林中。他们是远古时代遗留下来的少数民族,十分隐秘地居住在森林中,过着像是野兽一般野蛮又机警的生活。他们不会和刚铎或洛汗并肩作战,但现在他们为了这黑暗和半兽人的出现而困扰,他们害怕黑暗的年代又要重新降临了,看来实在很有可能。我们最好感谢他们不准备猎杀我们,谣传他们使用的是毒箭,在野外求生的本领更是无人能敌。不过，他们自愿要协助希优顿王，刚刚他们的首领才被带去见骠骑王，那也是火光的来源。我只听说了这么多。现在我得赶快去执行王上的命令了。赶快打包好吧，背包先生！"他消失在阴影中。

梅里可不喜欢所听到的野人和淬毒的箭矢，但是，还有比这更沉重的事在令他担心。等待实在让人难以忍受。他非常想要知道究竟会发生什么事情。他站了起来，在最后一盏油灯消失在树林间之前，小心地跟了过去。

不久之后，他来到了一块空地上，骠骑王的小帐篷就设立在一株大树下，一盏上方被遮掩住的大油灯挂在树枝上，在四周投射出一圈苍白的光芒。希优顿和伊欧墨坐在那里，他们面前的地上坐着一个相貌奇怪、矮胖的人，身躯粗糙得犹如一块老岩石，一头乱发和胡须像是干燥的苔藓一样挂在他肥胖的脑袋和下巴上。他的腿很短，胳膊很粗壮，身材很臃肿，只有腰间挂着蔽体的草叶。梅里觉得之前似乎在哪里看过这个人，接着，他突然想起了登哈洛的普哥人。眼前这是一个活过来的老石像，或者他是那些远古工匠所雕琢的对象在经过无数年代后传下来的后裔。

当梅里悄悄爬近的时候，众人正陷入沉默，接着，野人开口说话了。看来似乎是在回答某个问题。他的声音十分低沉、沙哑，但梅里惊讶地发现，他所使用的竟然是通用语；只是说得不怎么完整，中间还夹杂着一些古怪的字眼。

"不，马队之父，"他说，"我们不战斗，只狩猎。杀死森林中的哥刚[①]，讨厌半兽人。你们也恨哥刚，我们可以帮忙。野人耳朵和眼睛都很锐利，知道所有路。野人在有石屋之前就住这里；在高大人还没从

---

① 哥刚就是半兽人。

海上过来前就在这里。"

"但我们需要的是战场上的支持,"伊欧墨说,"你和你的同胞要怎么帮助我们?"

"带情报回来。"野人说,"我们从山上看。我们可以爬高山往下看。石城关起来。外面在烧;现在里面也在烧。你想要去那里吗?那你们必须快!但哥刚和人类在那边,"他朝着东方挥舞着粗短的手,"挡在马路上,很多人,比骑马的人多。"

"你怎么知道?"伊欧墨说。

老人平板的脸与漆黑的眼中没有透露什么,但从他的声音中可以感觉到他的不悦。"野人自由生活、不拘束,但不是小孩。"他回答,"我是伟大的头目,刚布理刚。我可以数很多东西:天上的星辰、树上的枝叶、黑暗中的人类。你的人数是二十乘二十的十五倍,他们有更多。大战,谁会赢?还有更多的人绕着石城走来走去。"

"没错!他说的真的非常精确。"希优顿说,"我们的斥候回报,他们在路上挖了壕沟,插了木桩。我们不可能以突袭的方式攻击他们。"

"可是我们却十分紧急,得更快赶到。"伊欧墨说,"蒙登堡已经陷入大火中了!"

"让刚布理刚说完!"那名野人说,"他知道的不止一条路。他会带你们走那没有陷阱、没有哥刚,只有野人和野兽的道路。在住石屋的人更强大的时候,他们开了不止一条路。他们切割山脉,就像猎人切割猎物。野人以为他们吃石头。他们坐大车从督伊顿到瑞蒙。现在他们不走这条路。路被人遗忘,但野人可没忘。道路依旧静静躺在山上和山后的草地和树林中,就在瑞蒙后面,一路下到丁山,最后又回到马路上。野人会带你们走这条路。然后你们可以杀死哥刚,用明亮的钢铁赶走可怕的黑暗,野人可以安心地回森林去睡觉。"

伊欧墨和骠骑王用自己的洛汗语交谈了片刻。最后,希优顿转向野人说:"我们愿意接受你的协助。"他说,"虽然我们会把大批敌人留在后方,但那又怎么样呢?如果岩城陷落,我们也不需要回去了。如果它得救了,那些半兽人部队的补给线也会被切断。刚布理刚,如果你说的是真的,我们会给予你丰厚的奖赏,骠骑将永远成为你的盟友。"

"死人不会是活人的朋友,也不会送礼物。"野人回答道,"但如果你在这黑暗之后活下来,那就不能打扰森林中的野人,也不能再像追捕动物一样猎杀他们。刚布理刚不会带你进陷阱。他会亲自和马队之父一起过去,如果他带错路,你可以杀掉他。"

"就这么办!"希优顿说。

"我们要花多长时间才能绕过敌人,回到大路上?"伊欧墨问道,"如果你带领我们,那我们必须徒步前进;而且我猜那条路不会很宽吧?"

"野人走路很快。"刚布理刚说,"石车谷那边的道路可以让四匹马并行。"他往南挥舞着手说,"但在开口和尾端都很窄。野人从日出到中午就可以从这边走到丁山。"

"那么先锋至少必须要七个小时才能到,"伊欧墨说,"而全部队伍通过大概要十小时。路上还可能会有意料之外的阻碍;而且,如果我们的部队拉得很长,那么离开山脉之后要重新集结也会花很多时间。现在是什么时候了?"

"谁知道?"希优顿说,"黑夜茫茫。"

"的确是一片黑暗,但并不都是夜晚。"刚布理刚说,"太阳出来的时候,即使我们看不见她,也可以感觉到她。她已经爬出了东方山脉。目前的天空正好日出。"

"那么我们必须尽快出发!"伊欧墨说,"就算如此,我们今天也无法及时赶到刚铎。"

梅里等了片刻,没有听到什么新消息,于是他溜回去准备听候开拔的号令。这是大战前的最后阶段。在他看来，他们应该不会有多少人能活下来。不过，一想到皮聘和米那斯提力斯中的烈焰，他就只能强压下胸中的恐惧。

那天一切都进行得十分顺利，他们没有看见或听见任何等着伏击他们的敌人的踪影。野人派出了一批机警的猎人，因此没有任何的半兽人或间谍有机会发现山中的动静。他们越接近被包围的城市，光线就变得越黯淡，长长一列的骠骑与马匹像是黑色的剪影般在黑暗中穿梭。每个连队都有一名野人负责带路，刚布理刚则亲自走在希优顿身边。出发所费的时间比预期的要久，因为骠骑们得牵着坐骑在营地后面浓密的森林中择路而行，进入隐藏的石车谷。当先锋踏上阿蒙丁山东方那片宽广的灰色灌木林时，时间已经是下午了，林中果然有一个隐蔽的宽阔山谷，位于那多山到丁山东西走向的丘陵间。穿过这一路伸展下去的山谷，这条古代马车可以通行的道路在安诺瑞安再度和通往主城的马道会合。不过，这条谷中的道路已经有许多年代没有人走了，它已经多处断裂，消失遁形，被掩盖在无数年月累积的树叶和浓密的树林之下。但这树林正好提供了骠骑们在参战前隐藏行踪的最后机会；因为，在那之后就是通往安都因平原的道路，而该处东方和南方的山坡都是岩石，草木不生，那些光秃秃的山丘绵延不断，层层叠叠，往上攀升，和明多陆因山的庞大山肩连结在一起。

前锋部队停了下来，后方的部队也从石车谷中快速拥出，散开在灰色的树林间扎营。骠骑王召集所有的将军开会。伊欧墨派出斥候打探前方的道路，但老刚布理刚只是摇摇头。

"派骑马的人去没用。"他说，"野人已经都看过黑暗中能看到的景象了。他们很快就会回来，和我在这边会合。"

将军们都来了，接着是一些普哥人身形的野人从树林中无声无息地走出来，梅里简直分不出他们和刚布理刚有什么两样。他们用一种奇特的低沉语言和刚布理刚交谈。

刚布理刚转过头对骠骑王说道:"野人说了很多事情。"他说,"首先,要小心!丁山之后一小时步行的路程处,还有很多人类扎营。"他朝西方黑色的烽火台后挥舞着手。"但从这里到岩城人盖的新墙之间看不到敌人。许多敌人在那边忙碌,墙已经不在了,哥刚用地底的爆雷和黑铁的棍子把墙弄倒了。他们很粗心,不注意四周的状况,他们认为朋友看住了所有的道路!"说到这里,刚布理刚发出了奇特的咕噜声,看来他似乎在笑。

"这是好消息!"伊欧墨大喊道,"即使在这么黑暗的状况下,希望之火又再度点燃了!魔王的计谋经常反而成为我们的帮手。这该死的黑暗成了我们最佳的掩护。现在,他旗下的半兽人急着想要敲掉刚铎的每一块石头,却同时也破坏了我之前最担心的防卫。刚铎的外墙本来会成为我们最大的阻碍。现在,只要我们能够冲过这段路,就可以长驱直入赶到城外。"

"森林中的刚布理刚,我必须再度感谢你。"希优顿说,"愿你们能够获得好运!"

"杀死哥刚!杀死半兽人!野人只会因这个而感到高兴。"刚布理刚回答道,"用明亮的钢铁赶走臭空气和黑暗!"

"我们千里迢迢赶来就是为了这个目的。"骠骑王说,"我们会试着达到这目标的。不过,我们会达成什么,只有明天才能知晓。"

刚布理刚趴了下来,用额头接触地面,代表告别之意。然后,他站了起来,似乎准备离开;但他突然间站住不动,抬起头,像是受惊的林中野兽闻到陌生的气味一样,他的眼睛迅即一亮。

"风改变了!"他大喊着。话一说完,一眨眼间,他和子民们全都消失在朦胧中,骠骑从此再也没有见到他们。不久之后,东方又传来了微弱的鼓声,不过,虽然这些野人看来粗鲁不羁,但没有任何一名骠骑怀疑他们的信实。

"我们不需要进一步的带领了，"艾海姆说，"我们的队伍中有些骑士，曾经在承平的时候去过蒙登堡，我就是其中一个。当我们走上大道时，会看见它往南方转，从那里到我们抵达主城的外墙前还有二十一哩的距离。在那段大道的两旁几乎都是青草，刚铎的信差和传令兵们，都是利用那段道路全力奔驰。我们可以急驰前进，也不会发出太大的声音。"

"那么，既然我们下面就必须拼尽全力，面对险恶的敌人，"伊欧墨说，"我建议大家可以先休息，借着夜色出发，这样我们就可明天一早出动，或是在王上下令的时候出发。"

骠骑王同意了，将领们也都回到各自的部队去。但艾海姆很快又返回来。"斥候在这片灰色森林之外，没有发现任何可疑的状况，王上，"他说，"只发现了两个人——两具人尸和两匹马尸。"

"哦？"伊欧墨说，"有什么特别的吗？"

"是这样的，大人，他们是刚铎的信差；其中一具尸体或许是贺刚，至少他的手中依旧握着朱红箭，但他的脑袋已经被砍掉了。还有一件事，从迹象看来，他们被杀的时候，正逃往西方。我分析他们回来的时候，发现敌人已经展开攻击，或是已经攻占了外墙。如果他们使用驿站所提供的马匹，那么多半是在两天之前抵达的。他们不能进入王城，只好转身回来。"

"真糟糕！"希优顿说，"那么迪耐瑟就根本不知道我们出发的消息，他可能因此感到无比的绝望。"

"虽说事态紧急刻不容缓，但迟到总比不到好。"伊欧墨说，"或许这次人们会发现，古人的谚语从来没有这么贴切过。"

时间正值夜晚，洛汗的部队在道路的两边无声无息地前进着。这条路已经越过了明多陆因山的外环,开始往南拐弯。人们可以看见遥远的正前方出现冲天的火光,山脉黑暗的轮廓在红光中隐隐可见。他们已经靠近了帕兰诺平原的拉马斯外墙,但日出的时刻尚未到来。

骠骑王骑在先头部队的中央,家族的卫队全都在他身边,艾海姆的马队紧跟在后;梅里注意到德海姆离开了原来的位置,在黑暗中稳步前进,直到贴近骠骑王的禁卫军为止。前方传来一声盘查的号令,梅里听见前面传来低语声,是被派出去观察情况的侦查员回来了,他们来到骠骑王面前。

"王上,火势非常猛烈!"一人说,"主城几乎全部陷入火海中,平原上全都是敌人。但似乎所有的力量都投入了攻击。我们推测,外墙这边没有多少人留守,而且他们毫不注意四周状况,全心全意在破坏。"

"王上,您还记得野人所说的话吗?"另一个人说,"我在和平的年代里居住在谷地中,我叫威法拉,我也嗅得出空气带来的消息。风向的确已经改变了。空气中有种来自南方的气息,是非常微弱的海咸味。明天早晨会有新的变化。当我们通过城墙的时候,浓烟上方应该正好是黎明。"

"威法拉,如果你说的没错,愿你活过这一战,往后年年岁岁都生活在祝福中!"希优顿说。他转过身面对四周的禁卫军,朗声开口说话,连第一马队的骑士都听得见他雄浑的声音:

"英勇的骠骑们,诸位伊欧的子嗣!关键的一刻已经到来了!在你们面前是敌人和烈焰,你们的家园却在远方。虽然你们是在异国作战,但所争取到的光荣却永远属于你们自己。你们已经起过誓,现在是履行的时候了!为了国王,为了土地,也为了同盟的友谊!"

骠骑们纷纷用长枪敲击盾牌,制造出惊人的声响。

"吾儿伊欧墨!你带领第一马队,"希优顿说,"走在中央骠骑王旗帜的后方。在我们通过外墙后,艾海姆,你带领部队走右翼,葛林伯带着部队走左翼。其余的部队按情况跟在这三队之后,打散任何集结的敌人。我们现在不清楚战场上的情况,因此也没办法规划其他的战略。向前冲,不要畏惧黑暗!"

先头部队尽全力策马飞驰,不管威法拉预测到怎样的改变,四周依旧是一片黑暗。梅里坐在德海姆后面,一只手紧抓着前方的他,另一只手试着松开剑鞘拔出剑来。他这才痛苦地体会到骠骑王对他所说的话:梅里雅达克,在这样的战斗中你能派上什么用场?"只有这个,"他想,"拖累一名骑士,希望自己能够在马上坐稳,不会被后面飞奔的马匹给踩死!"

他们距离外墙不到三哩,因此很快就抵达了,梅里觉得真是太神速了。战场上传来惊慌的呼喊声,还有金铁交鸣的声音,但为时甚短。留守在外墙的半兽人数量很少,又措手不及,因此,他们很快就被杀死或是驱散了。在拉马斯城墙北门的废墟前,骠骑王又再度停下来,第一马队紧跟在他后方与两旁。虽然艾海姆的部队在阵形的右翼,但德海姆还是尽量靠近骠骑王。葛林伯的部队则是转从更东边的城墙缺口通过。

梅里从德海姆的背后不停窥探。在很远的地方,至少是十哩以外的平原上,可以看见非常猛烈的火势。不过,在它和骠骑们之间,火势则像一弯新月一样,最近的距离不过是三哩左右。在黑暗的平原上他几乎什么也看不清楚,他既没看到早晨的希望,也没感觉到任何的风,更别提什么风向的变化了。

洛汗国的部队无声无息地踏上刚铎的平原,缓慢却稳定地涌入集结,就如上涨的潮水涌过人们素来认为安全的堤坝缺口一样。然而黑影将军的全副心神都放在那即将陷落的城池上,还没有任何情报告诉他这万无一失的计划出现了漏洞。

过了不久之后,骠骑王领着部下往东走,来到了围城大火和外侧平原之间。他们依然没有受到任何阻拦，希优顿也还没有发出任何号令。最后，他又停了下来，米那斯提力斯城又更靠近了些，空气中充满了焦糊味和死亡的气息。马匹非常不安。骠骑王动也不动地坐在雪鬃背上，眺望着米那斯提力斯的苦难，仿佛被这恐怖或痛苦所震撼。他似乎畏缩了，因着年老而胆怯了。梅里自己也感觉到极大的恐惧与怀疑压上身来。他的心跳得很慢。时间似乎在犹疑不定中静止了。他们太迟了！迟到比不到还糟糕！或许希优顿会承认失败，低头屈服，转过身躯，夹着尾巴逃回去躲进山里。

突然间，梅里终于感觉到，毫无疑问地，局势改变了。起风了！风刮在他脸上。晨光已经渐渐探出头来。在很远、很远的南方，可以依稀看见云朵像模糊的灰影，在往上翻滚、移动——它们的后方就是早晨了。

就在同一瞬间，一道刺眼的白光闪过，仿佛闪电从王城的地底蹿出一般。刹那之间，王城变得黑白分明，最高的尖塔像是闪着光芒的细针；然后，黑暗再度淹没一切，一声巨大的轰隆声从城门滚过平原传来。

一听见那声响，骠骑王老态龙钟的身躯突然挺直起来。他再度恢复了自信、尊贵的仪态，挺着胸膛，立在马镫上大声呼喊，这是人类所发出过最清亮的声音：

奋起，奋起！希优顿的骠骑！
魔物苏醒，烧杀掳掠！
长枪应挥舞，巨盾应接敌，
太阳升起前，吾等将浴血奋战！
冲，冲！冲向刚铎！

话一说完，他就从掌旗官古斯拉夫手中抢过一只巨大的号角，奋力一吹，连号角都抵受不住这力量而迸裂成碎片。骠骑全军的号角都在同时响应，交织成一支壮烈的乐曲。这震耳欲聋的洛汗号角声，在那一刻像是天雷疾电一般席卷过刚铎的平原和山丘。

冲，冲！冲向刚铎！

骠骑王对雪鬃大喝一声，骏马立刻撒开四蹄向前狂奔。他身后的旗帜在风中飘舞，白色的骏马在绿色的草原上驰骋，但连这旗帜都追不上他的冲势。骠骑全军万马奔腾地紧跟在后，骠骑王仍然一马当先地冲向敌人。伊欧墨紧追不舍，头盔上白色的马尾在风中翻飞，第一马队来势汹汹，但还是都赶不上希优顿。他看起来像是万夫莫敌的狂人，列祖列宗的血液都在他的体内沸腾，他骑在雪鬃背上犹如古代的神灵，甚至就像世界初创之时，主神大战中伟大的欧罗米一样。他高举黄金的盾牌，啊！它像太阳般反射出万道金光，坐骑的白蹄四周仿佛都被绿色的火焰包围。黎明的确降临了，曙光和海上吹来的风一起来临，让黑暗退却，魔多的大军忐忑不安，军心畏惧动摇；他们开始逃窜和死亡，愤怒的铁蹄践踏过他们身上。接着，洛汗国所有的骠骑唱起雄壮的战歌，同时毫不留情地斩杀敌人，战斗杀敌的喜悦笼罩了他们，他们清澈、嘹亮又威严的歌声甚至直传到了王城中。

第六章
血战帕兰诺

可惜,带队攻击刚铎的,并非半兽人的酋长或是无知的盗匪。这黑暗消退得过早,远在他主人计划的时间之前,运气在此刻背离了他,整个世界都转而敌对他;就在他伸出手准备攫获胜利时,胜利却从他的指尖溜走。但他并没有这么容易就被打败。他依旧指挥着重兵,驾驭着极强大的力量。他是戒灵之王,还拥有许多武器。于是,他离开了城门,消失在黑暗中。

骠骑王希优顿已经抵达了从大河通往正门的道路。他掉转马头,朝向一哩之外的主城冲去。他让坐骑的速度减缓一些,开始寻找脱队的敌人。他麾下的禁卫军骑士将他包围在正中心,德海姆也挤在护卫的行列中。在靠近城墙的地方,艾海姆的部队正冲杀在攻城的装置之间,劈砍、杀戮,彻底破坏,把敌人驱赶入燃烧着烈焰的壕沟中。整个帕兰诺平原的北半部都遭到了骠骑的攻击,敌人的营帐陷入火海,半兽人像是被猎人驱赶的猎物一般朝大河飞奔而逃;洛汗的骠骑如入无人之境,恣意斩杀敌兵。但是,他们还没有攻破包围,也还没有夺回正门。许多敌人依旧占据着门前的区域,平原的另外一半,还是挤满了未受一丁点损伤的敌军。在道路的南方分布着哈拉德林人的主力部队,他们的骑兵正集结在首领的旗帜下;他仔细一看,在晨光中发现了骠骑王的王旗,已经超越了主战场,身边的护卫也十分薄弱。于是,哈拉德林的首领暴吼一声，展开他那面在猩红大地上飞舞着一条黑蛇的旗帜，率领精锐的战士策马冲向白马绿地的王旗所在处。南方人拔出弯刀的景象，让战场上泛起如星辰般的点点刀光。

希优顿这才发现他，不等他的攻势冲来，骠骑王已大喝一声，命令雪鬃冲上前迎战。两边部队以雷霆万钧之势交锋激战。不过，北方战士的怒火更炽烈，而他们的马术和枪术也比南方人精湛。虽然敌众我寡，但骠骑们像是雷电一样，在敌阵中来回冲杀。塞哲尔之子希优顿从中杀入敌阵，一枪将敌方首领刺穿马下。同时他伸手拔出宝剑，将敌方的王旗连掌旗军官一剑砍成两半；黑色的大蛇坠落倒地。敌方剩余的骑兵一见状况不对，立刻转身飞奔而逃。

但是，正当骠骑王光荣得胜之际，他的金盾突然变得黯淡。崭新的晨光从天际被抹除了；黑暗笼罩在他四周。马匹惊慌失措，尖声嘶叫着直立而起。骑士被抛下马背，匍匐在地上。

"集合！集合！"希优顿大喊着，"伊欧子嗣别退却！不需惧怕黑暗！"但恐惧的雪鬃却发狂般人立起来，前蹄在空中挥舞；接着，它尖声惨嚎着倒了下来，胸腹间中了一支黑箭，骠骑王被压在它的身体下。

恐怖的黑影如云朵般从天而降。天哪！那是一只长着翅膀的妖兽：它看起来像是一只体型惊人的怪鸟，赤裸裸的身上没有任何羽毛，双翅是像蝙蝠一样的巨大肉翅，指尖还有利爪，而且它臭气熏天。这或许是远古世界中诞生的妖物，它们在被遗忘的山脉中苟延残喘，滞留在冰冷的月光下，远超过了它们该生存的时代，并在可憎的巢穴中孵育出这最后过时的邪恶后代。黑暗魔君接纳了它，用腐败的肉类喂养它，直到它的体型超越了所有的飞禽；然后，魔王将这些妖兽赏给他的仆人当坐骑。它以极快的速度朝地面俯冲下降，然后，它收拢翅膀，发出嘎声大叫，扑上雪鬃的身躯，利爪刺进肉里，弯着光秃无毛的长颈环顾四周。

在它身上坐着一个黑暗、庞大且杀气腾腾的身影。他戴着钢铁的王冠,但在冠圈与黑袍之间应该是头颅的地方却空荡荡的,只在双眼的位置冒出致命的光芒——他是卷土重来的戒灵之王。在黑暗消退的时候,他将坐骑召来,重新返回空中,现在他又回来了,带来了毁灭,将希望转变成绝望,将胜利转变成死亡。他手中握着一柄巨大的钉头锤。

即使王室的禁卫军在他四周死伤枕藉,有些则因马匹失控而被带到远处,但希优顿并没有被众人所遗忘。在这一团混乱中,依然有一人站立着不动——那是年轻的德海姆,他的忠诚超越了恐惧,他的眼中盈满了泪水,因他敬爱骠骑王如父。梅里在整个冲锋陷阵的过程中坐在他背后,毫发未伤,直到黑影降临;他们的坐骑温佛拉在恐惧中抛下两人,如今在平原上狂奔。梅里像只昏惑的野兽般趴在地上,极端的恐惧让他紧闭双眼,瘫痪如生重病。

"你是骠骑王的臣民!骠骑王的臣民!"他在内心大喊着,"你必须要留在他身边,你自己说将会视他如父。"但他的意志毫无反应,身体却止不住地拼命颤抖。他不敢睁开眼或是抬起头。

在这无边无际的黑暗中,他心里似乎听见了德海姆说话的声音;只是这时他的声音听起来很奇怪,让他回想到另一个他曾听过的声音:"离开,发臭的妖术师,腐尸之王!让死者安息!"

一个冰冷的声音回答:"不要挡在戒灵和他的猎物之间!否则轮到你时他将不会只杀死你,他会把你带往超越一切黑暗的哀哭之地,让你的血肉全被吞食,让你的灵魂赤裸裸地摊在魔眼之前永恒受苦。"

锵的一声,德海姆拔出了宝剑。"随你怎么做,但我将尽力阻止你!"

"阻止我?愚蠢,天下的英雄好汉都无法阻止我!"

在这生死攸关的一刻,梅里听见了战场上所有声音中最奇怪的一种。德海姆似乎笑了,那清脆的笑声犹如响亮的银铃。"我不是什么英雄好汉!在你眼前的是名女子——我是伊欧玟,伊欧蒙德之女。你正挡在我与我王和我父之间。如果你并非永生不死,那就滚开吧!不管你是活人还是邪恶的幽灵,如果你敢碰他一根汗毛,我都会将你千刀万剐,永世不得超生!"

妖兽对她尖叫,但戒灵却突然迟疑了,沉默地没有做出任何回应。极度的惊讶盖过了梅里的恐惧;他张开眼睛,发现那阵黑暗已经离开他们了。妖兽就在距离他只有几步的地方,在它周围似乎笼罩着一片黑暗,戒灵之王如同绝望的阴影稳稳骑在它身上。在它左边不远的地方是自称为德海姆的伊欧玟。隐藏她身份用的头盔已经落在地上,她淡金色的秀发脱开了束缚,披散在肩上随风飞扬。她深灰如海的双眸坚定凶狠,毫不退让,但她脸颊上还挂着之前的泪水。她手中握着宝剑,另一只手举起盾牌,遮挡敌人恐怖的目光。

她是伊欧玟,也是德海姆!梅里的心中闪过那张在登哈洛启程时看见的脸孔:一张生亦何欢、死又何惧的脸。他内心充满了怜悯和惊讶,突然间,他种族特有的、缓慢激发的勇气被唤醒了。他握紧了双拳。她不该死,不能让这么美丽、这么坚定的人死掉!至少,她不该孤立无援、孤身一人死去。

敌人并未转过来面向他,但他依然几乎不敢动弹,害怕那可怖的眼神会落到自己身上。慢慢地、慢慢地,他爬向一旁;但黑影将军凶恶的注意力全集中在眼前的女子身上,仍在迟疑,只把他当作泥泞中的小虫一样不屑一顾。

突然间,妖兽拍打着丑恶的翅膀,掀起了阵阵腥臭的气流;它再度飞腾上空中,然后迅速俯冲,尖叫着对准伊欧玟扑来,用尖喙利爪展开攻击。

她依然毫不退缩，无所畏惧，身为骠骑之女、王室成员，她虽纤细却刚强如精钢，美丽却也同样致命。她在电光石火间一剑挥出，准确熟练地砍中敌人。妖兽伸长的脖子被她一砍为二，断落的丑陋脑袋像石头似的滚落在地。她敏捷地往后一跃，那庞然大物发出轰然巨响摔落地面，巨大的翅翼外展，重重地砸在地上；它一死，那阴影就跟着消退了。伊欧玟周身笼罩在光明中，日出的光芒照着她闪闪发亮的金发。

　　黑骑士从这一团模糊的血肉中站起来，高大的身躯散发出惊人杀气，巨塔般耸立在她前方。戒灵发出一声仇恨的怒吼，像是烧灼的毒液刺入耳中；在同一瞬间，他毫不留情地对准伊欧玟挥出巨大的钉头锤。她的盾牌在此重击下立刻碎裂，持盾的手臂也因此骨折，她踉跄跪倒。他像一团乌云笼罩住她，双眼冒着寒光，再次举起钉头锤准备给她致命的一击。

　　但是，他突然发出痛苦的嚎叫，踉跄往前扑倒，钉头锤偏离了目标，砸在地面上。梅里的宝剑从他身后刺入，穿透了黑色的斗篷，插进黑甲间的缝隙，割断了他膝盖的肌腱。

　　"伊欧玟！伊欧玟！"梅里大喊着。接着，她勉强支起身体，使尽最后一丝力气，将宝剑刺进皇冠和斗篷之间的位置。宝剑炸成碎片，皇冠哐当一声滚落地面。伊欧玟摔倒在敌人的尸体上。但，天啊！那斗篷和盔甲内竟然是空荡荡的！它们残破四散，不成形状；一声凄厉的惨号声直冲战栗的天空，然后削弱成尖泣声，随风消散。一个无形薄弱的声音消逝了，被吞没了，自此消失在这个纪元中。

　　霍比特人梅里雅达克站在死者当中，像一只日光下的猫头鹰般不停地眨眼睛。他的视线完全被泪水遮住了，透过这层薄雾，他看着美丽的伊欧玟动也不动地躺在地上，还有那个在生命中最光荣的一刻猝死的骠骑王。雪鬃在痛苦挣扎中已经滚了开来，但它却成了杀死主人的凶手。

梅里弯下身，拉起他的手亲吻，这时，希优顿竟然睁开眼睛，那双眼睛依旧明亮清澈，他十分费力却平静地开口说道：

"再会了，霍比特拉先生！"他说，"我的身体已经不行了。我要前去和祖先重聚了。即使在伟大的列祖列宗身边，我也不会有丝毫的羞愧。我砍倒了黑蛇。黑暗的早晨却带来欢欣的一天，还会有灿烂的日落！"

梅里不停地啜泣，说不出话来。"王上，请原谅我，"他最后终于说，"我违背了您的命令，却除了站在您面前哭泣之外，什么都不能做。"

年迈的国王笑了："不要伤心！我早就原谅你了。勇敢的心是不该遭到拒绝的。愿你日后能过得幸福；当你在太平岁月中抽着烟斗时，别忘了我！看来，我们是不可能坐在梅杜西王宫里面，听你解释那些药草的来源了。"他闭上眼，梅里深深一鞠躬。接着，他又开口说："伊欧墨呢？我的双眼已经开始变暗了，我希望在死前可以见他一面。他必须继承我的王位。我还有话要跟伊欧玟说。她，她不让我离开她，现在我再也不能见到她的面了，可惜哪！她对我来说比亲生女儿还要亲……"

"王上，王上，"梅里断断续续地说，"她就——"可是，就在那一刻，巨大的声响将他们包围，整个战场的号角似乎都响了。梅里看着四周，根本忘了战争，忘了整个周遭的世界，自从希优顿王倒下后，仿佛已经过了好几个小时，然而事实上只不过是短短的十几分钟而已。这时，他才意识到他们正处在即将爆发的大战中间，随时都有身陷重围的危险。

敌人的增援从大河那边急急赶了过来，魔窟的部队从城墙下冲过来，南边哈拉德林的步兵则是和骑兵一起向战场上集结，在他们的队伍之后还有猛犸巨大的身影，它们背上还背着攻城塔。但在北边，头盔上飘着白缨的伊欧墨率领着他再度集结起来的强大先锋部队；而刚铎所有的战士也全都从城门一拥而出，多尔安罗斯的天鹅骑士一马当先，毫不留情地格杀正门前的敌军。

这时，梅里的脑海中只有一个念头："甘道夫呢？他不在吗？他能不能救活骠骑王和伊欧玟？"就在这个时候，伊欧墨已经急忙赶了过来，幸存的王室禁卫军在重新控制住慌乱的坐骑后也紧跟过来。他们惊讶地看着倒在一旁的妖兽的尸体，连他们的马匹都不愿意靠近它。伊欧墨从马背上一跃而下，来到骠骑王身前，悲愤莫名，伤心欲绝，默然肃立。

一名骠骑从战死的掌旗官古斯拉夫手中拿下王旗，将它朝天高举。希优顿慢慢地睁开眼睛。看见王旗，他示意将旗帜交给伊欧墨。

"万岁，骠骑王！"希优顿说，"迎向你的胜利！替我向伊欧玟道别！"说完他就死了。他直到死前，都还不知道伊欧玟就在他身边。四周的将士无不落泪哭泣，喊着："希优顿王！希优顿王！"

伊欧墨开口道：

> 不需过度伤悲！王者已逝，
> 这是命中注定。等他墓丘立起，
> 女人才会为他哭泣。战场在召唤吾等！

但他自己也是满脸泪痕。"禁卫军留下来，"他说，"让他光荣地离开战场，不要被人所践踏！对，还有此地所有奋战而死的骠骑王子民。"他检视着战死将士的尸体，回忆着他们的名字。突然间，他看见了倒在地上的妹妹伊欧玟，认出了她的脸孔。满脸泪痕的他呆立当场，像一个在喊叫中突然被一箭穿心的人；他的脸色瞬间变得煞白，满腔怒火暴涨，片刻之间什么话也说不出来。一股狂乱的情绪攫住了他。

"伊欧玟，伊欧玟！"他大喊道，"你怎么会在这里？这是怎样疯狂和邪恶的事啊？死亡，死亡，到处都是死亡！死亡夺走了我的一切！"

接着，不等城内的友军到来，也未和任何将军协商，他就冲回到先锋部队前方，吹着号角，大喊着全军进击的号令。他悲痛的声音在战场上回响着："誓死奋战！向毁灭的世界末日前进！"

随着号令骠骑们发动了攻击。但洛汗国的子民不再歌唱，他们众口同声吓人地大声呼喊着："誓死奋战！"他们聚集急驰，像是汹涌的潮水越过骠骑王战死之处，冲向南方。

霍比特人梅里雅达克依旧愣愣地站在那边眨眼睛，没有人跟他说话，事实上，根本没人注意到他。他擦去眼泪，弯下身捡起伊欧玟送给他的绿色盾牌，将它扛在背上。然后，他开始寻找刺中敌人的宝剑。当他一剑刺出之后，连持剑的那只手都跟着麻痹了，现在他只能用左手来工作。看啊！他的武器就在前面，但剑刃的部分却像插进炉火的枯枝一样不停地冒烟，在他的注视下，只见金属扭曲、萎缩，直到全部消融。

古墓岗的宝剑、西方皇族的宝物就这么毁了。这柄宝剑历史悠久，是在登丹人建立北方王国不久，他们主要的敌人还是安格玛巫王时，铸剑人一锤一锤慢慢铸造出来的。不过，如果他知道此剑后来的经历，或许会觉得很欣慰吧。没有别的剑，即使是由当年最厉害的战士来挥动，能给予敌人这么沉重痛苦的一击，刺穿那不死的身躯，破除将他看不见的力量与其意志结合在一起的咒语。

人们这时抬起骠骑王，将斗篷绑在长枪柄上充作担架，准备把他抬进城去。其他人轻轻地抬起伊欧玟，跟在骠骑王后面。但是，他们一时之间无法把骠骑王战死的禁卫军全都运走；有七名禁卫军骑士在此阵亡，队长迪欧温也赫然在其中。众人先将这些尸体搬离敌人和那妖兽的身边，并且在四周插上长枪。稍后，等一切都结束时，人们回到此地，一把火将妖兽的尸体烧掉。至于雪鬃，他们替它挖了个墓穴，在上面安置一块墓碑，上面以刚铎和骠骑的语言刻着：

> 忠实的仆从，却连累主人命终，
> 轻蹄的子嗣，来去如风的雪鬃。

雪鬃的墓窖上长满了绿而长的青草，但焚烧妖兽尸体的地方却是永远焦黑一片。

伤心的梅里缓缓地走在抬担架的骠骑身旁，不再关切战况。他又累又伤痛，四肢像是受了风寒般不停颤抖。从大海上飘来了一阵骤雨，似乎万物都在为希优顿和伊欧玟哭泣，这灰色的泪水也浇熄了城中熊熊的火焰。在这滂沱大雨中，刚铎的先锋冲了过来；多尔安罗斯王印拉希尔策马来到他们面前，勒住缰绳停了下来。

"洛汗的人们，你们扛着什么样的重担？"他问道。

"是希优顿王，"他们回答，"他过世了。伊欧墨王现在率军作战，他头上的白缨正在风中飘扬。"

印拉希尔下了马，热泪盈眶地跪在担架旁边，向骠骑王与他的率军鞠躬致敬。当他站起身，看见伊欧玟时，吃了一惊。"这是女子吗？"他说，"为了援助我们，难道连洛汗的女子都来了吗？"

"不！只有她而已。"他们回答，"她是王女伊欧玟，伊欧墨的妹妹。直到不久之前，我们才知道她也跟来了，并为此悲伤抱憾不已！"

印拉希尔注意到她美丽的容颜，虽然苍白冰冷，他仍禁不住俯身端详，同时摸了摸她的手。"洛汗的男子啊！"他大喊道，"难道你们当中都没有大夫吗？她的确受了重伤，但我想她还有可能活下来。"他将自己雪亮的手腕护甲靠近她的唇边，看哪！上面竟然蒙上了十分微薄的雾气。

"你们必须要尽快找人来！"他立刻派麾下的一名骑士回城里找帮手。但他在向阵亡者深深一鞠躬之后，立刻上马骑向战场。

帕兰诺平原上的战斗，从之前的奇袭转成一场炽热的血战；金铁交鸣、人喊马嘶，各种声音越演越烈。号角和喇叭声震耳欲聋，猛犸被棒刺驱赶上战场时也发出低沉的咆哮声。在主城南边的城墙下，刚铎的步兵战士正和固守该处不退的魔窟部队陷入激战，城中的骑兵则是赶往东方支援伊欧墨；齐斯的执政官"高个"胡林、罗萨那奇爵士、绿丘的贺路恩、印拉希尔王和全部的天鹅骑士都在这支部队中。

他们正好解救了洛汗国的骠骑，因为愤怒让伊欧墨作出错误的抉择，战局反转，变得对他十分不利。他狂暴的冲锋彻底击垮了敌人的前锋，大批的骠骑杀气腾腾地冲入敌阵中，让这些南方骑士落马，步兵则四散奔逃。但是，只要猛犸一出现，马儿就止步不前，开始人立后退，因此，这些猛犸根本没有遭到任何攻击，像一座座防卫塔耸立在战场上，溃散的哈拉德林人将它们当作重新集结的阵地。一开始骠骑们对哈拉德林人大约只处在一比三的劣势中，但他们的状况迅速恶化，因为奥斯吉力亚斯的方向来了敌人新的生力军。这些部队原先在该处集结整编的目的是等待黑影将军的命令，在城破之后大肆烧杀，洗劫米那斯提力斯。现在将军虽然被杀，但魔窟的副将葛斯摩接管指挥，将这些预备队派上战场；他们是拿着斧头的东方人、侃德的维瑞亚人、红衣红甲的南方人，以及从远哈拉德来的黑皮肤野人，他们长得像是食人妖和人类的混血，白眼红舌，很是恐怖。有些人这时已经赶到骠骑的后方，有些则是往西布阵，阻挡刚铎的部队和他们会合。

就在这天色渐亮,战势开始转对刚铎不利,他们的希望动摇的时刻,城中传来了另一声呼喊。这才不过是上午的时光,一阵强风吹来,大雨转向北方,太阳露出脸来。在这清朗的天空下,城墙上的瞭望员看见了新的恐怖景象,他们最后的一丝希望也跟着烟消云散。

安都因大河从哈龙德转弯处起连绵数里的流域,城墙上的人们可以一览无遗,视力好的人还可以看见任何沿河上来的船只。此时朝那边张望的人,一看之下无不发出惊恐的呼喊;在波光粼粼的大河上,顺风快速驶来了一支黑色的舰队:大型的快速帆船,以及许多吃水深的多桨船,它们黑色的帆桅迎风鼓动。

"这是昂巴的海盗!"人们大喊着,"昂巴的海盗船!你们看!昂巴的海盗来了!贝尔法拉斯已经被攻占了,伊瑟和列班宁一定都沦陷了。现在海盗准备对我们展开攻击了!这真是末日的最后一击啊!"

由于城内根本无人指挥,慌乱的人们四处逃窜,有些人拉响警钟,有些人吹起了撤退的号令。"回到城内!"他们大喊着,"回到城内!在被包围之前赶快回到城内!"但那让黑色巨舰飞快航行的强风,将这喧闹呼喊声全都吹散了。

事实上,骠骑们根本不需要这些警告,他们所有的人都能清清楚楚地看见那些黑帆。伊欧墨距离哈龙德不到一哩远,在他与港口之间,是一大群他们之前遭遇的敌人,后方则是蜂拥而来的新敌军,正切断他和印拉希尔王的部队。他看着大河,心中的希望开始消退,原先祝福他的强风现在被他视为诅咒的恶风。然而魔多的部队士气大振,纷纷展开更强大的攻势。

伊欧墨神情刚毅、铁定了心,他的思绪再次冷静清晰起来。他下令吹响号角,把所有可召集的部队集合到他的帅旗下;他决定要在平原上组织盾墙,然后下马奋战直到最后一兵一卒,要在帕兰诺平原上写下此一雄壮的史诗,纵使西方再也无人存活下来纪念最后一任的骠骠骑王也不在乎。因此，他登上一座绿色的小丘，将帅旗插上，白马的徽记在风中飘扬。

> 战胜怀疑、战胜黑暗，迎接晨光，
> 我宝剑出鞘，在青天下歌唱。
> 奋战向绝望，无悔迎心伤：
> 这是最后一战，宁让鲜血染红大地！

他含笑念出这些诗句。再一次，他胸中战斗的火焰被点燃了；而且他毫发无伤，他还年轻力壮，他还是骠骑王：一群强悍子民的君王。看，他在绝望中仍大笑着看向那些黑色巨舰，高举宝剑，准备抵挡它们。

眼前的景象令他大吃一惊，绝望被狂喜所取代；他将宝剑往天上使劲一扔，长啸着接住宝剑。所有人的目光都和他看往同一个方向，看哪！第一艘巨舰航向港口的同时展开了一面大旗，当它转弯航向哈龙德的时候，强风吹开了大旗。旗上绣着圣白树，这是刚铎的象征；但它的旁边还环绕着七星，上方则是一顶高耸的皇冠，那是数百年来无人见过的伊兰迪尔的家徽！大旗上的星辰在阳光下闪闪发光，因为它们是爱隆之女亚玟所绣上的宝石。皇冠在晨光中光辉耀目，因为它是由秘银和黄金所绣成的。

如此，亚拉松之子亚拉冈，伊力萨，埃西铎的继承人，通过亡者之道，乘着大海之风来到刚铎王国！骠骑们欢欣鼓舞，扬声欢呼大笑，举剑闪出一片寒光，王城中的惊讶和欢喜已由号角和钟声交织成欢庆的乐章。魔多的部队则惊讶得不知如何是好，他们不明白为什么自己的战船竟然会满载着敌人；一股恐惧攫住他们，明白战况已经扭转，厄运已经当头笼罩下来。

多尔安罗斯的骑士往东直奔，紧追在逃窜的敌人之后：维瑞亚人、痛恨阳光的半兽人和黑皮肤的野人全都望风逃窜。伊欧墨往南急驰，敌人看见他就丢盔弃甲、不敢恋战，但这些敌人最后还是无处可逃。刚铎的援军从船舰上拥出，踏上哈龙德港，像是狂风一般席卷向敌人。来人有勒苟拉斯、拿着斧头的金雳、擎着大旗的贺尔巴拉，以及前额戴着星钻的爱拉丹和爱罗希尔，还有那些以一当百的北方游侠登丹人，领着大批从列班宁、拉密顿和南方封邑来的骁勇善战的战士冲向战场。但在众人之前一马当先的是亚拉冈，他手中握着西方之炎——安都瑞尔圣剑，重铸圣剑的光芒变得更加耀眼，和古时一样致命；他的前额戴着伊兰迪尔之星。

最后，伊欧墨和亚拉冈终于在战场上重聚了，他们将宝剑交击，高兴地看着对方。

"纵使中间隔着魔多的千军万马，我们还是又见面了！"亚拉冈说，"我在号角堡岂不就说过了吗？"

"你是这么说过，"伊欧墨说，"但是希望往往不可靠，而当时我也不知道你是有预知能力的人。不过意料之外的援助使人感到蒙受双倍的祝福，也从未有朋友的重逢比我们的更欢喜！"两人伸手紧紧相握。"你来的正是时候！"伊欧墨说，"你来得绝对不算太早，老友，我们经历了许多的牺牲和哀伤。"

"那么，在我们有机会好好聊聊之前，让我们替战友们复仇吧！"亚拉冈说，于是两人并肩再度回到战场上。

他们眼前还有一场十分艰苦的战斗，因为南方人相当英勇善战，在走投无路的时候更是出人意料地凶猛难缠；东方人则是身经百战，更为强悍，而且绝不投降。因此，在各处，不论是焚毁的农舍或谷仓、小山或丘岭上、城墙下或田野间，他们不停地重整队形，不断发动反击，一直拼战到这一天结束。

最后，太阳终于落到明多陆因山之后，把整个天空染成火红，所有的山丘绿野都染遍鲜血，河水泛红，暮色中的帕兰诺草原也赤红一片。这时，刚铎平原上的大战才终于结束了；拉马斯城墙内没有任何活着的敌人。所有的敌军，除了在逃命中被杀或淹死在大河的血红泡沫中的外，其余全部遭到歼灭。只有极少数的人往东逃回魔窟或魔多；哈拉德林人的国度只流传着一个自远方来的传说，那是关于刚铎的怒火与可怕。

亚拉冈、伊欧墨和印拉希尔朝着主城正门骑去，他们已经疲倦得无法感受欢欣或是悲伤的情绪。这三个人毫发无伤，这是他们极度的幸运、精湛的战技和勇气所结合的成果；的确，当他们愤怒的时候，没有多少人胆敢阻挡他们的去路。不过，许多战士都受了伤，或残疾，或战死在帕兰诺平原上。佛龙下马孤身作战时，被敌人用斧头砍死；摩颂的敦林和迪鲁芬兄弟领着弓箭手靠近射击猛犸的眼睛，却因此被猛犸践踏而死；贺路恩再也不能回到家乡皮那斯杰林，葛林伯也无法和家人团聚，游侠贺尔巴拉也再不会回到北方的国度。在这场大战中牺牲的人难以计数，有将领有士兵，有声名显赫者有默默无闻之人；因为这是一场大战，没有一首诗歌能够完全描述今天的惨况。许多年后，洛汗的一名诗人作了一首蒙登堡的墓丘之歌：

    吾人听见山中号角回荡，
    南方国度的利剑闪耀。
    快马奔向岩城
    如同清晨的强风，战火点燃。
    马队之长，希优顿战死，

伟大的塞哲尔之子再也无法
回到北方的黄金宫殿和绿色草原。
哈丁和古斯拉夫，
督希尔和迪欧温，勇猛的葛林伯，
贺尔巴拉和西鲁布兰，宏恩和法斯拉，
都战死在远方的国度，
埋骨于蒙登堡的墓丘，
身旁是他们的战友、刚铎的战士。
英俊的贺路恩不会回到海边的山丘，
年迈的佛龙也不会回到开满花的山谷，
无法光荣重返他在阿那赫的故乡，
高大的弓箭手，迪鲁芬和敦林
也无法回到黑暗的河水边，
山下的摩颂谷再也不是他们的居所。
自天亮到日落，死亡如影随形，
王者也必须低头，
他们全都在大河旁的刚铎沉睡。
此时灰暗如同泪水、闪耀着银光，
当年河水却赤红翻滚：
血染的浪花映着夕阳如火；
日落时烽火燃烧着群山，
拉马斯安澈的露水鲜红地滴落。

第七章

迪耐瑟的火葬堆

当正门前的魔影退走之后，甘道夫依然一动不动地坐在马上。但皮聘站了起来，仿佛身上卸下了千斤重担；他站在那里倾听着号角声，觉得小心脏高兴得几乎要爆开了。从此，在往后的岁月里，每当他听见远方吹来号角声时，他总是忍不住会热泪盈眶。不过，此刻他突然想起了自己此行的任务，于是急忙跑向前。就在那时，甘道夫动了动，弯身和影疾说话，似乎正准备奔出正门。

"甘道夫，甘道夫！"皮聘大喊着，影疾停了下来。

"你在这里干什么？"甘道夫问道，"城里的律法不是规定，穿着黑银制服的人必须留在城堡里面，只有在王上下令时才能离开吗？"

"他是下了命令，"皮聘说，"他赶我离开。可是我觉得很害怕。上面可能会发生很可怕的事情，我想城主已经疯了。我恐怕他会自杀，还会杀了法拉墨，你能不能想想办法？"

甘道夫看着门外，此时平原上已经传来厮杀的声音。"我必须赶快走，"他握紧拳头说，"黑骑士就在外面，他还是能给我们带来毁灭。我没时间了！"

"那法拉墨怎么办？"皮聘大喊着，"他还没死，如果没人阻止他们，他们会把他活活烧死的！"

"活活烧死？"甘道夫质问道，"这是怎么一回事？快说！"

"迪耐瑟去了陵寝，"皮聘说，"他把法拉墨一起带过去，对我们说大家都会被烧死,他不愿意继续等,并命令侍从堆起火葬堆,把他和法拉墨一起烧死在上面。他已经派人去找柴薪和油了。我告诉了贝瑞贡,但我担心他不敢离开岗位,他正在站岗。再说,他又能怎么办?"皮聘一口气把全部经过都说完,走上前伸出颤抖的手抓住甘道夫的膝盖说:"你能救救法拉墨吗?"

"或许我可以,"甘道夫说,"但若我这么做,我恐怕会有其他人因此逝去。好吧!既然没有别的人会去救他,我必须去。但这会带来哀伤和悲惨的结果。没想到连在我们最坚强的堡垒中心,魔王也有力量打击我们,这背后一定是他的意志在运作。"

他下定决心,立刻付诸行动;他一把抓起皮聘,将他放在身前,命令影疾调转头。他们飞奔而上米那斯提力斯的街道,身后战斗的声音已越来越响。两人所到之处,每个人都正挣扎着从绝望和恐惧中站直身,拿起武器,扯开喉咙互相大喊:"骠骑终于来了!"将军们在发号施令,各处都有部队集结,已经有部队开始朝向正门冲去。

他们遇上了印拉希尔王,他对两人喊道:"米斯兰达,你们要去哪里?骠骑们正在刚铎的平原上奋战!我们必须集结所有的兵力去支持!"

"光是所有的人还不够,"甘道夫说,"你还必须要快才行。我一能够抽身就会立刻赶过去;但我有紧急要务必须先赶到迪耐瑟王身边。城主不在,就由你接管指挥了!"

他们继续冲向前;他们越往上接近城堡,越感觉到风吹拂在脸上,他们看见远方晨光闪烁,南方天空的曙光正逐渐显露。但他们没有感到它带来多大希望,他们不知道眼前会面对什么不幸的状况,只担心自己来得太迟。

"黑暗正在消退,"甘道夫说,"但在城中却依旧浓重。"

他们在城堡门口没有遇上任何卫兵。"那么贝瑞贡已经走了。"皮聘燃起了希望。两人转过头,沿着小路匆匆赶往禁门。门敞开着,看门人倒在门前。他被杀死,而钥匙也被拿走了。

"这是魔王的计谋!"甘道夫说,"他最喜欢这种事,同胞阋墙,人们因为困惑而起争端,不知该效忠何人。"他下了马,吩咐影疾回到马厩去。"朋友,"他说,"我们早就该上战场,但眼前的事情让我无法抽身。但若我发出讯号,请你赶快过来!"

两人穿过禁门,走上蜿蜒的道路。天色渐亮,两旁高大的石柱和雕像有如灰色鬼魂般缓缓掠过。

突然间,寂静被打破了,他们听见底下传来刀剑撞击与喊叫的声音。自从城堡建立以来,此地从未传出过这种声音。好不容易,皮聘和甘道夫终于来到拉斯迪南,两人立即冲向宰相陵寝,它巨大的拱顶在曙光中隐隐浮现。

"住手!不要乱来!"甘道夫奔向门前的石阶说,"停止这种疯狂的行为!"

门前是迪耐瑟的侍从,手中拿着剑和火把;穿着黑银制服的贝瑞贡单枪匹马站在石阶最上面一级,挡着门不准他们进入。已经有两名侍从被他所杀,让这神圣之地沾染了他们的鲜血;其他人不停地咒骂他,诅咒他是叛徒,不肯效忠王上的命令。

就在甘道夫和皮聘狂奔向前的时候,他们听见陵寝中传来迪耐瑟的嘶吼声:"快点,快点!照我说的做!杀死这个叛徒!难道我必须自己动手吗?"台阶上方被贝瑞贡用左手拉住关上的门被猛拉开来,在他身后站着王城的城主,高大又凶猛,眼中冒着可怕的怒火,手上拿着出鞘的宝剑。

此时,甘道夫跃上台阶,人们遮住双眼,不住后退;他的到来像黑暗之地闪起一道耀眼的白光,而他的怒气也让人不敢阻挡。他伸手一挥,迪耐瑟的宝剑就脱手飞了出去,落回他背后阴暗的陵寝内;迪耐瑟在甘道夫面前惊诧得连连倒退了好几步。

"这是怎么一回事,王上?"巫师说,"亡者居住的地方,不应该是活人嬉戏的处所。当外面战火正炽的时候,为什么你的部下要在这神圣之地自相残杀?难道连拉斯迪南都沦入魔王之手了吗?"

"刚铎之王何时开始要向你负责了?"迪耐瑟问,"难道我不能指挥自己的侍从吗?"

"你可以。"甘道夫说,"但当你变得疯狂,发出邪恶的命令时,其他人可以违抗你的命令。你的儿子法拉墨呢?"

"他躺在里面,"迪耐瑟说,"发烧,一直在烧。他们已经在他的体内点燃了火焰。但很快的,一切都会化为飞灰。西方已经失败了。一切都将被大火吞噬,一切都将结束。飞灰!都会灰飞烟灭,随风而逝!"

于是,甘道夫明白他已经彻底疯狂了,担心他已经做出无法挽回的恶事,他立刻冲向前,贝瑞贡和皮聘紧跟在后。迪耐瑟连连退后,一直退到了石桌旁边。他们发现法拉墨躺在石桌上,还是处于高烧昏迷的状态。石桌底下和四周已经堆满了柴薪,上面浇满了灯油,连法拉墨的衣服和被单都沾满了油,只差一把火来吞噬一切。甘道夫展现了他所隐藏的真正力量,就如他隐藏在灰袍下的光的力量。他纵身一跃跳上柴堆,轻轻抱起病重的法拉墨,随即跳下来,抱着他走向门口。但是,当他这样做的时候,法拉墨发出呻吟,在昏迷中叫着父亲的名字。

迪耐瑟仿佛大梦初醒,眼中的火焰熄灭了,老泪纵横,他说:"不要带走我的孩子!他在叫唤我了!"

"他是叫了,"甘道夫说,"但你还不能见他。他必须在死亡之门前寻求医治,但也可能找不到。而你的责任是出去为你的城池奋战,或许死亡会在那里等着你。这点你心里应该知道。"

"他不会再醒过来了。"迪耐瑟说,"战斗是徒劳无用的。我们为什么要苟延残喘呢？我们为何不一起离开人世？"

"刚铎的宰相，权力不是给你用来选择自己的死期的。"甘道夫回答，"只有那些堕落的君王，在黑暗力量的宰制下，才会因为骄傲和绝望而自杀，并杀死他们的亲人来减轻自己死亡的痛苦。"他抱着法拉墨走出陵寝，将他放在门廊上刚才抬他来的担架上。迪耐瑟跟在后面，浑身颤抖地站着，疼爱地望着儿子的脸庞。有那么片刻，众人寂静无声，看着年迈的王者挣扎着。

"来吧！"甘道夫说，"其他人需要我们。你还有很多事情可以做。"

突然间，迪耐瑟笑了。他挺起胸膛，再度露出自傲的神情，同时飞快走回之前所躺的石桌，拿起他刚才所躺着的枕头。然后他走到门口，揭开覆盖的枕巾，啊！底下竟是一颗真知晶石！当他举起晶石的时候，旁人似乎见到里面有火焰逐渐亮起来，城主瘦削的面孔也因此沾染了红光，那脸看起来像是岩石雕成的，轮廓分明，高贵冷酷，而且可怕无情。他的双眼闪闪发亮。

"骄傲和绝望！"他大喊着，"你以为净白塔的眼睛瞎了吗？不，灰袍蠢汉，我看见的比你知道的还要多。你的希望只是无知的代名词。尽管去医治他吧！尽管去战斗吧！没用的。你们或许可以暂时赢得胜利，争取几时土地，苟活几天。但是，要对抗这正兴起的力量，我们绝无胜算。他对这座城市只不过才伸出一根手指头而已。整个东方都出动了。即使是现在，原先替你们带来希望的海风也欺骗了你，正从安都因河上吹送来一整支黑色舰队。西方已经失败了。所有不想成为奴隶的人，都该离开这里。"

"这样的想法的确会让魔王稳赢不输。"甘道夫说。

"那你就继续怀抱希望吧！"迪耐瑟哈哈大笑，"米斯兰达，你以为我不了解你吗？你想要取而代之，坐上四方的宝座，统治北方、南方和西方。我已经看透你的想法和计谋。你以为我不知道你让这名半身人守口如瓶？或是没看出你把一名间谍送进我的殿堂中？但是，在我们谈话的过程中，我已经得知你所有同伴的名号。看来，你暂时会先用左手操纵我作为抵抗魔多的挡箭牌，然后再以右手安排这个北方游侠取代我。

"甘道夫米斯兰达，我挑明了说吧！我才不愿意当你的傀儡！我是安那瑞安家族的宰相，我绝不会退位做那人的内臣。即使他要求王位是合法的，他也依然只是埃西铎的继承人。我绝不会向这样一个早已失去王权和尊严的破落家族的末代子孙低头！"

"那么，如果你能够照自己的意思进行，"甘道夫说，"你会怎么做呢？"

"我会让一切照旧，和我这辈子所过的每一天，以及我之前所有祖先所过的一样。"迪耐瑟回道，"太太平平地做这城的城主，把我的王位留给儿子，他会是自己的主人，不是巫师的玩物。但是，如果命运不让我这样做，那我也只能玉石俱焚：我不愿过着低下的生活，也不愿让荣誉受损，更不让我受到的敬爱被分割。"

"以我看来，尽责交出职权的宰相所拥有的荣誉和敬爱，都不会受到减损，"甘道夫说，"至少你不应该在你的儿子生死未卜之际，剥夺他的选择。"

听见这些话，迪耐瑟眼中的怒火再度冒起。他将晶石夹在肋下，掏出一柄小刀，走向担架。但贝瑞贡立刻跳了出来，用身体挡住法拉墨。

"哼！"迪耐瑟叫道，"你已经偷走我儿子一半的爱，现在，你又偷走我属下骑士的心，如此一来，他们终于彻底将吾儿从我手中夺走了。但是，至少这件事不是你能够阻止的，我要决定自己的命运。"

"过来！"他对侍从们大喊，"如果你们尚未完全变节，就过来！"于是，有两名侍从奔上台阶跑向他。他迅速伸手夺过其中一人手上的火把，往后跃回陵寝内。在甘道夫能来得及阻止他之前，迪耐瑟已经将火把插进柴薪中，屋内立刻陷入火海。

迪耐瑟跳上石桌，站在烈焰与浓烟中，浑身浴火的他拿起脚边的宰相令牌，在膝上一把折断；他将折断的令牌丢进火中，然后把晶石抱在胸前，在石桌上躺下来。据说从那之后，如果有任何人使用那晶石，除非他拥有极强大的意志力能让晶石转现其他景象，否则他永远只能看见一双苍老的手在火焰中缓缓燃烧。

甘道夫哀伤、战栗地转过头，关上门。他沉思片刻，门外一片死寂，众人只听见门内不停传来熊熊烈火的燃烧声。接着，迪耐瑟大叫一声，之后就再也没有发出任何声音，再也没有任何凡人看见过他。

"爱克西力昂的儿子迪耐瑟就这么过世了。"甘道夫说。然后，他转向贝瑞贡和呆立当场的城主侍从说："同样的，你们所知的刚铎也跟着消失了；无论是好是坏，它都结束了。这里发生过邪恶的事情，但请先把你们之间的仇恨摆到一边，因为这一切都是魔王的计谋。你们只不过是被卷入计谋中的无辜旁观者。想想，你们这些盲目服从的仆人，如果不是因为贝瑞贡的抗命，净白塔的将军法拉墨现在也会化成焦炭。

"把你们倒下的同伴抬离这个伤心地；我们会将刚铎的宰相法拉墨抬到一个他可以好好休息之处，或是让他听从命运的安排静静死去。"

于是，甘道夫和贝瑞贡将担架抬往医院，皮聘低着头走在后面。但城主的侍从依旧呆呆地看着眼前的陵寝；就在甘道夫来到拉斯迪南的尽头时，后面传来巨大的声响。他们回过头，看见陵寝的圆顶裂开来，冒出大量的黑烟；接着轰然一声，整个圆顶垮了下来，但烈焰依旧在崩落的石块中蹿动。侍从们这才恐惧地逃离该处，跟着甘道夫。

不久之后，他们回到禁门，贝瑞贡哀伤地看着守门人。"我永远都不会原谅自己的！"他说，"但我当时急疯了，他又不肯听我解释，只是拔剑相向。"然后，他掏出从死人身上抢下来的钥匙，把门锁起来。"现在这该交给法拉墨大人了。"他说。

"多尔安罗斯王正暂代城主的职务，"甘道夫说，"但既然他不在这里，我就先代为安排了。我命令你先暂时保管它，直到城中恢复秩序为止。"

最后，他们终于回到城中，一行人在曙光中走向医院；这些独立开来的美丽建筑，原先是为了照顾重症病患用的，但此时已成了治疗战场上重伤战士的医院。它们距离城堡的大门不远，就在第六城中，靠近南边的城墙，这些建筑的四周是一座长满翠绿树木与草地的花园，城中唯有此地是这模样。医院里面有少数几名被准许留在米那斯提力斯中的妇女，因为她们擅长医疗，或是必须担任医师的助手。

当甘道夫与同伴们抬着担架进入医院时，他们听见城门前的战场上传来一声大叫，尖利刺耳的叫声直蹿空中，然后被风吹散了。那声尖叫是如此恐怖，让所有的人都不由自主地呆立了好一会儿，但是当它消逝之后，所有的人突然间内心都充满了睽违许久的希望，那是自东方的黑暗袭来之后就不再有的；他们觉得天色似乎变得更明亮，太阳也破云而出。

但是甘道夫的表情十分凝重、哀伤，他吩咐贝瑞贡和皮聘抬着法拉墨进医院，自己则走到附近的城墙上，像是一尊白色雕像般站在阳光下凝视战场，以他特有的能力看见了那些倒下的人；当伊欧墨从战斗的最前方骑马赶到，站在那些阵亡者的身旁时，他长叹了一声，然后重又披上斗篷，走下城墙。贝瑞贡和皮聘走出医院时，正好看见他站在门口沉思。

他们看着甘道夫，他沉默了好一会儿。最后，他说："吾友们，还有这城与所有西方大地的居民们，遗憾和光荣的伟大功绩已经同时发生了。我们该哭泣还是欢笑？敌方大将出乎意料地被毁灭了，你们听见的是他最后绝望的惨叫；但他并不是空手离开的，我们为此付出了惨重的代价。如果不是因为迪耐瑟的疯狂，我或许可以阻止这一切。没想到魔王竟然可以影响到这里！唉！现在我已经得知他的意志是怎么进入城内的。

"虽然宰相们认为这是只有他们知道的秘密，但我从很久以前就猜到，七晶石中至少有一颗保存在净白塔中。在迪耐瑟还保有睿智的时候，他并不敢使用它，更别说挑战索伦了；因为他知道自己力量的极限。但是，他被自己蒙蔽了；随着他国度的处境日益危险，他开始使用晶石，自从波罗莫离开后，我猜他使用得更频繁，也多次被魔王所欺骗。他的力量太强，不会屈服于黑暗之下，然而他所看到的只是魔王允许他看的事物。毫无疑问的，他所知道的情报往往对他是有用的；但是，魔王让他尽情观看的是魔多强大的力量，使他内心充满了绝望，到最后终于击垮了他的心智。"

"现在我明白到底是什么地方不对劲了！"皮聘说着，不禁打了个寒战，"当时城主离开法拉墨躺着的房间，等他回来之后，我第一次感觉到他变了，变得又老又虚弱。"

"当法拉墨被带进城内时，我们有许多人都看见高塔最顶层发出奇异的光芒。"贝瑞贡说，"但是我们之前看过那光芒，城内长久以来就谣传城主有时会和魔王的意志搏斗。"

"唉！那么我的推测是正确的。"甘道夫说，"索伦的魔掌就是这样伸入了米那斯提力斯；我也因此在这边被牵绊住。而且，现在我还是被迫必须留在这里，不只是因为法拉墨，而是很快我就会有其他的事要忙了。

"现在我必须要下去和那些前来的人见面。我在战场上看到一个令我非常伤心的景象，但不幸或许不会就此终止。皮聘，跟我来吧！贝瑞贡，你应该回到城堡中，告诉卫戍部队的队长发生了什么事情。我恐怕他会把你调离卫戍部队；不过，请你跟他这样说：如果他愿意听从我的建议，你应该被派到医院来，担任你所敬爱的将军的守卫和仆人，如果他能够醒来，你必须随侍在侧，因为是你把他从大火中救回来的。去吧！我很快就会回来。"

话一说完，他就转过身，带着皮聘走向下城。当他们在街道上加快脚步时，海风带来一阵灰蒙蒙的大雨，所有的火焰都熄灭了，浓密的烟雾在他们面前升起。

第八章
医　院

　　当他们终于走近米那斯提力斯毁坏的城门时，梅里的双眼已经因为疲倦和泪水而变得迷蒙一片。他对四周残破和杀戮的景象毫不在意。空气中充满了烈火、浓烟和焦臭的气味；许多攻城的装置都被烧毁或是被推入着火的壕沟中，许多尸体也被用同样的方式处理。战场上到处都是南方巨兽的尸体，它们有些被烧死，有些被巨石砸死，有些则是被摩颂的精锐弓箭手射穿眼珠而死。大雨已经停了好一阵子，太阳在高空露出脸来；但整个下城依旧笼罩在恶臭的烟雾中。

　　人们开始设法在一片狼藉的战场中清出一条道路来；几个人扛着担架从正门走出。他们小心地将伊欧玟放在柔软的枕垫上，并用一大块金色的布盖住国王的尸体；他们举着火把走在他四周，火焰在阳光下显得惨淡无光，被风吹得左右摇曳。

　　就这样，希优顿和伊欧玟来到了刚铎的主城，所有遇见他们的人都脱帽敬礼；一行人穿越了焦黑的第一城，继续沿石板路向上前进。对梅里来说，这段往上走的路仿佛走了好几年，像是一场噩梦中毫无意义的跋涉，不停地一直往前走，走向某种记忆无法抓住的模糊终点。

　　他眼前的火把慢慢地闪动了几下，接着就熄灭了，他开始被黑暗包围。他想：“这是通往墓穴的隧道，我们要永远待在那边了。”但是，在他的噩梦中突然闯进一个活生生的声音。

　　"哇，梅里！谢天谢地，我终于找到你了！"

他抬起头,眼前的迷雾消失了一些。那是皮聘!他们正面对面地站在一条小巷子里,除了两人之外没有别人。他难以置信地揉了揉眼睛。

"骠骑王呢?"他问,"还有伊欧玟呢?"话没说完,他就踉跄地坐倒在路旁的门廊上,开始号啕大哭。

"他们已经上到城堡里面了。"皮聘说,"我想你一定是走到睡着,最后转错弯了。当我们发现你没跟着一起过来时,甘道夫派我来找你。可怜的梅里啊!我真高兴能再见到你!你看起来累坏了,我就先不吵你。不过,你得先告诉我,有没有受伤或是哪里不舒服?"

"没有,"梅里说,"好吧!我想应该没有。可是,皮聘,在我刺了他一剑之后,我的右手就不能动了,而我的宝剑好像一根柴一样烧毁了。"

皮聘一脸焦虑。"看来你最好赶快跟我来,"他说,"真希望我抱得动你,你不应该再走路了。他们根本就不应该让你走路,不过你也必须原谅他们。这城里发生了许多悲惨的事情,梅里,一名刚离开战场的霍比特人很容易就会被忽略的。"

"被忽略不见得不好,"梅里说,"我不久前就被那——啊,不,不,我没办法说。皮聘,扶我一把!我觉得眼前又变暗了,我的手臂好冷哪!"

"梅里小子,靠着我!"皮聘说,"来吧!一步一步,不远了。"

"你这是要去埋葬我吗?"梅里问。

"不,当然不是!"皮聘试着强颜欢笑,但他的内心却很担心又难过。"不,我们这是要去医院。"

他们离开了那条一边是高大的房子,一边是第四城外墙的狭窄巷道,重新走回通往城堡的大路。他们一步一步地往前走,梅里摇摇晃晃，嘴里喃喃自语，像是梦游的人。

"我这样没办法把他带过去。"皮聘想着，"难道没人可以帮我了吗？我不能把他丢在这边。"就在此时，一名男孩从后面跑了过来，经过他们旁边时，他认出对方正是贝瑞贡的儿子伯几尔。

"嗨，伯几尔！"他大喊着，"你要去哪里？真高兴看你还活蹦乱跳的！"

"我替医生跑腿，"伯几尔说，"不能逗留。"

"没问题！"皮聘说，"但请你通知上面，我身边有个病了的霍比特人，也就是你们所说的派瑞安。他刚从战场回来，我想他走不动了。如果米斯兰达在那边，他听到这消息会很高兴的。"伯几尔拔腿就跑。

"我最好在这边等。"皮聘自言自语道。他扶着梅里躺在一处有阳光的人行道上，自己坐在旁边，把梅里的头放在自己的膝盖上。他温柔地按摩着梅里的四肢，紧握着朋友的手；梅里的右手相当冰冷。

不久后，甘道夫就亲自来找他们。他弯身察看梅里的情况，摸着他的额头，然后小心地将他抱起来。"他应该被光荣地抬进城内。"他说，"他果然没有辜负我的信任！如果爱隆不接受我的建议，你们两个都不会跟着远征队出发，那么今天令人悲伤的不幸可能就不止如此了。"他叹了一口气说："不过，这又是我的另一项责任，而这场战争也还胜负未明。"

最后，法拉墨、伊欧玟和梅里雅达克终于都躺到了医院的病床上；众人十分细心地照顾他们。虽然，古代的知识如今大都已经失传，但刚铎的医术依旧高明，医生都擅于治疗外伤和疼痛，以及大海以东的人类会感染的所有疾病，只除了衰老。他们找不到防止衰老的方法；事实上，他们的平均寿命如今已经大幅缩减，跟一般的人类没有多大差异了；在他们当中，除了血统较纯的家族之外，能够活过一百岁依然硬朗的人已经很少了。此时，他们的医术正受到严苛的挑战；有许多染上同样症状的病患他们是治不好的，他们称之为黑影病，因为病源来自戒灵。染上这种病的人会慢慢陷入昏迷的睡梦中，然后变得无声无息、全身冰冷，接着就药石罔效了。对于此地的医生来说，这名半身人和洛汗之女的病况已经属于棘手的后期。今天早上，他们两人在梦中还会发出呓语，众人仔细地听着，希望能从中找出他们受伤的原因。但很快的，他们就陷入黑暗的昏睡中；当太阳西沉时，他们的面孔蒙上了一层灰色的阴影。但法拉墨则是一直高烧不退。

甘道夫不停来回关切地看着每一个人，众人听到每一句呓语都会跟他报告。时间就这样过去了，外面战况的演变时好时坏，传来的消息也千奇百怪；但甘道夫依旧观察着三个人，不准备离开此地。最后，天空被夕阳染得一片血红，夕阳余晖照进窗内，落在病人的脸上。那些站在周围的人以为自己看见他们的脸庞终于恢复了血色，然而这只不过是幻觉而已。

最后，院中最年长的老妇人攸瑞丝看着法拉墨英俊的脸，忍不住啜泣起来，她就像城里所有的人一样敬爱法拉墨。她说："唉！如果他死了，该怎么办才好。如果刚铎像古代一样由人皇治理就好了！古老的传说曾经记载：王之手乃医者之手。这样人们才能分辨谁是货真价实的统治者。"

站在旁边的甘道夫说话了："攸瑞丝，大家会永远记得你说的话！因为你的话语带来了希望。或许人皇真的已经回到了刚铎，你没听说外面的情形吗？"

"我在这边根本忙到没空搭理外面那些大呼小叫的声音。"她回道，"我只希望那些杀人的恶鬼，不要跑来医院打扰这些病人！"

甘道夫急急忙忙出去了，此时天空的霞光已经开始消退，余晖中的山丘也在渐渐黯淡下来，暮色开始笼罩大地。

随着太阳落下，亚拉冈、伊欧墨和印拉希尔带着将领和骑士们走近城门。当他们来到门前时，亚拉冈开口道：

"看那火红的落日！这是许多事情结束和崩毁的预兆，整个世界都将天翻地覆。不过，这座城和这个国度已经在宰相的统治下经历了许多年，我担心如果就这么横冲直撞走进去，人们可能会因此产生疑惑和争论，在大战还没结束的时候，我不愿意见到这种状况发生。在魔多或我们有一方获胜之前，我不会进城，也不会作出任何裁决。我会把帐篷设在城外，我会在这边等待城主的迎接。"

伊欧墨大惑不解地问道："你已经展开王旗，露出伊兰迪尔的家徽，难道你宁愿让这些遭到质疑吗？"

"不，"亚拉冈说，"但我认为时机尚未成熟；此刻我除了对付魔王和他的仆从外，没有心思做其他的争斗。"

印拉希尔王说："大人，您说的话十分睿智，我是迪耐瑟的亲族，在这件事上我可以给您一些建议。他是个意志很坚强、十分自傲的人，但年纪已经大了。自从他儿子倒下之后，他的脾气变得相当奇怪。可是，即使如此，我也不愿见到您像个乞丐一样住在门外。"

"不是乞丐。"亚拉冈说，"就说我是游侠的领袖，不习惯居住在岩石搭建的城中。"他下令收起王旗，并且摘下额前的北方王国的星辰，交给爱隆的儿子保管。

于是，印拉希尔王和洛汗的伊欧墨离开他身边，在民众的夹道欢迎下进入城内，往上骑向城堡；他们来到高塔的大殿，要找宰相。但是，他们发现他的座位空无一人，骠骑王希优顿的尸体则是在王座前的停灵台上，他的四周立着十二支火把，站着十二名刚铎和洛汗的骑士。停灵台上挂着绿色和白色的布幔，一块巨大的金色布幔盖到他的胸前，上面放着出鞘的宝剑，盾牌则放在脚前。火把的光芒照在他的白发上，如同温暖的阳光洒在泉水上一样。他的脸孔变得英俊而年轻，然而那祥和神态是年轻人无法企及的；他看起来只像是睡着了。

在他们低头向先王默哀片刻之后，印拉希尔问道："宰相呢？米斯兰达呢？"

一名守卫回答："刚铎的宰相正在医院中。"

伊欧墨接着问："我妹妹伊欧玟呢？她应该也被放在我王身边，拥有同样的尊荣。他们把她藏到哪里去了？"

印拉希尔说："可是王女伊欧玟在被送来的时候还活着呀！难道你不知道？"

这意外的消息让伊欧墨沉重的心情豁然开朗，但担忧与害怕也随之而来。他不再多说，立刻转身离开大殿，印拉希尔紧跟在后。当他们走出城堡时，夜幕已经降临，天空满是星斗。甘道夫走了过来，一名披着灰斗篷的人跟在旁边；四人正好在医院的门前遇上了。他们向甘道夫打声招呼，问道："我们要找宰相，有人说他在医院里，他受伤了吗？还有王女伊欧玟也在吗？"

甘道夫回答道："她也躺在里面，她还没死，但已生命垂危。法拉墨大人则是如你所听说的，中了支毒箭，他现在是宰相，因为迪耐瑟已经过世了，他的陵寝被火焰烧毁。"听完甘道夫所说的事情经过，他们都觉得心情非常沉重。

接着，印拉希尔说："这场胜利的代价实在太惨痛了，洛汗和刚铎竟然在同一天失去领导者。伊欧墨统治了骠骑，但此时谁能代管王城？我们应该派人去找亚拉冈大人！"

披着斗篷的男子开口说："他已经到了！"他走到门旁的灯下，众人这才发现他就是亚拉冈。他披着罗瑞安的灰色斗篷遮住身上的锁子甲，除了凯兰崔尔给他的绿色宝石之外，他身上没有其他信物。"我来，是因为甘道夫恳求我。"他说,"不过,现在我还只是亚尔诺的登丹人领袖;在法拉墨大人醒来之前,多尔安罗斯的领主应该代管这座王城。不过,我个人建议,在我们接下来对抗魔王的日子中,甘道夫应该担任大家的领袖。"众人纷纷点头同意。

然后,甘道夫说话了:"别在门口耽误时间了,眼前的状况很紧急。赶快进去吧!亚拉冈是里面的病人唯一的希望。刚铎睿智的妇人攸瑞丝刚才说过:王之手乃医者之手,人们才能借此分辨货真价实的统治者。"

于是亚拉冈先行,其他人跟在他身后走进去。门口有两名穿着城堡卫戍部队制服的人,一名很高大,但另一名的身高却跟小孩一样。当他看见一行人的时候,开心地大叫起来。

"神行客!太棒了!你知道吗,我早就猜到黑船里的是你。但他们都鬼叫着什么海盗,根本不理我。你是怎么办到的啊?"

亚拉冈哈哈大笑,牵起霍比特人的手:"真高兴见到你!可惜现在不是聊旅途经历的时候。"

印拉希尔吃惊地对伊欧墨说:"我们要用这个名字来称呼吾王?或许他登基时会用别的称号!"

亚拉冈听见他说的话,转身道:"你说的没错,在古语中我被称作伊力萨,意思是'精灵宝石',又称作恩维尼亚塔,意思是'复兴者'。"他拿起胸口的绿色宝石说:"如果我的王室能够建立起来,那么神行客将作为我王室的称号。幸好它在古语中听起来不会这么俚俗,从此之后,我及我的继承人都将继承这泰尔康泰的称号。"

接着,他们走进医院。当他们朝病房走去时,甘道夫向他们叙述了伊欧玟和梅里雅达克的战功。"我之所以会知道,"他说,"是因为我一直站在他们身边,开始时他们在梦中不停地自言自语,之后才陷入致命的昏迷中。这才让我知道了很多发生的事情。"

亚拉冈先去查看法拉墨,然后是王女伊欧玟,最后才是梅里。在他检查了病人的脸色和伤口之后,不禁叹了口气。"这次必须发挥我所有的能力和知识才行。"他说,"真希望爱隆在这里,毕竟他是我们所有种族中最古老、最睿智的一位,力量也比我强大。"

伊欧墨注意到他的疲倦和哀伤,说:"你应该先休息一下,至少吃点东西吧?"

亚拉冈回答:"不,对这三个人来说,特别是法拉墨,已经没有时间了。我们得尽快。"

他召唤攸瑞丝问:"医院中应当有药草吧?"

"是的,大人,"她回道,"但我推测要照顾这场大战中的伤者应该是不够的。可惜的是,我也不确定能够在哪里找到更多的药草;在这乱世中许多事物都遭到了破坏,到处都是大火在烧,跑腿的孩子们又很少,道路也都被封锁了。你看,罗萨那奇已经很久没有商人来我们市场叫卖了!即使如此,我们在这里还是尽可能地利用手头有的东西来医治所有的人,大人,我相信您应该也看得出来。"

"等我看见时我会判断的。"亚拉冈说,"我们目前还缺一样东西,就是说话的时间。你有阿夕拉斯吗?"

"大人,我确定我不知道这东西,"她回答道,"至少没听过这个名字。我去问我们的草药师,他知道所有药草的古名。"

"它又叫作王之剑,"亚拉冈说,"或许你听过这名字,因为现在居住在山野间的人都这么叫它。"

"喔,那个啊!"攸瑞丝说,"如果大人您先说这个名字,我本来可以马上告诉您的。不,我确定我们完全没有这东西。因为,我从来没听过这东西有任何伟大的疗效。事实上,每当我跟妹妹们在森林里面看见这东西的时候,我都会对她们说:'王之剑。这名字真奇怪,不知道为啥叫这名字？如果我是国王，我会在花园里面种比它更漂亮的东西。'不过，当您揉搓它的时候，它闻起来仍有一种甜美的味道，对吧？可是用甜美来形容好像不太对，或许用通体舒畅比较接近。"

"就算它是通体舒畅好了。"亚拉冈说，"现在，女士，如果你真的敬爱法拉墨大人，就不要多话，请尽快把城里所有的王之剑拿过来，即使只有一片也好！"

"如果找不到，"甘道夫说，"我会亲自载着攸瑞丝去罗萨那奇，请她带我去森林，当然，不需要找她妹妹。影疾会让她知道什么叫作真正的迅速。"

在攸瑞丝离开之后，亚拉冈请其他的妇女煮开水。然后，他握住法拉墨的手，并将另一只手放在病人的额上。法拉墨的前额满是汗水，但他依然动也不动，似乎连呼吸都在衰竭。

"他已经快不行了。"亚拉冈转头对甘道夫说，"但这不是因为他所受的伤。你看！他的伤口已经快愈合了。如果他像你想的一样，是被戒灵的毒箭给射中，那么他当天晚上就死了。我猜这是南方人的毒箭，是谁把它拔出来的？有留下来吗？"

"是我拔的，"印拉希尔说，"血也是我止的。但我没把箭留下，因为当时有很多事情要忙。我记得那看起来的确像是南方人用的箭。不过，我相信它来自空中的魔影，否则，这伤口不深也不重，他怎么会莫名其妙地高烧不退？你的看法如何？"

"疲倦、因他父亲而起的伤悲，再加上这伤口，以及最重要的是那黑之吹息。"亚拉冈说，"他是个意志坚定的人，即使在他前去外墙参战之前，他就已经几乎落在魔影之下了。在他努力试图守住前哨站时，那黑暗一定悄悄地渗入他的身体中。真希望我能够早点赶到这里！"

这时,草药师走进来。"大人,您要找的是王之剑,那是乡里愚民们所使用的称呼,"他絮絮叨叨地说,"贵族们则是称它阿夕拉斯,对于那些懂瓦林诺语的人来说……"

"我懂,"亚拉冈说,"而且只要有这种药草,我才不管你叫它王之剑还是阿夕亚阿兰尼安!"

"请大人恕罪!"那人说,"我知道您不只是将军,更是饱读诗书的人。可是,大人,我们医院里面没有这种东西,因为这里是照顾最严重的病患和伤者的地方。因为除了除臭跟提神之外,我们不知道它还有什么药效。除非,您所说的是那首古诗——城中一些老妇人依然会不明就里地背诵它,就像我们好心的攸瑞丝一样:

  黑之吹息抚过
  死亡阴影飘落
  所有光明消失,
  阿夕拉斯!阿夕拉斯!
  起死回生之力,
  就是真王之力!

我觉得这只不过是首老太太记忆中的童谣罢了。如果它真的有什么含意,您应该可以判断。不过,还有些老人把这药草泡水治头痛。"

"那么,奉王之名,你赶快去给我找那些少一些见闻,却多一些智能,家里有这东西的老人!"甘道夫受不了,大喊起来。

亚拉冈跪在法拉墨旁边,一只手依旧放在他的额前。旁观者都感觉到他正陷入一场激烈的搏斗。亚拉冈的脸色因为疲倦而泛灰,同时他也不停地呼唤着法拉墨的名字,但众人听他的声音变得越来越小,仿佛亚拉冈正在离开他们,走进某个遥远的黑暗山谷中,呼唤一名迷途的旅人。

终于,伯几尔跑了进来,手中的布包里面包着六片叶子。"大人,这是王之剑!"他说,"但我恐怕已经不够新鲜了,我想它们至少是两周以前摘下来的。希望这能派上用场,大人?"看着法拉墨的样子,他不禁开始啜泣。

但亚拉冈却露出了微笑。"这能帮上忙的!"他说,"最糟糕的时候已经结束了。留下来看着,放心吧!"于是,他拿起两片叶子,将它们放在手上,吹了一口气,然后将它们揉碎,一股清新的感觉立刻弥漫在四周,仿佛空气苏醒了过来,颤动闪烁着欢欣的火花。接着,他将叶子丢进端到他面前的一碗冒着热气的水中,众人的心立刻轻快舒畅起来。那飘向众人的香气让人想起晴朗的清晨,某些美丽阳光普照的春天大地。亚拉冈站了起来,神色已经焕然一新,他眼中露出笑意,同时将那碗捧到法拉墨昏睡的面孔前。

"好了!谁会相信呢?"攸瑞丝身边的女子说,"这种杂草竟然有这么好的效果。这让我想起年轻时在印罗斯米卢伊看过的美丽玫瑰,我想连国王也找不到更好的了!"

突然,法拉墨的身体抽动了一下,他睁开眼,看着弯身的亚拉冈,眼中立刻露出熟悉、敬爱的神情。"大人,是您呼唤我,我来了。王上有什么吩咐?"

"不要再待在幽影的世界中,醒过来!"亚拉冈说,"你很累了。好好休息一下,吃点东西,做好准备等我回来。"

"我会的,大人,"法拉墨说,"吾皇归来,谁还会呆坐终日!"

"先暂别了!"亚拉冈说,"还有其他人需要我。"他和甘道夫以及印拉希尔一起离开房间,贝瑞贡和儿子难掩喜色地留下来照顾他。在皮聘跟着甘道夫走出来,关上门时,他听见攸瑞丝大呼小叫的声音:

"吾皇归来！你听见了吗？我刚刚不是就这么说的吗？那是医者之手啊！"很快的，消息就从医院传了出去：人皇真的归来了，他在大战之后带来医治；这消息很快就传遍了全城。

此时，亚拉冈来到伊欧玟身边，他说："她受的伤最严重，那是沉重的一击。她骨折的手臂已经被固定住了，假以时日，如果她还有活下去的力量，应该是会复原的。持盾的那只手没有大碍，让人担心的是使剑的那只手；虽然表面没有伤口，但那只手几乎已完全失去了生机。

"唉！她所对付的敌人，远超过她的意志和身体所能承受的。那些没被恐惧震惊吓倒，还能拿起武器对付敌人的战士，必定拥有钢铁般的意志。是戒灵的厄运才会让她出现在他面前。她是个美丽尊贵的女子，是众后中最美丽的女子。我却不知道该如何适切形容她。当我第一次看到她，感觉到她的不快乐时，我似乎觉得自己看见一朵傲然挺立的白花，如同百合一样美丽，却坚毅得像是精灵以钢铁打造的。或者，像是一场寒冷的霜冻把它包围在透明的坚冰中，虽然看起来依旧美丽，但已遭到打击，很快就会凋谢死亡，对吗？她的症状并非自今日开始的，对吧，伊欧墨？"

"大人，我没想到你竟然会问我。"他回答，"我认为你在这件事情上，如同在其他的事上一样，都是无可指责的；但我妹妹伊欧玟在第一次见到你之前，从来没遇到过什么冰霜的侵袭。在巧言正受宠、国王遭到蛊惑的时日里，随侍在侧的她既担忧又恐惧，会把心中的忧愁和我分享；虽然她在照顾国王时的忧惧与日俱增，但那并不足以让她变成这样！"

"吾友，"甘道夫说，"你有骏马、有战功，还有广大的原野让你驰骋；而她，虽是生为女儿身，却拥有足以和你匹敌的勇气和坚强意志。但是，她却命定要照顾一名她敬爱如父的老人，看着他日渐落入痴呆、难堪的景况；而她自己所扮演的角色，更让她觉得羞愧不已，丝毫帮不上忙。

"你以为巧言只是玩弄希优顿而已吗？'混账！伊欧皇族算什么东西？他们不过是一群骑马强盗，住在稻草屋里，喝着肮脏的水，孩童和畜生厮混在一起！'你之前不是听过这说法吗？这是巧言的老师萨鲁曼所说的话。不过，我想巧言必定用更高明的方法来包装这种话。大人，如果不是因为你妹妹爱你，不是因为她继续任劳任怨、紧闭双唇，你可能早就从她口中听见这种说法了。但是，谁知道她在夜阑人静之处，孤单的时候，会怎样看待自己一无是处的人生？那禁锢她的闺房四壁似乎都在不断钳紧、不断压抑她那自由奔放的意志！"

伊欧墨沉默下来，看着妹妹，仿佛在重新思考他们过去在一起的生活。亚拉冈说："伊欧墨，你所看见的我也都看见了。当一名男子遇到这么美丽、尊贵的女子时，有幸受到她的青睐，却又不能回应她的厚爱，这世界上没有比这更让人惋惜的事情了！自从我离开登哈洛，骑向亡者之道时，悲伤和遗憾无时无刻不在我脑中盘旋；一路上我最担心的就是她会怎样对待自己。但是，伊欧墨，我认为，她对你的爱比对我的真切；因为，她爱你、了解你；但对我，她所爱的只是一个幻影，一种想法：能够开创丰功伟业的希望，以及洛汗以外的遥远异国。

"我或许有能力治好她的身体，将她从黑暗的深谷中唤回。但是，我不知道她醒来的时候会怎么样。是希望、原谅，还是绝望？如果是绝望，那么，除非有奇迹出现，否则她会死！唉！她的所作所为已经让她成为足以名留青史的女子了！"

亚拉冈弯身注视着她的脸；那张脸确实白如百合、冰冷如霜，又坚毅得宛如石雕。他俯身亲吻她的额头，温柔地呼唤她，说：

"伊欧蒙德之女伊欧玟，醒来吧！你的敌人已经被你消灭了！"

她没有什么反应，但呼吸开始加深了，胸脯在白色的亚麻床单下稳定地起伏。亚拉冈再次揉碎两片阿夕拉斯，丢入热水中。接着，亚拉冈用这水擦洗她的前额，还有她搁在床单上冰冷、毫无知觉的右手。

接着，不论亚拉冈身上是否确实隐藏了早被遗忘的西方皇族的力量，还是他对伊欧玟所说的话产生了影响；当药草甜美的香气充斥着整个房间时，众人似乎感觉到有一阵无比清新的微风从窗户吹了进来，它没有任何味道，但是一股完全清新、干净、充满活力的空气，似乎是从众星满布的苍穹下、雪山的山巅上飘来，从未被其他生灵呼吸过的新鲜空气。

"醒来，伊欧玟，洛汗的王女！"亚拉冈说，同时握住她的右手，感觉她的手逐渐变暖，似乎慢慢有了生气。"醒来！黑影已经离去，所有的黑暗都被洗涤干净了！"然后，他将她的手放在伊欧墨手中，退了开来。"呼唤她！"他说，接着就无声无息地离开。

"伊欧玟！伊欧玟！"伊欧墨泪流满面地喊着。她睁开了眼睛，说："伊欧墨！我真是太高兴了！他们还说你被杀了。不，那只是在我梦中听见的阴沉的声音。我睡了多久？"

"不久，妹妹，"伊欧墨说，"不要再多想了！"

"我好累喔！"她说，"我必须休息一下。告诉我，骠骑王最后怎么了？唉！别告诉我那是梦，我知道那是真实的。就像他预知的一样，他战死在沙场上。"

"他的确去世了，"伊欧墨说，"但是临死前，他交代我向比女儿还亲的伊欧玟告别。他现在被以最尊贵的礼节停放在刚铎的城堡中。"

"这实在令人悲痛！"她说，"但是，这比在黑暗的日子中我所希望的还要好。当时，我还以为伊欧王族的名誉真会沦落到比山野间的牧羊人还不如。还有，那名骠骑王的随从半身人呢？伊欧墨，你应该册封他为骠骑的骑士，他真的好勇敢！"

"他就在这医院中，我会去找他的。"甘道夫说，"伊欧墨应该先

165

留在这里。不过,在你恢复健康之前,不要再谈什么战争和悲伤的事情。看见你恢复健康又充满希望地醒来,真让人高兴!你真是个勇敢的女子!"

"恢复健康?"伊欧玟说,"或许吧!至少在骠骑中还有坐骑可以让我骑乘,能让我四处征战的时候是这样的。至于希望?我就不知道了。"

甘道夫和皮聘来到了梅里的房间,看到亚拉冈正站在床边。"可怜的好梅里!"皮聘喊着奔向床边。因为,他觉得朋友的状况看起来更糟了。梅里的脸色泛灰,仿佛背负了多年沉重的哀伤;突然间,一股梅里会就此死去的恐惧攫住了皮聘。

"不要害怕。"亚拉冈说,"我来得正好,也已经把他叫回来了。他现在很疲倦,也很哀伤,因为他大胆地攻击戒灵,也受到和伊欧玟一样的伤。不过,他乐观、坚强的天性足以克服这一切。只是,他不会忘记他的伤悲;不过它不会让他心情阴沉,只会带给他睿智。"

亚拉冈将手放在梅里的头上,抚过那褐色的鬈发,轻触他的眼睑,呼唤着他的名字。当阿夕拉斯的香气弥漫在房中,芬芳如果园的气息,仿佛阳光下飞满蜜蜂的石南原野时,突然,梅里醒了过来,他说:"我好饿,现在几点了?"

"过了晚餐时间,"皮聘说,"不过,如果他们让我拿,我想我还是可以带一些东西来给你吃。"

"他们肯定会的。"甘道夫说,"只要这位洛汗国的骠骑想要,而刚铎又有这样东西,他们都会献给这位受人尊敬的骑士。"

"好极了!"梅里说,"那么我想要先吃晚餐,然后抽管烟。"话才说完,他的脸色突然一变。"不,不抽烟了!我想我以后都不抽烟了。"

"为什么?"皮聘问。

"这么说吧,"梅里缓缓道来,"他过世了。抽烟会让我想起他。他说他很遗憾再也没有机会和我聊药草的事情了,这几乎算是他最后的遗言。我以后每次抽烟都一定会想起他的,还有那天,皮聘,你还记得吗?那时他骑马走近艾辛格,对我们彬彬有礼。"

"那你还是抽吧!正好用来怀念他!"亚拉冈说,"他是个信守诺言的仁君,是名伟大的国王;他走出了阴影,骑向最后一个清朗的黎明。虽然你服侍他的时间很短,但这应该是你此生都念念不忘、足以让你感到光荣的回忆。"

梅里露出微笑,说:"好吧!如果神行客愿意提供必要的器具,我就会边抽烟边怀念他。我的背包里面还有萨鲁曼最好的烟草,不过,我不知道在经过这一场大战之后,它会变成什么德行。"

"梅里雅达克先生,"亚拉冈说,"如果你觉得我越过千山万水、上山下海地来到刚铎出生入死,还会记得给弄丢自己装备的战士带来补给品,那你就错了。如果你找不到背包,那你一定得找这里的草药师。他会告诉你,他不知道你想要的药草有任何的功效,但是平民们叫它西人草,贵族们叫它佳丽纳,之后还会补充一大堆语言里面的各种称呼,接着再补上几句他不明白的古代诗句;最后,他才会很抱歉地告诉你医院里没有这东西,然后留下你去好好思索语言演进的历史。好了,我得走了!自从我离开登哈洛后就没在这样的床上睡过觉,从黎明前的黑暗时刻到现在都没有吃过东西。"

梅里抓住他的手,狠狠地吻了一下。"我真是太抱歉了!"他说,"赶快走吧!自从那晚我们在布理与你相遇之后,每次都会拖累你。不过,我族本来就习惯在这种时刻说些轻松的话,让事情听起来不要那么严肃。我们总怕会过于夸大。如果开玩笑不合时宜,一时之间我们通常都会不知道该说什么才好。"

"我很清楚,否则我就不会以同样的方式对待你了。"亚拉冈说,"愿夏尔永远繁荣兴盛!"他回吻梅里一下,就和甘道夫一起离开。

皮聘留了下来。"不知道这世界上还有没有其他人像他一样?"他说,"当然,除了甘道夫以外;我想他们一定有什么亲戚关系。亲爱的老弟,你的背包就在你床边,当我找到你的时候,背包也还在你背上咧。他当然早就看到啦!就算真的不见了,我这边也还留了些好东西。来好好乐一乐吧!这是长底叶喔!我先去找点吃的东西,你在这边先把烟斗填满,稍后我们就可以一起轻松一下了。天哪!我们图克家和烈酒鹿家人,还真是不习惯跟这些高贵人物住在一起啊!"

"没错,"梅里说,"我还不行,不管怎样都还没习惯。不过,皮聘,至少我们现在可以看见他们、尊敬他们。我想,你最好先爱那些和你比较接近、适合你去爱的人:你必须有个出发点,而且有根基,夏尔的泥土可是很深厚的呢!不过,依然还是有很多东西很高深,不是我们可以理解的。如果不是因为他们,我想这世界上就会有许多老爹,不能够安安静静地在院子里种菜,而且,大部分的老爹还都不知道他们在背后的付出。我很高兴自己认识他们,至少认识他们中的一小部分。天哪!我不知道我为什么要这样说话。烟叶呢?如果烟斗没坏,帮我把它从背包里拿出来吧!"

亚拉冈和甘道夫前往医院和院长会面,他们建议应该让法拉墨和伊欧玟继续待在院中一些时日,接受完善的照顾。

"关于王女伊欧玟,"亚拉冈说,"她很快就会想要起床离开这里;但是,如果你们有办法,要用各种方式留住她,至少十天之内不能让她出院。"

"至于法拉墨,"甘道夫说,"必须尽快让他知道他父亲已经去世了。但在他完全康复、开始处理国事之前,不要告诉他迪耐瑟发疯的过程。也请你注意,不要让贝瑞贡和那位派瑞安人把这件事告诉他!"

"那另外一个派瑞安人,在我院里的梅里雅达克,又该怎么办?"院长说。

"他明天可能就可以下床了,应该可以自由活动一小段时间。"亚拉冈说,"如果他想走动,就随他吧!他可以在朋友的照顾下散散步。"

"他们真是个惊人的种族。"院长点头道,"真是坚韧哪!"

在医院的门口,已经有许多人聚集过来想要看看亚拉冈,当他离开时,众人跟随在后簇拥着他。当他终于坐下吃过饭,人们从四面八方前来,恳求他治好他们垂危、受伤的朋友或亲人,以及那些被黑影病所感染的同胞。亚拉冈站起身,走了出去,派人请爱隆的两个儿子过来,他们三人一起忙碌到深夜。消息很快就传遍全城:"吾皇真的归来了。"由于他所佩戴的那枚绿宝石,居民们都称呼他"精灵宝石"。就这样,他在出生时被预言将会获得的称号,就在这时由他的子民为他选定了。

最后,当他累得实在无法再工作时,他披起斗篷,溜出城外,在天快亮前回到营帐中小睡片刻。第二天早上,城堡高塔上飘扬的是多尔安罗斯的旗帜,那是一面天鹅般的巨舰航行在蓝海上的旗子。人们抬起头,开始怀疑昨夜王者的到来是否只是一场梦境。

第九章
最后的争论

大战后的隔天,迎接众人的是一个美丽、晴朗的清晨,云淡风轻,转吹西风。勒苟拉斯和金雳很早就起来了,向守卫要求入城,因为他们急着想见梅里和皮聘。

"真高兴知道他们还活着!"金雳说,"这两个小家伙害我们在洛汗国的草原上追得死去活来,如果我们的努力全白费就太可惜了。"

精灵和矮人并肩走进米那斯提力斯,看见他们经过的人,无不惊讶这样一对伙伴。勒苟拉斯俊美得超乎常人,在晨光中他边走边用清脆的声音吟唱着精灵美丽的歌谣;但金雳只是沉默地走在他身边,抚摸着胡子,打量着四周一切。

"这里有些不错的石匠工艺,"他看着多面墙壁说,"但也有一些欠佳,还有这些街道应该能铺得更好一点。等到亚拉冈登基之后,我会自告奋勇地提供山中的石匠,我们会让这里成为居民自豪的地方。"

"他们需要更多的花园。"勒苟拉斯说,"这些屋子都死气沉沉的,生长的植物和令人赏心悦目的东西太少了。如果亚拉冈登基为王,森林之民将会送来婉转的鸟儿,以及不会枯死的树木。"

最后,他们来到了印拉希尔王面前。勒苟拉斯打量了他片刻,深深一鞠躬;因为他看出来眼前的统治者确实拥有精灵血统。"您好,大人!"他说,"宁若戴尔的居民离开罗瑞安森林已经是很久以前的事了,不过,人们还是可以发现,并非每个精灵都离开了安罗斯的港岸乘船西渡。"

"我家乡的传说也是这么说的,"印拉希尔说,"但我们已经有许多年没有见过像你这样美丽的种族了。在这战乱悲伤之中,我很惊讶竟然有荣幸见到你。你有什么事情吗?"

"我是和米斯兰达一起离开伊姆拉崔的九人之一,"勒苟拉斯说,"这位矮人是我的朋友,也是我的同伴,我们是和亚拉冈大人一起来的。不过,现在我们想要见见老友梅里雅达克和皮瑞格林,据说他们在您这边。"

"他们在医院里,我带领两位过去吧。"印拉希尔说。

"大人,您只要派人为我们带路就好了。"勒苟拉斯说,"因为亚拉冈也请我们送这个消息给您——他不希望在这个时候再度进城,但是各军的将领必须立刻召开会议,所以,他希望您和洛汗的伊欧墨能够尽快前往他的营帐,米斯兰达已经过去了。"

"我们会去的。"印拉希尔说,双方礼貌地道别了。

"他真是位不错的统治者和将领!"勒苟拉斯说,"如果刚铎在这日暮西山的年代,依旧还有这种人才,那它全盛时期的辉煌灿烂就不难想象了。"

"毫无疑问,那些做工比较精良的建筑都是最早建造的。"金雳说,"人类自有史以来都是这样:他们在春天会遇到霜降,或在夏天遇到干旱,然后他们就衰微了。"

"不过,他们却极少就此灭绝。"勒苟拉斯说,"他们的血脉往往会在废墟中消失,等到春天来临,往往又从意料之外的时机与地方冒出新芽来。人类的成就会超越我们的,金雳。"

"不过,我猜,到最后还是功败垂成,只余下'本来有可能成功'的遗憾。"矮人回答。

"关于这点,精灵们不知道答案!"勒苟拉斯说。

这时,王子的侍从前来带领两人前往医院;他们在那边的花园里见到了朋友,久别重逢自然令人十分高兴。他们边散步边聊天,为这难得的安详片刻满心欢喜,享受这城中高处清朗的晨光和微风。当梅里觉得有些疲倦时,他们过去在城墙上坐了下来,背后则是医院翠绿的园圃;在他们面前的南方,安都因大河在艳阳下波光粼粼,一直流向连勒苟拉斯都看不见的远方,进入宽广的平原和列班宁以及南伊西立安的绿色迷蒙中。

当其他人有说有笑地聊着时,勒苟拉斯却沉默下来,逆着光看着前方,在凝视中,他看见那些沿大河飞近内陆的海鸟。

"你们看!"他大喊着,"是海鸥!它们竟飞到这么远的内陆来。它们真令我惊奇,但也让我内心感到不安。我这辈子从来没见过它们,直到我们抵达佩拉格;在那里,当我们准备登船作战时,我听到它们在空中鸣叫的声音。我当场呆立,完全忘记了中土世界的战争;因为它们鸣叫的声音向我诉说着大海的景象。大海!唉!我还没机会看看它。但是,每个精灵的内心深处都对大海有种向往,一被挑动起来就不可遏制。啊!那些海鸥。从今以后,无论是在山毛榉还是榆树下,我都无法享有安宁了。"

金霂说:"千万不要这么想!中土世界还有无数东西等你去看,还有很多工作可以做。如果所有美丽的人儿都乘船出海,对那些命定得留下的人来说,这个世界就更无聊了。"

"不只无聊,而且还很乏味哪!"梅里说,"勒苟拉斯,你千万不能够出海,这世界上永远都会有大人或是小人,甚至是像金霂这么睿智的矮人需要你。至少我希望你别走。不过,我有种感觉,这场战争最糟糕的部分即将来到。我真希望一切都赶快结束,能够有个好结局!"

"不要这么阴沉嘛！"皮聘大喊道，"阳光正灿烂，我们至少还可以相聚个一两天。我想要听听你们的故事。说嘛，金雳！你和勒苟拉斯今天早上已经提过十几次那趟和神行客同行的旅程，但是你们啥也没说。"

"阳光或许依旧灿烂，"金雳说，"但我不想再去回忆走出黑暗的那段过程。我当时若是知道前行会遭遇到什么，我想，无论什么样的友谊，都不能让我踏上亡者之道。"

皮聘说："亡者之道？我听亚拉冈说过，却不知道他是指什么？你可以再多告诉我们一些吗？"

"我可不大愿意。"金雳说，"因为我在那条路上真是丢脸丢到家了。我，葛罗音之子金雳，一向认为自己比人类更强悍、在地底比任何精灵更耐劳，但这次我两边都输了。我是靠着亚拉冈的意志力才勉强走完那条路的。"

"同时也包括了对他的爱戴吧。"勒苟拉斯说，"每个认识他的人，都会以自己的方法来爱他，即使是那骠骑国冷冰冰的美女也是一样。梅里，在你抵达登哈洛的当天一早，我们离开了那里，该地的居民害怕到不敢目送我们离开，只有王女伊欧玟例外，她现在也在医院里养伤。那场分离真让人难过，连我看到都觉得很不忍心。"

"唉！我当时只想到自己。"金雳说，"不！我不想再提那次旅程了。"

他沉默下来；但皮聘和梅里依旧吵着要听，最后勒苟拉斯拗不过两人，只好说道："我会说个明白，省得你们吵个不停；因为我并不觉得恐怖，也不害怕人类的亡灵，我认为它们十分无力、脆弱，没什么好怕的！"

接着，他扼要地描述了在山脉中那段鬼魂肆虐的道路，以及在伊瑞赫的那场黑暗的聚会，以及在那之后两百七十九哩的绝命狂奔，这才抵达了安都因河上的佩拉格。"离开那黑石之后,我们头也不回地骑了四昼夜,直到第五天才终于抵达。"他说,"看哪!在魔多制造的黑暗中,我的希望之火反而越来越旺盛;因为在那一片幽暗中,那队亡灵大军的力量似乎变得更强也更恐怖。我看见有些人骑着马,有些人奔跑着,但都用同样惊人的高速在移动。他们十分沉默,但眼中闪动着可怕的光芒。在拉密顿的高地上,他们追过了我们,在我们四周急速掠过,如果不是亚拉冈下令制止,他们可能直接摆脱我们,扬长而去。

"他一声令下,他们都退了回去。'连人类的亡灵都服从他的意志,'我想,'他们恐怕还会为他的需要效力!'

"奔驰的第一天白昼还有亮光,隔天迎接我们的是没有曙光的清晨,但我们继续前进,越过了西里尔河、瑞龙河;第三天我们来到了吉瑞尔河口的林希尔。拉密顿的战士们在该处和沿河上行的昂巴海盗以及哈拉德林人在渡口搏斗。不过,当我们抵达时,攻守双方全都放弃战斗四散奔逃,大喊着亡者之王前来攻击他们了。只有拉密顿的统治者安格柏有胆量迎接我们;亚拉冈请他集合部队,如果他们有胆量的话,等幽灵大军过去后,请跟在我们后面前进。

"'在佩拉格,埃西铎的继承人会需要你的协助!'他说。

"就这样,我们渡过了吉瑞尔河,一路追赶魔多的盟军;然后我们休息了片刻。不过,不久之后亚拉冈就站了起来,大声说:'糟了!米那斯提力斯已经遭到攻击了,我担心它会在我们抵达之前陷落。'因此,我们天还没亮就立刻上马,催促马匹在列班宁平原上全力奔驰。"

勒苟拉斯暂停下来,轻叹一口气,把目光转向南方,轻声唱道:

    从凯洛斯到侬鲁侬,河上银光闪耀
    在那列班宁的翠绿大地上!
    绿草茂盛,在海风吹拂下

白色的百合摇曳,

小金花的金钟轻晃,

在那列班宁的翠绿大地上,

在海风吹拂下!

"在我同胞的歌谣中,那里的平原翠绿无比;但是当时呈现在我们面前的却是一片灰黑,看起来像是荒废的大地。在那宽广的平原上,我们毫不留情地践踏花草,连续一天一夜追赶我们的敌人,直到最后来到大河的出海口。

"那时,我心想:我们已经靠近大海了;因为在黑暗中水面显得一望无际,无数的海鸟在岸边飞翔。啊,那海鸥的声音!女皇不是曾告诉我要小心吗?我现在果然无法将它们遗忘。"

"我则是一点也不理它们,"金雳说,"因为那时我们必须面对出发以来最艰苦的战斗。昂巴的主力舰队全都集结在佩拉格,大约有五十艘巨舰以及数不清的小船。许多被我们追赶的敌人已经先抵达了港口,并且将他们的恐惧散播开来。有些船只已经起锚了,他们想要驶离这条河,或是逃到对岸去;许多艘小船都烧了起来。但哈拉德林人这时已被逼到无路可退,只能调过头来背水死战,他们在绝望中真是凶猛;当他们看清我们时,都纷纷哈哈大笑,因为那时敌我的兵力实在非常悬殊。

"但亚拉冈停下来,以宏亮的声音高喊道:'出来吧!我以黑石之名召唤你们!'一瞬间,原先停在队伍最后方的亡灵军团如潮水般涌出,将挡在它前方的一切全都淹没。我听见了微弱的呼喊声和模糊的号角声,以及无数窃窃私语的声音:那仿佛是远古黑暗年代中某一场被遗忘的战争的回声。他们拔出苍白的刀剑,但我不知道那些刀剑是否还可以伤人;因为这些亡灵根本不再需要任何武器,没有人可以抵挡他们所带来的恐惧。

"他们飘向所有靠岸的船只,然后飘过水面奔入那些在港外下锚的船只而去;所有的水手都害怕得丧失理智,纷纷跳入水中,只有那些被绑在船上划桨的奴隶例外。我们毫不留情地驱赶这些敌人,一路如狂风扫落叶般杀到岸边。然后,亚拉冈给每艘剩下的船都指派一名登丹人,他们安抚了被留在船上的俘虏,请他们不要害怕,因为他们已经获得了自由。

"在天黑之前,所有胆敢抵抗我们的敌人都被消灭了;他们不是被淹死,就是徒步逃往南方,希望能够回到故乡。魔王一定没想到,他的计谋竟然被代表恐惧和黑暗的亡灵所破坏了,想起来真是美妙又不可思议,这就叫以其人之道还治其人之身啊!"

"的确不可思议。"勒苟拉斯说,"那时,我看着亚拉冈,心中想着:如果他将魔戒据为己有,凭他那强大的意志力,他会成为多么伟大而可怕的君王啊!魔多怕他是有道理的。但是,他的高贵情操超越了索伦的理解,因为他是露西安的子孙哪!不论经过多少年,她的血脉都不会堕落。"

"那样的预言不是矮人看得出来的。"金雳说,"不过,那天的亚拉冈真是威风凛凛。你们想想!整个黑色舰队都归在他的掌握之下;他选了最大的一艘当作旗舰,头也不回地上了船。然后,他用从敌人那边抢来的号角,吹出响彻云霄的号音,然后亡灵部队就都退回到岸上。他们沉默地站在那边,除了燃烧的船只在他们眼中映出点点红色的火光之外,旁人几乎看不见他们。亚拉冈对着亡灵,中气十足地开口道:

"'这是埃西铎继承人的命令!你们的诺言已经实践了。回去吧,不要再作祟打扰那些山谷了!去吧,去安息吧!'

"亡者之王出列,站在幽灵大军之前,折断他的长枪并丢到地上。然后他深深一鞠躬,转身离开;整支灰色的大军也迅速退离,像是被一阵突如其来的大风吹散的雾,消失得无影无踪;而我却仿佛刚从一场梦中醒来一样。

"那天晚上,当其他人还在忙时,我们把握机会休息。船上的俘虏都被释放了,有许多俘虏是过去被俘的刚铎人;很快的,人们从伊瑟和列班宁开始往此地集结,而拉密顿的安格柏也召集了所有的骑兵。在亡灵所带来的恐惧消退之后,他们终于能够前来支持我们,来看看埃西铎的继承人;因为这名称已如野火燎原般在黑暗中迅速蔓延开来。

"我们的故事就快结束了,那天傍晚和夜里,许多船只都已经做好了出航的准备,第二天一早,舰队就开航了。虽然这只是前天的事情,但感觉却像已经过了好多年了;那是我们离开登哈洛的第六天。不过,亚拉冈依旧担心我们是否会到得太迟。

"'从佩拉格到哈龙德还有一百二十六哩,'他说,'但是,我们明天就得抵达哈龙德,否则一切将前功尽弃!'

"现在船桨都是由自由人所操纵,他们十分尽力地划着桨;不过,由于我们是逆流而上,所以速度还是很慢。虽然在南方河水流速并不快,但我们也没有海风相助。虽然我们刚在港口大胜,但如果不是勒苟拉斯突然哈哈大笑,我的心情可能会变得非常恶劣。

"'都灵的子嗣,抬起你的胡子来吧!'他说,'你没听过人家说:在一切都绝望时,希望往往会由此而生。'但是他到底从远方看到什么希望,他不肯说。当夜晚降临,我们只能看见越来越深沉的黑暗,而我们胸中却热血沸腾,因为我们可以看见北方远处的云朵下闪着红光,亚拉冈说:'米那斯提力斯已经陷入了大火中。'

"但到了午夜,希望真的出现了。经验丰富的伊瑟水手看向南方,告诉我们风向变了,大海吹来了新鲜的风。在天亮之前,所有的巨舰都张满帆迎风前进,我们的速度加快了,曙光正好照在我们船头破浪的泡沫上。接下来,就如同你所知道的,我们在日出之后三小时,乘着海风以及阳光一起到来，我们在战场上展开了旗帜。不论未来如何，那都是无比荣耀的时刻，让人永难忘怀的一天！"

"无论接下来会如何，我们所创造的功业是不可磨灭的。"勒苟拉斯说，"能够通过亡者之道是前无古人的壮举，即使刚铎未来毁灭，无人可以赞颂我们的行径，它也不会因此而失色。"

"搞不好一语成谶。"金雳说，"因为亚拉冈和甘道夫还是愁眉不展。我不清楚他们在底下的营帐中究竟在讨论什么。对我来说，我像梅里一样，希望随着我们这场胜仗战争就结束了。不过，不管未来还有什么任务，因着孤山子民的荣誉，我都希望能够参与。"

"而我是为了巨绿森林同胞的荣誉，"勒苟拉斯说，"并为了对圣白树之王的敬爱而战。"

众人陷入沉默之中，他们在高高的城墙上坐了一阵子，每个人都思索着自己的处境，而各军将领与此同时正在开会讨论着。

印拉希尔向勒苟拉斯和金雳告别之后，立刻派人去请伊欧墨，并和他一起出城，来到设在离希优顿阵亡处不远亚拉冈的营帐中。他们和甘道夫、亚拉冈以及爱隆之子，一起召开了一场关键性的会议。

"诸位大人，"甘道夫说，"请听刚铎的宰相在死前所说的话：你们或许可以在帕兰诺平原上赢得一天的胜利，但是要对抗这正兴起的力量，我们绝无胜算。我不是想让你们像他一样放弃希望，但是，请你们仔细思索他话中的真实性。

"真知晶石不会说谎，即使是巴拉多塔的主人也无法使它们显现假象。或许，他可以选择让意志较弱的人看到哪些东西，或者是让他们误解所看见的景象。但是，迪耐瑟必定看见了魔多大军向他大举进攻，也知道还有更多的部队正在集结，至少他看到的这部分是真实的。

"我们的力量只不过刚好足以击退第一波攻击，第二波将会更强大。这场战争到时就会如同迪耐瑟所看见的,我们最终没有获胜的希望。胜利无法靠武力获得,无论你们是坐在此地承受一次又一次的围城攻击,或者是出兵到大河对岸后被彻底消灭。你们眼前没有好的选择;谨慎行事能使你们加强防御这坚固阵地,等待对方展开攻击;这样至少可以撑久一些。"

"那么,你建议我们撤回米那斯提力斯,或是多尔安罗斯,或是登哈洛,像是躲在沙堡中的小孩,束手静待大浪涌来?"印拉希尔说。

"这不是什么新建议,对吧?"甘道夫说,"迪耐瑟在位的时候,你们不就是一直这样做吗?但是,不!我说的是谨慎的做法,而不是建议各位谨慎行事。我说胜利不能靠武力获得,但我依然期待胜利,只是不认为武力足以依恃。因为在这一切战略和计谋中,我们还必须要考虑统御魔戒,它是巴拉多要塞的础石,也是索伦获胜的希望。

"大人们,要考虑魔戒,诸位现在都已明白我们和索伦所面临的状况。如果他重新获得魔戒,你们再怎么英勇也是枉然,他将会迅速又彻底地取得天下,而其速度将快到无人能预见这世界的未来。如果魔戒被毁了,他将会失败,这失败将会彻底到让他再也爬不起来。因为,他从诞生以来本质中所拥有最强大、最精华的力量都将失去,而所有一切用那力量所创造、所开始的事物都将崩溃,他将会永世不得超生,从此成为只能在黑暗中自怨自艾的怨灵,再也无法修炼成形。而这世界也将从此除去一大邪恶。

"当然,还会有其他的邪恶出现;因为索伦本身也只是个仆人和先锋而已。但是,我们的责任不是去掌控整个世界未来的走向,而是尽我们的能力,帮助我们所处的时代,铲除我们所知道的世间的邪恶,这样,未来的子孙才有更洁净的大地可耕耘。而他们会遭遇到怎样的天候,就不是我们所能掌管的了。

"索伦对这一切知之甚详,他知道他所失落的珍宝已经再度现世;

但他还不知道这东西在哪里，至少我们希望是这样。因此，他现在必然感到疑惧不定，因为如果我们找到了这东西，我们之中有些人拥有足够的力量驾驭它。他也知道这一点。亚拉冈，如果我没猜错，你已经使用欧散克晶石在他面前现身了吧？"

"我在离开号角堡之前这么做过。"亚拉冈回答，"我认为时机成熟了，而晶石来到我手中就是为了这个目的。那时，魔戒持有者已经离开拉洛斯瀑布十天了，我认为索伦之眼必须从他自己的国度中被引开。自从他回到黑塔之后，几乎没有任何力量向他挑战。不过，如果我预先知道他会如此迅速发动攻击来响应，我可能就不敢向他显现了。我差一点就赶不及前来救援。"

"但是，这要怎么办呢？"伊欧墨问道，"你说，如果他拿到了魔戒，我们的努力都将化为乌有；可是，如果我们拥有魔戒，他为什么不会认为攻打我们是白费力气呢？"

"他还不确定，"甘道夫说，"他行事不像我们，他的力量是建立在趁敌人部署不完备时展开攻击。而且，我们也不可能在短短数日中就得知如何掌控它全部的力量。事实上，它只能由一个主人独自拥有，不能由许多人同时持有。索伦在找我们起内讧的时刻，等我们当中某个人起来称王，要把其他人踩在脚下时，如果他能够出其不意发动攻击，那时魔戒可能会帮助他。

"他正在观察。他看见也听见许多事。他的戒灵还在到处飞。他们在日出之前曾飞过这个战场，只是那些疲倦和受伤的人们并未发觉他们。他研究一切迹象：当年夺去他宝物的圣剑已经重铸了，命运之风已经转向有利我方，他的第一波攻势竟意外失败了，还有他的大将竟然战死在此。

"就在我们在此开会的同时，他的疑虑也在增长。他的魔眼此刻正盯在我们身上，几乎忽视了所有其他人的行动。我们必须保持这样的状况，我们全部的希望都寄托在这一点上。因此，我的建议是这样：魔戒不在我们的手上；无论是睿智还是极端愚蠢，它都被送去销毁了，以避免它摧毁我们。没有了它，我们不可能以武力打败他的武力。但是，我们必须不计一切代价引开他，不让他注意到自己真正的危险。我们无法以武力获得胜利，但是，我们可以借着武力给予魔戒持有者仅有的一丝机会，即使这机会非常渺小。

"如同之前亚拉冈所说的，我们必须继续下去。我们必须逼得索伦精锐尽出；我们必须引出他隐藏的兵力，这样他的根据地才会空虚。我们必须立刻出击，迎战他的大军。我们必须把自己当作饵，让他的血盆大口来吞噬我们。由于他对魔戒的贪婪和对胜利的渴望，他会吃下这个饵，因为他会认为如此仓促出兵乃是新的魔戒之王太过自傲所导致的。他会说：'哼！他把自己的脖子伸得未免太快也太远了。就让他来吧，我会让他陷入万劫不复的陷阱中。我会把他彻底击垮，而他无礼夺去的东西，将再次永远归我所有。'

"我们必须鼓起勇气眼睁睁地走进陷阱中，但我们自己生还的希望是不大的。诸位大人们，我们很可能战死在一片毫无其他生灵的死寂大地上；即使巴拉多被推翻了，我们也无法活着看到新的世代。即使如此，我认为，这是我们的责任。这样总比困守在此，毫无意义地坐以待毙——知道自己的死不会换来新纪元的诞生——要强多了。"

众人沉默良久。最后，亚拉冈开口说："既然是我开的头，那我就必须继续下去。如今我们已来到了生死存亡的边缘，希望和绝望只隔一线。只要稍有动摇，就必败无疑。我希望大家不要反对甘道夫的这项提议，他多年以来和索伦的争斗终于要面对最后的考验了。如果不是他，我们可能早就被各个击破。尽管如此，我并不要求指挥任何人，诸位应该要选择自己的命运。"

爱罗希尔开口说:"我们从北方前来的目的就在此,我父爱隆也是同样的看法。我们不会回头。"

"至于我,"伊欧墨说,"我对这些复杂的事所知甚少,但我不需要知道。我只知道,吾友亚拉冈拯救了我和我的同胞,这就够了;因此,当他召唤时,我必加以协助。我会去!"

"而我,"印拉希尔说,"亚拉冈大人是我的君王,不管他承不承认都一样。他的期盼对我就是命令。我也会去。但是,此刻我仍暂代刚铎宰相的职务,因此我必须优先考虑它的人民。我们行事仍须谨慎。我们必须准备好面对所有的可能性,不论是好是坏。只要我们还有一丝能够获胜归来的希望,我们就必须保护刚铎。我可不愿在凯旋归来时,见到城池化为废墟和被敌人蹂躏的家园。而骠骑的情报也显示,在我们的北方边境上,还有一支尚未遭到攻击的部队。"

"的确,"甘道夫说,"我并不建议你让城中毫无防卫。事实上,我们东征的部队不需要多到足以对魔多展开攻击,只要多到让魔王无法忽视就可以了。而且部队的移动速度必须要快。容我询问各位将领,我们最迟在两天内可以动员多少部队?这些人必须是明知危险也愿意前去的老练战士。"

"我们的兵马都很疲惫,许多人受到不同的轻重伤,"伊欧墨说,"我们损失了许多马匹,这点最让人担心。如果我们得赶快出发,那么我想最多也只能派出两千骑兵,另外留下两千人防守王城。"

"除了眼前的兵力之外,"亚拉冈说,"由于海岸的威胁已经解除,南方海岸地区也有不少生力军正在赶来的路上。两天之前我派了四千兵马从佩拉格经过罗萨那奇前来;无畏的安格柏带领他们。如果我们在两天之内出发,他们应该可以在我们离开之前抵达。此外,我还下令其他人乘坐所有可以找到的船舰沿河上来支援;以这样的风势看来,他们不久就会到了;事实上,今天已经有几艘船抵达了哈龙德。我判断，到时我们可以带领七千名步兵和骑兵，同时还能在城内留下比攻防战开始前更多的兵力。"

"城门被毁了，"印拉希尔说，"我们哪有足够的技术可以将它完全修复？"

"在丹恩的国度中，侬鲁伯的工匠们有这种技术，"亚拉冈说，"如果我们的希望没有完全破灭的话，假以时日，我会派葛罗音之子金雳去请求山中的工匠前来修建。不过，战士远胜过厚门，如果人们逃离岗位，就算再厚的门也挡不住敌人。"

这就是各军领袖会议的结果：如果可能的话，他们应该在后天的早晨带领七千兵马出发。由于这部队未来将会进入寸草不生的恶劣地区，因此大部分的部队应该是步兵。亚拉冈必须从他在南方召来的人当中征召两千名战士；印拉希尔必须派出三千五百名士兵；伊欧墨则必须挑选五百名善于步战的洛汗战士，另外再率领五百名最精锐的骠骑。除此之外，还有五百名由安罗斯骑士和登丹人组成的骑兵，由爱隆的两个儿子率领。这样加起来总共七千兵马——六千名步兵、一千名骑兵。另外，洛汗国的主力骑兵，大约三千人的兵力，则必须在艾海姆的带领下，沿着西大道伏击安诺瑞安的敌人。城中也同时派出快马，前往北方和东方搜集情报，打探奥斯吉力亚斯和米那斯魔窟的状况。

在他们安排好所有的兵力分配，又考虑好行军的细节与所选择的路线后，印拉希尔突然放声大笑。

"这实在是，"他大喊道，"这一定是刚铎历史上规模最大的玩笑：我们只率领七千兵马出战，这不过是刚铎全盛时期部队前锋的数量，而我们竟要攻打魔王固若金汤的黑暗基地！这样就好像小孩子拿着弹弓柳枝，威胁全副武装的骑士一样！米斯兰达，如果魔王知道的和你所说的一样多，他非但不怕，还会一笑置之，用小指捏死我们这些想要刺他的蜜蜂。"

"不,他会试着困住这蜜蜂,拔掉它的刺。"甘道夫说,"在我们当中,有些人单是名号就足以力敌千军。不,我想他笑不出来!"

"我们也不该笑。"亚拉冈说,"如果这是个玩笑,它也沉重得让人笑不出来。不,这是危难中最后的孤注一掷,对于任何一方来说,胜负都将由此分晓。"然后,他拔出了安都瑞尔圣剑,将它高举在阳光下,发出璀璨的光芒。"在最后一场战争结束之前,你将不会入鞘!"他说。

第十章
黑门开启

两天之后,西方的部队全都集合在帕兰诺平原上。半兽人和东方人的部队曾从安诺瑞安反攻,但都被骠骑给冲散,溃不成军地逃向凯尔安卓斯;在这处威胁被消灭,并且南方的生力军也抵达后,主城兵力的配置变得相当充足。斥候回报,东方的道路到国王石像倒落的十字路口处,都没有敌人的踪迹。现在,最后出击的一切准备已经就绪。

勒苟拉斯和金雳再度共乘一骑,随着亚拉冈与甘道夫一起出发,他们与登丹人和爱隆之子同为先锋部队。梅里对不能跟着去感到很羞愧。

亚拉冈说:"你不适合走这么远的路,但你不要觉得羞愧,就算你在这场战争中再没有任何表现,你都已赢得了极大的荣誉。皮瑞格林会代表夏尔的人民前去;不要嫉妒或抱怨他有机会冒险,虽然他顺着命运的安排立下不少功劳,但还是没法和你相比。事实上,如今所有的人都处在一样的危险中。我们可能注定要在魔多大门前面临死亡。如果我们失败了,那么,接下来你也将面对最后的奋战,不论是在这里,还是在任何黑暗之潮追上你的地方。再会了!"

因此,梅里只能万分沮丧地站在那里,看着部队集结。伯几尔站在他身边,也是一副垂头丧气的模样;因为他父亲将率领城中战士的连队参战,在他的罪名宣判之前,他不能够重回城中的卫戍部队。皮聘则是以刚铎战士的身份和贝瑞贡的连队同行。梅里可以看见他就在不远的地方,在米那斯提力斯的高大战士之中,他是一个矮小但昂首挺胸的家伙。

最后,号角声响起,部队开拔。一营接一营、一连接一连,他们向东而去。在他们沿城门大路走向堤道,从视线中消失许久之后,梅里还是站在那边。晨光照在枪尖和头盔上的最后一丝反光也消失了,心情沉重的梅里还是低着头站在那边,他觉得好孤独,身边一个朋友也没有。每个他所关心的人都进入了笼罩在遥远东方天际的阴暗中;他心中觉得自己能与他们重聚的希望实在十分渺茫。

仿佛响应这失望,梅里手臂的疼痛又回来了,他觉得虚弱、衰老,阳光似乎也变得十分黯淡。伯几尔摇了摇他,梅里这才惊醒过来。

"来吧,派瑞安先生[①]!"少年说,"我看得出来你还没完全好!我可以扶你回医院去。不要担心!他们会回来的。米那斯提力斯的战士永远不会被击败的。而且,现在他们有了精灵宝石大人,还有我爸爸贝瑞贡,他们一定会所向无敌的!"

在中午之前,部队就抵达了奥斯吉力亚斯。所有能够抽调出来的石匠和工人,全都忙得不可开交。有些人在整修敌人所兴建、但在大败撤退时又破坏的浮桥和渡筏;有些人在收集各式各样的补给品;其他渡河抵达东岸的人,则是赶工摆设克难的防御措施。

前锋快速地穿越刚铎古都的废墟,渡过宽阔的大河,踏上从美丽的日之塔通往高耸的月之塔的笔直大道,那是刚铎在全盛时期所修筑的,而月之塔现在已经成了被诅咒的米那斯魔窟。他们在离开奥斯吉力亚斯五哩处停下来扎营,结束了第一天的行军。

[①] 刚铎语中的霍比特人,亦即灰精灵语中的派里亚纳。

但是骑兵依旧继续前进,在天黑之前,他们来到了四周环绕着一大圈树木的十字路口,此地一片沉寂。他们没有发现任何的敌踪,也没有听见任何的声响,路旁也没有箭雨从岩石或密林之后飞出,不过,随着他们越来越深入敌境,那种受到监视的感觉也越来越明显。岩石和树木,甚至叶片似乎都在聆听他们的一举一动。黑暗已经被驱退了,远处西方,火红的夕阳正照着安都因河谷,白雪覆盖的山峰在蓝天下羞红了脸庞;但是,伊菲尔杜斯上方依旧笼罩着一片阴影。

亚拉冈朝十字路口的四个方向派出号手,他们一齐吹响震耳的军乐,然后传令官大喊着:"刚铎之王已经回来了,他要收回所有属于他的土地!"那个放在国王石像上的丑恶半兽人脑袋,也被砍了下来,敲成碎片,古王的头像则被安设回去,他头上依旧环绕着白色和金色的花朵;人们努力刷洗、抹除半兽人在石雕上留下的肮脏痕迹。

接着,众人开始讨论是否该先攻击米那斯魔窟,如果他们攻下它,应该将它彻底摧毁。"而且,"印拉希尔说,"或许从那边通过山上的隘口突击,会比攻击黑暗魔君北面的正门要来得容易。"

甘道夫急忙反对这项意见,一方面是因为那山谷中的邪恶力量,会让人们变得疯狂和恐惧;一方面则是因为法拉墨所带回来的消息。如果魔戒持有者真的试图走这条路,那么他们就绝不能让魔王的注意力转移到这里。因此,第二天当主力部队来到时,他们决定在十字路口设下坚强的防御兵力,以防魔多派兵越过魔窟的隘口或是从南方抽调来更多的敌人。这些留守的部队大多是熟悉伊西立安环境的弓箭手,他们将埋伏在森林和各道路连接口的斜坡上。甘道夫和亚拉冈跟着前锋骑往魔窟谷的入口,观察那座邪恶的城市。

那是个黑暗、了无生气的地方;因为居住在那边的半兽人和魔多的怪物都已经战死了,戒灵也都离开了。不过,谷中的空气依旧充满了恐惧和憎恨。于是,他们破坏了谷口的那座桥梁,在谷中放了一把大火，然后就离开了。

隔天，也就是他们离开米那斯提力斯的第三天，部队开始沿着道路往北方前进。从十字路口到摩拉南，也就是魔多的大门，大约有一百多哩，没有人知道在他们抵达目标之前会遇上什么状况。他们光明正大地前进，但依旧十分谨慎，骑马的斥候会先勘察前方的道路，步兵则分两翼前进，东边的侧翼尤其小心；因为该侧的丛林黑暗浓密，地貌崎岖起伏，布满沟壑，再过去则是伊菲尔杜斯那绵长陡峭的山坡。天气还是相当良好，依然是吹西风，但仍旧吹不走笼罩着黯影山脉的迷雾；在山脉后方，有时还会升起诡异的黑烟，悬在空中飘荡，久久不散。

甘道夫下令号手，每隔一段时间就吹响号角，然后传令官会大喊："刚铎之王来了！离开这块土地，或者投降！"但印拉希尔说："不要说刚铎之王，用人皇伊力萨会更好。虽然他还没有登基，但这是事实；如果传令官用这个名号，会让魔王更加担心。"此后，传令官会一天三次高喊伊力萨王的到来，但依旧没有人响应他们的挑衅。

无论如何，虽然他们在看似平静的状况下前进，但全军的士气，从上到下，都在逐渐低落，随着他们每向北前进一哩，心中的不祥预感便加重一分。在他们离开十字路口的第二天快要结束时，他们首次遇到了敌人。一支由半兽人和东方人所组成的强大部队，想要以偷袭的方式消灭先头部队；他们就守在法拉墨埋伏哈拉德林人的同一个地方，该处地势险峻，道路深入穿越东方突出的山丘。不过，西方众将早已获得了警讯，敌人的行踪已被马伯龙所带领的汉那斯安南的精良斥候给发现了；因此，埋伏者本身反而遭到了围困。西方部队的骑兵绕过山丘，从敌人的侧翼和后方展开攻击，消灭了大部分的敌人，其余则溃逃入山中。

不过，这场胜利无法提振众人的士气。"这只是一场佯攻，"亚拉冈说,"我认为它主要的目的在于使我们轻敌,对敌人的实力做出错误的判断,而不在对我们造成多大的伤亡。"从那天傍晚开始,戒灵飞来,在高空监视,观察这部队的一举一动。他们飞得很高,除了勒苟拉斯之外无人看得见,但人们还是可以感觉到他们的存在,因为阴影加深,太阳的光芒也暗淡了;虽然戒灵还没有朝着敌人俯冲,也保持沉默,没有发出任何的尖啸,但他们所带来的恐惧还是令人难以摆脱。

这场无望的旅程依旧继续着。到了离开十字路口的第四天,也是从米那斯提力斯出发的第六天,他们终于来到人类国度的尽头,开始踏上西力斯葛哥隘口前的荒漠之地;他们可以远远望见往北和往西延伸到艾明穆尔高地的腐臭沼泽和沙漠。这些地方是如此荒凉,笼罩着他们的恐怖气息是如此强烈,以至于部队中有些人吓得完全崩溃,无法继续向北骑行,连路都走不动了。

亚拉冈看着他们,他的眼中只有怜悯,没有愤怒;因为这些人都是洛汗的年轻人,他们是从远方的西谷来的,或是从罗萨那奇来的农夫。对他们而言,从小就听说魔多是邪恶之地,但却不是真实的,只是一则传说,与他们俭朴的生活一点关系也没有。然而现在他们却必须面对这成真的噩梦,他们一点也不明白这场战争,或为什么命运会安排他们来到这个地方。

"去吧!"亚拉冈说,"但要尽量保持自己的尊严,也别撒腿跑!你们还是可以执行一项任务,不让自己颜面丧尽。请你们往西南方走,前往凯尔安卓斯;如果该处仍像我所推测的,还是在敌人的占领之下,那么,如果你们能,就把它夺回来!之后,为了刚铎和洛汗,请誓死守住它!"

有些人在这样的宽宏大量下,反而克服了自己的恐惧,得以继续前进;其他人则是看到了新希望,听见还有自己能力可及的任务可以执行,于是他们离开了。如此一来,由于之前在十字路口已经留下了不少守军,西方众将最后领到黑门前来挑战魔多大军的力量,不足六千人。

如今部队行进的速度放缓了,因为随时都有可能受到攻击。将领们将队伍收拢,因为派出斥候或小队去侦察已是浪费人力。到了离开魔窟谷的第五天傍晚,他们扎了最后一次营,并尽可能从附近收集了一些枯木和柴薪,在四周燃起营火。众人十分警觉地度过夜晚的每个时辰,清楚意识到有许多模糊的形影在他们四周不停地移动、窥探,恶狼嚎叫的声音一整夜毫不停歇。风停了下来,空气似乎凝结了。虽然天空万里无云,月光十分明亮,但他们还是什么都看不见,因为地面上不断冒出黑烟,将白色的新月笼罩在魔多的迷雾中。

气温下降了。当曙光来临时,空气又再度开始流动;不过这次吹的是北风,很快的,它带来了清新的气息。夜里那些游走的威胁全都消失了,大地看来一片空旷。在北边,有许多发出恶臭的坑洞,其间还有一座座由熔渣、碎石和爆裂土块所堆成的山丘,都是魔多居民破坏过后的痕迹。南边是西力斯葛哥的铜墙铁壁和夹在其间的黑门,两旁则是高耸漆黑的利牙之塔。在最后的行进路程中,众将领决定转离向东弯去的道路,避开路旁山丘上隐藏的危险;因此,他们现在是从西北的方向朝摩拉南前进,一如多天前佛罗多所做的一样。

在险峻的拱门下,黑门的两扇庞大铁门紧闭着。城墙上似乎空无一人,四周无比安静,但却有着山雨欲来的气势。他们终于抵达了这趟愚行的终点,孤伶伶又寒冷地站在灰蒙蒙的晨光中,面对他们的军队没希望攻破的高耸城墙和堡垒,而即使他们带来威力强大的攻城器械,魔王也只拥有仅够防守城墙与大门的兵力,他们也还是无法攻克这地。何况，他们很清楚，在摩拉南四周的山丘和岩石间都藏匿着大批的敌人，在那之后阴暗肮脏的大地上，无数邪恶的生物已在其中挖洞并凿出隧道。当他们站在那里时，他们看见戒灵全都聚集在一起，像秃鹰一样盘旋在利牙之塔上；他们知道自己在魔王的监视下，但是，魔王依旧按兵不动。

他们别无选择，只能尽责地将这场戏演到底。因此，亚拉冈此刻尽可能将部队排列成最佳的阵势，分别登上两座半兽人多年来以火山喷出的岩石与灰土所堆起来的大山丘上。在他们前方，面对魔多的方向，有一片宽阔、不停冒出浓烟和恶臭的泥浆沼泽与污水塘。当部队布好阵形之后，将领们率领一群精锐骑兵、掌旗官和号手，缓缓骑到黑门前。甘道夫是带队的主传令官，队中有亚拉冈和爱隆之子、洛汗的伊欧墨，以及印拉希尔；勒苟拉斯、金雳和皮瑞格林也被要求一起前往，如此一来，魔多所有各方的敌人都有一位目击者在场。

他们来到了摩拉南内的人能听见的范围，展开了所有的旗帜，并且吹响了号角。传令官们排成一列，将他们中气十足的声音送入魔多的城墙内。

"出来吧！"他们喊道，"让黑暗大地之王出来吧！他将受到正义的审判。他毫无理由地对刚铎宣战，摧毁人民的家园。因此，刚铎的人皇要求他应该要为这项罪行赎罪，并且永远离开此地。快出来！"

四周陷入很长一段时间的寂静，不管是城墙还是大门都悄然无声，没有任何的回应。但是，索伦其实早已安排好计划，他只想在痛下杀手前好好玩弄、折磨这些讨厌的老鼠。因此，就在他们准备转身离开时，这片寂静突然被打破了。震耳的低沉鼓声如同闷雷一般，在山中不停回响，接着是刺耳的号角声撼动大地，让人们的耳鼓隐隐生痛。黑门的中央轰然一声打开，邪黑塔的一队使者旁若无人地走了出来。

在队伍最前端的是个高大邪恶的身影，他骑着像是黑马的生物。

那只生物的身躯巨大，脸孔像个可怕的骷髅面具，不像活马的头，在它的眼窝和鼻孔中燃烧着赤红的火焰。骑士浑身披着黑袍，连高高的头盔都是黑色的；但这不是戒灵，他是一名活人。他是巴拉多之塔的大将，没有任何传说提及他的名号，因为连他自己都忘记了。他开口道："我是索伦之口！"不过，据说他是名叛徒，属于黑暗努曼诺尔人的一支；这些人在索伦掌权的时候前来中土世界定居，他们敬拜魔王，迷上了邪恶的知识。当邪黑塔再度兴起时，他便投靠其中为索伦效力。由于他的诡诈和聪敏，他越来越受魔王的信任，地位也越来越高；他学到了非常强大的巫术，也极为了解索伦的想法，而且他比任何半兽人都残酷。

这时从黑门走出来的就是他，跟随他的只有几名黑衣黑甲的战士，和一面黑底绣着血红邪眼的旗帜。他在西方众将面前几步之处停下来，上下打量着他们，接着哈哈大笑。

"你们之中，有谁有资格和我谈话吗？"他问，"或者有谁有足够的大脑了解我说的话？至少不是你！"他轻蔑地转向亚拉冈："要成为人皇，不是只靠块精灵的破玻璃就够了，更别提这块烂布啦！看你们这副德行，山里的强盗看起来都没这么落魄！"

亚拉冈一言不发，但他看着对方的眼睛，紧盯不放，两人无声地较量了片刻。但很快的，亚拉冈虽然没动也没有伸手去拿武器，对方却连退好几步，仿佛受到攻击的威胁。"我只是负责传令的使节，你们不能攻击我！"他大喊着。

"如果你们认同这种惯例，"甘道夫说，"那所谓的使节也不应该态度这么无礼。我们根本没人威胁你。在你把口信带给我们之前，你没什么好怕的。不过，在那之后，除非你的主子回心转意，否则你和他所有的奴仆都将处在极大的危险中！"

"哦！"使者说，"那你是发言人啰，灰胡老头？我们好像经常听见有关你的消息，听说你东奔西跑，总是躲在暗处闹事？不过，甘道夫先生,这次你的胆子实在太大了些;你将看见胆敢把罗网织到索伦大帝脚下的人会有什么下场。我奉命将这些信物带来给你们看看,特别是你,如果你敢上前看清楚的话。"他对一名士兵打了个手势,士兵拿着一只黑布包裹走上前来。

那名使者把黑布解开,让西方所有的将领都能够看见他手中拿的是什么东西。众人看清楚那些东西之后,每个人都如受重击,呆立当场说不出话来:那是山姆携带的短剑,接下来是一件连着精灵胸针的灰色斗篷,最后是佛罗多在破烂的衣服底下所穿的闪亮秘银甲。众人眼前陷入一片黑暗,最后一丝希望也跟着彻底破灭。站在印拉希尔王之后的皮聘,哀伤地大叫一声,跳了出来。

"安静!"甘道夫声色俱厉地把他推回去,使者哈哈大笑。

"原来你们还随队带着这种小妖怪!"他大喊着,"我实在不了解你们能在他们身上找到什么用处;但是,派他们来潜入魔多当间谍,真是蠢到超越了你之前的一切愚行。不过,我很感谢他,这小家伙显然曾经看过这些东西,你们现在想否认也没有用了。"

"我不想要否认。"甘道夫说,"事实上,我很清楚这些东西的来历,而你这位索伦的臭嘴先生根本什么也不知道。你为什么要把这些东西带过来呢?"

"矮人战甲、精灵斗篷、西方皇族的刀剑、老鼠国夏尔的间谍——嘿!别吃惊!我们清楚得很——这些都是你们一项大阴谋的铁证。现在,或许带着你这些东西的家伙,是你们不在乎的陌生人?还是你们无法割舍的好友?如果是后者,那么请你们用仅剩的睿智赶快决定该怎么做。索伦并不喜欢间谍,他的命运会和你们的决定息息相关。"

没有人回答他;但他可以看出他们的脸色灰白,眼中含着恐惧,于是,他再度开始冷笑;在他看来,他这项计谋相当成功。"很好,很好!"他说,"我知道他是你们很宝贝的了。或者,他的任务对你们重要到不能失败？可惜，他失败了。接下来，我们将会用邪黑塔所能策划出最长也最慢的拷问术来日夜不停地折磨他，让他求生不得、求死不能；他将永远不会获得释放，除非，直到有一天他变得不成人形时，他可能会被送去给你，这样你们就可以好好地欣赏自己到底做了什么好事。除非你们愿意接受我主上的条件，否则事情肯定是这样。"

"说吧！"甘道夫稳定沉着地说，但他身边的人可以清楚地看见他神情痛苦，此刻他看来苍老又枯槁，像是终于被击败、压垮了。他们毫不怀疑他会接受对方的条件。

"条件是这样的，"使者面露微笑，得意地将视线扫过每个人的脸："刚铎和其盟友的乌合之众，应该马上退到安都因河对岸，发誓永远不再公然或秘密地攻击索伦大帝。安都因河以东的土地此后永远全部都归索伦所有。安都因河以西直到迷雾山脉和洛汗隘口的土地，全都成为魔多的属地，必须定时向索伦纳贡，那里的人们必须解除武装，但拥有自治权。但他们必须协助重建遭到粗暴摧毁的艾辛格，那里也将归索伦所有，他的大将会进驻该处，当然不是萨鲁曼，而是更高贵、更值得信任的人。"

他们看着使者的表情，知道了他的想法。他会是那名所谓的大将，整个西方残余的领土都将在他的管辖之下；他会成为他们的暴君，而他们会成为他的奴仆。

甘道夫回答："对交换一名仆人，这样的条件要得太高了，你的主人是想经由交换，取得须经过数年苦战才能攻下的领土！还是因为刚铎平原一战摧毁了他用武力强夺的希望，所以他才会来这边和我们讨价还价？况且，如果我们这名俘虏的身价真有这么高，我们又用什么保证，能够确信谎言之王索伦会信守承诺？这名俘虏在哪里？把他带出来，交给我们，然后我们会考虑这些条件。"

甘道夫像是与一名致命对手过招的人，专注地看着对方，那名使者一时之间似乎不知所措,但他随即又狂笑起来。

"你别想粗野地跟索伦之口强词夺理!"他大喊道,"你要求保证!索伦什么都不给。如果你们想得到他的宽恕,必须先照着他所吩咐的去做。这就是他的条件,要不要随便你们!"

"我们会要这个!"甘道夫突然说。他掀开斗篷,刺眼的白光像是刀剑一般割裂了此地的黑暗。在他高举的右手前,丑恶的使者退缩了,甘道夫上前一把将那些信物抢了过来:锁子甲、斗篷和宝剑。"我们会接受这个,纪念我们的朋友!"他大喊,"至于你所说的条件,我们完全拒绝。滚!你的任务已经结束,准备面对你的死亡吧!我们来这边不是浪费唇舌和那万恶的索伦交易,更不是把时间浪费在他卑贱的仆人身上。滚!"

魔多的使者再也笑不出来了。他的表情因着惊讶和愤怒而极度扭曲,看起来像是一只伏身要扑食猎物的野兽,却被一根有刺的大棒当脸打中了口鼻一样。他满腔怒火,口中流涎,喉中发出一阵阵含糊的怒吼。但是,当他看着西方众将凶狠的神情与致命逼人的双眼时,恐惧压过了他的愤怒。他大叫了一声,转身跳上马,带着队伍没命地逃回黑门内。就在他们逃跑时,他的士兵们吹响号角,发出早已安排好的信号;他们甚至还没抵达城门,索伦就已经展开了攻击。

战鼓雷鸣,熊熊火焰四处喷发!摩拉南的大门全都打开,千军万马如同洪水一般掩杀而至。

所有的将领全都上马,调转马头骑回本队,魔多的大军兴奋地狂呼高喊。空中尘沙飞扬,一支东方人的部队从附近冲杀而出,他们一直埋伏着,等候远处高塔后方伊瑞德力苏山脉阴影中发出的信号。难以计数的半兽人,从摩拉南两边的山丘中蜂拥而出。西方的战士已被困住,很快的,除了他们所站立的灰色山丘之外,周围所有的土地都将被数十倍于他们的敌人给团团围住,他们将会陷入汪洋大海般的敌军当中。索伦的钢牙终于准备咬下这个送上门来的饵食。

亚拉冈只剩下极短的时间可以指挥部队应战。他和甘道夫站在其中一座山丘上,扬起美丽又无畏的圣树与星辰的旗帜;在另外一座山丘上,则飘扬着洛汗与多尔安罗斯的旗帜,白马与银天鹅彼此争辉。每座山丘都以刀枪剑戟围成了滴水不漏的防卫阵形。在面对魔多的正前方,也是对方的第一击会对准的最前线,爱隆的两个儿子和登丹人站在左边;右边则是印拉希尔王和多尔安罗斯的高大骑士,以及白塔部队的精锐。

狂风吹拂,号角鸣响,箭矢飞射;太阳虽然高挂在南方的天空中,却被魔多的黑雾蒙上了一层面纱,只能透过凶险的迷雾遥遥闪烁着,发出暗红色的光芒,仿佛是白日将尽的夕阳,或许是这世界最后一次看到的夕阳。在这逐渐聚拢的昏暗中,戒灵来了,带着他们那令人不寒而栗的死亡尖叫声;一切希望都熄灭了。

当皮聘听见甘道夫拒绝对方的提议,佛罗多命定要永远在黑塔中受苦时,他低下头,被恐惧压得直不起腰来;不过,他费力控制住自己,现在和贝瑞贡并肩站在一起,跟印拉希尔的士兵一同站在刚铎部队的最前线。既然一切都已经毁了,他觉得自己最好赶快死去,撇下自己苦难的人生故事。

"我真希望梅里也在这里。"他听见自己喃喃自语。当他看着敌人以雷霆万钧的气势朝向这边冲锋的时候,脑中心念电闪,"啊,嗯,现在我终于明白可怜的迪耐瑟心里是怎么想的了。既然我们都一定会死,梅里和我为什么不干脆死在一起?好吧,反正他不在这里,我希望他能够死得轻松一点。不过,现在我得好好表现才行!"

他拔出宝剑,仔细观察着它,上面有金色和红色交错的刻痕,流畅的努曼诺尔文字像是火焰一般在剑刃上闪烁着。"它就是为了这个时刻所打造的。"他想,"真希望我能用它杀死那可恶的使者,这样我的功劳至少可以和老梅里同等了。好吧,在我死前会用这东西好好杀几个丑家伙。我真希望未来还能再看见阳光和绿草!"

就在他想着这些事时,敌人第一波攻势已经冲进他们的阵形中。半兽人被山丘前的沼泽所阻,因此停下脚步对着守军射出箭矢;但是一大群山丘食人妖则是推开他们,从葛哥洛斯一路冲了过来,像是野兽一般狂吼。它们比人类高大,也比人类壮硕,身上只披着贴身的鳞甲,或许那是它们可怕的皮肤也说不定。这些食人妖拿着巨大的黑圆盾,多骨节的手挥舞着沉重的锤子。它们毫无畏惧地冲进泥水塘中,跋涉过泥浆,大吼着奔来。它们像是飓风一样冲破了刚铎人的防线,如同铁匠敲打热铁般猛击头盔和脑袋、武器和盾牌。贝瑞贡被对方一击震倒在地上,高大的食人妖酋长弯下腰,伸出巨手;这些凶狠的生物会将敌人的喉咙咬断。

就在此时皮聘举剑猛地往上一刺,西方皇族打造的剑锋刺穿了食人妖坚硬的皮肤,深深刺进它的内脏,大量的黑血喷溅出来。它摇晃了一下,像巨石般轰然扑倒,压住了底下的人。恶臭、剧痛和黑暗笼罩了皮聘,他眼前的景象变得模糊不清。

"噢,这结果跟我猜想的一样啊!"他正在缓缓飘走的思绪想着,小小的意志甚至还开心地笑了笑,很高兴终于可以摆脱一切的疑惑、恐惧和忧虑。就在他的神智渐渐离体时,他隐约听见一些声音,仿佛是从遥远上方某个被遗忘的世界里传来的声音:

"巨鹰来了!巨鹰来了!"

皮聘的思绪又停留了片刻。"比尔博!"他想,"不!那是他故事里很久很久以前发生的事情。这是我的故事,它要结束啦!大家再见!"他闭上了眼睛,陷入黑暗中。

第六卷

第一章

西力斯昂哥之塔

　　山姆浑身酸痛地从地上爬起来。有片刻时间，他完全不知道自己身在何处，接着，之前所有绝望和悲惨的情绪全都回来了。他就在半兽人堡垒之下地道的入口前，铜门紧紧地关着，地道里一片漆黑。他一定是之前猛撞那扇门时，把自己给撞昏了。不过，他不清楚自己究竟躺在地上昏睡了多久。他之前因为绝望和愤怒全身像着火了一样；现在他觉得仿佛身在冰窖，冻得浑身发抖。他悄悄爬到门前，将耳朵贴上去倾听着。

　　他可以听见远处传来微弱的半兽人走动的喧闹声，但它们很快就渐行渐远，最后再也听不见了。四周一片寂静。他的头很痛，眼前有各种幻影在黑暗中跳来跳去，但他挣扎着稳住自己，仔细思考眼前的处境。情况显然很清楚，他完全不可能从这个入口进入半兽人的堡垒，他可能得在这里等上好几天之后它才会打开，而他不可能等，时间非常宝贵，也非常紧迫。他对自己的责任已经不再有任何的怀疑：他必须救出主人，即使牺牲生命也在所不惜！

　　"牺牲生命比较有可能，而且也容易得多。"他神情凝重地对自己说，同时收起宝剑刺针，转身离开铜门。他在黑暗的隧道中慢慢摸索着离开，不敢动用精灵的星光。与此同时，他试着拼凑起自从佛罗多和他离开十字路口后所发生的一连串事件。他连现在是什么时间都不知道。应该是快要第二天了吧，他想，但是，他连这中间过了多少天都不能确定。他在一个黑暗充斥的国度，在这边，现实世界的时间似乎早已被遗忘，而走进这国度的人也会跟着一起被遗忘。

"不知道他们会不会想到我们，"他说，"现在他们的状况又是怎么样？"他对着眼前的空气胡乱挥了挥。事实上，正回到尸罗巢穴的隧道中的他，面对着的是南方，而不是西方。在外面西方的世界里，这天是夏垦历法的三月十四日，时间接近中午，此刻亚拉冈正带领着黑色舰队从佩拉格启航，梅里正随着骠骑们进入石车谷，米那斯提力斯开始陷入火海，而皮聘眼看着迪耐瑟眼中的疯狂之色逐渐高涨。即使是在这忧患的处境中，他们的朋友还是会不时地想到佛罗多和山姆。他们并没有被遗忘。但是，双方相隔太远，没有人能够对他们伸出援手，只有想念是不足以帮助老爹的儿子山姆卫斯的，此刻他完全孤立无援。

最后，他好不容易回到半兽人通道入口的石门，却同样还是找不到令紧闭大门打开的机关；因此，他照旧用之前的老方法爬了过去，身轻如燕地跳落地面。接着，他悄无声息地走向尸罗巢穴的出口，那张巨网的残骸依旧在冷风中迎风飞舞。在经历了之前让人透不过气的黑暗之后，这里的风让他冷得直打哆嗦。他小心翼翼地爬了出去。

万籁俱寂，透着不祥。他眼前的亮度黯淡如乌云笼罩下的黄昏。从魔多冒出的大量黑烟掠过低空，飘向西方，大团翻滚的乌云和浓烟下方此刻还闪着暗红色的火光。

山姆抬起头看着半兽人的高塔，突然间，它窄小的窗户一个个冒出光来，像许多红色的小眼睛。他不知道这是不是某种讯号。他之前由于狂怒与绝望而忘却的恐惧，现在又回到他的心头。极目所及之处，他能走的路只有一条：他必须继续往前走，找到这个丑陋高塔的正门。可是，他觉得两腿无力，浑身止不住地发抖。他把视线从眼前的塔楼与峭壁的尖峰上收回，强迫自己不听使唤的双脚服从命令，一步一步慢慢地往前走,专注倾听着声响,仔细看着路旁所有岩石浓黑的阴影,循着原路,经过了佛罗多倒下的地方,尸罗的腐臭之气仍弥漫在该处;然后他继续往上走,最后又来到他戴上魔戒、看着夏格拉的队伍经过的山坳。

他在那里停下脚步,坐了下来。他已经走不动了。他有种感觉,如果自己走过这个隘口,向下踏出一步,他就进入魔多了,那一步会是不能撤回的,他会永远都回不来了。他毫无理由地拿出魔戒,再度戴上。他立刻感觉到它的沉重,同时,也更清楚地感觉到那只凶恶的魔多之眼,此刻比以往更强烈、更急切地在搜寻着,力图看穿它自己为了防卫而制造出来的黑暗,现在在它的不安和疑惑中,这些黑暗反而成为一种阻碍。

和之前一样,山姆立刻觉得自己的听力敏锐起来,但眼前的世界却变得模糊不清。山道两旁的岩壁显得相当苍白,仿佛是隔了一层迷雾,但是,他依旧可以听见远方尸罗在痛苦哀嚎的声音;他还听见叫喊声和兵器互相撞击的声响,尖厉清晰,仿佛近在咫尺。他跳了起来,立刻紧贴在岩壁上不敢动弹。他很高兴有魔戒的帮助,因为眼前又来了另一支半兽人的队伍。起先他是这样想的。然后,他突然意识到不是这样,他又被自己的听力给骗了:半兽人的呼喊声是来自高塔,现在塔顶就在他头顶上方,位于峭壁的左边。

山姆打了个寒战,试着强迫自己往前走。塔里很明显出了什么状况。或许这些半兽人摆脱了上级严格的命令,残酷的天性大发,这时正在虐待佛罗多,甚至是把他残忍地乱刀砍成碎片。他继续仔细听着,渐渐地,心中燃起了一丝希望。他很确定,高塔中起了争斗,这些半兽人一定是窝里反了,夏格拉和哥巴葛的部下打起来了。虽然这只是很渺茫的希望,但也足以让他再度鼓起勇气,这或许是唯一的机会。他对佛罗多的敬爱压下了所有其他的情绪,他忘记自身所处的危险,放

203

西力斯昂哥之塔

声高呼道："佛罗多先生，我来了！"

他朝着那斜坡跑去，翻过了隘口。道路立刻往左转，急遽下降。山姆已经进入了魔多。

他拿下魔戒，或许这是他内心深处对危险的警告，但他自己只是想要能够看得更清楚一点。"最好把最坏的情况都看清楚，"他嘀咕着，"在迷雾中瞎闯可没什么好处！"

他眼前的大地看起来坚硬、残酷、贫瘠，毫无生气。在他脚下，伊菲尔杜斯最高的山脊往下陡落成大片的悬崖，直落入一道阴暗的山沟，在山沟的对面是另一座升起的山脊，比这边低很多，但是边缘凹凸不平，尽是参差不齐尖牙般的险岩，在它背后红光的衬映下显得一片深黑，这就是摩盖，这黑暗国度的内圈屏障。在它之后的远方，差不多是笔直的方向，在横过一片宽广黑暗、上面点缀着几点火星的大湖后，有一团非常大的火势；从那团烈火中升起了一股巨大腾滚的烟柱，底端是暗红色的，上端是黑色的，它融入了笼罩在这被咒诅的大地上方那云雾汹涌的天顶中。

在山姆眼前的是欧洛都因，也就是火焰之山。在它灰白的锥形山头下方深处，熔炉不时会喷出高热、致命、剧毒的岩浆，蔓延过附近的地面。有些岩浆会沿着巨大的沟渠流向巴拉多，有些则是蜿蜒地流向多岩的平原，最后，在它们冷却之后，看起来像是饱受折磨的大地所吐出的恐怖石龙。疲倦的山姆现在看见的是末日山剧烈活动时的景象，它的光芒被伊菲尔杜斯的山势所阻挡，让从西方爬上来的人只能看见仿佛泡在鲜血中的山壁。

在这恐怖的光芒中，山姆惊吓呆立着，当他转向左边时，他可以看见那恐怖阴森的西力斯昂哥塔，他从另外一边看见的岩角不过是它最高的尖塔。它的东面有三个从底下山壁延伸出来的巨大楼层，背靠着另一座高耸的峭壁,这座峭壁上有一层层逐渐后退的庞大棱堡,越上去越小,面对东南方和东北方的塔壁,都是平滑精妙的鬼斧神工。在最底下一层,也就是山姆脚下两百呎的地方,有一道城墙,包围着一个狭窄的庭院。城墙的大门位于东南方,面对着一条宽广的道路,路的外缘沿着绝壁的边缘修筑,直到它转向南,蜿蜒下降到黑暗中,和从魔窟谷隘口过来的道路会合。然后它继续向前,穿越摩盖一处崎岖的裂口,进入了葛哥洛斯盆地,通往巴拉多。山姆所在高处的这条狭窄小路,有道往下的陡峭阶梯与陡坡,在靠近塔门旁的起伏城墙下和大道会合。

看着眼前的道路,山姆突然吃惊地明白,这座堡垒建造的目的不是为了让敌人不能进入魔多,而是为了将敌人关在里面。事实上,这是刚铎许久以前所建造的堡垒,是伊西立安东方的前哨站,在最后联盟的大战之后,西方皇族的人类为了监视依旧潜伏着索伦属下的这块邪恶大地所兴建的。但是,就跟尖牙之塔一样,这里的防卫最后还是失败了,背叛者将这塔献给了戒灵之王,它已经被邪恶的生物占领了许多年。在索伦回归魔多之后,他觉得这高塔非常有用;因为他的仆人很少,大多是被恐惧所驱使的奴隶,所以这座高塔的目的依旧和古代一样,是为了防止有人逃出魔多。不过,如果有敌人试图秘密潜入魔多,它至少是抵挡任何闯过魔窟谷和尸罗巢穴的勇者的最后防御岗哨。

山姆非常清楚,要越过这有严密监视的城墙,进入那有人把守的大门,是多么没希望的事。即使他做到了,在底下那条重兵看守的道路上他也走不远,连红光都照不到的浓重黑暗也无法让他躲过拥有夜视能力的半兽人。不过,那条路虽然毫无希望,他眼前的任务却更糟:他不是要躲开大门的守卫逃走,而是要单枪匹马闯进高塔去。

他的思绪转到了魔戒上面,但是,他从那上面只能获得恐惧和危险。他一看见在远处燃烧的末日火山之后,就开始意识到魔戒产生了变化。它越靠近它在久远以前被铸造成形之地，它的力量就越增强，也越来越邪恶，除了意志力极强的人，一般人简直无法控制它。山姆站在那边，虽然没戴上魔戒，只是将它挂在脖子上，他还是觉得自己膨胀变大了。他仿佛披上自己的巨大幻影，站在魔多的高墙上，成为一个巨大又可怕的威胁。他觉得自己从此刻起只有两种选择：避开魔戒，尽管他得承受它的折磨；或是宣告自己是魔戒的主人，戴上它挑战躲在黑暗谷地中黑塔楼内的邪恶力量。魔戒已经开始在引诱他，啃食他的理智和意志。他的脑中开始浮现异想天开的景象：他看见了万夫莫敌的山姆卫斯，本纪元的英雄山姆，手握冒着火焰的圣剑横越这片黑暗大地，在他的召唤下千军万马都来投靠归顺，在他的带领下前去推翻巴拉多。然后，所有的乌云都散去，阳光照耀大地，在他的旨意之下，葛哥洛斯的山谷变成长满花朵和果树的美丽山谷。他只需要戴上魔戒，宣告自己成为它的主人，这一切就都会实现。

　　在那严酷考验的时刻，是他对主人的敬爱帮助他保持了理智；此外，还有在他内心深处仍持有的、无法被征服的、单纯的霍比特人意识：他心中清楚地知道自己没有伟大到足以承受这重担，即使那些幻象能成真也改变不了这一点。他只想要一个小花园，当个自由的园丁，而不是把花园扩张成一个王国；他只想要用自己的手栽种一切，而非指挥他人为他效命。

　　"反正，这些都只是骗人的幻觉而已。"他对自己说，"我连喊都来不及喊，他就会发现我，把我抓起来。如果我在魔多戴上魔戒，他很快就会发现我的行踪了。唉，我只能说，这次的希望渺茫到跟春天降霜一样！正当隐形可以帮上忙的时候，我却不能使用魔戒！就算我能够更深入魔多，它也会是个越来越沉重的负担。我到底该怎么办呢？"

　　其实他并不是真的感到疑惑，他知道自己必须立刻走向那座门，不再耽搁。他耸耸肩，仿佛是将那些幻影和阴影甩开，开始慢慢地往下爬。他每走一步，就觉得自己缩小很多，走不了多远，他就恢复成原来那个渺小、恐惧的霍比特人。他这时正经过高塔的外墙下，即使他不戴上魔戒，也可以听见里面吼叫打斗的声音。此时，那声音似乎就是从外墙之内的庭院传出来的。

山姆正往下走到一半，突然有两名半兽人冲出了黑暗的大门，跑到了笼罩着暗红光芒的路上。他们并不是向他跑来，而是跑向大路；不过，没跑多远，两个人就踉跄扑倒在地，动也不动了。山姆没有看见攻击的箭矢，但他推测这两个家伙多半是被在城墙上或是大门阴影内的敌人给射死了。他继续前进，紧靠着左边的墙壁。他抬头看了一眼，就知道完全不可能爬上去。这座石墙几乎有三十呎高，墙面上没有任何的裂缝或突出处可供攀爬，而最要命的是，最上面还做成像是颠倒阶梯的形状。大门是唯一的入口。

他继续小心翼翼地前进，同时忍不住想着，高塔中究竟有多少夏格拉的人马？哥巴葛又有多少兵力？他们到底在争执什么？里面究竟发生了什么事情？夏格拉的队伍大概有四十人，但哥巴葛的人数几乎有他的两倍之多；不过，夏格拉的巡逻队只是他下辖部队的一部分。几乎可以肯定的是，他们是为了佛罗多和战利品而争吵。山姆停下了脚步，他突然间想通了，里面的状况他简直像亲眼目睹一样：秘银锁子甲！一定是这样！佛罗多穿着它，绝对会被他们发现的。从山姆所听到的片段来看，哥巴葛一定会想要将它据为己有。魔多的命令可说是佛罗多此刻唯一的护身符，如果他们决定不管上级的命令，佛罗多可能随时都会被杀。

"快点啊，你这个慢吞吞的家伙！"山姆自言自语道，"快跑啊！"他拔出刺针，冲向敞开的大门。但是，正当他准备要从巨大的拱门下闯过的时候，突然觉得一阵战栗，仿佛撞上了某种像尸罗的蛛网的东西,只不过这是隐形的。他看不见是什么阻挡了去路,只知道有某种十分强悍,靠他的意志无法突破的力量挡住了路。他打量着四周,然后,在门旁的阴影中看见了两名监视者。

他们看起来像是两尊坐在宝座上的雕像,每尊雕像都有三个连在一起的身体,上面的三颗头颅一颗面向外,一颗面向内,一颗面向大门。雕像的头颅有兀鹰似的脸,膝盖上搁着像鸟爪一样的双手。他们似乎是用一整块巨大的岩石雕刻而成,不会移动,却有意识:有某种邪恶的妖灵附在他们体内。他们能够分辨敌我。不管是否隐形,都没有敌人可以走进这门内。这两尊雕像会阻挡他进入或是离开。

山姆硬着头皮又闯了一次,这次他似乎在胸口和脑袋上都挨了一拳,跟跄地连退数步。最后,因为他实在想不出别的办法,出于大胆,响应一个突如其来的想法,他缓缓拿出了凯兰崔尔赐的水晶瓶,将它举起来。它的白光迅疾增强,拱门下黑暗的阴影立刻溃散。丑恶的监视者动也不动地坐在那边,显露出他们僵硬可憎的形体。有那么片刻,山姆看见他们黑色的石眼中露出恶狠狠的光芒,让他不禁退了几步;不过,慢慢地,他可以感觉到这两尊雕像的意志动摇了,被恐惧所取代。

他立刻冲过他们,同时将玻璃瓶收进胸前的口袋中,在那一刹那间,他清楚感觉到身后似乎有扇大门用力地关了起来,他们的警戒又再度激活。从那些邪恶的头颅中冒出凄厉的喊声,在他面前的高墙间回响。从极高的地方传来了一声刺耳的钟声,宛如在响应这警告。

"完蛋了!"山姆说,"我刚按了门铃!好吧,来吧!"他大喊着:"告诉夏格拉队长,那个强悍的精灵战士带着精灵宝剑来拜访了!"

没有任何回应,山姆大步走向前。他手中的刺针闪动着蓝光,整个庭院都笼罩在阴影中,但他可以清楚地看见地面上都是尸体。在他脚旁就有两名半兽人弓箭手,背上都插着小刀。再过去还有更多惨不忍睹的尸体。有些是被砍死，有些是被射死，有些临死前还紧抓着对方不放，有些则是互咬、互抓而死的。整个庭院的地面淌满了黑色的血液。

山姆注意到有两种制服，一种上面绣着血红眼，另一种则是有着骷髅面孔的月亮；但他并没有停下脚步更仔细察看。在庭院的另一边，高塔最底端的大门半开着，里面透出红光；一名高大的半兽人就死在门边。山姆跳过那具尸体，走了进去；他环顾四周，有些不知如何是好。

一条宽广、会发出回音的走廊，从门口往后通向山内。走廊两旁墙上所插着的火把提供了微弱的照明，底端则消失在黑暗中。走廊两边有许多扇门，但除了地上的几具尸体之外，一切都是空荡荡的。从之前两名队长间的交谈，山姆知道，不管佛罗多是死是活，都会被关在塔顶最高的房间里面；只是，光要找到通往上面的路，可能就得花上一整天。

"我猜，它应该会在靠近后面的地方。"山姆喃喃地说，"整个高塔似乎是往后倾斜向上，反正我就先沿着这些火光走走看！"

他沿着走廊缓缓往前，每一步都变得更沉重，他又开始感觉到恐惧。除了他的脚步声之外，四周一片死寂；不只如此，这脚步声似乎越变越大，到了最后甚至有点像是巨人鼓掌的声音。满地的尸体、空旷的走廊、潮湿得好像沾满了鲜血的墙壁，这些都让他疑神疑鬼，担心敌人会突然从旁冲出，将他杀死。除了眼前的威胁之外，门口那两个恐怖雕像，一直是他心中挥之不去的阴影。这几乎已经超过了他容忍的极限，他宁愿和敌人面对面（当然，对方的数量不可以太多），也不想要继续忍受这种提心吊胆的折磨。他强迫自己想着佛罗多，想着他被紧紧绑住，扑倒在某个黑暗角落的样子。

他走过了火光照耀的地方，来到了走廊尽头的一扇拱门前，这就是之前那个地底通道的另一边，他的确没猜错。这时，头上突然传来了一声被扼住的惨叫,他立刻停下脚步,然后听见了脚步声不断逼近,有个家伙从上面拼命往下跑。

山姆的意志管不住自己的手,他拉出项链、握紧魔戒。但山姆并没有戴上它,因为,正当那只手把魔戒捧在胸口时,一名半兽人出现了。他从右边的一扇敞开的黑暗门中跳出来,朝向山姆冲来。当他抬起头来,看见山姆时,他距离山姆甚至不到六步;山姆可以听见他急促的呼吸声,看见他满布血丝的双眼。他猛地刹住脚步,因为,在他眼中,前方并不是一个浑身发抖试着握紧手中宝剑的小霍比特人,他看见的是一个巨大沉默的身影,裹在一团灰色的阴影中,背后摇曳的火光让那人显得无比高大;他右手拿着一柄剑,剑所发出的光芒让他痛苦难当,而另一只手紧握在胸前,手中显然握着某种莫名恐怖的强大力量,足以将他一击杀死。

半兽人呆了片刻,接着惨叫一声,转头朝原来的方向逃跑。敌人意料之外夹着尾巴逃窜,令山姆精神大振,他像一只意气风发的猎犬大喊一声追了上去。

"没错!精灵战士来啦!"他扯开喉咙喊着,"我来了!带我上去,不然我就扒了你的皮!"

不过,半兽人毕竟是在自己的巢穴里,他不但动作敏捷,而且吃饱喝足、体力充沛。山姆却是个又累又饿的陌生人;楼梯很高、很陡,又曲折迂回,山姆很快就开始拼命喘气。半兽人很快就逃离了他的视线,山姆只能勉强隐约听见他往高处跑的脚步声。他不时会发出毫无意义的吼叫声,回音在石壁间不停回荡。但是,渐渐地,所有的声音都消失了。

山姆踉跄地继续往上爬。他可以感觉到自己走的路是对的,因此连精神也振奋不少。他把魔戒收起,勒紧裤带。"好啦,好啦!"他说,"只要他们都这么害怕我和刺针,那一切将比我所希望的好办得多。反正，看起来夏格拉和哥巴葛以及他们的部下，已经替我完成了大部分的工作。除了那个害怕的小老鼠之外，我相信这里应该都没有活口了！"

话一说完，他突然停了下来，仿佛脑袋撞上一堵隐形墙壁似的。他刚才所说的话背后的意思重重给了他一击。没有留下活口！刚刚那声惨叫是谁发的？"佛罗多，佛罗多！主人！"他边哭边喊道，"如果他们杀了你，我该怎么办？我一定得到上面去看看是怎么一回事！"

他不停地往上爬，除了转角处偶尔插着的火把，或通向塔楼更高一层的开口处有些许光芒外，楼梯间一片黑暗。山姆试着计算到底有多少级楼梯，但在两百级之后他就搞混了。他刻意放低音量，因为他觉得好像可以听见上面有说话的声音。看来，留下的老鼠恐怕不止一只。

正当他觉得自己再也喘不过气、脚再也抬不起来时，楼梯到了终点。他停下来不动。那些声音变得更清楚、更靠近。山姆打量着四周，他已经爬到了高塔最高的第三层堡垒上，这是个平坦的屋顶，直径约有二十码，旁边围有低矮的矮墙。平台的正中央有个圆顶小房间，楼梯的出口就在房间内，房间的东方和西方各有一扇低矮的门。山姆往东可以看见下方魔多广大漆黑的平原，以及远方冒火的火山。在深邃的火山口中正有一股高热的新岩浆喷涌出来，一条条刺眼的火河汹涌地向四方流淌，即使是在距离这么远的地方，它们的光还是把塔顶染得一片通红。往西的视野则是被平台后方角楼的基石给挡住了，这座角楼最高的尖端甚至超越了背后的山顶。有一扇窗户中闪动着光芒。角楼的入口距离山姆所站之处不过十码。门是开着的，但里面一片黑暗，声音就是从那边传过来的。

一开始，山姆并没有在听；他往东边的门走了一步，往外打量。他立刻就明白此处是打斗最激烈的地方。整个平台上都挤满了半兽人的尸体，无主的头颅和肢体散落一地，整个地方充满了死亡的气味。一声吼叫和敲打的声音让他缩了回去。一名半兽人愤怒的声音传来,他立刻认出那沙哑、粗鲁、残忍又冰冷的声音——那是夏格拉,高塔的队长。

"你说你不敢再去?妈的,史那加,你这个混蛋!如果你觉得我受的伤重到让你可以骗我,那你就错了!过来,我会把你的眼珠打出来!就像我此刻对待瑞德伯一样。等到有新兵来时,我再来对付你,我会把你送去给尸罗。"

"他们不会来的,至少在你死之前不会!"史那加傲慢地说,"我已经告诉你两次了,哥巴葛的部下先到门口,我们这边没人出得去。拉格夫和马斯盖许冲了出去,但他们也接着被射死了。我告诉你我从窗户看到了,他们是最后两个。"

"那就该你去了。我必须要留在这里,我受伤了。愿黑坑吞掉那该死的叛徒哥巴葛!"夏格拉接着又吐出了一连串的诅咒和辱骂,"我给他的东西比我自己拿的还要好,但这个祸害竟然在我勒死他之前刺了我一刀。你快去,要不然我就吃了你。你一定得通知路格柏兹那边才行,否则我们两个都会被丢到黑坑里完蛋的!没错,你也一样,躲在这边是逃不掉的。"

"我才不要再下去,"史那加说,"我管你是不是队长,不去!把你的手从刀子上拿开,不然我就一箭射穿你。等到他们知道这里是怎么一回事之后,你就不再是队长了。我为了这座塔里面的兄弟对抗那些魔窟的家伙,看看你们两个混蛋队长,为了争那个俘虏打成什么样子!"

"你说够了,给我闭嘴。"夏格拉吼道,"我有我的命令,是哥巴葛想抢走那件漂亮的锁子甲,才会这样的。"

"还不是你惹火了他,你这个盛气凌人的笨蛋。他比你有头脑得多。他告诉你好几次,更危险的敌人还没有被抓到,你就是不听。而你现在还是不听。我告诉你,哥巴葛说的没错。附近有个可怕的战士,

213

他可能就是那些杀人不眨眼的精灵，或是那些凶狠的塔克人①。我告诉你，他来了！你也听到了警钟，他通过了那些监视者，这一定是塔克干的！他在楼梯上，在他离开之前，我才不出去。就算你是戒灵，我也不下去。"

"是吗？是这样吗？"夏格拉大喊道，"你想做什么就做什么？当他来的时候，你会丢下我逃走？不，不行！我要先杀了你！"

矮小的半兽人从角楼的门中逃了出来，高大的夏格拉紧追在后，他的手臂很长，奔跑的时候弯着身子，臂长及地。不过，他有一只手瘫软不动，似乎还在滴血；另一只手则是抱着一个黑色的大包袱。山姆缩到楼梯门后面，借着黯淡的红光趁他经过时看了他一眼：夏格拉的脸似乎被利爪抓伤，上面血肉模糊；口水不断从他的血盆大口的尖牙上往下滴，他像野兽一样拼命地嗥叫。

就在山姆面前，夏格拉在平台上拼命追杀史那加，对方一路巧妙闪躲，最后大叫一声冲回角楼中，消失不见。夏格拉停了下来。从东边的门望出去，山姆可以看见他站在矮墙前，不停地喘气，左手虚弱地摆动着。他把包袱放到地上，用右手拔出一柄红色长刀，对着上面吐了口口水。他走到矮墙边，探出上半身望着底下远处的庭院。他大喊了两次，却都没有丝毫回应。

突然间，正当夏格拉靠着矮墙打量着底下时，山姆惊讶地发现尸堆中有一具尸体开始移动。他缓缓地往前爬，接着伸出手，抓住那包袱。他踉跄地站了起来，在另外一只手中握着一柄底部折断的长矛；他瞄准目标，准备奋力一刺。就在那一瞬间，可能是因为疼痛或是愤怒，一声吸气的嘶声漏出了齿间。夏格拉立刻像蛇一般敏捷地闪到一

---

① 塔克是精灵语中的西方皇族，后来被半兽人扭曲原意，引用到他们自己的方言中，意指刚铎人。

边，反转过身，一刀刺进敌人的咽喉。

"逮到你了吧，哥巴葛！"他大喊着，"还没死透吗？哼，我可是有始有终的！"他一脚把敌人踹开，开始在对方的尸体上又砍又踩，发泄那野蛮的怒气。最后，他终于满意了，抬起头发出野兽般的胜利狂嚎；接着，他舔舔刀子，用牙齿将它咬住，拿起包袱蹒跚地向楼梯门走来。

山姆没时间多想。他或许可以从另一扇门溜出去，但多半会被对方发现；他也不可能和这个可怕的半兽人一直玩捉迷藏，他采取了他认为自己所能做到的最佳行动。他跳了出去，大吼一声面对夏格拉！他不再握着魔戒，但魔戒依旧在他身上，那股隐藏的黑暗力量并没有消失，光是这样就足以让魔多的奴隶低头；况且，他的另外一只手上还拿着刺针，宝剑所发出的光芒犹如恐怖的精灵家乡中冷酷无情的星光，毫不留情的刺痛了半兽人的眼睛，所有的半兽人做梦都害怕冰冷的星光。夏格拉不可能一面对抗他，一面还拿着宝物。他低吼着弯下腰，露出口中的獠牙；然后，再一次的，他像所有的半兽人一样躲向一旁，在山姆跳向他时，用那包袱当作盾牌兼武器，狠狠地打中敌人的面孔。山姆脚步一个踉跄，在他来得及站稳之前，夏格拉就冲进楼梯间逃了下去。

山姆咒骂着追了进去，但他没有追多远。很快的，他就想起了佛罗多，还有另外那名闯进角楼里面的半兽人。这又是个两难的选择，而且他还没有多少时间可以考虑。如果夏格拉逃了出去，他很快就会找到帮手跑回来。但如果山姆去追他，另外那名半兽人可能会在上面做出什么恐怖的事情来。而且，山姆有可能根本追不上夏格拉，或是被他所杀。他迅速转过身往回朝楼上跑。"我想这次可能又错了。"他叹气道，"但无论如何，我都必须先上去，管它之后会发生什么事情！"

此时底下的夏格拉已经冲出了楼梯，背着装有宝贝的包袱冲过庭院跑出了大门。如果山姆能看见他，预知他这一逃会让同伴多么难过，山姆可能拼了命也要追上他。不过，此时他的心思全都集中在眼前搜寻的任务上。他小心翼翼地来到角楼门前，走了进去。门内一片黑暗，不过，很快的，他瞪大的双眼就发现了右手边的微光。那是从另一道楼梯的入口所透出来的，那道楼梯又窄又暗，看起来似乎是沿着角楼环形外墙的内壁盘旋而上。在上面某处有支火把发出微弱的光芒。

山姆悄无声息地开始往上爬。他走到了那摇曳的火把旁，火把插在他左手边的门上，面对着向西的一面窗户，这就是他和佛罗多之前在下方隧道口所看到的许多红眼之一。山姆飞快走过门口，急忙爬往二楼，担心随时都会遭到攻击，或是被无声无息的手从后面勒住。接着，他又来到另一扇向东的窗前，另一支火把插在门上，照着一条穿过角楼中段的通道。这扇门是开着的，里面的通道除了火把的光以及室外穿窗照入的微弱红光外，别无任何照明。不过，楼梯到此为止，不能再往上爬了。山姆悄悄走进通道，在它两旁各有一扇矮门，但都紧闭着，还上了锁。四周一点声音也没有。

"死路，"山姆嘀咕着，"我爬了这么久，竟是死路！这里应该不是塔顶。现在我该怎么办？"

他又跑回底下一层，试着打开那边的门，却徒劳无功。他又跑了上去，大颗大颗的汗珠从他额前滴落下来。他觉得一分一秒都很宝贵，但时间毫不留情地流逝，而他却束手无策，想不出任何办法来。他完全无力分神去想夏格拉、史那加或是其他可能还在塔里晃荡的半兽人。他只渴望找到主人，只想要再看看他、再碰碰他。

最后，疲倦和情绪击垮了他，他在通道旁的楼梯上坐了下来，双手捧着头，不知该如何是好。四周很安静，安静得吓人。当他抵达时，已经烧了很久的火把，这时火焰摇晃了几下，也跟着熄灭了；他觉得黑暗如同潮水一般将他淹没。随后，由于这长久努力却毫无所获的挫折感，还有万念俱灰的悲伤，山姆被内心一股自己也说不上来的思绪所牵动，他惊讶地发现自己竟然开口唱起歌来。

216

他的声音在这黑暗、冰冷的塔中听来十分虚弱，同时还不停地颤抖。这是一名绝望、疲倦的小霍比特人，没有任何半兽人在听到这声音后还会误认他是精灵战士。他呢喃着夏尔的儿歌、比尔博的诗句，故乡的情景一幕幕掠过他的脑海。接着，他突然间觉得体内有股新的力量苏醒了，他的声音嘹亮起来，从他脑中冒出的字句，自动填入这简单的曲调中：

  西方大地阳光下，
  春天繁盛百花开，
  流水淙淙树发芽，
  百鸟欢鸣齐飞来。
  万里无云夜空蓝，
  摇曳生姿柏树旁，
  精灵星辰如白钻，
  茂密枝叶闪星光。

  千里跋涉终停步，
  黑暗气息将我隔。
  参天高塔未能覆，
  巍峨众山无法遮，
  万影群舞日仍炽，
  星光闪耀永不逝，
  此刻奋起仍未迟，
  鼓起余勇趁此时。

"参天高塔未能覆……"他再度开始唱道，然后突然停了下来。他觉得自己听见一个微弱的声音在响应他的歌声。但这时又什么都听不见了。没错，他现在是听见了某个声音，但那不是人声，而是逐渐走近的脚步声。通道上有一扇门打了开来，门枢发出转动的声音。山姆缩下身仔细听着，那门喀哒一声关上，接着一个刺耳的半兽人的声音传了过来。

"喂！上面那个，你这个死老鼠！不要再叫了，不然老子就要上来对付你了。你听见了吗？"

没人回答。

"好吧，"史那加低吼着，"我就上来看看，看你到底在搞什么鬼。"

门枢再度发出转动的声音，山姆这时已经来到通道门边，偷偷往内望，终于看见通道中有一束闪烁的火光，一名半兽人走出门外，他似乎带着一副梯子。山姆突然间明白了：最顶层的房间，必须透过通道天花板上的陷板门才能打开。史那加把梯子往上一戳，稳住两边，接着就爬了进去。山姆听见他拉开门闩的声音，然后，那刺耳的声音又开始说话了。

"你不给我好好安静躺着，我就要你好看！我猜你可能活不了多久了，如果你不想要现在就开始乐一乐，最好闭上你那张嘴，懂了吗？这是提醒你的一点教训！"接着是一声听起来像是鞭子甩动的声音。

山姆胸中的气愤立刻爆发成狂怒。他跳了出去，像野猫一样敏捷地攀上楼梯。他的脑袋从一个圆形大房间的地板中央冒出来。天花板上挂着一盏红色的油灯，西边的窗户又高又暗。窗下墙边的地板上躺了一团东西，有个半兽人的身影站在它前面。对方又再度举起鞭子，但这一鞭再也没能抽下去。

山姆大喊一声冲了出去，手中紧握着宝剑刺针。半兽人猛地转过身，在他来得及反应之前，山姆就一剑将他持鞭的手砍了下来。半兽人因为痛苦和恐惧开始狂嚎，但还是一低头朝山姆冲撞过去。山姆的第二剑猛然砍歪了，身体一下失去平衡往后摔倒，他忙一伸手去抓那个撞到他后自己也被绊倒的半兽人。但山姆还没来得及爬起来,他就听到一声惨叫和轰然巨响。原来,半兽人在慌张狂乱之际竟不小心从陷板门跌了下去。山姆没有时间管他,立刻跑向蜷缩在地板上的那个身影——果然是佛罗多。

他浑身未着寸缕,神志不清地躺在一堆烂布上。他举着手臂护住头,身侧有道火红的鞭痕。

"佛罗多!亲爱的佛罗多先生!"山姆大喊着,泪水让他眼前一片模糊。"我是山姆,我来了!"他扶起主人,紧拥着他。佛罗多睁开了眼睛。

"我还在做梦吗?"他呢喃着,"其他的梦都好恐怖!"

"主人,你不是在做梦。"山姆说,"这是真的!是我,我来救你了!"

"我真不敢相信!"佛罗多紧紧抱住他说,"原来还是个拿着鞭子的半兽人,现在却变成了山姆!那我刚刚听到底下传来的歌声不是在做梦啰?我还试着回答!那是你吗?"

"确实是我,佛罗多先生,我差一点点就完全放弃了。我一直找不到你……"

"好啦,山姆,亲爱的山姆,你已经找到我了!"佛罗多说。然后,他闭上眼,满足地躺在山姆的臂弯里,仿佛是个做噩梦的小孩,在某个爱的声音或双手驱赶走了噩梦后,终于可以安歇一样。

山姆觉得自己可以一辈子都坐在这种无尽的幸福里,但情势不允许。他光是找到主人还不够,他还得试着救他出去。他亲了一下佛罗多的前额。"乖!佛罗多先生,快醒来!"他试着让自己的声音放轻松,听起来像是夏日早晨在袋底洞里拉开窗帘,叫主人起床的样子。

佛罗多叹了一口气,坐直身。"我们在哪里?我怎么到这边来的?"他问道。

"等我们逃出去之后再说吧,佛罗多先生。"山姆说,"你在高塔的最上面,就是在半兽人抓到你之前,我们在底下的隧道口看到的高塔。我已经不记得那是多久以前了,我想至少有一天了吧。"

"只有一天?"佛罗多说,"我感觉好像过了好几个星期。有机会你一定得好好告诉我。有个东西打中我,然后我就落入黑暗中,开始做起噩梦,醒过来却发现现实变得更糟糕,我的身边全都是半兽人。我想他们把某种辛辣的饮料灌进我喉咙里,我的思绪变得比较清楚,但全身还是又痛又累。他们把我身上所有的东西都剥了下来;然后有两个壮硕的家伙跑来审问我,一直不停地问,手上还玩弄着刀子,最后我都快发疯了!我永远忘不了他们的爪子和眼神。"

"佛罗多先生,你越说就越忘不了。"山姆说,"如果我们不想要再看见他们,最好赶快离开。你走得动吗?"

"还好,我走得动。"佛罗多缓缓爬起来,"山姆,我没受伤,只是觉得非常非常累。对了,我这边还有点痛!"他伸手摸着左肩上方的脖子处。他站了起来,在山姆看来,他宛如穿了一件火红的衣服,上方的灯光将他通体的肌肤照成了血红色。

他在地板上来回走了几次。"好多了!"他说,精神也稍稍提振了一些。"只有我一个人,或是有守卫在旁边的时候,我动也不敢动;后来,吼叫和打斗就开始了。我想,是那两个壮硕的家伙为我和我的东西互相起了争执。我躺在这里害怕得不敢动弹。然后,一切都安静下来了,这样更让人害怕。"

"没错,看起来他们似乎起了争执。"山姆说,"这个地方恐怕有好几百个那种恐怖的家伙。对山姆·詹吉来说,这任务可真是太困难了一点。不过,幸好他们全都替我把辛苦的部分完成了,将对方杀了个精光。等我们逃出去之后,有机会可以作首歌来纪念一下。现在我们要怎么办?佛罗多先生,你可不能就这样光着屁股走在这黑暗之地啊!"

"山姆，他们把所有东西都拿走了。"佛罗多说，"我身上的所有东西。你明白吗？所有东西！"他再度缩坐在地板上，垂下了头，仿佛他自己所说的话方才让他明白这事态到底有多严重，绝望压倒了他。"山姆，我的任务失败了。即使我们可以逃出这里，我们还是逃不掉。只有精灵能够逃离。远远离开中土世界，逃到大海的那一边去。最后，可能连海洋都无法阻挡魔影的扩张。"

"不，其实不是所有东西，佛罗多先生，你的任务没有失败，至少暂时还没有。佛罗多先生，请你见谅，是我拿走的，我替你好好保管着——它就挂在我的脖子上，而且它还好沉重！"山姆拨弄着挂在链子上的魔戒。"但我想你一定会把它收回去的！"现在，到了真要归还的时候，山姆却觉得对戒指有些难以割舍，同时也不想让主人再承受这重担。

"在你手上？"佛罗多吃惊地说，"你把它带来了？山姆，你真是太棒了！"接着，他的语气迅速又诡异地改变了。"把它给我！"他大喊一声，站起来，颤抖着伸出手。"立刻把它给我！它不是你的！"

"好嘛！佛罗多先生，"山姆吃惊地说，"拿去！"他慢慢地掏出魔戒，将链子绕过头。"可是，主人，你现在人在魔多，等你走出去的时候，就会看见火焰山和所有一切了。你会发现魔戒现在变得很危险，而且非常沉重。如果这对你来说承受不了，或许我可以帮你分担一下？"

"不，不行！"佛罗多大喊着，一把将魔戒从山姆手中抢走。"不，你不行，你这个小偷！"他气喘吁吁地吼着，瞪着山姆的双眼中充满了恐惧和敌意。接着，将魔戒死死紧握在拳头中的他突然吃惊地呆住了。似乎有一层迷雾从他眼前消退了，他揉捏着疼痛的眉心；刚刚那恐怖的景象在他眼前是如此真实，他因为伤口的疼痛与恐惧仍处在半困惑的状态里。在他眼前，山姆幻化成另一只贪婪的半兽人，虎视眈眈地觊觎着他的宝物，嘴里还一直流着口水。但现在那幻象已经消失了。山姆跪在他面前，脸上神情极其痛苦，仿佛有人一刀刺入了他的心，他眼中充满了泪水。

"喔，山姆！"佛罗多大喊一声，"我刚刚说了什么？我做了什么？请原谅我！在你做了那么多之后，我竟然这样！那是魔戒恐怖的力量。我真希望它根本没有被发现！山姆，别管我了，我必须背负这重担直到最后。这是无法改变的。你就别夹在我和这厄运之间了吧。"

"没关系的，佛罗多先生，"山姆抬起袖子擦着眼泪道，"我明白的。可是我还是可以帮你，可以吗？我是来救你出去的。马上，好吗？不过，你必须先弄到一些衣服和装备，然后还得要有些食物。衣服是最容易弄到的。由于我们人在魔多，我们最好穿魔多的打扮；反正我们也没有多少选择，不是吗？佛罗多先生，我恐怕你必须要穿半兽人的衣服了，我也一样。如果我们要一起走，最好得穿一样的才行。先把这披上！"

山姆解开灰斗篷，将它披在佛罗多的肩膀上。然后，他卸下背包，将它放在地板上。他拔出刺针，现在，剑刃上几乎没有什么蓝光。"我都忘了这个了，佛罗多先生！"他说，"不，他们没有拿走所有的东西！如果你还记得，你把女皇的水晶瓶和刺针借给了我，我都还带在身上。佛罗多先生，请把它们再借给我一段时间，我必须去看看能找到些什么。你留在这边，稍微走一走，活动一下筋骨。我很快就回来，我不会走太远的。"

"山姆，要小心！"佛罗多说，"动作要快！或许还有半兽人躲起来在等待！"

"我得要冒这个险才行，"山姆说。他打开陷板门，爬了下去。不久之后，他又探出头来，丢上来一柄长刀。

"这应该可以派得上用场。"他说，"刚刚打你的那家伙已经死了，看来他在匆忙中摔断了脖子。佛罗多先生，如果你还有力气，我请你把梯子收上来,在我喊出口令之前,你绝对不要把梯子放下去。口令就用伊尔碧绿丝好了,这是精灵的用语,半兽人不会这样说的!"

佛罗多坐了一阵子,冷得发抖,许多恐怖的念头在他脑中跑来跑去。然后,他站了起来,把披着的灰斗篷裹紧,为了不让自己再胡思乱想,他只好来来回回地走动,试图看清楚这房间的每一个角落。

虽然恐惧让这段时间感觉起来有好几小时,但实际上山姆的声音不久之后就从下面传了上来:伊尔碧绿丝!伊尔碧绿丝!佛罗多把梯子放下去。山姆气喘吁吁地爬上来,头上顶着一个大包袱,他让那些东西轰的一声掉到地上。

"快点,佛罗多先生!"他说,"我花了不少时间才找到尺寸够小、我们可以穿的衣服。看来我们得将就一点了。但动作必须快点。我没有遇到任何活人,也没看到任何迹象,但我就是很不安。我认为这地方遭到监视了。虽然我不能解释,但是我就是有种感觉——好像会飞的黑骑士就在附近,在上空的一片黑暗中。"

他打开包袱,佛罗多强忍住恶心打量着里面的东西,但他实在别无选择:他得穿上这些东西,再不然就得光着身子走。里面有用某种肮脏兽皮做的毛绒绒的裤子,以及一件肮脏的皮上衣。他套上这些衣服,在衣服外面还有一件对半兽人来说有点太短的结实环甲,但对佛罗多来说却太长也太重了。他接着绑上腰带,腰带上还挂有一柄宽刃的短剑。山姆又扛来了几顶半兽人的头盔,其中一顶佛罗多戴了刚好。那是顶箍着铁环的黑帽子,铁箍上还画了红色的邪眼,底下则是突出的、类似鹰嘴的护鼻。

"魔窟的装备,哥巴葛的东西比较合身,也做得比较好,"山姆说,"但我想在经过这边的骚动之后,带着魔窟的徽记在这里到处走动并不安全。好啦,佛罗多先生,你看!请容我大胆说一句:很逼真的小半兽人哪！如果你可以戴上面具、把手臂弄长、弄出一双弯腿来，就真的天衣无缝啦！这应该可以隐藏掉一些破绽。"他将一件宽大的黑斗篷披在佛罗多的肩膀上。"好啦！我们走的时候，你可以再捡一面盾牌背上。"

"山姆，那你呢？"佛罗多说，"我们不是要穿成对吗？"

"佛罗多先生，我刚刚考虑了一下，"山姆说，"我最好不要把任何东西留下来，因为我们没办法把它们销毁。而且我也不可能在外面套上盔甲，对吧？我得要伪装一下才行。"

他跪了下来，小心翼翼地折起精灵斗篷，它竟能折成令人惊讶的一小团。然后，他将斗篷收进地上的背包里面。接着，他站起来，背起背包，戴上半兽人的头盔，然后也披上一件类似的黑斗篷。"好啦！"他说，"现在我们看起来够相配啦。该出发了！"

"山姆，我可无法从头跑到尾，"佛罗多苦笑着说，"我希望你已经打听好路上的旅店在哪里了；另外，你忘记了食物和饮水？！"

"天哪！我还真的忘记了！"山姆说，他吹了声口哨。"呼，佛罗多先生，你这一说我才觉得又渴又饿！我不知道已经有多久没吃过东西了。光是忙着要找你，我把这事都忘记了。让我想想！我上次检查的时候，我还有不少的精灵干粮，而且加上法拉墨将军给我们的食物，我们节省一点至少可以走几个礼拜。不过，水已经喝光了。就算还有剩下来的，也绝对不可能够两个人喝。半兽人难道不吃也不喝吗？还是他们靠着这恶臭的空气和毒液就可以活下来？"

"不，山姆，他们会吃会喝。孕育他们的魔影只会模仿、不会创造，它不可能造出完全属于它的新东西。我不认为它将生命赐给了半兽人，它只是扭曲、改造他们；如果他们想要活下来，就必须和其他生物一样吃东西。如果他们只能找到臭水和臭肉，那他们也得吃，但说剧毒就太夸张了。他们喂我吃过一些东西，所以我的状况比你要好。

但我猜这里某处应该还有吃的和喝的。"

"可是我们没时间去找了。"山姆说。

"嗯，其实状况没你想的那么糟糕。"佛罗多说，"你不在的时候，我的运气还不错；他们的确没有拿走所有的东西。我在地板上的破布堆里面找到了我的食物背包。他们当然搜过那包包。不过，我猜他们一定不喜欢兰巴斯的样子和味道，可能比咕鲁还更不喜欢。这些精灵干粮被丢得到处都是，有些还被踩碎了，不过，我还是把它们都收起来了。食物应该没有你说的那么少，但他们拿走了所有法拉墨给的东西，也割破了我的水壶。"

"好啦，那就没什么好说的了！"山姆说，"我们已经找到足够出发的东西了。但饮水的问题会很麻烦。佛罗多先生，算了，我们赶快出发吧！不然，到时就算找到一整池的水也没用了！"

"山姆，你得先喝点水再走，"佛罗多说，"这点我可不退让。来，吃掉这精灵干粮、喝掉你水壶里最后的一点水！反正我们本来就没有什么希望，担心明天也没啥用，或许根本不会有明天。"

最后，他们终于出发了。两人小心地爬下梯子，山姆接着将梯子放在半兽人尸体旁边的走廊上。楼梯间相当黑暗，但在角楼平台上仍可以看见远方火山的红光，只不过，这时火山似乎渐渐稳定下来，只剩下慵懒的暗红色。他们捡起两面盾牌，当作最后的道具，接着就继续前进。

两人缓缓步下极长的楼梯。背后角楼里那个他们再度相聚的房间，相形之下变得相当温暖。他们又来到露天空地上，这里连墙壁都充满了恐惧的气息；或许西力斯昂哥塔中的人都死光了，但那种邪恶和威胁感并没有丝毫减少。

最后，他们来到了通往庭院的出口，两人不约而同地停下脚步。

即使从这个距离，他们也可以感觉到门口监视者虎视眈眈盯着他们的眼光，在大门旁那两个沉默黑影背后，隐隐闪着魔多那朦胧的光。两人小心翼翼地穿过满地半兽人的尸体，觉得每一步都变得更加沉重。还没走到拱门口，两人就都停了下来。再往前多挪一吋，对他们的意志和四肢来说，都是极痛苦与疲惫的考验。

佛罗多已经没有力气再做这样的搏斗。他坐了下来。"山姆，我走不动了！"他呢喃着，"我快要昏倒了。我不知道自己是怎么了。"

"我知道，佛罗多先生。撑住！是那扇门，门上有些邪恶的妖术。但我们走得进来，就一定能踏得出去。这次总不可能比上次更危险。来吧！"

山姆再度拿出凯兰崔尔赐给他们的星光瓶。仿佛是为了奖赏他的勇敢坚毅，以及为他因忠心而立下的事迹增添光彩，洁白的星光突然间大放光芒，如同耀目的闪电一般洒满整个阴暗的庭院；这光稳定照耀，没有减弱消散。

"姬尔松耐尔！伊尔碧绿丝！"山姆大喊道——不知道为什么，他突然间想起在夏尔遇到的精灵，以及在森林中驱赶走黑骑士的歌声。

"Aiya elenion ancalima！"佛罗多也跟着大喊。

监视者的意志如同丝线一般突然断裂了，山姆和佛罗多跄跄地冲向前。然后，他们拔腿飞奔，经过拱门和巨大雕像恐怖的视线，奔出门外。随即身后传来破裂的声音。拱门的拱心石差点就砸中他们的脚后跟，整座城门都垮了下来，化成一堆废墟。他们在千钧一发之际逃了出来。警钟响起，监视者发出恐怖刺耳的尖叫。黑暗的高空中传来了回应。从墨黑的天空中疾箭般冲出一只长着翅膀的怪兽，凄厉的嚎叫撕裂了乌云。

第二章
魔影之境

山姆仅余的警觉刚好足够他将水晶瓶收进怀里。"佛罗多先生，快跑！"他大喊着，"不，不是那个方向！那边是悬崖！跟我来！"

他们沿着门口的道路狂奔，跑了五十步之后，路就沿着悬崖突出的底部急转了一个弯，让他们躲开了高塔的监视。他们暂时躲过了。两人缩躲在岩石下，不停地喘气，然后，两人的血液仿佛霎时冻结了。戒灵栖息在已塌成废墟的城门旁的城墙上，发出让人恐惧的死亡叫声，在所有的哨壁间不停回荡。

在恐惧中，两人蹒跚前行。很快的，道路就又往东急转，一时之间他们又惊恐地暴露在高塔的视线之中。他们一面飞奔，一面回头偷瞄了一眼，发现那巨大的黑色身影依旧栖息在堡垒的墙上。接着，两人就钻进岩壁间的一条小路，小路沿着陡峭的斜坡和通往魔窟的道路会合。他们来到了十字路口，但附近依旧没有半兽人的踪迹，也没有任何对戒灵嚎叫的回应。但是，他们心里都很清楚，这种沉寂是不会持久的，追捕随时都会开始。

"山姆，这样不行的，"佛罗多说，"如果我们真的是半兽人，我们应该冲回高塔，而不是没命地逃跑。我们遇到的第一个敌人就会识破我们，我们必须赶快离开这条路！"

"可是我们不行哪！"山姆说，"除非我们长出翅膀。"

伊菲尔杜斯的东面十分陡峭险峻，绝壁上毫无攀附的地方，山势直直地落到下方的深沟中。离十字路口不远的地方，有一座高耸的石桥；它跨过深沟，通往摩盖乱石遍布的崎岖山丘。山姆和佛罗多别无选择，只能死命地往那座桥冲；但是，他们还没抵达桥头，那嚎叫声又再度开始了。他们身后，就是那直入云霄的西力斯昂哥高塔，上面的岩壁反射着恐怖的红光。突然间，惊人的钟声响起，然后，众钟齐鸣、号角响起，从桥的另一端传来了回应。佛罗多和山姆两人往底下的深沟中看，欧洛都因火山将熄的光芒都被挡住了，因此他们什么也看不见；不过，他们已经听见了铁鞋的脚步声，道路的方向则是传来哒哒的马蹄声。

"快点，山姆！我们得跳下去！"佛罗多大喊。他们笨手笨脚地翻过桥上的矮护栏。很幸运的，这里底下已经不是深不见底的深沟，摩盖的斜坡在此已经几乎和路面齐平了；不过，这里实在太黑，他们根本猜不出跳下去有多深。

"好啦，我放手了，佛罗多先生，"山姆说，"再见！"

他松手了，佛罗多紧跟在后。就在他们掉下去时，他们听见匆促的马蹄声扫过石桥，杂沓奔跑的半兽人脚步声紧随在后。但是，如果山姆敢笑，他可能会大声笑出来。霍比特人在担心会跌在岩石上摔伤的恐惧中跳了下去，结果他们只往下掉了十多呎，而且着地的位置是压根没想到的一丛有刺灌木中。山姆躺在那边动也不动，庆幸地吸着被割伤的手指。

当头顶上的马蹄与脚步声都离去之后，他冒险低声说："佛罗多先生，天哪，我根本没想到魔多会有植物生长！如果我早知道，我会预料就是这种植物。这些树上的刺搞不好有一呎长，我全身的衣服被刺得都是洞，真希望我当初穿了半兽人的盔甲！"

"盔甲一点用都没有，"佛罗多说，"连皮裤也是一样。"

他们挣扎了半天才爬出那灌木丛,上面的刺和荆棘像铁丝一样强韧,又像爪子一样紧抓住他们。两个人最后好不容易脱身时,身上的斗篷已都破得不成样子了。

"山姆,我们该往下走,"佛罗多耳语道,"快点进入底下的山谷,然后往北走,动作一定要快!快!快!"

在外面的世界,白昼又来临了,在魔多的一片黑暗之外,太阳正爬出中土大地的东缘;但这里却依旧和夜晚一样黑暗。火山停止了喷火,峭壁上的红光也跟着消失了。自从他们离开伊西立安之后一直持续不断的东风似乎停了下来。他们缓慢、艰辛地往下爬,在荆棘丛、枯树与崎岖的怪岩之间摸索攀爬,不断往下走,直到再也无法继续往下为止。

不久之后,他们停了下来,肩并肩地靠在大石上坐下,两人都是汗流浃背。"现在即使是夏格拉给我水喝,我也会跟他握手向他道谢!"山姆说。

"别说这样的话!"佛罗多说,"这只会让状况更糟糕。"然后,他伸了伸懒腰,只觉得浑身酸痛,头昏脑涨,因此沉默了好一会儿。最后,他终于挣扎着站起身。不过,他惊讶地发现山姆竟然睡着了。"山姆,快醒来!"他说,"快点!我们最好继续走下去!"

山姆挣扎着站起来。"真没想到!"他说,"我一定是不小心睡着了。佛罗多先生,我已经好久没有好好睡过觉了,我的眼睛会不听话地自己闭起来。"

佛罗多领着路,尽可能朝他所估计的北方走,一路上绕过许多深沟底的岩石。不过,这时他又停了下来。

"山姆,这样不行的。"他说,"我受不了了,这件锁子甲好重,我现在真的撑不起来。在我真的很累的时候,连秘银甲我都觉得很重。而这比秘银甲重多了。穿着它又有什么用呢？我们又不可能一路杀进去。"

"可是我们或许还会需要它，"山姆说，"战场上有时候会有乱箭。而且，那个咕鲁还没死。我可不想见到你毫无遮掩地面对黑暗中的突袭。"

"山姆老弟，你看看我——"佛罗多说，"我真的很累了，我觉得一点希望也没有。但是，只要我还走得动，我就会想办法赶往火山。魔戒就已经够折磨人了，这额外的重量简直就是要我的命。我一定得脱掉它。千万不要以为我不知感恩；我知道你为了找到这件盔甲，一定在那些肮脏的尸堆里翻了很久。"

"佛罗多先生，不要再说了！就算我背，也要把你背过去。你就脱掉吧！"

佛罗多将斗篷解开，将半兽人的盔甲脱下丢到一边去。他打了个寒战。"我真正需要的是保暖的衣物。"他说，"如果不是我感冒了，就是天气变冷了。"

"佛罗多先生，你可以穿我的斗篷。"山姆说。他卸下背包，拿出精灵斗篷。"佛罗多先生，这个怎么样？"他说，"你可以把半兽人的烂衣服披紧一点，然后再把腰带绑上去，这个斗篷就可以穿在外面了。这看起来不太像是半兽人的，但它可以保暖。我敢打赌，这可能比任何的盔甲都更能够保护你；这是女皇亲手做的。"

佛罗多穿上斗篷，扣紧领针。"好多了！"他说，"我觉得轻多了，这下子可以继续走了。可是，这黑暗似乎渗进了我心中。山姆，当我躺在监牢里的时候，我试着回想烈酒河、林尾和小河流经夏尔磨坊的样子。可是我现在都想不起来了。"

"佛罗多先生，别闹了，这下子换你开始说水的事了！"山姆说，"如果女皇可以看见、听见我们，我会跟她说：'女皇大人，我们只想要光明和水，只要干净的水和普通的光明，就胜过任何的珠宝了！'唉，

魔多

这里离罗瑞安好远哪……"山姆叹了一口气，对着高耸的伊菲尔杜斯比划着；现在，那座山脉在黑暗的天空下，已经化成更黑暗的暗影。

他们又再度出发了。没走多远，佛罗多又再度停下来。"有一名黑骑士在我们上方。"他说，"我可以感觉到。我们最好暂时先别动。"

他们躲在一块巨石下，面对西方坐着，有很长的一段时间没有交谈。然后，佛罗多松了一口气。"他走了！"他说。两人站了起来，接着惊讶地看着眼前的景象。在他们左手边，朝南的方向，天空开始逐渐发白，原先漆黑的山峰与山脊开始显出可见的形状，它们后方正逐渐变亮，并且慢慢向北扩展。上方的高空正展开一场搏斗，魔多的黑云正节节败退，来自外界的强风，扯碎了乌云的边缘，将浓烟黑雾一股脑吹回它们黑暗的家园。在那缓缓露出的开口中，微弱的光线透入魔多，像是淡淡的晨光穿透狭窄的窗户照进监狱中一般。

"佛罗多先生，你看看！"山姆说，"你看看！风向变了，有事情发生了。他不再能够控制一切了，外面的世界正把他的黑暗一吋吋撕碎。我真希望能够看见外面是怎么一回事！"

这正是三月十五日的早晨，在安都因河谷上方，太阳正从东方升起，南风开始吹拂大地。希优顿在此刻于帕兰诺平原上牺牲了。

就在佛罗多和山姆的眼前，那光芒沿着伊菲尔杜斯的山峰开始扩散，然后，他们看见有一个身影，从西方迅速飞驰来。在山顶闪烁的光芒掩映下，一开始它只是天际的一个小点，然后变成像是天空中的一道污迹，最后闪电般越过他们的头顶，穿入高处黑暗的天顶中。在它消失之前，它发出长长的刺耳尖叫声，那是戒灵的声音。不过，这声音不再让他们感到恐惧；那是痛苦、害怕的声音，是邪黑塔担心会收到的坏消息——戒灵之王被消灭了。

"我跟你说过了吧！一定有什么事情发生了！"山姆大喊着，"'战况很顺利！'夏格拉说，但哥巴葛没有那么强的信心。实际上他也猜对了。看来有希望了，佛罗多先生，你是不是觉得比较有希望了？"

"不，其实没有很明显，山姆。"佛罗多叹了一口气，"那是在山的另一边，我们是往东走，不是往西走。我很累了，山姆，魔戒变得好重。它开始持续不断出现在我脑海中，像是一个大火轮一样。"

山姆的兴奋之情立刻被浇熄了。他紧张地看着主人，握住他的手说："佛罗多先生，别丧气！至少我如愿以偿了：眼前不就有了光吗？至少可以让我们看得比较清楚，但也变得更危险了些，再多走几步，我们就可以试着休息。先吃点东西吧，精灵的干粮应该可以让你振奋起来。"

两人分了一块兰巴斯，用干裂的嘴唇尽可能地多嚼了几下，接着又继续上路了。虽然这只不过是极度微弱的灰光，但也足以让他们看清楚自己身在山脉之间的峡谷中。山势缓缓往北攀升，谷底似乎原来有一条现已干枯的溪水流过。从它乱石遍布的河床走过去，他们发现了一条饱经践踏的道路，沿着西边的悬崖往前延伸。如果他们早知道有这条小路，本来可以早点走到这里的，因为它在那座石桥的西端就离开了通往魔窟的大道，沿着一道陡峭的阶梯直接通往谷底。这是巡逻队或是信差习惯用的快捷方式，让他们可以在往北走时省掉一些哨站和堡垒，更快捷地来回于西力斯昂哥和卡拉赫安格蓝山峰的险要关隘艾辛口。

对霍比特人来说，走这条路是很危险的。但是，佛罗多觉得他们不能冒险穿越摩盖错综复杂的崎岖地形，而且，他们不能浪费任何时间。同时，他也分析这条路是追捕他们的人最不会想到的一条。通往东方平原的路，跟回头通往西方的路，是追兵会最先彻底搜索的路。只有在两人走到距塔较远的北边之后，他才准备转弯找一条往东走的出路，踏上他冒险旅程的最后一个阶段。就这样，他们越过岩石满布的河床，踏上那条半兽人的快捷道路，沿着它不停地往前走。左边的悬崖一直高耸前凸,让走在下方的他们可以完全被遮住看不见;然而小路十分曲折,每到一个转角,两人都会抓紧宝剑,小心翼翼地踏出脚步。

天色没有再变亮,欧洛都因火山依旧不停地吐出大量浓烟,在逆向的强风吹拂之下,浓烟不停往上蹿升,最后到达风吹不到的高空,形成了巨大无比的黑天顶,而浓烟擎天的巨柱已达他们视线之外。两人走了一个多小时,直到有个出乎意料的声音让他们停下来——难以置信,却也毋庸置疑的是滴水的声音。在两人左边的峭壁中,一道仿佛被利斧劈开的缝隙中,竟然有水不停地往下滴;或许这是最后剩余的雨水,来自阳光照耀的大海上的甜美雨水,本可让万物丰饶,现在却不幸落在这灰败黑暗的大地上。它从岩石间流出,淌过小径,往南流去,迅速消失在死寂的岩石间。

山姆冲向它。"如果我能够再看到女皇,我会跟她说的!"他大喊着,"之前是光,现在又有了水!"然后他停了下来。"佛罗多先生,让我先喝吧!"他说。

"可以啊,不过看来应该够两个人喝吧?"

"我不是那个意思,"山姆说,"我是说,如果这有毒,或是有什么会很快发作的不良影响,主人,这样我先总比你先好,如果你懂我的意思。"

"我明白,可是,山姆,我认为我们应该要相信这好运,或是说这祝福。不过,还是小心点,有可能会很冰!"

水的确蛮凉的,但并不算冰,不过,如果他们在家里喝到这种水,可能会连吐好几口,因为这水尝起来味道并不好,既苦涩又有油味。但是在这里,它甜美得怎么称赞都好,他们顾不得害怕或谨慎,两人狠狠地喝了个饱,山姆则将水壶装满。在那之后,佛罗多觉得轻松多了,两人一连走了好几哩的路,直到前面的路渐渐变宽,沿着路边开始出现一道简陋的石墙,这是在警告他们,多半又靠近另一个半兽人的据点了。

"山姆,这是我们转向的时候了,"佛罗多说,"我们必须往东走。"他抬头看着山谷对面那阴森森的山脊,叹了口气说:"我想我应该还剩下一些力气爬到上面去找个洞穴,然后我一定得休息一下。"

在此,河床已经变成在小径的下方。他们爬下小径,穿过河床,却惊讶地发现眼前有一些黑黑的水潭,是由许多条山谷两旁高地上的涓涓细流所汇聚而成的。在魔多向西伸展而来的山脉边缘是块濒死的大地,但尚未完全被死亡所征服,仍有许多植物在此挣扎存活,在粗糙、扭曲、痛苦、饱受折磨的环境中生长着。在山谷另一边的摩盖谷地,依旧生长着矮小、变形的树木,灰色的杂草顽强地苟活在岩石之间,枯萎的苔藓还覆盖在石头上;无数交缠纠结的荆棘四处蔓延,有些长着又尖又利的刺,有些则长着像小刀一样的倒钩。一些去年掉落的枯叶还挂在上面,在这哀伤的风中沙沙作响着,荆棘上被毛虫啃咬的花苞正在开放。灰色、褐色或黑色的苍蝇四处飞舞,身上还都有着像半兽人一样的眼状红斑;在这些扭曲的植物之间,还有一群饥饿的蚊子般的小虫嗡嗡盘旋着。

"有半兽人的衣服还不够,"山姆挥舞着手臂说,"我真希望我有他们的厚皮!"

最后,佛罗多再也走不动了。他们已经爬到了一条狭窄山沟的上方,但距离之前所看到的最高的山脊,他们还有很远的一段要走。"我现在必须休息一下,山姆,可能的话,我还想睡一下。"佛罗多说。他看着四周,在这片荒凉的大地上,似乎连给动物钻的洞也没有。最后,在精疲力竭的状况下,他们爬到一片垂覆在低矮岩石上的荆棘底下躲藏。

他们坐在里面,尽可能吃了一餐像样的饭。为了把宝贵的精灵干粮留给未来更苦的日子，他们吃掉了一半山姆背包中法拉墨所送的食物：一些干果和一小条熏肉干；两人也喝了一些水。虽然之前在山谷的水潭中他们也喝了不少的水，但现在两人又觉得口干舌燥。魔多的空气中有种苦味，让他们嘴干得很快。当山姆想到饮水的问题时，连他怀抱希望的心情都往下沉。在攀过摩盖之后，他们还必须横越广大的葛哥洛斯平原。

他说："佛罗多先生，你先睡一会吧；天又变黑了，我想这一天又快要结束了！"

佛罗多叹了一口气，几乎没等对方说完，他就睡着了。山姆强忍着自己的疲困，他握住佛罗多的手，沉默地坐着，直到夜色完全降临。最后，为了保持清醒，他从掩蔽处爬出来看着外面的景色。这片土地似乎充满了破裂和沉闷的声响，却完全没有任何人声或是脚步声。在伊菲尔杜斯上方遥远的西方夜空，依旧是一片灰白。就在那里，在那被风吹破的乌云缝隙中，山姆看见了一颗闪烁的星斗。那冷冽美丽的星光震撼着他的心，当他站在这片被弃之地抬头仰望时，希望又再度回到了他心里。有个念头如疾箭般冰冷、清晰地穿透他：阴影最终只不过是暂时的，这世界上永远都存在着它无法染指的光明和美丽。他在塔中唱的歌曲，与其说是表达希望，不如说是蔑视危险，因为那时他只想着自己。现在，有那么片刻，他自己的命运、主人的命运，都不再困扰他了。他爬回荆棘丛底下，躺在佛罗多身边，把所有的恐惧撇到一旁，陷入深沉、无忧的睡眠中。

两人牵着手一起醒了过来，山姆觉得神清气爽，准备好要面对新的一天，但佛罗多却无精打采地叹气。他睡得非常不安稳，梦中都是火焰，即使醒来，也不觉得有什么改变。不过，他的睡眠并非一点效用都没有，至少，他更强壮了些，可以再扛着那重担走到下一个阶段。

他们不知道时间是什么时候了,也不知道自己睡了多久;不过,在草草吃了一些食物,喝了一口水之后,两人又继续往山沟上爬,最后来到了一片陡峭光秃的碎石斜坡。此处,有生命的东西都已放弃挣扎求生存了;摩盖的顶端寸草不生、死气沉沉,贫瘠得犹如一块石板。

佛罗多和山姆四处搜寻了很久,这才找到一条可以攀爬的路,两人手脚并用奋力爬完了最后这一百呎攻顶的路。他们来到了两座黝黑山峰之间的裂隙,在穿过裂隙之后,他们发现自己来到了魔多的最后一条防线边缘。在他们脚下大约一千五百呎的地方,是那个一直延伸到视线不及的黑暗中的内平原。风现在改从西方吹来,乌黑的云朵被吹向高空,往东飘,但广大可怖的葛哥洛斯平原上依旧只有泛灰的微光。黑烟在地面和凹沟中飘荡潜行,恶臭的烟雾从大地的裂隙中不停往外冒。

在至少四十哩外的远方,他们看见了末日火山,它的山脚下是盖满了火山灰的丑恶地形,巨大的火山锥高耸直达天际,不停冒出黑烟的喷火口则是被乌云所遮挡。它的怒火暂时停歇下来,正处在喷发过后的蓄势当中,像是正在小睡的巨兽一样恐怖、骇人。在它后方,高悬着一个庞大的黑影,凶险如雷雨云,那是遮住巴拉多塔的黑雾,它就位于灰烬山脉自北延伸过来的长长山坡的山脚下。黑暗的势力陷入沉思,魔眼转而向内,思索着让他担忧、感到危险的景象。他看见了一柄光芒刺眼的圣剑,一张严厉、尊贵,属于王者的面孔……短时间内,他无暇去顾及其他的事情。他的每座高塔、每扇大门,整个巨大的要塞,都笼罩在一片阴郁的气息中。

佛罗多和山姆带着惊奇和厌恶的心情望着这片令人厌憎的大地。在他们和那座冒烟的火山之间,从北到南,一切看来全都是浩劫之后的景象,是一整块焦黑、死寂的沙漠。他们真怀疑这块土地的统治者究竟拿什么来喂养和维持他的部队和奴隶。但他还是拥有无比强大的军力。在他们视力所及的范围内，沿着摩盖的外环一路往南延伸，有数不尽的帐篷。有些帐篷零散地分布，有些则是秩序井然得像是座小镇，其中一个最大的营地就在他们正下方，在平原上铺展开来有一哩长，像是一个巨大的昆虫巢穴，当中有一排排简陋的茅舍，以及许多长而低矮的建筑。在营地周围有许多进进出出忙碌的人，一条宽阔的道路从营地的东南边延展而出，和魔窟路会合，路上有许多一排排黑色的小身影在慌张地赶路。

"我不喜欢这样的情形，"山姆说，"看起来希望相当渺茫；不过只要人一多，当地就一定会有水井和食物。如果我的眼睛没看错，这些都是人类，不是半兽人。"

他或是佛罗多，对平原南方庞大的奴工营一点也不知情，那片营地就位于火山的浓烟之后，诺南内海旁；当然，他们也不知道有道路往东方和南方通向那些向魔多纳贡的国度，邪黑塔的士兵会从那些地方带来大量的货物、贡品和强征来的奴隶。在北边这片区域是许多的矿坑和炼钢厂，还有为了大战所集结的惊人兵力；黑暗的势力正是在这里调兵遣将，将他们集合在一起。他的首次行动，也就是他对自己力量的首次测试，已经在西边战线上，以及北边和南边，遭到了挫败。这时，他将部队撤回，并且补充大量的生力军，将兵力全都集结在西力斯葛哥中，准备复仇反击。而且，如果防卫火山不让任何人靠近也是他的目的的话，那他这部分工作也差不多已经达成了。

"好啦！"山姆继续说，"不管他们吃什么、喝什么，看来我们都弄不到。我根本找不到可以下去的路；就算我们真的下去了，也不可能穿过挤满敌人的平原。"

"但我们还是可以试一试。"佛罗多说，"这并不比我预料的糟糕。我本来对穿越平原就不抱希望，现在看来更是彻底绝望了。但是，我还是必须要尽力一试；以目前来说，我的目标就是尽可能不让敌人抓到。

所以,我想我们还是继续往北走,看看在平原比较狭窄的地方是怎么样的。"

山姆说:"我可以猜得到会是什么样子:地方越窄,敌人就挤得越密。佛罗多先生,到时候你就会看到了。"

"如果我们能走那么远,我敢说我一定能看见。"佛罗多转身继续前行。

他们很快就发现,要沿着摩盖山脊或任何较高的山坡继续往前走是不可能的,因为那些地方无路可循,而且常有深沟断谷阻住去路。最后,他们被迫只能退回原先的山沟,看看是否能沿山谷找到一条出路。这路相当地难走,而他们又不敢冒险越过山谷踏上西边的小径。大约走了一哩多之后,他们果然发现如同之前推测的一样,有一座半兽人聚居的哨站就在悬崖下,那里有个黑暗洞穴入口,周围建着几栋石屋和一道石墙。那边一点动静都没有,但霍比特人还是谨慎小心地摸索向前,尽可能走在沿着旧水道两岸生长得极为浓密的荆棘丛中。

他们又往前走了两三哩,半兽人的据点也早就被抛在脑后;不过,就在他们打算松一口气的时候,耳边突然响起了半兽人沙哑的声音。他们飞快地躲到一丛发育不全的矮灌木后。那声音越来越近,接着两名半兽人走进他们的视线中。一个穿着破烂的褐色衣物,拿着一柄角弓,他的体型比较小,皮肤黝黑,宽大的鼻翼不停翕动着,很明显是专门负责追踪的物种;另一个则是高大壮硕的战斗型半兽人,就像夏格拉的部下一样,身上佩戴着魔眼的印记。他背上也背着一把弓,手中则是宽头的短矛。和往常一样,他们还是在不停争执着,由于他们属于不同种的半兽人,因此也只能用通用语交谈。

在距离霍比特人不到二十步的地方,矮小的半兽人停下了脚步。"不!"他大声说,"我要回去了。"他指着后方的堡垒,"没必要把我的鼻子浪费在嗅闻这些石头上，这里一点痕迹也没有了。就因为听了你的，我把那气味给跟丢啦。我告诉你，那东西一定是爬上山去了，没再沿着山谷走啦！"

"你这只大鼻子有什么用？"高大的半兽人说，"我的眼睛就比你那流鼻涕的鼻子管用。"

"那你的眼睛都看到些什么啦？"另一个大喊着，"哼！你甚至连要找什么都不知道。"

"这是谁的错啊？"士兵说，"可不是我的。那是上头老大的命令。一开始他们说是高大、穿着闪亮盔甲的精灵，然后又成了矮小的人类，接着又变成了一群叛变的强兽人，或许还是这一群人组合在一起。"

"啊！"那追踪者说，"他们脑袋有问题了，这才是最大的麻烦。如果我听说的没错，有些老大也很快就要挂了：高塔被攻击，你的几百个同胞被杀光，囚犯逃了出来。如果你们士兵都这个样子，难怪我们打仗只有坏消息！"

"谁说有坏消息？"士兵大喊道。

"啊！谁说没有？"

"这是叛变的人才会说的话，如果你不闭上你的臭嘴，我就用这个捅你，明白吗？"

"好啦，好啦！"追踪者说，"我不说了，只动脑，可以吧。不过那个鬼祟的黑矮子跟这有什么关系？就是那个手像扇子的怪家伙？"

"我不知道。或许没关系。但我敢打赌，那个家伙贼头贼脑的，一定想干坏事。这混蛋！他才一溜走，上面的通知就到了，要尽快活捉他。"

"哼，我希望他赶快被抓，让他好好受点苦！"追踪者低吼道，"他把那边的气味全都弄混了，偷走了他找到的那件被抛弃了的锁子甲，然后在我来得及赶到之前，把所有地方都踏遍了。"

"这倒是让他逃过一劫，"士兵说，"哼，在我知道老大要他之前，还射中他一箭，干净利落，从背后，大概只有五十步！可是还是被他跑了。"

"呸！你根本就没射中。"追踪者说，"一开始你没瞄准，然后又跑不快，最后又叫可怜的追踪者来支持。我受够了！"他转身就走。

"你回来，"士兵大喊着，"不然我就检举你！"

"跟谁检举？不会是你们家夏格拉吧，他再也不能当队长了。"

士兵压低声音说："我会把你的名字和兵籍号码告诉戒灵，听说高塔现在归他们其中之一管。"

对方停下脚步，开口说话的声音中充满了愤怒和恐惧。"你这个该死的告密者！"他大喊着，"你没办法完成你的工作，甚至连照顾你的伙伴都办不到。去找你们那些恐怖尖啸的黑家伙吧，希望他们把你的肉都给冻掉！那还得他们不先被敌人干掉才行。我听说他们的大头头已经被干掉了，我希望这是真的！"

高大的半兽人拿着短矛冲了过去，追踪者跳到岩石后，在对方冲上来时一箭射中他的眼睛，他惨嚎一声倒了下来；追踪者则跑回山谷中，消失在两人眼前。

有好一会儿，霍比特人沉默地坐着。最后，山姆开口了："哈，这可真是干净利落！"他说。"如果这种内讧的作风开始在魔多流行，那我们至少可以省掉一半的麻烦。"

"小声点，山姆，"佛罗多耳语道，"附近或许还有其他人。我们躲得很惊险，敌人比我们想象的还要紧追不舍。不过，山姆，这就是魔多的一贯风格，它本来就充斥在这里的每一个角落。根据传说，只要没人管理，半兽人的行径一向都是这样。可是，你不能指望这个，他们更痛恨我们，历来都是如此。如果这两个家伙发现了我们，他们会立刻尽释前嫌，联手杀死我们。"

两人又沉默了很长一段时间。山姆又再度开口，但这次他也压低了声音："佛罗多先生，你听见他们提到那个鬼鬼祟祟的家伙了吗？我不就告诉过你，咕鲁没死吗？"

"是的，我记得，我还纳闷你是怎么知道的。"佛罗多说，"好啦，算了！我想我们在天黑前最好都不要离开这里，这样，你就可以告诉我你是怎么知道的，中间又发生了什么事情。不过，你说话得小声一点才行。"

"我会试试看，"山姆说，"不过，我只要一想到那个臭家伙，就气得忍不住想大喊。"

两名霍比特人就这么坐在荆棘丛后，看着魔多渐渐被黑暗、无星的夜色所掩盖。山姆描述着咕鲁阴险的偷袭、恐怖的尸罗，以及他之后的所有冒险。在山姆说完之后，佛罗多一言不发地握住山姆的手。最后，他才开口说话。

"好啦，我想我们现在也该走了。"他说，"不知道我们还有多久才会被抓到，到时这一切鬼鬼祟祟、偷偷摸摸也都白费了。"他站起来："天很黑了，我们又不能用女皇送我们的星光。山姆，替我好好保管它，除非用手，不然我现在身上完全没地方可以摆这个东西。而且，如果要完全遮住它那刺眼的光芒，我得用两只手才行。刺针我就送给你了，我身上还有半兽人的小刀，但我不认为还有机会使用到它。"

在夜色之下，在这种荒凉的地方前进是相当困难的一件事情，不过，两名霍比特人还是脚步蹒跚地沿着山谷往北走。当西方天空再度亮起、白昼降临许久之后，他们又找了个地方躲起来，轮流睡觉。山姆醒时满脑子都想着食物，最后，当佛罗多醒过来，提到用餐和准备再度出发时，他终于问出了最让他感到困扰的问题。

"佛罗多先生，请恕我直言，"他问，"你到底知不知道我们还要走多远？"

"山姆，我不是很清楚。"佛罗多回答，"在我们离开瑞文戴尔之前，我曾经看过一张魔多的地图，但那是在魔王回归之前画的；而且我脑中只剩下很模糊的印象。我记得最清楚的是，北边有个区域，在那里，西边山脉和北边山脉延伸出来的山脚几乎会合在一起。从高塔旁边的桥算过去，到那里大概至少六十哩。从那边横越平原或许是个不错的点，不过，如果我们走到那里，那就比这里距离火山要远了，我想大概也是六十哩左右。我猜，我们现在大概是在桥北边三十六哩的地方。即使一切很顺利，我们至少得花上一星期才能抵达火山。山姆，我担心那负担会越来越重，而我越靠近，速度就会越慢。"

山姆叹了口气。"我也担心会这样。"他说，"好吧，先别管饮水的部分，我们每天吃的东西得再少一点，再不然就得趁在山谷里时走快一些。我们只要再吃一餐，所有的东西就都吃完了，只剩下精灵的干粮。"

"我会试着快一点的，山姆。"佛罗多深吸一口气，"来吧！我们又得出发了！"

天色还不是很暗。两人继续前行，夜色这才逐渐降临。两人疲倦地不停走着，中途只停下来休息了几次，一看见西方天空边缘的光亮，他们就立刻找了个岩石底下的空洞躲了进去。

光线逐渐增强，比之前要亮多了，西方的一股强风将魔多的恶臭吹往高空。不久之后，霍比特人就能够看清楚眼前几哩的地形了。在摩盖和山脉之间的山沟逐渐往上升，同时也越变越窄。到了这时，它也变成了伊菲尔杜斯山边的凹陷，不过，它的东边则是如常的陡峭，直落入葛哥洛斯平原。前方的水道来到尽头，成了布满岩石的斜坡，一道岩壁如同高墙。从伊瑞德力苏烟雾笼罩的北边山脊绵延出另一道绵长的支脉前来与它会合；在这两山之间有一个狭窄的隘口：卡拉赫安格蓝，也就是艾辛口，越过隘口之后是乌顿幽深的山谷。位于摩拉南，也就是魔多大门背后的乌顿山谷，是索伦的仆人防卫黑门的坚强阵线，里面挖建了许多错综复杂的隧道和兵器库；此时，魔王正在紧急召集大军，准备迎战西方众将的攻击。在两道相会山岭的山坡上，建有许多的堡垒、要塞和高塔，篝火终年不熄；沿着横越隘口处又再兴建了一道土墙，墙下还挖有极深的壕沟，只能靠着一道桥梁通过。

往北几哩，在西方山脉的主脉与支脉分叉的地方，矗立着古老的德桑城堡，不过，现在那里也成为乌顿山谷中众多半兽人的驻地之一。在这渐明的微光中可以看见有一条道路从古堡蜿蜒而下，在距离霍比特人一哩左右处转向东，沿着支脉凹陷的坡侧通往平原，以及远处的艾辛口。

霍比特人看着眼前的地势，他们先前往北跋涉的旅程几乎可说是完全白费力气了。他们右边的平原十分黯淡，满是烟尘，他们没看见任何的营帐或是部队移动的迹象；但是，这整个区域都在卡拉赫安格蓝上古堡的监视之下。

"山姆，我们来到一条死路了！"佛罗多说，"如果我们继续走下去，我们只能走到那座半兽人的塔中去，而且唯一的去路就是从它门前通过往下方的那条路，除非我们退回去。我们不可能往西上去，也不可能往东下去。"

"佛罗多先生，那么我们只能走那条路了。"山姆说，"我们必须赌一赌运气，希望运气这东西在魔多还管用。如果我们回头，或是再找别的路，那不如投降算了。我们的食物快不够了。我们得要拼拼看！"

"好吧，山姆，"佛罗多说，"带路吧！只要你还抱着希望，就继续往前走。我已经彻底绝望了。不过，我真的跑不动了，山姆，我只能紧跟着你。"

"在你开始紧跟之前,你必须先睡个觉、吃点东西,佛罗多先生。来,先吃一点吧!"

他给了佛罗多一些水和额外的干粮,他也把自己的斗篷折成个枕头给主人躺。佛罗多太疲倦了,根本没力气争辩这些,山姆也没告诉他这是最后一口水,同时他所吃的是连山姆的份也包含在里面。在佛罗多睡着之后,山姆弯身听着他的呼吸,看着他的面孔。他的脸孔十分瘦削,多了许多皱纹,但在睡梦中的神情却显得十分安详,没有恐惧。"好啦,主人!"山姆自言自语道,"我必须要暂时离开一会儿,相信我们的好运。我们一定要找到水,不然就走不下去了。"

山姆悄悄离开,以超乎霍比特人的小心谨慎,迅速在岩石间穿梭着走回水道,沿着它往北攀爬了一段路,直到他来到连续的石阶前——毫无疑问,许久以前,这里曾经涌出泉水,形成过一个小小的瀑布,现在一切似乎都干枯了。但山姆不肯放弃,他弯下身来侧耳倾听着,令他欣喜的是,他果然听见了水滴的声音。他又往上爬了几级石阶,发现了一条从山侧流出的黑色细流,汇聚成一个黑色的小池子,溢出的池水往下消失在荒地的岩石间。

山姆尝了尝那水的滋味,应该算是够好了。于是他大口喝了个饱,装满了水壶,转身准备走回去。就在那一瞬间,他发现有一道影子从佛罗多藏身附近的岩石间一跃而过。他强压下差点脱口而出的惊呼声,跳下石阶,跳过一块块石头,往回飞奔。那个身影十分谨慎,不容易被发现,但山姆猜也猜得到对方是谁——他老早就想要把对方勒死了。不过,对方听见了他的脚步声,很快就溜走不见了。山姆相信自己看见对方在消失之前,似乎还从东边绝壁上回头瞥了一眼,然后才彻底融入夜色中。

"幸好,运气还没有背离我,"山姆嘀咕着,"不过这可真是好险!

附近的半兽人怕是有几千个，还要这个小坏蛋来凑热闹？我真希望他当初就被射死了！"他在佛罗多身边坐了下来，并未将他吵醒。不过，他自己可不敢睡着。最后，当他觉得眼皮变得有如千斤般沉重，知道自己再也撑不下去时，他轻轻叫醒了佛罗多。

"佛罗多先生，咕鲁又来了。"他说，"如果我看到的不是他，那他就一定有双胞胎兄弟。我刚刚去找水，一转头就发现他在这边鬼鬼祟祟的。我想我们两个如果一起都睡着会很危险，而且实在很抱歉，我真的撑不住了。"

"山姆哪，你不要对自己太严厉了。"佛罗多说，"躺下来好好睡吧！但我宁愿对方是咕鲁，也不要碰到半兽人。至少，他不会把我们出卖给半兽人，除非连他也被抓到。"

山姆忿忿不平地说："不过，他也会杀人或是抢东西，佛罗多先生，睁大眼睛哪！我有满满一壶的水，你尽管喝没关系，我们出发时还可以重新装满。"一说完，山姆立刻就睡着了。

当他醒来时，天色已经逐渐变暗了。佛罗多靠着岩石坐着，但连他也睡着了。水壶空了，附近也没有咕鲁的踪影。

魔多的黑暗又回来了，山坡上的瞭望塔燃着又红又烈的火焰；两名霍比特人又出发了，踏上他们旅途中最危险的一段路程。他们先去把水壶装满，然后小心地往上攀行，来到原先道路的转弯处，由此朝东走二十哩就是艾辛口了。这条路并不宽，路边也没有矮墙或护栏，随着道路往前延伸，它边缘的悬崖也变得越来越陡峭。霍比特人聆听了一会儿，听不见任何的风吹草动，因此决定继续稳定地往东前进。

在走了大约十二哩之后，他们停了下来。小路在他们背后不远处稍往北弯了一些，因此，他们之前所经过的地方已经全被山势挡住看不见了。这是不幸的开始。两人休息了几分钟，然后继续往前走；但他们还没走几步，寂静的黑夜中突然传来了他们一直害怕听到的声音：行军的脚步声。它离两人身后还有一段距离，但回头望去已经可以看见摇曳的火把微光从转弯处冒出，距离不到一哩远，而且正在快速逼近中，快得就算佛罗多插翅也难以逃跑。

"我一直担心会这样，山姆，"佛罗多说，"我们相信运气，但这次它不灵光了，我们被困住了！"他慌乱地抬头看着附近凹凸嶙峋的山壁，那是古代的开路者砍凿岩石开出来的绝壁，直达他们头顶上方的百呎高处。他跑到路的另外一边，探身往下望，下面是看不见底的黑暗深渊。"我们真的无路可逃了！"他靠着山壁无力地坐下来，低垂着头。

"看来是这样了。"山姆说，"好啦，我们只能走着瞧了！"话一说完，他就在佛罗多身边坐下，峭壁的阴影笼罩着他们。

他们没有等很久，半兽人的速度很快，走在最前面的人拿着火把。他们飞快靠近，火光在黑暗中越来越亮。山姆这时也低下头，希望火把在靠近的时候不要照到他们的脸；同时，他也将盾牌拿到前面，刻意遮住两人的脚。

"希望他们忙着赶路，会让两个疲倦的士兵在路旁休息，赶快过去就好了！"他想。

看起来他们本来是有这个希望的。带头的半兽人低着头、气喘吁吁地往前跑。他们是比较矮小的半兽人，是在黑暗魔君的军令之下被驱赶来参战的；他们只想要疾行赶到目的地，躲过鞭子的痛击。在他们身边，沿队伍前后跑来跑去维持秩序的，则是两名高大的强兽人，他们不停地挥舞鞭子，大声喝骂。一列又一列的队伍走了过去，那会照见他们的火把已经在前面有一段距离了。山姆屏住呼吸，队伍已经过了一半。然后，突然间，一名负责驱赶队伍的士兵发现了路旁这两个身影。他用力一甩鞭子，吆喝道："嘿！你们两个！站起来！"他们没有回答，他大喝一声，号令整个队伍停下来。

"起来，你们两个懒虫！"他吼叫着，"这不是休息的时候！"他往前走了一步，在黑暗中依旧认出了盾牌上的标记。"开小差啊？"他怒吼着，"还是正准备要逃？你们这些家伙在昨天傍晚就该到乌顿了！你们不可能不知道。给我站起来，走进队伍里面！不然我就记下你们的兵籍号码往上报！"

两人挣扎着站起来，刻意弯着腰，一拐一拐地装成两腿酸痛的士兵。两人缓缓地钻到队伍的最后面。"不，不是后面！"士兵大喊着，"往前三排！就保持那个位置，不然等我来的时候你就知道了！"他在两人头上将鞭子甩出一声爆响，然后大喝一声，队伍又开始前进。

对可怜的山姆来说，这行军速度让疲乏的他已经快要撑不住了，但对佛罗多来说简直就是酷刑，也很快就成了噩梦。他咬紧牙关，不让自己的脑袋多想，挣扎着继续前进。四周汗流浃背的半兽人所散发出的臭味简直令他窒息，他开始觉得口干舌燥，喘不过气来。队伍不停地前进，他用尽所有的意志力让自己保持呼吸，让不听使唤的双腿继续挪动。但是，在经历过这种折磨和忍耐之后，他会面对什么可怕的结局？他完全不敢多想。要脱队偷偷溜走根本毫无希望，那名士兵会不时地回来嘲弄他们。

"哼哈！"他用鞭子轻打着他们的腿，哈哈笑着说："只要有鞭子，懒惰就不见。快点！我现在是在好意地提醒你们，要是你们晚到营区，要挨的鞭子只怕到时会让你浑身都是血。为你自己好，不要做傻事！难道你不知道我们是在打仗吗？"

他们又走了好几哩，道路最后终于往下经过一段长长的斜坡，进入到平原上。佛罗多的力气几乎已经完全耗尽，意志也开始动摇；他步伐踉跄，跌跌撞撞。山姆绝望地试着扶住他，但连他自己也都快撑不下去了。现在，他知道两人随时都会面临一死：他的主人随时都会昏倒或是跌跤，一切都会被揭穿，而他们费尽千辛万苦的努力都将全部白费了。"至少我可以先宰了那个臭家伙！"他想。

正当他伸手握住了剑柄时，突然有了千载难逢的机会——他们已经踏上了平原，正在缓缓地靠近乌顿的入口。在距离大门入口有段距离的桥头前，从西、从南以及从巴拉多来的三条道路在此会合。所有的道路上都挤满了正在行军的部队，因为西方的将领们正朝着这里进军，而黑暗魔君已经加快了调兵遣将的速度。几支部队就正好巧遇在道路的会合处，而且附近也完全不在火光的照耀下，到处都一片黑暗。当下此地立刻陷入一团混乱中，每一支部队都急着想要冲进门内，结束这累人的行军。巴拉多来的一群重装强兽人冲散了山姆所在的队伍，让众人陷入混乱之中。

虽然山姆已经累得无法思考，但他还是立刻抓住这机会拉着佛罗多，一起趴了下来；许多半兽人跟着绊倒，开始大声咒骂。霍比特人手脚并用地慢慢爬开，最后好不容易才翻到路边的围篱外。道路两边有几呎高的围篱，让带头的士兵即使在黑夜或是大雾中也可以有依循的路标。

他们动也不动地躺着，四周太黑，根本不可能找任何的掩护。不过，山姆觉得至少他们应该离开道路旁，找个火光照不到的地方。

"来，佛罗多先生！"他低语道，"再多爬一下子，你就可以躺着休息了。"

佛罗多挤出最后一丝力量，撑起上半身，又前进了二十码左右。然后，他就摔进了眼前一个突如其来的凹坑中，像是死人一样再也无法动弹。

第三章
末日火山

　　山姆将他破烂的半兽人披风垫到主人头下，用罗瑞安的灰斗篷将两人一起盖住。在他这么做的时候，他的思绪不禁飘到那片美丽的土地，以及精灵的身上，他希望这由他们亲手编织出来的衣物，能够含有某种力量，让他们在这充满恐惧死寂、毫无希望的大地上隐藏行踪。随着部队挤进艾辛口，那些咒骂和叫喊声也都消失了。看样子，在各部队乱成一团的情况下，并没有人发现他们两个失踪了，至少现在还没有。

　　山姆啜饮了一口水，让佛罗多喝了一大口，当主人稍稍恢复了一点体力之后，他把一整片宝贵的干粮都逼主人吃下去。然后，疲倦的两人甚至没有多余的力气感到恐惧，就这么大刺刺地躺在地上睡觉。他们睡得并不安稳，之前湿透的汗水现在让他们感到冰冷，身下锐利的石头顶得他们全身疼痛，两人还止不住打着哆嗦。一阵阵的冷风从北边的黑门吹往西力斯葛哥，稀薄的冷空气沿着地面沙沙地刮着。

　　到了早晨，天色再度泛白，在高空中依旧吹着西风，但在高山环绕屏障的暗黑大地内，空气几乎是完全停滞的，四周一片冰冷，却又让人喘不过气来。山姆从凹坑往外打量，四周的大地全是一片阴郁、单调、死气沉沉。附近的道路上如今空无一人，但山姆担心的是北边不远处艾辛口的城墙上，依旧有人监视着此地。在东南方远处，阴沉的火山带着让人不寒而栗的气势矗立着，山头冒出大量的浓烟，升到高空之后在强风的吹送下往东逶迤而去,大量翻腾的乌云从它的山侧冒出,四散开并笼罩了整块大地。往东北方几哩处横卧着灰烬山脉的山麓,看起来像是阴郁的灰色鬼魂,在它后方,迷雾笼罩的北方高地像一线遥远的乌云,几乎和低垂的天空一样黑。

山姆试着猜测确实的距离,以便决定他们应该要走哪一条路。"看起来至少有五十哩。"他瞪着那丑恶的火山,嘴里嘀咕着:"如果本来要花一天,但以佛罗多先生现在的状况,可能得走上一星期。"他摇摇头,仔细地思索着,但一种丧气的想法却逐渐在他心中累积。在他坚强的内心中,希望从来没有真正消失过,在这之前,他总是乐观地抱持着他们会回家的想法;但现在他终于认清了这苦涩的事实:即使在最乐观的状态下,所有的补给品也仅足以让他们抵达目标;等到任务完成之后,他们会孤单地置身在一块死寂、没有食物、没有饮水的可怕沙漠正中央。他们不可能回去了。

"原来这就是我出发时,觉得自己该做的工作,"山姆想,"协助佛罗多先生走到最后一步,然后和他死在一起。好吧,如果这是我的使命,我必须完成它。可是,我真的好想再看见临水路,还有小玫·卡顿和她的兄弟们,以及我们家老爹和马利葛。我实在无法想象甘道夫会派佛罗多先生来执行一项毫无生还希望的任务。当他死在摩瑞亚之后,一切就都不对劲了。我真希望他还活着。他一定会做些什么的。"

不过,当山姆的希望之火熄灭的同时,它也转化成了一股新的力量。山姆平凡的小脸变得十分严肃,坚定的决心在背后支持着他,让他全身觉得一阵战栗。他似乎化成了某种不会失望、疲倦的钢铁怪物,连眼前这一望无际的荒原也无法让他退缩。

怀着一股崭新的责任感,他把目光收回,专注在附近的地面,研究着下一步该怎么做。随着光线渐渐增强,他惊讶地发现,原先从远看以为宽广又单调的平原,竟然是坑坑洞洞、起伏不平。事实上,整个葛哥洛斯平原都满是大大小小的坑洞，仿佛当它还是荒凉的软泥沼时，就遭到巨石阵雨的袭击，打得到处都凹凸不平。最大的坑洞边缘围有一圈凸起的碎石，宽大的裂隙从坑洞中间向四面八方延伸。这样一块土地，的确可以让人从一处爬到另一处躲藏，除了最警惕尽责的哨兵可能看见之外，一般人很难发现他们，至少对一个身强体壮，又不需要赶时间的潜入者而言是如此。然而对于疲乏又饥饿，并且必须趁还有一口气在时拼命跋涉的人而言，这地看起来实在太险恶了。

山姆仔细思索了好几遍之后，回到主人身边。他不需要叫醒他，佛罗多虽然还躺在地上，双眼却瞪着乌云密布的天空。"好吧，佛罗多先生，"山姆说，"我刚刚观察了附近的情况，同时也好好地想了一下。路上没有任何人，我们最好把握机会赶快离开。你还撑得住吧？"

"我撑得住，"佛罗多说，"我必须撑下去！"

两人再度出发了，他们小心翼翼地隐藏行踪，从一个凹坑躲到另一个凹坑，但总是偏向北边山脉的山脚。不过，当他们前进的时候，最东边的道路始终跟着他们，直到最后它才绕着山脚前进，消失在前方远处一大片黑色屏障的阴影中。在这条平坦灰色的道路上，此刻既看不到人类也没半兽人走动，因为黑暗魔君几乎已经完成了所有部队的调度。即使是在他自己的国度中，他还是要用夜色来掩护一切，忧心外面世界的风会再度和他作对，吹开他的面纱，并为神秘的间谍闯过了他的防线而心神不宁。

霍比特人艰难跋涉了好几哩后才停下来。佛罗多几乎精疲力竭了；山姆看得出来，他们一会儿爬行，一会儿弯腰前进，有时刻意放慢脚步迂回而行，有时又必须匆忙跟跄跑步，照这样下去，佛罗多没办法再走多远的。

"我认为应该趁着天还没黑，再回去走大路，佛罗多先生。"他说，

"我们必须再次信任自己的好运！上次我们差点完蛋，但结果并没那么糟糕。我们可以保持速度走上几哩，然后再休息。"

他所冒的险其实比他所知道的还要大，不过佛罗多满脑子都是挣扎和抵抗魔戒的混乱，根本不抱希望去在意有无危险了。他们爬回旁边的道路，沿着这条通往邪黑塔的坚硬道路吃力地前进。他们的好运这次没出差错，接下来一整天他们都没有遇上任何人；等到夜色降临之后，两人的身影也消失在魔多的黑暗中。整片大地都笼罩在暴风雨来临前夕的紧张气氛中：因为西方将领们已经越过了十字路口，在魔窟谷口放火焚烧那片邪恶之地。

就这样，绝望的旅程继续着，魔戒持续往南，诸王的旗帜则是走向北。对于霍比特人来说，每一天、每一哩都比之前更加煎熬，他们的力量不停衰减，脚下的土地却越来越险恶。白天他们不会遇见任何的敌人，到了晚上，当他们躲在路边某个隐蔽处不安地打盹时，便会听见道路上传来喊叫声和杂沓的脚步声，或是快马加鞭的急驰声。不过，比这些都还要让人感到危险的是，他们越往前走，就越逼近击打着他们的威胁感：那是坐在黑暗王座上，日夜沉思、处心积虑要征服世界的邪恶力量。它越来越近，越来越黑，如同世界尽头迎面逼来的夜幕。

最后，恐怖的一夜降临了。就在西方的将领们接近魔多死域的边缘时，这两名旅人也陷入了彻底绝望的处境中。他们从半兽人的部队中脱逃已经四天了，但是每一天都过得像是一场越来越黑暗的噩梦。在最后这一天，佛罗多没有说过话，只是弯腰驼背地走着，脚步跌跌撞撞，仿佛他的眼睛已经无法看见脚前的路。山姆猜得出来，他正承受着他们全部痛苦中最糟糕的部分——魔戒的重量，那不断折磨他身体和心灵的重担。山姆焦虑地注意到，主人的左手经常会无意识地举起来，仿佛是为了遮挡攻击，或是遮住自己畏缩的双眼以躲避搜寻他们的邪眼；有时候，他的右手会不自觉地摸上胸口，一把抓紧，然后再慢慢地,随着他的意志重新占据上风之后,那手才会松开。

现在,在夜幕再度落下之后,佛罗多坐在地上,头垂在双膝之间,手臂疲倦地垂向地面,手指则会无意识地抽搐着。山姆看着他,直到夜色将两人的身影完全笼罩到看不见彼此为止。他再也想不出话来说,只能转而默默沉浸在自己晦暗的思绪里。虽然他非常疲倦,又被笼罩在恐惧的阴影中,但他的力量并没有完全被消磨掉。精灵的干粮有种特别的力量,要是没有它,他们早就自怨自艾躺下来等死了。但它却无法完全满足食欲,山姆脑海中不时充满了对食物的回忆,渴望着最简单的面包和肉。不过这精灵口粮有一种潜能,会随着旅行者单单依靠它,不与别的食物混杂着吃,而能量更为增加。它可以坚固意志力,增强忍耐力,并且使肌肉和骨骼远远超越凡人的体能。不过,此时他们必须作出新的决定。他们不能再继续走这条路了,因为它是向东通往魔影的大本营;但火山却在他们的右方,也就是正南方的方向,他们必须要转向它了。然而,在火山和他们之间,依旧是一片烟雾弥漫、遍地灰烬的荒凉大地。

"水,水怎么办!"山姆嘀咕着。他已经把自己的配额减到少得不能再少,他觉得自己的舌头似乎变得又厚又肿。但即使他这么极力控制,他们的水还是剩下不多了,大概只剩下半壶,而眼前却还有好几天的路要走。如果他们不是冒险走上这条半兽人的路,可能好几天前水就喝光了。这条道路的路边,每隔一长段距离便兴建有一些临时储水槽,主要是供给紧急调派赶路的部队在穿越这无水的地区时使用的。山姆在其中一个水槽里找到一些剩余的水,已经不新鲜,而且被半兽人弄得都是泥巴,但已足以解决他们绝望的状况。不过那已经是一天前的事了;眼前恐怕再也没有希望找到任何水了。

最后,疲倦忧心使得山姆打起瞌睡来,事情留到明天再说吧;他已经无能为力了。他半梦半醒,睡得很不安稳。他看见像是贪婪眼睛般的光芒，还有鬼祟爬行的黑色身影，他还听见了野兽或是饱受折磨的生物发出的哀嚎声；当他惊坐起来，却又发现四周一片漆黑，只有空荡荡的黑暗包围着他们。只有一次，当他站起来瞪大眼睛四下张望的时候，他很确定自己在清醒的状态下看见了像眼睛般的淡淡光芒；不过，它们眨了眨，立刻就消失了。

可厌的夜晚缓慢熬过，接下来的晨光也相当微弱，因为当他们越来越靠近火山时，空气也越来越污浊，从邪黑塔中由索伦所散发出来的黑暗让状况更是雪上加霜。佛罗多躺着不动，山姆站在旁边，心中有着万般不愿，但他知道自己必须叫醒主人，请他再继续走下去。最后，他弯下身抚摸着主人的眉心，对他低语道：

"主人，醒来了！又该继续走了。"

佛罗多像是被起床号叫醒一般迅速爬起来，他站起身望向南方；但是，当他的目光看见火山和沙漠时，他又退缩了。

"山姆，我办不到，"他说，"它好重，好重啊！"

山姆在自己开口之前就知道说了也没用，甚至可能造成更糟糕的反效果；但是，由于他对主人的怜悯之情，他不能不开口。"那么，主人，让我替你分担一会儿它的重量吧。"他说，"你知道的，只要我还有力气，我会很乐意帮你忙的。"

佛罗多眼中突然亮起了狂野的光芒。"退开！不要碰我！"他大喊着，"我说过这是我的。滚！"他的手移动到剑柄上。不过，随即，他的声音变了。"不，不，山姆——"他哀伤地说，"但你必须明白，这是我的重担，没有其他人能够替我承担。现在一切都太迟了，亲爱的山姆，你再也没办法这样帮助我了。现在我几乎已经完全受它控制了。我没办法舍弃它，如果你想要把它拿走，我会发疯的！"

山姆点点头，"我明白，"他说，"但是，佛罗多先生，我之前一直在想，我们还有其他东西可以放弃。为什么不减轻我们的负担呢？我们现在走那条路，必须尽可能笔直前进。"他指着火山说，"没必要再带着任何我们不需要的东西了。"

佛罗多再次望向火山。"没错，"他说，"在那条路上我们不需要太多东西，到达终点之后就什么都不需要了。"他捡起半兽人的盾牌扔到一边，接着抛掉他的头盔；然后他掀开灰斗篷，解开沉重的腰带，让它落在地上，佩剑也跟着一起落下。他又把破烂的黑斗篷扯下撕碎，抛撒一地。

"看，我不再是半兽人了，"他大喊着，"我也不会再带任何善良或丑恶的武器。想要抓我的，就让他们来吧！"

山姆也照做了，将他身上所有的半兽人装备全都丢掉；然后他拿出背包里所有的东西。在背着它们走了这么远、承受了这么多磨难之后，这些东西似乎都和他产生了特殊的感情。最让他难以割舍的是他的厨具。一想到要把它们丢掉，他不禁泪眼汪汪。

"佛罗多先生，你还记得我们炖过的兔肉吗？"他说，"我们那时还在法拉墨将军管辖的温暖山坡上，那天我还看到了一只猛犸！"

"不，山姆，我想我不记得了。"佛罗多说，"我知道这些事情曾经发生过，但是我想不起来了。我想不起食物的味道，想不起喝水的感觉，想不起风声，不记得花草树木的样子，连月亮和星辰的模样都记不起来了。山姆，我赤身露体地站在黑暗中，在我和那团火轮之间没有任何的遮掩。即使我张开眼睛，也只能看见它，其他的一切似乎在淡褪。"

山姆走上前，亲吻着他的手。"那么我们越快把它丢掉，就越快可以休息！"他迟疑地说，找不出更好的话安慰别人。"光说无济于事。"他边自言自语，边将所有要丢掉的东西收成一堆。他不愿把这些东西丢在旷野中，让其他邪恶的生物发现。"看起来，那个臭家伙已经拿了半兽人的衣服，我可不能让他再配上一把剑！他空手就已经够坏了；我更不能让他糟蹋我的锅子！"话一说完，他就把所有的东西抱到附近一道巨大的裂隙旁，一股脑儿的将它们全丢进去。对他来说，他的宝贝锅子哐啷落进黑暗裂缝中的撞击声，就如同丧钟一样让人心痛。

他回到佛罗多身边，从精灵绳索上割下一小段当作主人的缠腰带，将精灵斗篷在他腰间束好；剩余的部分他宝贝般地卷起收回背包中。除此之外，他身上只留着水壶和精灵干粮，刺针则是还挂在他腰间，凯兰崔尔的水晶瓶以及她赐给他的那个小盒子，都依旧贴身藏在他胸前的暗袋中。

最后，他们终于转向火山的方向出发了，不再考虑隐匿行踪，而是把疲倦的身体与衰微的意志全部集中在唯一的目标上：继续前进。在这昏暗朦胧的白昼中，即使是在这充满警戒的土地上，除非是近在眼前，否则很难发现他们的踪迹。在黑暗魔君的所有奴仆中，只有戒灵能够警告他这潜近的危机：有两名不屈不挠的小家伙，正朝他戒备森严的王国核心逼近。但是，戒灵和他们长着黑翼的坐骑都正在境外执行别的任务：他们集合在远方，侦察和威吓西方将领的部队，邪黑塔的注意力也正转往该处。

这天，山姆觉得主人似乎又挤出了新的力量，或许用他们减轻了身上的负担来解释也还不够。他们所走的第一程路比他希望的要快、要远得多了。这里的地形相当崎岖危险，但他们的进展却非常不错，火山的影像也越来越清晰。不过，随着时间的流逝，昏暗的天光也很快就衰退了，佛罗多又开始弯腰驼背，脚步变得比之前更为蹒跚，仿佛之前的再接再厉已经榨干了他身上最后残存的力气。

当他们最后停下休息时，他瘫在地上，说："山姆，我口好渴！"然后就不说话了。山姆给了他一口水，水壶中只剩下最后一口了。他自己忍着没喝；这时，魔多的夜色又把两人包围，而他满脑子所想的都是关于水的回忆；他所看过的每一条小溪、每一道河川、每一泓泉水，它们在阳光下闪烁，在绿柳林中潺潺流动的样子，此刻在他闭上的双眼前跳跃舞动，折磨着他。他还可以感觉到自己和卡顿家的乔力、汤姆和尼伯斯，还有他们家的小玫在临水路的池塘中蹚水时，脚趾间那湿滑软凉的泥巴。"但那是好几年前的事了，"他叹了一口气，"而且是在那么遥远的地方。如果真有路可以回去，那也是去过那座火山之后了！"

他睡不着，只能不停地和自己辩论。"好啦，别丧气，我们的进展比你想象的还要好哪！"他坚强地说，"至少一开始很不错。我估算在我们停下来休息前，已经走了一半了。只要再走一天就走到了。"然后，他停了片刻。

"别傻了，山姆·詹吉，"他自己的声音回答道，"如果他还能动的话，也不可能再有今天的速度了。而且，你把大部分的食物和饮水都给了他，你自己也快不行了。"

"我还可以走很远，我会撑下去的。"

"走去哪里？"

"当然去火山啰！"

"然后呢？山姆·詹吉，在那之后呢？当你到了那边，你要怎么做？他已经没办法做任何事情了。"

山姆丧气地发现，对此他竟然无法回答。他完全没有明确的想法。佛罗多并没有对他多解释这次的任务，山姆只模糊地知道魔戒必须被丢进火焰中。"末日裂隙——"他嘀咕着，那古老的名字出现在他脑海。"好啦，或许主人知道怎么找到那里，我是不知道啦。"

"你看！"响应的声音又说，"一切都只是白费力气。他自己也这么说过了。蠢的是你，还一直坚持、一直抱着希望。如果不是因为你这么顽固,你们两个好几天前就可以躺下来等死了。看现在的状况,你还是会死,更可能会是生不如死。你不如现在就躺下来放弃一切吧;你反正是爬不上去的!"

"我会的,就算我只剩这副臭皮囊,我也要上去!"山姆说,"就算会折断我的背压碎我的心,我也会把佛罗多先生背上去。不要啰唆了!"

就在那时,山姆觉得脚下的地面一阵震动,他听见或是感觉到一种深沉的隆隆声,仿佛有暴雷被囚禁在地底。低垂的云端反射出一道晦暗的红光,然后就消失了;火山看来睡得也不安稳。

通往欧洛都因的最后一段旅程开始了,山姆从来没想过自己能够承受这么痛苦的煎熬。他浑身酸痛,嘴更是干到无法吞下任何食物。天色依然黑暗,不只是因为火山的浓烟,也因为似乎有一场风暴即将来临,只有东南方的天空还有着微弱的光芒。最糟糕的是,空气中充满了恶臭的气味,呼吸变得非常痛苦和困难,两人的脚步也变得非常不稳,经常摔倒在地上。但是,他们的意志毫不动摇,依旧踽踽前行。

火山逐渐靠近,直到最后,每当他们一抬起头,那高耸邪恶的影像就占据了整个视线;那是一座由灰烬、熔岩和火热的岩石所堆积成的巨大高塔,它的身影直入云霄,让凡人只能惊叹地看着它冒着烟气的身体。难辨日夜的迷茫白昼终于结束了,在真正的黑暗降临时,两人终于来到了它的脚下。

佛罗多猛喘一声趴倒在地,山姆坐在他身边。他惊讶地发现,自己虽然累,却觉得轻松许多,他的头脑似乎再度变清晰了。不再有争论来干扰他的心绪。他已经知道了所有绝望的说词,但他不再理会它们。他已经铁定了心,至死不渝。他不再有欲望,也不再需要睡眠,而是更为警觉。他知道所有的险阻都将集中到一个高峰:明天将会是毁灭的末日，是最后努力将成或败的关键性的一天。

　　但是，它究竟什么时候会到来呢？夜晚似乎永无止尽，时间一分一秒地过去，但周遭依旧没有任何的变化。山姆开始怀疑，铺天盖地的二次黑暗是否又降临了，而白昼再也不会来了。最后，他伸手摸到佛罗多的手。主人的手又冰又冷，正在不停地发抖。

　　"我不应该把毯子丢掉的！"山姆嘀咕着；他躺了下来，试着用双臂和身体温暖佛罗多。然后，一阵睡意袭来，他就这么睡着了。他们东行任务的最后一天，昏暗的晨光照在并肩而躺的两人身上。风在前一天由西方转向时就停了，现在它改从北方吹来，强度也开始缓缓增强；隐而不见的太阳正设法将光芒穿透进这两名霍比特人所躺的阴影里。

　　"是时候了！做最后一次的冲刺吧！"山姆边说边挣扎着站了起来。他弯身看着佛罗多，轻柔地摇晃着他。佛罗多发出呻吟，但仍奋力站了起来；然后又一个不稳跪了下去。他艰难地抬起眼来望了望耸立在面前的末日火山，接着四肢并用开始可怜地往前爬。

　　山姆看着他，内心流着泪，但他干涸涩痛的双眼已经流不出任何的液体。"我说即使压断背脊我也会背他，"他喃喃道，"我说得到做得到！"

　　"来吧，佛罗多先生！"他大喊着，"我不能替你背负它，但是我可以把你和它一起背起来。所以，上来吧！来，佛罗多先生！山姆让你骑一程。告诉他去哪里，他就会去！"

　　佛罗多爬上他的背，双臂无力地勾住他的脖子，两腿紧夹在他腋下。山姆困难地站直身，却惊讶地发现主人的身体并不重。他本来担心自己可能没有足够的力气背起主人，更别提还要负担那魔戒该死的重量，不过，实际的状况和他的想象有很大的距离。或许是由于佛罗多沿路受尽折磨，身上的刀伤、蜘蛛的毒液、恐惧、哀伤和漫无目的的跋涉,让他轻了很多,又或许是山姆在绝望关头获得了最后力量,总之他竟然轻而易举地将主人背了起来,他感觉自己仿佛在夏尔的草原上背着小孩子骑马打仗。他深吸一口气,踏上最后的旅程。

他们已经抵达了火山的北坡稍微偏西的地方,那里长长的灰色山坡虽然崎岖,但并不陡峭。佛罗多一路上闷不吭声,山姆只能尽力挣扎着前进,没有任何方向的指引,完全凭着一股意志,要在自己的力气耗尽与意志崩溃之前,尽量爬得高一点。他艰难地攀爬再攀爬,一会儿往左一会儿往右,避开太过陡峭的山坡,不时蹒跚仆跌,最后像是扛着大壳的蜗牛一样迟钝地前进。当他的意志再也无法驱逼他前进,四肢也无法再支撑下去时,他停下来,轻轻地将主人放下。

佛罗多张开眼睛,吸了一口气。他们的高度已经摆脱了下沉的恶臭气味和浓烟,呼吸变得比较容易了。"谢谢你,山姆,"佛罗多声音沙哑地低语道,"还要走多远?"

"我不知道,"山姆说,"因为我不知道我们要去哪里。"

他转头看了看背后,然后抬头望着前面,这才惊奇地发现之前的努力竟然让他们走了这么远。孤高耸立的末日火山,其实际高度没有看起来那么高。山姆现在看出来,它其实比自己和佛罗多所攀过的伊菲尔杜斯最高隘口要低。它乱石遍布的庞大基座从平原上耸起约有三千呎高,其上的火山锥约是基座一半左右的高度,像个巨大的烟囱或烘炉,顶端是那参差不齐的火山口。山姆已经爬到基座一半的高度,下方的葛哥洛斯平原变得相当模糊,全掩盖在烟雾和阴影之中。当他抬起头仔细观察时,如果他的喉咙不是这么干涩,他几乎想要兴奋地大喊。因为,在这乱石遍布、高低不平的斜坡上,他竟然看见上方有一条路!它像一条环带从西方攀升而上,像蛇一样绕着火山转,一直绕到火山锥底的东侧,才自视线中消失。

山姆无法看清这路在他头顶上方的确切走向，那是它最低的一段，而他又被眼前陡峭的斜坡给遮挡住了。不过，他猜测只要再努力往上爬一小段，他们就可以踏上这条路了。他又重新燃起了希望，或许他们真的可以征服这座火山。"哈，路在那边显然是有目的的！"他自言自语道，"如果不是这样，我恐怕就真的被打败了。"

这条路并不是为了山姆的目的而建。他并不知道，他眼前看见的是从巴拉多通往萨马斯瑙尔——"火焰之厅"的索伦之路。这条路从邪黑塔巨大的西门出发，借由一座巨大的铁桥越过深渊，然后进入平原，从两个冒烟的深坑中间穿行过三哩路，来到火山东侧那条斜长的坡道。从那边开始，这条路由南向北环绕整座火山，最后攀升到火山锥上部，在离冒烟的火山口还很远的地方，来到一个黑暗的入口，朝东直视着索伦阴影要塞中的魔眼之窗。这条路经常由于火山的爆发而受到破坏或阻挡，不过，数量庞大的半兽人总会快速清理修筑好这条路。

山姆深吸一口气。眼前的确有条路，但他不知道自己要怎么样才能越过斜坡。首先，他必须让自己疼痛的背先休息一下。他在佛罗多身边躺了好一阵子，两人都没说话。天光慢慢亮起来。突然间，一股莫名的急迫感降临到山姆身上，他简直就像听到有人对他大喊："快点，快点！不然就来不及了！"他逼着自己站起来，佛罗多似乎也感应到了这召唤，挣扎着跟着跪起来。

"我可以爬过去，山姆。"他喘气道。

因此，他们两个人就一步步地、像是小虫子一样艰辛地爬上陡坡。他们终于来到那条路上，发现路是用碎石和灰烬所铺成，十分平坦，相当宽阔好走。佛罗多爬到路上后，仿佛受到某种强制力量的逼迫，缓缓转过去面对着东方。索伦的阴影高挂在天空，但不知是为外界吹来的风所打搅，或是受自己内部巨大骚动的影响，总之，眼前的云朵开始翻滚，有那么一瞬间它分开了；于是他看见那无比黝黑、高耸，比它

巴拉多要塞

周围阴影更黑暗的巴拉多要塞的钢铁塔顶与残酷的塔尖。它只出现了一刹那,但仿佛有道暗红的火焰从极高处的窗口向北劲射而出,那是一只血红邪眼的目光;阴影随即又聚拢,那恐怖的景象消失了。邪眼看的并不是他们,它正盯着那些在他门前摆开阵势的西方将领。它所有的邪恶意志全都集中在该处,准备施以最后、最致命的一击!但是,佛罗多一瞥见那可怕的景象,立刻像挨了致命一击般倒了下来;他的手不由自主地伸向胸前的项链。

　　山姆跪在他旁边,他听见佛罗多以虚弱得几乎听不见的声音喊着:"山姆,救救我!救救我,山姆!抓住我的手!我控制不住它。"山姆握住他的两只手,将它们合起来,亲吻它们。他脑中突然有了个想法:"他发现我们了!一切都完了,很快就要完了。山姆·詹吉啊,这就是一切的结局了!"

　　山姆再一次将佛罗多背起来,将他的手拉到自己的胸前,让主人的脚无力地垂着。然后,山姆低下头,沿着路奋力往上走。这路并不像他之前以为的那么好走;幸好,山姆站在西力斯昂哥顶端所见到的那一阵火山骚动,其涌出的岩浆多半都流往西坡和南坡,这一边的路并未遭到堵塞。但是,不少地方的路面还是有崩塌的落石或裂口。它在往东攀升了一段距离之后,转了个大弯,继续往西前进了一阵子。在道路转弯处,它切穿了一块饱经风霜的巨石,那可能是在无数个纪元前火山爆发时喷吐出来的。背着重担的山姆气喘吁吁地绕过这个大弯;就在这时,他从眼角瞥见了有什么东西从大石上落了下来,就像他走过时踩落的黑色小石块。

　　突如其来的重量击中了他,他往前摔倒,擦破了手背,因为他还紧握着主人的手。他立刻就明白发生了什么事情,因为他头顶上传来了一个让人痛恨的声音。

　　"可恶的主人!"他嘶嘶地说道,"可恶的主人骗我们;骗了史麦戈，咕鲁。他不能去那边。他不能弄坏宝贝。把它给史麦戈，嘶嘶的，把它给我们！给我们！"

山姆狠命使力站了起来。他立刻抽出宝剑，却对眼前的情况束手无策。咕鲁和佛罗多纠缠在一起。咕鲁正撕扯着他的主人，试着要抓住链子跟魔戒。而这或许是唯一能激起槁木死灰般的佛罗多反击的情况：敌人想要从他手中把宝贝夺走。他用连山姆都惊讶不已的狂暴怒气反击，连咕鲁都没有料想到这一点；但即使如此，如果咕鲁还和当初一样，这也并不会造成什么不同。但是，咕鲁在极端的欲望和恐惧下走了这么漫长、艰辛的一段路，这之中的每一分每一秒所带来的煎熬，都在他身上留下了痕迹。他变得骨瘦如柴，全身只剩下骨架外面包着的松松外皮，他的眼中闪着狂野的光芒，但那力气已经远远不如以往。佛罗多一把将他甩开，浑身颤抖地站起来。

"退下，退下！"他喘息着喊道，一手摸着胸口，隔着皮衣紧抓住魔戒。"退下，你这个鬼鬼祟祟的家伙，离开我面前！你的时刻已经过去了。你再也不能出卖我，或杀死我了！"

突然间，就如同在艾明穆尔山崖下时一样，山姆看见了这两名对手在外表下的另一种形象：一个是畏畏缩缩的身影，体内几乎被剥夺了一切生命的迹象，如今已被彻底毁灭和击败，却仍然是满心可憎的贪婪和愤怒；在他面前如今站立的是严厉、不再心软，披着白袍的身影，他的胸前有着一轮火焰；从那火焰中发出了一个命令的声音。

"离开此地，不要再阻挠我！如果你胆敢再碰我，你就必将落入末日山的火焰中。"

那畏缩的身影退了开来，闪烁的眼中有着恐惧，却也同时充斥着无比的渴望。

如同来时一样突然，那影像消失了，山姆眼前看见的是不停喘息、手放在胸口的佛罗多，咕鲁双手着地跪着，趴在主人的脚前。

"小心！"山姆大喊，"他会偷袭你！"他拿着宝剑冲向前。"快点，主人！"他呼吸急促地说，"继续走！继续走！没时间了。我来对付他，你先走！"

佛罗多看着他，仿佛隔着遥远的距离看着人。"是的，我必须继续，"他说，"再会了，山姆！这是真正的结局了。在末日火山上，末日将会降临。再会了！"他转过身，挺直身子，缓慢地继续往上走。

"现在！"山姆说，"我终于可以对付你了！"他高举着宝剑冲向前，准备战斗。但咕鲁并没有站起来，他趴得更低，开始呻吟。

"不要杀我们，"他啜泣道，"不要用那可怕的钢铁杀我们！让我们活下去，是的，再多活一会儿就好。失落了，迷失了！我们迷路了。宝贝消失之后，我们也会死，是的，会变成灰。"他用扁平枯瘦的手指扒着地面。"灰尘！"他嘶嘶地说道。

山姆的手开始颤抖。他愤怒的脑海中涨满了那些邪恶事迹的记忆。杀死这背叛、谋害人的邪恶生物才是伸张正义，罪有应得的他早就该死许多次了；而且，这似乎是唯一一安全的做法。但是，在他的内心深处似乎有什么东西阻止了他：眼前这个趴在地上、可怜兮兮、饱受煎熬、彻底被毁了的生物让他狠不下心。虽然他自己只是短暂拥有过魔戒，但他现在勉强可以体会到咕鲁身心所受到的痛苦煎熬，在被魔戒奴役的状况下，这辈子再也没有平安与祥和。山姆不知道该用什么话来描述自己现在心里的感受。

"喔，可恶，你这个臭家伙！"他说，"走开！离开这里！我不相信你，你还是赶快走吧。不然我真的会伤害你，是的，用这个可怕的钢铁伤害你。"

咕鲁四肢着地后退了几步，接着转过身，正当山姆准备赏他一脚时，他一溜烟地沿着小径逃跑了。山姆不再管他，他突然间想起了主人。他抬头看着眼前的道路，却看不见主人的踪影，他拔腿就跑，想要赶快追上佛罗多。如果他这时回过头，就会发现在下方不远处，咕鲁又转过身来了，眼中重新冒出疯狂的光芒，迅速又机警地悄悄跟在后面，像是道阴影般敏捷地在岩石间穿梭。

　　道路继续往上攀升，不久又转了一个弯，随着最后这段东行的路，它切过火山锥的坡面，来到山侧的幽黑大门前，也就是萨马斯瑙尔的入口。在远方，上升南移的太阳穿越了一切烟雾和障碍，不祥地燃烧着，发出暗红色的光芒；但火山四周的魔多大地却是一片死寂，幽暗拢聚，仿佛正屏息等待着致命的一击。

　　山姆来到张开大口的门前，向内张望。门内又黑又热，隐隐有种沉闷的响声传出。"佛罗多！主人！"他大喊着，里面没有回应。他在门口呆立了片刻，心脏因为恐惧而狂跳，接着他一头闯了进去；一个影子紧跟在他后面。

　　一开始他什么也看不见。在这急迫的时刻，他再次拿出了凯兰崔尔的星光瓶，但是，在他颤抖的手中，它显得苍白冰冷，不再射出足以穿透黑暗的光芒。他来到了索伦国度的核心，以及他在中土世界的力量达到巅峰时期时所使用的熔炉；在这里，一切其他的力量都必须低头退让。他在黑暗中恐惧地往前走了几步，突然间，一道红光猛然往上冲，撞上了高处漆黑的洞顶。这时，山姆才发现自己原来是在火山锥中的一个隧道内。但在前方不远，隧道便和两边山壁分开，形成一个大裂沟，红光就是从那里蹿起的，它有时蹿升大盛，有时又黯淡退回黑暗中；同时，下方深处一直不断传来仿佛是巨大机器运转的低沉隆隆声响。

　　光芒再度大盛，就在末日裂隙的深渊边缘，站着佛罗多黑暗的身影，在红光的衬映下，他浑身僵硬、挺直，仿佛已经化为石像般动也不动。

"主人!"山姆大喊道。

佛罗多抽搐了一下,随即用十分清楚的声音说话了;事实上,这声音比山姆过去所听过的都更清楚、更充满力量。那声音压过了末日火山的翻腾和喧嚣,响彻在洞顶和山壁之间。

"我来了,"他说,"但我决定不执行我来此的目的。我不执行这项任务了。魔戒是我的!"他一说完便将魔戒套上手指,突然消失在山姆的视线中。山姆倒抽一口冷气,但他还没来得及惊呼出声,因为就在那一瞬间,许多事情发生了。

有个什么东西猛力撞上山姆的背,他的双腿遭到用力一扫,整个人横跌出去,头重重地撞在石地上,一个黑影越过他往前奔去。他躺着无法动弹,一时之间眼前一片黑暗。

在远方,就在佛罗多戴上魔戒,宣布它为自己所有的时候,即使就在他黑暗国度的核心火焰之厅,巴拉多中的那力量也大为震动,邪黑塔从地基直到高耸的塔尖都开始剧烈颤抖。黑暗魔君突然间意识到了对方的存在,他的巨眼穿透所有的阴影,越过平原,来到他自己打造的门前;在一阵令人眼盲的闪光中,他自己致命的愚昧和疏忽完全暴露无遗,他所有敌人的计谋也全都被揭穿了!他的怒火骤然暴升成能焚毁万物的烈焰,但他的恐惧也如同浓重的黑烟一般让他窒息。因为,他明白了自己致命的危险以及悬于一线岌岌可危的命运。

他的意志从所有的筹划计谋、一切恐惧和背叛的陷阱,以及所有的策略和战争中撤离了;他的整个国度陷入了剧烈的震荡,他的奴隶惊慌恐惧,军队停止前进,将领们突然间失去了方向和驾驭他们的意志,无不感到动摇与绝望;因为他们全都被遗忘了!魔王用来驾驭、监视他们的全部力量,此刻正以压天盖地之势急转向火山。在他的召唤下,戒灵们惨嚎一声,用比风更快的速度回防,在绝望中急切地朝南赶往末日火山。

山姆站了起来,他觉得头晕目眩,鲜血从他头上流到他眼中。他往前摸索,然后看见了一个奇怪而恐怖的景象——在深渊的边缘,咕鲁像发了疯似的正与一个看不见的敌人搏斗。他不停地前后摇晃着,一会儿极靠近裂隙的边缘险些要掉下去,一会儿又扑回来摔倒在地上,他立刻爬起来,接着又摔倒。在这段过程中,他只是不停地发出嘶嘶声,一句话也没说。

下方的火焰愤怒地苏醒过来,红光闪耀,照得整个洞穴一片血红炫光、酷热难耐。突然间,山姆看见咕鲁的长手拉着什么靠近他的嘴巴,他白森森的利齿一闪,迅即啪的一声咬下去。佛罗多惨叫一声,现出了身形,双膝跪倒在深渊的边缘。咕鲁则像疯了一般狂舞着,手上高举着魔戒,戒指中还连着一根血淋淋的手指。魔戒发出刺眼的光芒,仿佛是用燃烧的火焰制成的。

"宝贝,宝贝!宝贝!"咕鲁大喊着,"我的宝贝!喔,我的宝贝!"随着叫嚷,甚至连他的双眼都还仰望着手上的战利品时,他不慎一脚踏了空,在裂隙边缘晃了晃,试图保持平衡,却还是随着一声尖叫落了下去。从深渊中传来他最后一声凄厉的喊叫"宝贝",然后他便消失了。

一声轰然巨响,各种声响混杂成一团。火焰激射而出,舔食着洞顶;原先的波动变成了惊人的巨震,整座火山不停地摇晃。山姆奔向佛罗多,扶起他,半抱半扛着他奔出洞门。就在那儿,高踞于魔多平原上方的萨马斯瑙尔黑色的大门外,他因为震惊与恐惧而呆若木鸡,忘了所有其他一切,像一座石像凝望着眼前的景象。

他的眼前掠过一道狂卷的乌云,在乌云当中是高塔和城垛,高如山丘,坐落在一座巨大陡峭的高山顶,俯瞰着下方无数的洞穴;高塔有极大的广场和地牢,不见天日、犯人插翅难飞的监狱,还有钢铁和精金打造的大门——然后,一切都消失了。高塔崩垮,高山崩裂;城墙粉碎融化,坍塌在地;浓密的烟尘和喷涌的蒸气滚滚上腾,冲天直上,直到在高空翻腾如遮天蔽日的云浪,在狂野翻滚中汹涌压回地面。然后,数里之外的大地终于传来了阵阵隆隆的闷响,渐渐转变成震耳欲聋的崩塌与怒吼;地动山摇,平原隆起爆开了多处裂口,欧洛都因喷发了!火焰从它的顶端直冲云霄,天空中雷鸣电闪,滂沱的黑雨如同洪水一般直灌而下。在这风暴的正中心,随着一声压过所有其他声响的凄厉尖叫,戒灵们像是利箭一般撕裂云层和浓烟,拼命飞驰而来,却被天崩地裂的烈焰吞噬,他们在天空中爆裂、消融,然后消失了。

"好了,山姆·詹吉,看来这就是结局了!"一个声音从他身边冒出来。脸色苍白憔悴的佛罗多就站在那边,但已恢复了正常;他的眼中如今又有了祥和,没有压抑、没有疯狂,也没有任何恐惧。他的重担已经被挪走了。这又是山姆在夏尔的甜蜜时光中最亲爱的主人了。

"主人!"山姆大喊一声,不禁跪了下来。在这天崩地裂的一刻,他单单只觉得快乐,无比的快乐。重担脱落了。他的主人得救了;他恢复正常了,他自由了!接着,山姆注意到了那只流血的手。

"你可怜的手哪!"他说,"我没有东西可以包扎,也无法减轻它的痛楚。我宁愿用自己的一整只手来跟他换。不过,他已经走了,永远地离开了。"

"是的,"佛罗多说,"你还记得甘道夫说的话吗?即使是咕鲁,也可能有他的使命要完成。山姆,如果没有他,我根本就无法摧毁魔戒。整个任务也就前功尽弃,甚至是落到悲惨的下场。所以,我们就原谅他吧!因为任务已经完成了,一切都结束了。我很高兴有你在我身边,山姆,这一切都结束了。"

第四章

可麦伦平原

　　魔多的部队将山丘四周包围得滴水不漏，西方将领们面对的是一片充满了杀气和敌意的海洋。太阳发出红光，在戒灵的翅膀之下，死亡的阴影笼罩着大地。亚拉冈站在他的王旗旁，神情沉默、严肃又坚决，仿佛陷入了对遥远事物的回忆中；但他的双眼精光闪烁如明星，夜越暗，越明亮。甘道夫站在山丘顶端，他浑身洁白、冰冷，没有阴影可以沾染上他。魔多的进攻如大浪般扑向被围困的山丘，在兵器交击声中，震天的喊杀声如潮水般汹涌。

　　甘道夫仿佛突然间看见了什么预兆，他震动了一下，转过身，看着北方那苍白、清澈的天空。然后，他举起双手，用盖过一切骚乱的雄浑嗓音大喊道：巨鹰来了！许多声音响应着：巨鹰来了！巨鹰来了！魔多的部队困惑地抬起头，不知这究竟是什么预兆。

　　风王关赫的确来了，还有它的兄弟兰楚瓦，它们是北方所有巨鹰中最伟大的，也是古代鹰王索隆多最强大的子嗣；在中土世界初诞生不久，索隆多就在环抱山脉的绝顶上建造了它的巢穴定居。跟随在它们之后的是长长一列北方山脉中所有的巨鹰，乘着强风俯冲而下。它们从高空向下俯冲，直接朝着戒灵扑去，它们巨大宽阔的翅膀在飞过时掀起了一阵狂风。

　　但是戒灵转身就逃，消失在魔多的阴影中，因为它们突然听到邪黑塔传来了恐怖的召唤；就在这一刻，魔多的大军全都感到战栗，疑惑攫住他们的心，他们的笑声中断了，他们的双手开始颤抖，四肢开始发软。那股原先驱赶他们，让他们心中充满仇恨、愤怒的力量动摇了，他的意志撤离了他们；现在，他们在敌人的眼中看见了致命的光芒，无不感到胆战心惊。

西方众将们同时振臂高呼，他们的心在这片黑暗中又充满了新的希望。从这被包围的山丘上，刚铎的骑士、洛汗的骠骑、北方的游侠、密集列阵的士兵，全都发动攻势突围，以锐利的长枪杀出一条血路。但是甘道夫高举双臂，再度用雄浑的声音大喊道：

"住手，西方的人们哪！等一等！邪恶命定毁灭的时刻到了。"

就在他说话的同时，他们脚下的大地开始剧烈地震动，在黑门高塔的上方，比山脉更高的地方，一股庞大的黑烟直蹿上高空，当中还闪烁着烈火。大地哀嚎、颤抖；尖牙之塔倾斜、摇晃，轰然一声倒下；巨大的城墙倾倒，黑门坍塌成废墟；从远方，传来一连串由弱转强、震动直达天际的轰隆声与喧嚣声，崩塌毁灭的回声久久不歇。

"索伦的国度毁灭了！"甘道夫说，"魔戒持有者完成了使命！"当众将一齐向南凝望魔多时，他们似乎看见灰白的云层下升起了一团庞大的阴影，黑暗得难以穿透，它顶端冒着炫目的电光，将整个天空完全遮蔽。庞大的身躯朝向这世界延展，并向他们伸出一只满怀杀气威吓的巨手，恐怖却无力：因为就在它扑拢过来时，一阵强风吹来，将它吹得烟消云散，取而代之的是无比的静默。

众将低下了头；当他们再度抬起头时，看哪！所有的敌人四散奔逃，魔多的部队像是风中的尘沙一样快速溃散。这些妖物如同蚁穴被捣烂的蚂蚁一般，不分东南西北地乱窜；索伦旗下的半兽人、食人妖和受到魔法控制的野兽，全都面临着同样的命运。它们如无头苍蝇般的没命狂奔,有些自相残杀,有些惨叫着跳入深渊,有些则是躲进不见天日的洞穴中。不过,原先居住在卢恩内海和哈拉德的东方人与南方人,明白了这场战争已经无望,也见识到了西方众将的英勇和荣光。那些投身邪恶已久的人们,虽然痛恨西方,但仍然是自傲、勇敢的战士,他们这时仍然集结兵力,要在绝望中奋战到底。不过,大部分的士兵还是往东奔逃;有些则是丢盔弃甲,投降求饶。

甘道夫把这一切指挥作战的事务,都交给亚拉冈和其他的将领,他自己则是站在山顶上发出召唤;风王关赫俯冲而下,栖息在他面前。

"关赫老友,你曾经载过我两次,"甘道夫说,"如果你愿意的话,三次就可以告一段落了。我不会比当年在西拉克西吉尔山峰重生时重上多少。"

"我愿意送你一程!"关赫回答,"即使你是用石头做的,我也愿意送你到任何地方。"

"那就来吧,请你的兄弟和另外一只最快的巨鹰和我们一起来吧!我们需要的是比风还要快的速度,必须超越那些戒灵才行!"

"北风吹拂,但我们还是可以超越它。"关赫说。他驮起甘道夫,飞快地往南飞,兰楚瓦和年轻迅捷的曼奈多紧跟在后。它们越过了乌顿和葛哥洛斯平原,目睹了底下崩塌倾毁的惨状,末日火山就在他们的面前爆发,喷出炽热的岩浆。

"我很高兴此刻有你在我身边!"佛罗多说,"一切都结束了,山姆。"

"是的,主人,我就在你身边!"山姆将佛罗多受伤的手,轻柔地捧在自己胸口,"而你也在我身边。我们的旅程终于结束了。不过,在走了这么远之后,我不想在这时候放弃。如果你了解我,就知道这不像我的风格。"

索伦之臂

"或许不像吧,山姆,"佛罗多说,"但这就像这个世界的一切一样。希望消逝,终局到来,我们只需要再等一下子就好了。我们已经被困在这即将毁灭的地方,根本无路可逃了!"

"好吧,主人,我们至少可以离这个危险的地方,这个叫末日裂隙的地方远一点,对吧?来吧,佛罗多先生,我们先沿着小径走下去吧!"

"好吧,山姆,如果你想走,我就跟你一起走。"佛罗多说。两人起身沿着蜿蜒的小径一路往下走。正当他们朝着震动的山脚前进时,火焰之厅冒出了大团浓烟和蒸汽,山的那一侧整个被炸开,大量汹涌的岩浆在隆隆声中沿着东坡流淌而下。

佛罗多和山姆无法再前进了。他们最后一丝的意志和体力都在快速流失中。他们已经走到了山脚下灰烬堆出来的小丘上,但从那之后就无路可走了。它已经成了岩浆海中一座即将毁灭的小岛。四周的大地全都开始龟裂,恶臭的黑烟源源不绝地冒出。他们身后的火山开始震动,山的侧坡裂了开来,黏稠的岩浆沿着山坡缓缓朝向他们淌来。他们很快就要被吞没了。一阵炽热的火山灰落了下来。

两人站在那里,山姆依旧温柔地抚摸着主人的手。他叹气道:"我们真是身在何等的故事里啊,佛罗多先生,你说是吧?"他说,"我真希望自己有一天能够听到别人说这个故事!你猜,他们会不会说:接下来请听九指佛罗多和那末日魔戒的故事?然后每个人都会安静下来,屏息以待,就像我们在瑞文戴尔听到独臂贝伦和那精灵美钻的故事时一样。我真希望我可以听到!我也好想要知道,在我们离世之后,故事会怎样发展!"

即使在他不停地说话,希望能赶走临终前的恐惧时,他的眼睛还是看着北方,凝视着北方远处风将乌云吹开的地方,那里的天空清澈,冰凉的北风渐渐增强,将黑暗和毁灭的尘云全都吹开。

此时，关赫锐利的眼睛看见了他们，它乘着风势俯冲，并且冒着被喷天烈焰吞噬的危险，在空中盘旋着：下方是两个黑黑的小人影，孤单无助，手牵着手站在小丘上，他们脚下的大地在颤抖、喘息，流淌的岩浆越逼越近。它盯着他们俯冲而下，并看见两人倒了下去——或许是因为精疲力竭，或许是由于高热和黑烟，又或许是终于被绝望所击倒，两人闭上眼睛不望向死亡。

　　他们肩并肩躺着，关赫疾冲而下，兰楚瓦和曼奈多紧跟在后；两名受尽折磨的旅人，恍惚间以为自己还在梦中，不知何种命运即将降临，就悠悠地被带离了这充满黑暗和火焰的恐怖之境。

　　当山姆醒过来时，他发现自己躺在柔软的床上，头顶上则是轻柔摇曳的山毛榉枝叶，阳光穿过嫩绿的树叶，洒下一片绿光和金光，空气中溢满了甜美的气息。

　　他想起了这气味：这是伊西立安的香味。"天哪！"他思索着，"我究竟睡了多久？"这味道让他回到了在那溪边阳光下做菜的时刻，在那前后的经历此刻一时之间尚未记起。他伸了个懒腰，深吸一口气。"哇，真是好一场梦啊！"他喃喃自语道，"我真高兴醒来！"他坐了起来，发现佛罗多正安详地睡在他身边，一只手放在枕头下，一只手放在胸口——那是右手，第三根指头不见了。

　　所有的记忆瞬间全都回到山姆的脑海中，他大喊一声："这不是梦！我们到底在哪里？"

　　有个声音在他身后温和地说："在伊西立安哪，你们在人皇的照顾下，他在等你们呢！"随着声音，穿着白袍的甘道夫走到他面前，他的胡子像是纯白的雪一样在阳光下闪烁着。"好了，山姆卫斯先生，你觉得怎么样？"他说。

　　山姆躺了回去，瞪大眼睛张大着嘴，一时之间又迷惑又欢喜，竟回答不出话来。最后,他好不容易才挤出声音:"甘道夫!我以为你已经死了!不过,我也以为我已经死了。难道所有伤心的事都是幻觉吗?这世界发生了什么事啊?"

"一股巨大的阴影离开了。"甘道夫说,然后他笑了,那声音像是音乐、像是久旱之后的甘霖。山姆听着,这才意识到自己已经有许久许久不曾听过笑声了,纯粹因为欢愉而发出的笑声。这笑声在他耳中回荡,勾起他生平所有快乐的记忆。但他自己却情不自禁掉下泪来。然后,就像春风吹拂过后降下甘霖,太阳出来后大地更显清新,他收住了眼泪,开始笑起来,笑着跳下床来。

"你问我觉得怎么样?"他大喊着,"我不知道该怎么形容。我觉得,我觉得——"他挥舞着手臂,"我觉得好像是寒冬过后的春天,像阳光洒在绿叶上;像是号角、竖琴和所有我听过的音乐加起来一样!"他停了下来,转身看着主人。"可是佛罗多先生怎么样了?"他说,"他可怜的手受伤了,但我希望他没别的问题。他经历了一段很严酷的折磨哪!"

"是啊,我别的地方都没问题。"佛罗多也笑着坐了起来,"山姆,你这个爱困鬼,我又因为等你等到睡着了。我今天一早就醒了,现在一定快中午了。"

"中午?"山姆试着推算日子,"哪一天的中午?"

"新年的第十四天,"甘道夫说,"或者可以说是夏垄历法的四月八日[①]。但在刚铎,从今以后元旦都会从三月二十五日,也就是索伦被推翻,你们被救脱离火海回到人皇怀抱中的那天开始算起。他照顾医治了你们,现在他正等着你们呢!你们应该和他一起用餐。等你们盥洗完毕,我会带你们过去。"

[①] 夏尔的历法中三月有三十天。

"人皇？"山姆说，"什么人皇，他是谁？"

"是刚铎的人皇和西方大地的共主，"甘道夫说，"他已经收复了所有古代的领地，很快就要登基了，但他在等你们。"

"我们该穿什么？"山姆慌张地说，因为他只看见他们旅途劳顿所穿的破烂衣服，叠起来放在床边的地上。

"你们去魔多一路上所穿的衣服。"甘道夫说，"佛罗多，即使是你在那黑暗大地上所穿的半兽人衣物，也应该保留下来。没有任何的高贵丝绸，或是战士的精工钢甲能比它们更光荣。但稍后我会替你们找一些别的衣服来穿。"

然后，他对着两人伸出手，他们看见其中一只手中闪烁着光芒。"你拿着的是什么？"佛罗多惊呼道，"该不会是——"

"是的，我带了两个宝物来给你们。你们被救出来的时候，它们是在山姆身上被找到的。凯兰崔尔女皇的礼物，佛罗多，这是你的水晶瓶；山姆，这是你的小盒子。你们应该很高兴再度拥有它们吧！"

当他们梳洗完毕穿好衣服，随意吃了顿点心之后，两名霍比特人跟着甘道夫离开。他们走出了之前睡觉所在的山毛榉树林，穿过长长一片在阳光下闪闪发亮的草地，周围是挺拔、树叶墨绿、开着鲜红花朵的树木。他们可以听见林后传来瀑布的流水声，一条小河从他们眼前的花床间潺潺流过，一直来到草地尽头的绿荫下，穿过了绿树形成的拱门，他们望见拱门远方还有水波反射的光芒。

他们来到林中一处空地，两人惊讶地看见穿着闪亮盔甲的骑士和穿着黑银二色制服的高大卫队站在这里，他们都尊敬地向两人鞠躬致意；接着，一声长长的号角吹响，他们还是沿着小溪旁的树林继续前进。就这样，他们来到了一片广阔的绿地上，在草地远方是条水面泛着银光的宽阔大河，河中央有一座长满树木的小岛，河岸边停靠着许多船只。在他们所站的这片平原上聚集了一支大军,秩序井然地列队,他们的盔甲在太阳下闪闪发亮。当霍比特人走近时,战士们纷纷拔剑出鞘,敲击着长枪,吹响号角,用许多不同的语言、不同的音调大喊着:

半身人万岁!毫无保留赞颂他们!
Cuio I Pheriain anann! Aglar'ni Pheriannath!
毫无保留赞颂他们,佛罗多和山姆卫斯!
Daur a Berhael, Conin en Annûn! Eglerio!
赞美他们!
Eglario!
A laita te, laita te! Andave laituvalmet!
赞美他们!
Cormacolindor, a laita tárienna!
赞美他们!魔戒持有者,毫无保留赞颂他们!

佛罗多和山姆涨红了脸,惊讶地看着眼前的一切,腼腆地往前走。接着,他们注意到在这欢声雷动的人群中,有三个铺着青草的王座安置在翠绿的草地上。右边的座位后方,插着一面画有一匹白色骏马自由驰骋在绿地上的旗帜;左边的旗帜则是一艘银色的天鹅船鼓浪航行在蓝海之上;但在中间最高的王座后方,则插着一面迎风招展的大旗,上面是一株盛开的白树耸立在黑色大地上,白树上方是闪耀的皇冠和七颗耀眼的星辰。在那王座上坐着一名身披铠甲的战士,他的膝盖上放着一柄长剑,但他没有戴头盔。当他们走近时,他站了起来,两人这才认出对方。他变了许多,变得十分高大威严、满脸笑意,浑身散发着王者之气,但不变的是那黑发和灰眸子。

佛罗多奔向前,山姆紧跟在后。"哇!这可真是太棒了!"他说,

"如果你不是神行客,我就是还在做梦了!"

"是的,山姆,我是神行客。"亚拉冈说,"从布理一路走来真是漫长啊,你那时一点也不喜欢我的长相,还记得吗?对我们所有的人来说这都是条漫漫长路,但其中以你们的最为黑暗。"

接着,让山姆大为惊讶与困惑的是,对方竟然向他们屈膝行礼;然后,他牵起两人的手,佛罗多在右边,山姆在左边,将他们领到王座前,让他们坐上去;接着,他转过身,对云集在旁的人们与将领高声说道:

"毫不保留赞颂他们!"

当众人的欢呼和掌声终于平静下来时,心满意足的山姆,终于高兴地看见刚铎的吟游诗人站了出来,单膝跪下,请求王上恩准他开口歌唱。注意啦!他唱道:

"各位!贵族、骑士、奋战不懈的人们、国王和王子、刚铎的人们、洛汗的骠骑、爱隆之子、北方的游侠、精灵和矮人、夏尔勇敢的百姓,以及西方所有的自由之民们,现在请听我说故事。我将会吟唱那九指佛罗多和末日魔戒故事……"

当山姆听见这歌谣的名称,立刻高兴地哈哈大笑,他兴奋地站起来大喊:"喔,真是太棒、太棒了!我的愿望全都成真了!"然后他忍不住喜极而泣。

所有在场的人们也是有的欢笑、有的饮泣,在众人激动的情绪中,吟游诗人清朗的歌声如同银铃般响起,众人全都安静下来。他有时用精灵的语言,有时以通用语,描述着整场伟大的冒险,直到所有的人心中都溢满了那甘醇的话语。他们的欢愉像利剑一样切开了阴霾,所有人的情绪都沉浸在悲喜交集的景况里,眼泪成了醇美如酒的祝福。

最后,太阳越过中天,树木的阴影也拉长了,他停止了歌唱。"毫不保留赞颂他们！"吟游诗人跪了下来，行礼道。亚拉冈站起身，所有的宾客也跟着起立，众人全都进入准备好的帐篷中，用美酒和佳肴庆祝这劫后的喜悦。

佛罗多和山姆被带到另一座帐篷中，在那里他们脱下了旧衣服，侍从人员把它们小心恭敬地收起，并递给他们崭新的衣物。甘道夫走了进来，令佛罗多惊讶的是，他的臂弯中竟然抱着他在魔多被夺去的佩剑、斗篷和秘银甲。此外，甘道夫还给山姆带来了一件锁子甲和清洗干净重新缝补好的精灵斗篷；然后，他将两柄宝剑放在两人面前。

"我不想要带任何的剑。"佛罗多说。

"至少今晚你该佩一把。"甘道夫回答。

于是佛罗多拿了山姆在西力斯昂哥时放在他身边的那柄剑，"我把刺针送给山姆了。"他说。

"不，主人！比尔博先生是把它送给你的，而那锁子甲是和它配套的；他不会希望其他人佩带它的。"

佛罗多最后只得让步；而甘道夫竟如他们的侍从般，跪下来替两人别好腰带和佩剑，然后将银色的冠冕套在他们头上。他们打扮妥当后，立刻前往参加那盛大的宴会；他们坐在人皇的主桌，在座的有甘道夫、洛汗的伊欧墨王、印拉希尔王子和所有的将领；此外还有金雳和勒苟拉斯。

在肃立默祷之后，两名随扈替众人送上美酒——至少，佛罗多以为他们是随扈。他们一人穿着米那斯提力斯卫戍部队的黑银制服，另一人穿着白色和绿色的衣装。但山姆觉得很好奇，为什么这样的少年会在这么多重要人物的部队中服役？接着，等到他们靠近时，他突然惊讶地看清楚了他们是谁，他大声嚷道：

"哇！佛罗多先生你快看！看这边！这不是皮聘吗？我该说皮瑞格林·图克先生；这是梅里先生！他们长得好高啊！天哪！我想这下子

要说故事的,绝对不只是我们两个了!"

"一点也没错,"皮聘转向他们说,"等这场宴会结束,我们就会马上去找你们聊天。现在嘛,你可以找甘道夫谈谈。他不再像以前那样守口如瓶了,不过他现在开口都是大笑比较多。梅里和我眼前正忙,两位应该也看得出来,我们是王城和骠骑直属的骑士。"

最后,这快乐的一天终于结束了;当太阳下山,圆月缓缓从安都因河的迷雾中升起,从树叶间洒下月光时,佛罗多和山姆坐在摇曳的树下,嗅着伊西立安的芬芳;他们和梅里、皮聘以及甘道夫一直聊到深夜,后来金雳和勒苟拉斯也加入了他们。佛罗多和山姆这才知道,在那不幸的一天,他们于拉洛斯瀑布附近的帕斯加兰草原上分离之后,远征队的成员们都发生了什么事情;尽管如此,他们还有许多想要知道、想要问清楚的故事。

半兽人、会说话的树木、一望无际的草原、奔驰的骑士、闪着幽光的洞穴、白色的高塔、黄金的宫殿、战斗、黑色巨舰,这所有的景象都一个接一个地掠过山姆的脑海,直到他觉得头昏脑涨为止。但在这一切之上,他最惊讶的还是皮聘和梅里长高的程度,他让他们和佛罗多及自己背对背站着比身高。他不禁搔了搔头,"真不懂你们这种年纪还会发育!"他说,"我看哪,你们至少高了三吋,要不然我就变成矮人了。"

"你绝对不是矮人。"金雳说,"我不是说过了吗?凡人喝了树人的饮料,可不会只像喝了杯啤酒那样简单啊。"

"树人饮料?"山姆说,"你又提到树人了;我实在无法想象他们是什么。天哪,我们要搞清楚这些事情得花好几个星期哪!"

"确实是要好几个星期。"皮聘说,"然后我们得把佛罗多关在米那斯提力斯的高塔里,强迫他把所有的东西都写下来。否则,到时他会忘记一大堆事情，可怜的老比尔博会很失望的！"

最后，甘道夫站了起来。"王之手是医者之手，亲爱的朋友们，"他说，"但他几乎用尽所有的力量才把你们从死亡边缘救回来，并让你们陷入了遗忘一切的甜美睡梦中。虽然你们已经熟睡了很久，但现在又该是睡觉的时候了。"

"不只是山姆和佛罗多，"金雳说，"还有你，皮聘。光是冲着你让我们东奔西跑所费的工夫，我不爱你也不行。我也实在无法忘记，在最后一战时是怎么在山丘上找到你的。如果不是矮人金雳，你可能早就完蛋了。不过，至少我现在可以从一大堆尸体中分辨出霍比特人的脚了。当我把那巨大的尸体从你身上挪开时，我真的以为你已经死了；我差点就把自己的胡子给拔光。你下床走动也不过才一天而已，你该上床了，我也是。"

"至于我，"勒苟拉斯说，"我想在这片美丽土地上的森林中漫游，这对我就是足够的休息了。在未来，如果我的主上容许，我们的一部分同胞应该搬到这里来。当我们来的时候，这里将会受到我们的祝福，至少暂时如此。暂时的意思是一个月、一生、人类的数百年。安都因河就在附近，而它一路流向大海，向大海！"

　　　　向大海，向大海！白色的海鸥鸣叫哪！
　　　　风儿吹动，浪花飞扬啊！
　　　　往西，往西，圆圆的太阳正落下。
　　　　灰船，灰色的巨舰，你听见他们的呼喊吗？
　　　　是否就是我那先离开同胞的声音？
　　　　我会离去，我会离开那生养我的森林；
　　　　我们的时代正要结束，我们的日子已经过去啦！

> 我会孤单地航向那大海呀!
> 最后的海岸上浪花飞溅呀!
> 消失的岛屿上声音甜美啦,
> 在伊瑞西亚,在人类永寻不到的精灵之乡,
> 树叶永不凋落,是我同胞永恒的故乡!

勒苟拉斯边唱着歌,边走下山丘进了树林。

其他人也跟着离开了,佛罗多和山姆回到床上,沉沉睡去。第二天早上,他们满怀同样的希望与和平起床;他们在伊西立安徜徉了很长一段时间。众人所扎营的可麦伦平原就在汉那斯安南附近,在夜间可以听见瀑布从那石门入口落下的声音,它穿过开满鲜花的草地,在凯尔安卓斯旁汇入大河安都因。霍比特人到处探险,重新拜访那些他们之前曾经到过的地方。山姆总是希望能够在某个林间阴影中或秘密处,再度发现那猛犸的踪迹。当他知道在刚铎的攻城战中出现了许多这种巨兽,但现在已经全被杀死后,他觉得那真是个令人痛惜的损失。

"算啦,我想一个人不可能同时在每个地方现身,"他说,"但看来,我真的错过了很多精彩的部分!"

与此同时,部队已经准备好开拔回米那斯提力斯。疲倦的人已经恢复了体力,伤者也都康复了。他们当中有些人还与那些东方和南方部族的残余力量打了好几场仗,直到他们全部投降为止。最后,这些人还深入魔多,摧毁了该地北方的要塞。

不过,当五月渐渐逼近的时候,西方的众将领又再度出发了。他们搭着船,带着所有的部下从凯尔安卓斯沿安都因河而下,来到奥斯吉力亚斯。他们在那边停留了一天,第二天就来到了翠绿的帕兰诺平原,

再度看见位于明多陆因山下洁白的高塔,也就是刚铎人的王城,西方皇族最后的遗迹。米那斯提力斯穿越劫火,即将迎接新的时代。

他们在平原中央扎营,准备等待清晨的到来。这是五月前的最后一天,在第二天日出时,人皇将回到他的王都。

第五章
宰相与人皇

刚铎全城都处在巨大的恐惧和疑虑中。晴朗的天气与灿烂的阳光对那些活在没什么希望的日子里的人,对那些每天清晨都在等着噩耗传来的人,似乎只是一种嘲笑。他们的城主已经死了并火葬了,洛汗国的骠骑王正停灵在他们的城堡中,曾经在夜晚造访此城的人皇又再度出战,去面对那没有任何力量或是英勇能够征服的极度黑暗与恐怖。而且,毫无音讯传来。在部队离开了魔窟谷,往北走上黯影山脉下的大道之后,就再也没有任何的信差归返,也没有任何的流言从阴沉的东方传来。

在将领们离开两天之后,王女伊欧玟命令照顾她的妇女将她的衣服取来,她不听劝阻,执意要离开病床。当她穿好衣服,将手臂用亚麻布固定好之后,就直接去找医院的院长。

"大人,"她说,"我忧心如焚,极其难安,我在病床上实在躺不住了。"

"王女,"他回答道,"你身体还没康复,而我奉命必须特别照顾你。我所得到的嘱咐是,你至少还要七天才能下床。我请求你回去好好休息吧。"

"我已经好了,"她说,"至少我的身体都好了,只除了左手臂,但这也没多大问题了。如果没有事情可以让我做,我会再度病倒的。没有任何战场上的消息吗?那些女人什么都不知道。"

"没有任何的消息,"院长说,"我们只知道众将领已经抵达了魔窟谷;人们说那位从北方来的人是他们的总帅。他的确是名伟大的王者,也是个医者;而我实在很难理解,为什么医者的手也要拿剑呢?刚铎现在没有这种人了,但如果古老的传说是真实的,那么过去曾经有这样的人物。然而多年以来,我们这些医者都只想着要怎么愈合被人用刀剑砍出的伤口;即使没有战争,我们要做的事也已经够多了:这世间充满了伤害与不幸,实在不需要战争来凑热闹了。"

"院长大人,只要一方有敌意,无需双方,战火马上就会被点燃。"伊欧玟回答道,"没有刀剑的人还是可能死于刀剑之下。当黑暗魔君在集结大军时,难道你只让刚铎的人民出去收集药草吗?就算身体治好了,也不见得会带来幸福;即使痛苦地战死沙场,也不见得总是不幸。在这黑暗的时刻,若我获得允许,我宁愿选择后者。"

院长看着她,她高挑地挺立在那儿,苍白的脸上有一双神采奕奕的眼睛。当她透过窗户看向东方时,她的双拳紧握。院长叹了口气,摇摇头,片刻之后,她又转回头来。

"没有别的事情可以做了吗?"她说,"现在这座城由谁指挥?"

"我不太清楚,"他回答道,"这些事情不归我管。洛汗的骠骑有一名将领统帅;而我也被告知,胡林大人负责统领刚铎的人们。不过,按理而言,刚铎的宰相还是法拉墨大人。"

"我在哪里可以找到他?"

"就在这里,王女。他受了重伤,不过也在渐渐康复中。但我不知道——"

"你愿意带我去找他吗?这样你就可以知道了。"

法拉墨正孤单地在医院的花园中散步,阳光温暖着他的身体,他觉得生命又在他血管中流动起来;但是,当他看向城墙外的东方时,他依旧觉得心情沉重。当院长走过来唤他时，他一转过身，就看见了洛汗的王女伊欧玟。他心中立刻充满了同情，因为他看见了她身上的伤，他敏锐的目光立时看穿了她的不安和哀愁。

"大人，"院长说，"这位是洛汗的王女伊欧玟。她和骠骑王一起并肩作战，受了重伤，现在暂住在这里。不过，她觉得不满意，想要和王城的宰相谈谈。"

"大人，不要误会他了。"伊欧玟说，"我不满的不是照顾不周；对于想要疗养的人来说，没有别处可以比得上这里。但是，我无法躺在病床上，整日无所事事，如囚牢笼。我想要战死沙场，但我没有如愿以偿，而世间的战火却还未熄灭。"

法拉墨打了个手势，院长行礼之后就离开了。"王女，你希望我做什么呢？"法拉墨说，"我同样也是医生的俘虏。"法拉墨看着她，身为男子，他的同情心深深受到震动，他觉得她那交缠了哀伤的可人气质让他心痛不已。她看着他，从他的眼中看见了深沉的温柔，但自小在骠骑群中长大的她却也明白，眼前这名男子，没有任何骠骑能够在战场上胜过他。

"你想要什么呢？"他又说了，"如果这在我的权限之内，我会尽量满足你的。"

"我要你对院长下令，让他允许我出院。"她说。不过，虽然她的话中依然充满了自信，但她内心却动摇了；生平第一次，她对自己没了把握。她猜眼前这名既刚强又温柔的高大男子，大概会认为她是无理取闹，像个性情不稳定的孩子，无法将单调的事情做到底。

"我自己也是在院长的管理之下，"法拉墨回答，"还没有执掌王城的管理权。不过，即使我继任宰相，我也还是会听从他的建议，在他的专业范围内不会忤逆他，除非真有必要。"

"但我不想要疗养，"她说，"我想要和我哥哥伊欧墨一样骑向战场,更希望能够效法骠骑王希优顿,战死沙场,得到荣誉和安息。"

"太迟了,王女,即使你还有力气,现在也已经追不上他们了!"法拉墨说,"不过,不管我们愿不愿意,战死的命运最后都可能降临到我们身上。如果你趁现在把握时间听从医者的指示休养,到时你会有更好的预备,能以你自己的方式去面对它。你和我,都必须耐心忍受这等待的时刻。"

她没有回答,不过,法拉墨看得出来,她心中有某种东西软化了,仿佛是严霜在早春的淡淡气息中开始融化了。一滴泪水从她眼中夺眶而出,滑落她的腮颊,如同一滴晶莹的雨露。她高傲的头稍稍低了下去;然后,她小声地对着他,却更像是对着自己说:"可是医生还要我再躺七天,"她说,"而我的窗户又不是朝向东方。"她的声音现在听起来像是一名哀伤的少女。

法拉墨笑了,但他心中却充满了同情。"你的窗户不是朝向东方?"他说,"这点我可以补救。我会对院长下令。王女,只要你答应留在这里接受照顾、好好休息,你就可以自由随意地在阳光下在这花园里散步;这样你就可以尽情地往东看,我们全部的希望都寄托在那里了。你也会看到我在这里散步、等待,同样也是看着东方。如果你看到我的时候,愿意和我说说话,或一起散步,我的担忧就会减轻几分。"

于是她抬起头来,再次看着他的双眼,苍白的脸颊染上了红晕。"大人,我要怎么减轻您的担忧?"她说,"我不想听活着的人说长篇的大道理。"

"那你愿意听我说坦白话吗?"他说。

"请说。"

"那么,洛汗的伊欧玟哪,我实说吧,你很美丽。在我们的山谷和丘陵中,有许多漂亮的花朵,以及更加甜美的少女;但是,至今为止,我在刚铎所见过的鲜花和少女中,无一及得上你的美丽和哀伤。或许,只要再过几天,黑暗就会笼罩我们整个世界,当它来临的时候,我希望自己能够坚定地面对它;然而,当阳光依然灿烂时,如果我仍能看见你的身影,这将使我安心许多。因为你和我都曾被笼罩在魔影之下,也是同一双手将我们救了回来。"

"唉,我没有,大人!"她说,"阴影仍然笼罩着我,请不要寄望我能医治伤痛!我是名女战士,我的手并不温柔。但我还是感谢您的好意,让我可以不用呆坐在房间中。我会依着王城宰相的恩准,在这园中四处走动。"她向他行了个礼,走回屋内。法拉墨依然独自在花园中徘徊了许久,但他的目光现在望向屋子的时间远比望向东方还要长。

当法拉墨回到房间后,他召唤院长前来,听他述说所有他知道的洛汗王女的事迹。

"不过,王上,"院长说,"我相信您可从跟我们一同住在院里的半身人口中得知更多;因为他也随同骠骑王一起出战,据说最后是和王女在一起。"

于是,梅里被召到法拉墨身边,在接下来那一天中,他们一起聊了许久,法拉墨知道了很多,远超过梅里说出口的;现在他明白了为什么洛汗的伊欧玟会这么不安、这么哀伤。在那美丽的傍晚,法拉墨和梅里在花园中散步,但她却没有出现。

不过,第二天早晨,当法拉墨离开房间时,他看见了站在城墙上的她。她一身雪白,在阳光中让人难以逼视。他唤了一声,她走了下来,两人并肩在草地上散步,或是坐在树下,有时沉默,有时交谈。接下来的每一天都是如此。院长从窗户望见这情形,心中感到非常高兴,他是一名医者,明白有些事情比药石更适合治疗人们的内心;而事实也显示,在这局势动荡黑暗、人心忧虑恐惧的日子里,他所照顾的这两个人正在逐渐康复,体力也日渐增强。

就这样，自王女伊欧玟第一次见到法拉墨以来，这是第五天；这时两人又再次站在城墙上，看着远方。依旧没有任何消息传来，所有人的心情都很阴郁沉重。连天气也不再晴朗，而是变得很冷；昨天夜里吹起的那阵刺骨北风越来越强，周围的大地看起来一片苍茫冷清。

　　他们穿着保暖的衣物和厚重的斗篷，伊欧玟全身裹在一件颜色像夏夜般深蓝的厚斗篷里，在它的领口和折边都点缀着银星。这是法拉墨命人送来，亲自为她披上的；他觉得站在身旁的她，实在美丽尊贵如皇后。这件斗篷原是为他母亲——安罗斯的芬多拉斯所订制的。她的早逝，只给他留下对遥远过去的美好记忆，以及他生平首次感到的哀伤。对他来说，母亲的袍子十分适合美丽而哀伤的伊欧玟。

　　但现在裹在银星斗篷下的伊欧玟却在发抖，她望向北方灰沉沉的大地，望向那寒风的来处，那里的天空清澈而冰冷。

　　"你在看什么，伊欧玟？"法拉墨问。

　　"黑门不就在那边吗？"她说，"他现在岂不已经到达那里了？他离开此地已经七天了。"

　　"七天了，"法拉墨说，"请你原谅我的唐突：这七天让我感受到前所未有的欢欣和痛苦。欢欣是因为见到你，而痛苦，是因为对这邪恶时刻的担忧和疑虑变得越来越沉重。伊欧玟，现在我不愿世界就此结束，不愿这么快就失去我才找到的。"

　　"大人，失去你所找到的？"她回答；她神情凝重地看着他，但眼神却是无比的温柔。"我不知道你在这些天里找到又会失去的是什么。但是来吧，朋友，我们还是别谈这些了！让我们什么都别再说了！我正站在某个可怕的边缘，在我脚前是黑暗的无底深渊，但我背后是否有光明，我却不知道；因为我还不能回头，我正在等待末日的来临。"

　　"是的，我们都在等待末日的来临。"法拉墨说。两人不再交谈；就在此时，风似乎停了，光线黯淡下来，太阳也模糊了，城中和大地上所有声音都静了下来：没有一丝风吹、没有人声、没有鸟叫、没有树叶摇动，甚至连他们自己的呼吸声都听不见；他们的心脏仿佛停止了跳动。时间也静止了。

他们站在那里，彼此的手相碰，随即不自觉地紧紧相握在一起。他们就这样等待着未知的命运。这时，在远方的山脉之后，他们看见似乎有团巨大的黑暗之气升起，像是浪潮一般准备吞没世间，其上还有着刺眼的闪电；接着，大地传来一阵震动，他们感到整座城墙都开始摇晃。一声幽幽的叹息自他们四周的大地上传来；突然间，两人的心脏又再度开始跳动。

"这让我想到了努曼诺尔。"法拉墨说，却很惊讶听到自己开口说话。

"努曼诺尔？"伊欧玟问道。

"是的，"法拉墨说，"也就是西方皇族奠基的地方，汹涌黑暗的巨浪吞没了绿色大地和山丘，接着是无可避免的黑暗。我经常会梦到这情况。"

"那么，你认为黑暗即将降临？"伊欧玟说，"无可避免的黑暗？"她突然向他靠近了些。

"不，"法拉墨看着她的脸说，"这只是我脑海中的影像，我并不知道会发生什么事。我的理智告诉我，极大的邪恶已经降临，我们正站在末日的边缘上。但是我的心却否定了这想法；我的四肢轻飘飘的，一种理智无法否认的欢乐和希望充满了我全身。伊欧玟、伊欧玟，洛汗的白公主啊，在这一刻，我不相信有任何的黑暗会停留！"他低下头，吻上她的前额。

两人就这样站在刚铎王城的高墙上，一阵强风吹起，他们漆黑和金黄的长发随风飞扬，在空中纠缠在一起。暗影离去，阳光再现，光明遍洒大地；安都因的河水反射着银光，城中所有的居民全都不约而同地高声欢唱，却不明白这喜悦来自何方。

在太阳往西落下之前，从东方飞来一只巨鹰，带来了西方统帅们出人意料的好消息：

> 歌唱吧，雅诺之塔的人们，
> 索伦的国度已瓦解，
> 邪黑塔也已经崩溃。

> 歌唱吧，欢庆吧！卫戍之塔的人们，
> 你们的守卫没白费，
> 黑门终被攻破，
> 人皇胜利通过，
> 他已得胜凯旋。

> 歌唱吧，庆祝吧，西方的孩子们，
> 你们的王将再临，
> 他将住在你们中间，
> 一生一世不改变。

> 枯萎圣树将再起，
> 他将种其于高处，
> 王城必须受祝福。
> 所有的人们，欢唱吧！

于是王城上上下下全都高歌欢唱。

接下来的日子无比的晴朗，春夏交际，刚铎的土地上生气蓬勃。凯尔安卓斯派来的信差带来了一切顺利的消息，王城准备欢迎人皇的归来。梅里被召唤率领运送装载各种物资的车队前往奥斯吉力亚斯，由该处装船送往凯尔安卓斯。但是法拉墨没有去，康复后的他接掌了宰相的责任，虽然执政的时间短暂，但他的责任是为即将取代他的人做好一切准备。

伊欧玟也没去，虽然她哥哥派人来请求她前去可麦伦平原。法拉墨对此觉得有些疑惑，但他由于公务繁忙，一直没有见到她。她依然留在医院中，孤单地在花园中散步，脸色再次变得苍白，整个王城中似乎只有她还在苦恼哀伤。院长对此十分忧心，他把这情况告诉了法拉墨。

法拉墨立刻前来找她，两人再度并肩站在城墙上。他问她说："伊欧玟，你哥哥在可麦伦平原上等着和你庆祝胜利，你为什么还在此流连不去？"

她说："你难道不明白吗？"

他回答："可能的原因有两个，但我不确定是哪一个。"

她立刻回答："我不想要玩猜谜，说清楚！"

"如果你坚持的话，好吧，"他说，"你不去的原因，是因为找你去的只有你哥哥，而旁观伊兰迪尔的子嗣亚拉冈大人的荣光，如今不会让你觉得高兴；或者，是因为我不去，而你想要留在我身边。也或许这两个原因都有，而你在当中无法做出选择。伊欧玟，你是不爱我，还是不愿意爱我？"

"我希望另一个人能够爱我！"她回答道，"但我不需要别人的同情。"

"这我知道。"他说，"你想要获得亚拉冈大人的爱；因为他的地位崇高，又有权势，你希望能够获得名望与荣耀，好让你超脱这世间平凡的芸芸众生。你就像是年轻的战士仰慕大将一般地爱着他。他的确值得仰慕,他是天生的王者,如今更是当世最有资格统御天下的人。当他只能给你同情和谅解时,你宁愿什么都不要,只想要勇敢地战死在沙场上。伊欧玟,看着我!"

伊欧玟定定地看着法拉墨,法拉墨开口道:"不要轻视一颗温柔的心所给予的同情,伊欧玟!但我给你的不是同情。你自己就是一名高贵而勇敢的女子,也早已为自己赢得留名青史的声誉;你是一名美丽的女子,我认为你美得超越了精灵语言所能描述的极限。我爱你!我曾经同情你的哀伤;但现在,即使你不再哀伤、不再恐惧、不再匮乏,即使你成为刚铎最快乐的皇后,我还是会爱你。伊欧玟,难道你不爱我吗?"

于是,伊欧玟的心意改变了,或者可以说,她终于明白了。她的寒冬结束了,太阳普照在她的心中。

"我站在米那斯雅诺——日之塔上,"她说,"看哪!阴影已经离开了!我将不再扮演女战士的角色,也不再和骠骑们共驰,不再以杀戮为乐。我将会成为医者,热爱世间所有的生灵。"再一次,她看着法拉墨,说:"我不再想要成为皇后了!"

法拉墨高兴地笑了。"好极了!"他说,"因为我也不是皇帝。但是,如果洛汗的白公主愿意,我将会迎娶她。如果她愿意,我们可以越过大河,在这和平快乐的年代中居住在美丽的伊西立安,盖一座小小的花园。如果白公主驾临,那里的万物都会欣欣向荣、茁壮成长。"

"那么,刚铎的男子,我必须离开自己的同胞啰?"她说,"你愿意让你骄傲的子民在背后说你:'我们的贵族竟然收服北方女战士为妻子!难道努曼诺尔的后裔中没有配得上他的女子吗?'"

"我不在乎!"法拉墨说。他将她拥在怀中,在灿烂的阳光下吻了她,一点也不在意自己站在高墙上,会有许多人看见。的确,有许多人看见了他们,当他们自高墙上走下来时,两人周身散发着光芒,他们手牵着手容光焕发地走入医院。

　　法拉墨对医院的院长说:"这是洛汗的王女伊欧玟,现在她已经痊愈了!"

　　院长开口说:"那我必须请她出院,和她道别,愿她再也不要受伤,也不受病痛的折磨。我将照顾她的责任交给王城的宰相,直到她兄长归来。"

　　但伊欧玟说:"虽然现在我可以离开了,但我却愿留下来。对我来说,这里已成了我最蒙祝福的居所。"她一直留在那边,直到伊欧墨王归来。

　　王城中所有的准备都已经就绪;众多的人们蜂拥前来王城,因为消息已经传遍了全刚铎,从明瑞蒙、皮那斯杰林到远方的海边,所有能够抽身前来王城的人都尽快地赶来。城中再次充满了美丽的孩童与妇女,他们回到自己装饰着鲜花的家园;从多尔安罗斯来了全地之中琴技最好的竖琴手,还有从列班宁来的六弦琴、横笛、长号的乐手,以及声音清朗的歌手。

　　最后一天的傍晚,从城墙上可以看见城外原野上的帐篷,一整夜城中都灯火通明,人们等待着黎明的到来。当太阳在清晨从再也没有阴影的东方山脉上升起时,全城所有的钟声齐鸣,所有的旗帜全都迎风招展;净白塔上毫无纹章图案的宰相旗帜,在阳光下银白赛雪,庄严地升起了最后一次。

　　西方众将领着部队朝向城中进发,人们看见他们秩序井然地列队行进,盔甲在太阳下闪着银光,如滚滚而来的银色河流。他们来到了城门前,在距离城墙不远的地方停了下来。城门尚未重建,只在入口处设了一道屏障,穿着银黑色制服,拿着出鞘长剑的守卫站在那里。在屏障前站着摄政王法拉墨,还有齐斯的执政官胡林,以及刚铎的其他将领；洛汗的王女伊欧玟也领着元帅艾海姆和许多骠骑；在大门的两边挤满了穿着各色盛装，手持鲜艳花朵的人们。

在米那斯提力斯城墙前让出了一大片空地，四周站着刚铎的士兵和洛汗的骑士，旁边则是围观的刚铎百姓与各地来的群众。穿着银灰色衣服的登丹人从部队中走出，众人纷纷安静下来，亚拉冈大人缓步走在队伍的最前方。他穿着镶银的黑色盔甲，披着一件纯白的披风，领口别着一大块明亮闪烁的绿色宝石；但他的头上没有头盔，只在前额以银色发带系着一颗明星。在他身边的是洛汗的伊欧墨、印拉希尔王、穿着白袍的甘道夫，以及让许多人大吃一惊的四名矮小身影。

"不，表妹！他们不是小孩。"攸瑞丝对身旁从乡下赶来的亲戚说，"他们是派里亚纳，是从远方的半身人国度来的，据说他们在那里都是赫赫有名的王子。我早就该知道了，我曾经在医院照顾过一名。他们个子虽小，但都很勇敢。对啦，我跟你说喔，其中还有一名半身人，只带着随从就这么长驱直入那黑暗的国度，靠着自己的力量打败了黑暗魔君，烧掉了他的高塔，这真是难以相信哪！至少城里面都是这么说的。我猜他应该就是那位和我们的精灵宝石走在一起的人。我听说他们是非常好的朋友。精灵宝石大人也真是个奇人，不过他说话可是不怎么留情的，但他有颗好心肠，而且他还有一双能治病的手。'王之手乃医者之手！'我说，他们是这样才发现的。还有米斯兰达，他对我说：'攸瑞丝，大家会永远记得你所说的话。'然后——"

但攸瑞丝没有机会把她的话向乡下来的表妹说完，因为那时号角声响起，人们再度静默下来。法拉墨和胡林从城门中走了出来，身后只有四名穿着城堡制服的男子，他们拿着一个拉比西隆树所打造的大箱子，黑色的箱子镶着银边。

法拉墨在前来的人群中走到亚拉冈面前，跪了下来，说："刚铎的最后一任宰相请您接收他的职权！"他递出一柄白色的权杖；亚拉冈接过权杖，又将它退回，说道："你的职责并未结束，只要我的王朝存续一日，它就永远属于你和你的子孙。现在请执行你的职权吧！"

法拉墨站起身来，用清朗的声音宣布道："刚铎的人们哪，请听这个国家的宰相宣布！看哪！终于，我国的人皇归来了。这位是亚拉松之子亚拉冈，亚尔诺登丹人的首领、西方联军的总帅、北方之星的主人、重铸圣剑的持有者，他自大战中凯旋归来，双手医治人们的伤痛。他是精灵宝石，埃西铎之子瓦兰迪尔的直系后裔伊力萨，努曼诺尔之伊兰迪尔的血脉。他应该成为人皇，进入王城并居住在其中吗？"

所有的群众异口同声地大喊："好！"

攸瑞丝对表妹说了："这只是我们王城中的传统啦，因为他之前已经进来过了，我告诉你，他对我说——"她又被打断了，因为法拉墨再度开口：

"刚铎的人们，根据传统，人皇应该在他父亲死前从他的手中接过皇冠；如果那无法做到，他就必须独自进入先皇的陵寝，从他父祖的手中取过皇冠。但是，现今的情况使得事情必须以另外的方式进行，我以宰相的职权，今日从拉斯迪南取出了最后一任人皇伊雅努尔的皇冠，伊雅努尔的年日在我们古老祖先的时代就已经结束了。"

守卫们走上前，法拉墨打开箱子，拿出一顶古老的皇冠。它的形状类似城堡守卫的头盔，只是更华丽，并且是纯白色的，两边的翅膀是由白银和珍珠所镶成的，如同海鸟的翅膀，因为这是渡海而来的皇族象征；冠冕上有七枚钻石镶成一圈，在冠顶上镶有一枚散发着火焰般光芒的宝石。

亚拉冈收下皇冠，高举着它大喊道：

Et Eärello Endorenna utúlien. Sinome maruvan ar Hildinyar tenn' Ambar-metta!

这是当伊兰迪尔乘着风越过大海来到此地时所说的话："我越过大

海，来到了中土大陆，我和我的子嗣将居住此地，直到世界的末了。"

然后，让众人讶异的是，亚拉冈并没有将皇冠戴上，他将它又递还给法拉墨，并且说："我是在许多人的努力和牺牲下，才得以继承王位。为了表示纪念此事，我希望魔戒持有者能将皇冠递上，让米斯兰达替我戴上，若他愿意的话；因为他是在背后推动这一切得以成就的功臣，这是他的胜利！"

佛罗多走向前，从法拉墨手中接过皇冠，并将它交给甘道夫；亚拉冈跪了下来，甘道夫为他戴上皇冠，并且大喊：

"人皇统治的日子再度开始了，愿主神在位的日子你们始终蒙受祝福！"

当亚拉冈再度起身时，所有的人都震慑无言地凝望着他，仿佛这是他第一次向他们显现出真面目。他像远古的帝王一样高大，高过他身旁所有的人；他看起来历尽风霜，却正值壮年，脸上有着睿智，手中有着力量和医治人们的能力，周身散放着光芒。法拉墨大喊着：

"看哪！人皇驾到！"

就在那时，所有的号角齐鸣，伊力萨王走到城门前，胡林将屏障推开；在竖琴、六弦琴、长笛与清脆歌声所交织的悦耳音乐声中，人皇穿越了遍地鲜花的街道，来到了城堡，直接走了进去；城堡高塔的顶端展开了圣树和星辰的旗帜，人皇伊力萨的统治就此展开，许多诗歌传颂着它的故事。

在他统治期间，这座城市变得比过去任何时期都更美丽，甚至超越了它全盛时期的雄伟辉煌；城中遍植树木，布满喷泉，大门是由秘银和钢铁铸造，街道上铺着白色的大理石；山中的子民来此努力工作，森林的子民欢欣鼓舞地前来此地；一切的创伤都被医治、康复，家家户户都充满了男人、女人和孩子的笑语，不再有闲置的空屋和荒废的庭园；在世界的第三纪元结束，新纪元展开之时，这里保留了过去的记忆和荣光。

在人皇加冕之后一连数日,他在大殿的王座上宣布了许多政令与判决。各地百姓的使节纷纷自东方、南方,以及幽暗密林和西方的登兰德前来。人皇饶恕了那些投降的东方人,并且让他们自由离开,他也与哈拉德的居民签订了和约;他也释放了魔多的奴隶,将内陆海诺南附近的土地赏赐给他们屯垦。许多人来到他面前接受表扬,并论战功行赏;最后,卫戍部队的队长带着贝瑞贡前来接受审判。

人皇对贝瑞贡说:"贝瑞贡,在你的剑下,皇家圣地洒上鲜血,那是绝对禁止的。同时,你也在未经城主或队长的准许下擅自离开了岗位。按照过去的规矩,你犯的都是死罪。因此,现在我必须宣布对你的判决。

"由于你在战争中的英勇,更因为你所行一切是出于对法拉墨大人的敬爱,所以我免去你的死罪。不过,你还是必须离开城堡的卫戍部队,离开米那斯提力斯城。"

贝瑞贡的脸瞬间没了血色,他受到重重一击,不禁低下了头。但人皇又说了:

"事情必须如此,因为,你将加入圣白部队——伊西立安王法拉墨的禁卫军,你将担任这卫队的队长,并且居住在艾明亚南,终身效忠这位你冒性命之险拯救他免于一死的君王!"

贝瑞贡这才看清人皇的慈悲与公正,他十分高兴,立刻跪下来亲吻他的手,心满意足地离开。亚拉冈将伊西立安赐给法拉墨,成为他的封地,请他居住在艾明亚南,在王城的视线范围中。

"因为,"他说,"魔窟谷的米那斯伊西尔应该彻底摧毁,虽然日后它将会恢复旧观,但人们会有许多年无法居住在该处。"

最后,亚拉冈会见洛汗的伊欧墨,他们互相拥抱,亚拉冈说:"我们之间无法用赏赐和给予来论断，因为我们是好兄弟。年少的伊欧从北方前来的正是时候，从来没有任何的联盟是这样受祝福的，也没有任何一方曾让另一方失望，现在不会，将来也不会。现在，如你所知，我们已经将留名青史的希优顿，暂时停灵在我们皇朝的陵墓中，如果你愿意，他会永远和我朝的统治者安息在一起。或者，如果你觉得不妥，我们也可以将他护送回洛汗，让他和子民们团聚。"

伊欧墨回答："从我们在草原上相遇的那天起，我就十分地敬爱你，这敬爱将永不褪色。但是，现在我必须先回到自己的国家，那里有许多我必须整治重建的地方。至于先王，当我们都准备好的时候，我们会回来迎接他的，就让他先在这里休息一阵子吧。"

伊欧玟对法拉墨说："现在我必须先回到我的国家，再次看看它，并且协助我哥哥重建一切。等到我敬爱如父的那位移灵返乡安息后，我会回来的。"

庆祝的日子结束了。五月八日，洛汗的骠骑准备妥当，从北方大道向家园进发；爱隆的儿子也随他们一同离去。四周都是夹道欢送的群众，一路从城门送到帕兰诺平原的外墙。居住在远方的人们也赶回来一同庆祝；但城中还有许多志愿的人们在努力进行重建与修复的工作，希望能清除战争所留下来的一切丑陋伤痕。

霍比特人依旧留在米那斯提力斯，勒苟拉斯和金雳也在，因为亚拉冈不愿见到远征队再度解散。"虽然天下无不散的宴席，"他说，"但我请你们稍微再等一下，因为你们参与、我所努力的事尚未全部完成。我这辈子一直等待的一天就快来临了，当它到来时，我希望我的朋友都在身边！"但他不愿意进一步透露有关那天的事。

在那些日子里，魔戒的远征队员们与甘道夫一起住在一栋美丽的大屋里，他们自由自在地四处闲逛。佛罗多对甘道夫说："你知道亚拉冈所说的是什么日子吗？我们在这边过得很高兴，也不想要走，但时光飞快流逝，而比尔博还在等我们；毕竟夏尔才是我们的故乡。"

"说到比尔博，"甘道夫说，"他也在等待这一天，因此他知道是什么留住了你们。至于时光流逝这部分，现在才不过是五月中，盛夏还没到来；虽然一切似乎都有了天翻地覆的变化，好像过了一个纪元，但对那些花草树木来说，你离开还不到一年呢。"

"皮聘，"佛罗多说，"你不是说甘道夫不再像以前一样守口如瓶了吗？我想那时他只是太累了，现在又变回老样子啦。"

甘道夫说："许多人都喜欢先知道宴会桌上会有什么菜，但那些努力准备佳肴的人则喜欢保密；因为惊喜往往会获得更多的称赞。亚拉冈自己也在等待一个征兆。"

有一天，甘道夫不见了，众人都很疑惑到底发生了什么事情。甘道夫在夜里悄悄地带亚拉冈出城，将他带到了明多陆因山的南边山脚；他们在那边找到了一条古代铺设的道路，如今已无人敢走了。因为它通往位于山中高处的圣地，那里向来只有人皇可以前去。他们沿着极陡的斜坡往上走，最后来到了积雪山巅下的一块高地，从这里可以俯瞰耸立在王城后方的悬崖。两人站在那里遍览眼前的大地，因为早晨已经来临；他们看着王城的塔楼在远处下方如同一支支白色的笔在旭日中闪耀，整个安都因河谷如同美丽的花园，黯影山脉则笼罩在金色的迷雾中。在这一边，他们的目光望向灰色的艾明穆尔，拉洛斯瀑布像是远方的星辰一样闪耀；在另外一边，他们看见大河如同缎带般延伸向佩拉格，在那之后的天际有一片亮光，那应该是大海的位置了。

甘道夫说了："这是你的王国，也是将来更广阔之疆域的核心。这世界的第三纪元已经结束了，新纪元开始了；你的工作是规划好这新开始，保留所有值得保留的事物。虽然有许多事物得到了拯救，但如今也有许多事物必然从此消逝；精灵三戒的力量也消失了。眼前所有你所看见的大地，以及环绕在它四周的所有土地，都将成为人类居住的地方。人类统治的时代来临了，那支古老的亲族将会消逝或离去。"

"我很清楚，老友，"亚拉冈说，"但我依然愿意聆听您的教诲。"

"不会太久了。"甘道夫说，"我是属于第三纪元的。我是索伦的敌人，而我的工作已经完成了。我很快就会离开，接下来的重责大任将会由你和你的子孙来承担。"

"但我的寿命有限，"亚拉冈说，"因为我只是个寿命有限的凡人，虽然我继承了西方皇族纯粹的血统，让我可以拥有比一般人长的寿命，但这也只是转眼一瞬；当现在还在母腹内的婴儿也出生、成长并衰老时，我也将和他们一同衰老。那时，如果我的愿望不能实现，又有谁能统御刚铎，能够满足万民的期待？圣泉庭园中的圣树依旧枯萎荒芜，我什么时候才能看到它再有生机呢？"

"把你的脸转离绿色的大地，看看那看似荒凉和冰冷的地方吧！"甘道夫说。

亚拉冈转过头，在他背后是一座从积雪覆盖的边缘延伸而下的山坡；他仔细看去，注意到了在这一片荒芜中，有一样生机蓬勃的事物。他爬上斜坡，发现就在积雪的边缘，有株不到三呎高的小树；它已经冒出了修长优雅的树叶，叶面深绿，叶底银白，在它纤细的顶冠上，长着一小簇花朵，它白色的花瓣在阳光下如白雪般晶莹闪亮。

亚拉冈大呼一声："Yê! Utúvienyes!我找到了！啊！这是那最古老圣树的幼苗！可是，它怎么会来到这里？它看来才不过生长了七年左右。"

甘道夫走到他身边，看着小树说道："这的确是圣树宁罗斯的后裔，宁罗斯源自佳拉西理安，而佳拉西理安又是最古老的圣树泰尔佩瑞安的子嗣。谁知道它怎么会在这命定的一刻出现呢？但这里是古时的圣地，在王室的血脉断绝，庭园中的圣树枯萎之前，一定有人将果实带到此地种下。根据传说，圣树极少结果，但它们的果实却可以休眠许多漫长的年岁，没有人知道它什么时候会再度苏醒。要记住这点。如果它再度结果，请你将它种下，不要再让圣树的传承断绝于世。它一直隐藏在这山中，就像伊兰迪尔的后裔隐藏在北方的荒原中一样。不过，人皇伊力萨，圣树宁罗斯的传承可比你的家谱要悠久多了！"

亚拉冈轻柔地碰触那小树，看哪！它似乎只是浅浅地附在土地上，毫无损伤地就被拔了起来；亚拉冈小心翼翼地呵护着它回到城堡中。于是，枯萎的老树被恭敬地挖起，他们并没将它烧毁，而是让它和众王一起安息在拉斯迪南。亚拉冈将新树种在园中的喷泉旁，它开始迅速又高兴地生长，等到六月时，它已经开满了花朵。

"这就是受赐的预兆了！"亚拉冈说，"那一天不远了。"他派出瞭望员站在城墙上时时观望。

在夏至前一天，信差从阿蒙丁山上赶来王城，通报有一群美丽的骑士从北方而来，他们已经接近了帕兰诺之墙。人皇说道："他们终于来了，全城做好准备吧！"

就在那夏至前夕的傍晚，当天空澄蓝得如同蓝宝石一般，白色的星辰在东方闪烁，西方依旧一片金黄，清凉的空气中充满了芬芳时，骑士们沿北方大道来到了米那斯提力斯的城门前。为首的是爱罗希尔和爱拉丹，他们手中拿着银色的旗帜，然后是葛罗芬戴尔、伊瑞斯特以及瑞文戴尔所有的居民。紧接在后的是凯兰崔尔女皇和罗斯洛立安之王凯勒鹏，他们骑着白马，率领着许多美丽的子民一同前来，这些精灵披着灰色的斗篷，发间镶着美钻；最后，则是精灵和人类之中独一无二的爱隆，他手中拿着安努米那斯的令牌，在他身边骑在一匹灰色骏马上的是他女儿亚玟，她同胞眼中的暮星。

当佛罗多看着她在暮色中闪烁前来,她的前额点缀着星辰,浑身散发着甜美的香气时他不禁深感惊喜,对甘道夫说:"现在我终于明白我们为什么要等待了!这就是真正的结局。从此之后,不只白昼会受人喜爱,连黑夜也变得无比美丽,深受祝福,所有的恐惧都过去了!"

　　人皇出来迎接宾客,他们纷纷下马。爱隆交出令牌,并将她女儿的手交给人皇,两人一起走进王城,天空中的所有星斗全都绽放出光华。伊力萨王亚拉冈就在夏至那天,在刚铎的王城中娶了亚玟·安多米尔,他们漫长的等待和努力终于奏响了圆满的终曲。

第六章
众人别离

欢欣庆祝的日子终于结束了，远征队的伙伴们也想着要归回自己的家园了。佛罗多去找伊力萨王，他正与皇后亚玟一起坐在喷泉边，她唱着瓦林诺的歌曲，而圣树又长高了，并且枝头开满繁花。他们不约而同地起身欢迎佛罗多，亚拉冈说：

"佛罗多，我知道你来这边是要说什么，你想要回家了。我最亲爱的朋友，圣树得在其祖先生长的土地上才能茁壮成长，但对你来说，整个西方的国度都会永远欢迎你。虽然你的同胞在伟大的传说中不曾有过显赫的声名，但现在他们将拥有比许多消失的国度更知名的声誉。"

"我的确是想要回夏尔了，"佛罗多说，"不过，我必须先回瑞文戴尔。如果说在这完美的一刻我还想要什么，那就是我亲爱的比尔博了。当我发现他没有和爱隆的子民一起过来时，觉得很难过！"

"魔戒持有者，对此你有所诧异吗？"亚玟说，"你应该明白那已经被摧毁的东西所拥有的力量，所有受它影响而产生的效果都已经开始消失。你的长辈拥有这样东西的时间比你久，以你们种族的寿命来说，他已经非常老了。他正在等你，除了最后一趟旅程，他不会再做任何长途跋涉了。"

"那我请求您允许我尽快离去！"佛罗多说。

"七天之内我们就出发。"亚拉冈说，"我们想要远远送你一程，甚至远到洛汗国。三天之内，伊欧墨就会回来护送希优顿回骠骑王国安息，我们会与他同行，以表示对亡者的敬意。在你走之前，我重复法拉墨之前对你说过的话，你在刚铎的国度中永远可以自由来去，你所有的伙伴也是一样。如果我有任何礼物可以配得上你所立下的功绩，你都有资格获得；而任何你想要的东西，你也都可以带走，我将会用诸侯的礼仪护送你们。"

皇后亚玟开口说："我给你一个礼物。我是爱隆的女儿，在他起程前往海港时，我将不会随他一起去。我做了和露西安一样的选择，像她一样，我选择了甜蜜与痛苦。不过，魔戒持有者，当时机到来时，如果你想要，你可以取代我的位置。如果你所受的伤仍然使你痛苦，你承受过的重担依然让你困扰，那么你应该前往西方仙境，让你所有的创伤和疲倦全都获得医治。不过，现在请先戴上这个，纪念曾经和你相遇的精灵宝石和暮星！"

她取下挂在胸前的银链，上面系有一颗星辰般的白色宝石，她将链子戴在佛罗多的颈上。"当恐惧和黑暗的记忆折磨你时，"她说，"这会给你带来力量。"

三天之后，正如人皇所说的，洛汗的伊欧墨来到了王城，随同他前来的是洛汗国最俊美的骠骑们。他受到隆重的欢迎，当众人在欢宴之厅坐定后，他注意到了眼前女子们的天仙美貌，心中感到吃惊不已。他休息之前，派人请矮人金雳过来，对他说："葛罗音之子金雳啊，你准备好你的斧头了吗？"

"没有，大人，"金雳说，"但如果你有需要，我可以很快拿过来。"

"这交给你来判断。"伊欧墨说，"因为我们似乎还要解决我当年所妄下的有关黄金森林女皇的断语；现在我已经亲眼目睹了她的美丽。"

"大人，"金雳说，"那你现在怎么说？"

"真可惜！"伊欧墨说，"我还是不愿意说她是这世上最美丽的

307

女子。"

"那我必须去拿斧头了。"金雳说。

"不过,请你先容我解释一下。"伊欧墨说,"如果我在其他的地方看到她,我所说的一定会让你如愿。但是,现在我必须将亚玟皇后摆在第一位,而我也已经准备好为她而战了。我需要去拿我的宝剑吗?"

金雳深深一鞠躬。"不,我可以体会您的看法,大人。"他说,"你选择了暮色,但我爱的是晨光。我心中明白,这晨光很快就会消逝在世间。"

最后,出发的日子到了,隆重而庄严的队伍已经集结好,准备由王城向北进发。刚铎和洛汗的统治者前往圣地,进入拉斯迪南的陵寝,他们用黄金的担架抬起了希优顿王的遗体,肃穆地通过王城。然后,他们将担架放上高大的灵车,四周有洛汗骠骑护卫,前方插着他的旗帜。身为随扈的梅里坐在车上,手中捧着先王的武器。

其他伙伴也都是依照身份排列,骑在队伍中。佛罗多和山姆卫斯骑在亚拉冈身边,甘道夫骑着影疾,皮聘和刚铎的骑士一起,而勒苟拉斯和金雳仍是共同骑着阿罗德。

壮盛的队伍中还有皇后亚玟,凯勒鹏与凯兰崔尔及其子民们,爱隆与他儿子;此外还有多尔安罗斯王和伊西立安王,以及许多的将领和骑士。骠骑王国中,从未见过像这次护送塞哲尔之子希优顿返乡这么盛大的队伍。

他们不急不徐,平静地进入安诺瑞安,来到了阿蒙丁旁的灰色森林;他们在那儿听见了山丘中有着鼓声回荡,却看不见任何的生灵。亚拉冈下令吹响号角,传令官们大声宣布道:

"听着,伊力萨王驾到!他将督伊顿森林赐给刚布理刚和他的同胞们,让他们永远自给自足;从此之后,没有人可以擅自进入他们的土地!"

鼓声轰然雷鸣,然后就消失了。

经过了十五天的旅程,希优顿王的灵车越过了洛汗的大草原,来到了伊多拉斯;他们全都在该处停歇。黄金宫殿中挂满了精美的帷幔,灯火通明,光辉四射,人们在那边举办了有史以来规模最大的盛宴。经过三天的准备,骠骑的人们为希优顿举行了葬礼;他的遗体被安放在一座石屋中,陪葬的是他的武器和许多他生前使用过的美丽物品,在他上方兴建了一座巨大的墓丘,上面遍植绿草和永志花。从此之后,墓地的东边就有了八座墓丘。

然后,王室的骠骑们骑着白马,绕着墓冢走,吟唱着王的吟游诗人葛里欧温为塞哲尔之子希优顿所作的诗歌。从那之后,葛里欧温就封琴退隐,再也不作任何的歌曲。骠骑们缓慢吟诵的歌声让那些听不懂他们语言的人也大为感动,但那诗歌让洛汗的子民们无不眼中发亮,仿佛又听到了伊欧领着同胞从北方奔驰而来的如雷蹄声,以及他高呼着加入凯勒布兰特平原一战的景象;诸王的传奇继续下去,圣盔的号角在山中回荡,直到黑暗降临,希优顿王重生,穿越黑暗,踏入烈火,在太阳带着希望重新于黎明照耀着明多陆因山时,光荣地战死在沙场上。

> 破疑惑,穿黑暗,向光明,
> 拔长剑,阳光中引吭歌,
> 他重燃希望,献出己身;
> 超越死亡,征服恐惧,消弭末日,
> 克服失落,征服生命,永恒的荣光!

梅里站在那绿色的墓丘下嚎啕大哭,当歌曲结束时,他挺身大喊道:"希优顿王,希优顿王！安息吧！你待我如父,但那时间却太短了。永别了！"

当葬礼结束,妇女的哭泣止息后,希优顿从此长眠在他的墓穴中。随后人们聚集在黄金宫殿中举行盛宴,忘却那悲伤；因为希优顿已活足了年岁,并且死得光荣,丝毫不逊于他最伟大的先祖。接着,依照习俗,他们应当为骠骑历代的先王敬酒；洛汗的王女伊欧玟走了出来,她如同阳光一般灿烂,和新雪一样的洁白,她将满满的一杯酒递给伊欧墨。

吟游诗人和史官走了出来,依序朗诵所有骠骑王的名号：年少伊欧、建宫的布理哥；匹夫之勇的巴多之弟艾多,佛瑞亚、佛瑞亚温、葛德温、迪欧和格兰,以及当骠骑全国被占领,躲在圣盔谷的圣盔；这就是西边九座墓丘的传承,那时,他们的血脉中断了,接下来的是东边的墓丘：圣盔的外甥佛瑞拉夫,然后是里欧法、瓦达、佛卡、佛克温、范哲尔、塞哲尔,以及最后一任的希优顿。当诗人念到希优顿时,伊欧墨一口将美酒饮尽。然后,伊欧玟吩咐侍从为众宾客斟酒,在座的人全都起身,向新王干杯,大声欢呼："万岁,伊欧墨,骠骑王！"

最后,当宴会到了尾声时,伊欧墨站起来,宣布道："这是希优顿王丧礼的宴会,但我在大家离开之前,要宣布另一件喜讯。我知道,如果我不这么做,他会不高兴的,因为他一直是把我妹妹伊欧玟当作自己的女儿。各位来自各地的贵客听着,这座殿堂中从未接待过像诸位这样的好客人！法拉墨,刚铎的宰相,伊西立安王,向洛汗王女伊欧玟求婚,请她委身于他,而她也同意了。因此,他们将在诸位见证下正式订婚。"

法拉墨和伊欧玟走上前,手牵着手,所有的宾客欢喜地向他们敬酒祝贺。"就这样，"伊欧墨说，"骠骑国和刚铎之间的友谊有了更坚固的新关系，我为此感到更加高兴！"

亚拉冈说："伊欧墨，你可真是豪爽啊！竟然肯把国度中最美的宝物，赏赐给我们！"

伊欧玟看着亚拉冈的双眸，说道："请祝我幸福，我的医者和王上！"

他回答道："自从我第一次见到你，就希望你能永远幸福。看到你有了好归宿，我更加感到欣慰！"

在宴会结束之后，要离开的人们纷纷向伊欧墨王告别。亚拉冈和骑士们，以及罗瑞安和瑞文戴尔的子民都准备离开；但法拉墨和印拉希尔预备停留在伊多拉斯，亚玟暮星也留了下来，她在此和兄弟们道别。没有人看见亚玟与父亲最后会面的情景，因为他们走到山里，在那里长谈了许久。两人这次一别，再也不曾重逢。

最后，在众人要离开之前，伊欧墨和伊欧玟来到梅里面前，他们说："再会了，夏尔的梅里雅达克，骠骑国的英雄霍德温！愿你迎向好运，我们随时都欢迎你回来！"

伊欧墨继续道："单只是为了你在蒙登堡的英勇表现，古代的君王就会赏赐你满满一车的宝物；但是，你说你什么都不要，只要那赐给你的武器和盔甲。我勉强可以同意，因为我的确没有礼物可以配得上你的表现和勇气。但是，我妹妹请你收下这个，当作对德海姆以及对在破晓时吹响的骠骑号角声的纪念。"

伊欧玟送给梅里一个古老的号角，小巧玲珑，由纯银精工打造，上面系着漂亮的绿色缎带；制造者从号角尖到号嘴，以盘绕的方式雕刻了一排策马奔驰的骑士，并刻了许多拥有强大力量的符文。

"这是我们家族的传家宝。"伊欧玟说，"它是矮人打造的，是从巨龙史卡沙的宝库中找到的。年少伊欧将它从北方带来。任何在危机中吹响它的人,都可以让朋友心中充满喜悦、让敌人感到恐惧,所有听见的朋友都将前来相助。"

梅里收下了这礼物,因为他无法拒绝对方的好意,他亲吻了伊欧玟的手;他们拥抱着他,三人暂时分别了。

宾客们准备妥当,在饮过饯别酒后,众人带着友谊和祝福离开,不久之后来到了圣盔谷,他们在这里休息了两天。勒苟拉斯实践承诺,和金雳一同进入那闪耀的洞穴;在他们回来之后,他完全沉默不语,只肯说只有金雳能够找到恰当形容它们的话语。"在此之前,矮人从来无法在言语上取胜于精灵,"他说,"到时我们一定要去法贡森林好好逛逛,让我扳回一城!"

他们从深溪谷骑向艾辛格,看见了树人们忙碌的成果。整圈的石墙都被推倒,所有的岩石也都被搬走了,里面的空地已被改造成一个满是兰花和树木的花园,一条小溪流穿其中。在正中央有一个清澈小湖,高大、坚不可摧的欧散克塔就矗立在湖心,水中倒映着它黑暗的表面。

旅人们在艾辛格从前旧城门的地方坐了一下,那边栽了两株像是卫兵一样的高大树木,也是通往欧散克的林荫大道的起点。众人惊讶地看着眼前所完成的庞大工程,但无论远近都找不到任何的生物。接着,他们听见了呼姆,呼姆的声音,树胡大步地从林荫道上走过来欢迎他们,快枝就在他身边。

"欢迎来到欧散克的树园!"他说,"我知道你们要来了,但我在山谷里忙得脱不了身,那边有好多事情得处理哪。不过,我听说你们在南方和东方也没闲着,而所有我听到的都是好消息,非常好的消息!"树胡赞美着他们的成就,似乎对所有的事都十分清楚;最后,他停了下来,仔细打量着甘道夫。

"呼，哇，"他说，"最后还是你最厉害，你一切的努力都有了成果。你现在要去哪里？你又为什么来这里呢？"

"吾友，我是来看看你的工作进展如何，"甘道夫说，"并且感谢你们付出的一切。"

"呼姆，好啦，你这么说的确很公平，"树胡说，"树人的确也在其中扮演了重要的角色；不只是对付那个，呼姆，该死的曾住在这里的砍树人。还对付了那些布拉鲁，那些眼睛邪恶手黑腿弯心坏爪指肚臭嗜血的家伙，morimaite-sincahonda，呼姆，好啦，由于你们都是比较急躁的人，要说完他们的名字可能会令你们都受不了；总之，就是那些该死的半兽人。他们越过大河，从北方过来，包围了整座罗伦林多瑞安森林，但他们还是进不去，这都要感谢这边两位伟大的朋友——"他向罗瑞安的两位统治者行礼。

"这些该死的丑恶家伙，在沃德这边碰上我们更是大吃一惊，因为他们之前从未听说过我们；不过可能有些好人也会这么说。以后也不会有多少半兽人记得我们，因为我们没放过多少，大河吞没了其中的大部分。不过，你们运气很不错，如果半兽人不是遇见我们，那草原之王就无法赶那么远，就算他赶到了，回来时也可能变得无家可归了。"

"我们都知道，"亚拉冈说，"伊多拉斯或米那斯提力斯都永远不会忘记你们！"

"即使对我来说，永远都是一个太久的字眼。"树胡说，"你的意思应该是说，只要你的王国还存在，就不会忘记我们。不过，我相信你的王国的确会存在很长一段时间，连我们树人都会认为那是很久。"

"新的纪元开始了，"甘道夫说，"这个纪元或许会证实，人类的王国将比你们的更长久哪，法贡吾友。对了，说到这个，请问我交给你们的任务办得如何？萨鲁曼怎么样了？他还没厌倦欧散克吗？我想他应该不会感谢你们改善了他窗外的风景吧。"

树胡打量了甘道夫好一阵子,梅里觉得几乎可以从他眼中看见他的机灵。"啊!"他说,"我知道你会提到这个的。厌倦了欧散克?他最后真的非常厌倦了;但其实他厌倦的是我的声音,而不是那座高塔。呼姆!我好好跟他说了一段很长的故事,至少,按你们的说法而言算是很长了。"

"那他为什么会留下来听?你进入了欧散克吗?"甘道夫问道。

"呼姆,不,没有进去欧散克!"树胡说,"但他曾走到窗边聆听,因为他没有别的办法可以知道外面的消息。虽然他痛恨所听见的事,但他还是非常想要听,我也知道他全都听进去了。而且,我还在消息中加了很多可以让他好好思考的内容。他后来变得非常疲倦。他总是急躁匆忙,那就是他失败的原因。"

"亲爱的法贡,我注意到,"甘道夫说,"你非常小心地使用过去式来说他;现在呢?他死了吗?"

"不,就我所知,他还没死,"树胡说,"但他已经离开了。是的,他已经离开七天了。是我让他走的。当他爬出来的时候,他已经不成人形了;至于他那个虫一样的仆人,更是只像个苍白的鬼影子。好啦,甘道夫,不要跟我说教,我知道我答应过你要好好看管他的;我没忘记。但情况后来就改变了嘛;我一直看管着他,直到他不能作恶为止。你应该知道,我最痛恨的就是囚禁生灵,如果没有绝对的必要,我连这样的家伙都不愿意囚禁。没有毒牙的蛇,应该可以自由来去。"

"你或许说的没错,"甘道夫说,"但我想这毒蛇还剩一颗牙,那就是他的甜言蜜语。我猜,在他知道你心中的弱点之后,他连你——树胡都说服了。好吧,他已经走了,没什么好说的了!欧散克塔现在物归原主,该回到人皇的手中,虽然他可能用不着这里。"

"这我们以后才会知道。"亚拉冈说,"但我会把这山谷赐给树人,让他们随自己的意思整治,我只要求他们看守欧散克,未经我的同意不许人们随意进入。"

"它锁上了。"树胡说,"我让萨鲁曼锁上它,并把钥匙交给我。现在钥匙在快枝身上。"

快枝鞠了个躬,像是被风吹弯了腰的树,他递给亚拉冈两把精雕细琢的黑色大钥匙,中间由一个钢环固定住。"我再度向两位道谢,"亚拉冈说,"我必须向两位道别了。愿你们的森林再度于安详中茁壮。当这座山谷变得拥挤时,山脉西边还有很多空间可以使用,你们以前也曾经在那边行走过。"

树胡的表情变得十分哀伤。"森林或许会茁壮,"他说,"树木或许能繁衍,但树人不会,我们没有小树人了。"

"但现在你们的搜寻会更有希望了。"亚拉冈说,"长久以来被封闭的东方,现在已经可以让你们自由来去了。"

树胡摇摇头,说:"太远了。如今那里已经有太多人类了。啊,我都忘记礼数了!你愿意在这边停留休息一阵子吗?或许你们当中有人想要通过法贡森林,抄近路回家吧?"他看着凯勒鹏和凯兰崔尔。

但是除了勒苟拉斯之外,每个人都说他们必须告辞,往南或是往西出发。"来吧,金雳!"勒苟拉斯说,"在法贡的恩准之下,我们可以去拜访树人森林的深处,看看中土世界绝无仅有的美丽树木。你应该要遵守诺言和我一起来,然后我们就可以一起回到我们在幽暗密林和那之后的故乡。"金雳同意了,不过看上去他并不是很情愿。

"那么,魔戒远征队在此终于真的要解散了!"亚拉冈说,"不过,我希望不久以后,你们会带着所承诺的人力回来协助我啊!"

"只要我们的王上同意,我们一定会来的。"金雳说,"再会了,我的好霍比特人!现在你们应该可以安全回家了,我也不需要成天为了你们的安危担心得睡不着觉了。只要有机会,我们就会想办法和你们联络,或许将来还有机会见面呢!但是,我恐怕这是我们全部的人最后一次相聚了。"

于是树胡向他们一一道别，他十分尊敬地对着凯勒鹏和凯兰崔尔缓缓鞠了三个躬。"自从我们上次在森林中或岩石旁相遇以来，真的已经过了很久很久了，A vanimar, vanimálion nostari!"他说，"没想到我们会在这样的结局时见面，真令人难过。世界正在改变：我从流水感觉到，我从大地感觉到，我也在空气中嗅到。我想我们应该不会再见面了。"

凯勒鹏说："我不知道，最年长的前辈！"凯兰崔尔却说："不会在中土世界，就算沧海变桑田，我们也不会再相见了。但是，或许我们有天能够在塔沙瑞楠[①]的春日柳树林中相见。再会了！"

排在最后向老树人道别的，是梅里和皮聘，他看见两人显然觉得很高兴。"好啦，两位快乐的小朋友，"他说，"在你们离开之前，愿意再和我喝一杯吗？"

"当然愿意。"他们说。树胡将两人带到一棵树下，两人看见此地已经安放了一只巨大的石罐，树胡装满了三碗，他们三人准备一饮而尽，却看见他那双奇异的眼睛正从碗边打量着他们。"小心点！小心点！"他说，"从我上次见到你们以来，你们已经长大了不少啊！"三人笑着将碗里的饮料喝得一滴不剩。

"好啦，再见了！"他说，"别忘记，如果你们在家乡听说了任何有关树妻的消息，一定要通知我们。"最后，他向所有的人挥挥他的大手，走进树林中。

[①] 这是中土世界中最长寿的树木，它在精灵诞生之前就已出现，也将持续到永久。在这个纪元和以后的纪元中，人类称呼它们为柳树。

众人开始用更快的速度奔驰，朝向洛汗隘口前进。就在皮聘好奇偷看了欧散克晶石的地方，亚拉冈终于必须向他们道别了。霍比特人对此非常难过，十分依依不舍；亚拉冈和他们一起渡过了千山万水，从来没有让他们失望过。

"我真希望我们可以弄到颗晶石，这样就可以随时都能看看朋友们，"皮聘说，"还可以远隔千里互相聊天！"

"现在能用的晶石只剩下一颗了，"亚拉冈回答道，"你们应该不会喜欢米那斯提力斯晶石所显示的影像，而欧散克塔的晶石会在本王手上保管，用来观看整个国度内所发生的事情，以及部下们在做些什么。皮瑞格林·图克，你可别忘记自己还是刚铎的骑士，我可没有允许你退休哪！你现在只是暂时停职，但我会再召唤你回来的。夏尔亲爱的朋友们，请不要忘记，我的国度也包括了北方，有一天我会回来的。"

接着，亚拉冈向凯勒鹏以及凯兰崔尔道别。女皇对他说："精灵宝石，你经历黑暗追求希望，如今终于如愿以偿，好好把握这些日子吧！"

凯勒鹏说："好兄弟，再会了！愿你的结局与我不同，你的珍宝能陪伴你直到末了！"

众人就这样分别了，那时正是落日时分；过了一阵子，当众人回头时，他们看见西方人皇高坐在骏马上，身旁环绕着他的骑士；落日的余晖洒在他们身上，让所有的盔甲反射着金红色的光芒，亚拉冈白色的披风也化成了一团火焰。最后，亚拉冈高举起绿色宝石向众人道别，一道绿色的火焰从他的手中直冲天际。

很快的，人数逐渐减少的这支队伍就沿着艾辛河往西通过了隘口，进入之后的荒地，然后他们转向北走，穿过登兰德的边境。登兰德人纷纷躲避，因为他们很害怕精灵，虽然精灵们极少来到他们的地方。一行人对他们的反应并不在意,因为这时队伍的人数依旧众多,所需物资也不匮乏;因此,他们随兴轻松地走着,想要休息时便扎营安设帐篷。

在他们和人皇分别后的第六天,他们穿越了一座顺着山坡而下的森林,右手边就是迷雾山脉。当他们再度来到辽阔的平原时,已是落日时分,他们经过了一名拿着拐杖的老人,他穿着破烂的灰色衣物,或许以前曾经是白色的。在他脚边则是另一个弯腰驼背、不停呻吟的乞丐。

"好个萨鲁曼!"甘道夫说,"你要去哪里?"

"这跟你有什么关系?"他回答,"你还要指使我吗?我沦落成这样,你还不满意吗?"

"你知道答案的——"甘道夫说,"非也,非也。但是,无论如何,我的努力都已经接近终点了。接下来的重担已经由人皇接手。如果你等在欧散克塔,你会见到他,他会让你见识到什么叫作'睿智'和'宽宏大量'。"

"那我更应该赶快离开,"萨鲁曼说,"因为我既不想要他的睿智也不想要他的慈悲。事实上,如果你想得知你第一个问题的答案,那就是:我正在想办法离开他的国度。"

"那么这次你又走错方向了!"甘道夫说,"我看得出来你走的路是没有希望的。你还要拒绝我们的帮助吗?我们很乐意协助你。"

"协助我?"萨鲁曼说,"不,千万不要对我露出微笑!我宁愿你们对我皱眉。至于这位女皇,我绝不信任她,她一直痛恨我,和你们计划了我的末日。我相信是她故意带你们走这条路,好让你们嘲笑我的落魄模样。如果我早知道你们紧跟在后,我绝不会让你们称心如意的。"

"萨鲁曼,"凯兰崔尔说,"我们还有其他更重要的任务与必须关心的事,对我们而言,那些事比追捕你更要紧。这么说吧,你应该认为自己运气不错,因为你现在有了最后一次机会。"

"如果这真的是最后一次机会,我会觉得很高兴,"萨鲁曼说,"因为这样我就不用再拒绝第二次了。我所有的希望都已经破灭了,但我不要分享你们的,如果你们真的有希望的话。"

他的眼中突然闪烁着光芒。"走吧!"他说,"我花了那么多时间研究史料并不是白费的,你们已经为自己招来了末日,你们自己也很清楚。当你们毁灭了我的居所时,同时也破坏了自己的家园;在我流浪的时候,光是想起这一点,就让我的心情好多了。现在,会有什么船只可以载运你们通过那宽阔的大海?"他嘲笑道,"那将会是一艘载满了鬼魂的灰船。"他哈哈大笑,但那声音沙哑而可怕,让人感到厌恶。

"起来,你这个白痴!"他对另外一名坐在地上的乞丐大喊着,并且用手杖痛打他。"转身!如果这些好人要走这条路,那我们就得走另外一条。快点,不然你今天晚餐就没有菜渣可吃!"

乞丐转过身,弯腰走过去,嘴里喃喃自语道:"可怜的葛力马!可怜的葛力马!老是被打,老是被骂。我好恨他!我好希望可以离开他!"

"那就离开吧!"甘道夫说。

但巧言只是用浑浊的双眼,恐惧地看了甘道夫一眼,然后就惊恐地跟在萨鲁曼身后走了。这两个潦倒的家伙经过众人,来到霍比特人面前,萨鲁曼停下脚步,瞪着他们;但他们以同情的眼光回望着他。

"你们这些小朋友也是来嘲笑我的,对吧?"他说,"你们哪会关心乞丐缺少什么呢?你们吃饱喝足,穿着保暖的衣服,烟斗里面还有最棒的烟草。喔,我想到了!我知道那是从哪里来的。好心的诸位愿不愿意给乞丐一点烟草?"

"如果我有的话,我会的。"佛罗多说。

"我还剩下一些可以给你,"梅里说,"不过你得等一下。"他下了马,搜索鞍袋里面的东西。然后他递给萨鲁曼一只小皮囊。"收下吧,"他说,"这是从艾辛格的废墟里找到的,你尽管拿吧!"

"我的，我的，啊，这都是花大钱买来的！"萨鲁曼抓着皮囊大喊道，"这只是象征性的补偿，你们拿走的更多，我会记住的。不过，即使小偷只还给失主一点点，乞丐还是必须心怀感激。哼哼，等你们回家，发现南区状况不如你们所想的那么好，那是你们活该。你们的故乡可能很久都不会有上等烟叶了！"

"谢谢你啊！"梅里说，"既然这样，那我就要把皮囊拿回。那不是你的，又跟了我很长一段时间。你可以把烟叶用你自己的破布包起来。"

"你偷我的，我偷你的。"萨鲁曼转身背对梅里，踢了巧言一脚，走向森林。

"哼，是啊！"皮聘说，"这家伙果然天生是个小偷！你绑架我们、弄伤我们、派半兽人拖着我们穿越整个洛汗又怎么说？"

"啊！"山姆说，"他还说花大钱买。怎么买到的？我不喜欢他说到南区时的口气。我们真的该回家了！"

"我也同意，"佛罗多说，"不过，如果我们要见比尔博，我们就不能再快了。无论发生了什么事，我都必须先去瑞文戴尔。"

"是啊，我想你最好先这么做。"甘道夫说，"唉，萨鲁曼真是可惜啊！我想他是没救了，他已经坏到骨子里了。不过，我还是不确定树胡是对的，我认为他还是可以玩些小把戏，做些坏勾当。"

第二天，他们进入了登兰德北方，虽然那里一片翠绿，却毫无人烟。九月带来了黄金的白昼和银亮的夜晚；他们不急不徐地走着，直到来到了天鹅河，找到了旧渡口，就在瀑布东边，河水从该处突然向下流入低地。众人望向西方远处，在薄雾中可以看见许多的湖泊和沙洲，河水蜿蜒流经那地，一路流到了灰泛河，有无数的天鹅栖息在那边的芦苇丛中。

如此，他们来到了伊瑞詹，最后，在清晨笼罩着薄雾的曙光中，一行人站在山丘上的营地中向东瞭望，看见朝阳照耀着三座高耸入云的山峰：那是卡拉兹拉斯、凯勒布迪尔和法努索。他们终于接近了摩瑞亚之门了。

他们在此地徜徉了七天，因为眼前又是另一场让人不忍的分别。不久之后，凯勒鹏和凯兰崔尔就会领着子民们往东走，通过红角隘口，走下丁瑞尔天梯，前往银光河，回到他们自己的故乡。他们绕西边的远路走，因为途中有许多事情要和爱隆和甘道夫讨论，到了这里，他们依然想要多和朋友们聊聊而迟迟不动身。往往在霍比特人沉沉睡去之后，他们仍然一起坐在星光下，回忆着那逝去的时光，以及他们在这世上的欢笑与辛劳，或者共同讨论思索未来的日子。如果有任何旅人凑巧经过，他不会看到或听到什么，最多只会看见犹如岩石雕成的灰色身影，像是一些遭到遗忘事物的遗迹，被遗留在这毫无人烟的荒地中。因为他们并不用嘴交谈，而是用心交流；当他们的意念来回激荡时，只有他们的双眼会发出异光。

最后，所有的话终于都说完了，他们必须再度暂时分离，直到三戒离去的时刻到来。身披灰斗篷的罗瑞安子民骑向山脉，迅速消失在岩石与阴影中；那些要前往瑞文戴尔的人在山丘上目送他们，直到越聚越浓的雾霭中最后传来一道闪光，然后他们就再也看不见什么了。佛罗多知道，那是凯兰崔尔最后高举她的戒指向众人道别。

山姆转过身，叹了一口气："我真希望我能够回罗瑞安！"

一天傍晚，他们终于翻越了一处高地，像旅人经常会看到的那样，瑞文戴尔的山谷突然出现在众人眼前，远方爱隆的居所闪烁着灯光。他们走了下去，越过小桥，来到门口。为了欢迎爱隆的归来，整个屋子里面都充满了笑语和光明。

霍比特人没吃饭、没盥洗，甚至连斗篷都没来得及脱，就忙着到处寻找比尔博。他们发现他独自一人坐在他的小房间内，里面到处都是纸张铅笔和沾水笔，比尔博坐在壁炉小小火焰前的一张椅子里。他看起来非常苍老，但十分安详、满脸睡意。

当他们闯进来时，他张开眼睛，四下张望。"各位好啊，好啊！"他说，"你们终于回来了？明天又是我的生日啦！你们真是太讨喜了！你们知道吗，我马上就要一百二十九岁了！如果我运气好，再一年就和老图克一样长寿啦！我很想要打败他，但谁都说不准的。"

在庆祝了比尔博的生日之后，四名霍比特人又在瑞文戴尔待了一阵子，他们大部分时间都坐在老友身边陪伴他。比尔博现在除了吃饭之外，几乎整天都待在房间内。在用餐方面，他还是十分准时，永远都可以及时醒来，赶上吃饭时间。他们坐在炉火边，轮流告诉他这一趟旅程和冒险中他们记得的部分。一开始他还假装记笔记；但他经常会睡着；等他醒来时，他会说："太棒了！太精彩了！我们刚刚说到哪里啊？"然后他们就会从他开始点头瞌睡时的那一段重新说起。

唯一让他振奋精神专注倾听的，只有亚拉冈加冕和成婚的那段。"我当然有受邀前往参加婚礼啊，"他说，"我已经等了好久啦！可是，不知怎么搞的，当婚礼来临时，我发现这里有好多事情要做，打包更是烦人啊。"

过了两星期左右，佛罗多向窗外看去，发现夜里开始下霜，蛛网变得像是白色的丝网一样。突然间，他知道自己该走了，该向比尔博道别了。天气依然温和晴朗，之前是人们记忆中最美丽的一个夏天；但十月已经来临，天气很快就会改变，会开始下雨和刮风。但是，真正让他不安的不是天气，他有一种感觉，是该回夏尔的时候了。山姆也有同样的念头，前一晚他还说：

"啊，佛罗多先生，我们去了那么远，看了那么多，但我不认为还有哪里比得上这里好。这里几乎什么都有，如果您懂我的意思：夏尔、黄金森林、刚铎、皇宫、旅店、草原及山脉全都混在一起。可是，不知道怎么搞的，我还是觉得我们得赶快离开。说实话，我很担心我老爹哪！"

"是的，几乎什么都有，山姆，只除了大海。"佛罗多回答道，他喃喃地重复说："只除了大海！"

那天，佛罗多和爱隆讨论了一阵，他们都决定第二天早上离开。甘道夫说了让他们都很高兴的话："我想我也应该跟着去，至少要到布理那边；我想要看看奶油伯。"

那天傍晚，他们去向比尔博道别。"好啦，如果你们该走，那还是得走的。"他说，"实在很抱歉，我会很想你们的。知道你们都在我身边就让我觉得很高兴。但我最近一直很想睡觉。"然后，他把秘银甲和刺针送给了佛罗多，压根忘记自己已经送过一次；他也将自己在不同时间中所写的三大本历史记录送给他，里面都是他流畅的笔迹，它们的红色封面上都写着：译自精灵文，比·巴著。

他给了山姆一小袋金币。"这应该算是史矛革宝藏的最后一点存货。"他说，"山姆，如果你想要成家，或许可以派得上用场！"山姆羞红了脸。

"我没有别的东西可以送给你们两位年轻人，"他对梅里和皮聘说，"只除了好忠告。"他狠狠地给了一番忠告之后，又以夏尔的传统补上一句："你们别太自大，叫脑袋撑破帽子啦！不过，如果你们不赶快停止长大，你们恐怕会发现衣服和帽子都会很贵的喔。"

"可是，如果你想要打败老图克，"皮聘说，"我们为什么不可以打败吼牛？"

比尔博笑了，他从口袋里面变出两管有珍珠滤嘴、纯银装饰的烟斗。"你们抽烟的时候要想到我啊!"他说,"精灵们帮我做的,可是我现在不抽烟了。"然后,他突然又开始点头打了一会儿瞌睡;当他再度醒过来时,他说:"我们刚刚说到哪里?啊,当然啦,送礼物。这让我想到了,佛罗多,你拿走的那枚戒指,后来怎么样了?"

"亲爱的比尔博,我弄丢了,"佛罗多说,"你知道的,我把它丢掉了。"

"真可惜啊!"比尔博说,"我真想要再看看它。等等,我真是太笨了!这不就是你们出发的目的吗,要把它丢掉哇!这好复杂,好像有很多事情都混在一起了。亚拉冈的事情、圣白议会、刚铎和骑兵、南方人、猛犸——山姆,你真的看到了吗?洞穴、高塔和黄金树,天知道还有什么东西!

"当年我显然是太急着回家了,要不然,我想甘道夫会带我到处去逛逛的。不过,如果这样,那拍卖会在我回家之前就会结束了,而我可能会惹上更多的麻烦。算啦!现在都太迟了;而且,我想坐在这边听大家描述这一切,肯定舒服多啦。这炉火很温暖、食物又很好吃,想要的时候还可以看到精灵。人生如此,夫复何求啊?"

> 大路长呀长
> 从家门伸呀伸。
> 大路已走远,
> 让别人快跟上!
> 去踏上新旅程!
> 我这双累累脚,
> 要往那旅店走,
> 好好地睡一觉。"

当比尔博呢喃完最后几个字,他的头往前栽到胸口,开始打起呼来。

房间中的暮色渐浓,火光更盛;他们看着比尔博熟睡的脸孔,在上面看见了笑意。他们静静地坐了好一会儿,山姆环顾室内,看着墙壁上跳动的阴影,忍不住柔声说:

"佛罗多先生,我想他在我们离开的这段时间里,可能没写多少故事吧?他现在也不会再记录我们的经历了!"

一说到这个,比尔博立刻张开眼,仿佛听见了对方说的话似的。他坐直了身体。"唉呀,真是不好意思,我又打瞌睡了!"他说,"当我有时间动笔时,我只想要写诗。亲爱的佛罗多,不知道你愿不愿意在离开之前,替我把东西整理一下?如果你愿意,把我所有的笔记和文章,还有我的日记都一起带走吧。你看,我实在没有多少时间可以筛选和整编所有这些资料。找山姆帮忙,等你把雏形整理出来之后,回来这里,我会仔细看一遍,不会太挑剔的。"

"我当然愿意啦!"佛罗多说,"我当然也会很快就回来的,路上已经不危险了。现在已经有了个真正的人皇,他很快就会把秩序恢复的。"

"多谢多谢,亲爱的朋友!"比尔博说,"这真是让我放下心头的重担啦!"话一说完,他又睡着了。

第二天,甘道夫和霍比特人在比尔博的房间跟他道别,因为外面蛮冷的。接着,他们和爱隆以及所有的人说再见。

当佛罗多站在门边时,爱隆祝他有个顺利的旅程,并且说:

"佛罗多,我想,除非你真的很快回来,否则你不必要急着赶来这里。等到明年的这个时间,当树叶转为金黄时,你可以在夏尔的树林里面等待比尔博,我会随他一起去的。"

没有其他人听见这番话,佛罗多也没和别人说。

第七章
归乡旅程

终于,霍比特人开始朝着故乡进发。他们都急着想要再看到夏尔。但一开始他们骑得很慢,因为佛罗多一直感到不安。当他们来到布鲁南渡口时,他勒马停了下来,似乎不太愿意涉水渡河。他们注意到他的目光似乎有些涣散,既没在看人,似乎也没看见周遭的景物。那一整天他都沉默不语。这天正是十月六日。

"佛罗多,你不舒服吗?"甘道夫骑在他身边,轻声问道。

"是的,我不舒服,"佛罗多说,"是我的肩膀,伤口还会痛,过去那黑暗的记忆沉重地压着我;那是去年今天的事。"

"唉!有些伤口是无法完全治好的。"甘道夫说。

"恐怕我的情况确实是这样。"佛罗多说,"已经没有退路了,虽然我可以回到夏尔,但一切都不一样了,因为我自己变了。我受过刀伤、毒刺、牙咬,承受过无比的重担,我能在哪里找到安息之所呢?"甘道夫没有回答。

到了第二天傍晚,那痛苦和不安就过去了,佛罗多又变得兴高采烈起来,仿佛根本不记得前一天的黑暗。之后,旅程走得相当顺利,日子过得很快;他们悠闲自在地骑着马,经常流连在美丽的森林里,秋阳下林中的树木挂满了金黄和红铜色的树叶。不久之后,他们来到了风云顶,时间渐近傍晚,山丘的阴影使路上显得相当黑暗。佛罗多恳求大家加快脚步,他不愿看向山丘,只是低着头,裹紧披风往前冲过黑暗的山影。那天晚上，气候变了，西方吹来了裹着雨的风，这风又强又冷，金黄的树叶像是鸟儿一样在空中飞舞。当他们来到契特森林时，树上的树叶几乎都掉光了，浓密的大雨像帘幕般遮住了布理丘，让他们看不清楚。

就在这么一个狂风暴雨将歇的傍晚，十月将逝的最后几日，五名旅人骑上坡道来到了布理的南门前。门关得紧紧的；风雨吹在他们的脸上，逐渐转黑的天空中，低沉的乌云匆匆卷掠而过，他们的心都不觉往下一沉，因为他们期待的是比这更热烈的欢迎。

在他们呼叫了许多遍之后，守门人才走出来，他们注意到他拿着根大棒子。守门人恐惧又怀疑地看着他们，但当他发现眼前穿着奇装异服的人是甘道夫和一群霍比特人之后，他脸上露出了笑容，并欢迎他们进来。

"进来吧！"他边开门边说道，"在这种鬼天气，我们实在不可能一直待在外面。老巴力曼肯定会在'跃马'旅店好好欢迎你们，你们会从他那边知道所有的消息。"

"稍后你也可以在那边听到我们带来的消息，"甘道夫笑着说，"哈利怎样了？"

守门人皱起眉头。"走了，"他说，"你们最好去问巴力曼。晚安！"

"你也晚安哪！"他们边打招呼，边走进门内。然后，他们注意到路旁围篱后方兴建了许多栋低矮的房子，有些人从屋里走出来，隔着围篱瞪着他们。当他们来到比尔·羊齿蕨的屋子前，他们注意到围篱倾倒、院子里一团乱，所有的窗户也都用木板钉了起来。

"山姆，你那颗苹果会不会把他打死啦？"皮聘说。

"我可没那么乐观，皮聘先生，"山姆说，"我比较想要知道那匹可怜的小马怎么样了。我经常想到它，还有那恐怖的恶狼嘶吼什么的。"

最后，他们来到了"跃马"旅店，至少从外观看来这里没什么变化，红色的窗帘和低矮的窗户后依旧有着灯火。他们摇了摇门铃，诺伯跑了过来，打开一点缝隙往外窥探；当他发现是他们站在门口时，惊讶地大呼一声。

"奶油伯先生！老板！"他大喊着，"他们回来了！"

"喔，是吗？让我给他们一点教训！"奶油伯的声音接着响起，然后他就冲了出来，手里拿着一根大棒子。但是，当他看清楚眼前的人时，他猛地停了下来，恶狠狠的表情瞬间变成欢欣鼓舞的神情。

"诺伯，你这个大猪头！"他大喊着，"你记不得这些老朋友的名字啊？在这种坏年头，你还用这种方法吓我啊！好啦，好啦！你们从哪边来的？说老实话，你们跟着那个神行客一起走进荒野，身后还追着一堆黑影人，我以为永远也见不到你们啦。我真高兴能看见你们还有甘道夫。快进来！快进来！和以前同一个房间？那间没人。事实上，这些日子几乎每个房间都是空的，我不会对你们隐瞒这情况，反正你们很快就会知道了。我想办法看看能凑出什么晚餐来，我会尽快，目前有点缺人手啊。嘿，诺伯，不要慢吞吞的！告诉鲍伯！啊，我忘记了，鲍伯走了，现在他晚上都会回家去。算啦，诺伯，把客人的小马牵到马厩里面！甘道夫，我肯定你会亲自把你的马牵过去。这可真是匹好马，我第一次看见它的时候就说过了。来，进来！别客气！"

无论如何，奶油伯说话的习惯完全没变，也似乎照样还是过着那种喘不过气来的忙碌生活。不过，旅店内没有什么人，到处都静悄悄的，大厅内也只有两三个人窃窃私语的声音。在店主点燃的两支蜡烛照明下，他们看见他的脸上多了许多皱纹，显得操劳过度。

老板领着众人经过小客厅，走到一年前在那奇怪的夜里他们所住的房间。他们有些不安地跟着他，因为大家都看得出来奶油伯是在强颜欢笑。状况跟以前不同了，但他们也不多问，只是静静地等着。

正如他们所预料的，晚餐后，奶油伯先生过来小客厅看看大家是否一切都很满意。众人确实也都觉得还不错，"跃马"旅店的食物和啤酒味道依旧不差。"这次我可不敢建议你们到大厅来了。"奶油伯说，"你们一定很累了，今天晚上反正也不会有很多人。不过，如果你们在睡前愿意抽半个小时出来，我倒希望和你们私下谈谈。"

"这正合我们的心意。"甘道夫说，"我们并不累，我们路上走得很轻松。虽然我们之前又湿又冷又饿，但这都已经被你治好了。来吧，坐下来！如果你还有烟叶，我们会很感谢你的。"

"如果你们要的是别的东西，我会比较高兴的。"奶油伯说，"我们缺的就是这个，现在只剩下我们自己种的，本身数量就已经不够了。这些日子夏尔完全没有烟草运出来，不过我会想想办法的。"

他拿来了够他们用个一两天的份量，那是没有修剪过的叶子。"南方叶，这是我们手头最好的；但就像我常说的一样，这还是比不上夏尔南区的上等叶。虽然我大多数时候都护着布理，但这点真的不得不承认。"

他们让他在炉火旁的一张大椅子上坐了下来，甘道夫坐在壁炉的另一边，霍比特人则坐在两人之间的矮椅子上；他们一口气谈了数个小时，也和奶油伯交换了许多他想听或他想说的消息。他们所说的事情几乎每一件都让主人吃惊或迷惑不已，他根本连想象都无法想象。因此，奶油伯口中只有翻来覆去的一句话："我真不敢相信！"次数多到连他自己都开始怀疑自己的耳朵有问题。"我真不敢相信！巴金斯先生，还是应该叫你山下先生？我都搞混了。甘道夫先生，我真不敢相信哪！天哪！真难想象！谁想得到呀！"

不过，他自己也提供了很多消息。照他的说法，时局真的很不好，生意甚至不能用衰退来形容，而是根本就跌到谷底了。"现在，布理附近的外地人都不来了。"他说，"而村里的人大都待在家里，门户关闭。

这一切都是从去年那批从绿荫路上来的陌生人和流浪汉来了之后开始的,你还记得他们吧;稍后又来了更多的人。有些只是躲避战祸的可怜人,但大多数都是一肚子坏水的家伙,一群偷鸡摸狗、惹是生非的流氓。布理这边出了麻烦,大麻烦!天哪,我们那时真的遇到了大麻烦,有人被杀,真的被杀死了耶!不是开玩笑的。"

"我明白,"甘道夫说,"多少人死了?"

"三个和两个。"奶油伯指的是大家伙和小家伙,"可怜的马特·石南、罗莉·苹果梓,山丘那边的小汤姆·摘刺,还有上面那边的威力·河岸,以及史戴多一名山下家的人,他们都是好人,我们都很想念他们。以前看守西门的哈利·羊蹄甲,以及那个比尔·羊齿蕨,都和那些陌生人站在同一边,最后也跟他们一起走了;我猜就是他们放这些人进来的。我是指起冲突的那天晚上。事情发生在我们把他们赶出去,把他们推出大门外之后,那是在除夕之前,然后那场冲突发生在新年期间,在我们这里下过大雪之后。

"现在他们都成了强盗,躲在阿契特过去的森林中,或是在北边的野地里面。这就像是古代传说里记载的那种坏年头,路上不安全,人们不敢出远门,大家晚上都紧闭门窗。我们在夜里得派很多人巡守围篱,看守大门的人力也增加了许多。"

"嗯,这一路上没人惹我们,"皮聘说,"我们还走得很慢,根本没人站哨。我们还以为早就已经把麻烦抛在脑后了!"

"啊,各位先生们,幸好你们没有遇到,"奶油伯说,"也难怪他们不敢打你们的主意,他们可不敢对全副武装的人动粗,那些带着宝剑、盾牌和头盔的家伙,会让他们在动手之前三思的。老实说,当我看到你们的时候,我真的吓了一跳。"

霍比特人这才突然意识到,人们看见他们时都很吃惊,那不是惊讶他们的归来,而是惊讶好奇他们身上的装扮。他们自己早已惯于骑马作战，习惯于整齐列队骑行，他们完全忘了自己斗篷底下露出的闪亮盔甲、刚铎和骠骑的头盔，以及有美丽纹饰的盾牌，会在自己的家乡显得何等格格不入。甘道夫也是，骑着他高大的灰马，浑身雪白，披着银蓝两色的披风，腰间还挂着格兰瑞神剑，看起来更是奇怪。

甘道夫笑了。"好啦，好啦！"他说，"如果这些人看见我们五个就害怕了，那我们之前遇到的敌人可比他们厉害多啦。无论如何，只要我们还在这里，你们就可以安安心心过夜啦。"

"你们会待多久？"奶油伯说，"坦白说，我会很高兴你们能在这里待上一阵子。你看，我们不习惯遇上这样的麻烦；还有，人们告诉我，那些游侠都走了。直到现在，我想我才明白他们都替我们做了些什么。在他们离开之后，还出现了比强盗更恐怖的东西。去年冬天野狼一直在围篱外面嚎叫，森林里面有黑影跑来跑去，光是想到那个就足以让你血液冻结。过去一年我们实在过得很不安稳哪。"

"这在我预料之中。"甘道夫说，"这些日子里，几乎到处都是动荡不安。不过，巴力曼，打起精神来！你们之前身在极大麻烦的边缘，我很高兴你们的状况没有比现在更糟糕。好日子正在来临；或许，比你记忆中的任何好日子还要更好。游侠们都回来了；我们是和他们一起回来的。巴力曼，这世界上又有人皇了，他很快就会开始照顾你们这边的！

"那时，绿荫路会重新开放，他的使者会往北走，人们将会开始贸易、交流，邪恶的东西将会被赶出荒野。事实上，荒野将不再是荒野，会有许多人居住开垦那曾经被当作荒野的大地。"

奶油伯摇摇头。"如果路上又出现了一些老实人，是不会太糟糕的啦！"他说，"但我们不想要再看见那些偷鸡摸狗的人了。我们也不想要有外人进来布理，甚至是靠近布理；我们想要安安静静地生活。我可不想要有一大群陌生人在外面四处扎营，把整个野地搞得乱七八糟的。"

"巴力曼,你们可以安安静静地生活。"甘道夫说,"在艾辛河到灰泛河之间有的是空间,或是烈酒河南边沿岸地区都有很多的空地,你骑马出了布理,走上好几天都没有人烟。而且许多人习惯住在遥远的北方,离这里上百哩远,在绿荫路的尽头,北岗那边,或是在伊凡丁湖旁。"

"在'亡者之堤'那边?"奶油伯看起来更疑惑了,"他们说那边闹鬼哪,除了强盗之外,不会有人想去那边的!"

"游侠就会去那边。"甘道夫说,"你叫那边'亡者之堤',不错,数百年来都是这样流传的。但是,巴力曼啊,它正确的名字叫作佛诺斯特伊兰,意思是'王者的北方堡垒'。有一天,人皇会到这边来的;到时候,你们就会看到一些真正的好人到这一带来了。"

"好啦,我想这听起来有希望多了。"奶油伯说,"这样我生意也会比较好,只要他不打搅布理就好了。"

"他不会的。"甘道夫说,"他对这里很熟,很喜欢这里哪!"

"是吗?"奶油伯一头雾水地说,"我实在不知道他怎么会知道,他坐在高高城堡里面的大椅子上,距离这边好几百哩,我猜他还会用金杯喝酒哪。"跃马"旅店对他来说算啥?大杯啤酒又算啥?甘道夫,我当然不是说我的啤酒不好啦。自从你去年秋天来过,给我说了几句好话之后,啤酒味道就好得出奇。在这个坏年头,那可说是我唯一的安慰哪!"

"啊!"山姆说,"但他说你的啤酒一直都很好啊!"

"他说?"

"当然是他说的啦——他就是神行客,游侠的领袖,你还没想通喔?"

他终于想通了,奶油伯的表情变得十分可笑。他那张大脸上的眼睛睁得很圆,嘴巴大张,简直喘不过气来。"神行客!"当他恢复呼吸后大喊,"他戴着皇冠,还有那些珠宝和金杯!天哪!这到底是什么年代啊?"

"是更好的年代,至少对布理来说是这样。"甘道夫说。

"我希望,不,我确定。"奶油伯说,"哇,这是我好几个月来的星期一听到的最好的消息了。我想今晚一定会睡得比较好,心情也轻松些!你给了我好多可以思考的东西啊,但我可以等到明天再说。我要上床了,我想你们也一定很想睡觉了。嘿!诺伯!"他走到门口大喊着,"诺伯,你这个懒虫!"

"诺伯!"他拍着自己的脑袋说道,"我好像又想起了什么?"

"奶油伯先生,我希望不是另外一封忘了的信啊!"梅里说。

"喔,喔,烈酒鹿先生,您就别再糗我了!啊,你让我忘记之前在想些什么了。我刚刚说到什么地方?诺伯,马厩,啊!对了,我有样你们的东西。你们应该还记得比尔·羊齿蕨和那偷马的事件吧?你们买的那匹小马,它就在我这儿,它自己跑了回来。不过它到过哪里,我想你比我更清楚。它回来时看起来累得像只老狗,瘦得皮包骨头,但它还是活着回来了。诺伯就接手照顾它。"

"哇!我的比尔?"山姆大喊道,"天哪,不管我老爹怎么说,我可真是天生走运啊!又一个愿望实现了!它在哪里?"山姆一定要先去看看比尔,然后才肯上床睡觉。

第二天,大伙一整天都待在布理。晚上,奶油伯就找不到任何理由抱怨生意不好了。好奇心压过了恐惧,整个旅店都快挤爆了。出于礼貌,霍比特人来大厅客套了一下,回答了很多问题。布理人的记性都很好,许多人一直询问佛罗多他的书写好了没。

"还没,"他回答道,"我准备回家把笔记整理一下。"他答应会描述在布理发生的惊人事件,这样勉强算是平衡报道,让一本主要描述

"遥远南方"的平淡史书稍稍变得有可看性一点。

然后,有个年轻人要求来首歌。不过,众人全都沉默下来,狠狠瞪了他好几眼,就没人再敢重复这要求了。很明显,人们可不想在大厅里再度惹出任何怪事来。

一行人还在的时候,布理白天都平安无事,晚上也宁静无声。不过,第二天他们很早就起床了,虽然天依旧不停下雨,但他们还是想趁天黑之前赶到夏尔,这距离不短,可得要很赶才行。布理的人们都兴高采烈地出来欢送,可说是这一年以来他们最高兴的时刻了;那些从来没看过穿着闪亮盔甲的陌生人的村民也都惊叹不已:他们打量着甘道夫的白胡子,他身上仿佛散发出光芒,他的蓝披风似乎只是遮掩阳光的云朵;那四名霍比特人好像是从传说中走出来的骑士一样。就连那些听到人皇登基的消息却哈哈大笑的人,也开始认为这一切可能都是有凭有据的。

"好啦,祝你们好运,希望你们能一路把好运带回家!"奶油伯说,"我之前应该先警告你们,如果我们听说的没错,夏尔的状况也不是很好;他们说,那边发生了一些怪事。不过事情一件接一件地来,我都忙忘了。请恕我直说,你们这趟远行回来可真的变了,现在你们看起来是很能应付麻烦的人。我相信你们很快就会把一切都处理妥当的。祝你们好运!你们越早回来我就越高兴!"

他们也向他道别,并且离开了旅店,走出西门,朝向夏尔骑去。小马比尔就在他们身边,像以前一样,它还是背着一大堆行李;不过,它走在山姆身边,看起来心满意足。

"不知道老巴力曼刚才的话是在暗示什么?"佛罗多说。

"我可以猜到一些,"山姆闷闷不乐地说,"我在镜子里面看到的:树木被砍倒,我老爹被赶出来,我应该早点回去才对。"

"很明显南区一定出问题了，"梅里说，"烟叶到处都缺货。"

"不管是什么问题，"皮聘说，"我想罗索一定在幕后操纵。"

"可能牵连很深，但绝不是在幕后操纵。"甘道夫说，"你们忘记了萨鲁曼，在魔多打夏尔的主意之前，他就开始对夏尔感兴趣了。"

"好啦，我们有你在身边，"梅里说，"事情很快就会解决的。"

"我现在是在你们身边，"甘道夫说，"但我很快就不在了。我不会去夏尔，你们必须要自己解决夏尔的事；你们之前的历练就是为了这一刻啊。难道你们还不明白吗？我的时代已经过去了，拨乱反正，或者是帮助人们拨乱反正，已经不再是我的任务了。至于你们，我亲爱的朋友们，你们不需要帮助的，你们已经长大了。事实上，你们已经出类拔萃，可以和那些伟人相比，我再也不需要替你们任何一个人担心了！

"如果你们想知道，事实上，我马上就要转向了——我准备要去和庞巴迪好好畅谈一番，我这辈子从来没和他好好谈过。他是个居家型的人，而我却注定要东奔西跑。不过，我东奔西跑的日子已经结束了，现在，我们应该会有很多事情可以聊。"

不久之后，他们来到了以前在东大道上和庞巴迪道别的地方；他们希望，或说半是盼望，能够看见他站在这里，跟经过的大伙儿打声招呼。但是，那里不见他的人影；南方的古墓岗和远处的老林都飘着灰色的浓雾。

他们停了下来，佛罗多殷切地望着南方。"我真想要再见到那个老伙伴，"他说，"不知道他过得怎么样？"

"你可以放心，他过得一定还是和以前一样，"甘道夫说，"与世无争，我想。他对我们的所作所为一点也不会感兴趣，或许，我们和树人会面的那段除外。你们以后有时间的话，或许可以来拜访他。不过，如果我是你们，我现在会赶回家去，否则，你们可能来不及在烈酒桥的门关上之前赶到。"

"可是那里没有门啊，"梅里说，"你很清楚那边的路上是没有门的。当然啦，那里有雄鹿地的大门，可是他们随时都会让我进去的。"

"你的意思是说，以前没有门。"甘道夫说，"我想你们等下会发现它有门了。你们在雄鹿地的大门口可能会遇到意想不到的麻烦；不过，你们都不会有问题的。再会了，亲爱的朋友们！这还不是最后一次道别，时间还没到。再见！"

他让影疾转离大道，骏马纵身一跃飞过了路旁的堤道。随着甘道夫一声大喝，它撒开四蹄奔向古墓岗，像一阵北风席卷而去。

"好啦，我们就像是一开始一样，又只剩四个人了。"梅里说，"我们把大家一个一个都留在身后，看起来就像一场缓慢淡出的梦境啊！"

"对我来说可不是，"佛罗多说，"我觉得比较像是慢慢落进梦乡。"

第八章
收复夏尔

当夜幕落下，一行人终于又累又湿地来到烈酒桥时，他们发现路被挡住了。桥的两端都设有装着尖刺的大门，他们还看到河对岸那边多了几栋新盖的房子：两层楼、有着狭窄方形窗户的屋子，里面灯光昏暗，看起来阴森森的，一点也不符合夏尔的风格。

他们大力敲打外门，扯开喉咙大喊，一开始，根本没有人回应；接着，出乎他们意料的是，竟然有人吹响了号角，窗内的灯火立刻熄灭了。一个声音在黑暗中大喊：

"是谁？快走！你不能进来，你看不懂告示牌吗？日落之后，日出之前，不得进入！"

"这里黑漆漆的，我们当然什么鬼都看不见，"山姆不甘示弱地大吼，"如果夏尔的霍比特人在这种湿淋淋的夜晚得被关在外面，等我找到告示牌，我就要把它扯烂。"

窗户关了起来，一群霍比特人拿着油灯由左边的屋子跑了出来。他们打开内侧的大门，有些人走到桥上，当他们看见来客时，纷纷露出害怕的表情。

"快过来！"梅里认出其中一名霍比特人，"霍伯·海沃，你如果认不出是我，也不怪你！我是梅里·烈酒鹿，我要知道这到底是怎么一回事，你这个雄鹿地的人又怎么会在这里？你应该是在干草门那边才对。"

"天哪！是梅里先生，一点也没错，看他全副武装要打仗的样子！"

老霍伯说:"妈呀,他们说你早就死了!都说是在老林里面失踪了。看见你还活着我真是高兴啊!"

"那就不要躲在门后大喊,快把门打开!"梅里说。

"抱歉,梅里先生,可是上级有命令。"

"哪个上级?"

"袋底洞的老大。"

"老大?老大?你是说罗索先生吗?"佛罗多说。

"我想应该是,巴金斯先生,可是我们现在只能叫他'老大'。"

"是喔?"佛罗多说,"好啦,我很高兴至少他不再姓巴金斯了,很显然现在该是同家族的人让他知道好歹的时候了。"

门后的霍比特人陷入一片寂静。"这样说不好啦,"一个人说,"他会听到,如果你弄出这么大声响,你会吵醒老大的大家伙。"

"我们会用让他大吃一惊的方法吵醒他。"梅里说,"如果你的意思是你的宝贝老大从外面雇了强盗来,那我们回来的就正是时候。"他从小马上跳了下来,在油灯的光芒下找到那告示,将它一把扯下来丢到门后。霍比特人纷纷后退,还是不准备开门。"来吧,皮聘!"梅里说,"我们两个就够了。"

梅里和皮聘翻过门,霍比特人一哄而散。另外一声号角响起。右边的大房子里走出一个高壮的身影,挡住了门口的灯。

"这是怎么搞的!"他大喊着往前走,"有人要破门吗?你们赶快滚,不然我就扭断你们的臭脖子!"然后他停下脚步,因为他在黑暗中看见了亮晃晃的刀剑。

"比尔·羊齿蕨,"梅里说,"如果你不在十秒内把门打开,你会后悔莫及;要是你不听话,我会让你尝尝宝剑的滋味!等你打开这扇门之后,你得给我滚出去,永远不再回来。你这个恶棍无赖,专干拦路抢劫的强盗!"

比尔畏畏缩缩地走到门前,打开了大门。"把钥匙给我!"梅里大喊。那无赖把钥匙朝他的头一丢,然后就冲进黑暗中。当他经过那些小马旁边时,有匹马抬腿踢了一脚,正中目标,他哀叫着消失在森林中,从此再也没有出现。

"干得好,比尔。"山姆指的是那小马。

"你们的大家伙已经被解决了。"梅里说,"我们等下再来看看老大是怎么一回事。现在,我们想要有个过夜的地方,既然你们把'大桥'旅店拆了,改成这个丑东西,你们就得要想办法接待我们。"

"抱歉,梅里先生,"霍伯说,"可是上面不准。"

"不准什么?"

"留宿外人,多吃食物,还有诸如此类的事。"霍伯说。

"这个地方是怎么搞的?"梅里说,"是今年收成不好,还是怎么样?我以为今年夏天风调雨顺,收成应该很好。"

"是没错,今年收成相当不错,"霍伯说,"我们种了很多粮食,但是我们不确定这些粮食的下落。那些'收集者'和'分粮者'到处点收,把东西储存起来。他们只收集,几乎不分粮,大部分的东西就这么消失不见了。"

"喔,算了!"皮聘打着哈欠说,"我今晚不想听这么令人厌烦的事。我们自己带有吃的东西,只要给我们一个房间能躺下来就好了。这里会比我曾经住过的许多地方好多了。"

门边的霍比特人似乎还是局促不安,很显然这又违反了其他某种规定;但是,他们不敢违抗这四名雄赳赳气昂昂、全副武装的旅人,他们当中还有两人身材异乎寻常地强壮高大。佛罗多下令再将门锁起来。无论如何,当外面还有盗匪肆虐的时候,保持警戒是有道理的。然后四名伙伴便找了个霍比特人住的营房钻了进去,尽可能地让自己过得舒服一些。这是个四壁空空非常丑的地方,柴火也不够,烧不出什么像样能取暖的火来；上面的房间里有几排硬床，每面墙上都贴着布告和各种规定的列表。皮聘把它们全撕了下来。这里没有啤酒，吃的东西也很少，不过，一行人把背包里面的食物拿出来分一分之后，所有的人还是都饱餐了一顿。皮聘打破第四条规定，把绝大部分第二天的木柴配额全丢进火炉里。

"好啦，你说说夏尔到底发生了什么事情，我们边抽烟边聊。"他说。

"现在没有烟叶了，"霍伯说，"只有老大的人可以抽。所有的库存似乎都没有了。我们听说装满烟叶的大车离开南区，沿着古道而下，越过萨恩渡口；那大概是在去年年底的时候，在你们离开以后。不过，据说在那之前烟叶就已经开始少量地往外运。那个罗索——"

"霍伯·海沃，你最好不要多嘴！"其他几个人大喊道，"你知道上头不准我们谈这些事情的。老大会听到，我们就都有麻烦了。"

"只要你们当中没人去打小报告，他就不会知道。"霍伯生气地回嘴。

"好啦，好啦！"山姆说，"这样已经够了，我也不想听了，没人欢迎、没啤酒、没烟抽，竟然只有一大堆狗屁规定和半兽人的生活。我希望能够先休息，因为明天一定得好好整顿一番。我们先好好睡一睡，等明天早上再说吧！"

新的老大很显然有特别的办法获取情报。从大桥到袋底洞有四十哩，但还是有人急匆匆地赶了过去。很快的，佛罗多和朋友们就发觉了这个状况。

他们原本并无确切的计划，只想一起先到溪谷地，在那边休息一阵子；但是，在看见目前的情形之后，他们决定立刻直接前往霍比特屯。所以，第二天他们就沿着大路稳步前进。风已经停了，但天空依旧一片晦暗，大地看起来有些哀愁和凄凉；但这毕竟已经是十一月初，秋天已到尾声了。在他们的眼中，附近似乎在烧很多东西，浓烟从许多地方冒了出来；在远处林尾的方向，有一大团黑烟。

随着黄昏降临，他们来到了蛙村附近，这是在大陆旁的一个小村庄，大概距离大桥有二十二哩左右。他们本来准备在这边过夜。蛙村的浮木旅店是间相当不错的小旅馆。但是，当他们来到村庄的东缘时，遇到了一个路障，上面挂着一块大牌子写道：此路不通。路障后方站着一大群夏尔警备队，手中拿着棍子，头上插着羽毛，看起来十分威严，却又一脸恐惧。

"这是搞什么鬼？"佛罗多强忍住笑问道。

警备队队长，一名头上插着两根羽毛的霍比特人说："就是你看到的样子，巴金斯先生。我们要以破门而入、撕毁规定、攻击守门人、非法入侵、未经允许在夏尔睡觉，以及用食物贿赂守卫的罪名逮捕你。"

"还有吗？"佛罗多说。

"这些就应该够了。"警备队队长说。

"如果你想要的话，我还可以再加上几条。"山姆说，"臭骂你们的老大，想要挥拳痛打他恶心的臭脸，觉得你们这些警卫像一群白痴。"

"好了，先生，你说够了。老大命令你安静地过来。我们准备把你们带到临水路那边，交给老大的手下；等到他来处理你们的案子的时候，你们再辩解吧。不过，如果你们不想在牢洞里面待太久，我建议你们少说一点。"

佛罗多和伙伴们哄堂大笑，让队长觉得相当尴尬。"别傻了！"佛罗多说，"我爱去哪里就去哪里，几时去也是我的事。我正准备要去袋底洞处理点私事，如果你们坚持要一起来，那就随便你们。"

"好极了，巴金斯先生，"队长将路障推开，"但请别忘记我已经逮捕了你！"

"我不会的,"佛罗多说,"我永远不会忘记;但以后我会原谅你的。我今天不想再走了,所以诸位若肯护送我到浮木旅店去,我会乖乖听话的。"

"没有办法,巴金斯先生,旅店已经关掉了。在村子的另外一边有个警备队的营房,我带你去那边好了。"

"好吧,"佛罗多说,"你们先请,我们随后跟上。"

山姆仔细地打量过这些警备队员,终于找到了一个他认识的家伙。"嘿,这不是罗宾·小鸡吗?"他大喊着,"过来,我要和你说话!"

被点名的小警员畏缩地看了队长一眼,对方虽然生气,却不敢出声干涉。于是罗宾退后几步,走到下马的山姆身边。

"听着,小鸡罗宾!"山姆说,"你是在霍比特屯长大的,应该知道不能和佛罗多先生作对吧!还有,旅店为什么关门了?"

"它们全都关了,"罗宾说,"老大不开放啤酒销售,至少一开始是这样的,但我想应该都被他手下喝掉了。而且他也不准人们到处跑,如果他们必须到别的地方,这些人得去警备队报到,说明原因。"

"和这堆胡说八道的人搞在一起真是丢人,"山姆说,"你以前不是很喜欢待在旅店里面吗?不管你是不是当班,你每次都会溜进去。"

"山姆,如果可以的话,我也想啊。不要逼我嘛!我能怎么办?你知道我七年前就当上警员了,那是在这一切开始之前。那才让我有机会到处跑跑,看看朋友、听听消息,知道哪里有好啤酒;但现在情况不同了。"

"可是,如果这不再是个受尊敬的工作,你可以放弃不干啊!"山姆说。

"上头不准。"罗宾回答。

"如果我再听到什么'不准'的话,"山姆说,"我就要生气了。"

"我可不会说我不乐意见你发火。"罗宾压低声音说,"如果我们一起生气,可能可以改变些什么。但是,山姆,关键在那些人类,那些老大的手下。他会派他们到处跑,如果我们这些小家伙胆敢起来争取权益,他们就会把我们拖去牢洞。他们先是把老水饺——喔,就是市长威尔·小脚抓去关起来,然后他们又抓了更多人。最近状况越来越糟,现在他们开始打人了。"

"那你为什么要帮他们干活?"山姆生气地说,"是谁派你来蛙村的?"

"没有人。我们都留在这个警备队营房里面,我们现在是东区第一战队了。现在已经有一百多个警备队员,他们还想要找更多人来执行这些新规定。大多数人都是被强拉进来的,但有些人不是;即使是在夏尔,也有一些人喜欢多管闲事和说大话。还有更糟糕的,有些人会替老大和他的手下刺探消息。"

"啊!所以你们就是这样得知了我们前来的消息,对吧?"

"没错,我们现在不准送信了,但是他们还是利用以前的快递系统,在不同的地方安排有专门的跑腿送信者。昨天有人从小畦那边送了份'密件'过来,另一个人从这边接手。今天下午就有消息送回来,说要逮捕你们,把你们送去临水路,而不是直接带去牢洞。很显然是老大想要立刻见你们。"

"等到佛罗多跟他算完账之后,他就不会这么急着见我们了。"山姆说。

蛙村警备队的营房和大桥边的一样烂。这里的只有一层楼,但窗户同样狭窄,而且是用难看的灰砖盖得歪七扭八。屋子里又湿又冷,晚餐就在一张看起来好几个星期没擦过的桌子上吃,食物也同样糟糕。一行人很高兴可以摆脱这个地方。这里距离临水路大概有十八哩,他们早上大约十点时出发。他们本来可以早点出发,如此刻意拖延摆明是要气一气队长。西风已经转为北风,变得更冷了,但雨已经停了。

事实上,众人离开村庄的模样相当搞笑,只是那些出来围观的人不太确定老大准不准他们在这时候大笑。有十几名警员奉命护送这些"囚犯",但梅里逼他们走在前面,佛罗多和朋友们则是骑马跟在后面。梅里、皮聘和山姆旁若无人地谈笑、唱歌,警员们则是板着脸往前走,试图装出一副很威严的样子;不过,佛罗多却是沉默不语,神情显得若有所思与哀伤。

他们最后经过了一名正努力修整围栏的老爹身边。"哇哈!"他取笑道,"到底是谁抓谁啊?"

两名警员立刻离开队伍,冲向他。"队长!"梅里大声说,"命令你的部下回到原来的位置,不然我就要亲自动手了!"

两名霍比特人在队长严厉的喝令下,一脸愠怒地走了回去。"现在继续前进!"梅里说,在那之后,他们刻意加快小马的脚步,逼得警员们在前面拼了老命往前跑。太阳冒出头来,即使在这寒风中,他们也很快就开始喘气和冒汗。

到了各区分界石的时候,他们终于放弃了。这群人已经走了将近十四哩路,只有在中午时休息过一次。现在已经三点了;他们又饿又累,已经无法以这速度赶路了。

"好啦,你们自己慢慢走吧!"梅里说,"我们要继续赶路了。"

"再见啦,小鸡罗宾!"山姆说,"我会在绿龙旅店外面等你,希望你没忘记那在哪里。路上别乱跑耽搁啦!"

"你们这是脱逃和破坏规定,"队长不高兴地说,"这可不能叫我负责。"

"我们还会打破很多规定,也都不会叫你负责的。"皮聘说,"祝你好运啦!"

四名旅人继续前进,当太阳开始缓缓沉入西边远方的白岗时,他们终于来到了临水路宽阔的水塘边。在这里,他们才第一次感受到痛苦的打击。这是佛罗多和山姆从小长大的地方,他们这才发现,自己看重这地胜过世界上任何其他的地方。许多他们自小看到大的屋子都不见了;有些似乎是被烧掉的。原来位于水塘北边一整排赏心悦目的霍比特地洞全都荒废了,它们原本一路延伸到水边的美丽小花园现在也长满了杂草。更糟糕的是,沿着水塘边,也就是原来霍比特屯路沿岸而行的一边,兴建了一整排丑陋的新屋子。那里本来是一条林荫大道,现在树全都没有了。当他们顺着路往上望向袋底洞时,他们惊骇地看见,远处有座砖块砌成的高大烟囱,正不停地朝着黄昏的天空排放黑烟。

山姆觉得满腔怒火。"佛罗多先生,我要带头冲进去!"他大喊着,"我要去看看怎么搞的。我得要去找我老爹!"

"山姆,我们最好先弄清楚这边是什么状况。"梅里说,"我猜那'老大'应该会有一帮流氓手下;我们最好先找个能告诉我们这里究竟是个怎么状况的人。"

但是,在临水路一带,所有的屋子和地洞全都门窗紧闭,没有人出来跟他们打招呼。这让他们觉得很奇怪,但他们很快就发现了其中的原因。他们走到霍比特屯尽头的绿龙旅店,看见这栋现在了无生气、窗户破烂的房子时就明白了;他们还看见六七个猥琐的男人靠着旅店的墙壁聊天,他们的眼睛很小,脸色泛黄。

"看起来就像布理那个比尔的朋友。"山姆说。

"我在艾辛格也看到很多这种长相的人。"梅里嘀咕着。

这些坏蛋们手中拿着棍棒,腰间挂着号角,但除此之外似乎没有别的武器。当一行人骑近时，他们离开了墙壁，走到路中央挡住去路。

"你们要去哪里？"一个最高大、看起来最邪恶的家伙说，"再过去不是你们能走的路了，那些宝贝警员到哪里去了？"

"正在后面赶过来，"梅里说，"或许是有点腿酸吧，我们答应要在这里等他们。"

"啥？我刚刚不是说过了，"那个坏蛋对同伴说，"我告诉萨基说最好不要相信那些小蠢蛋，我们应该派我们自己的人过去才对。"

"哼，那会有什么差别吗？"梅里说，"我们这边是不常有拦路打劫的强盗啦，但我们知道要怎么对付他们。"

"拦路打劫？"那人说，"你们用这种态度说啊？最好赶快改一改，要不然我们会帮你改的。你们这些小家伙也太盛气凌人了。你们不要太依赖老大的好心肠啊！现在萨基来了，他会照着萨基的话做。"

"那又会是怎么样呢？"佛罗多平静地问。

"这个地方需要清醒清醒，好好整顿一下，"那坏蛋说，"萨基正在做这件事，如果你们逼他，他会来硬的。你们需要更大的老大。如果还有更多麻烦，年底以前就会有个更大的老大来管你们。你们这些小老鼠，到时就可以学到一点教训。"

"是啊，我真高兴可以先听到你们的完美计划。"佛罗多说，"我正准备要去找罗索大人哪，他或许会有兴趣听听你讲的这番话。"

那坏蛋笑了。"罗索！他早就知道啦，你别担心。他会照着萨基的话办事。因为如果老大惹麻烦，我们可以换老大，明白吗？如果有小家伙想插手管闲事，我们可以把他们统统除掉，明白吗？"

"是的，我明白了。"佛罗多说，"至少我明白你们这里实在是跟不上时代了。自从你们离开南方之后，发生了许多事情；你们的时代已经过去了，所有的坏蛋都一样。邪黑塔已经崩溃，人皇已经在刚铎登基了；艾辛格已经被摧毁，你们的宝贝主人已经成了荒野中的乞丐；我在路上还遇到过他。人皇的使者很快就会来绿荫路了，不会有艾辛格的强盗来支持你们了。"

那人瞪着他，露出了笑容。"荒野中的乞丐！"他模仿着，"喔，是吗？尽管乱掰，尽管乱说吧，你这吹牛的小公鸡，但这可不能阻止我们在这片肥沃的土地上住下来，你们在这里也舒服得够久了。而且——"他在佛罗多的面前一弹手指，"人皇的使者！真好啊！如果我看到的话，我会记住的！"

这对皮聘来说实在太过分了。他的思绪飘回到可麦伦平原上的庆典，而眼前这个下三滥竟然称呼魔戒持有者为"吹牛的小公鸡"！他掀开斗篷，拔出宝剑策马上前，刚铎的黑银制服闪耀着光芒。

"我就是人皇的使者。"他说，"你刚刚说话的对象是人皇的好友，也是西方大地上最著名的英雄之一。你不只坏，而且蠢。跪下来求饶，不然我就用这把杀过食人妖的宝剑叫你好看！"

那柄剑在西沉的夕阳下反射着让人目眩的光芒。梅里和山姆也同时拔出剑，骑到皮聘身边；但佛罗多并没有动作。坏蛋们纷纷后退。恐吓布理的农民，欺负胆小的霍比特人，一直是他们平日的工作；拿着利剑、凶狠的霍比特人可是令他们大为吃惊的景象。而且，这些新来者的声音中，有一种他们从未听过的语调，那令他们感到十分胆寒。

"快走！"梅里说，"如果你们敢再来打搅这村庄，你们会后悔的！"三名霍比特人不断进逼，那些坏蛋转身逃跑，一路沿着霍比特屯路没命奔逃，同时不停地吹着号角。

"好啦，我们回来得正是时候！"梅里说。

"恐怕不是，或许还太晚了，大概来不及救罗索了！"佛罗多说，"可怜的笨蛋，但我还是替他感到遗憾。"

"救罗索？你这是什么意思？"皮聘说，"我们应该是要打垮他吧！"

"皮聘，我想你大概没弄清楚状况。"佛罗多说，"罗索绝不会想把事情搞成这样。他的确是个坏心眼的笨蛋，但他现在进退维谷。这些坏蛋其实才是真正的老大，他们以他的名义横征暴敛，破坏一切；现在，甚至不再需要拿他的名字当挡箭牌了。我猜，他现在应该已经成了袋底洞的囚犯，而且还十分害怕，我们应该设法救他出来。"

"这真是令我吃惊啊！"皮聘说，"我真没想到这趟旅程走到最后，竟然会是在夏尔和混种半兽人以及坏蛋打斗，去救那个死罗索！"

"打斗？"佛罗多说，"嗯，我想可能会演变到那样。不过，请记住：绝对不要杀霍比特人，即使他们投靠了另一边也不要杀他们。我是说，那些真的投效他们，而不是因为害怕才听从坏蛋命令的霍比特人。夏尔的霍比特人从来不会自相残杀，现在也不例外。如果可能的话，最好不要流血。按捺住你们的脾气，直到万不得已的一刻才动手！"

"可是，如果真有很多这种坏蛋，"梅里说，"就一定会打起来的。亲爱的佛罗多，只是感到震惊或哀伤，是救不了罗索和夏尔的。"

"是啊，"皮聘说，"第二次要吓走他们就很困难了。他们这次是没有心理准备。你听见了那号角声吗？很明显附近还有别的坏蛋，等到他们人数聚集得更多时，他们会更大胆的。我们晚上最好找个掩护，虽然我们都有武器，但毕竟我们只有四个人。"

"我有个点子，"山姆说，"我们去南路那边找汤姆·卡顿！他一直都很顽强，而且他有很多儿子都是我的朋友。"

"不行！"梅里说，"找地方掩护是没有用的。人们之前显然都在这么做，而这正好称了坏蛋们的心意。他们会直接大兵来犯，把我们逼到角落，赶我们出去，或是把我们烧死。不行，我们得要立刻采取行动才行。"

"采取什么行动？"皮聘说。

"唤醒整个夏尔！"梅里说，"就是现在！唤醒所有的同胞！你们也看得出来,他们痛恨这一切:除了一两个无赖,以及一些想要身居要职又完全搞不清楚状况的笨蛋之外,每个人都痛恨这一切。夏尔的居民偏安已久,他们不知道该怎么做。他们只需要一根火柴,就会烧成熊熊烈火。老大的手下都明白,他们会想要赶快把我们扑灭,我们的时间并不多了。

"山姆,如果你愿意的话,你可以赶去卡顿的农场,他是这边的意见领袖,也是最坚强的家伙。快点!我要吹响洛汗的号角,让他们听听从来没见识过的乐音!"

一行人骑回到村庄正中央。山姆策马朝南奔向卡顿家;他没跑多远,就听见响彻云霄的号角声,它在山丘中和平原上不停回荡,这号角声让山姆差点想要勒马掉头冲回去。他的小马人立起来,大声嘶鸣。

"冲啊,小子!冲啊!"他大喊着,"我们很快就会回来了。"

然后他听见梅里改变了调子,吹起了雄鹿地的紧急号声,让大地也为之震动。

> 醒来!醒来!失火!敌人!醒来!
> 失火,敌人!快醒来!

山姆可以听见身后传来许多的嘈杂声和开关门的声音。在他前方,灯光纷纷亮起,狗儿狂吠,脚步声四起。在他来到路底之前,农夫卡顿就领着三名孩子冲向他,那是小汤姆、乔力和尼克。他们手中都拿着斧头,挡住了去路。

"等等!这不是那些强盗。"山姆听见农夫说,"从体型看起来应该是霍比特人,但穿着很奇怪。嘿!"他大喊道,"你是谁,这又是怎么一回事?"

"是山姆——山姆·詹吉,我回来了!"

老农夫卡顿又走近了些,趁着天光打量他。"哇!"他吃惊地说,"声音是没错,山姆,你的脸也没怎么变,但你穿成这样,我在大街上碰到也认不出你来。看来你去了很远的地方;我们都担心你已经死了。"

"我才没死!"山姆说,"佛罗多先生也还活得好好的。他和朋友们也都在这里。那声音就是他们弄出来的,他们想唤醒夏尔。我们准备赶走那些坏蛋,还有他们的老大。我们准备现在就开始!"

"很好,好极啦!"农夫卡顿大声说,"终于让我等到了!我一整年都想要推翻这些家伙,但人们就是不肯帮忙。而我还得顾及老婆和小玫。那些坏蛋不是没有人撑腰啊。但是现在,孩子们,快点来!临水路要起义啦!我们最好不要错过!"

"卡顿太太和小玫怎么办?"山姆说,"把她们单独留在这边不安全。"

"我家的尼伯斯会留下来,如果你有心的话,也可以去帮帮他。"老农卡顿说完咧嘴一笑,然后他和儿子们就朝村中跑去。

山姆匆忙赶到屋前,卡顿太太和小玫就站在院子里屋前石阶上的大圆门旁,尼伯斯抓着稻草叉站在两人前面。

"是我!"山姆边靠近边大喊,"是山姆·詹吉!尼伯斯,你可别刺我啊。不过,其实没什么关系,我里面有锁子甲。"

他从马上跳下,走上石阶;三人沉默地瞪着他。"晚安哪,卡顿太太!"他说,"你好哇,小玫!"

"嗨,山姆!"小玫说,"你到哪里去了?他们都说你死了;但我从春天就一直等着你回来。你们一点也不急,是吧?"

"或许吧,"山姆有些尴尬地说,"但我现在就比较急了。我们准备对付那些坏蛋,我得要赶快回到佛罗多先生身边。但我想我可以先看看卡顿太太过得怎么样，还有你，小玫。"

"我们过得很好，谢谢你！"卡顿太太说，"如果不是这些偷抢拐骗的家伙，应该算是过得很好。"

"好啦，你快走吧！"小玫说，"如果你之前一直照顾佛罗多先生，现在局势正危险，你怎么可以抛下他不管？"

这话对山姆来说听了实在有点受不了；若要回答恐怕得花上一整个星期，还不如算了。他转过身，骑上马，但正当他准备离开时，小玫跑下阶梯。

"山姆，我觉得你看起来很帅！"她说，"现在快去吧！要小心照顾自己！等你除掉那些坏蛋之后，赶快回来这边！"

当山姆赶回去的时候，发现全村的人都已经醒了过来；事实上，除了很多年轻的霍比特人之外，已经有一百多个壮年的霍比特人拿着斧头、重锤、长刀和棍棒赶了过来。几个人甚至带着狩猎用的弓箭，还有更多的人正从外面的农场赶过来。

几个村民点起了一大团火，一方面是为了让大家显得更有生气，一方面也是因为这是老大禁止的事情之一。随着夜晚降临，熊熊的烈火越烧越旺。其他人则是在梅里的号令下，在村子两端的道路上设起了路障。当警员们赶到路的一端时，他们无不瞠目结舌，不知如何是好；但是一等他们明白状况之后，大多数人都拔下羽毛加入这场起义，其他人则是悄无声息地溜走了。

山姆在营火边找到了正在和农夫卡顿谈话的佛罗多和伙伴们，临水路的居民则是敬佩地站在一旁围观。

"好啦，下一步该怎么办？"农夫卡顿说。

"我不确定，"佛罗多说，"我得多知道一些情况才行。这些强盗有多少人？"

"很难说。"卡顿说,"他们经常到处跑,来来去去。有些时候他们在霍比特屯会有五十来人;但是他们会到处游荡,照他们所说的去'收集'或是偷窃东西。不过,在他们所谓的'老大'身边通常都会有二十来人。他在袋底洞,至少之前还在;但他现在很少离开地洞出来露面了。事实上,已经有一两个礼拜没有人见过他了,而那些人类不让我们靠近。"

"霍比特屯不是他们唯一的根据地,对吧?"皮聘说。

"对,很可惜,"卡顿说,"我听说在长底和萨恩渡口也有不少人;还有些人是鬼鬼祟祟地躲在林尾那边;他们在汇口也有营房。此外,还有他们所说的牢洞:米丘窟的储藏旧地道被他们改造成牢房,用来囚禁胆敢反抗他们的人。不过,我估算整个夏尔地区最多不过三百来人,或许更少。只要我们团结在一起,我们就可以打败他们。"

"他们有什么武器吗?"梅里问。

"鞭子、刀子和棒子,够他们用来欺负我们了;至少到目前为止,他们只亮出这些东西。"卡顿说,"但是,如果起了冲突,我打赌他们还有更多东西;至少有些人有弓箭,他们射死了我们一两名同胞。"

"佛罗多,听见了没!"梅里说,"我就知道我们一定得开打的。好啦,这回是他们先开杀戒的。"

"不完全是。"卡顿说,"至少射人这方面不是;那是图克家先动手的。皮瑞格林先生,你老爸从一开始就不跟那个罗索打交道,他说如果这年头有什么人想要当老大,只有夏尔的领主有资格,而不是什么傲慢的暴发户。当罗索派人过去时,他还是不改口。图克家运气不错,他们在绿丘有很深的洞穴,就是那些大地道什么的,那些强盗也进不去,他们也不让那些家伙进到他们的土地上。如果他们敢大胆侵入,图克家族就会射杀他们。图克家射死了三个入侵和抢劫的家伙。在那之后,这些强盗就变得更残暴了。他们相当严密地监视着图克区,现在人们进不去也出不来。"

"图克家族果然不愧是老图克的子孙哪!"皮聘大喊,"但现在有人要进去了。我要去大地道,有谁要和我一起去?"

皮聘和六七名少年骑着小马离开了。"回头见!"他大喊着,"这边过去只有十四哩,我明天一早就会带图克家的大军前来支援。"梅里在他们走了之后又吹了一声号角,众人纷纷欢呼。

"不管怎么样,"佛罗多对附近所有的人说,"我不希望有杀戮,即使是那些坏蛋也是一样;除非是到了最后关头,为了阻止他们伤害霍比特人才行。"

"好啦!"梅里说,"从现在开始,霍比特屯的那帮坏蛋随时都有可能来拜访我们,我想他们可不会是来和我们聊天的。我们会试着和平解决,但我们必须做好最坏的打算。我有个计划!"

"很好,"佛罗多说,"交给你来安排。"

就在这时,被派去霍比特屯探查情况的几名霍比特人跑了回来。"他们来了!"他们说,"大概二三十个。但是当中有两个往西跑了。"

"我想应该是去汇口那边。"卡顿说,"应该是去找更多帮手。好啦,反正来去都是十五哩,我们暂时还不需要担心他们。"

梅里匆忙前去发号施令。农夫卡顿清开街道,把所有人都赶进屋内,只有拿着武器的年长霍比特人留在外面。他们没有等很久,很快的,他们就可以听见对方的大声喧嚣和沉重的脚步声。一大群强盗正往这边走。他们看见路障,不禁哈哈大笑,他们实在很难想象在这个穷乡僻壤,会有什么力量能抵抗二十个他们这样的大汉。

霍比特人打开路障,站到一边去。"多谢你们!"那些人笑着说,"在我们拿出鞭子来之前,你们最好赶快回家上床去。"然后,他们沿街大喊:"快把火灭掉!进屋去,留在里面!不然我们就要抓五十个人去关一年。快进去!老大不高兴了。"

没有任何人理会他们的命令。在那些流氓经过之后，他们无声无息地聚拢，紧跟在后面。当那些坏蛋走到营火边时，农夫卡顿单枪匹马地站在那边烤手。

"你是谁，你以为你在干嘛？"流氓头子说。

农夫卡顿缓缓抬起头，"我正准备问你这问题哪！"他说，"这不是你的家园，也不是你该待的地方。"

"我们可想要替你找个地方待啊，"头子说，"我们要抓你，弟兄们，抓住他！带他去牢洞，好好招呼他，让他安静点！"

坏蛋们朝他走了一步，就停了下来。他们四周突然喧哗起来，他们这才突然意识到农夫卡顿并不孤单，他们被包围了。在火光边缘的黑暗中有一圈霍比特人，他们从阴影中悄悄走出来，差不多有两百多人，每个人都拿着武器。

梅里上前一步说道："我们之前见过面。"他对头子说："我警告过你别再回来。我再警告你一次：你站在亮处，附近都是弓箭手，如果你敢碰这农夫或任何其他人一根汗毛，你立刻就会被射死。放下你们所有的武器！"

头子看着四周：他被困住了；但他并不害怕，他身边还有二十几个弟兄支持他呢。他对霍比特人太不了解，以至于低估了眼前的危险。他愚蠢地决定抵抗，突围应该很简单。

"上啊，弟兄们！"他大喊着，"让他们见识一下！"

他左手拿着长刀，右手拿着棍子，朝着包围圈冲过去，企图冲回霍比特屯。他对准挡路的梅里狠狠砍去，但四支箭同时射中他，将他当场射死。

这对其他人来说已经够了，他们投降了。他们全被缴了械，然后被绑在一起，再被押到一个他们自己盖的小屋内。然后，霍比特人将这些人的手脚全绑起来，锁上门，派人在外面看守。那个死掉的头子被众人拖去埋了。

"这看来太简单了,对吧?"卡顿说,"我就说我们可以打垮他们的。但我们需要有人登高一呼。梅里先生,你回来得正好。"

"还有更多事情要做。"梅里说,"如果你推测的没错,我们只不过解决了十分之一的问题而已。现在天黑了,我想他们的第二次攻击应该会是在天亮之后,然后我们得去拜访一下老大。"

"为什么不是现在?"山姆说,"现在也不过六点左右。我想要见见我老爹。卡顿先生,你知道他怎么样了吗?"

"他过得并不好,山姆,但也不算差。"农夫说,"他们挖掉了袋边路,这对他来说是一大打击。他现在住在那些老大的手下所盖的房子里面,他们除了放火跟偷东西,就只会盖房子;他住在临水路底一哩左右的地方。他得空的时候会来找我,我会想办法让他吃得比一些可怜的人要好;当然,这都是违反规定的。我本来想要把他接过来,但这也不准。"

"卡顿先生,实在太感激你了,我永远不会忘记的!"山姆说,"但我好想要见见他。那个老大和他们说的什么萨基,在天亮之前可能还会在那边干出什么坏事的。"

"好啦,山姆,"卡顿说,"挑一两个小家伙陪你,把他接到我家去。你不必经过水塘靠近霍比特屯那边,我家的乔力会帮你带路。"

山姆离开了,梅里沿着村外安排了哨兵,在路障口则安排了夜卫,然后他和佛罗多随农夫卡顿一起离开。他们和农夫一家人坐在温暖的厨房里,卡顿家人礼貌性地问了几个关于这次旅行的问题,但对答案并不真正在意,他们比较关心夏尔的状况。

"这一切都是痘王开始的,喔,这是我们替他取的绰号,"卡顿农夫说,"佛罗多先生,这是从你一离开之后就发生的。痘王想到了一些怪主意，看起来他是想要拥有一切，还要指使其他人。没多久，他就拥有了远超过他所需要的东西；而他还是想要更多，只是，他从哪里弄来的资金就是个谜了。他买了磨坊、仓库和旅店，还有农场、烟叶田。在他来到袋底洞之前，似乎就已经从山迪曼手中买下了磨坊。

"当然，他一开始在南区就继承了很多他爹留给他的财产；看来他卖了很多最上等的烟叶，过去一两年间都偷偷地往外运。到了去年年底时，他开始送走大批大批的东西，不只是烟叶。货品开始短缺，冬天也来了。人们开始不高兴，但他有他的回应。一大群人类，大部分是强盗无赖之流，拖着大车过来了；有些是把东西往南运，有些则留了下来。然后来了更多的人。在我们搞清楚状况之前，他们已经在整个夏尔定居下来，到处砍树挖洞、任意盖屋破坏。一开始痘王都会赔偿损失和破坏；但很快的，他们就开始到处颐指气使，任意妄为。

"然后开始起了一些小争执，但这还不够。市长老威尔去袋底洞抗议，但他根本没到那边，半路上就被那些坏蛋抓走了，关在米丘窟的洞穴里，到现在他人还在那边。在那之后，大约是新年左右，就不再有市长了。痘王开始自称是警长老大，或只称老大，然后开始高压统治；如果有人胆敢心生不满，他们就会步上威尔的后尘。因此，事情越变越糟糕。除了人类之外，没有人有烟叶可抽；老大禁售啤酒，只有他的属下有得喝，他还关闭了所有的旅店；除了规定越增越多之外，其他的东西都变得越来越少，除非你能在那些坏蛋前来搜刮时偷藏一些起来，他们说那是要'平均分配'，意思就是他们全部拿走，我们什么都没有；如果你吞得下去，你可以到警备队分一点残羹剩饭。一切都变得很糟糕。而自从那个萨基来了之后，状况更是急转直下。"

"这个萨基是谁？"梅里说，"我听到有个流氓提到他。"

"看来是这些坏蛋中最坏的一个。"卡顿回答，"在上次收割的时候，或许是九月底，我们第一次听到他。我们从来没见到过他，只知道他在袋底洞；我猜他现在是真正的老大了。所有的坏蛋都听他的，而他说的都是破坏、放火、捣毁，现在竟然到了杀戮的程度。他们一点也不会有罪恶感。他们会砍倒树木，就让它们枯死，他们烧掉屋子也不会再盖。

"就拿山迪曼的磨坊来说好了。痘王一搬进袋底洞，几乎立刻就把它拆了。然后他带了很多相貌丑陋的人类来，盖了一座更大的，里面装了很多轮子和外地的什么鬼玩意儿。只有那个傻泰德觉得很高兴，他的工作现在成了替那些人清洁轮子，亏他老爹还是磨坊主人呢！根据痘王的说法，他是想要更快地磨更多的麦子。他还有其他类似的磨坊。但你得要有麦子才能磨啊；我们的生产也没有比以前多，根本没办法供给这些新磨坊。自从萨基来了之后，他们根本就不再磨谷物了。那些磨坊每天不停地敲敲打打，冒出恶臭和浓烟，霍比特屯连晚上也不得安宁。他们会故意倒出脏水，把这边低地的水源都污染了，这些脏水全都流到烈酒河去了。如果他们想把整个夏尔都变成沙漠，那这可是个正确的做法。我不认为那个愚蠢的痘王在背后操控这一切，我推测是萨基。"

"没错！"小汤姆说，"对啦，他们甚至抓走了痘王的老妈，那个罗贝莉亚，大家都知道他很爱她，不会干这种事。霍比特屯有人看到了，她正拿着旧雨伞走在路上，有些坏蛋推着大车往上走。

"'你们要去哪里？'她问。

"'去袋底洞。'他们说。

"'干嘛？'她问。

"'替萨基盖房子。'他们说。

"'谁准你们的？'她说。

"'萨基说的，'他们回答，'老妖婆，别挡路！'

"'你们这些强盗，我会让你们的萨基得到教训！'她拿起雨伞就对那个有她两倍高的头子打过去。他们就这样抓走了她,不看她一把年纪,居然把她关到牢洞里。他们还抓走了不少我们的朋友,但她可是其中抵抗最激烈的人哪!"

正当众人聊到一半时,山姆带着老爹冲了进来。老詹吉看起来并没有显得更老,但听力似乎变差了些。

"晚安哪,巴金斯先生!"他说,"我真高兴看见你平安归来。但请容我大胆挑剔一下,你根本不应该卖掉袋底洞的,我以前就这么说过;一切坏事都是这样开始的。当你在外国旅游的时候——我听山姆说,你是在那边山区里追赶黑影人,不过为了什么他也没说清楚——就在这时候那些人来了,他们挖掉了袋边路,把我的马铃薯都给毁了!"

"詹吉先生,我真是非常抱歉。"佛罗多说,"但我现在回来了,我会尽力补偿你的。"

"好啦,这样就够了。"老爹说,"佛罗多·巴金斯先生是个最慷慨的霍比特人,我从以前就这样说,不过其他和他同姓的人可就不一定了。我希望山姆很乖,没有惹事吧?"

"乖得很,棒极了,詹吉先生。"佛罗多说,"事实上,不知道你相不相信,但他是全世界最有名的人之一了!从海边到大河流域,都有人替他写歌,歌颂他的丰功伟业。"山姆涨红了脸,但他感激地看着佛罗多,因为小玫的眼中发着光,正冲着他笑。

"我可真难相信哪!"老爹说,"但我看得出来他这次肯定交了一些怪朋友。他的铁背心哪里来的?不管穿起来好不好看,我可穿不习惯这种铁衣服。"

农夫卡顿一家人和客人全都起了个大早。一夜无事,但在天亮之后一定会有更多麻烦的。"看起来袋底洞似乎没有剩什么流氓了,"卡顿说,"但汇口那边的恶棍应该很快就会到了。"

大伙用过早餐之后,图克区的使者骑马到了,他的情绪非常振奋。"领主通知了全区,"他说,"消息传得像野火一样快。那些监视我们那地的坏蛋,还活着的都往南逃了。领主派人紧追在后,准备把更大帮的匪徒在路上拦住;但他还是派皮瑞格林先生带了能分派出来的人力前来支援。"

第二个消息就比较不妙了。离开一整夜的梅里在十点左右骑马赶了回来。"大概四哩之外有一大群敌人,"他说,"他们从汇口那边沿着路过来,路上有许多打散了的坏蛋也加入了他们。他们大概有一百多个人,而且他们还沿路放火。该死!"

"啊!这些家伙是不会谈判的,如果他们抓到机会,一定会下杀手的。"卡顿农夫说,"如果图克家的支援不赶快到,我们最好赶快找好掩护,直接放箭,不必多说。佛罗多先生,在这件事得到解决之前,看来打上一仗是免不了了。"

幸好图克一族来得比较快。他们没多久就到了,从图克地与绿丘来了一百多人,由皮聘率领。梅里现在有了足够的强壮人手来对抗那些坏蛋。斥候回报对方保持着紧密的队形,显然知道附近全都起义了,因此摆明会毫不留情地对付反叛者,残酷镇压这场起义的中心临水地区。不过,不管他们有多凶悍,他们当中似乎没有懂得战术的领袖。他们无任何防备地来了,梅里很快地部署好他的战略。

坏蛋们沿着东路走过来,他们毫不停顿地转向临水路,这路有一段是上坡,两边有高筑的堤岸,坡顶有低矮的树篱。绕过一处弯道,离主要道路十多呎远的地方,他们碰上了一辆翻倒的老旧农车挡住去路,这让他们停了下来。就在这时候,他们注意到就在他们头顶上两边的树篱后方,站满了一排的霍比特人。在他们身后,其他的霍比特人又

从附近推出了之前隐藏起来的车子,也把他们的退路挡了起来。一个声音从坡上对他们说道:

"好啦,你们已经走进陷阱中了。"梅里说,"你们从霍比特屯来的同伴也一样,一个死了,其他的都成了俘虏。放下你们的武器!退后二十步,坐下。任何想要突围的都会被射杀。"

但这次,这些坏蛋没这么容易就屈服。其中有几个人听话照做,但很快就被同伴阻止了。有二三十人冲向后方的车子,六名被射死,但其他人突出包围,杀死了两名霍比特人,然后就朝向林尾的方向四散奔逃。这些人跑到一半又有两人倒下。梅里吹响了号角,四野传来许多的响应。

"这些人逃不远的,"皮聘说,"现在到处都是我们的猎人。"

后面这边,那些被困在路上的人类仍有八九十名,他们试图爬过路障或爬上堤岸,霍比特人被迫用箭射死不少人,或是用斧头攻击他们。但许多最强悍的亡命之徒从西边突围,凶狠地攻击包围者,这时他们想要杀人已经多过想要逃跑。几名霍比特人战死,其他的人开始动摇了,原先守在东边的梅里和皮聘赶了过来,对流氓们展开攻击。梅里亲手杀死了一个带头的家伙,对方是个斜眼壮汉,看起来像是名高大的半兽人;然后他让霍比特人全都退开,将剩余的人类包围在弓箭手的火网中。

最后,一切都结束了。有将近七十名流氓被杀,数十名被俘,十九名霍比特人战死,三十多名负伤。流氓们的尸体用车子拖走,丢进附近的一个旧沙坑里掩埋,这里从此就被称为"战坑";牺牲的霍比特人则被一起合葬在山丘旁的一块墓地中,该地稍后竖起了一块大石纪念碑,并且也建造了一座花园。一四一九年的"临水之战"就这么结束了,这是夏尔发生的最后一场战斗,也是自从一一四七年北区的"绿野之战"以来唯一的一场战斗。虽然牺牲的人数少得让人庆幸,但也替它在红皮书中争取到了一席之地，所有参与此役的人都名列青史，被日后夏尔的历史学家所熟记。卡顿家的声名崛起就是始于这场战斗。不过，被列在史册之首的当然是威名显赫的梅里雅达克和皮瑞格林将军。

佛罗多也参与了战役，但他并没有拔剑，他主要扮演的角色是拦阻那些因同胞被杀而怒火攻心的霍比特人，不去杀死那些弃械投降的敌人。等到战斗结束，善后工作都安排好之后，梅里、皮聘和山姆回来找他，四人一起前往卡顿家。他们吃了顿较晚的午餐，然后佛罗多叹了口气，说道："好吧，我想现在该是我们前去对付这个'老大'的时候了。"

"没错！越快越好。"梅里说，"也别太心软！他得为带来这些土匪负责，他们所干的一切恶事都得算在他头上。"

农夫卡顿召集了二三十名比较强悍的霍比特人护送他们。"我们只能猜测袋底洞里没有坏蛋留守了。"他说，"但我们不能确定。"然后，众人就在佛罗多、山姆、梅里和皮聘的带领之下出发了。

这是他们这辈子最哀伤的一刻。那巨大的烟囱耸现在他们面前，当他们越过水塘，逐渐接近旧村庄时，透过路两边一排排新盖的、丑陋的砖屋，他们看见了那座肮脏丑陋得难以描述的新磨坊：它是座巨大的砖造建筑，横跨在溪流上，不停地冒出水蒸气，源源不绝地排出污水。临水路沿路的每一株树都被砍掉了。

当他们越过小桥，抬眼望向小丘时，他们全都猛吸一口气。即使山姆见过水镜中的景象，也无法和眼前的情景相比。西边的老屋遭到拆除，取而代之的是一排排涂上漆黑焦油的屋子。所有的栗树全都被砍掉了。灌木丛和道路的两旁一片残破；巨大的马车散乱停放在一块被践踏成光秃一片的草地上。袋边路成了一片荒凉沙地，堆满了砂石和瓦砾。小丘上的袋底洞被一堆高大的房屋挡住，完全看不见了。

"他们把它砍了！"山姆惊喊道，"他们砍了那株宴会树！"他指着比尔博当年发表告别演说的地方。它被砍倒在田野上，已经枯死了。这对山姆来说仿佛是最后一击，他忍不住哭了出来。

一声嘲笑打断了众人的哀痛，前方有一个矮胖的霍比特人懒懒地靠在磨坊的矮墙上。他满脸脏污，双手也是黑漆漆的。"山姆，你不喜欢吗？"他轻蔑地说，"你从前就是个娘娘腔，我以为你已经坐上你老是唠叨个不停的那些船，早早离开这里了。你回来干嘛？现在夏尔这边可有很多工作要做。"

"我也看见了。"山姆说，"没时间清洗自己，倒有时间靠在墙上耍嘴皮。听着，山迪曼先生，我准备替这村庄讨回公道，如果你再啰唆，恐怕你一辈子也付不完！"

泰德·山迪曼对着墙壁啐了一口。"呸！"他说，"你甭想碰我。我可是老大的朋友。如果我再听你乱说，他会好好教训你的。"

"别浪费唇舌在这笨蛋身上，山姆！"佛罗多说，"我希望不会有其他的霍比特人沦落到这种程度，这会比那些人类所造成的破坏都还要严重。"

"山迪曼，你不但肮脏，而且还无礼。"梅里说，"同时，你也真的是跟不上时代了。我们正准备上去除掉你那宝贝老大，我们已经解决掉他的一堆手下了。"

泰德吃了一惊，他这时才看清楚，随着梅里一个手势，一大群护卫迈步走过桥来。他慌张地冲回磨坊，拿出一支号角，死命地吹着。

"别浪费力气了！"梅里大笑着说，"我的号角更好。"他拿出银号角用力一吹，清脆的号声响遍了整座小丘；附近的每个住屋和地洞，霍比特屯的每个霍比特人都欢声雷动地出来迎接他们，一大群人浩浩荡荡地走上山坡前往袋底洞。

在小路的顶端，队伍停了下来，佛罗多和朋友们继续往前；终于，他们来到了真正心念所系的家园。花园中盖满了粗制滥造的小屋,有些挤到了西边的窗户旁,完全挡遮住了光线。到处都是一堆堆的垃圾。门上满布刮痕,门铃绳松松地挂在门上,门铃已经不响了。无论他们怎么敲,都没有任何响应。最后,他们推了一下,门就自动打开了。四人走了进去。整个地方臭得让人反胃,遍地污秽,一片狼藉:看样子已经好一阵子没人居住了。

"那个该死的罗索躲在哪里?"梅里说。他们搜遍了每一间房间,除了老鼠之外,什么活的东西都没找到。"我们要去找外面其他那些屋子吗?"

"这比魔多还要糟糕!"山姆说,"就某方面来说,糟得更厉害。你不会想到它竟一路跟着你回家。人们说家是永远的避风港,而这次连这最后的港口都被污染了。"

"是的,这就是魔多的痕迹,"佛罗多说,"这就是它的影响。萨鲁曼一直在做属于魔多的事,却以为他在为自己打算。而那些受到萨鲁曼诱骗的人也一样,比如罗索。"

梅里强忍恶心,难过地看着四周。"我们赶快出去吧!"他说,"如果我早知道萨鲁曼会把这里搞成这样,我会把我整个背包都塞到他喉咙里面去!"

"没错,没错!但你并没有这么做,所以我才能够欢迎你们回家。"站在门口的就是萨鲁曼,他看起来吃饱喝足,日子过得甚是愉快;他眼中闪烁着邪恶和玩弄敌人的兴致。

佛罗多突然明白了。"你就是萨基!"他惊呼道。

萨鲁曼笑了。"原来你们听说过我啦?我想,我所有在艾辛格的手下都是这么叫我的,或许这是他们对我的昵称吧[①]。不过,很显然你们

[①] 这可能起源于半兽人语中的 sharkú,意思是"老人"。

没意料到我会在这里出现。"

"我的确没有。"佛罗多说,"但我早该猜到才是。甘道夫警告过我,你还有能力可以玩些邪恶的小把戏。"

"当然可以,"萨鲁曼说,"而且恐怕还不只是一些小把戏。你们这些霍比特小英雄,和那些伟人们同进同出,自以为很安全、很开心,真是笑死我了。你们自以为在那边表现得太出色了,现在可以回来乡下赡养终老。萨鲁曼的家被毁了,他也被赶走了,但是没人可以碰你们的家。喔,是的,甘道夫会照顾一切的!"

萨鲁曼再度放声大笑。"他不会的!当他的工具失去利用价值之后,他就将他们弃之不顾。但你们就是死缠着他、跟着他,聊天、瞎逛,绕了两倍远的路。'既然这样,'我想,'如果他们是这种蠢蛋,那我不如抢在他们前头,给他们一个教训。这就叫一报还一报。'如果你们给我更多一点时间、找到更多人手,这个教训会更深刻的。不过,我已经做了够多,你们在有生之年恐怕都无法将它恢复原状了。当我在舔舐伤口时,光想到这一点就让我无比的愉快。"

"好吧,如果你只能从这上面找到快乐,"佛罗多说,"那我真可怜你。但我恐怕这只会是一场愉快的回忆而已。马上离开,再也不要回来!"

村中的霍比特人看见萨鲁曼从一间小屋子里面走出来,他们立刻都蜂拥到袋底洞的门口。当他们听见佛罗多的命令时,立刻愤怒地呐喊道:

"不要让他走!杀死他!他是个杀人不眨眼的坏蛋。杀死他!"

萨鲁曼看着他们充满敌意的脸,不禁笑了。"杀死他!"他捏着嗓子学道,"杀死他!勇敢的霍比特人啊,难道你们以为自己人够多吗?"他挺起胸膛,以黑眸瞪着众人:"别以为我失去了所有的产业,就失去了一切法力!任何敢攻击我的人都将受到诅咒。如果我的鲜血落在夏尔的土地上，这里将变成一片荒凉，永远无法恢复。"

霍比特人退缩了。但佛罗多说："不要相信他！他已经失去了所有的力量，只剩他那可以乘虚而入欺骗你们的声音。但我不愿他被杀。以牙还牙是没有意义的，这不会治好我们的伤口。走吧，萨鲁曼，快点离开吧！"

"巧言！巧言！"萨鲁曼大喊道，巧言从附近的一间小屋里爬了出来，几乎和只狗没两样。"我们又要上路啦！"萨鲁曼说，"这些好人跟小英雄又要赶我们走了，跟我来吧！"

萨鲁曼转身准备离开，巧言畏缩地跟在后面。但正当萨鲁曼经过佛罗多身边时，他猛地拔出小刀，急速朝佛罗多刺去。小刀刺在隐藏的秘银甲上，啪地断成两半。十几名霍比特人在山姆的带领下，大喊着跳上去将这恶徒压倒在地上。山姆拔出宝剑。

"不，山姆！"佛罗多说，"就算现在也不要动手杀他。他没伤害到我。而且，不论如何，我都不希望他在这种满心邪恶的状况下被杀。他以前曾经非常伟大，属于我们不敢举手反对的高贵种族。但他堕落了，我们无法治好他，可我还是愿意饶恕他，希望他能改过自新。"

萨鲁曼站了起来，瞪着佛罗多。他的眼中混杂着惊讶、尊敬和仇恨。"半身人，你成长了。"他说，"没错，你已经成长了许多。你很睿智，却也非常残忍。你剥夺了我复仇的甜美，让我此后必须在痛苦中苟且偷生，永远欠你的恩情。我恨这恩情，也恨你！好，我会走，不再打搅你们。但别妄想我会祝你健康长寿。这两者你都不会拥有。这不是我的诅咒，只是我的预言。"

他缓缓走开，所有的霍比特人都让出一条路给他；但他们紧握着武器的手，指节都因用力而泛白。巧言迟疑了一下，然后还是紧跟着主人。

"巧言！"佛罗多说，"你不需要跟他走。你对我没有做过任何坏事。你可以在这边休息、吃点东西，等你恢复了体力，就可以走自己的路。"

巧言停步，回过头来看着他，似乎真的准备留下来。萨鲁曼转过身。"没做过坏事？"他哈哈大笑，"喔，是啊！即使他晚上偷溜出去，也只是去看星星而已。不过，我刚刚是不是听到有人问罗索躲到哪里去了？巧言，你知道的，对吧？你愿意告诉他们吗？"

巧言趴在地上，抱着头呻吟着："不，不要！"

"那就由我来说吧。"萨鲁曼说，"巧言杀死了你们的老大，那个可怜的小家伙，自以为很行的老板大人。对吧，巧言？我想应该是在他睡梦中把他刺死的吧。我希望他把他埋了；不过，最近巧言肚子一直很饿。算啦，巧言不是什么好东西，你们最好还是把他留给我吧。"

巧言泛红的双眼盈满了仇恨。"是你叫我做的，是你逼我的！"他咬牙嘶声说道。

萨鲁曼笑了，"你总是会照着萨基说的做，对吧？好啦，现在他说：跟上来！"他对着趴在地上巧言的脸上踢了一脚，然后转身离开。就在那一瞬间，有什么东西崩断了——巧言突然站起来，拔出一柄隐藏的匕首，像野狗一般疯狂嘶吼着跳上萨鲁曼的背，一把将对方的头往后拉，割开了他的咽喉，随即哀叫着往小路底下奔逃。在佛罗多来得及恢复镇定或开口之前，三支箭劲射而出，巧言就这么倒下死了。

让站在一旁的众人很惊骇的是，萨鲁曼的身体四周突然冒起了一团灰雾，像是火焰中冒出的浓烟一样慢慢往高空中飘，像是一个裹着尸衣的苍白身影，笼罩在小丘上。有那么片刻它摇晃着，望着西方；但从西方吹来了一阵冷风，它弯身退开，接着在一声叹息中彻底消散了。

佛罗多怀着同情与恐惧看着地上的尸体。就在他面前，那尸体仿佛已经死了很久，一瞬间开始萎缩，干枯的脸皮变得像是挂在骇人骷髅上的破布。他拎起掉在一旁的那件肮脏的斗篷,盖住尸体,然后转身离开。

"这才是了结了。"山姆说,"真是个恶心的结局,我真希望自己没看见这一幕;但这总算是解脱了!"

"我希望这也是最后一仗了。"梅里说。

"我也如此希望。"佛罗多叹气道,"这真是最后一击了。谁想得到,这会发生在这里,就在袋底洞的门前!在我所有的希望与恐惧中,这是我最没预料到的事。"

"在我们把一切脏乱清理完毕之前,我可不会认为这算是结束。"山姆阴沉地说,"这可得花上好多的时间和功夫。"

第九章

灰港岸

    这次事件的善后工作的确大费周章，但所花的时间并不像山姆所担心的那么久。打完仗之后第一天，佛罗多就去米丘窟把关在牢洞里的人全都放了出来。他们所找到的第一个犯人，竟是可怜的佛瑞德加·博哲，他已经不能再被叫作小胖了。当时他率领着一帮反抗者躲在史卡力附近山中的布罗肯洞中，却被那些流氓用烟熏了出来。

    "可怜的佛瑞德加，如果你跟我们一起来就不会这样了！"当大家把虚弱得无法走路的他抬出来时，皮聘说道。

    小胖睁开一只眼，试图挤出一丝笑容。"这个高壮的大声公是谁啊？"他有气无力地说，"该不会是小皮聘吧！你的帽子尺寸变多大啦？"

    然后还有罗贝莉亚。可怜的人，当他们把她从一处阴暗窄小的地窖里救出来时，她看起来非常苍老、瘦弱。她坚持要自己走出去，当她倚着佛罗多，手中还拿着旧雨伞走出来时，竟然受到众人热烈的鼓掌欢迎。她相当感动，眼眶含泪坐上车离去。她这辈子从来没有这么受欢迎过。但她还是被罗索遭到谋杀身亡的消息所击垮了，再也不愿回到袋底洞。她把那里还给佛罗多，回去硬瓶一带和抱腹家人一起住。

    当这可怜的小老太婆第二年去世时（毕竟她已经一百岁了），令佛罗多非常惊讶和感动的是，她把自己和罗索所有的遗产都交给他，用来协助补偿那些因动乱而流离失所的霍比特人。就这样，人们心中的仇恨被抚平了。

老威尔·小脚被关在牢洞里面的时间比任何人都要久,虽然狱卒待他可能没有像对其他人那么坏,但他还是得吃很多东西才能再看起来有市长的威严。因此,佛罗多暂时同意担任他的副手,直到小脚先生恢复身材为止。他在担任副市长期间所做的唯一一件事是裁减警备队员,让他们恢复之前的职务范围和人数;至于驱赶剩下的盗匪的工作就交给梅里和皮聘,他们也很快把工作完成了。南边的无赖在听说了临水一战的消息后,立刻逃之夭夭,不敢再抵抗领主。到了年底,少数幸存的人在森林中被包围,投降的人也都被赶出了边界。

与此同时,修复旧观的工作也在加紧脚步进行,山姆更是忙得不可开交。霍比特人在有需要、心情不错的时候,可以像是蜜蜂一般地整日工作;现在,到处都有成千上百不同年龄的自愿者愿意贡献一己的力量,从小男孩小女孩灵活的手到长满老茧的老爹大妈的手都有。在冬季庆典来到之前,那些萨基的手下所兴建的砖造房屋就全被拆除干净了;拆下的砖块被用来修补许多旧地洞,让它们变得更温暖、更干燥一些。那些被无赖们所藏起来的大量物资、食物和啤酒,都被从谷仓、地洞和屋子里面找了出来,在米丘窟和史卡力的旧谷仓里找到的特别多;因此,这年的冬季庆典大家过得比原先期望的好得多。

在拆除新磨坊之前,众人在霍比特屯所做的第一件事情,就是清理小丘和袋底洞,将袋边路恢复旧观。那些沙坑都被填平、修整成了一个有棚架的大花园,小丘的南面挖了一些新的洞穴,内部全是用砖砌成的。老爹重新搬回了三号洞穴,他经常在人前人后自言自语说:"这真是场让大家都倒霉的变化,而结果竟还变得更好!"

随后,大伙还热烈地讨论了一下,这地区和一排新洞穴应该叫什么名字。有人提议叫"战斗花园"或是"好地道"。不过,在讨论一阵之后，大伙还是同意用霍比特人的惯例，将这边命名为"新边路"。只有临水路的人会开玩笑叫这边为"萨基挂点路"。

遭到最严重损失和破坏的是树木，在萨基的命令之下，树在全夏尔都遭到毫无来由的砍伐；山姆对此感到最为伤心，因为这个伤害要花最久的时间才能治好。他想，这恐怕得要等到他曾孙的年代，夏尔才能恢复昔日的旧观。

然后，突然有一天，他想起了凯兰崔尔的礼物，过去数周他都因为太过忙碌，而无暇思索之前冒险的经历。他拿出小盒子，让冒险家们（全夏尔的人后来都这么称呼他们四人）检查，并且询问他们的意见。

"我还在想你什么时候会想起这件事呢。"佛罗多说，"把它打开吧！"

盒子里面装满了灰色、细柔的粉尘，中间有一粒种子，像是包着银壳的小坚果。"我要怎么用这个东西？"山姆问。

"在有风的日子把它丢向空中，让它发挥它的魔力！"皮聘说。

"发挥魔力在什么事上？"山姆说。

"先挑个地方做实验，看看它会对那边的植物有什么影响。"梅里说。

"我想女皇一定不喜欢我只把它留在自己的院子内，你们看看，现在有那么多人受害了。"山姆说。

"山姆，用你的智慧和经验来判断吧，"佛罗多说，"然后利用这礼物来协助你的工作，把事情做到更好。珍惜地使用它，它的量并不多，我猜一分一毫都是很珍贵的。"

因此，山姆在许多特别美丽，或是为人怀念的大树被砍倒之处又种下了树苗，然后他将这珍贵的粉尘在每株树苗根部撒上一些。他在夏尔东奔西跑地忙碌着，不过，即使他特别偏袒霍比特屯和临水路一带，也没人忍心责怪他。最后，他发现还剩下一点点粉尘，因此，他来到了分界石的地方，这里应该最接近夏尔的中心了，他将粉尘抛向空中，让它们带着他的祝福四散飞扬。他将那小小的银色种子种在原先生长着高大、美丽的宴会树的地方；他也不知道最后它会长成什么样子。一整个冬天，他都尽可能地耐心等候，不让自己一直到处去观察是否有任何的变化。

春天的成果大大超乎他的想象。他种的树开始蓬勃生长，仿佛时光快速地流逝，想要把一年当二十年来用。在宴会场的那块空地上，一株美丽的小树冒出头来：它拥有银色的树皮，长形的树叶，在四月时绽放出金黄的花朵。这真的是梅隆树，它也成为邻近一带的奇景。在往后的年月里，它越长越繁茂美丽，声名远扬，四面八方的人们都不远千里来欣赏它；这是山脉以西、大海以东唯一的一棵梅隆树，而且也是世上最美的树之一。

整体来说，一四二〇年对夏尔来说真是不寻常的丰收年，不只风调雨顺，还有更棒的：一种丰饶、生长的气氛，一种超越了中土世界中匆忙来去的凡尘夏日的美丽光辉。在这一年出生或怀孕的小孩特别多，而且个个英俊美丽、健康强壮，他们大多数都拥有丰美的金色头发，过去这在霍比特人当中是相当少见的。水果产量极丰，那年的小孩几乎都沐浴在草莓和奶油之中；他们会坐在李子树下狂吃，吃到果核能堆积出小金字塔或像征服者面前的骷髅堆时才罢手，然后他们会继续往下一棵树前进。没有人生病，每个人都快快乐乐，只有要割草的人有些抱怨而已。

在南区，葡萄果实累累，烟叶的收成更好得令人吃惊；收割时，到处盛产的玉米几乎把谷仓给塞爆了。北区的酿酒业也成果丰硕，以至于一四二〇年酿造的酒成了人们称赞好酒的代名词。事实上，直到二三十年之后，人们还能在旅店里听见某位老爹在畅饮了一大杯麦酒

371

后，放下杯子感叹道:"啊！这可真是一四二〇年的好酒啊！"

山姆一开始和佛罗多暂住在卡顿家，但当新边路盖好之后，他和老爹一起搬了过去。除了其他繁琐的工作之外，他一直忙着指挥清洁和修复袋底洞的事；不过，他也经常离开家到夏尔各地去执行植树的工作。因此，三月初的时候他并不在家，也不知道佛罗多觉得身体不舒服。那个月的十三号，农夫卡顿发现佛罗多躺在床上，紧抓着挂在胸前的一颗白色宝石，似乎处在半梦半醒之间。

"它永远消逝了，"他说，"一切都只剩下黑暗和空洞。"

但那症状很快就过去了，当山姆在二十五号回来时，佛罗多已经恢复正常，也绝口未提此事。与此同时，袋底洞已经安置妥当，梅里和皮聘从溪谷地把所有的旧家具都搬了回来，因此洞里很快就恢复了旧观。

在一切都准备妥当之后，佛罗多问道:"山姆，你什么时候要和我一起搬进去？"

山姆看起来有点尴尬。

"如果你不想的话，暂时也不急。"佛罗多说，"但你知道老爹就在附近，寡妇伦波会好好照顾他的。"

"不是因为那个，佛罗多先生。"山姆说，他的脸涨得非常红。

"那到底是什么？"

"是小玫。小玫·卡顿。"山姆说，"她似乎不太喜欢我东奔西跑，但由于我没开口，她也不能说什么。我没开口的原因是因为我还有工作得先做。但是，我不久前开了口，她说:'好啦，你都浪费一年了，干嘛再等呢？''浪费？'我说，'我可不这么觉得。'不过，我还是懂她的意思，我觉得很为难哪！"

"我明白了，"佛罗多说，"你想要结婚，但是你又想要和我一起住在袋底洞？亲爱的山姆哪，这很简单呀！赶快结婚，和小玫一起搬进来，你生多少孩子袋底洞都装得下。"

事情就这么解决了。山姆·詹吉和小玫·卡顿在一四二〇年的春天结婚（这年也因婚礼超多而著名），他们一起搬进了袋底洞。山姆认为自己很幸运，但佛罗多觉得自己更幸运，因为整个夏尔没有人比他受到更周详的照顾。当一切的复原工作都安排妥当、开始进行之后，他开始过一种宁静的生活，大量写作，遍阅所有他的笔记。他在夏至的嘉年华时辞去了副市长的职务，可爱的小脚市长又继续主持了七年的宴会。

梅里和皮聘一起在溪谷地住了一段时间，雄鹿地和袋底洞之间的往来也相当频繁。这两名年轻的冒险家在夏尔因他们的歌声、故事、华丽的服装以及丰盛的宴会而大受欢迎。人们会说他们很气派，光是看着他们穿着盔甲、拿着金光闪耀的盾牌骑马、唱着远方的歌谣，众人就会觉得十分感动。虽然他们现在看起来又高大、又威严，但其实作风并没有改变，只除了他们说话变得更文雅，心情变得比以前更愉快。

但是，佛罗多和山姆则恢复了原来的作息，只在有需要的时候，他们会披起一件织工精细、长长的灰斗篷，领间别着美丽的领针。佛罗多先生的脖子上总是挂着一枚白宝石，他经常会无意识地拨弄着它。

一切都上轨道了，人们只觉得局势会越来越好；山姆依然不停地忙碌，满心欢喜，过着对霍比特人来说再好不过的生活。对他来说，这一年完美无缺，只除了对他主人感到有些担心。佛罗多静静地退出了夏尔的一切公开活动，山姆很痛苦地发现，他的主人在自己的国中是如此地默默无闻。没有多少人知道，或是想要知道他的冒险和成就；人们的仰慕和尊敬，几乎全献给了梅里雅达克先生和皮瑞格林先生以及（如果山姆知道的话）他自己。在这个秋天，又有一些过去回忆中的阴影再度浮现。

一天傍晚，山姆来到书房，发现他的主人看起来十分奇怪。他脸色非常苍白，双眼似乎看着遥远的地方。

"佛罗多先生，你怎么了？"山姆问。

"我受过伤，"他回答，"这伤口永远不会真正痊愈。"

但他随后站起身，这阵发作似乎已经过去了，第二天他又恢复了正常。稍后，山姆才想起来那天是十月六日——两年前在风云顶遇上黑暗魔爪的日子。

时间继续流逝，一四二一年到来。佛罗多在三月又再度身体不适，但他还是尽力不动声色，因为山姆有别的事情要担心。山姆和小玫的第一个孩子在三月二十五日出生，一个山姆不会忘记的日子。（因为他们在这天毁了魔戒。）

"佛罗多先生，"他说，"我遇上麻烦了。小玫和我本来已经决定要给小孩取名佛罗多，当然这经过你的同意；可是，孩子不是男生，是个女生啊！她美丽可爱得超过任何父母的期望，很幸运的是，她像小玫多过像我。但我们接下来就不知道该怎么办了。"

"哈，山姆，"佛罗多说，"传统有什么不好的啊？你可以挑选一个花的名字，像是玫瑰。夏尔的小女孩有半数以上几乎都取花的名字，还有什么比这更好的？"

"我想你说的对，佛罗多先生，"山姆说，"我在旅途的一路上听过不少好听的名字，但我想它们都有点太高贵了，不太适合用在日常生活上。老爹常说：'短一点，这样你用的时候就不需要再缩减了。'不过，如果那是花的名字，我就不管长度了，那一定得是种漂亮的花才行。因为，你看，我觉得她好漂亮，将来一定会长成一个大美人。"

佛罗多沉思了片刻。"好吧，山姆，叫伊拉诺怎么样？就是'阳光下的星辰'，你还记得吗？那些开在罗斯洛立安草地上的小黄花？"

"佛罗多先生,好棒啊!"山姆高兴地说,"我就是想要这个!"

小伊拉诺快满六个月时,一四二一年也来到了秋天,佛罗多有一天把山姆叫进书房。

"这周四就是比尔博的生日了,山姆,"他说,"他就会超过老图克啦,一百三十一岁!"

"我相信他一定会的!"山姆说,"他可真是个厉害的老家伙!"

"好啦,山姆,"佛罗多说,"我想要请你去问问小玫,看她可不可以让你暂时离开,和我一起走。当然,现在你不能离开太久啦。"他若有所思地说。

"是啊,佛罗多先生,真的不能很久。"

"当然不行啦!别在意,你可以送我过去。告诉小玫你不会离开太久,最多十天,然后你就会平平安安地回来。"

"佛罗多先生,我真希望可以陪你一路走到瑞文戴尔,然后看看比尔博先生。"山姆说,"但是,我又只想待在夏尔,我好为难啊!"

"可怜的山姆!我想以后都会这样的。"佛罗多说,"不过你会熬过去的,你本来就很坚强,这次也不会例外。"

一两天之后,佛罗多和山姆交接了文章和手稿,并把他的钥匙交给山姆。当中有本大大的红皮书,里面每一页几乎都写满了字。一开始有许多章节是由比尔博瘦削的字体写成的,但后面大部分都是佛罗多稳定、流畅的字体。书中分成许多章节,但第八十章还没写完,之后还有许多的空白页。标题页上面写了很多名字,但又一个接一个的被划掉:

我的日记。我的意外之旅。历险归来。在那之后。

五个霍比特人的冒险。至尊戒的传奇：由比尔博·巴金斯的研究和他朋友们所提供的资料汇整而成。我们在魔戒圣战中的角色。

这里，比尔博的字迹结束了，佛罗多接了下去——

　　魔戒之王的败亡
　　以及
　　王者再临
　　（由霍比特人的角度观察，是夏尔的比尔博和佛罗多的回忆录，借由朋友的补充和贤者的说明而完备。）
　　同时，其中还包括了比尔博在瑞文戴尔所翻译的历史记载。

"哇，你几乎快写完了，佛罗多先生！"山姆惊呼道，"我觉得你该把它留在身边。"
　　"我已经写完了，山姆，"佛罗多说，"最后几页是留给你的。"

　　九月二十一日，两人一起出发，佛罗多骑着那匹从米那斯提力斯一路载他回来的小马，现在它被取名为神行客；山姆则是骑着他最爱的比尔。这是个阳光灿烂的清晨，山姆并没问他们要去哪里，他认为自己猜得到。
　　他们走史塔克路越过山区，朝向林尾前进，他们让小马自在地走着。他们在绿丘乡扎营过夜，九月二十二日又缓缓地走向森林，等他们来到森林边时，已经快下午了。
　　"佛罗多先生，这不就是你当年躲黑骑士的那棵树吗？"山姆指着左边，"现在想起来好像是一场梦一样。"

傍晚时分，星斗在东方天际闪耀，他们经过那株倒下的橡树，转向骑上夹道都是榛树丛的山坡。山姆一言不发，沉浸在他的回忆里。随后，他意识到佛罗多正在低声歌唱，吟诵着那古老的健行歌，但歌词不太一样了：

> 山转路转谁能料，
> 未知小径或密门，
> 机缘巧合未得探，
> 离世之日将到来，
> 踏上西方隐匿路，
> 月之西啊阳之东。

仿佛为了响应他一般，从下面谷地的小径上传来了歌声：

> 啊！伊尔碧绿丝，姬尔松耐尔！
> silivren penna míriel
> o menel aglar elenath,
> 姬尔松耐尔，啊！伊尔碧绿丝！
> 纵居远境郁林中，
> 吾等未有或忘
> 卿之星光耀西海。

佛罗多和山姆停了下来，沉默地坐在淡淡的阴影中，直到他们看见旅人接近所带来的闪烁亮光。

那是吉尔多和许多美丽的精灵，让山姆惊讶的是，爱隆和凯兰崔尔也跟他们并肩共骑。爱隆披着灰色的披风，前额戴着一枚星钻，手中拿着银色的竖琴；在他的手上戴着一枚镶着蓝色宝石的黄金戒指，那是维雅，精灵三戒中力量最强的。凯兰崔尔骑着一匹白马，身穿闪烁着光辉的白袍，像是满月旁的云朵一样；她的手上戴着南雅，秘银铸造的戒身，镶着一颗闪着寒光的钻石。在他们后面，骑在一匹缓缓而行的小灰马上面，一直点头打盹的，竟是比尔博。

爱隆优雅、庄重地向他们问好，凯兰崔尔对他们露出微笑。"好啦，山姆卫斯先生，"她说，"我听说，也看到你善用了我的礼物，夏尔现在可比以前更受人祝福和喜爱了。"山姆深深一鞠躬，却不知该说些什么，他都忘记了女皇有多么美丽。

这时，比尔博睁开眼睛，醒了过来。"你好，佛罗多！"他说，"我今天已经超越了老图克啦！我已经心满意足了。我想我已经准备好踏上另一趟旅程了。你要跟着一起来吗？"

"是的，我要来。"佛罗多说，"两代的魔戒持有者应该一起去才对。"

"主人，你要去哪里？"山姆叫道，这才终于明白发生了什么事情。

"去港口哪，山姆。"佛罗多说。

"那我就不能去了。"

"是的，山姆，你的时间还没到，最多只能陪我到灰港岸。虽然你只持有魔戒一小段时间，但你也是一名魔戒持有者；你的时间终有一天会到的。山姆，别太伤心了。你不能够总是分身乏术吧。你必须要做你自己，专注地扮演好自己许许多多年。你还有很多要经历、要享受、要去做的。"

"可是，"山姆泪眼汪汪地说，"我以为，我以为在你做了那么多之后，你也会在夏尔好好地过上很多很多年。"

"我也曾经这样以为。可是，山姆，我受的伤太重了。我试着拯救夏尔，它得救了，但我没有。山姆，事情经常是这样的，当情况面临危险时，必须要有人牺牲、有人放弃，因此其他人才能继续。现在你是我的继承人，所有我拥有的，以及可能拥有的，我全都留给你了。而且，你还有小玫、伊拉诺；将来还会有小小佛罗多、小小玫、小梅里、小金毛、小皮聘；或许还有更多我无法预见的。人们会需要你的双手和你的智慧。当然，你将会成为市长，想当多久都可以，你也会成为史上最著名的园丁。你会从红皮书里面朗诵历史，让过去一个纪元的记忆不会消逝，人们会记得那场危机，也因此更爱、更珍惜这块土地。这就足以让你忙碌、快乐很久很久了，只要你的故事还没完结，你都可以过着这样的生活。

"来吧，跟我来吧！"

爱隆和凯兰崔尔继续前进，第三纪元已经结束了，魔戒的年代也过去了，属于他们的故事和歌谣也都结束了。随他们一同离去的还有许多不愿意再留在中土世界的高等精灵；骑在他们当中，满心伤悲却又觉得十分蒙福而不愁苦的是山姆、佛罗多和比尔博，精灵们都很敬重他们。

虽然他们花了一整夜的时间穿越夏尔，但除了野外的动物，没有人看见他们经过。有时，黑暗中散步的人会看见树下有阵闪光，或是西沉的月光下在草地上有白光闪动。他们离开夏尔，经过白岗，越过远岗，来到高塔处，望着远方的大海；最后终于骑到了米斯龙德，来到了隆恩河出海口的灰港岸。

当他们来到港口大门前时，造船者奇尔丹出来欢迎他们。他非常高大，拥有一把长长的美髯，而且看起来十分苍老，但眼中闪烁着星辰的光芒。他看着众人，弯腰鞠躬道："一切都已经准备好了！"

奇尔丹领着他们走向港口，有一艘白色的船停在那里；码头上，在一匹高大漂亮的灰马旁，有一名全身雪白的人正在等待着他们。当他转身朝他们走来时，佛罗多才发现那是甘道夫，他手上戴着第三戒——纳雅，上面的宝石红得像火一样。要离开的人都觉得很高兴，因为他们知道甘道夫将会跟众人一起出发。

但山姆现在真的觉得很伤心了，在他看来，如果这场道别让他痛苦，孤单回家的旅程将会更难忍受。正当他们站在那边，精灵们依序上船，一切都准备就绪，即将启航时，梅里和皮聘策马匆忙赶到。皮聘泪眼婆娑地笑了。

"佛罗多，你上回想要偷溜，不幸失败了。"他说，"这次你差点就成功了，但我们又逮到了你。不过，这次可不是山姆出卖你，而是甘道夫啦！"

"是的，"甘道夫说，"因为我觉得三个人一起回去，总比一个人孤孤单单的要好。亲爱的朋友们，终于，在这海岸边，我们在中土世界的缘分结束了。安心地走吧！我不会请你们强颜欢笑，因为并非所有的泪水都是不好的。"

于是，佛罗多亲吻了梅里和皮聘，最后则是山姆，接着他也上了船。船帆扬起，海风吹拂，船缓缓地沿着狭长灰色的海湾渐行渐远；佛罗多拿着的凯兰崔尔水晶瓶发出一道闪光，然后就消失了。这艘船航向大海，往西方前进，直到最后，在一个雨夜里，佛罗多闻到了空气中有一种甜美的味道，听见了从海上传来的歌声。然后，就如同他在庞巴迪的家中所做过的梦一样，灰色的雨幕变成银色的水晶帘，并被拉开，他眼前出现了一片洁白的海岸，远方是一望无际的绿色大地和美丽的日出。

但对山姆来说，他站在港口上的那个傍晚暮色越来越昏暗；当他望着大海时，他只看见灰色的海面上有一个影子迅速消失在西方。他站在那边望着，直到深夜，耳中只听见海浪拍打在中土世界海岸上的叹息与呢喃，这声音深深地烙印在他心中。梅里和皮聘站在他身边，一样默默无语。

最后，三人转身离开，头也不回地缓缓踏上归家之路。在他们接近夏尔之前，全都沉默不语，但各自都感到在这漫长灰暗的路上，有朋友能够陪伴真是一种莫大的安慰。

最后，他们越过山丘，踏上东路，随后梅里和皮聘骑往雄鹿地；他们一路骑去的时候，已经又开始唱起歌来了。山姆则是转往临水区，最后骑上了小丘，这时又是傍晚了。当他往前走的时候，他可以看见屋内有黄色的灯光和温暖的火焰；晚餐已经准备好了，大家在等他回来。小玫迎接他进屋，让他在椅子上坐好，把小伊拉诺放到他腿上。

他深吸一口气，说：“我回来啦！”

七星圣白树

附 录

附录 A

帝王本纪及年表

关于以下这些附录中所记载资料的来源，特别是A到D的部分，请见序章结尾的注记。附录A中的第三部分——"都灵的子民"，可能源自于矮人金雳的叙述，他和皮瑞格林以及梅里雅达克一直保持着良好的友谊，曾在刚铎和洛汗和他们多次会面。

在传说、历史和民间故事中所能找到的资料十分庞大。在此所引述的资料都经过挑选与删节。引用这些史料的主要目的在于解释魔戒圣战和它的根源，并补足故事主体中的一些缺口。至于比尔博特别感兴趣的第一纪元上古传说，由于大多是和爱隆的祖先以及努曼诺尔的王族传承有关，因此在这边极少引述。从更长的年表或是传说中摘述的内容则会用引号来标注。年代的标明会用括号。引号内的注释乃引用自原始资料，其他的则是编辑加注。

文内所使用的年代都是第三纪元，否则会特别标明第一纪或第四纪。①第三纪元的结束被认定是在精灵三戒在三〇二一年九月离开中土世界时，但为了记史的方便，刚铎的第四纪元年开始于三〇二一年三月二十五日。刚铎和夏垅历法的换算请见序章部分和附录的历法部分。在年表中，帝王或统治者的名字之后的数字如果只有一个，那就是他们驾崩的时间。+代表的是他们未得善终，战死在沙场或是其他的原因，但年表中并不一定记录了这死因。

I
努曼诺尔的帝王

（1）
努曼诺尔

费诺王子是艾尔达精灵中，在艺术和学识方面表现最伟大的一位，但也是最自傲自大的人。他打造了三枚精灵宝钻，在它们里面装满了双圣树泰尔佩瑞安和罗瑞林[②]的光芒，这两棵树是主神居住之地的光源。这三颗宝钻遭到天魔王马尔寇的觊觎，他摧毁了圣树，偷走宝钻带至中土大陆，置放于守卫森严的安戈洛坠姆堡垒中。不顾主神的反对，费诺王子遗弃了海外仙境，前往中土大陆，并且带走了他大部分的族人。因为，自傲的他想要以武力从魔苟斯手中夺回精灵宝钻。自此，开始了艾尔达精灵和伊甸人对抗安戈洛坠姆的绝望战争，他们最后遭到彻底的击溃。伊甸人是最先来到中土世界的西方和大海岸边的三支人类家族，他们成为艾尔达精灵对抗天魔王的盟友。

历史上，艾尔达精灵和伊甸人有过三次的婚配：露西安和贝伦，伊追尔和图尔，亚玟和亚拉冈。在最后一次的婚配中，分裂已久的半精灵血统终于又结合在一起，恢复了血脉的传承。

露西安·提努维儿是第一纪元时多瑞亚斯的国王庭葛·灰袍的女儿，但她母亲美丽安是位神灵。贝伦是伊甸人第一家族领袖巴拉汉的儿子。他们两人携手从魔苟斯的铁王冠上取下了一颗精灵宝钻。露西

[①] 在这个版本中修改了许多的日期，更正了一些错误。其他大部分的错误都是由于打字和抄写时的错误。
[②] 中土世界再也没有像黄金圣树罗瑞林一样的树木了。

安后来成了凡人,不再属于精灵一族。她的儿子叫迪奥。迪奥的女儿爱尔温继续保管着精灵宝钻。

伊追尔·凯勒布林多是隐匿之城贡多林[1]的国王特刚之女。图尔是哈多家族的胡尔之子,他们是在对抗魔苟斯的战争中战功最彪炳的第三家族。他们的儿子就是航海家埃兰迪尔。

埃兰迪尔娶了爱尔温,他们借着精灵宝钻的力量穿越了阴影,来到极西之地,担任精灵和人类的代言人,请求主神的协助,从而击败了魔苟斯。埃兰迪尔不被允许回到中土世界,他的船安放上精灵宝钻,航行于天空,成了天空中一颗明亮的星辰,也成为中土世界受到天魔王压迫的人民怀抱希望之记号。精灵宝钻保留了瓦林诺的双圣树在被天魔王下毒前的圣洁光辉,但另外两枚宝钻在第一纪元结束时失落了。这些故事和大多数有关人类与精灵之间的历史都记述在《精灵宝钻》一书中。

埃兰迪尔的儿子是爱洛斯和爱隆,他们被称为"佩瑞希尔",或是"半精灵"。他们身上保留了第一纪元那些伊甸族长们的英雄血脉;在吉尔加拉德战死之后,高等精灵王族的血脉也只留存在他们两人身上。

到了第一纪元结束的时候,主神们给半精灵一个无法回头的抉择,让他们选择自己要属于哪一个种族。爱隆选择了精灵,成为智慧大师。因此,他获得了和依旧流连于中土世界的高等精灵一样的恩典:当他们厌倦了凡间时,他们可以从灰港岸乘船出海,前往极西之地;在世界经历大变之后,这恩典依旧持续。但是,爱隆的子嗣也必须面对同样的选择:和他一起离开,脱离这世界的循环,或是留下来,成为凡人,

---

[1] 参见《霍比特人》。

死在中土世界。因此，对爱隆来说，魔戒圣战不论是赢是输，都只会给他带来哀伤。

爱洛斯选择了成为人类，留在伊甸人当中；但他获赐比凡人长了许多倍的寿命。

为了酬谢伊甸人在对抗魔苟斯过程中的牺牲和付出，世界的守护者主神赐给伊甸人一块居住的大地，远离中土世界的危险。因此，他们当中大部分的人扬帆远航，在埃兰迪尔之星的引导之下，来到了伊兰纳岛，凡间最西边的陆地。他们在那边建立了努曼诺尔帝国。

在岛屿的正中央有一座高山米涅尔塔玛，从它的峰顶向西望，视力好的人可以看见伊瑞西亚岛上精灵港岸上的白色高塔。从那之后，艾尔达精灵就经常前来拜访伊甸人，给予他们许多的知识和礼物。但是努曼诺尔人还是受到一个限制，"主神禁令"：他们向西航行最远的距离不得看不见自己陆地的海岸线，也不得试图踏上海外仙境。因为，虽然和一般凡人比较起来，他们获赐了三倍以上的寿命，但他们必须甘愿接受自己依然身为凡人的命运，因为主神们不能夺走"人类的礼物"（日后，这被称为"人类的厄运"）。

爱洛斯是努曼诺尔的第一任皇帝，后世以他的高等精灵语名字塔尔-明亚特称呼他。他的子孙也十分长寿，但依旧是凡人。日后，当他们变得更强盛、更有力量之后，他们开始质疑祖先们的选择，想要获得像艾尔达精灵一样寿与天齐的命运，开始对"主神禁令"起了挑战之心。在索伦邪恶的影响之下，他们开始反叛，也造成了努曼诺尔的陆沉与古代世界的毁灭，这一切都记载在《阿卡拉贝斯》当中。

以下是努曼诺尔的皇帝和女皇的称号：
爱洛斯-塔尔-明亚特，瓦达米尔，塔尔-阿门迪尔，塔尔-伊兰迪尔，塔尔-米涅尔督，塔尔-奥达瑞安，塔尔-安卡林米（第一任女皇），塔尔-安那瑞安，塔尔-苏瑞安，塔尔-泰尔匹瑞安（第二任女皇），塔尔-明那斯特，塔尔-奇尔雅坦，塔尔-阿塔那米尔大帝，塔尔-安卡利蒙，塔尔-泰勒曼提，塔尔-瓦宁美迪（第三任女皇），塔尔-奥卡林，塔尔-卡马希尔，塔尔-阿达明。

在卡马希尔之后，皇帝们以努曼诺尔语（又称阿督纳克语）取名与登基：亚尔-阿登那霍，亚尔-印拉松，亚尔-萨卡索尔，亚尔-金密索尔，亚尔-印西拉顿。印西拉顿不喜之前皇帝的作风，因此将他的名字改为塔尔-帕兰惕尔，"远见者"，后世的真知晶石亦即是使用同一个努曼诺尔字。他的女儿应该是第四任女皇，塔尔-密瑞尔，但皇帝的侄儿夺权，成为了亚尔-法拉松黄金大帝，也是努曼诺尔最后一任皇帝。

在塔尔-伊兰迪尔的年代中，努曼诺尔的第一艘船回到了中土世界。他家中最年长的继承人是女儿西马瑞安。她的儿子是瓦兰迪尔，也是努曼诺尔岛西岸安督奈伊城的第一任亲王，他们以和艾尔达精灵保有良好的友谊著称。他儿子是阿曼迪尔，最后一任安督奈伊亲王，他的儿子便是"长身"伊兰迪尔。

第六任皇帝只留下一个女儿。她成为了第一任女皇，从那时开始就定下了律法，皇家最年长的后嗣继承皇位，不论是男是女都一样。

努曼诺尔的国度一直蓬勃发展到第二纪元尾声；在该纪元过半之前，努曼诺尔人的智慧增长，同时也过得十分快乐。暗影的第一个征兆出现在第十一任皇帝塔尔-明那斯特任内。他那时派出一支庞大的部队前去支持吉尔加拉德，他喜欢艾尔达族，但也嫉妒他们。努曼诺尔人现在已经成为伟大的航海家，航遍了整个东边的海域；他们开始渴望往西探索那不准进入的海域。他们的生活过得越快乐，就越想要获得艾尔达族长生不老的秘诀。

不只如此，在明那斯特之后，皇帝们开始贪求财宝和力量。一开始努曼诺尔来到中土大陆是做那些被索伦所影响的次等人类的导师和朋友；但现在他们的港岸成了堡垒，他们开始占领大部分的海岸。阿塔那米尔和继任者们横征重税，努曼诺尔人的船只往往自中土大陆满载而归。

首先公开反对主神禁令的是塔尔-阿塔那米尔大帝，他甚至认为艾尔达族的不老不死本就是他应得的赏赐。因此，危机更加迫近，一想到有限的寿命，他的子民们就觉得非常恐惧。努曼诺尔人分裂成两派，一派是皇帝和跟随他的人，他们和主神以及艾尔达族疏远；另一派则是称呼自己为"忠实者"的人。他们大多数居住在岛的西岸。

皇帝和追随者们慢慢地舍弃了精灵语的使用，最后，到了第二十任皇帝时，他的帝号改为努曼诺尔语，亚尔-阿登那霍，"西方之王"。这对于那些忠实者来说是不祥的预兆，因为在这之前，这称号是只有主神可以使用，而且是主神中最大的一位才会如此自称。而且，亚尔-阿登那霍也开始逼迫那些忠实者，并且处罚公开使用精灵语的人。艾尔达族也不再前来努曼诺尔了。

努曼诺尔的力量和财富毋庸置疑地继续增长，但随着他们对死亡的恐惧增加，寿命反而渐渐减少，他们变得愁容满面。塔尔-帕兰惕尔试图改变腐坏的人心，但已经太迟了，努曼诺尔发生了严重的内乱。当他驾崩后，他的侄儿带领着叛军夺下令牌，登基成为亚尔-法拉松大帝。亚尔-法拉松黄金大帝是所有皇帝中最骄傲、最有力量的，他一心只想要统治全世界。

他准备挑战索伦大帝，夺取中土世界的统治权，在准备了一段时间之后，他御驾亲征，率领着极为庞大的舰队登陆昂巴。努曼诺尔人的舰队军容壮盛，连索伦的仆人都前来投奔。索伦低声下气欢迎黄金大帝的到来，恳求宽恕。亚尔-法拉松志得意满，将索伦带回努曼诺尔囚禁。但在不久之后，索伦就说服了皇帝，让他成为参议大臣。很快的，他就将所有努曼诺尔人的想法玩弄于掌心，只有那些唾弃黑暗的"忠实者"们例外。

索伦欺骗皇帝，他宣称永生不死的关键在于掌握海外仙境，那禁令只是为了避免人类的皇帝超越主神。"但伟大的皇帝理应有权获取属于他的东西。"

最后，亚尔-法拉松听取了他的建议。因为他年事已高，开始感觉到对死亡的恐惧。他召集了当世前所未见的强大军队，当一切都准备好之后，他吹响号角，扬帆启程。他打破了主神禁令，对真正的西方之王宣战，想要夺取永生不死的资格。但当亚尔-法拉松踏上福地阿门洲时，主神放下了守护这世界的责任，转而向至高神祈求，而这世界从此彻底地改变了。努曼诺尔被大海吞没，不死之地被永远从这圆形的世界中移走。努曼诺尔人的辉煌历史就此终结。

最后一位忠实者的领导人伊兰迪尔率领着儿子们驾着九艘船从沉没的岛屿上逃了出来，带着宁罗斯的树苗，以及七枚真知晶石（这是艾尔达族赐给他们家族的礼物）。他们乘着风暴的翅膀被吹送到中土大陆的岸边。他们在中土的西北方建立了努曼诺尔的流亡王国——亚尔诺和刚铎。伊兰迪尔是第一任皇帝，居住在北方的安努米那斯，南方的统治权则交给了他的儿子埃西铎和安那瑞安。他们建立了奥斯吉力亚斯城，就位于米那斯伊西尔和米那斯雅诺之间，距离魔多并不远。因为，他们认为那场陆沉的大灾难至少为世间除掉了索伦这个祸害。

但事实并非如此。索伦的确被困在努曼诺尔的废墟中，因此他所使用的肉体毁坏了。但他满怀仇恨的灵体还是乘着一股黑风逃回了中土大陆；他从此再也无法以原有的美丽形体出现在人类眼前，他变得黑暗丑陋，从那之后，他只剩下造成恐惧的力量。他重新回到魔多，在那边沉寂地隐藏了一阵子。但当他发现他最痛恨的伊兰迪尔逃了出来，并且在他的国度附近重建家园时，他的怒气变得更为炽烈。

因此，过了不久，他赶在对方站稳脚跟之前，就向这流亡国度宣战。欧洛都因再度冒出火焰，也被刚铎的人取了个新名字：阿蒙安马斯，意思是"末日火山"。但索伦太早发动攻击了，连他自己的势力都还来不及站稳脚跟。而当他不在时，吉尔加拉德的力量大为增加。在人类和精灵共组"最后联盟"对抗索伦的大战中，索伦被推翻了，他失去了至尊魔戒。第二纪元就此结束。

（2）

流亡的国度

北方王朝

埃西铎的子嗣

亚尔诺。伊兰迪尔＋第二纪三四四一，埃西铎＋二，瓦兰迪尔二四九，[①]艾尔达卡三三九，亚蓝塔四三五，塔希尔五一五，塔龙铎六〇二，瓦兰督＋六五二，伊兰多七七七，埃兰督尔八六一。

雅西顿王国。佛诺斯特的艾姆拉斯[②]（埃兰督尔的长子）九四六，贝赖格一〇二九，马勒一一一〇，凯勒房一一九一，凯勒布尔多一二七二，马弗吉尔一三四九，[③]亚瑞吉来布一世＋一三五六，

[①] 他是埃西铎的第四子，在伊姆拉崔出生。他的兄弟们都在格拉顿平原上战死。
[②] 在埃兰督尔之后，皇帝们不再以高等精灵语的习惯来取名。
[③] 在马弗吉尔之后，佛诺斯特的皇帝又再度将整个亚尔诺纳入管辖范围中，因此在名字前面通常会加上与雅字同音的亚为象征。

亚维力格一世一四〇九，亚拉佛一五八九，亚瑞吉来布二世一六七〇，亚弗吉尔一世一七四三，亚维力格二世一八一三，亚拉瓦一八九一，亚拉芬一九六四，最后一任皇帝亚帆都＋一九七四。北方王国一脉终结。

登丹人首领。亚拉那斯（亚帆都长子）二一〇六，亚拉黑尔二一七七，亚拉努尔二二四七，亚拉维尔二三一九，亚拉冈一世＋二三二七，亚拉格拉斯二四五五，亚拉哈德一世二五二三，亚拉苟斯二五八八，亚拉冯二六五四，亚拉哈德二世二七一九，亚拉苏尔二七八四，亚拉松一世＋二八四八，亚苟诺二九一二，亚拉德＋二九三〇，亚拉松二世＋二九三三，亚拉冈二世第四纪一二〇。

南方王朝
安那瑞安的子嗣

刚铎皇帝。伊兰迪尔（埃西铎以及）安那瑞安＋第二纪三四四〇，安那瑞安之子梅兰迪尔一五八，坎米督尔二三八，埃兰迪尔三二四，安拿迪尔四一一，奥斯托和四九二，罗曼达希尔一世（塔诺斯塔）＋五四一，特伦拔六六七，雅坦那塔一世七四八，西瑞安迪尔八三〇，下面则是四名航海之王：

塔拉农·法拉斯特九一三。他是第一个膝下无子的皇帝，因此由他兄弟塔奇尔扬的儿子继承帝位。伊雅尼尔一世＋九三六，奇研迪尔＋一〇一五，海尔曼达希尔一世（奇尔雅赫）一一四九。刚铎此时的势力已达巅峰。

雅坦那塔一世，安卡林，辉光大帝一二二六，那曼希尔一世一二九四。他是第二个膝下无子的皇帝，帝位则是由他的弟弟继承。卡马希尔一三〇四，米拉卡（一二四〇至一三〇四为摄政时期），于一三〇四年登基，号为罗曼达希尔二世，一三六六年驾崩。瓦拉卡。在他称帝时期，刚铎的第一次内乱开始，史称"皇室内斗"。

瓦拉卡之子艾尔达卡（一开始的名号为维尼萨雅）于一四三七年被罢黜。篡位者卡斯塔米尔＋一四四七。艾尔达卡复位，死于一四九〇。

埃达米尔（艾尔达卡的次子）＋一五四〇，海尔曼达希尔二世（纹亚瑞安）一六二一，米那迪尔＋一六三四，泰勒纳＋一六三六。泰勒纳和他所有的儿子都在瘟疫中病死；继承他王位的是他的堂兄弟，米那迪尔的次子米那斯坦之子。塔龙铎一七九八，特路美泰·昂巴达希尔一八五〇，那曼希尔二世＋一八五六，卡力美塔一九三六，昂多赫＋一九四四。昂多赫和他的两个儿子都在战场上被杀。一年之后，一九四五年时，皇位由打了胜仗的将军伊雅尼尔继承，他是路美泰·昂巴达希尔的后裔，伊雅尼尔二世二〇四三，伊雅努尔＋二〇五〇。皇帝的传承到此终结，直到三〇一九年伊力萨·泰尔康泰才将皇朝复兴。自此以后，王国转由宰相治理。

刚铎的宰相。胡林家族：佩兰多一九九八。在昂多赫驾崩之后他统治了一年，刚铎也在他的治理下拒绝了亚帆都对继承帝位权力的主张。猎者维龙迪尔。① "老忠贞"马迪尔·佛龙威是第一任摄政王。他的继承者就不再使用高等精灵语的名字。

摄政王。马迪尔二〇八〇，伊拉顿二一一六，赫瑞安二一四八，贝

---

① 据说在卢恩内海附近依旧可以找到的白色野牛是亚络神的野牛。他是主神中的猎人，在远古的时候，主神中只有他经常前来中土大陆。欧罗米是他在高等精灵语中的名号。

力贡二二〇四，胡林一世二二四四，图林一世二二七八，哈多二三九五，巴拉希尔二四一二，迪奥二四三五，迪耐瑟一世二四七七，波罗莫二四八九，西瑞安二五六七。这时，洛汗国的子民们来到了刚铎。

哈拉斯二六〇五，胡林二世二六二八，贝列克索一世二六五五，欧络佳斯二六八五，爱克西力昂一世二六九八，爱加摩斯二七四三，贝伦二七六三，贝瑞贡二八一一，贝列克索二世二八七二，索龙迪尔二八八二，图林二世二九一四，特刚二九五三，爱克西力昂二世二九八四，迪耐瑟二世。他是刚铎最后一任的摄政王，他的次子法拉墨则成为艾明亚南王，伊力萨王的宰相，第四纪八二年去世。

（3）
伊利雅德，亚尔诺和埃西铎的子嗣

伊利雅德是位于迷雾山脉和蓝色山脉之间整块区域的古名。它的南方边界是灰泛河以及在塔巴德和其汇流的格兰督因河。

在亚尔诺王朝最鼎盛的时期，它的领土包括了整个伊利雅德，只有隆恩河之外的区域和灰泛河以及喧水河东方除外，那里是瑞文戴尔与和林。在隆恩河之外的是精灵的势力范围，一片翠绿，十分寂静，没有人类会去那边。矮人们居住在蓝色山脉，至今依旧没有改变，特别是在隆恩河口以南的区域，他们在那边的矿坑至今依旧运作。因为如此，他们习惯经过大道往东走，在我们来到夏尔之前，他们多年来都是这么走。在灰港岸则住着造船者奇尔丹，有些人说他依旧居住在那边，直到最后一艘船航向西方时他才会离开。在人皇统治的时期，大部分还留在中土世界的高等精灵都和奇尔丹居住在一起，或是落脚在靠海

395

的林顿一带。如今若还有高等精灵留在凡间,人数也是极为稀少。

北方王国和登丹人

在伊兰迪尔和埃西铎之后,亚尔诺一共传承了八位皇帝。在埃兰督尔之后,由于他儿子之间的冲突,整个王国分裂成三个部分:雅西顿、鲁道尔和卡多兰。雅西顿位于西北方,包含了烈酒河和隆恩河之间的土地,同时也涵盖在大道北方的土地,直到风云丘之处。鲁道尔是在东北方,位于伊顿荒原、风云丘和迷雾山脉之间,不过也包括了狂吼河和喧水河之间所夹的土地。卡多兰位于南方,它的边界是烈酒河、灰泛河和大道。

埃西铎的子嗣在雅西顿的统治延续了下来,但卡多兰和鲁道尔的血脉很快就凋零了。由于各王国之间经常会起冲突,更加速了登丹人的衰亡。主要的争议在于风云丘和西边布理一带的土地所有权。鲁道尔和卡多兰都想要占领阿蒙苏尔(风云顶),而它正好位于两国之间的边界上。阿蒙苏尔上的高塔中拥有北方王国的一枚主真知晶石,而另外两枚都在雅西顿王国的掌控下。

当雅西顿王国的马弗吉尔即位之后,亚尔诺王朝面临了威胁。那时,北方位于伊顿荒原之外的安格玛王国崛起。它的土地涵盖了山脉两边,许多邪恶的人类、半兽人以及许多邪恶的怪物聚集到它的旗下。(那块土地的统治者被称为巫王。人们后来才知道他就是戒灵之首,他来到北方的目的就是摧毁亚尔诺的登丹人,因为他们的分裂给了他机会,南方的刚铎当时正处于兴盛时期。)

在马弗吉尔之子亚瑞吉来布当政的时期,由于其他王国都不再拥有埃西铎的血脉,因此雅西顿王国的统治者宣布统一全亚尔诺。这一做法遭到鲁道尔的强烈抵抗。那里的登丹人十分稀少，权力被一名邪恶的山地人领主所垄断。实际上，他暗地里与安格玛的巫王结盟。亚瑞吉来布因此在风云顶上兴建碉堡。但他稍后在与安格玛和鲁道尔的战争中阵亡。

亚瑞吉来布的儿子亚维力格在卡多兰和林顿的势力支持下，把敌人从山区赶走。此后许多年，卡多兰和雅西顿联手沿着风云顶、大道以及狂吼河下游驻兵，抵抗外敌入侵。据说在这个时候，瑞文戴尔也同样遭到了攻击。

安格玛在一四○九年派出大军，越过大河进入卡多兰，包围了风云顶。登丹人遭到击溃，亚维力格战死。阿蒙苏尔的高塔被彻底烧毁，但真知晶石被抢救出来，运回佛诺斯特。此时鲁道尔则是被安格玛旗下的邪恶人类所统治，留在那边的登丹人不是被杀就是逃向西方。卡多兰王国化为废墟。此时亚维力格之子亚拉佛尚未成年，但他十分勇敢，在奇尔丹的协助之下，他将敌人逐出佛诺斯特和北岗一代。卡多兰王国一群忠心耿耿的登丹人依旧死守提尔哥萨德（今日的古墓岗），或是躲藏在该处后方的森林中。

据说安格玛王国这段时间受到瑞文戴尔和林顿一带精灵的压制，因为爱隆越过山脉，请到了罗瑞安森林的力量来支持。在这个时候，原先定居于三角洲（夹在狂吼河和喧水河之间）一带的霍比特人史图尔家族开始往西和往南逃，一方面是因为战乱，另一方面是因为安格玛王国的威胁，但最重要的还是因为伊利雅德一带的气候，尤其是东边这一区的气候变得相当的不宜人居。有些霍比特人回到荒原，居住在格拉顿平原附近，成为傍河而居，以捕鱼为生的部落。

亚瑞吉来布二世在位时，瘟疫从东南方流传进伊利雅德，卡多兰大多数的居民都因此病死，特别是敏西力亚斯一带更是无人幸免。霍比特人和所有其他的种族都同样受到疫病的侵袭，幸好不久之后，瘟疫渐渐减轻，往北而去，而雅西顿北边的区域几乎没有受到什么影响。也就在这段时期，卡多兰的登丹人全数灭绝，从安格玛和鲁道尔来的邪恶生物进驻那些废弃的墓丘。

据说，古墓岗一带，也就是古名提尔哥萨德的山丘，拥有非常古老的历史，有许多古墓是在远古第一纪元时由伊甸人的祖先所建造的，那时他们甚至还没有越过蓝色山脉，进入贝尔兰，如今贝尔兰只剩下林顿这片区域。因此，这些山丘被回归的登丹人视为圣地，许多王侯和皇帝都被埋葬于该处。（有些人说，魔戒持有者被囚禁的那个墓穴属于卡多兰的最后一任统治者，他在一四〇九年战死。）

一九七四年，安格玛的势力再度崛起，巫王在冬季结束之前率军攻打雅西顿王国。他攻下了佛诺斯特，把大部分残存的登丹人都赶过了隆恩河，在他们之中还有皇帝的子嗣。皇帝亚帆都死守北岗，最后才和禁卫军逃往北方，借着快马躲过了敌军的追击。

有一段时间，亚帆都躲在山脉尽头的古老矮人矿坑中，但他最后因饥饿而被迫寻求福罗契尔雪地人罗索斯一族的协助。[①] 他遇到了一些在海岸边扎营的这个民族的人；不过，他们并非心甘情愿地帮助他，因为亚帆都手中只有对他们来说不值一文的珠宝，而他们更畏惧巫王——（他们认为）巫王可以任意制造或是通融冰霜。不过，一方面出

[①] "他们是行事奇异、仇外的民族，也是佛洛威治仅存的居民。他们是远古人类的后裔，习惯了在魔苟斯国度中的严寒生活。这种极寒的气候实际上依然存在于这个区域。虽然这里离夏尔不过三百哩，但气候的变化大得惊人。罗索斯人居住在雪中，据说他们可以在脚下装上骨头，在雪上奔跑，并且拥有没有轮子的车子。他们大部分与外界隔绝，居住在敌人无法到达的地方。他们的主要聚居地是在福罗契尔角，唯一的出口是西北方的福罗契尔湾，不过他们有些时候会在南方的海岸，亦即是当地的山脉之下扎营。"

于对这潦倒皇帝和他随从们的同情，另一方面则是由于对他们武器的恐惧，雪地人们给了他们一些食物，并且替他们建了几座冰屋。接着，亚帆都只能等待，希望南方能有援军前来拯救他；因为此时他的坐骑都已经死亡了。

当奇尔丹从亚帆都之子亚拉那斯口中得知皇帝往北方逃窜之后，他立刻派出一艘船前往福罗契尔冰湾搜寻他的下落。由于逆风的关系，这艘船花了很长时间才抵达该处。水手们在海上就可以看见远方有人借着捡来的浮木升起取暖的火光。但那年的春天来得很晚，虽然那时已经是三月了，但浮冰也才刚开始融化，要到岸边还有很长一段距离。

当雪地人看见那艘船的时候，十分惊讶和恐惧，因为他们一辈子都不曾看过有船出现在这附近。不过，雪地人已经变得比较友善了，他们甚至冒险将皇帝一行人的幸存者用他们的雪上滑车拖往海边。因此，船上划出的一艘小舟终于能接到他们了。

不过，雪地人依旧感到不安，因为他们可以嗅到危险的气息。罗索斯部族的酋长对亚帆都说："别上这个海怪！如果可能，请那些人带我们需要的食物和其他东西过来，这样你可以留在这里，直到巫王回家为止。在夏天他的力量会减弱，但这时他吹的气就足以致命，而他冰冷的双臂可以伸得很长。"

但亚帆都并没理会他的忠告。他感谢对方，并且在离去之前将戒指给了他，说："这戒指的价值超过你的想象。因为光是它的历史就价值连城。它没有特殊的力量，只有那些尊敬我家族的人会了解它的价值。它没办法帮助你。但如果有一天你需要任何东西，我的同胞将会用大量的财货来跟你交换这戒指。"①

---

① 因此，埃西铎家族的家传戒指就这么保存了下来；稍后，登丹人将它赎回。据说，这就是纳国斯隆德的费拉冈送给巴拉希尔，后来由贝伦出生入死才找回来的那枚戒指。

然而，罗索斯人的忠告是正确的，不论这是他们的先见之明还是巧合。因为那艘船还没离开海湾，就遇上了强烈的风暴，北方的暴风雪直扑而来，将那船推向冰山，并且用冰雪将它覆盖。即使是奇尔丹的水手都无能为力，到了夜晚，冰雪压垮了船身，船就这么沉了。最后一任皇帝亚帆都就这么死去，他随身携带的真知晶石也跟着沉入海中。①在很久以后，人们才从雪地人的口中知道了沉船的消息。

虽然战火蔓延，大部分的霍比特人还是躲了起来，夏尔的居民熬过了劫难。他们派了一些弓箭手去协助皇帝，但却再也没有回来；除此之外，也有一些战士参与了推翻安格玛王国的战役（大部分记载于南方王朝的历史中）。在那之后是一段漫长的承平日子，夏尔的居民们自给自足，兴盛繁衍。他们选出了一个领主，接替皇帝的位置，过得相当满意。不过，有很长一段时间，他们还是期待皇帝能够再度出现。但到了最后，这念头也被众人给遗忘，只留下了一个俗语"当皇帝回来时"，意指某种不可能发生的好事，或是无法弥补的伤害。第一任的夏尔领主是沼泽地的布卡家人，老雄鹿则声称布卡家是他的祖先。他在我们夏尔开垦之后的三七九年成为领主。（这是第三纪一九七九年。）

在亚帆都之后，北方王国结束了，登丹人的数量变得十分稀少，

---

① 它们是安努米那斯和阿蒙苏尔的两枚真知晶石。北方王国唯一的一枚晶石只剩下那艾明贝瑞德之塔中看向隆恩湾的那一枚。它在精灵的保护之下，虽然我们对此一无所知，但它依旧在那里。最后，当爱隆离开时，奇尔丹将它置放在船上。不过，据我们所知，那枚晶石与众不同，和其他的晶石并没有联系，它只看向大海。伊兰迪尔将它置放在那边，是为了要"直视"那已消失了的西方的伊瑞西亚岛；但努曼诺尔已经被变弯了的大海永远吞没了。

伊利雅德的居民也渐渐消失。不过，皇帝的血统还是在登丹人的首领或说是酋长身上继续传承下来，亚帆都的儿子亚拉那斯是第一位。他的儿子亚拉黑尔在瑞文戴尔出生，在他之后的所有登丹人首领之子都是如此。他们手中同时也珍藏着他们传承的象征：巴拉希尔的戒指、纳希尔圣剑的碎片、伊兰迪尔之星和安努米那斯的权杖。①

　　当王国灭亡之后，登丹人躲入历史的阴影之中，成了不为人知、四处流浪的民族。他们的功绩极少为人所知或记载于历史中。自从爱隆离去之后，当世更没有了相关的记载。不过，即使在那警戒性和平结束之前，邪物就开始攻击伊利雅德或是秘密入侵该处，因此，登丹人的首领极少能够得享天年。据说亚拉冈一世被恶狼咬死，此后它们就成为了伊利雅德一带的大患，至今依然没有被消灭。在亚拉哈德一世时，许久以前就悄悄入侵迷雾山脉，占据所有通道的半兽人突然之间现身了。二五○九年，爱隆的妻子凯勒布理安正准备前往罗瑞安森林，却在红角隘口遭到突袭；她的护卫和她走散了，因此她被半兽人掳走。爱拉丹和爱罗希尔虽然将她救了回来，但却来不及阻止她受到凌虐和下毒。她被带回伊姆拉崔，虽然她肉体上所受的伤被爱隆治好了，但她已经对中土世界完全失去了兴趣，第二年她就前往灰港岸，离开中土世界。在亚拉苏尔的年代中，迷雾山脉中的半兽人又势力大增，开始

---

① 皇帝告诉我们：这权杖是努曼诺尔皇室的象征，在亚尔诺也是如此。而亚尔诺的皇帝不戴皇冠，只佩戴一枚白色的宝石，被称作伊兰迪尔之星，用银链挂在他们额前。说到皇冠时，毫无疑问，比尔博指的是刚铎；他似乎对于亚拉冈的家谱相当的熟悉。努曼诺尔的权杖据说和黄金大帝一起沉入海中。而安努米那斯的银权杖是安督奈伊亲王的权杖，如今它大概是中土世界人类所保有的最古老的工艺品。当爱隆将它交给亚拉冈时，它已经有五千年的历史了。刚铎的皇冠则是从努曼诺尔的战盔形式演化过来的。一开始，它只是一顶普通的头盔，据说是埃西铎在达哥拉之战中所戴的（安那瑞安所戴的头盔则是被那块从巴拉多丢出把他砸死的巨石给一起砸毁了）。但是，在雅坦那塔一世的时候，这头盔则是换成了亚拉冈登基时所戴的那顶满饰珠宝的皇冠。

骚扰邻近的土地，登丹人和爱隆之子力抗这些怪物的肆虐。就在这时，有一大群的半兽人差点攻入夏尔，被班多布拉斯·图克给赶走了。

在最后一名酋长亚拉冈二世诞生之前，总共有十五名酋长。亚拉冈二世之后再度继承了刚铎和亚尔诺的统治权，成为皇帝。"我们称呼他为我们的皇帝，当他来到他的北方王国安努米那斯，在伊凡丁湖旁边暂住时，夏尔的每个人都欢欣鼓舞。但是，他并没有踏上这片土地，而是谨遵他自己定下的律法：大家不准跨越夏尔的国境。不过，他经常会和许多美丽英俊的人们骑马来到大桥外，我们会在那边欢迎他们；任何想要亲睹他风采的人也可以一起跟来；有些人甚至与他同行，前去他的王宫长住。皮瑞格林领主就去过许多次，山姆卫斯市长也是。他的女儿美貌伊拉诺是陪伴暮星皇后的仕女之一。"

这是北方王朝的骄傲，虽然他们的影响力变小，人数减少，但在这么多年的传承和演变中，他们的血脉依旧自父传子，代代未绝。除此之外，虽然登丹人的寿命逐渐变短，但北方王朝在这方面就没有像刚铎一样退化得那么迅速。许多酋长依旧可以活到一般人类的两倍寿命之久，远远超过我们其中最年长的人。亚拉冈本人还活了两百一十岁，是自从亚弗吉尔皇帝之后其家族中最长寿的继承人；在伊力萨王亚拉冈的努力之下，古代皇帝的血统和威严复兴了。

（4）
刚铎和安那瑞安的子嗣

在安那瑞安战死于巴拉多要塞之后，刚铎共传了三十一任的皇帝。虽然它的边界上战火从未停歇，但登丹人在南方的势力和财富，不管是在海上还是在陆上，都整整兴盛了一千年以上。这样的好景一直延续到雅坦那塔二世，他被称为亚卡林，辉光大帝。但是，腐败的迹象从那时就开始浮现了；因为这南方王朝的皇族都十分晚婚，子女也并不多。第一个膝下空虚的皇帝是法拉斯特，第二个是雅坦那塔·亚卡林的儿子，那曼希尔一世。

  第七任皇帝奥斯托和重建了米那斯雅诺，此后，皇帝夏天时都居住在此，而不是奥斯吉力亚斯。在他当政的年代，刚铎第一次遭到东方野蛮人的攻击。但他的儿子塔诺斯塔击败了他们，并且将他们赶出国境。他以罗曼达希尔一世的帝号登基，自封为"胜东者"。稍后，他在对抗东方野蛮人的新来部队时战死。他的儿子特伦拔不只为他复仇，更往东方征服了许多领土。
  第十二任皇帝塔拉农开始了四任的航海之王，他们筹组强大的海军，将刚铎的势力范围一路扩展到西边海岸线与安都因河口以南地区。为了纪念他担任舰队司令时所获取的胜利，塔拉农以法拉斯特——"海岸之王"的帝号即位。
  他的侄子伊雅尼尔一世继承了他的霸业，修复了佩拉格的古老港口，建造了更大的舰队。他对昂巴展开了陆海联合的攻击，攻占了它，将它建设成为刚铎国力象征的巨大港口和要塞。[①]但伊雅尼尔并未享受他的胜利太久。他在昂巴港外的一场暴风雨中和整支舰队一起沉入海中。他的儿子奇研迪尔继续建造庞大的舰队；但是南方哈拉德的人类在遭驱逐的昂巴领主的领导之下，带领了极为强大的部队来攻打这要塞，奇研迪尔就在哈拉德威治的战役中阵亡了。

[①] 从古代以来，昂巴角的土地一直都是努曼诺尔人的领土，但后来却成为所谓"黑暗努曼诺尔人"的堡垒。他们受到索伦的影响，对伊兰迪尔的跟随者恨之入骨。在索伦被推翻之后，他们这支民族很快地失势，和中土世界的人类婚配繁衍，但他们对刚铎的仇恨却丝毫没有减少。因此，昂巴是在牺牲极为惨重的状况下才被攻陷的。

随后多年，昂巴一直饱受骚扰，但由于刚铎强大的海军，它从来没被攻下。奇研迪尔之子奇尔雅赫先是让全国休养生息，最后，他终于集结了大批部队，从陆上和海上发动攻势。他的部队越过哈南河，彻底击溃了哈拉德的人类。他们的国王被迫向刚铎称臣，承认刚铎的统治权（一〇五〇年）。接着，奇尔雅赫以海尔曼达希尔——"胜南者"的帝号即位。

海尔曼达希尔在位期间，刚铎的文治武功都达到顶点，没有任何敌人胆敢挑战他。他统治刚铎的时间长达一百三十四年，是安那瑞安子嗣中最长寿的皇帝。那时刚铎的领土北到凯勒布兰特平原以及幽暗密林的南端，西到灰泛河，东到卢恩内海，南到哈南河，沿着海岸线一直到昂巴的区域全都在刚铎管辖之下。安都因河谷的居民也承认刚铎的宗主权，哈拉德的国王向刚铎称臣，他们的子嗣都会以人质的身份居住在刚铎皇帝的宫廷中。魔多毫无人烟，但它所有的通道和隘口都依旧在巨大的堡垒和要塞监视之下。

航海之王一系就以辉煌灿烂的成就画下了句点。海尔曼达希尔之子雅坦那塔·安卡林过着极尽奢华的生活，人们说："宝石是刚铎小孩的玩具。"但雅坦那塔惯于安逸，并不积极于维持他所继承的力量，他的儿子也有同样的个性。在他死前，刚铎衰亡的征兆已现，它所树立的众多敌人也没有忽视这个迹象。对魔多的监视也开始松懈了。不过，直到瓦拉卡在位的时候，刚铎才面临真正的危机——史称"皇室内斗"的内乱，它所造成的巨大破坏让刚铎一蹶不振。

卡马希尔之子米拉卡是名活力十足的男子，在一二四〇年，那曼希尔为了摆脱政事的烦扰，立他为摄政王。从那之后，米拉卡就以皇帝的名义统治全国，直到他登基为止。让他最为忧虑的是北方人。

他们在刚铎的强盛国力所带来的和平之下大肆扩张。皇帝们对他们相当友善，因为他们是人类中最接近登丹人的种族（他们大多数人的祖先都是伊甸人）；皇帝们将安都因以南的巨绿森林附近的大笔土地都赏赐给他们，让他们成为对付东方人的屏障。因为，自古以来，东方人的攻击大多数是越过内陆海和灰烬山脉之间的平原而来。

在那曼希尔一世统治期间，他们的攻击又再度开始了，不过一开始只是试探性的攻击。但随后摄政王得知，北方人并不见得总是忠于刚铎，有些甚至会因为贪婪或是掠夺财物，转而加入东方人的阵营。有时，他们也会和这外力结盟，借以摆平他们内部统治者之间的纷争。因此，一二四八年，米拉卡带领了一支数量惊人的部队，在罗马尼安和内陆海之间击溃东方人的大军，摧毁了他们在内陆海以东的所有营地和聚落，然后才以罗曼达希尔的帝号登基。

回到国内之后，他加强了安都因河西岸的防御，一直到林莱河汇流处，禁止任何外人通过艾明穆尔以下的大河流域。在兰西索湖建造亚苟那斯巨柱的就是他。不过，由于他需要大量的人手，又迫切希望加强刚铎和北方人之间的合作关系，因此他接纳了许多北方人，并且让他们在军队内担任相当高阶的职务。

罗曼达希尔对于曾经在战场上和他并肩作战的维都加维亚特别宠爱。他自称为罗马尼安之王，事实上也的确是北方诸王中势力最强大的统治者。不过，事实上他的领地在巨绿森林和疾奔河之间。在一二五〇年，罗曼达希尔派出他的儿子瓦拉卡担任使节，和维都加维亚住在罗马尼安地区，熟悉北方人的语言和风土民情。不过，瓦拉卡的行动超乎他父亲的预料。他爱上了北地和其上的人民，并且娶了维都加维亚的女儿维都马维为妻。这时，他还有好几年才会回到国内。这次的婚姻，导致了稍后的"皇室内斗"。

"刚铎的贵族们对于北方人开始混居于他们当中已经觉得相当不妥，而太子或是皇帝的任何一名子嗣竟然和次等的外族人通婚，这更是前所未闻的事情。当瓦拉卡皇帝年老时，南方的部分省份开始起了异心。他的皇后美丽而高贵，但就像所有次等的人类一样，她十分短命。登丹人担心她的后代将会拖垮西方皇族的血统。同时，他们也不愿承认她的儿子是一国之君。因为，他的名字虽然叫作艾尔达卡，但他却不是在刚铎出生的，而他刚出生时就被取了一个维尼萨雅的名字，这是他母亲同胞的语言。

"因此，当艾尔达卡登基时，刚铎内部已经陷入内战。但艾尔达卡并非那么容易低头的皇帝。除了刚铎的血统之外，他还拥有北方人无惧的精神。他十分英俊和勇敢，和他父亲一样没有任何提前衰老的征兆。当其他皇族的后裔组成联盟对付他时，他派出他所有的军力抵抗到底。最后，他被围困在奥斯吉力亚斯，他在该处坚守许久，直到绝粮和寡不敌众才被叛军逐出，王城也陷入火海。在那场攻城战中，奥斯吉力亚斯的真知晶石之塔被毁，真知晶石落入河中。

"但艾尔达卡躲过了敌人的追捕，来到了北方，回到同胞所在的罗马尼安。许多人聚集到他的麾下，其中有刚铎国内的北方人，也有居住在北方的登丹人。后者大多明白他是一名值得敬爱的君主，对篡位者感到十分厌恶。占据他王位的是卡斯塔米尔，卡力美塔的孙子，卡力美塔是罗曼达希尔二世的弟弟。他不只在血统上是皇冠的第二顺位继承人，而且也是叛军中兵力最强的；因为他是海军司令，并且沿岸的居民和佩拉格以及昂巴的居民都全力支持他。

"卡斯塔米尔登上王位之后不久，就露出了贪婪残酷的本性。他在攻下奥斯吉力亚斯一战中证明了自己对敌人的残酷无情。他将掳获的艾尔达卡之子欧蓝迪尔处死，在攻陷王城之后的烧杀掳掠更远超过了合理的范围。米那斯雅诺和伊西立安的人民始终记得他的暴行；由于卡斯塔米尔对这些地区并不在意，因此他在该地的支持度更是大为下降。他一心只想着自己的舰队，更准备把王都迁到遥远的佩拉格去。

"因此，他在位的时间只有十年，当艾尔达卡见到时机成熟之后，便带着一支庞大的陆军从北方而来，安诺瑞安、伊西立安和卡兰纳松的居民纷纷归顺。在列班宁和依鲁依渡口发生了一场大战，或许这是刚铎国内所发生过死伤最惨重的一场战争，许多高贵的血统在这场战争中灭亡。艾尔达卡亲手在战场上斩杀了卡斯塔米尔，替欧蓝迪尔报了大仇。但卡斯塔米尔的儿子逃走了，他们和其他的家族成员以及许多舰队困守在佩拉格，支撑了很长一段时间。

"当他们汇集了所有的援军之后（艾尔达卡没有任何的海军可以攻击他们），便离开佩拉格，从海上进入了昂巴。在那里，他们收容所有皇帝的敌人，成为了一个独立于皇帝势力之外的自治领。此后数百年，昂巴和刚铎一直处在敌对状态，经常会劫掠沿海一带和干扰海上的运输。直到伊力萨王登基之后，昂巴才被收服。在此之前，南刚铎一直是海盗和皇帝之间争夺的目标。"

"昂巴的沦陷对于刚铎来说是相当沉重的打击，不只是因为南方的领土变小，对哈拉德的人类的监视变弱了，更因为该处也是努曼诺尔的最后一任皇帝，黄金大帝亚尔-法拉松率领部队登陆，随后收服索伦大地的地方。虽然之后是一连串不幸的事件，但连伊兰迪尔的跟随者都对当时亚尔-法拉松的辉煌成就感到十分骄傲。在那个港岸中最高的山丘上，他们建造了一座高耸的白色纪念碑。纪念碑顶安置了一枚水晶球，会反射月亮和太阳的光芒，像一颗极其明亮的星辰，在天气良好的时候，连刚铎的海岸或是远方的船只都能看到这闪闪发亮的星辰。它一直矗立在该处，直到索伦第二次崛起时，昂巴落入他的邪恶仆人手中。他们将这羞辱他们主人的纪念碑给彻底毁坏了。"

在艾尔达卡回归之后，登丹人的皇室、其他贵族的家室和次等人的血统更为混杂了。由于许多的大家族都在内战中被灭门，而艾尔达卡又对于协助他夺回帝位的北方人特别感激，刚铎的居民中增加了许多从罗马尼安来的人类。

这样的混血并不像一开始众人所担心的一样让登丹人快速衰微；只是，这衰微还是一点一点地开始了。毫无疑问，这是由于中土世界本身的影响，在星之大地陆沉之后，努曼诺尔人得天独厚的寿命也被一点一点地回收。艾尔达卡活到了二百三十五岁，称帝五十八年，其中十年是在流亡中度过。

刚铎所遭遇到的第二个，也是最严重的打击，是发生在第二十六任皇帝泰勒纳在位期间。他父亲是艾尔达卡之子米那迪尔，不幸在佩拉格被昂巴海盗所杀。（昂巴的海盗是由卡斯塔米尔的孙子安加麦提和山加海彦多所率领。）在那之后东方的黑暗之风带来了一场大瘟疫。皇帝和所有的继承人全都病死，刚铎的居民死了大半，尤其是那些居住在奥斯吉力亚斯的居民。由于伤痛和人力不足，刚铎对于魔多边界的监视松懈了，守卫隘口的要塞也变得空无一人。

稍后，人们才知道，在此同时魔影正在幽暗密林中滋长，许多妖物再度出现，这都是索伦东山再起的征兆。的确，刚铎的敌人也受到相当大的打击，否则他们早就趁虚而入，推翻刚铎了。但索伦可以等待，或许，魔多边境的开启才是他当时真正的目标。

泰勒纳病死之后，米那斯雅诺的圣白树同时也枯萎而死。但他的侄子塔龙铎继位后，在城堡中重新种植了一株小树。他将王都迁到米那斯雅诺，因为奥斯吉力亚斯如今已有部分成了荒凉无人的废城，也开始逐渐整个化为废墟。为了躲避瘟疫而逃到伊西立安或是西方山谷的人们中，只有极少数愿意回来。

塔龙铎十分年轻就登基，是刚铎皇帝中在位最久的。不过，除了让国家休养生息，重整国力之外，他实在没办法创造什么丰功伟业。他的儿子特路美泰对米那迪尔的死念念不忘，对于海盗们的嚣张耿耿于怀。在这个时候，海盗们劫掠的范围甚至已达安法拉斯。因此，他在一八一〇年集结部队，以迅雷不及掩耳的速度攻下了昂巴。在那场战争中，卡斯塔米尔的最后血脉也断绝了，昂巴暂时又落回皇帝的手中。因此，特路美泰将他的帝号中增加了昂巴达希尔这个称号。但是，在刚铎即将面临的邪恶冲击下，昂巴不久之后就会再度沦陷，落入哈拉德的人类的手中。

刚铎所遭遇的第三次重大打击是战车民的入侵，这场持续一百多年的战争耗尽了刚铎仅存的国力。战车民可能是一个民族，或是由很多民族组成的邦联。他们来自东方，但比之前所有的东方人都要强悍，武器更为精良。他们乘着巨大的车辆四处游走，酋长们驾着战车作战。稍后人们才知道，他们是在索伦的煽动之下对刚铎展开突袭，那曼希尔二世于一八五六年战死于安都因河旁的战斗中。罗马尼安东部和南部的居民遭到奴役；那时刚铎的前线被迫后撤到艾明穆尔和安都因河谷。（根据史家推断，戒灵就是在当时重新进入了魔多。）

那曼希尔二世之子卡力美塔在罗马尼安人的里应外合之下，于一八九九年在达哥拉平原大胜东方人，这危机也暂时解除了。在经过多年的敌对和冷战之后，北方的登丹人首领亚拉芬终于和南方的昂多赫展开了一连串的会谈。因为，这时他们才发现似乎有一股力量在背后操纵了许多不同的敌人，同时对努曼诺尔人的后裔展开攻击。在那时，亚拉芬的儿子亚帆都和昂多赫的女儿费瑞尔结婚（一九四〇年）。但两个王国都无法对彼此伸出援手，因为在安格玛对雅西顿展开新一波攻势的同时，战车民也变本加厉地发动更强烈的攻击。

许多战车民自由地通过魔多的南方边境，并且和侃德和近哈拉德的居民结盟；在这场从北到南同时发动的攻击中，刚铎濒临毁灭。一九四四年，昂多赫和两个儿子雅塔墨和法拉墨皆战死在摩拉南北方的战场上，敌军大举侵入伊西立安。但南军的统帅伊雅尼尔在南伊西立安获得大胜，将所有渡过波洛斯河的哈拉德人全都歼灭。他急忙赶往北方，把所有能找到的北军败兵全都集结在身边，对战车民的主阵发动逆袭。此时，战车民认为刚铎已经被彻底击溃，接下来的工作就是夺取战利品，因此正在狂歌饮宴，毫无心理准备。伊雅尼尔用兵神速，席卷整个驻地，并且将所有的战车都点火烧掉，把敌人全赶出了伊西立安。大部分逃走的人都在死亡沼泽中灭顶。

"在昂多赫和两个儿子都战死之后，北方王国的亚帆都以自己身为埃西铎子嗣，昂多赫唯一生还的女儿费瑞尔丈夫的身份，提出了继承刚铎帝位的要求。他的要求被驳回。在这一事件中，昂多赫的宰相佩兰多扮演了十分重要的角色。

"刚铎的众议院回答了：'刚铎的皇冠和统治权只属于安那瑞安之子梅兰迪尔的子嗣，埃西铎将这块土地赐给了他。在刚铎，皇位只传给儿子；我们并未听说亚尔诺的律法与此有所不同。'

"亚帆都回答道：'伊兰迪尔有两个儿子，埃西铎是长子，也是他父亲名正言顺的继承人。我们听说至今伊兰迪尔还是刚铎皇室族谱中的开国者，因为他是所有登丹人土地的统治者。在伊兰迪尔还在世的时候，他将辖下土地的管辖权分给他的两个儿子。但在伊兰迪尔过世之后，埃西铎前往北方继承皇帝的位置，并且把南方的统治权按照过往的惯例赐给弟弟的儿子。他并没有放弃对刚铎的宗主权，也不准备让伊兰迪尔的王国永远分裂。

"'不只如此，努曼诺尔人从古代开始就将权杖交给第一个孩子，无论他是男是女。这样的律法的确没有在我们这个经常为战火所苦的流放王朝中执行，但这的确是我族的律法。这也是我们现在的依据，昂多赫的儿子尚未留下香火就战死，我们必须提出这样的要求。'①

"刚铎对此毫无响应。皇位则是由战功彪炳的伊雅尼尔继承，由于他是登丹人的皇族，因此刚铎所有的登丹人也都支持这项做法。他的父亲是西瑞安迪尔，西瑞安迪尔的父亲是卡林马希尔，卡林马希尔的父亲是那曼希尔一世的弟弟阿色亚斯。亚帆都并没有坚持要争取这皇位，因为他既没有意愿，也没有力量去反抗刚铎的登丹人作出的决议。不过，即使当他们的王朝覆亡之后，他的子孙也从来没有忘记过这个继承权。不久之后，北方王朝就将结束。

"正如同他的名字所暗示的一样，亚帆都的确是最后一任皇帝。据说他的名字是在诞生时由先知马尔贝斯赐给他的，先知对他的父亲说："你必须将他取名为'亚帆都'，因为它将会是雅西顿最后一任君王。不过，登丹人会面临一个抉择，如果他们做出了那个看起来希望不大的选择，那么你的儿子将改掉他的名字，成为庞大国度的君王。如果不是这样，那么登丹人必须经过许多年、经历许多的折磨和哀伤之后，才能再度统一。"

"在刚铎，伊雅尼尔之后同样也只传了一任君主。也许，当初如果皇冠和令牌能够统合在一起，皇帝的传承就可以继续下去，许多邪恶的事情也就不会发生。不过，即使对于大多数的刚铎人来说，雅西顿王国只是个偏远地方，他们的皇族血统也微不足道；但伊雅尼尔却不

---

① 这一律法是努曼诺尔所立下的（皇帝是这样告诉我们的），当时第六任皇帝塔尔-奥达瑞安只留下一名子嗣，她是女儿。她成为了第一任女皇——塔尔-安卡林米。但这律法是在她即位之后才确立的。事实上，第四任皇帝塔尔-伊兰迪尔的皇位传给塔尔-米涅尔督，而西马瑞安才是他的长女。不过，伊兰迪尔则是西马瑞安的直系子孙。

411

是这种傲慢的无知之徒，相反，他十分的睿智。

"他派使者通知亚帆都，告知他已经依据律法和南方王朝的需要，继任为刚铎的皇帝。"但是我并没有忘记对亚尔诺的忠诚，也不会否认你我之间的血缘，更不愿让伊兰迪尔的国度彼此仇视。只要我有能力，就会在你需要的时候伸出援手。"

"很遗憾，伊雅尼尔一直没有足够的实力派出支持。亚拉芬皇帝依旧率领着逐渐减少的兵力对抗安格玛，当亚帆都继位时，他也只能别无选择地扛起这责任。不过，一九七三年的秋天，刚铎得知雅西顿正面临绝大的危机，巫王准备发动庞大的攻势。伊雅尼尔立刻派遣他的儿子伊雅努尔率领国内所有可以抽调的舰队尽快赶去。太迟了。在伊雅努尔抵达林顿港之前，巫王就已经征服了雅西顿，亚帆都也不知所踪。

"当伊雅努尔抵达灰港岸时，精灵和人类都感到振奋不已。他们的舰队十分庞大，连哈龙德和佛龙德都挤满了他们的船只，差点找不到足够的空间停泊。从舰队中下来了武器装备皆非常精良的大军。在北方人们的眼中，这是伟大的君王所派出来的仁义之师；不过，对刚铎来说，这只是它的一支特遣队而已。不只如此，人们还对船上下来的马匹赞叹不已。它们中的许多都是来自于安都因河谷，由许多高大俊美的骑士所带领，他们都是罗马尼安的贵族。

"接着，奇尔丹召集了所有集合到他旗下的战士，来者之中从林顿到亚尔诺的都有，在一切准备妥当之后，大军渡过隆恩河，挑战安格玛的巫王。据说，当时他正居住在佛诺斯特。巫王带来大量的邪恶生物，对众王统治的国度大肆破坏。过于自信的他并没有固守城池，而是直接出兵迎战，想要像之前一样把敌人赶进隆恩河中。

"当西方的联合军从伊凡丁的山区下来展开攻击时，在北岗和伊凡丁湖之间展开了一场大战。其实在主力骑兵展开攻击之前，安格玛的部队就已经节节败退,朝佛诺斯特撤军,但从北方绕过山丘杀来的骑兵更是让他们溃不成军。太过轻敌的巫王只能集结残兵往北逃,想要逃回他自己在安格玛的领地。在他来得及躲进卡恩督之前,刚铎的骑兵就在伊雅努尔的率领之下赶上了他们。在此同时,由精灵贵族葛罗芬戴尔所率领的部队也从瑞文戴尔杀出。安格玛的部队就此被彻底歼灭,山脉以西连一人一骑或一个半兽人都不剩。

"不过,据说当安格玛的部队全部阵亡时,突然间巫王亲自出现了,他穿着黑袍、戴着黑面具骑在黑马上。所有看见他的人都陷入无比的恐惧中;他发出一声恐怖的尖啸,直冲着最痛恨的刚铎大将杀去。伊雅努尔本来准备和他正面交手,但他的坐骑却无法承受这种恐惧,失控地载着他转身就逃。

"巫王哈哈大笑,听见这笑声的人们从此再也无法忘记那恐怖的声音。但葛罗芬戴尔骑着白马突然出现,大笑到一半的巫王被迫转身就逃,避入阴影中。当时夜色降临,没人知道他此后的下落。

"控制住坐骑的伊雅努尔这时才赶回战场,葛罗芬戴尔看着眼前逐渐降临的夜色,说道:"不要追了!他不会再回到这个地方。他的末日尚远,他不会死在英雄好汉的手上。"许多人都记得这句话。不过,伊雅努尔十分愤怒,一心只想要挽回自己的面子。

"因此,安格玛的邪恶王国就此结束,而刚铎的统帅伊雅努尔成了巫王最痛恨的对象。不过,许多年之后人们才明白这件事情。"

后代的史家记载,伊雅尼尔皇帝在位期间,巫王从北方南下躲入了魔多,其他的戒灵已经聚集在该处,而他是他们的首领。直到二〇〇〇年的时候,他们才从西力斯昂哥杀出,围攻米那斯伊西尔。他们在二〇〇二年将城攻下,并且夺取了该座高塔中的真知晶石。直到第三纪元结束之前,他们都驻守在该处。米那斯伊西尔成了恐惧的象征,并被更名为米那斯魔窟。许多仍住在伊西立安的居民纷纷遗弃了这个地方。

"伊雅努尔和他的父亲一样武勇，但并不睿智。他是个身强体壮，快意恩仇的男子；但他不愿意娶妻，因为他主要的兴趣都是在战斗或是锻炼身体上。全刚铎无人能够在他喜爱的格斗比赛中击败他，他似乎是个天生的战士，而不是将军或是皇帝；他的活力和战技都延续得比常人要久。"

当伊雅努尔在二〇四三年登基的时候，米那斯魔窟之王要求进行一对一的决斗，取笑他在北方王国一战中不敢与他对决。宰相马迪尔劝阻皇帝不要躁进。米那斯雅诺自从泰勒纳皇帝之后已经成了王都，现在改名为米那斯提力斯，表明该城永远防御魔窟的邪恶。

当魔窟之王再度提出挑战时，伊雅努尔才执政不过七年。魔窟之王嘲笑他不只是年轻的时候胆小，年老的时候更变得懦弱。马迪尔再也无法劝阻皇帝。伊雅努尔率领一小队禁卫队骑士前往米那斯魔窟，从此再也没有人知道他们的消息。刚铎人相信，言而无信的敌人设陷阱抓住了皇帝，将他在米那斯魔窟中折磨到死。不过，由于没人能够确定他的生死，忠诚的宰相马迪尔只得以皇帝之名继续治理刚铎许多年。

王位继承人此时已经变得相当的少。在"皇室内斗"时期，皇族因彼此残杀而大为减少；而从那之后，皇帝对于皇亲国戚变得相当提防。那些受到怀疑的人常常会逃往昂巴，加入叛军；而其他人则是舍弃了自己的努曼诺尔血统，和外族的妻子联姻。

因此，当时刚铎竟然找不到拥有纯粹血统的继承人，也找不到众贵族都接受的继位者。所有人都很担心"皇室内斗"将会重演，人们知道，如果再来一次这样的内乱，刚铎必定会灭亡。因此，宰相就继续代理朝政，而伊兰迪尔的皇冠就被放在陵寝中伊雅尼尔皇帝的膝盖上，伊雅努尔在离去之前将它放在该处。

宰　相

宰相的家族被称作胡林家族，因为他们都是米那迪尔皇帝（一六二一至一六三四年）的宰相，艾明亚南的胡林之子嗣。他是拥有相当纯正努曼诺尔血统的人。在他之后，皇帝们总是从他的家族中挑选宰相，在佩兰多之后，宰相则是变成了传子的世袭职位。

每个新的宰相即位时都会发誓"手执法杖，以帝之名代理朝政，直至皇帝归来"。不过，这很快就变成了虚应故事的传统，因为宰相实际上拥有皇帝所有的权力。不过，刚铎依旧有很多人相信皇帝将来一定会回到他们之中，有些人还记得北方王朝的子嗣，谣传他们隐姓埋名居住在黑暗之中。不过，摄政王们都对这些希望置之不理，坚定地治国。

虽然如此，这些摄政王却从来没有坐上过王座，他们也没有皇冠，也没有王的权杖。他们只有一柄白色的法杖，象征他们的权位。他们的旗帜一片雪白，没有任何的徽记。而皇室的旗帜则是黑底衬上一棵盛开繁花的白树，上方还有七颗星辰。

马迪尔·佛龙威是刚铎的摄政王之首，在他之后共传了二十四任，直到第二十六任，也是最后一任的迪耐瑟二世手上。一开始，他们得享平静，因为这是警戒的和平时期。在这段时间，索伦在圣白议会的力量之下暂时避其锋头，戒灵依旧躲在魔窟谷中。不过，从迪耐瑟一世开始，刚铎就再也没有经历过和平，即使边界没有战事，它也是随时处在敌人的威胁之下。

在迪耐瑟一世在位的最后几年，强兽人第一次从魔多出现，在二四七五年，他们横扫伊西立安，攻下了奥斯吉力亚斯。迪耐瑟之子波罗莫（魔戒远征队的波罗莫就是为了纪念他而取的这个名字）打败了他们，重新夺回伊西立安，但奥斯吉力亚斯已经被彻底摧毁，巨大的石桥也完全遭到破坏。此后再也没有人类居住在该处。波罗莫是名猛将，连巫王都十分害怕他。他十分尊贵、英俊，肉体和心智都十分强健。但是，在那场战争中他受到魔窟武器的伤害，减短了他的寿命，他的后半生都在痛苦中度过，父亲去世后十二年，他也跟着死亡。

在他之后，开始了西瑞安漫长的统治。他极为警戒与小心，注意一切的风吹草动。但此时刚铎已经不比当年，他只能被动地防御边界。而他的敌人们（或是在背后操纵他们的势力），正准备发动他所无法阻挡的攻击。海盗们骚扰刚铎的沿岸，但主要的危机还是在北方。在罗马尼安的广大土地上，介于幽暗密林和奔流河之间，现在居住着一支骁勇善战的民族，他们完全笼罩在多尔哥多的阴影之下。这一民族经常会穿过森林恣意劫掠，最后连安都因河谷、格拉顿平原南方的区域都变得毫无人烟。由于东方持续有人加入他们，这些贝尔丘斯人数量不断地增加，而卡兰纳松的居民人数则不断减少。西瑞安只能十分勉强地守住安都因河的防线。

西瑞安预见到大难将临，因此派出使者往北方求救。但已经太迟了。就在那一年（二五一〇年），贝尔丘斯人在大河东岸建造了许多大型的船只和木筏，一举渡河，击垮了守军。从南方赶来的援军被挡在防线外，一路被驱赶到林莱河。在那边，他们突然遭到了从山脉中出来朝向安都因河进发的半兽人攻击。就在那时，从北方来了意料之外的援军，洛汗人的号角声第一次出现在刚铎。年少伊欧带着骑兵们击垮了敌人，把贝尔丘斯人一路追过卡兰纳松平原，将他们灭尽。西瑞安将那块土地送给他，他向西瑞安发了"伊欧的盟誓"，因着友谊，只要刚铎有需要或是下令，他就一定会全力援助。

第十九任摄政王贝伦在位时，刚铎面临了更大的危机。三支经过长时间准备的舰队从昂巴和哈拉德出发，以强大的武力毫不留情地痛击刚铎的沿岸，敌人从许多地方登陆，甚至远达艾辛河的出海口。与此同时，洛汗国遭到东方和西方同时的攻击，他们的土地被占领，居民则是被赶到白色山脉中。二七五八年，长冬开始，从北方和东方直扑而来的严寒持续了将近五个月。洛汗的圣盔王和他的两个儿子都在战争中牺牲，在伊利雅德和洛汗国都有许多人在严寒中冻死。不过，在山脉南方的刚铎，情况没有这么严重，在春天之前，贝伦的儿子贝瑞贡就击退了入侵者。之后，他立即派援军前往洛汗。他是波罗莫之后刚铎的第一勇将，当他继承了父亲的王位之后（二七六三年），刚铎开始恢复之前的繁荣。不过，洛汗就必须花费比较久的时间才能从那次打击中复原。正因如此，贝伦才会欢迎萨鲁曼的到来，并且将欧散克塔的钥匙交给萨鲁曼；从那年开始（二七五九年），萨鲁曼进驻艾辛格。

贝瑞贡在位期间，迷雾山脉中发生了矮人与半兽人之战（二七九三至二七九九年），南方对此只有耳闻。稍后，半兽人逃出南都西理安，意图入侵洛汗，前往白色山脉中落地生根。在这危险真正被消灭之前，大大小小的战争打了好几年。

当贝列克索二世——第二十一任摄政王去世时，米那斯提力斯的圣白树也枯死了；但人们让它留在那边"直到人皇归来"，因为他们找不到圣树的种子或是幼苗。

在图林二世当政期间，刚铎的敌人们再度开始蠢动。索伦的力量又开始增强，他复出的时刻已经近了。除了最强悍的人之外，伊西立安其他的居民都纷纷迁出，住到安都因河的西岸，因为原先的家园充斥着大量的魔多半兽人。图林为他的士兵在伊西立安建造了许多的秘密堡垒，其中汉那斯安南是守得最久，始终没被攻下的一处。他同时也再度加强凯尔安卓斯岛①的防御，以便保卫安诺瑞安。他最大的危机还是在南方，当时哈拉德林人占据了南刚铎，波洛斯河沿岸争斗不休。当伊西立安被大军入侵时，洛汗的佛卡温王实践了"伊欧的盟誓"，并且回报了贝瑞贡对洛汗国伸出的援手。他派出许多人前往支持刚铎，在他们的协助下，图林在波洛斯渡口打了一场胜仗，但佛卡温的两个儿子都战死沙场。骠骑们以他们的传统方式将他们埋葬在该处，由于他们是双胞胎兄弟，因此被埋在同一个墓穴中。它在河岸的高处伫立了许多的岁月，刚铎的敌人们都不敢轻易越雷池一步。

图林之后继任的是特刚，但史家大书特书的只有他死前的两年，索伦蹿起，公开宣布他再度转生，重新进入早已为他准备好的魔多。接着，巴拉多再度兴建，末日火山爆发，伊西立安仅存的居民也逃之夭夭。特刚死后，萨鲁曼将艾辛格占为己有，开始大兴土木。

特刚之子爱克西力昂二世，是名睿智的男子。他把握刚铎仅存的力量，开始进行对抗魔多的准备。他鼓励远近所有的勇士加入他的阵营，表现良好的就可以获得相当丰富的奖赏和官阶。在他所立下的功业中，背后几乎都有一名伟大将领的协助，他也十分敬爱这名将领。刚铎的人们称呼他索龙哲尔——"星辰之鹰"，因为他的动作迅速如风，目光锐利，斗篷上经常挂着一枚银色星辰。但没有人知道他的真实姓名或是他的出生地。他是从洛汗前来为爱克西力昂效力的，之前在塞哲尔的麾下服役，但他不是洛汗国的臣民。他是名伟大的将领，不管是在陆地上还是在大海上，但在爱克西力昂过世之前，他就神秘地消失了。

索龙哲尔经常告诉爱克西力昂，昂巴的叛军对刚铎来说是相当大

---

① 这个名字的意思是"浪花中的船"，因为这座岛屿像是艘船首指向北方的大船，安都因河的河水撞击在船首，会溅出许多泡沫来。

的威胁，如果索伦宣战时，他们还持续对南方的封地骚扰，可能就会导致战败。因此，他获得了摄政王的首肯，率领一小支舰队神不知鬼不觉地潜入昂巴，烧毁了海盗一大部分的船舰。他自己则是单枪匹马格杀了港区司令，然后带领几乎毫发无伤的舰队撤回。不过，当他们回到佩拉格时，让他的部属十分难过和惊讶的是，他不愿意回到众人会夹道欢迎他的米那斯提力斯。

他写了封信向爱克西力昂道别，信中说："王上，有其他的任务召唤我前往。如果回到刚铎是我命中注定的，我必须再经过许多的磨难后才能踏上此地。"没有人知道他有什么任务，或是收到什么样的召唤。不过，人们却知道他往哪个方向走。他最后划着小舟渡过安都因河，并在那边向同伴道别，继续孤身前进；人们最后是在暗影山脉看见他的身影。

由于索龙哲尔的离开，城中的居民都因少了这样一名智勇兼备的猛将而觉得十分遗憾。唯一的例外大概只有爱克西力昂的儿子迪耐瑟，他已经成年，四年之后将会在父亲过世时继承摄政王的职位。

迪耐瑟二世是一名高大、自信、勇敢的男子，他是数百年中刚铎所出现过最有王者之气的人。他十分睿智，有远见，对于历史了如指掌。事实上，他和索龙哲尔根本就像是同胞兄弟，但在他父王和子民的眼中，他永远都逊于索龙哲尔。许多人认为索龙哲尔提前离开是为了避免痛恨自己的人成为上司；不过，事实上，索龙哲尔不管是在人前人后，从来没有批评过迪耐瑟，也一直安于摄政王仆人的身份。索龙哲尔经常警告爱克西力昂不要相信艾辛格的白袍萨鲁曼，必须亲近灰袍甘道夫。不过，迪耐瑟和甘道夫之间一直存有嫌隙。在爱克西力昂过世之后，米那斯提力斯不再欢迎灰袍圣徒的到来。因此，在稍后历史的迷雾揭开之后，许多人才发现，当年心细如发、比任何人都更有深思远见的迪耐瑟，可能已经发现了这个神秘客索龙哲尔的真实身份，怀疑他和米斯兰达准备密谋夺取他的王位。

当迪耐瑟继承了摄政王的位置（二九八四年）之后，他证明了自己拥有相当强的能力，将一切的大权都抓在手中。他极少公开表达自己的意见。他会倾听人们的建议，但照着自己的想法行事。他相当的晚婚（二九七六年）。芬多拉斯是多尔安罗斯的艾德拉希尔之女，她极为美丽，心地又十分善良。不过，她嫁给迪耐瑟十二年之后就去世了。迪耐瑟用自己的方式爱着她，他对她的爱超越任何人，唯一的例外可能只有他自己的长子。不过，在人们的眼中，她是在这座守卫森严的城市中缓缓地枯萎而死，就像是海边的花朵被强移到贫瘠的高地上一样。东方的阴影让她心中充满恐惧，她的目光经常望向那她很怀念的海边。

在她死后，迪耐瑟变得更为忧郁、更为沉默，经常会坐在塔内沉思，预见魔多会在他任内展开攻击。稍后，史家们相信，由于他迫切需要情报，又太过骄傲，深深相信自己意志的力量，因此转而冒险使用了圣白塔的真知晶石。在他之前，没有任何宰相胆敢这样做，连皇帝伊雅尼尔和伊雅努尔在米那斯伊西尔陷落，埃西铎的真知晶石落入了魔王的手中之后，也不敢再观看白塔的晶石。因为米那斯提力斯的真知晶石是安那瑞安的晶石，和索伦手中的晶石关系最为密切。

因此，迪耐瑟获知了许多在他的国度和边界外的情报，让人们感到十分惊讶。但这情报是用极大的代价换取来的，由于他必须经常和索伦的意志搏斗，导致他未老先衰。就这样，迪耐瑟心中的自大和绝望同时与日俱增，直到最后，他将当时世间所有的事都视为是巴拉多之王和净白塔之王的决斗，他甚至不相信其他同样与索伦为敌的战士，除非他们只效忠他一人。

时间来到了魔戒圣战，迪耐瑟的两个儿子也成年了。波罗莫比弟弟大五岁，是父亲的最爱，他的长相和自信与父亲极像，但两人的相像也就到此为止。事实上,他像古代的伊雅努尔皇帝一样,不愿意娶妻,只喜欢一切和格斗与武器相关的事情;他毫无畏惧,可力敌百人,但却对历史文献嗤之以鼻,唯一感兴趣的只有古代的战史。次子法拉墨和他长得很像,但其他地方就南辕北辙了。他和父亲一样可以精确地知道人们内心的想法;但是他所洞悉的事引发的都是他的怜悯之情,而不是轻蔑。他十分温柔,热爱知识和音乐,因此当时的人们大多认为他的勇气比不上兄长。但事实并非如此,他只是不希望冒着生命危险追求毫无理由的光荣。当甘道夫进城时,他都会尽量腻在他身边,尽量从他的睿智中学习;因此,他在这点上和许多其他的事上,都触怒了父王。

不过,兄弟两人之间的友爱却不受丝毫的影响,两人从孩提时开始就一直是最亲近的好兄弟,波罗莫一直扮演帮助和保护法拉墨的角色。他们之间从来没有任何嫉妒和敌意,不管是在父亲的偏心还是人们的夸奖之下都一样。对法拉墨来说,在刚铎没有人能够超越迪耐瑟的继承人身兼净白塔大将的波罗莫。波罗莫自己也这么认为。但是,在面对考验时,结果却正好相反。不过,在魔戒圣战中,这三人的遭遇大多已在他处描述过了。在战后,摄政王的时代告终,因为安那瑞安和埃西铎的子嗣重回刚铎,帝位再兴,圣白树的旗帜再度飘扬在爱克西力昂塔上。

(5)
以下是亚拉冈和亚玟的故事

亚拉德是人皇的祖父。他的儿子亚拉松想要和美丽的吉尔兰成婚,她是德哈尔的女儿。德哈尔自己也是亚拉那斯的后代之一。德哈尔十分反对这项婚姻,因为吉尔兰还太过年轻,未到登丹人可以成婚的年龄。

"不只如此，"他说，"亚拉松是个严格坚决的成年人，他会比人们所期望的更快继任酋长的位子。但是我心中预测他无法得享天年。"

但他的妻子艾佛温也同样拥有预言的能力，对此她则回答道："所以才要更快！现在已是风暴将临，天色开始昏暗，大事即将发生。如果这两人现在成婚，我族或许会有新的希望诞生。如果他们拖延了，这个纪元之内可能都不会再有机会。"

结果，在亚拉松和吉尔兰成婚一年之后，亚拉德就在瑞文戴尔北方遭到丘陵食人妖的杀害，亚拉松成为登丹人的酋长。第二年，吉尔兰生了一个儿子，取名为亚拉冈。当亚拉冈两岁时，亚拉松和爱隆之子一同骑马出战对抗半兽人，一支箭射穿他眼睛，将他杀死。他的确是个相当短命的登丹人，死时只有六十岁。

接着，亚拉冈成了埃西铎的继承人，随他的母亲一同被接到爱隆的居所去。爱隆扮演着他父亲的角色，十分喜爱他，将他视若己出。但他那时被称作爱斯泰尔，意思是"希望"，他真正的身份和姓名在爱隆的命令下被隐藏起来；因为贤者们知道魔王正不计一切代价搜索埃西铎的子嗣。

当爱斯泰尔二十岁的时候，他和爱隆之子出征，一起创下不错的战绩；回到瑞文戴尔之后，爱隆十分嘉许地望着他，因为他明白眼前是名早熟的高贵青年，日后他在心智上和肉体上还会更进一步。从那天起，爱隆就以他的真名称呼他，告诉他自己真实的身份和血统，并且将他家族的传家宝物交给他。

"这是巴拉希尔的戒指，"他说，"是我们之间远古关联的证据，这是圣剑纳希尔的碎片。或许你可以带着它们立下伟大的功绩。我预言你的寿命将会极长，远超过一般的人类，除非你遇上厄运或是在考验中失败。但是，你的考验将会十分漫长、极为艰苦。安努米那斯的令牌则由我暂时保管，因为你还没有资格拥有它。"

第二天，当太阳下山的时候，亚拉冈独自在森林中散步，意气风发、情绪高昂；由于风景十分美丽，他内心又充满希望，他忍不住唱起歌来。突然间，在他的歌声中，他看见一名女子走在白桦林中的青草地上；他惊讶地停下脚步，恍惚间以为自己走入了梦中，或者是拥有了精灵歌手的能力，可以将歌曲中的事物幻化到听者的眼前来。

当时亚拉冈所唱的是《露西安之歌》，正描述到露西安和贝伦在尼多瑞斯森林中会面的情形。看哪！露西安就在他面前，穿着蓝银色的披风走在瑞文戴尔，如同暮色一样美丽；她的黑发在风中飘扬，眉间系着像星辰一样的宝石。

有那么片刻，亚拉冈无言地凝视着前方，但他心中又担心她会就此离开，再也不出现。因此，他急忙喊道：提努维儿，提努维儿！就如同远古的贝伦所呼喊的一样。

那名少女转过身，对着他笑了。她问道："你是谁？你为什么用那个名字叫我？"

他回答道："因为我相信你真的是露西安·提努维儿，也就是我所唱的歌曲中的主角。即使你不是她，你也和她有着同样的气质。"

"很多人都这么说，"她神情凝重地回答，"但那不是我的名字。或许我的命运也会和她不同。你是谁呢？"

"人们叫我爱斯泰尔，"他说，"但我是亚拉冈，亚拉松之子，埃西铎的子嗣，登丹人的首领。"但是，当他这样说的时候，这个之前让他觉得十分兴奋的高贵血统，现在和她的可爱以及尊贵比起来，似乎都显得一文不值了。

但她还是高兴地笑了，说："那我们之间有一些关联呢。我是爱隆之女亚玟，别名又称作安多米尔。"

"果然是这样，"亚拉冈说，"在这种黑暗的年代里，人们往往会隐藏他们最珍贵的宝贝。不过我依然对爱隆和你的兄弟们感到惊讶；虽然我从小在这边长大，却从来没有听过你的消息。我们之前怎么会从来没有见过面？你父亲不可能把你锁在他的宝库里吧？"

"不，"她说，抬头看着遮蔽东方天空的山脉，"我在我母亲的故乡居住了一阵子，那是在遥远的罗斯洛立安森林。我是最近才回来探望我父亲的。我已经有许多年没有来伊姆拉崔了。"

亚拉冈觉得很好奇，因为她看起来年纪并不比他大，而他在中土出生也不过二十多年而已。但亚玟看着他的双眼说："不要怀疑！爱隆的子女都拥有艾尔达精灵的寿命。"

亚拉冈感到十分困窘，他从她的眼中看见了精灵的光芒，以及多年累积的睿智；但是，从那一瞬间开始，他已经爱上了爱隆的女儿亚玟·安多米尔。

接下来的日子里，亚拉冈变得十分沉默。他母亲看出他身上一定发生了什么不寻常的事情。最后，在她的逼问之下，他终于说出了黄昏时在森林中的邂逅。

"吾儿啊，"吉尔兰说，"即使以你的家世来说，你的目标都太高了一点。这名女子是如今这世界上最美丽、最尊贵的生灵，凡人是不能够娶精灵的。"

"但我们之间是有关联的，"亚拉冈说，"如果我祖先的故事没错的话。"

"的确是没错，"吉尔兰说，"但那是很久以前，另一个纪元，在我族衰微之前的事了。如果不是爱隆的好意，埃西铎的子嗣恐怕早就灭绝了。因此我才担心，我想你在这件事上恐怕不会赢得爱隆的善意。"

"那我就只能过着苦涩的日子，孤单行走在荒野中。"亚拉冈说。

"你确实命定如此。"吉尔兰说。不过，虽然她也拥有族人遗传的预知能力，但她并未将她所预见的告诉他，也没将儿子的苦恼告诉

424

别人。

　　不过，爱隆可以看见许多事物，看穿许多思绪。因此，在那年秋天来到之前，有一天他将亚拉冈找进他的房间，他说："登丹人的领袖，亚拉松之子亚拉冈，听我说！你的未来是十分巨大的考验，你可能超越众先祖，创下自伊兰迪尔以来最伟大的功业，也可能带着你的同胞全都落入万劫不复的黑暗中。你的眼前有许多的考验。在时机到来，你证明自己的能力之前，你最好不要娶妻或是对任何女子许下承诺。"

　　亚拉冈十分不安，他问道："是我的母亲对您说了这件事吗？"

　　"不，完全没有，"爱隆说，"是你的眼睛出卖了你自己。但我所指的不单只是我女儿。你不应该和任何人类的子嗣往来。至于美丽的亚玟，伊姆拉崔和罗瑞安的公主，精灵的暮星，她的血脉远远胜过你，对她来说，你只不过是大树旁的小小嫩芽而已。她比你高贵太多了。我认为，她很清楚地看到这点。不过，即使不是如此，即使她愿意倾心于你，我还是会因为我们所必须面对的命运而感到伤悲。"

　　"是什么命运？"亚拉冈问。

　　"当我还停留在这地时，她当和艾尔达族的年轻人住在一起，"爱隆回答，"但当我离开的时候，如果她愿意，她应该要跟我一起走。"

　　"我明白了，"亚拉冈说，"我所痴心妄想的宝物和贝伦曾经希冀过的宝物一样珍贵。原来这就是我的命运。"突然间，皇帝代代相传的预知能力出现在他身上，他说了："但是，爱隆大人，你停留此处的岁月已经快要结束了，你的孩子们很快就必须面对那选择，是要和你分离，还是离开中土世界。"

　　"的确，"爱隆说，"我们认为很快了，但实际上在人类的岁月中还有很多年。不过，对于我挚爱的亚玟来说，应该不需要作出任何的选择。除非你，亚拉松之子亚拉冈，介入我们之间，让你或是我必须面临苦涩的别离，直到世界结束之日。你现在根本不明白到底会从我身上夺走什么。"他叹了一口气,神情凝重地看着年轻人,过了好一会儿,他再度开口道:"只有岁月流逝之后,我们才会知道真正的答案。许多年之内我们不会再谈这件事情。黑暗将临,许多邪恶已经开始蠢蠢欲动。"

亚拉冈依依不舍地向爱隆道别;第二天他向母亲、爱隆居所中所有的成员以及亚玟辞行,然后就孤身进入了荒野中。此后的三十年,他投注全副的心力对抗索伦,并且成为贤者甘道夫的好友,从他身上获得了许多的智能。两人结伴进行了许多次危险的旅程;随着时光的流逝,他更常单枪匹马地深入最危险的地区。他的道路艰苦而又漫长,因此,他的外表变得相当阴郁,只有在露出笑容时才显得缓和;他也变得不修边幅,但是,当他不刻意隐藏自己真正的模样时,拥有敏锐观察力的人会明白他是名流亡的皇族。他会变换各种各样的身份,利用许多名号来与索伦周旋,也获得了无数的光荣。他曾经率领骠骑作战,也为刚铎的统治者在陆上和海上出生入死;当他大胜时,他却神秘消失在西方众人之中,然后又孤身勇闯东方和南方,打探邪恶与善良人们的内心,刺探索伦奴仆的阴谋。

因此,他最后成了凡人当中最强悍、最勇猛的战士,他精通所有的战技和知识,却又在任何方面都超越对那门学问最专精的研究者;因为他拥有精灵的智慧,当他眼中的光芒燃起时,没有多少人可以承受那样的瞪视。由于他无法改变的命运,他的表情混杂着坚毅和忧伤,但他内心深处一直抱持着希望,期待终有一天这希望会为他带来无比的欢欣。

当亚拉冈四十九岁时,他历经九死一生才从索伦已经进驻、邪恶势力横行的魔多逃了出来。他非常疲倦,希望能够回到瑞文戴尔去休养片刻,然后再继续他深入远方的旅程;当他在归途中经过罗斯洛立安森林时,在凯兰崔尔女皇的恩准下进入了黄金森林。

他当时并不知道,亚玟·安多米尔也在该处,暂时与她母亲的同胞居住在一起。她并没有什么改变，人间的岁月对她没有丝毫的影响；但她的脸色变得更为凝重，人们极少听见她的笑语。此时的亚拉冈正值身心最成熟的壮年，凯兰崔尔请他脱下旅途中褴褛的衣裳，穿上银白色的衣物，披着精灵的灰斗篷，前额则挂上一枚宝石。如此一来，他的模样远远超越了任何人间的凡俗之辈，反而更像是从西方之岛来的精灵贵族。就这样，在分别多年之后，亚玟再度见到他。当他走进森林，踏着卡拉斯加拉顿的遍地黄花向她走来时，亚玟作出了抉择，决定了她让人叹息的结局。

他们两人整整一季都一起在罗斯洛立安漫游，直到最后他必须离开了。在那夏至的美丽天空下，亚拉松之子亚拉冈和爱隆之女亚玟一起来到那森林中央的美丽山丘——瑟林·安罗斯。他们赤着脚走在遍地绿草、伊拉诺花、宁芙瑞迪尔花上。在那山丘上，他们看着东方的魔影和西方的微光，彼此互许终身，承诺将成为彼此的伴侣。

亚玟说："虽然魔影黑暗，但我却因你，爱斯泰尔而高兴，因你将是拥有莫大勇气摧毁它的人。"

但亚拉冈却回答道："唉！我无法预见这样的未来，也无法得知一切到底会如何演变。但你的希望将让我的希望永不熄灭。黑暗的魔影是我永远不会屈服的；但那微光却也不属于我。我是寿命有限的凡人，如果你选择委身于我，那么你也必须割舍那微光。"

她动也不动地站在那里，像一棵雪白的树，看着西方，最后她终于开口道："登纳丹，我选择委身于你，舍弃那微光。只是，我的同胞和亲友却全都会前往西方。"她非常爱她父亲。

当爱隆得知女儿已经做出选择之后，他沉默良久，他内心十分悲伤，发现他长久以来所惧怕的命运还是那么难以忍受。当亚拉冈再度来到瑞文戴尔时，爱隆将他叫到身边，说道：

"吾儿，希望消逝的年代到了，连我都无法预见未来的局势。如今我们之间有道阴影。或许，这就是天意，我的牺牲可以换来人皇的回归。因此，虽然我也同样地疼爱你，但我必须跟你说：亚玟·安多米尔的光彩不应该为了除此之外的理由而消减。除了统治亚尔诺和刚铎的人皇之外，她不能嫁给世间的凡人。你明白吗？对我来说，即使胜利都只会带来哀伤和分离，但至少对你来说是暂时的欢喜与希望，只是暂时的。唉，吾儿啊！我恐怕对于亚玟来说，人类那注定的命运到最后或许会难以忍受。"

因此，爱隆和亚拉冈就此立下了约定，此后也不再提及这件事。于是，亚拉冈又再度投身危险与辛劳之中。此后，中土世界渐渐被黑暗笼罩，人们心中充满了恐惧，索伦的力量不断扩张，而巴拉多要塞也建得比以前更强大；亚玟仍住在瑞文戴尔，当亚拉冈离去时，她会暗自想念着他，并且悄悄地将自己的思念缝成一面华丽、尊贵的旗帜，只有统合了努曼诺尔人和继承了伊兰迪尔荣光的人才有资格拿起这面大旗。

几年之后，吉尔兰向爱隆告别，回到她在伊利雅德的同胞之中，孤单地居住着。此后她极少见到她的儿子，因为亚拉冈大部分的时间都在遥远的国度中出生入死。但是，有一天，当亚拉冈回到北方时，他前来和母亲会面。在他离开前，她对他说道：

"爱斯泰尔吾儿，这是我俩最后一次的分离。我的年事已高，已经无法用这垂垂老矣的身躯来面对中土世界逐渐降临的黑暗。我很快就会离开这世界。"

亚拉冈试着安慰她，说："但是，在黑暗过去之后或许仍然有光明，如果真是如此，我希望你能够看见它，并且感到欣慰。"

但她只是这样回答：

"Ónen i-Estel Edain, ú-chebin estel anim." [1]

---

[1] "我将希望给了登丹人，自己却没有留下任何的希望。"

亚拉冈心情沉重地离开了。吉尔兰在第二年春天来临之前就去世了。

就这样，历史逐渐接近了魔戒圣战的年代；大部分的事件已经记载于他处：索伦是如何被无人预见的事件给击败，希望如何在渺茫中得以实践。就在众人遭到击败的时刻，亚拉冈从海上赶来，在帕兰诺平原上扬起了亚玟替他缝制的大旗，那天，他第一次接受了人们对皇帝的欢呼。最后，在一切终于完成之后，他踏入了他祖先的王城，接下了刚铎的皇冠和亚尔诺的令牌，在索伦灭亡之年夏至的那一天，他牵着亚玟·安多米尔的手，在皇帝的王城中结婚了。

第三纪元就这么在胜利与希望中结束了。但是，爱隆与亚玟的分离却充满了哀伤，从此，他们将被大海分隔，直到世界终结都不得再见。当至尊魔戒被摧毁之后，精灵三戒也失去了力量。最后，爱隆终于疲倦了，决心离开中土世界，不再回头。但亚玟却成为了一名凡人，不过，在她所有获得的幸福都失去之后，她才能得到死亡的机会。

身为精灵和人类的皇后，她和亚拉冈共度了幸福满溢、无比光辉的一百二十年；但最后，亚拉冈觉得自己已经开始衰老，知道自己漫长的生命即将告一段落。亚拉冈对亚玟说：

"终于，我亲爱的暮星，这世界上最美丽的女子哪，我的世界已经开始褪色了。唉！我们相聚、我们共度，但付出代价的时刻已经临近了。"

亚玟明白他要做什么，因为她早就预见到这一切，但这却无法避免她的悲伤。"那么，大人，难道您竟要提前离开这些敬爱您的子民们吗？"她说。

"不，不是提前，"他回答道："如果我现在不走，我很快就会面临被迫的命运。何况，我们的儿子艾尔达瑞安已经足以接掌帝位了。"

于是，亚拉冈来到寂静之街的皇室陵寝中。他在为他准备好的床上躺了下来。在那里，他向艾尔达瑞安道别，并将刚铎的有翼皇冠和亚尔诺的权杖交到儿子手中。最后，只剩下亚玟孤单一人站在他身边。即使她拥有无比的智慧，在人间经历了两千年的生老病死，但她还是忍不住恳求他多活几天。她尚未体验到衰老，却先尝到了凡人寿命有限所带来的苦痛。

"安多米尔公主，"亚拉冈说，"这的确是让人心碎的一刻，但早在我们于爱隆花园中桦树下相遇的那一刻，就已经注定了，那里如今已绝了人迹。在瑟林·安罗斯的山丘上，我们舍弃了黑暗与微光，接受这样的结局。吾爱，请你仔细考虑，你是否真的想见到我在王位上衰老挣扎，直到失去一切能力智慧为止？不，我的妻子，我是努曼诺尔的最后一人，除了拥有人类三倍的寿命之外，还获得了可以按照自己意愿离去的恩典，将这赏赐归回。因此，我觉得该是安息的时刻了。

"我无法安慰你，因为在这会有生老病死循环的世界上，没有言语可以抚平这样的痛苦。如今你面临了真正的选择，你可以反悔离开，前往港口，带着我们之间共处年岁的记忆前往西方，在那边回忆永不褪色，但也仅仅是回忆而已；或者，你可以选择接受凡人的命运。"

"不，我亲爱的夫君，"她说，"这选择早已结束了。现在根本不会有任何的船只可以载我离开，不论我愿不愿意，我都必须接受凡人的命运。我必须承受那失落和寂寞。但是，努曼诺尔之王哪，直到现在我才明白你们同胞堕落的故事。我曾轻蔑地认为他们只是着魔的愚蠢家伙，但我现在才知道该同情他们。因为，正如同艾尔达族说的一样，要接受至上神赐给人类的礼物，实在是太苦涩难忍了。"

"或许这样吧，"他说，"但是，别让我们在最后一项考验中失败，我们曾经打败了魔影和魔戒的诱惑，不是吗？我们必须在哀伤中分离，但不是在绝望中。看哪！我们不受这循环不已之世界的束缚，在这束缚之外，所拥有的将不仅仅是回忆。再会了！"

"爱斯泰尔！爱斯泰尔！"她大喊着，他亲吻着妻子的手，同时沉沉睡去。这时，他却展现出极为庄美的容貌来，在那之后，所有前来谒陵的人都感到无比的惊讶；他们可以看见他年轻的活力、壮年时的勇敢以及年长时的睿智和尊贵全都融合在一起。他的躯体始终躺在那里，在世界破裂改变之前，人类帝王的荣耀光辉在他身上始终存留不减。

但亚玟离开了陵寝，她眼中的光芒消失了，在她的子民眼中，她变得冰冷、沉默，如同没有星辰闪亮的寒冬夜晚一般。接着，她向艾尔达瑞安和女儿们，以及所有她喜爱的人们告别。然后，她离开了米那斯提力斯，踏上罗瑞安的土地，独自隐居在该处，直到冬天降临。凯兰崔尔早已渡海西去，凯勒鹏也已离去，那地如今一片死寂。

最后，当梅隆树的叶子开始落下，但春天尚未到来之时，她在瑟林·安罗斯上躺了下来。那里就是她翠绿的墓丘，直到世界改变，后来前来此地的人们完全不知有她的存在，而伊拉诺花和宁芙瑞迪尔花也不再于海的东方绽放。

根据南方的传说，故事就到此终结。随着暮星离去，这本书中再也没有描述古代时光的字句。

II
伊欧王室

年少伊欧是伊欧西欧德民族的领袖。他们所居住的土地靠近安都因河的发源地，就在迷雾山脉最远方的山脚和幽暗密林最北方的区域。伊欧西欧德族在伊雅尼尔二世皇帝在位时，从卡洛克和格拉顿平原之间的土地迁移到该处。事实上，他们和比翁一族以及森林西边的人类拥有近似的血缘。伊欧的祖先声称他们是罗马尼安国王的后裔，在战车民入侵之前，他们的国度在越过幽暗密林之后的地方。因此，他们认为自己和继承了艾尔达卡血统的刚铎皇室彼此之间在血缘上有所关联。他们喜爱平原，酷爱所有的马匹和一切的马术，不过当时在安都因中部的河谷居住着许多的民族，而多尔哥多的魔影却也在不停地延伸。因此，当他们听说了巫王被推翻的消息之后，决定去北方寻找更宽阔的土地，将安格玛的遗民们一路驱赶到山脉的东方。但是，在伊欧的父亲李欧德的时代，他们的人数又变得更多，因此急着想要找到一个新的家园。

在第三纪元的二五一〇年时，刚铎面临了新的威胁。东北方的一大群野人席卷了整个罗马尼安，离开褐地，借着木筏渡过安都因河。在同一时间，不知是巧合还是在人为的刻意安排下，半兽人（当时尚在与矮人开战之前，因此他们拥有相当强大的兵力）纷纷离开山区，开始攻击平地。入侵者如入无人之境般穿越了卡兰纳松；因此，刚铎的宰相西瑞安派遣使者向北方求助，因为安都因河谷的人类和刚铎之间有着长久的友谊。但是，大河河谷一带居住的人类日渐稀少，部落更为分散，也无法快速地伸出援手。最后，伊欧得知了刚铎急需援手的消息，虽然看来已经太迟了，但他还是派出大批的骑兵。

如此，他率队来到了凯勒布兰特平原上，那片翠绿的平原位于银光河和林莱河之间。刚铎的北部陆军在该处落入了极大的险境；他们在沃德惨败，往南方的退路也被切断，整支部队在追击下强渡林莱河，却又突然遭到大批半兽人部队的攻击，将他们一直逼往安都因河。刚铎失去了一切希望，但骠骑们却出人意料地从北方赶来，击溃了敌人的后军。于是，战况逆转，敌人死伤惨重地退回林莱河。伊欧领着部队追击，北方的骑兵所带来的无比恐惧甚至让沃德的守军也慌张地逃离。骠骑们一路追击这些敌人直到卡兰纳松。

自从大瘟疫之后，这个区域的居民变得十分稀少，大多数留下来的人都被野蛮的东方人给杀害了。因此，西瑞安为了报答伊欧的援助，将位于艾辛河和安都因河之间卡兰纳松的土地赏赐给他和他的百姓。他们把妻儿与家当全从北方运来，从此定居在该处。他们将这块土地命名为骠骑国，自称为伊欧一族。但刚铎人将这块土地称为洛汗，居民则是洛汗人（亦即是牧马王的意思）。就这样，伊欧成了第一任的骠骑王,他决定定都于白色山脉之前的绿色山丘上。牧马王们此后就生活在自己的国王和律法治理之下,成为刚铎最忠实的盟友。

许多的国王和战士,无数美丽勇敢的女子,都被记述在洛汗国的歌谣中,这许多歌谣依旧在北方传唱着。他们说最先带领同胞们来到伊欧西欧德的是酋长佛鲁格马。而他的儿子佛兰则是杀死了米斯林山脉的巨龙史卡沙,从此该地获得了很久的和平。佛兰获得了大笔的财富,但也从此与矮人交恶,因为矮人声称那些宝藏是他们的。佛兰毫不低头,只将史卡沙的牙齿做成项链,送给他们。他说:"像这样的宝物你们是绝对没有的,它比任何的黄金白银和珠宝还要稀有。"有些人说矮人们为了这不礼貌的行为而杀死了佛兰。唯一可以确定的是,此后伊欧西欧德一族和矮人之间的关系就一直相当恶劣。

李欧德是伊欧的父亲。他是个驯养野马的专家,因为当时野外还有许多野性未驯的马匹。他抓到了一匹白色的小马,很快的,它就成了高大、壮美而骄傲的骏马,没有任何人类可以驯服它。当李欧德冒险骑上去时,它疯狂地乱跳,最后将李欧德甩下马。李欧德正好撞上一块大石,当场脑浆迸裂而死。他那时才四十二岁,儿子则不过十六岁而已。

伊欧发誓要替父亲复仇。他四处找寻这匹骏马,最后终于找到了它。他的同伴们认为他会试着用弓箭射死它。但当他们慢慢靠近时,伊欧站了起来,大喊着:"来这里,杀人马,我要给你一个新名字!"让众人意外的是,马匹转头看向伊欧,走到他面前。伊欧说了:"我命名你为费勒罗夫,你喜欢自由,我并不怪你。但你现在欠我许多,你这辈子必须都将自由交到我的手上。"

然后,伊欧骑上马背,费勒罗夫屈服了;伊欧不用马鞍就将它骑了回去,从此之后他都以这种方式驾驭它。这匹马可以理解所有人类的语言,但它不让除了伊欧之外的任何人骑上它。伊欧就是骑着费勒罗夫来到了凯勒布兰特平原。它竟然拥有和人类一样长的寿命，它的所有子孙也都一样。这些就是"米亚拉斯"马，除了骠骑王的子孙之外，它们不愿意让任何人骑乘，直到影疾才有了例外。人们说，它们的祖先一定是精灵们称为欧罗米的主神从西方的海外仙境带过来的。

在伊欧和希优顿之间的骠骑王，最值得一提的就是圣盔·锤手。他是个拥有怪力的男子。那时，一名叫作费瑞卡的男子声称自己拥有皇室血统，但是人们说他体内大多数是登兰德人的血统，而且还有着一头黑发。他后来变得十分富有，有权有势，在亚东河①的两岸拥有大片的土地。他在河的源头盖了一座堡垒，对国王的治理嗤之以鼻。圣盔并不相信他，但还是会找他来开会，而他则是高兴来时才会出现。

在其中一次会议里，费瑞卡带了许多名部下前来，并且要求圣盔的女儿嫁给他的儿子沃夫。但圣盔说："自从上次你来这边之后，看起来变得自大了不少，但我猜应该都是肥油把你撑大的吧。"人们哈哈大笑，因为费瑞卡的肚子的确很大。

狂怒的费瑞卡开始咒骂国王，并且终于忍不住说了："拒绝拐杖的老国王可能会摔倒。"圣盔回答："来吧！你儿子的婚事没那么重要。圣盔和费瑞卡可以稍后再来处理这件事情。目前国王必须要开会，要先讨论完我们的议程。"

等到会议结束之后，圣盔站了起来，大手拍着费瑞卡的肩膀说："皇宫内不准斗殴，但在外面就自由多了。"他逼着费瑞卡走到皇宫外。费瑞卡部下冲上来时，他说："离开！我们不需要旁观者。我们要私下谈谈。去和我的手下聊天！"他们发现对方人多势众，只能退到一旁。

---

① 它从伊瑞德尼姆拉斯的西方流入艾辛河。

"登兰德来的家伙，"国王说，"你现在只需要对付一名赤手空拳的老圣盔啊。刚刚说话的都是你，现在该轮到我了。费瑞卡，你的愚蠢和你的肚子一样增长得太快了。你提到了拐杖！如果圣盔不喜欢人家给他的烂拐杖，他就会把它折断！来吧！"话一说完，他就给了费瑞卡重重一拳，让对方立刻陷入昏迷，不久之后就死掉了。

圣盔接着宣布费瑞卡的血亲全都成为国王的敌人，并且立刻派出许多骑兵前往西洛汗，对方只好连夜逃亡。

四年之后（二七五八年）洛汗遇到了极大的危险，而刚铎却没有办法派出援军，因为海盗们展开了大规模的攻势，沿岸全都遭到密集的攻击。洛汗这时又再度遭到东方部族的攻击，登兰德人发现了这个机会，立刻沿着艾辛河乘船抵达艾辛格。不久之后，人们发现沃夫就是这些人的领袖。由于他们和从莱夫纽河以及艾辛河口登陆的刚铎敌人结盟，因此他们的兵力相当强大。

牧马王们被彻底击败了，所有的国土都被占领，没有被杀或是被抓为奴隶的人逃往山区。圣盔的部队遭受到惨重的打击，从艾辛河渡口一路退到号角堡中以及后方的山谷中（后世就将它称为圣盔谷）。他在该处遭到围困。沃夫占据了伊多拉斯，进驻王宫并且自立为王。圣盔的儿子死守城门，最后以身殉国。

不久之后，历史上著名的"长冬"开始，洛汗国被积雪覆盖了整整五个月（十一月到三月，二七五八年到二七五九年）。牧马王和敌人在这严寒中都受创严重，之后引起的饥荒更是极为沉重的打击。在圣盔谷中，从冬季庆典之后粮食就严重不足。由于走投无路，圣盔的次子哈玛不顾父王的劝告，领着部属出谷试图找寻食物，却迷失在大雪中，不知其踪。圣盔因为饥饿和极度的哀痛而几乎发狂。人们对他的恐惧才是让号角堡久攻不下的关键因素。他会披着白色的衣服悄悄离开，像是雪地食人妖一般溜进敌人的营地，赤手空拳杀死许多敌人。人们相传，只要他不携带武器，就没有武器可以伤害他。登兰德人更说，如果他找不到食物，就会直接吃人。这个故事在登兰德代代流传了非常久。圣盔拥有一柄巨大的号角，很快的，敌人发现每当他出猎的时候，就会在谷中吹响号角。因此，只要一听到那号声，敌兵们非但不联合起来对抗圣盔，反而会恐惧不已地躲入深谷中。

一天晚上，人们听见了号角的声音，但圣盔再也没有回到谷中。到了早上，许久以来的第一线阳光照在大地上，他们发现圣盔渠上站着一个白色的孤单身影，但没有任何一名登兰德人敢靠近。圣盔已经被冻死，却依旧挺立在敌人面前。人们说，在深谷中，有时还是可以听见号角声回荡，那时，圣盔将会再度出现，以恐惧消灭那些洛汗的敌人。

不久之后，冬季终于结束。圣盔的妹妹希尔德之子佛瑞拉夫离开了登哈洛，当时许多洛汗人都在该处避难。他带领着一群敢死队偷袭沃夫，在梅杜西皇宫中杀死了他，重新夺回伊多拉斯。在严冬过后，积雪融化造成了洪水，树沐河成了奔腾汹涌的急流。东方的入侵者不是被淹死，就是撤退回国；刚铎的援军最后终于从山脉的东方和西方赶来。在年底前（二七五九年）登兰德人全被逐出，连艾辛格都重回洛汗怀抱。佛瑞拉夫继位为王。

圣盔的遗体被从号角堡运回国都，埋在第九个墓丘中。从那之后，白色的心贝铭花就密密长满了他的墓丘，看起来好似被积雪覆盖一般。当佛瑞拉夫死时，开始了另一排新的墓丘。

牧马王们在这场战争和饥荒中人数大幅减少，马匹和牲畜的损失也让他们一蹶不振。幸好，此后许多年他们都没有再遭遇到太大的危机，直到骠骑王佛卡温在位时，他们才恢复了原先的国力。

在佛瑞拉夫登基时，萨鲁曼出现了，他带着贵重的礼物，谄媚地称赞牧马王的武勇。每个人都十分欢迎他的到来。不久之后，他就在艾辛格住了下来。刚铎的宰相贝伦同意他这么做。这般多此一举的原因在于，刚铎依旧声称艾辛格是属于刚铎的堡垒，并非洛汗的国土。贝伦同时也将欧散克塔的钥匙交给萨鲁曼保管。这座高塔之前从没有敌人可以破坏，甚至是进入。

就这样，萨鲁曼也成了人类中的王侯，一开始他在艾辛格中只是以宰相的部属和高塔的管理员自居。佛瑞拉夫十分高兴贝伦这样的安排，让艾辛格可以由一名强大的盟友来管理。很长一段时间，他都扮演着忠实盟友的角色，或许一开始真的是这样。不过，后世的人们认为萨鲁曼出现在艾辛格，是为了找到在那边的真知晶石，并且希望能够建立属于自己的力量。可以肯定的是，在最后一次圣白议会召开之后（二九五三年），他就将全副的心力转到对付洛汗上。虽然他隐藏得很好，但毫无疑问，洛汗已经多了一名近在咫尺、虎视眈眈的敌人。接着，他把艾辛格据为己有，开始将它改造成一个守卫森严、固若金汤的恐怖要塞，想和巴拉多媲美。他从所有痛恨刚铎和洛汗的势力中吸收盟友，不管他们是怪物还是人类，全都成为替他效命的部属。

骠骑王
第一系

纪年[①]
2485—2545　　1.年少伊欧。他的这个称号是因为他在少年时就继承了

---

① 这些时间是根据刚铎的历法（第三纪元）而记载的。字段中的是出生和死亡的时间。

父亲的地位,并且直到死前都拥有一头金发和年轻面孔。他统治的时间并不长,东方人第二波的攻击让他战死于沃德。第一座墓丘为他而建,费勒罗夫也被葬在该处。

| 2512—2570 | 2.布理哥。将敌人赶出沃德,洛汗之后许多年都没有再遭到任何的攻击。在二五六九年,他兴建的皇宫梅杜西落成。在庆祝的宴会上,他的儿子巴多发誓要踏上"亡者之道",但再也没有回来。布理哥第二年就因过度哀伤而去世。

2544—2645　3.长寿艾多。他是布理哥的次子。由于他十分长寿,统治洛汗七十五年,因此获得了这个称号。在他的统治下,洛汗蓬勃发展,也将艾辛河以东的登兰德人全都赶走。哈洛谷和其他的山区也都开始有人定居。接下来的三名骠骑王在史书上没有多少值得记载之处,洛汗这段时间过着相当和平富饶的生活。

2570—2659　4.佛瑞亚,他是艾多的第四名孩子,也是长子。不过,由于他的父亲太过长寿,当他登基时已经垂垂老矣。

2594—2680　5.佛瑞亚温。

2619—2699　6.葛德温。

2644—2718　7.迪欧。他在位期间,登兰德人经常渡过艾辛河前来劫掠。在二七一〇年时,他们占领了当时已被废弃的艾辛格外圈一带,洛汗多次攻击也无法将他们逐出。

2668—2741　8.格兰。

2691—2759　9.圣盔·锤手。他在位的末期,洛汗受到重创,一方面因为敌人入侵,一方面是因为"长冬"的影响。圣盔和他的儿子哈拉斯和哈玛全都在这场灾难中去世。圣盔妹

438

妹的儿子继位为王。

第二系

2726—2798	10. 佛瑞拉夫。他在位期间，萨鲁曼来到了艾辛格，当时登兰德人已经被赶走。在洛汗经历过饥荒和战乱之后，他的友谊带来了不少利益。
2753—2842	11. 布理塔。他的子民们称呼他为里欧法，因为他受到众人的敬爱。他乐于对所有有需要的人伸出援手。他在位期间，洛汗曾经和那些被从北方赶出，希望在白色山脉中避难的半兽人作战。当他去世时，人们以为这些半兽人都已经被剿灭，但其实并非如此。
2780—2851	12. 瓦达。他在位时间只有九年。当他率领着部队从哈洛谷返回国都的路上，遭到半兽人包围，全军被歼灭，无一生还。
2804—2864	13. 佛卡。他是名相当伟大的猎人，但他发誓在消灭洛汗所有半兽人之前绝不狩猎任何的野生动物。在他找到，并且摧毁了最后一个半兽人的根据地之后，便前往费瑞安森林狩猎巨大的野猪。他杀死了野猪，但却也因獠牙所刺出的伤口而伤重不治。
2830—2903	14. 佛克温。当他即位为王的时候，牧马王们已经恢复了国力。他重新夺回了被登兰德人占领的西洛汗（就在艾辛河和亚多河之间）。洛汗在之前国力衰微时，受到刚铎的大力援助。因此，当他们听说哈拉德林的大军攻打刚铎时，他派遣了大批部队前往支持。他本来希望能够御驾亲征，不过却遭到劝阻。他的双胞胎儿子佛克瑞

和和法斯列德（出生于二八五八年）代替他率兵前往。他们一起战死在伊西立安一役中（二八八五年）。刚铎的图林二世给予佛克温一大笔黄金作为补偿。

2870—2953　15.范哲尔。他是佛克温的第三个儿子，也是第四名孩子。史书上几乎没有任何关于他的称赞。他十分贪吃和贪财，和他的将领以及儿子都长期处在不合的状态中。他的第三个孩子塞哲尔是唯一的男丁，在成年之后离开洛汗长住刚铎，在特刚的麾下获得了许多战功。

2905—2980　16.塞哲尔。他相当的晚婚，在二九四三年才娶了刚铎罗萨那奇的摩温，但对方却小他十七岁。她在刚铎替他生了三个孩子，次子希优顿是唯一的男性。当范哲尔驾崩之后，洛汗国将他召回，他才不情愿地回国。不过，他却是名相当睿智的仁君，只不过他在皇宫中只使用刚铎语，许多人对此颇有微词。摩温在洛汗又替他生了两个女儿，最后一个女儿希优德温是最美丽的。不过，她和其他孩子们之间的年龄差距相当大（二九六三年生），因此，她的兄长十分疼爱她。

　　在塞哲尔即位之后不久，萨鲁曼宣称自己成为艾辛格之王，并且开始骚扰洛汗，在他们的边境劫掠，并且暗地支持洛汗的敌人。

2948—3019　17.希优顿。在洛汗的历史中他被称为重生的希优顿，因为他在萨鲁曼的魅惑之下一度堕落，但又被甘道夫治好。在他最后的岁月中，他率领着骠骑在号角堡大败敌军，并且参与了该纪元最大也最惨烈的帕兰诺平原之战。他在蒙登堡的门前战死。他的尸体在刚铎的陵寝中停放了一段时间，但最后又被运回了伊多拉斯的墓丘中埋葬，成为该系国王的第八座墓丘。接着，新的一系就此展开。

第三系

在二九八九年，希优德温嫁给了东谷的伊欧蒙德，他是骠骑的大元帅。她的儿子伊欧墨在二九九一年出生，女儿伊欧玟则是诞生于二九九五年。当时，索伦已经再度转生，魔多的阴影已经伸向洛汗。半兽人开始劫掠洛汗的东部，抢夺或是杀死马匹。其他的半兽人也从迷雾山脉中出现，其中许多是效忠萨鲁曼的强兽人，但人们后来才发现这个真相。伊欧蒙德的主要守备区域是在东洛汗，他极爱骏马，痛恨半兽人。只要一得知有半兽人出没，他就会怒气冲冲地带兵追击，丝毫不管自己的兵力是强是弱。因此，他在三〇〇二年战死，因为他一路追击一小队半兽人进入艾明穆尔，却遭到该处的半兽人伏兵偷袭。

不久之后，希优德温就卧病在床，随即病死。骠骑王为此感到相当哀伤。他收养了她的儿子和女儿，将他们当作自己的儿女。他自己只有一个独子希优德，那时二十四岁；当年他的王后爱西德因为难产而死，希优顿并未续弦。伊欧墨和伊欧玟在伊多拉斯长大，眼睁睁地看着希优顿的皇宫被暗影笼罩。伊欧墨和他的父亲一样，但伊欧玟纤瘦而高大，她的自信和优雅则是来自罗萨那奇的摩温，牧马王们尊称摩温为钢之女。

二九九一至第四纪六三年（三〇八四年）：伊欧墨。他年轻时就成为骠骑的元帅（三〇一七年），接下了父亲防御东洛汗的职责。在魔戒圣战中，希优德在艾辛渡口一战中死于萨鲁曼的士兵之手。因此，在希优顿于帕兰诺平原上去世之前,他把王位传给了伊欧墨。就在那天,伊欧玟也开创了旷世的功绩。她伪装成骠骑和敌人作战。从那之后,洛汗国的子民就称呼她为"持盾之女"。①

伊欧墨成为相当伟大的国王,由于他在年轻时就继承了王位,因此在位时间长达六十五年,除了长寿艾多之外,超越了所有之前的君王。在魔戒圣战中,他和伊力萨王、印拉希尔王成为莫逆之交,他经常前往刚铎做客。在第三纪元的最后一年,他娶了印拉希尔的女儿罗西里尔。他们的儿子俊美的艾佛温在他去世后继承王位。

在伊欧墨的统治下,祈求和平的人民都没有失望,在山区和平原上的人口都大为增加,马匹也繁衍兴盛。此时,刚铎和亚尔诺都是由人皇伊力萨治理。古代登丹人的国度重新又归入他的统治之下,只有洛汗例外。因为他再度将西瑞安的礼物赐给伊欧墨,伊欧墨也再度许下了"伊欧的盟誓"。他从来没有背弃过这项誓约。虽然索伦已经被消灭了,但他所鼓动的仇恨和邪恶并没有跟着消逝,在圣树能够品尝到和平的气息之前,西方之王还必须击败许多敌人。只要人皇伊力萨出征,伊欧墨王就必定和他并肩作战。远至卢恩内海和南方的遥远平原上都可以听见骠骑如雷的蹄声。在伊欧墨年老之前,白色骏马奔驰在绿色

---

① 因为她持盾的那只手被巫王的钉头锤打断,但巫王则被彻底毁灭。因此,许久以前,葛罗芬戴尔对伊雅努尔皇帝所说的预言实现了,巫王的确不是死在英雄好汉的手中。在骠骑的歌谣中,是在希优顿的随扈协助之下,伊欧玟才杀死了巫王。而他也不是什么英雄好汉,而是远方来的半身人。因此,伊欧墨赐给他骠骑中极高的荣誉和"霍德温"的名号。(这位霍德温先生就是伟大的梅里雅达克,他也是雄鹿地的领主。)

大地的旗帜曾飘扬在无数的国度中。

III
都灵的同胞

有关矮人的起源，艾尔达族和矮人们自己都有相当特殊的传说。不过，由于这些事情距离我们的年代太过遥远，因此在这边就不多作着墨。都灵是矮人种族的七名先祖中最年长的一位，也是所有长胡一系国王的祖先。[①]他孤单地沉睡着，直到远古的某一天他苏醒过来，来到了阿萨努比萨，并且在迷雾山脉的东方，也就是在卡雷德-萨鲁姆之上的洞穴居住下来。这里就是日后在歌谣中传颂不已的摩瑞亚矿坑。

他在那边居住了非常久的时间，远近的人们都称呼他为"不死的都灵"。但是，他在远古结束之前还是过世了，他的墓穴就在凯萨督姆中。不过，他的血脉从未断绝。在他的子孙中有五名因为长得太像这位祖先，因此也获得了都灵的名号。事实上，矮人的确认为他是不死的，会以新的身体转生到世间。矮人们对于自己在这世界的命运有许多特殊的信仰和传说。

在第一纪元结束之后，凯萨督姆的财力和势力大幅增加，因为许多原先居住在蓝色山脉两座古城诺格罗德城以及贝磊勾斯特堡中的矮人们，由于安戈洛坠姆的崩塌使得古城遭到毁坏而被迫前来此地，他们带来了大量的知识与工艺技术。摩瑞亚的国力在黑暗年代和索伦的统治之下依旧繁荣兴盛。因为虽然伊瑞詹被摧毁，摩瑞亚的大门被封闭，但凯萨督姆的厅堂太过深邃和坚固，里面的种族人数众多，骁勇善战，即使连索伦都无法从外面攻入。因此，它的财富依旧不停地累积，只

[①] 参见《霍比特人》。

是居民渐渐地开始变少。

　　到了第三纪元过半的时候，第六个以都灵命名的矮人又成了此地的统治者。魔苟斯的奴仆索伦之力量当时又再度于中土世界蔓延，原先躲藏在森林中的邪恶阴影看着摩瑞亚，但人们当时还不知道它的真实身份。所有的邪物都蠢蠢欲动。矮人们那时拼命往地底挖，希望能够开采出更多的秘银，这是无价之宝，而且数量也越来越稀少。因此，他们惊醒了[①]一个从安戈洛坠姆逃出，躲藏在这地底深处以避过跨海而来之西方大军的妖物：魔苟斯麾下的炎魔。都灵被他杀害，一年之后，他儿子耐恩一世也同样遭到它的毒手。就这样，摩瑞亚的人民不是被屠杀就是逃离此地，这王国也因此被历史所遗忘。

　　逃离该处的矮人们大多数往北方前进。耐恩一世之子索恩一世来到了孤山依鲁伯，就在靠近幽暗密林东缘的地方。他在该处重建王国，成了山下国王。他在依鲁伯找到了一枚巨大的宝石，也就是山之心，他的家传宝钻。[②]但他的儿子索林一世离开该处，前往更北方的灰色山脉，大多数的都灵子民现在都聚集在该处，因为该山脉的矿藏丰富，又不曾受到外人的染指。不过，在那之后的荒地中有恶龙居住，经过许多年的休养生息之后，它们繁衍滋生，并向矮人宣战，劫掠他们的财宝。最后，丹恩一世和他的次子佛洛都在家园前被一只巨大的冰亚龙所杀。

　　不久之后，都灵的子民又全都从灰色山脉撤出。丹恩的第三个儿子葛尔和许多跟随者一同前往铁丘陵，但丹恩的继承人索尔和他的伯伯波林以及剩下的同胞则是回到依鲁伯。在索恩的大殿中，索尔将家传宝钻带了回来，他和他的同胞就在此地再度创造出一番功业，并且获得

[①] 或许是将他从牢笼中释放出来，因为他当时可能已经被索伦的邪力所唤醒。
[②] 参见《霍比特人》。

了邻近所有人类的友谊。因为他们不只能够创造出极为美丽的艺术品，同时也可以制造价值连城的武器和盔甲，他们和铁丘陵之间的同胞也经常来回运送矿砂。因此，居住在奔流河和红水河之间的北方人变得十分强大，他们击败了所有自东方入侵的敌人；矮人过着富裕的生活，在依鲁伯的厅堂中经常有着欢宴与歌唱。[1]

很快的，依鲁伯的财富就传了开来，传到了恶龙的耳中。最后，当时最巨大的恶龙黄金史矛革就在毫无预警的情况下攻击索尔国王，让整座山陷入火海之中。不久之后，整个矮人国度全被摧毁，附近的河谷镇也化为废墟，史矛革则是进入大殿中，躺在如山般的黄金上。

从这场屠杀中索尔的许多子民逃了出来，之后，索尔自己和他的儿子索恩二世也从山中的密门逃了出来。他们和全家人[2]开始了漫无目的的流浪。另有一群忠实的跟随者和同胞与他们同行。

数年之后，已经垂垂老矣且贫穷潦倒的索尔，把他手中的最后一个宝物交给了索恩。那是七戒之中的最后一枚。然后他就和另一名伙伴那尔一起离开。在他们分别的时候，他对索恩提到这枚戒指，说：

"不管它看起来如何不起眼，这或许是你下一笔财富的基础。你需要黄金才能生出黄金来。"

"您应该不是要回依鲁伯吧？"索恩说。

"我这把年纪不行了，"索尔说。"我们对史矛革的复仇就落到你和你儿子的肩上了。我已经厌倦了贫穷和人类的轻蔑。我要去试试我的运气。"他并没有说要去哪里。

---

[1] 参见《霍比特人》。
[2] 在这其中有索恩二世的几个孩子：索林（橡木盾）、佛瑞林、迪斯。索林那时以矮人的标准来看还只是个毛头小伙子。稍后，他们才知道生还的同胞其实比他们想象的要多多了。不过，大部分的人都前往铁丘陵。

或许，他因为年老和不幸的遭遇已经有点半疯了，而他日思夜想的也全都是祖先在摩瑞亚时的丰功伟业。或许，他的那枚戒指在主人苏醒之后已经变得邪恶，驱迫他的主人以愚行来毁灭自己。他离开了当时居住的登兰德，和那尔一起越过红角隘口，回到了阿萨努比萨。

当索尔来到摩瑞亚时，大门是开着的。那尔恳求他千万小心，但他置之不理，大踏步地像是理所当然的继承人一样走了进去。他再也没有回来。那尔在附近躲藏了很多天。有一天，他听见了一声大喊以及号角声，一具尸体被丢到外面的台阶上。那尔担心那会是索尔，因此小心翼翼地偷偷靠近。但门内传来了一个声音：

"来啊，留胡子的家伙！我们看得见你。今天你不需要害怕。我们需要你帮忙传个话。"

那尔走了过去，发现那的确是索尔的尸体，他的头被砍掉，面朝下扔在一边。当那尔跪在那边时，可以听见阴影中传来半兽人的笑声，那声音说了：

"如果乞丐不在门口等，而是偷溜进屋里想偷东西，这就是我们对付他的方法。如果你的同胞再有任何人敢把胡子伸进来，他们也会有一样的下场。去告诉他们这件事！如果他的家人想要知道这里是谁当家，那名字已经写在他的脸上了。是我写的！是我杀的！我才是老大！"

那尔将头颅转过来，看见索尔的额头上烙印着矮人的符文，好特别让他可以阅读：阿索格。从那一刻起，这名字就深深烙印在他和所有矮人的心中。那尔弯身准备捡起头颅，但阿索格[1]的声音大喊道：

"丢下来！滚！乞丐，这是你的跑腿钱！"一只小袋子打中了他，

---

[1] 阿索格是波格的父亲。参见《霍比特人》。

里面是几枚不值钱的铜币。

那尔忍住眼泪，逃向银光河。当他停下脚步回头看时，他发现半兽人走出大门，将尸体剁成碎片，喂给乌鸦吃。

那尔一五一十地将这经过告诉了索恩。他嚎啕大哭，扯掉了满脸的胡子，最后陷入沉默。他七天七夜不言不语。然后他站了起来大喊道："此仇岂可忍！"这就是矮人与半兽人战争的开始，这是场漫长而毫不留情的战斗，大部分的血战都是发生在地底。

索恩立刻派出信差，将这消息传向东南西北。三年之后，矮人们才集结完毕。都灵的子民全都团结在一起，其他先祖的子嗣也都前来支持；因为这对他们最古老祖先家系的污辱让全族都感同身受，愤怒难当。在一切准备妥当之后，从刚达巴到格拉顿，他们一个接一个将半兽人的聚落剿灭，不留任何活口。双方下手都毫不留情，在光明中和黑暗中都一样有着极度残忍的暴行。最后，矮人们借着怪力、锋利的武器和满腔怒火赢得了这场战争，他们搜遍了每一个地洞，发誓要向阿索格复仇。

最后，所有逃亡的半兽人都聚集到了摩瑞亚，矮人追兵也来到了阿萨努比萨。那是一片极大的谷地，位于山脉的两座支脉之间，环绕着卡雷德-萨鲁姆湖，在古代时也是凯萨督姆的一部分。当矮人见到位于山丘上的大门，也就是他们远古时的家园时，他们发出了惊天动地的大喊，在山谷中如同爆雷般不停回荡。但他们眼前的山坡上挤满了成千上万的半兽人，而阿索格保留到最后决战时的预备队也如潮水般从大门中涌出。

一开始，矮人们落入下风；因为那是个没有太阳的冬日，半兽人的战意丝毫不受阳光的威胁，而且在数量上也有压倒性的优势，同时，他们占据高地，在地形上也占上风。这就是"阿萨努比萨之役"（在精

447

灵语中称为"南都西理安"），一回想起这次战役，半兽人就不禁浑身发抖，矮人们则眼眶含泪。索恩所带领的第一波攻击和部队前锋都在伤亡惨重的状况下退回，索恩被逼入距离卡雷德-萨鲁姆不远的一座森林中，那森林后来也还在。他的儿子佛瑞林战死该处，他的兄弟方丁和许多同伴也都牺牲了，连索恩和索林都受了伤。①在其他的地方，双方不断进进退退，战况十分惨烈，最后，铁丘陵的援军将战况逆转。迟到的铁丘陵部族是由葛尔之子耐恩所率领，这群披着锁子甲的战士在半兽人部队中冲杀，最后来到了摩瑞亚之前。他们一边用沉重的鹤嘴锹砍倒任何挡路的人，一边大喊着"阿索格！阿索格！"

最后，耐恩站在大门前，用中气十足的声音大喊："阿索格！如果你在里面，就赶快给我出来！还是我们外面的战况太激烈，你害怕了？"

于是，阿索格走了出来。他是个身材极其高大的半兽人，脑袋上还镶着铁皮，但却拥有惊人的怪力和敏捷度。他身边跟来的是许多身材和他一样的贴身护卫。当这些士兵和耐恩的部下作战时，他转过身对耐恩说：

"什么？我门口又有一个乞丐啦？也要我烙印你的额头吗？"话一说完，他就立刻冲向耐恩。但气急败坏的耐恩已经无法冷静思考，之前的恶战也让他非常疲惫。而阿索格却是才刚踏入战局，精力充沛。不久之后，耐恩拼尽最后一丝力气猛力一挥，但阿索格轻易地往旁一闪，瞄准耐恩的腿一脚踢去，鹤嘴锹也跟着敲在地面上，耐恩则是踉跄地摔向前。阿索格一刀砍向对方的脖子。他的锁子甲承受住了对方的刀锋，但那股巨大的力量还是将耐恩的脖子打断，让他当场气绝。

---

① 据说索林的盾牌被砍破，他索性将盾牌丢掉，用斧头砍下一段橡木。他用左手挥舞着这段橡木抵挡敌人的攻击，或是用作棍棒。因此，他才获得了橡木盾这名号。

阿索格哈哈大笑,他抬起头发出一声震耳的高呼。但这声音却卡在他喉咙中。因为他这才发现山谷中所有的部队都已经溃不成军,矮人们肆无忌惮地砍杀,勉强逃出生天的半兽人全都一边发出恐惧的尖叫声一边往南逃。他的贴身护卫也几乎全部战死。他见状况不对,立刻转身逃向门内。

一名矮人拿着沾血的斧头冲了上去。那是丹恩·铁足,耐恩的儿子。就在门前,他抓住阿索格,一斧将他脑袋砍掉。这是件相当光荣的战功,因为以矮人的标准来看,丹恩当时还只是个小伙子。不过,他眼前还有许多的战争和考验,直到他垂垂老去,最后在魔戒圣战中光荣战死。不过,即使是像他这样满腔怒火的勇敢战士,当他从门口走出来时还是脸色灰白,仿佛感应到什么极端的恐惧。

到了最后,在这场胜仗中生还的矮人们集合在阿萨努比萨上。他们拿起阿索格的首级,将钱包塞入他的口中,并且将头颅插在木桩上。不过,那一夜没有任何的庆祝和欢唱,因为这一仗他们的牺牲实在太惨重了。据说,只有不到一半的矮人还有机会活着离开该处。

即使如此,第二天早晨索恩还是站在众人前面;尽管他一只眼睛被打瞎,另外一条腿也瘸了,但他还是说:"好极了!我们赢了。凯萨督姆是我们的了!"

但众人们回答:"你或许是都灵的子嗣,但即使只剩一只眼,你也应该看得更清楚。我们这场仗是为了复仇,这大仇也已经报了。但这果实并不甜美。如果这算是胜利,我们实在没有胃口享用它。"

不是都灵子嗣的人也说了:"凯萨督姆并非我们先祖的家园。如果里面没有宝藏,这对我们来说有什么意义?但就算我们分文不取,只要我们能够早点离开这里,我们也就觉得满足了。"

索恩转身看着丹恩,说道:"我的亲人一定不会舍弃我吧?"

"不,"丹恩说,"你是我们同胞的父亲,我们已经为你付出热血,将来也还愿意。但我们不会进入凯萨督姆。你也不会进入凯萨督姆。只有我曾经看见门里面的景象。在那阴影之中,都灵的克星依旧在等待着你。在都灵的子民能够再度进入摩瑞亚之前,这世界必会改变,也会有其他的势力进入此地。"

就这样,在阿萨努比萨一战之后,矮人们又分散了。不过,他们在那之前花费了很大的力气将所有同胞身上的物件取下,这样半兽人才无法获得他们的武器和盔甲。据说,当天每名离开战场的矮人都因为重担而低下了头。接着,他们建造了许多火葬堆,将同胞的尸体付之一炬。为此,他们从森林里砍了许多树,至今该地依旧光秃一片。而浓烟甚至从罗瑞安都能够看见。①

当这大火熄灭,所有的盟友都踏上归乡的道路之后,丹恩·铁足领着父亲的子民回到铁丘陵。索恩站在那巨大的木桩之下,对索林·橡木盾说:"有些人会认为这头颅的代价太惨重了!至少我们为此付出了整个王国。你要和我回去继续在铁砧前工作,还是要为了填饱肚子而向人乞食?"

"铁砧,"索林回答,"至少铁锤可以让我保持强壮,等待我再度握住更锋利工具的那一天。"

于是,索恩和索林就协同所有幸存的跟随者(巴林和葛罗音就是其中两名)回到了登兰德,很快的,他们就离开了该处,开始在伊利雅

---

① 这样的处理方式让许多的矮人心碎。因为这和他们的习俗不同,但如果要照着习俗盖好墓穴(因为他们只愿意将亡者埋在石中,而不是泥土里),恐怕得花上许多年。因此,他们只好利用火焰,避免让同胞落入鸟兽或是半兽人的手中。不过,那些在阿萨努比萨战死的人是矮人中的英雄;至今,一名矮人依旧会骄傲地宣称他的祖先"是一名火葬的矮人",这样就足以说明一切。

德流浪，最后终于在隆恩河附近的伊瑞德隆暂时定居下来。那些日子，他们所能铸造的多半只有钢铁，但他们还是慢慢地累积财富，人数也缓缓增加。① 不过，正如同索尔说的，魔戒需要黄金才能赚取黄金；在那个时候，他们根本没有多少贵重金属。

这里可以再针对该枚魔戒多作一些叙述。据说，都灵的子孙所拥有的魔戒是矮人七戒中第一枚被铸造出来的。因此，它是由精灵工匠亲自交给当时的凯萨督姆之王都灵三世，并非是由索伦所转送。不过，由于他在铸造七戒的过程中出了很大的力，毫无疑问他的邪气也感染了这枚戒指。不过，这些魔戒的拥有者并不会让人看见它或是提到这戒指，通常也都是在咽下最后一口气之前才把这戒指交出来，因此几乎没有任何人知道这魔戒的藏放之处。有些人认为它还留在凯萨督姆，矮人王国的秘密陵寝中，如果那些陵寝没被发现并遭到挖毁的话。不过，都灵的子嗣认为（这是错误的）索尔在回到摩瑞亚的时候佩戴着那枚戒指。他们不知道这戒指后来的下落如何。因为人们并没有在阿索格的尸体上找到这戒指。

矮人们现在相信，当年索伦还是靠着魔力找到了是谁拥有这最后一枚不受控制的魔戒，因此才会造成都灵子嗣的种种不幸。因为，矮人其实对索伦的邪力拥有相当强的抵抗力。魔戒唯一会给他们带来的影响，就是让他们心中充满了对黄金和宝物的贪婪；因此，如果他们缺乏金银财宝，其他的好东西都会被视作一文不值。他们会处心积虑地想要报复那些夺走这些财宝的人。在天地初开的时候，他们就是被

---

① 他们之中的女性很少。索恩的女儿迪斯是其中一名。她是菲力和奇力的母亲，这两名矮人都是在伊瑞德隆诞生的。索林没有妻子。

造为最能够抵抗他人控制的种族。虽然他们会被杀死或是受伤，但他们不会变成受到其他人驱使的幽影。也因为同样的原因，他们的寿命并不会受到魔戒的影响而增长或变短。正因为如此，索伦更痛恨这些拥有魔戒的矮人，急着想要除掉他们。

或许，正是因为魔戒的邪气，索恩在几年之后变得坐立难安，无法满足。他心中一直对黄金念念不忘。最后，当他再也无法忍受的时候，他就把思绪转向依鲁伯，决心回到该处。他并没有对索林说出内心的话，只是带着巴林和德瓦林以及另外几名同伴，就这么告辞离开了。

没有人知道他之后的遭遇。以后来的局势演变推断，很可能他一离开，就遭到索伦派来的使者追杀。恶狼追逐他，半兽人埋伏，怪鸟一路跟踪，他越往北走，遇到的意外和不幸也越多。接着，在一个黑暗的晚上，当他和伙伴们在越过安都因河以后的土地上流浪时，被一阵大雨逼得必须在幽暗密林的边缘躲雨。第二天早上醒来时，众人才发现他已经消失了，叫喊他的名字也没人回应。他们找了他许多天，最后才放弃希望，回到索林身边。在很久以后，人们才知道索恩被俘虏，带到多尔哥多的地牢中。他在那里受尽折磨，连魔戒也被收走，最后死在该地。

索林·橡木盾就成了都灵的继承人，但却是个毫无希望的继承人。当索恩失踪时，索林正值九十五岁壮年，是名身强体壮的矮人；但他似乎很满意留在伊利雅德的生活。他在该处勤奋工作，四处旅行，累积了相当多的财富。许多四处流浪的都灵子民在听说了他居住在西边后，也都前来投靠，让他的部属大为增加。他们这时已经在山中建造了美丽的厅堂，积累了许多的财货，日子过得并不坏，只是在歌谣中还是会经常怀念在远方孤山的生活。

一年一年过去，索林心中的余烬又再度燃起。他不时会想到他家族的不幸和他向恶龙复仇的责任。当他挥舞着锤子工作时，他想到了武器、军队和盟友。但部队早已解散，盟约也已经分裂，他同胞所拥有的武器数量更是稀少。当他在铁砧前不停打铁时，这种毫无希望复仇的绝望感更让他一腔怒火越烧越旺。

最后，甘道夫和索林的巧遇改变了都灵一系的命运，让他们获得了不同的，而且更好的结局。当时[①]索林正从一趟旅途中归来，准备回到西方的住所，他在布理暂住了一晚。甘道夫也是一样。他正准备去夏尔，已经大概有二十年没去拜访该处了。他非常疲倦，想要暂时在该处休息一阵子。

在他脑中有许多担忧的事情，其中一项就是北方的局势；他已经知道索伦正在策划战争，只要一准备妥当，他随时会对瑞文戴尔展开攻击。但是，唯一能够阻止东方的势力重回安格玛，以及夺取山脉北方隘口的，只剩下铁丘陵的矮人。在那区域再过去点还有恶龙占据的荒地。如果索伦利用那只恶龙，可能会造成相当恐怖的影响。他要怎么消灭史矛革呢？

正当甘道夫在苦思这个问题时，索林出现在他面前，并且说："甘道夫先生，我只见过你几次面，但这次我很想要和您谈谈。因为最近我经常想到您，仿佛有什么力量要求我必须找到您。如果我知道能在哪里遇上您，我一定早就立刻飞奔而去了。"

甘道夫惊讶地看着他。"这真是太巧了，索林·橡木盾，"他说，"因为我也想到了你。虽然我正准备前往夏尔，但我之前就在考虑要绕到您的华屋去看看。"

"您可以这样说啦，"索林回答，"但那其实只是流亡时期的克难居

---

① 二九四一年，三月二十五日。

所。如果您愿意来的话，我们会很欢迎的。人们都说您非常睿智，对世界的局势极为了解，我有许多烦心的事需要您的指点。"

"我会来的，"甘道夫说，"我猜我们两个人烦心的事情中至少有一件是相同的。我正想着依鲁伯的恶龙，我认为索尔的孙子不会忘记这个名字。"

那场会面的结果记述在别的地方：甘道夫协助索林的诡异计划，索林和同伴们如何离开夏尔，踏上前往孤山的旅程，最后却因缘际会地协助了他们以外的许多人。在这里，我们只描述直接和都灵的子民相关的事件。

恶龙被伊斯加的巴德所杀，但河谷镇一带却发生了惨烈的战斗。半兽人一听说矮人的回归，立刻挥军攻向依鲁伯。他们的首领是波格，他就是丹恩年轻时所杀死的阿索格之子。在那场河谷之战中，索林·橡木盾受到重伤而死。他被埋葬于山中的陵寝，胸前放着家传宝钻。他的外甥菲力和奇力也同样于该役中牺牲。他的表亲丹恩·铁足从铁丘陵前来支持，在他死后也成为他合法的继承人，成为了丹恩二世国王，山下王国再度复兴，正如同甘道夫所期望的一样。丹恩是个相当睿智、有能力的君主，矮人们在他的治理下再度过着强盛、富足的生活。

在同一年的夏末（二九四一年），甘道夫终于让萨鲁曼屈服，迫使圣白议会对多尔哥多发动攻击，索伦假意败走，躲回他所认为不会受到敌人威胁的魔多。就这样，当魔戒圣战开始时，主要的攻击目标转向南方。不过，如果不是丹恩国王和布兰德王破坏了索伦的计划，他还是会对北方造成极大的破坏。战后，当众人还住在米那斯提力斯时，甘道夫与佛罗多和金雳之间有过一番谈话。那时远方的消息刚传到了刚铎。

"从前索林的死让我很难过，"甘道夫说，"如今我们刚又听说，就在我们于此奋战时，丹恩也战死于河谷镇。他在这一把年纪还能够老当益壮身先士卒，真可说是相当让人敬佩；而他在布兰德王的尸体前坚守依鲁伯大门直到陨落，也是人们会传颂后世的壮烈事迹。

"但是，局势本来可能会更糟糕、更严重。当你想到帕兰诺平原的大战时，也不要忘记谷地的战役和都灵子嗣的牺牲。想想看本来会怎么样？龙焰和半兽人占领伊利雅德，夜色笼罩瑞文戴尔。刚铎可能就不会有皇后了。我们即使在这边获得胜利，返家时却可能必须面对残破的家园和灰烬。但这一切都因为我和索林那年春天时在布理的巧遇而被阻止了。正如我们在中土世界会说的，那真是机缘巧合哪。"

迪斯是索恩二世的女儿。她是在这些历史中唯一留名的矮人女性。根据金雳所言，矮人中女性的数量本来就比较少，可能不超过三分之一。除非别无选择，否则他们通常不会在外界走动。若是她们必须外出，矮人女性会经过仔细的装扮，因此外人根本无法分辨她们确实的性别。因此，人类就这么愚蠢地认为矮人之中没有女性，所有的矮人都是"从石头蹦出来"的。

由于他们之间女性的数量过少，矮人的人口增加得十分缓慢，当他们没有安全的居所时，人口数量就会受到相当严重的威胁。因为矮人们一生只会娶嫁一次，而且像在其他事务中一样，矮人拥有十分强烈的占有欲和嫉妒心。实际上，结婚的矮人男性不到三分之一。因为并非每一名女性都想要结婚，有些人根本不想有男人，有些则是爱上了无法得到的对象，因此宁愿不嫁。至于男性这方面，也有相当多的人不想结婚，把全副的精力都投入在工作中。

葛罗音之子金霹是个家喻户晓的英雄，因为他是魔戒远征队的九名成员之一，他在整场战争中都和伊力萨王并肩作战。由于他和精灵王瑟兰督伊之子勒苟拉斯之间深厚的友谊，以及他对于凯兰崔尔女皇无比的敬意，因此也获得了"精灵之友"的称号。

在索伦的势力瓦解之后，金霹把依鲁伯的一部分居民带领到南方，成为闪耀洞穴的统治者。他和他的子民们在刚铎和洛汗完成了许多惊人的建筑。他们为米那斯提力斯重新铸造了秘银和钢铁的大门，替代那被巫王所破坏的旧门。他的朋友勒苟拉斯也从巨绿森林率领了一群精灵搬到伊西立安，让它再度成为附近最美丽的国度。

最后，当伊力萨王离开人世时，勒苟拉斯终于可以实现他的愿望，航向海的彼端。

以下是红皮书中最后的一些记载

有些说法表示，由于勒苟拉斯和金霹之间那超越所有精灵与矮人所曾建立过的深刻友谊，勒苟拉斯带着他一起离开了。如果这是真的，那这确实是非常奇怪的一件事：矮人竟然愿意为了任何一种感情而舍弃中土世界，或是艾尔达族竟然可以接受他，而西方之王也同意这件事情。不过，这些说法中也补充道，金霹离开也是因为想要再度见到凯兰崔尔的美貌；又或许，她身为艾尔达族中的领导者，才能替他争取到这项恩典。事实的真相则无人知晓。

矮人家谱

依鲁伯的矮人家谱，直到与伊力萨王同期的金雳为止。

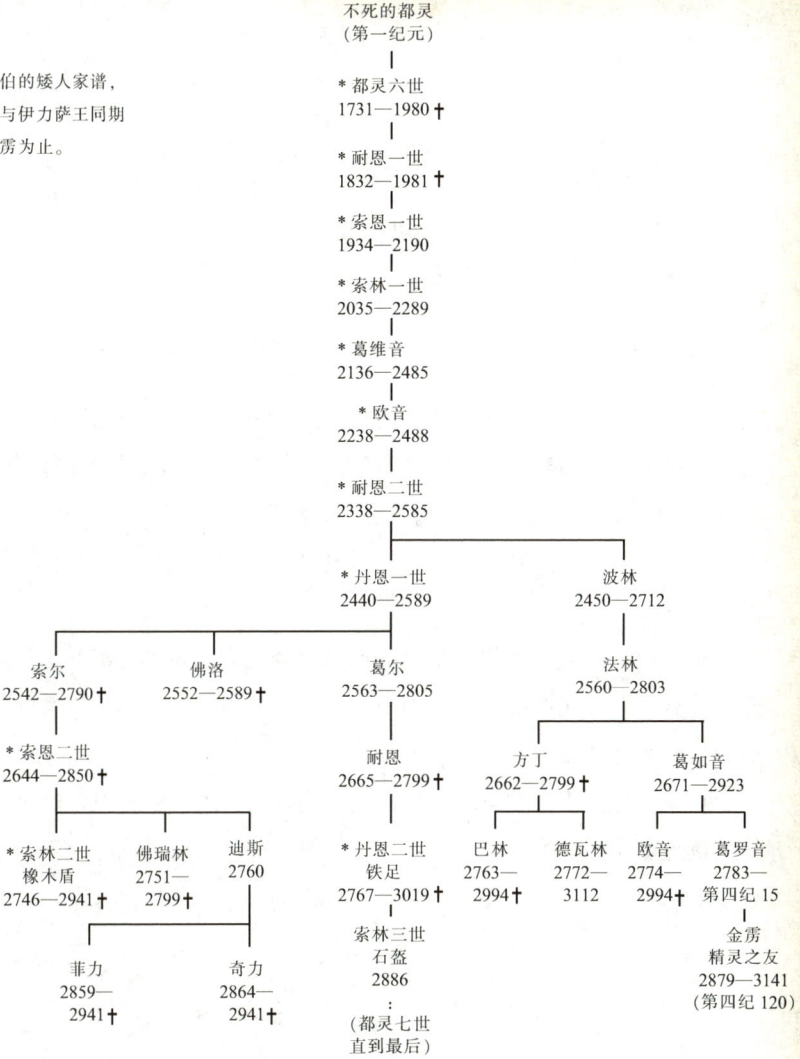

```
                        不死的都灵
                        （第一纪元）
                            │
                         *都灵六世
                        1731—1980 †
                            │
                         *耐恩一世
                        1832—1981 †
                            │
                         *索恩一世
                        1934—2190
                            │
                         *索林一世
                        2035—2289
                            │
                         *葛维音
                        2136—2485
                            │
                          *欧音
                        2238—2488
                            │
                         *耐恩二世
                        2338—2585
                            │
                    ┌───────┴───────┐
                *丹恩一世           波林
                2440—2589         2450—2712
                    │                │
     ┌──────┬──────┼──────┐         法林
    索尔   佛洛    葛尔            2560—2803
  2542—2790 2552—2589 2563—2805       │
     †       †        │          ┌────┴────┐
     │                耐恩       方丁      葛如音
  *索恩二世         2665—2799 †  2662—2799† 2671—2923
  2644—2850 †          │          │          │
     │             *丹恩二世   ┌──┴──┐    ┌──┴──┐
  ┌──┼──┬──┐        铁足     巴林  德瓦林 欧音  葛罗音
*索林二世 佛瑞林 迪斯  2767—3019† 2763— 2772—  2774— 2783—
橡木盾   2751—  2760    │      2994†  3112   2994† 第四纪15
2746—2941 2799           │                            │
†        │           索林三世                        金雳
   ┌─────┴─────┐       石盔                        精灵之友
  菲力         奇力    2886                       2879—3141
 2859—       2864—      ⋮                        （第四纪120）
 2941†       2941†   （都灵七世
                      直到最后）
```

依鲁伯创立，1999年。　　　　　　　　　矮人与半兽人战争，2793—2799年。
丹恩一世被恶龙杀死，2589年。　　　　　南都西理安之役，2799年。
回归依鲁伯，2590年。　　　　　　　　　索恩流浪，2841年。
依鲁伯遭劫掠，2770年。　　　　　　　　索恩之死，魔戒失落，2850年。
索尔被杀，2790年。　　　　　　　　　　五军之战，索林二世战死，2941年。
矮人集结，2790—2793年。　　　　　　　巴林前往摩瑞亚，2989年。

* 这些名号都是都灵子嗣中被推举为王的人，不管他们是否处在流亡中，都一样会作上标记。至于索林·橡木盾前往依鲁伯中的同伴里，欧力、诺力和朵力都是都灵的子嗣，只是和索林之间的血缘关系比较远。毕佛、波佛和庞伯是摩瑞亚的矮人后裔，但并非是都灵的家系。有†记号的也同样代表未能寿终。

附录 B

编年史

（西方大地的编年记史）

第一纪元在大战中结束了，瓦林诺的大军击破了安戈洛坠姆，推翻了魔苟斯。大部分的诺多精灵回到极西之地，在可以看到瓦林诺的伊瑞西亚重新定居。许多辛达精灵也渡海离开了中土世界。

第二纪元结束于魔苟斯的奴仆索伦第一次被推翻，善良的势力夺得至尊魔戒。

第三纪元在魔戒圣战中结束。但是第四纪元是在爱隆离开之后才开始计算。人类在接下来的时光中统治了全世界，使用其他语言的生物则是渐渐凋零。

在第四纪元中，较早的年代都被称为远古，但有资格冠以这名称的应该是魔苟斯被推翻之前的年代。有关该部分的历史则在此不多作着墨。

第二纪元

对中土世界的人类来说，这是一段相当黑暗的年代，但却是努曼诺尔人光辉灿烂的日子。在这段时间中，中土世界被记载下来的历史稀少又简短，时间也十分难以确定。

在此纪元的一开始，依然有许多高等精灵停留在中土世界。他们大多数居住在林顿一带，但在巴拉多要塞建立之前，有许多辛达精灵（灰精灵）迁徙到了东方，有些在远方的森林里建立了王国。这些大部分是被称作森林精灵、木精灵的西尔凡精灵。瑟兰督伊——巨绿森林的国王就是其中之一。在隆恩河北方的林顿居住着吉尔加拉德，他是流亡的诺多精灵的最后一任国王。他被众人尊称为西方精灵的最高君王。在隆恩河南方的林顿居住着凯勒鹏，他是庭葛的亲戚，他的妻子凯兰崔尔是精灵女子中地位最尊贵的一位。她是芬萝·费拉冈的妹妹。芬萝是纳国斯隆德的国王，又被称作人类之友，他为了拯救巴哈希尔之子贝伦而牺牲了生命。

稍后，一部分诺多精灵迁移到了伊瑞詹，也就是迷雾山脉的西方，靠近摩瑞亚西门的区域。他们之所以会迁来此处，是因为得知了在摩瑞亚发现了秘银。诺多精灵比辛达精灵对矮人要来得友善，同时也是伟大的工匠。不过，这时在伊瑞詹的精灵与都灵的子民之间的关系，可说是有史以来精灵与矮人之间最亲密的联系。凯勒布理鹏是伊瑞詹的统治者，也是其中最伟大的工匠，他是费诺的孙子。

年代

1	灰港岸落成，精灵在林顿定居。
32	伊甸人抵达努曼诺尔。
约40	众多矮人离开伊瑞德隆恩山中的古老城市，进入摩瑞亚。
442	塔尔-明亚特去世。
约500	索伦开始再度于中土世界蠢动。
548	西马瑞安于努曼诺尔诞生。
600	努曼诺尔人的船只首次出现在中土世界的沿岸。
750	诺多精灵建立伊瑞詹。
约1000	索伦警觉到努曼诺尔人逐渐扩张的势力，挑选魔多成为

据点，开始建设要塞巴拉多。

1075　塔尔-安卡林米成为努曼诺尔的第一任女皇。

1200　索伦费尽心思引诱艾尔达族。吉尔加拉德拒绝与他来往，但伊瑞詹的工匠们受到诱惑。努曼诺尔人开始建造定居的海港。

约1500　精灵工匠在索伦的指导下达到工艺的巅峰。他们开始铸造统御魔戒。

约1590　精灵三戒于伊瑞詹完成。

约1600　索伦在欧洛都因打造了至尊魔戒。巴拉多要塞落成。凯勒布理鹏发现了索伦的阴谋。

1693　精灵与索伦的战争展开。三戒隐匿行踪。

1695　索伦的部队入侵伊利雅德。吉尔加拉德派遣爱隆前往伊瑞詹。

1697　伊瑞詹被彻底毁灭。凯勒布理鹏死亡。摩瑞亚入口封闭。爱隆带着幸存的诺多精灵撤退，建立了避难所伊姆拉崔。

1699　索伦占领伊利雅德。

1700　塔尔-明那斯特从努曼诺尔派遣强大的海军抵达林顿。索伦遭击败。

1701　索伦被逐出伊利雅德。西方大地获得了很长一段时间的和平。

约1800　从这时开始，努曼诺尔人在沿岸建立了据点，开始控制一切。索伦将势力向东延伸。努曼诺尔被阴影笼罩。

2251　塔尔-阿塔那米尔大帝接下令牌。努曼诺尔的反叛和分裂开始。这时，九戒的奴隶戒灵首次出现。

2280　昂巴成为努曼诺尔雄伟的要塞。

2350　佩拉格建城，成为努曼诺尔忠实者的主要港口。

2899	亚尔-阿登那霍即位。
3175	塔尔-帕兰惕尔收回前令。努曼诺尔陷入内战。
3255	亚尔-法拉松黄金大帝夺得帝位。
3261	亚尔-法拉松出航,在昂巴登陆。
3262	索伦被俘虏回努曼诺尔;三二六二年至三三一〇年之间,索伦发挥影响力,对皇帝进谗言,让努曼诺尔人堕落。
3310	亚尔-法拉松开始建造无敌舰队。
3319	亚尔-法拉松攻击瓦林诺。努曼诺尔陆沉。伊兰迪尔和儿子们逃了出来。
3320	流亡王朝建立:亚尔诺和刚铎。晶石分散。索伦重回魔多。
3429	索伦攻击刚铎,夺取米那斯伊西尔,烧毁圣白树。埃西铎沿安都因河而下逃离,前往北方寻找伊兰迪尔。安那瑞安坚守米那斯雅诺及奥斯吉力亚斯。
3430	人类与精灵组成"最后联盟"。
3431	吉尔加拉德和伊兰迪尔往东前往伊姆拉崔。
3434	联盟部队越过迷雾山脉。达哥拉平原之战发生,索伦被击败。巴拉多要塞攻防战开始。
3440	安那瑞安被杀。
3441	索伦被伊兰迪尔和吉尔加拉德推翻,但两人也都战死沙场。埃西铎取走至尊魔戒。索伦消逝,戒灵藏匿行踪。第二纪元结束。

第三纪元

这是艾尔达族逐渐隐匿的年代。他们享受了很长一段时间的和平,在索伦沉睡、至尊魔戒失落的时期持有三戒；但是他们并不创造，只是活在过去的记忆中。矮人们躲藏在地底深处，护卫着他们的宝藏。但当邪恶再度开始蠢动，恶龙苏醒之后，他们的宝藏也一个接一个地遭到掠夺，他们成了四处流浪的民族。摩瑞亚有很长一段时间仍是安全之地，但后来人口数量不停地减少，许多的厅堂都成了黑暗、荒芜的地方。努曼诺尔人的智慧和寿命也由于和次等人种的混血而逐渐衰退。

在经过大约一千年之后，在第一道阴影落入巨绿森林时，埃斯塔力一族，或是人类口中的巫师，来到了中土世界。稍后，人们传说他们是从极西之地来到此处的使者，为的是要和索伦的力量对抗。他们的任务是统合所有愿意对抗索伦的人，但却不能和他以力相搏，或以恐惧和力量统治精灵或是人类。

因此，他们以人类的形体前来，不过一出现时就是老者的外貌，年岁的增长也十分缓慢。他们拥有许多隐藏的力量。他们只对极少数的人透露真实的名号，平时使用人们给他们的绰号。他们当中位阶最高的两名（据说总共有五名），艾尔达精灵称之为苦路纳（意思是"技艺超群之人"）和米斯兰达（意思是"灰袍圣徒"）。但北方的人类只是单纯地称呼他们为萨鲁曼和甘道夫。苦路纳经常前往东方，但最后在艾辛格定居下来。米斯兰达和艾尔达精灵的关系最好，经常在西方漫游，始终居无定所。

在整个第三纪元中，精灵三戒的所在之处只有持有者知道。但到了最后，人们才知道它们起初是在三名最伟大的精灵手中：吉尔加拉德、凯兰崔尔和奇尔丹。吉尔加拉德在死前把戒指给了爱隆；奇尔丹稍后则将他的戒指给了米斯兰达。奇尔丹看得比中土世界的其他人都要远，当他在灰港岸第一次见到米斯兰达的时候，就知道他来此的目的，以及何时会离开。

"请收下这戒指，大人，"他说，"您的工作将会非常辛苦，但这将会支撑您扛起那沉重的负担。这是火焰魔戒，你可以利用它在逐渐冷漠的世界中重新点燃人心。至于我，我的心与大海同在，我会在此居住到最后一艘船出航为止。我会等你回来的。"

2	埃西铎在米那斯雅诺种下圣白树。他把南方王国交给梅兰迪尔。格拉顿平原惨案，埃西铎和三个大的儿子全都战死。
3	欧塔将那希尔圣剑的碎片带到伊姆拉崔。
10	瓦兰迪尔成为亚尔诺之王。
100	爱隆娶了凯勒鹏之女。
139	爱隆之子爱拉丹和爱罗希尔出生。
241	亚玟·安多米尔诞生。
420	奥斯托和皇帝重建米那斯雅诺。
490	东方人第一次入侵。
500	罗曼达希尔一世击败东方人。
541	罗曼达希尔战死。
830	法拉斯特开启刚铎的航海王一系。
861	埃兰督尔去世，亚尔诺分裂。
933	伊雅尼尔一世攻下昂巴，让它为刚铎的堡垒。
936	伊雅尼尔因船难失踪。
1015	奇研迪尔皇帝在昂巴攻防战中战死。
1050	海尔曼达希尔征服哈拉德。刚铎国力达到巅峰。在此时刻，一道阴影落入巨绿森林，人们开始将它称为幽暗密林。佩瑞安纳斯人（霍比特人）第一次出现在历史记载中，哈伏特一族抵达伊利雅德。
约1100	贤者们（埃斯塔力一族和艾尔达族的首领）发现有

	一股邪恶的势力盘踞多尔哥多。据说它是戒灵之一。
1149	雅坦那塔·安卡林一世即位。
约1150	法络海一族进入伊利雅德。史图尔一族越过红角隘口，迁入登兰德。
约1300	邪恶之物再度扩张。迷雾山脉中的半兽人暴增，开始攻击矮人。戒灵再度出现。戒灵之首来到安格玛。佩瑞安纳斯人往西迁徙，许多人在布理定居。
1356	亚瑞吉来布一世在与鲁道尔公国的战争中阵亡。约在此时，史图尔离开登兰德，有些人回到大荒地。
1409	安格玛巫王入侵亚尔诺。亚维力格一世被杀。佛诺斯特和提尔哥萨德变成北方王国的最后据点。阿蒙苏尔的高塔被摧毁。
1432	刚铎的瓦拉卡皇帝去世，"皇室内斗"的内战展开。
1437	奥斯吉力亚斯被烧毁，真知晶石失落。艾尔达卡逃往罗马尼安，他的儿子欧蓝迪尔被杀。
1447	艾尔达卡返国，驱逐篡位的卡斯塔米尔。依鲁伯渡口之战。佩拉格攻防战。
1448	叛军脱逃，占领昂巴。
1540	埃达米尔皇帝在与哈拉德及昂巴海盗的战斗中被杀。
1551	海尔曼达希尔二世击败哈拉德的人类。
1601	许多佩瑞安纳斯人离开布理，在亚瑞吉来布二世的同意下获得了巴兰督因河对岸的土地。
约1630	从登兰德迁移过来的史图尔一族加入。
1634	海盗攻入佩拉格，杀死皇帝米那迪尔。
1636	大瘟疫席卷刚铎。泰勒纳皇帝以及孩子们全都病死。米那斯雅诺圣白树枯死。瘟疫往西往北扩散，伊利

	雅德的大部分区域变成荒地。巴兰督因河以西的佩瑞安纳斯人也受到相当大的损失。
1640	塔龙铎皇帝将王都迁移到米那斯雅诺，并且将圣白树苗栽下。奥斯吉力亚斯化为废墟。魔多无人看守。
1810	特路美泰皇帝重新夺回昂巴，并且将海盗赶走。
1851	战车民开始入侵刚铎。
1856	刚铎东部国境沦陷，那曼希尔二世战死沙场。
1899	卡力美塔在达哥拉平原击败战车民。
1900	卡力美塔在米那斯雅诺兴建了净白塔。
1940	刚铎和亚尔诺再度往来，建立盟约。亚帆都娶了昂多赫之女费瑞尔为妻。
1944	昂多赫战死。伊雅尼尔在南伊西立安击败敌人。他接着大破敌营，将战车民赶入死亡沼泽中。亚帆都提出继承刚铎皇位的要求。
1945	伊雅尼尔二世继承皇位。
1974	北方王朝结束。巫王攻陷雅西顿，占领佛诺斯特。
1975	亚帆都在佛洛契尔湾溺死。安努米那斯和阿蒙苏尔的真知晶石失落。伊雅努尔率领舰队抵达林顿。巫王在佛诺斯特之战遭到击败，被一路追赶至伊顿荒原。他从北方消失。
1976	亚拉那斯继承了登丹人酋长的名号。亚尔诺的皇室证物交给爱隆保管。
1977	佛鲁格马率领伊欧西欧德族进入北方。
1979	布卡家的族长成为第一任的夏尔领主。
1980	巫王来到魔多，集结戒灵。炎魔出现于摩瑞亚，杀死都灵六世。

1981	耐恩一世被杀。矮人逃离摩瑞亚。罗瑞安的众多西尔凡精灵逃向南方。安罗斯和宁瑞戴尔失踪。
1999	索恩一世来到依鲁伯，建立了山下的矮人王国。
2000	戒灵从魔多涌出，攻击米那斯伊西尔。
2002	米那斯伊西尔陷落，之后被称为米那斯魔窟。真知晶石被掳获。
2043	伊雅努尔成为刚铎皇帝。他接到巫王的挑战。
2050	巫王再度挑战。伊雅努尔前往米那斯魔窟，从此不知所踪。马迪尔成为第一任摄政王。
2060	多尔哥多力量渐增。贤者担心这可能是索伦转生。
2063	甘道夫亲探多尔哥多。索伦撤退，躲藏入西方。"警戒和平"时期开始。戒灵隐匿于米那斯魔窟。
2210	索林一世离开依鲁伯，前往北方来到灰色山脉。都灵大部分的子民都集结在该处。
2340	艾松布拉斯一世成为第十三任领主，也是图克家族的第一位。老雄鹿一家进驻雄鹿地。
2460	"变动前的和平"结束。索伦挟着更强大的力量重回多尔哥多。
2463	圣白议会组成。这时，史图尔一族的德戈找到至尊魔戒，并被史麦戈所杀。
2470	史麦戈大约在这时候躲入迷雾山脉。
2475	刚铎受到新一波的攻击。奥斯吉力亚斯彻底被摧毁，石桥被破坏。
约2480	半兽人开始在迷雾山脉中秘密集结，准备封锁一切进入伊利雅德的路线。索伦开始召集邪恶生物进入魔多。
2509	凯勒布理安在前往罗瑞安的途中于红角隘口遭到偷

	袭，受到重创。
2510	凯勒布理安渡海而去。半兽人和东方人占领卡兰纳松。年少伊欧获得凯勒布兰特平原的胜利。牧马王在卡兰纳松定居。
2545	伊欧在沃德的战斗中丧生。
2569	伊欧之子布理哥完成黄金宫殿。
2570	布理哥之子巴多进入封印之门，自此失踪。在这时，恶龙开始出现于极北之地，对矮人展开攻击。
2589	丹恩一世被恶龙所杀。
2590	索尔回到依鲁伯。他的兄弟葛尔前往铁丘陵。
约2670	托伯在南区种植"烟草"。
2683	埃森格林二世成为第十任领主，开始挖掘大地道。
2698	爱克西力昂一世重建米那斯提力斯中的净白塔。
2740	半兽人对伊利雅德发动新一波攻势。
2747	班德布拉斯·图克在北区击败一支半兽人部队。
2758	洛汗被从东方与西方两边夹击，遭到占领。刚铎遭到海盗的舰队攻击。洛汗的圣盔王躲入圣盔谷。沃夫夺下伊多拉斯。二七五八年至二七五九年：长冬开始。伊利雅德和洛汗的居民都受到极大创伤。甘道夫前来援助夏尔居民。
2759	圣盔战死。佛瑞拉夫杀死沃夫，开始骠骑王第二系。萨鲁曼进入艾辛格。
2770	恶龙史矛革进入依鲁伯。河谷被摧毁。索尔和索恩二世及索林二世逃出。
2790	索尔被摩瑞亚的半兽人所杀。矮人集结，准备为复仇而战。杰龙提斯诞生，稍后人们称呼他为老图克。

2793	矮人与半兽人战争开始。
2799	在摩瑞亚东门前发生南都西理安一役。丹恩·铁足回到铁丘陵。索恩二世和索林往西流浪。他们在越过夏尔（二八〇二年）的伊瑞德隆恩南方落脚。
2800—2864	北方的半兽人骚扰洛汗。瓦达王被杀（二八六一年）。
2841	索恩二世出发再探依鲁伯，但被索伦的部下追杀。
2845	矮人索恩被囚禁于多尔哥多，七戒中最后一枚从他手中被夺走。
2850	甘道夫再度进入多尔哥多，发现统治者的确是索伦，他正集结所有魔戒，并且找寻至尊魔戒和埃西铎子嗣的下落。他发现濒死的索恩，收下了依鲁伯的钥匙。索恩在多尔哥多去世。
2851	圣白议会召开。甘道夫促请对多尔哥多发动攻击。萨鲁曼将其提议驳回。[①]萨鲁曼开始在格拉顿平原附近进行调查。
2872	刚铎的贝列克索二世去世。圣白树枯死，再也找不到新的树苗。枯死的树就被留在原地。
2885	哈拉德林人在索伦的煽动之下渡过波洛斯河攻击刚铎。洛汗的佛克温王两名儿子都在为刚铎讨伐敌人的途中战死。
2890	比尔博于夏尔诞生。
2901	由于魔多强兽人的攻击，伊西立安的居民大多离开。隐密的汉那斯安南建造完成。

[①] 稍后人们才知道，这时萨鲁曼已经有了异心，想要自行占有那至尊魔戒。希望它重回主人身边的努力会使它露出行藏。因此，他认为最好暂时不要对付索伦。

2907	亚拉冈二世之母吉尔兰诞生。
2911	严冬。巴兰督因河和其他的河水全都冻结了。白狼从北方入侵伊利雅德。
2912	伊宁威治和敏西力亚斯受到大洪水破坏。塔巴德化为废墟，居民全都撤离。
2920	老图克过世。
2929	登丹人亚拉德之子亚拉松娶吉尔兰为妻。
2930	亚拉德被食人妖击杀。爱克西力昂二世之子迪耐瑟二世在米那斯提力斯出生。
2931	亚拉松二世之子亚拉冈在三月一日诞生。
2932	亚拉松二世被杀。吉尔兰将亚拉冈带往伊姆拉崔。爱隆收养了他，赐给他爱斯泰尔（希望）之名，他的身世则是被刻意隐瞒起来。
2939	萨鲁曼发现了索伦的奴仆在安督因和靠近格拉顿平原之处搜索。因此，索伦必然已经知道了埃西铎的下场。萨鲁曼警觉到这件事情，却对议会隐瞒一切。
2941	索林·橡木盾和甘道夫前往夏尔拜访比尔博。比尔博和咕鲁相遇，捡到魔戒。圣白议会召开，萨鲁曼同意对多尔哥多发动攻击，因为他现在希望能够阻止索伦对大河进行搜索。索伦将计就计，舍弃多尔哥多。河谷发生"五军之战"，索林二世战死。爱斯加的巴德杀死史矛革。铁丘陵的丹恩成为山下国王（丹恩二世）。
2942	比尔博带着魔戒回到夏尔。索伦秘密回到魔多。
2944	巴德重建河谷镇，成为该地的国王。咕鲁离开山区，开始搜索偷走魔戒的"小偷"。
2948	塞哲尔之子希优顿，骠骑王出生。

2949	甘道夫和巴林前往夏尔拜访比尔博。
2950	多尔安罗斯的艾德拉希尔之女芬多拉斯诞生。
2951	索伦公开活动,在魔多集结兵力,开始重建巴拉多。咕鲁前往魔多。索伦派出三名戒灵重新占领多尔哥多。
	爱隆告知"爱斯泰尔"的真实姓名和身世,并且将圣剑纳希尔的碎片交给他。刚从罗瑞安回来的亚玟和亚拉冈在伊姆拉崔的森林中相遇。亚拉冈进入荒野。
2953	圣白议会最后一次召开。众人争论魔戒的处置方式。萨鲁曼假称至尊魔戒已经从安都因河流入大海。萨鲁曼撤回艾辛格,将其据为己有,并且强化防卫。由于他对甘道夫感到十分忌讳,因此派出间谍监视对方的一举一动,注意到他对夏尔的特殊兴趣。他很快就派出属下潜伏在布理和夏尔南区。
2954	末日火山再度爆发。伊西立安的残余居民全都越过安都因大河逃离。
2956	亚拉冈巧遇甘道夫,两人的友谊开始。
2957—2980	亚拉冈开始他的任务和冒险。他易容以索隆哲尔的化名为洛汗的塞哲尔王和刚铎的爱克西力昂二世效命。
2968	佛罗多出生。
2976	迪耐瑟娶了多尔安罗斯的芬多拉斯。
2977	巴德之子巴恩成为谷地之王。
2978	迪耐瑟二世之子波罗莫出生。
2980	亚拉冈进入罗瑞安,与亚玟·安多米尔再次相遇。亚拉冈将巴拉希尔的戒指交给她,两人在瑟林·安罗斯的山丘上互许终身。大约在此时,咕鲁来到魔

	多边境，和尸罗交好。希优顿成为洛汗国王。
2983	迪耐瑟之子法拉墨出生。山姆卫斯出生。
2984	爱克西力昂二世驾崩。迪耐瑟二世成为刚铎摄政王。
2988	芬多拉斯早逝。
2989	巴林离开依鲁伯，进入摩瑞亚。
2991	伊欧蒙德之子伊欧墨在洛汗出生。
2994	巴林牺牲，矮人殖民地无人生还。
2995	伊欧墨的妹妹伊欧玟出生。
约3000	魔多的魔掌开始扩张。萨鲁曼冒险使用欧散克的真知晶石，却被拥有伊希尔真知晶石的索伦所控制。他成为圣白议会的叛徒。他的间谍回报游侠们严密守护夏尔。
3001	比尔博的告别宴会。甘道夫怀疑他的戒指就是至尊魔戒。夏尔的防卫更为加强。甘道夫调查咕鲁的下落，召唤亚拉冈前来协助。
3002	比尔博成为爱隆的客人，在瑞文戴尔长住下来。
3004	甘道夫前往夏尔拜访佛罗多，在接下来的四年之中持续观察他的改变。
3007	巴恩之子布兰德成为谷地之王。吉尔兰过世。
3008	甘道夫在秋天最后一次拜访佛罗多。
3009	甘道夫与亚拉冈在接下来的八年中四处调查咕鲁的行踪。他们彻底搜索了安都因河谷、幽暗密林、罗马尼安，一直到魔多边境。在这些年中，咕鲁自行进入了魔多，并且被索伦掳获。爱隆通知亚玟，请她回到伊姆拉崔。山脉以及所有东方的区域全都变得十分危险。
3017	咕鲁被从魔多释放。他在死亡沼泽中被亚拉冈捕获，并且送往幽暗密林的瑟兰督伊国王处看管。甘道夫

造访米那斯提力斯，阅读埃西铎的卷轴。

时局巨变的一年
3018

四月
12日　　甘道夫抵达霍比特屯。

六月
20日　　索伦攻击奥斯吉力亚斯。大约同时，瑟兰督伊遭到攻击，咕噜逃脱。

29日　　甘道夫与瑞达加斯特会面。

七月
4日　　波罗莫离开米那斯提力斯。

10日　　甘道夫被囚禁在欧散克塔。

八月
咕噜消失无踪。据传在这段时间，由于受到精灵和索伦手下的追捕，他被迫躲入摩瑞亚。但是当他终于找到西门的出口时，却找不到出去的路。

九月
18日　　甘道夫凌晨逃离欧散克塔。黑骑士越过艾辛河渡口。

19日　　甘道夫落魄地来到伊多拉斯，被拒绝进入。

20日　　甘道夫进入伊多拉斯。希优顿命令他离开："随你挑

	一匹马,只要你在明天晚上之前离开就行了!"
21日	甘道夫与影疾相遇,但它不让巫师靠近。他跟着影疾在平原上走了很远的一段路。
22日	黑骑士傍晚抵达萨恩渡口;他们赶走了守卫在该处的游侠。甘道夫追上影疾。
23日	四名黑骑士在黎明前进入夏尔。其他人将游侠赶向东方,接着回来监视绿荫路。一名黑骑士在日落时抵达霍比特屯。佛罗多离开袋底洞。甘道夫驯服影疾,离开洛汗。
24日	甘道夫越过艾辛河。
26日	进入老林。佛罗多与庞巴迪相遇。
27日	甘道夫越过灰泛河。霍比特人在庞巴迪家度过第二夜。
28日	霍比特人被古墓尸妖抓走。甘道夫抵达萨恩渡口。
29日	佛罗多于夜间抵达布理。甘道夫拜访老爹。
30日	溪谷地及布理旅店在凌晨受到攻击。佛罗多离开布理。甘道夫抵达溪谷地,在夜间抵达布理。

<h2 style="text-align:center">十月</h2>

1日	甘道夫离开布理。
3日	甘道夫于风云顶遭到夜袭。
6日	风云顶之下的营地于夜间受到攻击。佛罗多负伤。
9日	葛罗芬戴尔离开瑞文戴尔。
11日	他在米塞塞尔桥上赶走黑骑士。
13日	佛罗多越过该桥。
18日	葛罗芬戴尔在傍晚遇见佛罗多一行人。甘道夫抵达瑞文戴尔。

20日	布鲁南渡口大逃亡。
24日	佛罗多苏醒,恢复体力。波罗莫在夜间抵达瑞文戴尔。
25日	爱隆召开会议。

十二月

25日	魔戒远征队于傍晚离开瑞文戴尔。

3019

一月

8日	远征队抵达和林。
11、12日	卡拉兹拉斯山暴风雪。
13日	清晨遭到恶狼攻击。远征队在傍晚抵达摩瑞亚西门。咕鲁开始跟踪魔戒持有者。
14日	在第二十一大厅过夜。
15日	凯萨督姆之桥,甘道夫跌落深渊。远征队于夜间抵达宁若戴尔。
17日	远征队于傍晚来到卡拉斯加拉顿。
23日	甘道夫追逐炎魔来到西拉克西吉尔峰。
25日	他击败炎魔,力尽而亡。他的尸体留在山巅。

二月

14日	使用凯兰崔尔之镜。甘道夫复生,昏迷不醒。
16日	告别罗瑞安。咕鲁躲在西岸,观看众人离开。
17日	关赫将甘道夫送到罗瑞安。
23日	小舟在萨恩盖宝激流附近遭到攻击。

25日	远征队经过亚苟那斯,在帕斯加兰扎营。第一场艾辛河渡口战役,希优顿之子希优德战死。
26日	远征队分崩离析。波罗莫丧生,号角声传到米那斯提力斯。梅里雅达克及皮瑞格林被俘。佛罗多和山姆卫斯进入艾明穆尔东部。亚拉冈于傍晚出发追赶半兽人。伊欧墨得知半兽人从艾明穆尔进入国境的消息。
27日	亚拉冈于日出时抵达西边悬崖。伊欧墨违抗希优顿命令,于半夜从东谷出发,前往攻击半兽人。
28日	伊欧墨在法贡森林边缘将半兽人包围。
29日	梅里雅达克和皮聘脱逃,遇见树胡。牧马王于日出时发动攻击,歼灭半兽人。佛罗多离开艾明穆尔,遇见咕鲁。法拉墨见到波罗莫的安灵船。
30日	树人会议开始。伊欧墨返回伊多拉斯,途中遇见亚拉冈。

三月

1日	佛罗多在黎明时进入死亡沼泽。树人会议持续进行。亚拉冈与白袍甘道夫重聚;一行人朝向伊多拉斯进发。法拉墨离开米那斯提力斯,进入伊西立安执行秘密任务。
2日	佛罗多来到沼泽尽头。甘道夫进入伊多拉斯,治好希优顿。牧马王向西方出兵,对抗萨鲁曼。第二场艾辛河渡口之役。鄂肯布兰德遭击败。树人会议于下午结束。树人朝向艾辛格进发,于夜间抵达。
3日	希优顿退入圣盔谷。号角堡之役展开。树人彻底摧毁艾辛格。
4日	希优顿与甘道夫离开圣盔谷,前往艾辛格。佛罗多抵达摩拉南边缘的荒漠。

5日	希优顿在中午时分抵达艾辛格。在欧散克塔前与萨鲁曼谈判。有翼的戒灵越过多尔巴兰的营地。甘道夫与皮瑞格林向米那斯提力斯进发。佛罗多潜伏于可看见摩拉南景象之处，随即于黄昏时离开。
6日	登丹人部队于清晨追上亚拉冈。希优顿离开号角堡，前往哈洛谷。亚拉冈稍后出发。
7日	佛罗多被法拉墨带往汉那斯安南。亚拉冈于日落后抵达登哈洛。
8日	亚拉冈于破晓时分前往"亡者之道"。他在午夜抵达伊瑞奇。佛罗多离开汉那斯安南。
9日	甘道夫抵达米那斯提力斯。法拉墨离开汉那斯安南。亚拉冈离开伊瑞奇，来到卡蓝贝尔。黄昏时佛罗多抵达魔窟路。希优顿抵达登哈洛。黑暗开始从魔多往外扩散。
10日	没有黎明的一天。洛汗全军集结：牧马王大军离开哈洛谷。法拉墨在城门外为甘道夫所救。亚拉冈越过林罗河。自摩拉南出发的大军占领凯尔安卓斯，进入安诺瑞安。佛罗多越过十字路口，目睹魔窟部队进发。
11日	咕鲁拜访尸罗，但在见到佛罗多熟睡的表情时几乎后悔。迪耐瑟派遣法拉墨前往奥斯吉力亚斯。亚拉冈抵达林希尔，前往列班宁。东洛汗遭到敌军自北方入侵。罗瑞安遭到第一波攻击。
12日	咕鲁带领佛罗多进入尸罗巢穴。法拉墨退回大道堡垒。希优顿在明瑞蒙之下扎营。亚拉冈将敌人逼往佩拉格。树人将洛汗的入侵者彻底消灭。
13日	佛罗多被西力斯昂哥的半兽人俘虏。帕兰诺平原遭

476

	占领。法拉墨受创。亚拉冈抵达佩拉格，掳获敌军舰队。希优顿进入督伊顿森林。
14日	山姆卫斯在塔中找到佛罗多。米那斯提力斯遭到围困。牧马王部队在野人的带领下来到灰色森林。
15日	黎明前巫王击破城门。迪耐瑟自焚。鸡啼时牧马王的号角响起。帕兰诺平原之役。希优顿战死。亚拉冈举起亚玟缝制的大旗。佛罗多与山姆卫斯逃出，开始沿着魔盖往北走。幽暗密林中战斗开始。瑟兰督伊击溃多尔哥多的部队。罗瑞安森林遭到第二波攻击。
16日	将领争辩。佛罗多于魔盖之上俯瞰营地，遥望末日火山。
17日	河谷之役。布兰德王与丹恩王双双牺牲。众多矮人与人类避入依鲁伯，坚守不退。夏格拉将佛罗多的斗篷、锁子甲和宝剑送至巴拉多。
18日	西方大军离开米那斯提力斯。佛罗多来到艾辛口。他在路上被半兽人强迫行军，一路前往乌顿。
19日	西方众将抵达魔窟谷。佛罗多和山姆卫斯脱逃，开始前往巴拉多。
22日	恐怖的夜晚。佛罗多和山姆卫斯离开大路，往南前往末日火山。罗瑞安遭受第三波攻击。
23日	西方众将离开伊西立安。亚拉冈解散无法承受恐惧的士兵。佛罗多和山姆卫斯丢弃武器与盔甲。
24日	佛罗多与山姆卫斯抵达末日火山山脚。西方众将在摩拉南荒漠扎营。
25日	西方众将被包围于山丘上。佛罗多与山姆卫斯抵达萨马斯瑙尔。咕鲁夺取至尊魔戒，并跌落末日裂隙。巴拉多要塞崩塌，索伦败亡。

在邪黑塔崩塌以及索伦消逝之后，所有对抗他的人心中的黑影都消失殆尽，但他的仆人与盟军却觉得绝望与恐惧。罗瑞安森林遭到多尔哥多的三次攻击却未陷落，一方面由于精灵的勇敢，一方面是由于守护该处的力量太过强大，除非索伦亲自前来，否则根本无法胜过。虽然森林的边境遭到了让人相当难过的破坏，但入侵的部队却都遭到击溃。当索伦败亡时，凯勒鹏亲自率领罗瑞安的部队渡过安都因河。他们攻占多尔哥多，凯兰崔尔击垮它的高墙，破坏它的牢笼，这森林终于被净化。

北方同样也有邪恶的势力和战争。瑟兰督伊的王国遭到入侵，在森林中发生了极为惨烈的战斗，敌人放火烧了大片森林；但最后瑟兰督伊还是获得了胜利。在精灵的新年那一天，凯勒鹏和瑟兰督伊在森林的中央会面，将幽暗密林重新命名为"爱林拉斯加仑"，意思是"绿叶森林"。瑟兰督伊把整块直到北方山脉的区域都纳入他的国度中；凯勒鹏则是获得了那洛斯以南的森林，并且将它命名为东罗瑞安。在这两者之间的大片森林都被赐给比翁一族和在森林中居住的人类。不过，在凯兰崔尔离开数年之后，凯勒鹏厌倦了他的国度，前往伊姆拉崔和爱隆的两个儿子住在一起。在巨绿森林中西尔凡精灵依旧不受打搅地生活，但罗瑞安只剩下几名原来的住民，卡拉斯加拉顿再也没有明灯和欢歌笑语。

在米那斯提力斯遭到大军包围的同时，索伦的盟友越过卡南河，布兰德王被逼退回河谷镇。他在那边获得依鲁伯矮人的支持，在山脚下发生了一场惨烈的战斗。这场战斗持续了三天，最后布兰德王和丹恩·铁足全都战死，东方人获得胜利。但他们无法攻入山下王国的大门，矮人和人类躲入依鲁伯中，抵挡敌人的围困。

当南方大胜的消息传来，索伦的北方部队士气严重低落。原先被围困的人出阵与他们大战，将敌军击溃，幸存的敌兵逃往东方，从此不再骚扰河谷。布兰德的儿子巴德二世成为谷地之王，丹恩的儿子索林三世石盔继承山下王国的王位。他们派遣使节前往参加伊力萨王的加冕大典，此后这两个王国就一直处在与刚铎友好的状态中。他们也都在西方之王的统治与保护之下。

自巴拉多要塞陷落到第三纪元[①]结束之大事记

3019年
夏垦1419年

3月27日　巴德二世与索林三世将敌人赶出河谷。
　　28日　凯勒鹏渡过安都因河，摧毁多尔哥多的攻击开始。
4月6日　瑟兰督伊与凯勒鹏会面。
　　8日　魔戒持有者在可麦伦平原接受嘉勉。
5月1日　伊力萨王登基。爱隆与亚玟自瑞文戴尔出发。
　　8日　伊欧墨和伊欧玟与爱隆之子自洛汗出发。
　　20日　爱隆和亚玟抵达罗瑞安。
　　27日　护送亚玟的队伍离开罗瑞安。
6月14日　爱隆之子与护卫队会合，将亚玟带往伊多拉斯。
　　16日　他们向刚铎出发。
　　25日　伊力萨王发现圣白树的幼苗。
转换一日　亚玟抵达王城。
年中之日　伊力萨与亚玟成婚。
7月18日　伊欧墨重返米那斯提力斯。

[①] 此处的月份和日子是依照夏尔的历法。

19日　护送希优顿王的卫队出发。
8月7日　卫队抵达伊多拉斯。
10日　希优顿王丧礼。
14日　宾客向伊欧墨王辞行。
18日　众人来到圣盔谷。
22日　众人来到艾辛格，在日落时向西方之王道别。
28日　他们赶上萨鲁曼，萨鲁曼转向夏尔。
9月6日　他们停留，遥望在山上的摩瑞亚。
13日　凯勒鹏和凯兰崔尔离开，其他人前往瑞文戴尔。
21日　众人抵达瑞文戴尔。
22日　比尔博的一百二十九岁生日。萨鲁曼抵达夏尔。
10月5日　甘道夫和霍比特人离开瑞文戴尔。
6日　他们越过布鲁南渡口，佛罗多第一次感应到过去的痛苦。
28日　众人于日落时抵达布理。
30日　众人离开布理。"冒险家"们在天黑时来到烈酒桥。
11月1日　他们在蛙村遭到逮捕。
2日　他们来到临水区，宣布夏尔起义。
3日　临水区一役，萨鲁曼败亡。魔戒圣战结束。

3020年
夏垦1420年：富饶之年

3月13日　佛罗多身体不适（在他被尸罗毒伤的整整一年之后）。
4月6日　梅隆树在宴会场上盛开。
5月1日　山姆卫斯娶小玫为妻。

480

年中之日	佛罗多辞退副市长职务，威尔·小脚康复。
9月22日	比尔博的一百三十岁生日。
10月6日	佛罗多再度感到不适。

3021年
夏垦1421年：第三纪元最后一年

3月13日	佛罗多再度觉得身体不适。
25日	山姆卫斯之女，美貌的伊拉诺出生。① 在刚铎的纪年中，这是第四纪元开始的元旦。
9月21日	佛罗多和山姆离开霍比特屯。
22日	他们在林尾遇见了魔戒保管者一行人。
29日	他们来到灰港岸。佛罗多和比尔博随着三名魔戒保管者一同渡海西去。第三纪元结束。
10月6日	山姆卫斯回到袋底洞。

此后与魔戒远征队成员有关的历史事件

夏垦纪元

1422	以夏尔的算法来说，从这一年开始才算是第四纪元，但夏垦纪元的年代依旧持续沿用下来。
1427	威尔·小脚引退。山姆卫斯被推举为夏尔市长。皮瑞格

---

① 人们称她为美貌伊拉诺的原因当然是由于她的美貌。许多人说她看起来比较像是精灵女子，而不是霍比特小孩。她也拥有一头金发，在此之前这是夏尔相当少见的情况，而山姆的另外两个孩子也都是金发。不过，当年出生的许多霍比特小孩也都是金发。

林·图克娶了龙克理夫的戴蒙为妻。伊力萨王颁布禁令，人类不准进入夏尔。他并且将此地划归为皇权保障下的自由领地。

1430 皮瑞格林之子法拉墨出生。

1431 山姆卫斯的女儿：金毛诞生。

1432 梅里雅达克被人加上"伟大的"称号，成为雄鹿地的主人。伊欧墨王和伊西立安的伊欧玟王妃送来非常贵重的礼物。

1434 皮瑞格林成为图克家长和领主。伊力萨王宣布领主、市长和雄鹿地之主都成为北方王国的朝政顾问。山姆卫斯先生再度被推举为市长。

1436 伊力萨王前往北方，在伊凡丁湖旁暂住。他来到烈酒桥前与朋友会面。他将登丹人之星赐给山姆卫斯先生，伊拉诺成为亚玟皇后的贴身侍女。

1441 山姆卫斯先生第三次被推举为市长。

1442 山姆卫斯先生以及妻子和伊拉诺骑马前往刚铎，在该处住了一年。托曼·卡顿先生暂时成为代理市长。

1448 山姆卫斯先生第四次留任市长。

1451 美貌伊拉诺嫁给远岗的法斯崔。

1452 从远岗到塔丘（艾明贝瑞德）的西境由伊力萨王赠与夏尔。许多霍比特人搬迁到该处。

1454 法斯崔与伊拉诺的儿子精灵坦诞生。

1455 山姆卫斯第五次留任市长。在他的要求下，领主让法斯崔成为西境的看守者。法斯崔和伊拉诺在塔丘的塔下定居，他们的子孙费尔班一族在那边居住了许多个世代。

1462 山姆卫斯先生第六次被推举为市长。

1463	法拉墨·图克娶了山姆卫斯的女儿金毛。
1469	山姆卫斯先生担任第七任的市长，也是最后一次担任市长。在一四七六年结束市长工作前，他已经九十六岁了。
1482	小玫女士在年中之日过世。在九月二十二日，山姆卫斯先生离开袋底洞。他来到塔丘，将红皮书交给伊拉诺保管，之后这就成为费尔班家族的传家之宝。山姆卫斯先生最后前往灰港岸，渡海而去，是最后一名离开的魔戒持有者。
1484	在这年春天，洛汗派人通知雄鹿地，伊欧墨王想要再见见何德温先生。梅里雅达克那时年纪已经不小（一〇二岁）但依旧健朗。他和图克地的领主讨论之后，很快就将所有的公务和职务交给儿子们，一同骑马前往萨恩渡口，从此再也没有回到夏尔。据说梅里雅达克先生来到伊多拉斯，在伊欧墨于秋季过世前一直待在他身边。然后他和皮瑞格林领主一起前往刚铎，在那边度过余生。最后，当他们过世时，遗体也被安葬在拉斯迪南，与刚铎的伟人们一同安息。
1541[①]	这一年三月一日，伊力萨王过世。据说梅里雅达克和皮瑞格林的遗体就摆放在这伟大的皇帝身边。然后，勒苟拉斯在伊西立安建造了一艘灰船，扬帆自安都因河而下，航向大海。据说，矮人金雳也和他同行。在那艘船离开之后，魔戒远征队所有的成员自此全都离开了中土世界。

---

① 刚铎第四纪一二〇年。

附录 C

族　谱

　　以下族谱中所列出的名字是从众多复杂的系谱分支中所特别挑选出来的。其中大多数是比尔博宴会中的宾客，或他们的直系祖先。出席那场欢送宴会的客人都会画线标明。几个其他与本段历史有关的人物也会同时列出。除此之外，有关"园丁"家族山姆卫斯的祖先的家谱也会特别列入。

　　在那些人名之后的数字代表他们的生辰（如果有记录死亡日期也会写在后面）。所有的日期都是以夏垦历法来记载的，也就是马丘和布兰寇兄弟越过烈酒河进入夏尔的那一年为元年（第三纪一六〇一年）。

霍比特屯的巴金斯一族

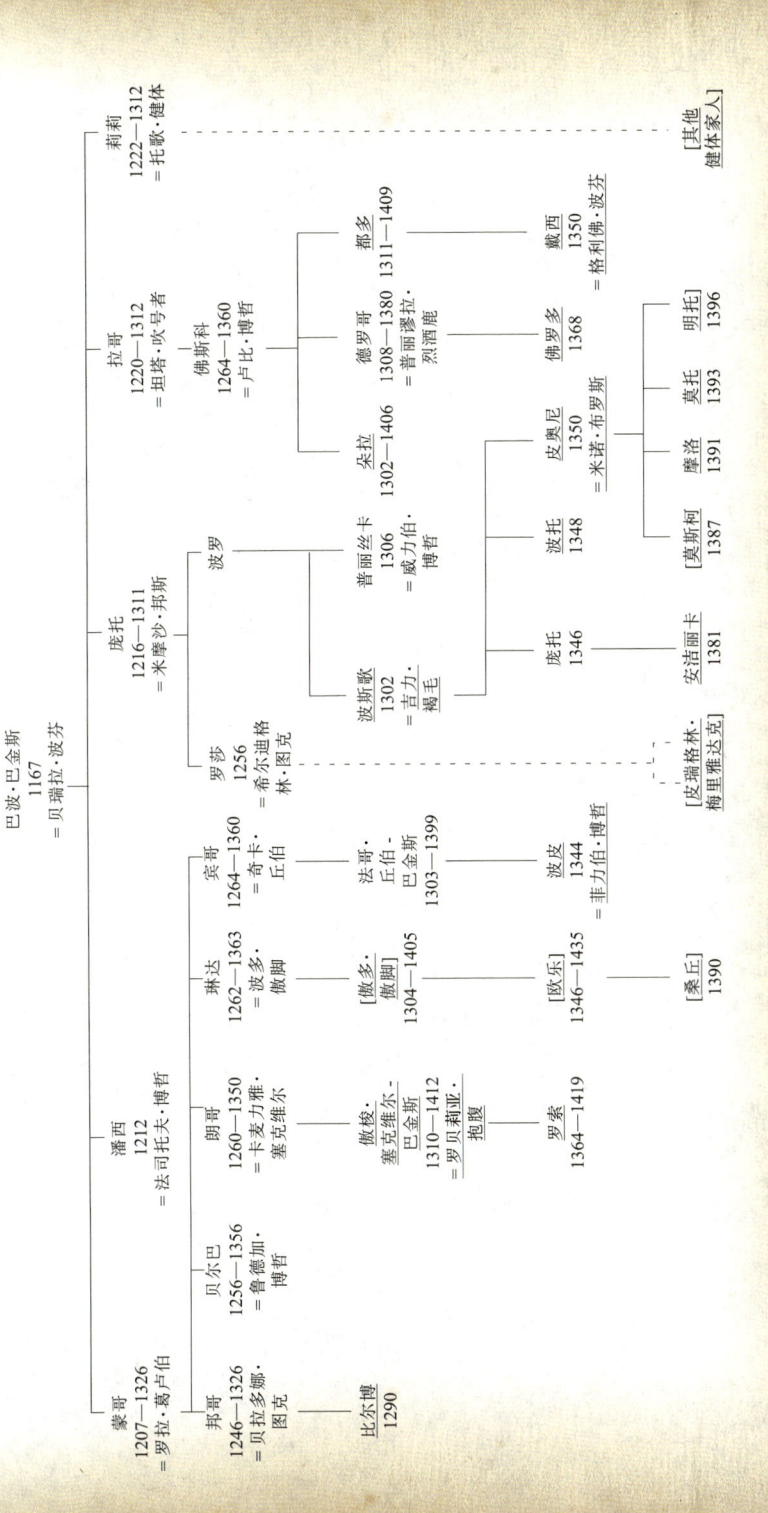

巴波·巴金斯
1167
=贝瑞拉·波芬

蒙哥
1207—1326
=罗拉·葛卢伯

邦哥
1246—1326
=贝拉多娜·图克

潘西
1212
=法司托夫·博哲

贝尔巴
1256—1356
=鲁德加·博哲

朗哥
1260—1350
=卡麦力雅·塞克维尔

琳达
1262—1363
=波多·傲脚

宾哥
1264—1360
=奇卡-丘伯

比尔博
1290

[傲多·傲脚]
1304—1405

法哥·巴金斯
1303—1399

傲梭·塞克维尔-巴金斯
1310—1412
=罗贝利亚·抱腹

[欧乐]
1346—1435

波皮
1344
=菲力伯·博哲

罗索
1364—1419

桑丘
1390

利莉
1222—1312
=托歌·健体

拉哥
1220—1312
=坦塔·吹号者

庞托
1216—1311
=米摩沙·邦斯

佛斯科
1264—1360
=卢比·博哲

罗莎
1256
=希尔迪格林·图克

波罗

波斯歌
1302
=吉力·褐毛

普丽丝卡
1306
=威力伯·博哲

都多
1311—1409

朵拉
1302—1406

德罗哥
1308—1380
=普丽蒻拉·烈酒鹿

庞托
1346

波托
1348

皮奥尼
1350
=米诺·布罗斯

戴西
1350
=格利佛·波芬

佛罗多
1368

安洁丽卡
1381

[莫斯柯]
1387

摩洛
1391

莫托
1393

明托
1396

[其他
健体家人]

[皮瑞格林·梅里雅达克]

大地道的图克家

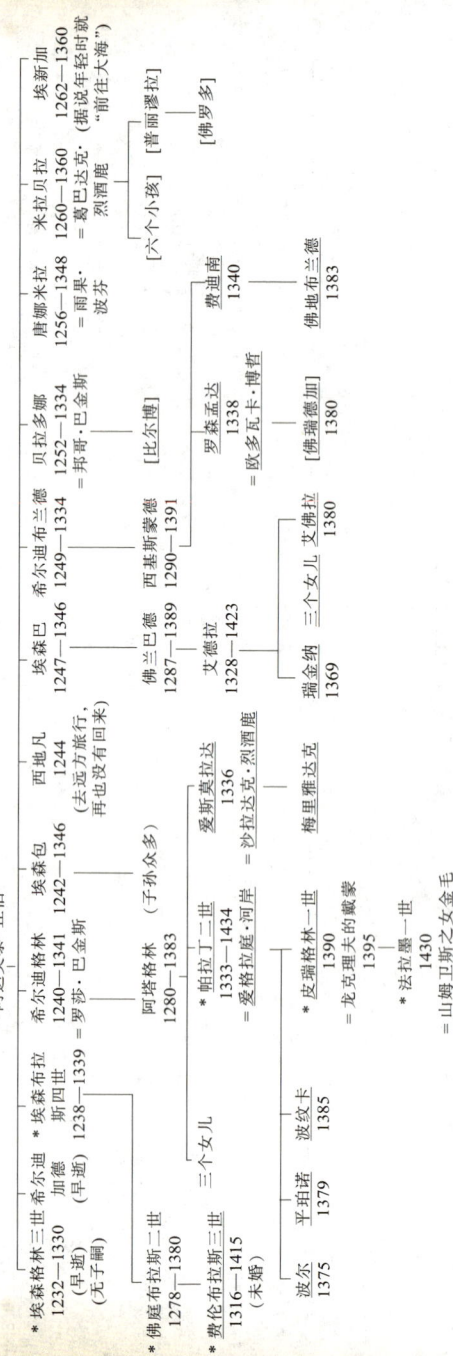

* 埃森格林二世
  (图克家系的第十任领主)
  1020—1122
* 埃松布拉斯二世
  1066—1159

班多布拉斯
(吼牛)
1104—1206
许多后代,包括
龙克理夫的北边图克一家

* 费伦布拉斯二世
  1101—1201
* 佛庭布拉斯二世
  1145—1248
* 杰龙提斯,老图克
  1190—1320
  =阿达美泰·丘伯

希尔迪加德 1240—1341 = 罗珀·巴金斯
埃森包 1242—1346
西地凡 1244 (去远方旅行,再也没有回来)
班多布拉斯 (吼牛)
唐娜米拉 1256—1348 =雨果·波芬
米拉贝拉 1260—1360 =蒙巴达克·烈酒鹿
埃新加 1262—1360 (据说年轻时就"前往谬拉")

阿塔格林 1280—1383 (子孙众多)
埃森巴 1247—1346
希尔迪布兰德 1249—1334
贝拉多娜 1252—1334 =邦哥·巴金斯
[比尔博]
[六个小孩] [菁丽谬拉] [佛罗多]

* 埃森格林三世 1232—1330 (早逝) (无子嗣)
希尔迪加德 (早逝)
* 埃森布拉斯四世 1238—1339
三个女儿
帕拉丁二世 1333—1434 =爱格拉庭·河岸
佛兰巴德 1287—1389
西基斯蒙德 1290—1391
罗森孟达 1338 =欧多瓦卡·博哲
[佛瑞德加] 1380

* 佛庭布拉斯三世 1278—1380
* 费伦布拉斯三世 1316—1415 (未婚)
波纹卡 1385
* 皮瑞格林一世 1390 =龙克理夫的戴蒙 1395
爱斯莫拉达 1336
艾德拉 1328—1423
瑞金纳 1369
三个女儿
艾佛拉 1380
佛地兰德 1383

平珀诺 1379
波尔 1375
* 法拉墨一世 1430 =山姆卫斯之女金毛
梅里雅达克 1382

雄鹿地的烈酒鹿一家人

沼泽地的葛汉代·老雄鹿在740年开始兴建烈酒酒厅，并且将姓改为烈酒鹿

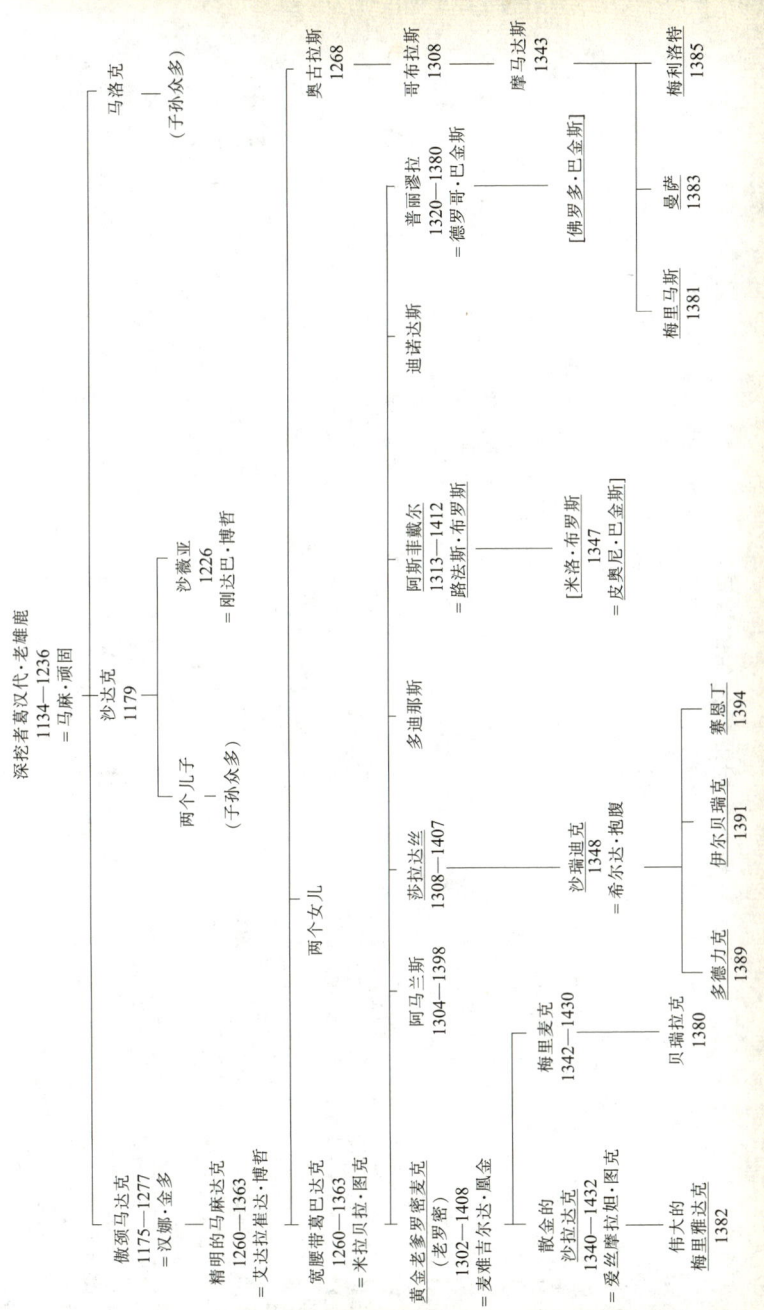

深挖者葛汉代·老雄鹿
1134—1236
＝马麻·顽固

```
沙达克
1179
│
┌────────┴────────┐
马洛克            两个儿子
(子孙众多)        (子孙众多)
                  │
        ┌─────────┼──────────┐
        │                    沙薇亚
        │                    1226
        │                   ＝刚达巴·博哲
        │
    两个女儿
        │
┌───────┼────────┬────────┬─────────┬──────────┐
傲颈马达克  精明的马麻达克  宽腰带葛巴达克  奥古拉斯  哥布拉斯
1175—1277   1260—1363      1260—1363       1268      1308
＝汉娜·金多  ＝艾达拉雀达·博哲  ＝米拉贝拉·图克              │
                                                      普丽谬拉
                                                      1320—1380
                                                    ＝德罗哥·巴金斯
                                                      │
                            多迪那斯   迪诺达斯    阿斯菲戴尔      摩马达斯
                                                   1313—1412       1343
                                                 ＝路法斯·布罗斯    │
                                                                 ┌──┴────┐
                                                                 │     梅利洛特
                                                                 │      1385
                        ┌───┬────┴──┐              │
                    阿马兰斯  莎拉达丝  沙瑞迪克    [米洛·布罗斯]
                    1304—1398 1308—1407 1348       1347
                                     ＝希尔达·袍腹  ＝皮奥尼·巴金斯
                                                                   │
                                              ┌────────┬───────────┤
                                          伊尔贝瑞克  赛恩丁      [佛罗多·巴金斯]
                                          1391       1394          │
                                                                  曼萨
                                                                  1383
            梅里麦克
            1342—1430
                │
    ┌───────────┼──────────┐
    │           │         贝瑞拉克       梅里马达斯
    │           │         1380          1381
    │           │
    │           │         多能力克
    │           │         1389
黄金的老多罗密克
1302—1408
＝麦难吉尔达·凤金
│
散金的沙拉达克
1340—1432
＝爱丝摩拉妲·图克
│
伟大的
梅里雅达克
1382
```

山姆卫斯先生的族谱

(同时也记载了山下的园丁一家和塔下的费尔巴一家崛起的过程)

```
哈姆法斯特·詹卫其
1160
│
卫尔曼·詹卫其        何曼
1200              霍比特屯的绿手
(搬到泰菲尔)           1210
│                  │
霍伯·詹米奇  =  罗温    哈尔崔·     尔林     和丁     小玫   =   卡特曼    科塔
制绳匠        1249   绿手       1254    1259    1262      1260     1220
(老詹米奇)           1251                                  │
1246               (园丁)                              卡特曼
│                   │                                 临水区何曼·卡顿
和伯森            何曼·                                   (高何姆)
(绳匠詹吉)         绿手                                      1302
1285—1384         1292                                      │
                                                    ┌──────┴──────┐
                                                   托曼·卡顿      威尔康
                                                 1341—1440       (威尔)
                                                 =莉莉·布朗        1346
                                                      │
┌─────────┬─────────────┬─────┬─────┐   ┌──────┬──────┬──────┐
泰菲尔的  和他的表    山外的哈佛瑞           托曼  小玫   威尔康尼  包曼   卡尔
制绳匠   亲何曼       1332              (汤姆) 1384  (乔力)  (尼克)  (尼伯斯)
安德卫斯  一起到霍比   哈法斯特            1380  =山姆  1384    1386    1389
(安迪)   特也做园丁    1372                    ·詹吉
1323
│
安森                哈佛瑞    黛西    梅里    小玫    山姆法斯特  比尔博  樱草花  黛西   罗宾   托曼
1361              1369      1372   1427    1425   1380        1436   1433   1433   1440   (汤姆)
                  (搬到北区)                        (园丁)                                   1442
                                                  =小玫·卡顿
│                                                    │
泰菲尔的           哈姆雷     皮聘    金毛                哈姆法斯特
制绳匠            1376      1429   1431               1432
(和他的舅舅                         =法拉墨一世
一起做绳匠)                         (皮蒲格林一世
                                  领主的儿子)
│
美貌伊拉诺       佛罗多                             园丁何法斯特
1421          园丁                                  1462
=格林何姆的     1423                                    │
法斯拉                                              小丘的哈丁
                                                    1501
```

他们搬往西境。这是一个刚殖民(是伊力萨王赠送的礼物)的区域,就在远因荒冢丘之间,从那时开始,就有了塔下的费尔巴家族,也就是西境的统治者,他们世代相传红皮书,抄写了许多副本,并且加上了一些注记和叙述,成为相当宝贵的历史资料。

附录 D

夏尔历法

适用于所有年份①

(1) *Afteryule*	(4) *Astron*	(7) *Afterlithe*	(10) *Winterfilth*
YULE 7 14 21 28	1 8 15 22 29	LITHE 7 14 21 28	1 8 15 22 29
1 8 15 22 29	2 9 16 23 30	1 8 15 22 29	2 9 16 23 30
2 9 16 23 30	3 10 17 24 —	2 9 16 23 30	3 10 17 24 —
3 10 17 24 —	4 11 18 25 —	3 10 17 24 —	4 11 18 25 —
4 11 18 25 —	5 12 19 26 —	4 11 18 25 —	5 12 19 26 —
5 12 19 26 —	6 13 20 27 —	5 12 19 26 —	6 13 20 27 —
6 13 20 27 —	7 14 21 28 —	6 13 20 27 —	7 14 21 28 —
(2) *Solmath*	(5) *Thrimidge*	(8) *Wedmath*	(11) *Blotmath*
— 5 12 19 26	— 6 13 20 27	— 5 12 19 26	— 6 13 20 27
— 6 13 20 27	— 7 14 21 28	— 6 13 20 27	— 7 14 21 28
— 7 14 21 28	1 8 15 22 29	— 7 14 21 28	1 8 15 22 29
1 8 15 22 29	2 9 16 23 30	1 8 15 22 29	2 9 16 23 30
2 9 16 23 30	3 10 17 24 —	2 9 16 23 30	3 10 17 24 —
3 10 17 24 —	4 11 18 25 —	3 10 17 24 —	4 11 18 25 —
4 11 18 25 —	5 12 19 26 —	4 11 18 25 —	5 12 19 26 —
(3) *Rethe*	(6) *Forelithe*	(9) *Halimath*	(12) *Foreyule*
— 3 10 17 24	— 4 11 18 25	— 3 10 17 24	— 4 11 18 25
— 4 11 18 25	— 5 12 19 26	— 4 11 18 25	— 5 12 19 26
— 5 12 19 26	— 6 13 20 27	— 5 12 19 26	— 6 13 20 27
— 6 13 20 27	— 7 14 21 28	— 6 13 20 27	— 7 14 21 28
— 7 14 21 28	1 8 15 22 29	— 7 14 21 28	1 8 15 22 29
1 8 15 22 29	2 9 16 23 30	1 8 15 22 29	2 9 16 23 30
2 9 16 23 30	3 10 17 24 转换日	2 9 16 23 30	3 10 17 24 冬庆日
	年中之日（闰转换日）		

489

每一年的第一天都是由当周的第一天,也就是周六开始,每一年的最后一天则都是一周的最后一天,也就是周五。年中之日,或是闰年的闰转换日,不属于一周中的任何一天。在年中之日前的转换日称为转换一日,在之后的则称为转换二日。在一年尾声时的冬季庆典是冬庆一日,在一年开始时的则是冬庆二日。闰转换日是一个特别的假日,但是在魔戒重要历史中都没有遇上这样的闰年。但一四二〇年,有特别丰饶和美丽的夏天的那一年,就是闰年,据说该年的庆祝活动让许多史家回味不已。

历　法

夏尔的历法在几个地方与我们的历法不同。他们的一年毫无疑问与我们的一样长,[2]虽然我们如今是以年和人类的寿命来计算时间,然而按照地球的记忆,远古以前的年岁跟我们的似乎没有太大的差异。根据霍比特人的记载,当他们四处流浪的时候,并没有所谓的"周"。虽然他们拥有大致依照月亮运行的"月",但对于日期和时间的计算都是相当随意、不精确的。当他们开始定居于伊利雅德的西部时,他们采纳了登丹人皇帝的记年法,该记年法最后可追溯到精灵的历法。不过,夏尔的霍比特人将这套历法做了几个小的修改。这份历法,或称作"夏垦纪元",最后连布理也跟着采用;唯一的例外就是他们不将夏尔开垦的那年称作元年。

要从古老的传说或是传统中,发现那些当时人们知之甚详并在日常生活中视为理所当然之事的精确信息,经常是很困难的(像是字母的名称、或是一周中每一天的名字、一个月的长度和名称)。但由于夏尔

---

① 从此处开始,作者的第一人称叙述法指的是托尔金本人。他把自己定位为将"红皮书"等典籍翻译成英文的考证与历史学家。——译注
② 三百六十五天,五小时,四十八分钟,四十六秒。

的霍比特人对于家谱有极高的兴趣，同时他们在魔戒圣战之后对于古代历史的深入研究，因此，他们似乎认为自己对于日期和历法的处理相当不错；他们甚至画出了一个复杂的对照表，显明他们的历法和其他种族的历法之间的对照与差异。笔者并不擅长这类的研究，或许会发生一些错误；不过，由于魔戒圣战中关键的夏垦一四一八年和一四一九年在红皮书中的记载极为详细，那段时间的日期几乎是不可能出错的。

正如山姆卫斯所观察到的，在中土世界中的艾尔达族拥有更多、更充裕的时间，因此会用更长的时期来计算时间。在昆雅语中的yén通常被翻译作"年"，但实际上是我们的一百四十四年之久。艾尔达族喜欢尽可能地利用六或十二进制来计算时间。太阳运行的一"天"被称作ré，时间为从当天日落计算到隔天的日落。一个yén包括了五万两千五百九十六天。艾尔达族为了宗教仪式而非实用的目的，设计出了六天为一周或是enquië，而一个yén包括了八千七百六十六个enquië，他们在中土的整段时期中都如此计算。

在中土世界中，艾尔达族也观察到了一个时间较短的太阳年，称作coranar或是"绕日时间"，这是比较偏向天文学角度的称呼。不过，他们通常都以loa"生长历"（特别是在西北方的区域）来称时间，主要考虑的是季节的变换对于种植蔬果的影响。对大部分的精灵来说，这的确是最重要的。一个loa会被分成几个时期，可以被当作长的月份或是短的季节。毫无疑问的，这会随着不同的区域而有所变动；霍比特人唯一记载下来的只有伊姆拉崔的历法。在那份历法中，有六个这样的"节气"，它们的昆雅语名称分别为tuilë、lairë、yávië、quellë、hrívë、coirë，我们可以勉强将它们翻译成"春季、夏季、秋季、衰退季、冬季、惊蛰"。辛达林语的名称则是ethuil、laer、iavas、firith、rhîw、

491

echuir。"衰退季"也被叫作 lasse-lanta "落叶季"，或是辛达林语中的 narbeleth，"日弱季"。

　　Lairë 和 hrívë 都各是七十二天，其他的则各为五十四天。Loa（生长历）开始于 yestarë，就在 tuilë 之前的一天，结束于 mettarë，该日正好是 coirë 之后的一天。在 yávië 与 quellë 之间被插入三个 enderi，或称"中日"。如此一来，只要每十二年加入一组 enderi（加入三天），就可以保有每年都是三百六十五日的时间。

　　我们不确定这样所造成的历法误差要如何处理。如果那时一年的长度和我们现在的长度一样，yén 可能就会有多出一天以上的误差。从红皮书中针对"瑞文戴尔记年"的脚注中，我们可以看出来这样的误差要如何处理。每三个 yén 的最后一年会减少三天，而在当年份增加三个 enderi 的做法也跟着取消。"但在我们的年代中这并没有发生过"。至于其他的误差是如何处理，我们就找不到任何的记载了。

　　努曼诺尔人修正了这套历法。他们将 loa 分成更短、长度更统一的时间；但他们依旧继承了一年从冬季一半开始的习俗。这一点，西北方的人类从第一纪元就开始采用。稍后，他们将一周的时间改成七天，并且把一日的时间改为从日出（东方海面）到下一次的日出。

　　努曼诺尔人的历法通行于努曼诺尔、亚尔诺和刚铎，直到王朝结束。这份历法被称为"皇历"。通常一年拥有三百六十五日。它分成十二个 astar 或称作月份，其中十个月拥有三十日，两个月拥有三十一日。长的 astar 是在年中之日两边的月份，大约是我们的六月和七月。每年的第一天被称为 yestarë，年中之日（第一百八十三天）则被称为 loëndë，最后一天则是 mettarë。这三天不属于任何一个月份。每四年，除了一个世纪的最后一年之外（haranyë），就会有两个 enderi 或称作"中日"，取代 loëndë。

努曼诺尔人的历法是以第二纪一年开始。从每世纪的最后一年减掉一天所造成的误差会累积起来，经过一千年的最后一天会留下一个"千年误差"，四小时四十六分钟四十秒。这个额外的误差每千年会补充一次，在努曼诺尔的第二纪一〇〇〇年、二〇〇〇年、三〇〇〇年都进行过历法的换算。在第二纪的三三一九年陆沉之后，这套历法继续由流亡者维持，但很快的就在第三纪元整个记年系统变换的状况下而改变了。第二纪三四四二年成为第三纪一年。由于人们将第三纪四年作为闰年，而不是第三纪三年（第二纪三四四四年），因此又增加了一个三百六十五日所造成的历法误差，让数字累积到五小时四十八分钟四十六秒。"千年补正"又晚了四百四十一年：在第三纪一〇〇〇年（第二纪四四四一年）、第三纪二〇〇〇年（第二纪五四四一年）。为了降低这样的状况所造成的误差，以及累积的"千年误差"，宰相马迪尔颁布了一个在第三纪二〇六〇年生效的新历法。之前，人们先在二〇五九年（第二纪五五〇〇年）增加两日，这就补正了自从努曼诺尔历法创立以来的五千五百年的误差。不过，这还是留下了大约八小时的误差。哈多在二三六〇年增加了一天，不过，实际上这误差当时还没累积到这长度。在那之后，就没有任何的调整了。（在第三纪三〇〇〇年时，由于战火逼近，人们根本无暇考虑这状况）。到了第三纪尾声时，经过六百六十年的累积，这误差尚未达到一日。

马迪尔所颁布的修正历法被称为"宰历"，最后被大多数西方通用语的使用者所接受。只有霍比特人例外。霍比特人的每个月份都是三十天，额外加入了两个不属于任何月份的日子：一个是在第三和第四个月之间（三月、四月），一个是在第九和第十个月之间（九月、十月）。还有五天不属于任何一个月的日子，yestarë、tuilérë、loëndë、yáviérë 和 mettarë 都是假日。

霍比特人相当的守旧，因此继续使用针对他们习俗修正过的"皇历"。这历法的月份长度全都相同，各拥有三十天。但他们拥有三个夏之日，夏尔称作转换日，就位于六月和七月之间。一年的最后一天和第二年的第一天被称作冬庆日。冬庆日和转换日都不属于任何月份。因此，一月一日是一年的第二天而非第一天。每四年的转换日都会变成四天，除了一个世纪的最后一年例外。①转换日和冬庆日是一年中最主要的假日，是人们欢宴庆祝的日子。额外的一天转换日增加于年中之日后，因此闰年的第一百八十四天就会被称为"闰转换日"，是个特别值得狂欢的日子。完整的冬季庆典包括了六天，也就是每年的最后三天和次年的前三天。

　　夏尔的居民也将这历法加入了他们自己的小小创意（后来布理也跟着沿用），他们称作"夏尔重整"。夏尔的霍比特人们觉得每年的日期和每一周的名称都总是无法固定对应，让人相当的烦心。因此，在埃森格林二世时，他们将那破坏这对应规律的畸零日去除，让它不属于任何一周。在那之后，年中之日（和闰转换日）就只有自己的名称，不属于任何一周。在这样的重整之后，一年的开始都永远会是每周的第一天，结束也永远会是每周的最后一天。只要日期相同，任何一年的同一天都会属于一周中的同一天。因此，夏尔的居民们就再也不需要于日记或是书信中多加周几的标注了。②他们发现这在故乡相当的好用，但如果人们到布理之外的地方旅行就没那么方便了。

---

① 在夏尔的历法中，元年所对应的就是第三纪一六〇一年。在布理的元年对应的则是第三纪一三〇〇年，也就是该世纪的第一年。

② 大略看过夏尔历法之后，诸位就会发现，周五是唯一没有任何一个月份开始于该天的日子。因此，夏尔的人们会用"一号周五"来开玩笑，指的是完全不存在的一天，或者是极为不可能发生的事情，像是猪飞鸟游泳或是（在夏尔）树走路的情况。完整的说法是"在臭夏天的一号周五"。

在上面的记述以及说明中，我使用的是我们现代对于月份和周名的名称，当然，艾尔达族和登丹人或是霍比特人都不是这样做的。我必须要将西方语完全翻译，以避免可能的误解。至少在夏尔，这种语言对于季节的指称和我们或多或少相同。不过，看起来所谓的年中之日，应该是安排为尽量靠近夏至的日子。因此，夏尔的历法事实上比我们的要快上十天。我们的元旦所对应的会是夏尔的一月九日。

在西方语中，昆雅语对于月份的称呼大部分保留了下来，正如同在各种语言中沿用的拉丁语一样。这些月份的名称是：Narvinyë、Nénimë、Súlimë、Víressë、Lótessë、Nárië、Cermië、úrimë、Yavannië、Narquelië、Hísimë、Ringarë。辛达林语的名称（只有登丹人使用）则是：Narwain、Nínui、Gwaeron、Gwirith、Lothron、Nórui、Cerveth、Urui、Ivanneth、Narbeleth、Hithul、Girithron。

在这个部分的专门称呼中，布理和夏尔的霍比特人都偏离了西方语的习惯，使用了他们自己从安都因河谷的人类所继承来的名称；相似的名称也出现在河谷镇和洛汗的历法中（这部分的关联请参见语言学的附录）。这些名词是由人类所发明，因此各自具有特殊的意义，但霍比特人只是使用其形，却忘记了其义。甚至连原先他们知道的词语现在也都失传了。因此，现在霍比特人月份的名字变得难以分辨其原来的意义。举例来说，在某些月份名称结尾的 math 实际上是 month（月份）的缩字。

夏尔对月份的名称就写在最前面的月历上。我们应该注意的是 Solmath 有时被写作或被念作 Somath，Thrimidge 经常被写成 Thrimich（古语则是 Thrimilch），Blotmath 则被念成 Blodmath 或是 Blommath。在布理这些名字则是变成 Frery、Solmath、Rethe、Chithing、Thrimidge、转换日、夏之日、Mede、Wedmath、Harvestmath、Wintring、Blooting

和Yulemath。Frery、Chithing和Yulemath的称呼法也通用于夏尔的东区。①

霍比特人对一周中日子的称呼是取自于登丹人，这些名字是翻译自古代北方王国对于它们的称呼；而这些称呼又是从艾尔达族的文字所转译过来的。艾尔达族的六天分别是献给星辰、太阳、月亮、双圣树、天空和主神或是力量，以这个顺序看来，最后一天是当周最重要的一天。他们在昆雅语中的名称是Elenya、Anarya、Isilya、Aldúya、Menelya、Valanya（或是Tárion）；辛达林语的名称是Orgilion、Oranor、Orithil、Orgaladh、Ormenel、Orbelain（或是Rodyn）。

努曼诺尔人维持了他们的意义和顺序，但把第四天换成了Aldëa（Orgaladh），改成仅对圣白树致敬，也就是努曼诺尔宫廷中圣树所继承的渊源。除此之外，由于他们是伟大的航海家，因此也在天空之日后加入了第七天，"海之日"，Eärenya（Oraearon）。

霍比特人继承了这样的安排，但这些翻译名称所代表的意义很快就被忘记了，或是他们也不再注意。因此，为了日常生活使用上的方便，这些名称的发音也被大幅缩减了。努曼诺尔名称的第一次翻译，可能是在第三纪元结束前的两千年，那时登丹人的历法（他们历法也是最早被外族所引用的）被北方的人类所接受。在霍比特人的历法中，他们同样地套用了这些翻译，然而西方大地的其他区域仍然使用昆雅语的名称。

在夏尔，古代典籍被保存下来的并不多。到了第三纪元结束的

---

① 布理的人们经常会说"（泥泞）夏尔的臭冬天"，不过，根据夏尔人的说法winter（冬天）这个字是布理人对于古代名称的一个修改，一开始wintring这个字指的是在冬天前填满空闲时光的时间。这是在他们使用"皇历"之前，那时他们的新年是在收成之后才开始。

时候，保存状况比较良好的是黄皮书，或是塔克镇的编年书。[1]它最早的一则记载似乎是在佛罗多当时的九百年前，许多则是被引用到红皮书的编年记载中。在那时星期的名称都是古代使用的，底下的名称则是其中最古老的：(1) Sterrendei、(2) Sunnendei、(3) Monendei、(4) Trewesdei、(5) Hevenesdei、(6) Meresdei、(7) Highdei。在魔戒圣战时所使用的语言中，这些已经演化成Sterday、Sunday、Monday、Trewsday、Hevensday（或Hensday）、Mersday、Highday。

同样的，我也把这些称呼翻译成我们的名称，很自然的是从周日和周一开始，夏尔的一周中也拥有同样的名称，而接下来则是把其余的日子跟着替换过来。不过，夏尔对这些名称的认定与我们有相当的不同。一周的最后一天，周五（Highday）是最重要的一天，也是假日（下午以后）和晚上欢宴的时刻。周六对应的意义则比较类似我们的周一，而他们的周四则比较类似我们的周六。[2]

下面几个提到的名称或许都和时间有关，但并非是那么的精确。季节的名称通常是tuilë春季、lairë夏季、yávië秋季（或是收获季）、hrívë冬季。但这些都不是非常精确的定义，quellë（或是lasselanta）也用来代表秋末冬初的时段。

艾尔达族特别注意"微光"时分（在较北的区域中），也就是星辰出现和隐没的时间。他们对这些时段有许多的名称，最常见的就是tindómë和undómë；前者通常指的是接近破晓的时间，后者则是傍晚。辛达林语的名字是uial，它可以被分成minuial和aduial。这些时段在夏尔则是被称为morrowdim和evendim。所谓的"伊凡丁湖"（Evendim）就

---

[1] 记载了图克家族的出生、婚姻和死亡，以及一些其他事物，包括了土地的买卖、夏尔的重要事件等等。
[2] 因此，我在比尔博的歌中使用的是周六和周日，并非是周四与周五。

是对它的精灵地名 Nenuial 的翻译。

夏垦历法是魔戒圣战叙史中唯一最重要的历法。红皮书中所有的时间、日期全都被转换成夏尔的惯例，或是在注释中有所说明。因此，在整部《魔戒》三部曲中所记载的月份和日子，指的都是夏尔的历法。这书中唯一和我们历法不同的地方发生在关键的时期，也就是三〇一八年结束和三〇一九年开始时（夏垦一四一八年，一四一九年）。一四一八年的十月只有三十天，一月一日则是一四一九年的第二天，二月有三十天，因此三月二十五日，也就是巴拉多要塞崩坏的那天，对应到我们的时间将会是三月二十七日（如果我们的历法也是从同样的时间点起算）。不过，在"皇历"和"宰历"中，那天都是三月二十五日。

新历法的开始是在王国复兴的第三纪三〇一九年。这代表的是"皇历"的重新采用，以适于艾尔达族自春季开始的历法 loa。①

为了纪念索伦的败亡以及魔戒持有者的功业，在新历中每一年都是从三月二十五日开始。月份还是保留了原先的名称，现在是从 Víressë（四月）开始，但指的却是比之前要早五天左右的时间。所有的月份都有三十天。一年之中有三个 Enderi 或被称做"中日"（第二组则是被称作 Loëndë），介于 Yavannië（九月）和 Narquelië（十月）之间，大约对应的是旧历的九月二十三、二十四、二十五日。不过，为了纪念佛罗多的生日：Yavannië 三十日，也就是旧历的九月二十二日，变成欢庆的一天。而闰年就是额外再增加这一天，称为 Cormarë，或是"魔戒之日"。

---

① 不过，事实上 yestarë 在新历中的时间比伊姆拉崔的时间要早。在后者的历法中大约对应的是夏尔的四月六日。

第四纪元的开始是从爱隆的离开起算,这发生在三〇二一年九月;但为了记录方便,在王国的历法中,第四纪的元年是从旧历的三〇二一年三月二十五日起算。

这个历法在伊力萨王统治期间颁布给全境通用,唯一的例外是夏尔。在那边他们继续使用旧的历法,并且使用夏垦纪元。因此,第四纪元的元年被称为一四二二年,在新纪元的变换中,霍比特人还是把它开始于一四二二年冬庆二日,不是在前一年的三月。

我们找不到记载有关于夏尔居民是否庆祝三月二十五日或是九月二十二日的数据。但在西区,特别是霍比特屯山丘一带,有个习俗是在每年的四月六日时,只要天候允许,就在宴会场上跳舞。有些人说这是老园丁山姆的生日,有些人说这是黄金树在一四二〇年时第一次开花的纪念日,有些人说这是精灵的新年。在雄鹿地则会在每年十一月二日的破晓时分吹响骠骑的号角,接下来就是升起熊熊营火和宴会的时光。①

---

① 这是骠骑号角在夏尔于第三纪三〇一九年第一次吹响时的纪念日。

附录 E

文字与语言

I

名称与文字的发音法

西方语（通用语）在此已经完全被翻译成英文了。①所有霍比特人姓名的发音则都是以同样的标准来发音。

为了描绘古代的文字，我试着尽力去呈现它原始的发音（这是尽可能精确的做法），并且不会让这些字眼在现代看起来太过古代。高等精灵的昆雅语在可能的范围内都以拉丁文的拼法逼近其原音。因此，在两种精灵语言中，C都比较偏向K的发音。

那些对于细节感兴趣的人们，以下的数据会十分有用。

子　音

C：即使在e或i之前，通常也发成k的音。因此，celeb（银）应该被发成keleb的音。

CH：通常用来代表的只是bach（德语和韦尔斯语中）的发音，而不是英文中church的发音。在刚铎语中，只有在字尾，以及在t前，它的发音才会减弱为h。这样的变化就类似Rohan、Rohirrim中的发音。（印拉希尔Imrahil，是努曼诺尔人的名字）。

DH：代表的是英文中的轻声th，像是these clothes。这通常和d有关，在辛达林语galadh（树）这个字中正是如此，可以和昆雅语的alda做比较。但有时候是源自n+r，像是在Caradhras（红角），则是类似caran-rass的念法。

F：代表的是f，只有在字尾时例外。在字尾时所表示的则是v的音，如同英文中的of。例子：Nindalf、Fladrif。

G：只有类似在give、get中的发音。Gil（星辰），在Gildor、Gilraen、Osgiliath的发音中都类似英文中的gild。

H：不与其他子音搭配，单独出现时的发音如同house、behold中的h发音。昆雅语中的ht组合发的是cht的音，如同德语中的echt、acht。例如：Telumehtar，（猎户座）。[2]请见CH、DH、L、R、TH、W、Y。

I：于前缀，在另一个元音之前时发you、yore中y的音。只出现在辛达林语中。例：Ioreth、Iarwain。请见Y。

K：使用在从精灵语以外的外来语中，发音类似c。因此kh在半兽人语中的发音就是类似ch。例如：Grishnákh。也出现在阿督奈克语[3]（努曼诺尔语）中的Adûnakhôr。矮人语则见后面的附记。

L：代表的比较接近英文中位于前缀的l，如同let中的发音。不过，在有些时候，当它位于e、i以及子音之间时，它会发出上颚音。（艾尔达族可能会把英文中的bell和fill发成beol fiol。）LH代表的则是这个读音不发音的时候（通常是源自前缀sl-）。在古代的昆雅语中多半写成hl，但在第三纪元则都被发成l的音。

---

① 当然，读者看到的版本又经过了一次英文至中文的翻译。——译注
② 在辛达林语中通常称为Menelvagor，昆雅语则是Menelmacar。
③ 阿督奈克语：登丹人尚居住在努曼诺尔时所使用的语言。在第二纪元的时候也在努曼诺尔人的宫廷中使用。

NG：发音同finger中的ng，但出现在字尾时的发音则如同英文中的sing。后者的发音在昆雅语中也会发生在前缀。不过通常会根据第三纪元的发音习惯翻译成n（如同Noldo）。

PH：和f有相同的读音。它会使用在（1）f音发生在字尾时，例如：alph"天鹅"。（2）f音与p有关，或是连在p旁时，例如：Pheriannath（半身人）。（3）在数个字中间，代表的是ff的音，如同Ephel（外层防御）。（4）在阿督奈克语中的Ar-Pharazôn（pharaz，黄金）。

QU：用来替代cw，在昆雅语中经常出现的组合，不过却没有出现在辛达林语中。

R：在所有的位置中都代表r的颤音。它即使出现在子音前也照样发音（与英文中的part不同）。半兽人和某些矮人据说会将r发成小舌音，这是艾尔达族相当厌恶的一种声音。RH代表的是一个不发音的r（通常是用在比较古老的sr开头的字中）。在昆雅语中写成hr。请参考L。

S：永远都不发音。英文中的so、geese的z音不会出现在任何的昆雅语或是辛达林语中。在半兽人与矮人语中的SH则是和英文中的SH发音近似。

TH：代表的是英文thin cloth中的无声子音th。这在昆雅语中成为会发音的s，不过是用不同的字母来表示。昆：Isil，辛：Ithil（月亮）。

TY：可能代表的是和英文中tune的t发音类似的音。这主要是由c或是t+y所衍生出来的。英文中的ch音经常出现在西方语中，通常会被说不同语言的人用此取代掉。请见Y项底下的HY。

V：和英文中的v相同发音，但通常不会出现在字尾。请见F。

W：和英文中的w同音。HW是无声子音的w，如同英文中的white（北方发音）。这个音在昆雅语中是相当常见的前缀音，不过，可以举例的文字并未出现在本书中。在翻译昆雅语的过程中，v和w都会使用。虽然在使用的翻译标注的拉丁文中v、w会视为同一的字母，但在昆雅语中这两个字母都有不同的发音，因此不能混为一谈。

　　Y：在昆雅语中用来代表子音y，如同英文中的you。在辛达林语中的y是个元音（请见后）。HY和y的关系就像是HW和w的关系，代表的声音则是如同英文中的hew、huge。昆雅语中的eht、iht也拥有同样发音。英文中的sh发音在西方语中极为常见，通常会被该语言的使用者所取代。参阅上方的TY。HY通常是由sy-和khy-所衍生出来，在两个状况下相关的辛达林语都是以h开头，如同昆：Hyarmen（南），辛：Harad。

　　请注意，当子音重复两字母时（如tt、ll、ss、nn），通常代表的是长子音或是"双"子音。在字尾的时候，超过一个音节以上的发音则会被省略：Rohan就是从Rochann（古拼法Rochand）省略来的。

　　在辛达林语中的ng、nd、mb组合经常出现在早期的艾尔达族语言中，但也因此在之后的演变中有了相当多的变化。mb在所有的状况下都变成了m，但在强调重音的状况下依然被当作一个长子音。因此，为了避免重音的混淆，在这样的状况下会被写成mm。① ng则是没有多大改变，只有当它出现在前缀跟字尾时才会变成鼻音（如同英文中的sing一样）。nd则通常会变成nn，出现在Ennor（中土），昆：Endóre。但在单音节的字尾时则还是保留了nd的形式。例如：thond，"根"（请见：Morthond，黑根）。在r之前也同样的保留，如Andros（长沫）。这个nd也会出现在从比较早期的古老语言中转化出来的名字中。例如：

---

① 出现在galadhremmin ennorath，"中土世界满是树木的大地"。Remmirath包含了rem，"网子"，在昆雅语中是rembe。不过，这里并非重复m，而是加上后面的mîr，"珠宝"这个字。

Nargothrond、Gondolin、Beleriand。在第三纪元中位于字尾的nd从nn变为n。例如：Ithilien、Rohan、Anórien。

元　　音

在表达元音的时候，我们会使用i、e、a、o、u，以及y（只有在辛达林语中）。就我们手头的数据来分析（除了y以外），这些元音都代表着在英文中的发音。当然，各区域之间的方言在此实在无法全部涵盖。也就是说，i、e、a、o、u在这里的发音和英文中的machine、were、father、for、brute是一样的发音。

在辛达林语中，长的e、a、o和近来才由它们衍生出来的短元音拥有同样的发音（这是由比较古老的é、á、ó所演化出来的）。而在昆雅语中的长é、ó在由艾尔达族正确发音时，[①]会比短元音要紧、"短"。

在同时代的语言中，辛达林语拥有经过改变后的u，比较接近法文中lune的u发音。这一部分是从o和u的演化，一部分是从古代的双元音eu、iu所演化来的。为了表达这个发音用了y（如同古英语一样），例如：lyg（蛇），昆：leuca；或是emyn、amon（山丘）。在刚铎，这个发音通常被发作类似i。

长元音通常会用标准发音，如同在费诺文字中的特殊拼法一样。

[①] 针对é和ó相当常见的发音是ei和ou，比较类似英文中的say no。在西方语中或是西方语使用者转译昆雅语时，通常都会把这发音改用ei、ou来拼写（或是其他类似的发音拼法）。不过，这样的读音被视作不正确或是俚俗的。但这样的发音在夏尔却是很自然的。因此，利用英文的惯例来念出yéni únótime，"无法计数的漫长岁月"的人（会念成yainy oonoatimy），实际上和梅里雅达克、比尔博和皮瑞格林一样，发生类似的错误。据说佛罗多对于异国语言拥有相当不寻常的天赋。

在辛达林语中，长元音[1]出现在强调的单音节字中时通常会配上音调符号，因为在这些例子中它一般来说会拖长。因此在dûn和Dúnadan就会出现这样的差异。在其他的语言中（如阿督奈克语或是矮人语中）使用音调符号并没有什么特别的意义，通常是用来标记这些为外来语（如同k的使用一样）。

如同在英文中一样，e一向都必须发音，不会成为赘字。为了强调这一点，字尾的e通常（但不一定）会写成ë。

er、ir、ur这三个组合（字尾或是在子音之前）的发音与英文中的fern、fir、fur并不相同，而是应该发为英文中的air、eer、oor。

在昆雅语中的ui、oi、ai和iu、eu、au都是双元音（也就是发成同一个音节）。其他的成对组合则几乎都是双音节的。这通常会以ëa、ëo、oë呈现。

在辛达林语中双元音通常会写成ae、ai、ei、oe、ui、au。其他的组合就并非是双元音。在字尾的au会按照英文惯例拼成aw，不过，事实上这在费诺的语言中也相当常见。

这所有的双元音[2]都是"下落"的双元音，也就是将重音放在第一音节，并且由简单的元音组合在一起。因此ai、ei、oi、ui的发音则是类似于英文中的元音rye（并非ray）、grey、boy、ruin。而au(aw)则是如同loud、how的发音，而不是laud、haw。

---

[1] 也可以参考annûn（日落），Amrûn，（日出），都是受到类似的影响，如同在dûn（西方）和rhún（东方）中一样。

[2] 最原始的状况下。不过，昆雅语中的iu在第三纪元通常会发成一个上扬的双元音，如同英文中yule的yu。

在英文中没有对应于ae、oe、eu的发音，ae和oe可以勉强发为ai、oi的音。

重　音

在这些转译的过程中，我们并没有强调重音的位置。因为在艾尔达族的语言中，字的重音位置是和它本身的组合有关。在两个音节的字中，第一音节几乎都是下落的。在比较长的字中，它会落在最后一个音节而不是第一个；它必须有一个长元音、双元音或是后面跟着两个子音的短元音。当最后一个音节拥有一个短元音，后面跟着一个（或没有）子音，重音就会落在前一个音节，也就是从后面数过来第三个。前一种字的拼法经常出现在艾尔达族的语言中，特别是昆雅语。

在下面的例子中，重元音都会用大写的字来标明：isIldur、Orome、erEssëa、fËanor、ancAlima、elentÁri、dEnethor、periAnnath、ecthElion、pelArgir、silIvren。类似elentÁri（星之后）这样的字极少出现在昆雅语。在昆雅语中，元音是é、á、ó，除非（像这个例子中一样）它们是复合字。在元音í、ú的状况下比较常见，就如同在andÚne（日落、西方）中一样。在辛达林语中，除了复合字之外，这是不会发生的。请注意，辛达林语中的dh、th、ch只是一个子音，在它们原来的语言中所代表的是一个字母。

附　记

在从艾尔达族之外的语言中翻译出来的名字里，如果不是上面特别说明的例子，一般来说都是代表该发音原来的组合。只有矮人语例外。在矮人语中没有上面所指出的th和ch（kh）的音。th和kh被发为气音，也就是t或k之后跟上一个h，如同backhand和outhouse中的发音一样。

在z出现的地方则是如同英文中的z一样发音。在半兽人语和黑暗语中的gh则是代表口腔后方的摩擦音（和g之间的关系就如同dh和d之间一样）。例如：ghâsh和agh。

"外来"或是类同人类的矮人名字则都是以北方的形式来转译的，不过字音则还是类似原文。因此，在洛汗的人名和地名中（它们依旧保持古代的形式），éa和éo是双元音，前者可以用英文中bear的ea代表，后者则是Theobold中的eo，y则是u的变体。经过现代化修改的语言则是很容易辨认，应用英语的方式发音。它们大多数是地名：Dunharrow（原来则是Dúnharg），Shadowfax和Wormtongue则亦属此类。

II
书写文字

在第三纪元中所使用的文字和字母，几乎都可以追溯到在那时已经相当古老的艾尔达族语。它们已经发展出了完整的拼写体系，但在每个字中只写出子音而不写出整个字的古老方式仍在使用。

字母有两种主要的模式，一开始是互相独立的：谈格瓦字或Tîw，在这里我们翻作"字"，而Certar或Cirth：奇尔斯文，则是对应为"符文"。谈格瓦字是发展为利用刷子或是沾水笔来书写的字体，这类字体的正楷则是从书写体演变过来的。奇尔斯文则多半是用来刻画或是雕刻用的字体。

谈格瓦字是两者中比较古老的，因为它们是由艾尔达族中最擅长这方面创造的诺多精灵在流亡前所发明的。最古老的艾尔达字体：卢米尔所发明的谈格瓦字已经不在中土使用了。较晚期的字体：费诺的谈格瓦字则是全新的发明，不过依然和卢米尔的字体有些关联。这些字是由流亡的诺多精灵带到中土世界的，努曼诺尔的伊甸人也才接受了这种文字。在第三纪元中这类的文字使用的地区和西方通用语相同。

奇尔斯文则是一开始由辛达精灵在贝尔兰所发明的，此后多半是用来把姓名或是备注雕刻在木头或是岩石上。因此，它们才会拥有比较

谈格瓦文字

	I	II	III	IV
1	1	2	3	4
2	5	6	7	8
3	9	10	11	12
4	13	14	15	16
5	17	18	19	20
6	21	22	23	24
	25	26	27	28
	29	30	31	32
	33	34	35	36

锋利、方正的角度，和我们世界中的符文十分类似，只不过在细节上有些差异，而在安排上则完全不同。奇尔斯文以比较古老简单的模式在第二纪元中往东扩散，成为许多种族共通的文字，矮人、人类，甚至是半兽人都将这种文字经过修改，配合他们自己的需要，而技术的擅长与否也有影响。

河谷镇的人类依旧还使用着奇尔斯文简化的版本，而牧马王们则是使用另一种简化的奇尔斯文。

但在贝尔兰，在第一纪元结束之前，奇尔斯文就由于诺多精灵的谈格瓦字影响，经过重新的安排，并且有了更进一步的发展。其中最有完整的发展就是戴隆字母，按照精灵的传统，这些字母当然是由庭葛国王的诗人兼史家戴隆所发明的。在艾尔达族之中的戴隆字母并没有真正发展出弧形的文字来，因为精灵们在书写时采用的是费诺文字。西方的精灵几乎完全将这种符文的书写给放弃了。不过，在伊瑞詹一带，戴隆字母则是继续使用，并且传入了摩瑞亚，也成为了矮人最喜好使用的文字。从那之后，矮人们就持续使用这种文字，并且将它传到北方。因此，从那之后它就被称为"摩瑞亚的复杂符文"。在语言上面，矮人们则是套用比较近代的语言，同时许多人也相当擅长书写费诺文字。不过，他们在记述自己的语言时所使用的是奇尔斯文，并且为它们发展出特殊的笔画来。

（Ⅰ） 费诺文字

这张表所显现的是标准的书写体，这些字在第三纪元时通用于整个西方大地。这里的编排方式是当时最常用的，这些字母都有各自的名称。

这些文字一开始并不是"字母"，也就是说，它们并非一系列拥有自己独特意义的文字。字母的顺序只是依照传统背诵，和它们的功能以及形状都没有关联。①事实上，这是一连串子音代表符号的系统，外形和格式相当类似，可以让艾尔达族任意挑选和组合，用来代表艾尔达族发明或是观察到的语言。这些字体本身没有固定的数值，但彼此之间有着一些相当的关系。

这套系统包含了二十四个主要的字母，1至24，分别有四个têmar（系列），每个类别则是有六个tyeller（等级）。除此之外，还有所谓的"额外字母"，25至36就是其中的例子。在这些例子中，27和29是唯一完全独立的字母，其他都是由别的字母变化而来的。除此之外还有几个用处不同的tehtar（记号），它们并没有出现在这里。②

这些所谓的主要字母都是由一个telco（竖）和一个lúva（弯）所组成的。在1至4的组成是一般性的。在9至16中的竖是拉长的，或是在17至24中是缩短的。弯可以是打开的，如同Ⅰ和Ⅲ系列，或是Ⅱ和Ⅳ系列中封闭的。在两个例子中，弯都是可以重复的，如5至8的例子。

原本文法上的自由度在第三纪元时则是由于人们的习惯而被舍弃了大半。Ⅰ系列的多半都是用来描述齿音或是t-类别的发音（tincotéma），而Ⅱ系列则是唇音，或是p-类别的发音（parmatéma）。Ⅲ系列和Ⅳ系列的对应则是依据语言的不同而有所变动。

在西方语中，会使用像是ch、j、sh的子音，③而Ⅲ系列通常是用

---

① 对艾尔达族来说，我们自己的字母中唯一有关联的可能只有P和B，其他像是F、M、V对他们来说都很难分辨。
② 它们出现在第一部44页的铭文中，在315页有相关的翻译。这些主要是用来表示元音的发音，在昆雅语中通常是修饰附加的子音，或是用来表明最常出现的子音组合。
③ 这些子音所代表的读音和之前在502至509页所指的是一样的。唯一的例外是这里的ch代表的是类似英文church中的ch，j代表的是英文中的j，zh则是azure和occasion中的音。ŋ是用来代表sing中的ng音。

来代表这些。在这类的语言中，IV系列就是应用在普通的k-类别（calmatéma）上。在昆雅语中，除了calmatéma之外，还有上颚音类别（tyelpetéma）以及唇音类别（quessetéma），上颚音是用费诺文字中的区别音符，标注为"在y之后"（通常为字母之下两点），而IV系列则属于kw-类别。

在这些一般的对应模式中，下面的关系通常也会出现。普通字母中，等级1的字母通常会代表"无声止音"：t、p、k等等。"弯"的重复表示"声音"的额外增加，因此，如果1、2、3、4等于t、p、c、k（或是t、p、k、kw），那么5、6、7、8就对应着d、b、j、g（或是d、b、g、gw）。竖的拉长则是代表着子音转为"摩擦音"。因此，在确认了等级1的对应之后，等级3的字母（9至12）就应该对应了th、f、sh、ch（或是th、f、kh、khw/hw），而等级4的字母（13至16）则是对应了dh、v、zh、gh（或是dh、v、ghw/w）。

原初的费诺字体的系统也包含了一个拉长竖的等级，在线或是往线下延伸的都有。这通常代表的是上颚音中的子音（例如：t+h、p+h、k+h），但也可能代表其他必要的子音变化。它们在第三纪元所使用的书写文字中并不需要，但延伸的模式则被套用在区别更明显的状况中（与等级1差异更大），像是等级3、等级4。

等级5（17—20）通常是对应于发鼻音的子音。因此，17和18是最常用于代表n和m的符号。根据上面所推测出来的逻辑，等级6应该代表的是无声子音的鼻音。不过，由于这些发音（在韦尔斯语中的nh和古英语中的hn）在相关的语言中极少出现，因此等级6的字母（21—24）多半都是用来代表每个系列中最弱的子音，或是可以当作"半元音"的子音。它包括了在主要字母中最小、最简单的字型。因此21通常用来代表弱（不颤动）的r，原先在昆雅语中是被视作在tincotéma类别中最弱的一个发音。22通常被用来代表w，III系列则一般是用来代表上颚音，23则常被用来代表似子音的y。①

由于等级4的部分子音在念出的时候通常会变弱，倾向和等级6的（如同前面所描述）读音融合在一起。因此，后者在艾尔达族的语言中大多数失去了明确的功能。而表示元音的字母也大多数是从这些字母演变出来的。

附　　记

昆雅语的标准拼法和上面所提到的对应方式并不相同。等级2通常用来对应nd、mb、ng、ngw，这些都是相当常用的字，而b、g、gw则是只出现在这样的组合中。为了对应rd、ld，则是会动用到专数的26和28号字母。（许多精灵会使用lb来取代lv。这通常会写成27＋6，因为lmb是不可能出现的。）同样的，由于昆雅语中并没有dli、gli、ghio的组合，等级4也是用来表示最常出现的组合nt、mp、nk、ngu，而v则是对应了22。

额外字母：27是各地通用的l代表。25（是21的变体）则是用来代表"完全"颤音的r。26和28则是这些的变体。它们通常用来代表无声子音的r（rh）和l（lh）。不过，在昆雅语中，它们则是被用来代表rd和ld。29代表的是s，而31（两个弯）则是对应需要z的语言中的这个发音。倒转的字母30和32虽然可以用来代表其他的符号，但多半只是象征29和31的变体，也是为了书写方便。在出现了重叠的thetar时，才会比较常用到它们。

---

① 摩瑞亚西门上的雕刻就是这样的一个例子。它用的是辛达林语中的拼音，等级6所代表的是简单的鼻音，但等级5代表的是辛达林语中常用的双鼻音或是长鼻音：17为nn，但21为n。

33原来代表的是11的（较弱）变体，在第三纪元中它最常对应的则是h。34经常用在（它本身就相当罕见）无声子音的w（hw）上。当35和36用来代表子音时，通常用来对应y和w。

元音：在许多模式中，元音都是用tehtar来代表的，通常是置放在一个子音的字母之上。在昆雅语这类的语言中，大部分的字都是以元音作结，而tehta则是被放在之前的子音之上；在类似辛达林语的语言中大部分的字都是以子音作结，它则是被放在接续的子音之前。如果在指定的位置没有出现子音，tehta就被放在"短载体"上，这符号看起来就是没有上面那一点的i。在不同的语言中，用来代表元音的tehtar相当的繁多。最常见的部分（对应a、e、i、o、u）已经在前面说明了。用来代表a的字母的三点在不同的写法中有相当大的差异。通常会用看起来像是音调符号的草写体。①单点和"尖重音"通常会用来代表i和e。（不过，在某些模式中则是e和i）而小曲圈则是用来代表o和u。在魔戒上的文字中，往右边开放的曲圈是u，但在标题页这则是代表了o，往左开的曲圈则是u。一般来说比较偏好往右开的曲圈，但这对应也同样是视语言而定的。在黑暗之语中，o是很少见的发音。

长元音通常是把tehta放在"长载体"上，这一般的写法则像是没有点的j。不过，为了同样的目的，tehtar可以直接重复。不过，一般来说这通常用曲圈来表示，有些时候则补上"重音符号"。两点通常是用来代表后面有y。

摩瑞亚西门上的雕刻显示的是一个"正式写法"，每一个元音都

---

① 在昆雅语中由于a经常出现，它的元音符号通常会被完全省略。因此在calma"油灯"这个字中，可以写成clm。这通常还是会被念做calma，因为在昆雅语中不可能出现cl开头的字，m永远不会出现在字尾。另外一个可能的念法则是calama，但事实上并没有这个字存在。

513

用不同的字母代表。所有在辛达林语中的元音全都显示在这幅雕刻上。30号字母的使用是代表着元音的y。除此之外，为了表现双元音，它也将代表后面接上y的tehta置放在元音字母之上。后面接上w的符号（在表达au、aw时需要这样的用法），在这个模式中则是利用类似u的卷曲字形或是～的符号。但双元音通常都是以完整的方法表现，如抄本中所显示的。在这个模式中，元音的长度通常是用"重音符号"来标示，在这个状况中被称为andaith，也就是"长标记"。

除了我们已经提到的tehtar之外还有几个其他的符号，多半是用来缩减字数用的。这方面特别常用的是用来代表一些常见的子音组合，这样就不需要每次都完全写出来。在这些例子中，棒状符号（或像是西班牙语中的"颚化符号"）放在子音上通常是指后面接着的是同系列的鼻音（如同nt、mp、nk），放在子音下的同一个符号则是用来说明该子音是长子音或是重复子音。一个下沉的钩状符号则是用来标明后面接着s，特别是在ts、ps、ks（x），昆雅语偏好这类的组合。

当然，这套系统中并没有表现英文的适当"模式"。不过，人们还是可以从费诺系统中设计出适当的音标符号。标题页的例子并不准备做这样的尝试。那所展现的是刚铎的居民在衡量他熟悉的"模式"和英文的传统拼法之后，所创造出来的模式。读者可能会注意到，在字母底下的一点（原先是用来代表弱的含糊元音）在这里用来当作and的弱音节。但也用在here中代表最后一个不发音的e。the，of和of the则是被用简写的符号所取代（延伸的dh、延伸的v，以及后者底下加一条线的符号）。

字母的名称：在各种模式中，每个字和符号都拥有一个名字，但这些名字是用来描述每个特殊模式中各字母所代表的声符。事实上，人

514

们也经常考虑到要在除了这些模式中声符的名称之外，依据它的形状和笔画定出不同的名字来。为了满足这个需求，昆雅语中的"全名"就常常被采用，即使它们在昆雅语中都有独特的用法。每个"全名"事实上都是一个含有该字母的昆雅单字。可能的话，它通常还会是该文字中的第一个发音。即使该字母不可能出现在第一个发音，通常也会紧跟在第一个元音之后。表格中的字母名称如下：

1. tinco"金属"，parma"书"，calma"油灯"，quesse"羽毛"。

2. ando"门"，umbar"命运"，anga"铁"，ungwe"蜘蛛网"。

3. thúle（súle）"灵魂"，formen"北方"，harma"宝藏"（或是aha"愤怒"），hwesta"微风"。

4. anto"嘴"，ampa"钩子"，anca"下巴"，unque"凹陷"。

5. númen"西"，malta"黄金"，noldo（古代则是ŋoldo）"诺多精灵的分支"，nwalme（古代拼法ywalme）"折磨"，óre"心"（内在意志），vala"天使的神力"，anna"礼物"，vilya"空气"，"天空"（古代拼法wilya）；rómen"东方"，arda"区域"，lambe"舌头"，alda"树"，silme"星光"，slime nuquerna（S倒过来），áre"阳光"（或是esse"名"），áre nuquerna；hyarmen"南方"，hwesta sindarinwa，yanta"桥"，úre"热"。

这些字母之所以会有不同的念法，多半的原因是由于流亡的同胞们使用昆雅语的发音并不相同。因此11号字母当它代表的是ch的上颚音时，它被称作harma。但是，当这个发音变成了前缀的h气音时[1]（不过还是留在字中间），就诞生了这个字aha。Áre起初是áze，但当z和

---

[1] 在昆雅语中的h气音起初是用伸长的"竖"，没有任何的"弯"，这个字被称作halla"高"。这可以被放在子音前，用来标明它不发音或是用气音。无声子音r和l通常以此方法来表现，因此可以转译成hr、hl。日后，33号字母用来代表独立的h，而hy的发音（古代发音）则是在之后加上一个tehta作为后附y的意思。

第21号字母融合在一起时，这个标志在昆雅语中就成了十分常见的ss代表，而这时就会称呼它为esse。hwesta sindarinwa或是"灰精灵语的hw"之所以会被这样称呼，是因为在昆雅语中的12号字母发音是hw，不需要将chw和hw的声符分开。最常使用和最为人所知的字母名称是17n，33hy，25r，9f：númen，hyarmen，rómen，formen。也就是西、南、东、北。（在辛达林语中则是dûn或annûn，harad，rhûn或amrûn，以及forod。）这些字通常会用来代表西、南、东、北方，即使在相差甚远的语言中也是一样。它们在西方大地上是以这样的顺序表示的，从面对西方开始；hyarmen和formen分别指的是左手边和右手边的区域。不过在许多人类的语言中则刚好相反。

（Ⅱ）奇尔斯文

戴隆奇尔斯文一开始只是用来代表辛达林语的声符。最老的奇尔斯文是后面表格中的1，2，5，6；8，9，12，18；19，22，29，31；35，36；39，42，46，50；以及在介于13与15之间的变体。它们的编号是没有系统的。39，42，46，50是元音，在之后的演化之中也依旧保持这状况。13，15则是用来代表h或是s，必须视35用来对应s或是h而定。这个在指派s和h之上的迟疑一直持续到稍后的设计中。在所有包含了"竖"和"岔"的字体中（也就是1—31），分岔接上的方式如果只在一边，通常会出现在右边。相反的安排还算常见，但并没有任何发音上的特殊意义。

这种奇尔斯文的延伸和扩张使用被称作"安格萨斯戴隆"字体。因为是戴隆针对古老的奇尔斯文所做的修正和重新安排。不过，这样就带进了两个新的字母系列，13至17，23至28。事实上，这最有可能是伊瑞詹的诸多精灵所发明的，因为它们代表了在辛达林语中找不到的发音。

在重新安排之后，"安格萨斯"字体有如下的规律（很明显是从费诺系统中得来的灵感）。

1. 在"岔"上增加一画代表的是增加"声音"。
2. 反转整个奇尔斯文代表的是"上颚音"。
3. 将岔放在竖的两边会增加它的力度和鼻音性。

除了一个地方之外，这些规律大致上适用。在（古代的）辛达林语中，必须要有一个上颚音的m（或是鼻音的v）使用的符号，既然这应该由颠倒m的符号来提供最方便，那可反转的6号字母就获得了m的意义，但5号字母则是被用hw所取代。

36号字母理论上应该是代表z，事实上，在拼写昆雅语或是辛达林语中它是用来代替ss的。（请参考费诺系统的31号字母。）39号字母是用来代表i或y（子音），34、35号字母都可以代表s，38号字母则是用来代表常见的组合nd，不过它的形状却和齿音没有明确的关联。

在数值对应表中当被"—"分隔时，左方代表的是较古老的"安格萨斯体"读音。右边的则是矮人的"安格萨斯摩瑞亚体"，[①]摩瑞亚的矮人将这系统做了不太规律的一个修改，从奇尔斯文37，40，41，53，55，56就可以很明显地看出来。这些数值的不对应有两个主要的原因：

1. 34，35，54的数值都分别和h以及s有所牵连（这是矮人语中第一个就是元音的字所发出的清音或是声门音）。
2. 14和16被舍弃，矮人用29和30来替代。

因此，矮人用12对应r，发明了53来对应n（以及和22之间的混

---

① 在（ ）之中是只有出现在精灵语中的用法，★则表示这是只有矮人使用的色斯文。

安格萨斯字体

安格萨斯字体

对应编号

1	p	16	zh	31	l	46	e
2	b	17	nj—z	32	lh	47	ē
3	f	18	k	33	ng—nd	48	a
4	v	19	g	34	s—h	49	ā
5	hw	20	kh	35	s—'	50	o
6	m	21	gh	36	z—ŋ	51	ō
7	(mh)mb	22	ŋ—n	37	ng★	52	ö
8	t	23	kw	38	nd—nj	53	n★
9	d	24	gw	39	i(y)	54	h—s
10	th	25	khw	40	y★	55	★
11	dh	26	ghw,w	41	hy★	56	★
12	n—r	27	ngw	42	u	57	ps★
13	ch	28	nw	43	ū	58	ts★
14	j	29	r—j	44	w		+h
15	sh	30	rh—zh	45	ü		&

淆）；将17对应z，将54对应s，以及把36当作 ŋ，和新的奇尔斯文37号被对应作ng。新的55、56起源是46的对半切割，是用来对应如同英文butter中的元音，这经常出现在西方语和矮人语中。当遇上弱音或逐渐消失的声音时，它们通常减为只有一个岔，没有竖。这种安格萨斯摩瑞亚体可以在墓碑上看见。

　　依鲁伯的矮人则是把这系统又做了一番改变，成为依鲁伯专用的模式，马萨布尔之书中就有相当清楚的范例。它的主要改变为：43对应z，17对应ks（x），以及两个新的奇尔斯文57和58，分别对应到ps和ts。他们同时也把14和16重新对应回j和zh。但将29和30分别对应至g、gh上，或是只把它们当作19、21的变体。这些特殊的变体并没有记载于表格中，表格中只特别列出了依鲁伯的两个奇尔斯文，57、58。

附录 F

I
第三纪元的语言与种族

　　在这段历史中由英文①所对应的语言是"西方语",或说是"通用语"。这是在第三纪元的中土世界中通用于西方大地的语言。在这段时间中,它成了居住在亚尔诺和刚铎范围内几乎所有使用语言种族的母语(只有精灵例外)。这块区域沿着海岸从昂巴向北直到佛罗契尔湾,内陆直到迷雾山脉和伊菲尔杜斯。西方语同时也沿着安都因河往北扩散,占据了河的西岸和东方的山脉,最远直到格拉顿平原。

　　在魔戒圣战时,这些地区依旧将西方语当作他们的母语,只是伊利雅德几乎已经无人居住,而安都因河位于格拉顿平原和拉洛斯瀑布之间的沿岸也极少人烟。

　　几支古代幸存的野人部族依旧在安诺瑞安的督伊顿森林中出没,在登兰德的山区中也仍有一支古老的部族出没,古代时他们曾是刚铎的原住民。这些民族都谨守着他们原来的语言。而在洛汗平原上居住着一支来自北方的民族:牧马王。他们是在五百多年前来到该处的。所有还依旧保有自己语言的民族都把西方语当作沟通的第二语言来使用,甚至连精灵也是如此。亦即是说,西方语通行的区域不只是在亚尔诺和刚铎,更包括了整个安都因河流域,往东甚至直达幽暗密林边境。甚至在那些不与外界往来的野人和登兰德人之中，也有一些成员懂得西方语。

有关精灵

精灵们早在远古就分成了两个主要的分支：西方精灵（艾尔达族）和东方精灵。后者大多数是居住在幽暗密林和罗瑞安的精灵，但他们的语言则并没有出现在这段历史中。这段历史中的所有精灵语言和名称都是艾尔达族的语言。[②]

在艾尔达语言的分支中，本书介绍了其中的两种：高等精灵语，或是昆雅语；第二种则是灰精灵语或是辛达林语。高等精灵语是大海彼岸的艾尔达玛城所使用的古老语言，也是第一个被书写记录下来的语言。它已经不再是日常生活所用的口语，而是成为"精灵语"中的"拉丁语"，在第一纪元末期又再度回到中土的高等精灵们，只将它用在仪典中和重要的历史传承及歌谣中。

灰精灵语的源头和昆雅语十分类似。它是那些来到海岸边，却流连于中土世界的贝尔兰，没有渡海的精灵们所使用的语言。多瑞亚斯的精灵王庭葛·灰袍在那边建立了王国，在这段远古长时期处于星光下的历史中，他们的语言感染了凡间易变化的特质，和海外的艾尔达族语言反而渐行渐远。

---

① 在中文版中则是"中文"。
② 在这段时间中，罗瑞安所使用的是辛达林语。不过，由于这里大部分的居民是西尔凡精灵，所以，此地的辛达林语拥有一些"口音"。这个"口音"和佛罗多对于辛达林语的有限了解误导了他（这是由一名刚铎的评论家在领主之书中指出的）。所有在第一章第六节、第七节、第八节中所引述的精灵语都是辛达林语，而地名和人名也都一样。不过，罗瑞安、卡拉斯加拉顿、安罗、宁若戴尔则可能是西尔凡精灵的语言，被沿用进辛达林语中。

高等精灵的流亡者居住在人数众多的灰精灵之间，也同样接受了辛达林语成为日常生活的用语；因此，辛达林语也成了出现在这段历史中的精灵和精灵贵族的语言。他们全都算是艾尔达族的精灵，但有时麾下所统治的是比较次等的精灵。在这当中，身份最高贵的是出身于费纳芬皇室的凯兰崔尔女皇，他是纳国斯隆德的精灵王芬萝·费拉刚的妹妹。精灵流亡者的心中还是永远想念着海洋；而在灰精灵的心中，这种欲望则是潜伏性的，但一旦被唤醒，也同样无法回头。

有关人类

　　西方语种是人类专用的语言，不过也曾经在精灵语的影响下变得比较柔和及丰富。它起初是那些被艾尔达族称作伊甸人——意思是"人类始祖"——的三个人类家族所使用的语言。这三个家族都是精灵之友，他们在第一纪元来到了贝尔兰，并且协助艾尔达族对抗北方的黑暗势力，参与了那场"精灵宝钻之战"。

　　在经历许多波折之后，人类与精灵终于推翻了那邪恶的力量，但贝尔兰却因此陆沉，大部分遭到淹没及破坏。由于他们对精灵的协助，因此也获得了如同精灵的特权，可以渡海往西去。不过，由于他们不能进入不死之地，主神们遂为他们建造了一座巨大的岛屿，成为凡间最西方的陆地。这座岛屿就叫努曼诺尔。于是，大多数的精灵之友离开了中土大陆，居住在努曼诺尔岛上。他们的文明蓬勃发展，成为相当著名的航海家，拥有无数的舰队。他们长相英俊，身材高大，寿命则是中土世界人类的三倍。这些就是努曼诺尔人，人中之皇，精灵们称呼他们为登丹人。

　　登丹人是所有人类中唯一会使用精灵语的民族，因为他们的祖先从精灵口中学会了辛达林语。而这就被当作历史传承了下来，经过许多年依旧没有多少改变。他们之中睿智的人也同样学会了高等精灵的昆雅语,并且将它视为所有语言中最高贵的,用它替许多雄伟和圣洁的地方命名,并且用来替皇室和创造伟大功业的人取名。①

不过,努曼诺尔人的母语依旧还是人类的语言,阿督奈克语。他们后期的皇帝对自己的丰功伟业感到骄傲自大,开始使用阿督奈克语取名,舍弃了精灵语;唯一的例外只有那些和精灵交好的人,他们依旧保持了这个习惯。在努曼诺尔人的力量达到巅峰的那些年代,他们在中土沿岸建立了许多堡垒,用来支持自己舰队的作业。其中最主要的一个港口是靠近安都因河口的佩拉格。在该处所使用的就是阿督奈克语,而它在混合了许多当地人类的语言之后,就转化成通用语,通行于所有和这些西方人打交道的区域。

在努曼诺尔陆沉之后,伊兰迪尔领着精灵之友的幸存者回到中土世界的西岸。许多拥有全部或是部分努曼诺尔人血统的人类早已居住在该处,但只有极少数的人还记得精灵语。因此,虽然登丹人拥有极长的寿命和智慧,但他们的人数与所统治的子民比起来依旧是少得可怜。也正是因为这样,他们在和其他民族沟通以及处理政事时使用通用语,但将精灵语引入其中,让它变得更为丰富。

在努曼诺尔皇帝的统治之下,西方语扩散得相当快,甚至连他们的敌人都开始采用这种语言。登丹人本身也越来越常使用这种语言,到了魔戒圣战的年代中,只有刚铎的极小部分人懂得精灵语,能够利用精灵语交谈的更是少之又少。这些人大部分居住在米那斯提力斯,以及邻

---

① 举例来说,伊兰迪尔、埃西铎、安那瑞安、努曼诺尔都是昆雅语。刚铎所有皇室的人名,包括了伊力萨"精灵宝石"都是。登丹人中其他的男子和女子所使用的姓名,像亚拉冈、迪耐瑟、吉尔兰则都是辛达林语;它们多半都是从第一纪元中的历史和歌谣中所传承下来的伟人之名。有些人的名字来源则是结合了多种语言,波罗莫就是其中一个例子。

近的城镇中，或是纳贡的封地多尔安罗斯上。但是，几乎所有刚铎的地名和人名都拥有精灵语的意义和背景。其中几个已经无法考察其源由，甚至是在努曼诺尔人登陆之前就已经流传下来。其中有昂巴、阿那赫、伊瑞赫，以及山脉的名称爱伦那赫奇、瑞蒙。佛龙也拥有同样的背景。

西方大地北边的人类几乎都是第一纪元中伊甸人的后代，至少也是他们的近亲。因此，他们的语言多半都和阿督奈克语有牵连，有些依然和通用语之间有些相似。这些族群的人类包括了安都因河上游河谷中的居民：比翁人、居住在迷雾森林西边的人类，以及更东北方的长湖和河谷中的人类。在格拉顿与卡洛克之间的土地则是古代牧马王所居住的地方。他们依然使用自古流传下来的语言，国土内的所有地名也都是用这些语言所取的。他们称呼自己为伊欧一族或骠骑。但这个民族中的贵族都可自在地使用通用语，而且和刚铎盟友一样相当的优雅。因为，在西方语起源的刚铎中依旧保持了通用语中比较古老和优雅的特点。

完全与这些语系不同的是督伊顿森林中的野人。登兰德人的语言也是完全不同，或是只能说有些许的连结。这些是在古代居住于白色山脉中的民族所遗留下来的后代。原居登哈洛的那个已灭亡的种族也和他们同出一源。在黑暗的年代中，其他人迁移到迷雾山脉南方的河谷中；因此他们有些人躲到了北方古墓岗一带的空旷土地上。他们就是布理人类的祖先。不过，这些人的后代很久以前就成了北方亚尔诺王国的子民，学会了西方语。只有居住在登兰德的这个民族还保留着古代的语言和习俗：他们行事相当的隐秘，对登丹人不友善，痛恨牧马王。

他们的语言则是完全没有出现在本书中，只有他们对于牧马王的称呼 Forgoil（据说那是稻草头的意思）。Dunland 登兰德和 Dunlending 登兰德人是牧马王给他们取的名字，这是因为他们行为粗鲁，头发是暗褐色（dun）的。与灰精灵语中的 Dûn "西方" 并无关联。

525

有关霍比特人

夏尔和布理的霍比特人在此时大约已经使用通用语一千年左右了。他们毫不在意地将这种语言改为适合自己使用的随意格式。不过，在他们之中比较博学多闻的人还是会在情况需要时，使用比较严谨、正式的语言。

历史记载中没有特别记载专属于霍比特人的语言。自从远古开始，这个种族似乎就一直使用着居住在他们附近或是之中的人类的语言。因此，当他们迁入伊利雅德之后，很快就接受了通用语，等到他们在布理定居的时候，甚至有些人已经忘记了原先的母语。但这所谓的母语很显然也是安都因河上游的一种人类语言。不过，史图尔家族在抵达北方的夏尔之前似乎从登兰德人身上学到了一些他们的语言。[1]

在佛罗多的年代，这些语言的演变还有一些蛛丝马迹。他们当地的姓名和地名有些与河谷和洛汗的语言相当近似。最值得注意的是对于季、月、日的名称。除此之外，还有几个像mathom"马松"[2]、smial"地道"这类的字眼，都是相当常用的古字。其他的部分则都是保留在布理和夏尔的地名中。霍比特人中一些特别的名字，有许多也是来自于远古的传承。

Hobbit（霍比特人）是大多数夏尔居民对自己的称呼，人类称呼他们为半身人，精灵则称他们为佩瑞安纳斯。霍比特人的语源几乎已经被众人所遗忘。这似乎是其他种族当初称呼哈伏特、法络海和史图尔三大家族的一个称号，这个字经过多年的演化，已经有了相当多的改变。

---

[1] 回到大荒原上的史图尔家族那时已经接受了通用语。不过，德戈和史麦戈这两个名字是格拉顿平原附近人类所使用的语言。
[2] 夏尔语中的"鸡肋"，用来指那些食之无味、弃之可惜的物品。

不过，在洛汗语中依旧保留了它比较完整的全貌：holbytla（霍比特拉）"建洞者"。

有关其他种族

树人。在第三纪元中，残存最古老的种族是Onodrim，或被称为Enyd。Ent（树人）是在洛汗语中对他们的称呼。古代的精灵就已经知道他们的存在，而艾尔达族也知道，树人们不只发明了自己的语言，更拥有难以比拟的表达欲望。他们所创造的语言和其他种族截然不同：缓慢、宏亮、有凝聚感、重复、连续不断。树人语言中的高低起伏、抑扬顿挫和元音的变化无比繁多，连艾尔达族的撰史者都不曾尝试将它记录下来。树人们只用这语言彼此交谈，但却不需要特别保密，因为根本没有其他的种族能学会这语言。

事实上，树人本身相当擅长各种语言，他们学习的速度很快，入耳不忘。树人比较偏好艾尔达族的语言，最喜欢的是古老的高等精灵语。霍比特人所记录的树胡对话和其他树人所使用的字眼多半都是精灵语；或者是精灵语以树人的使用习惯连结在一起。[①]有些是昆雅语，如：Taurelilómëa-tumbalemorna Tumbaletaurëa Lómëanor，可以翻译成"许多阴影的森林——黑暗的深谷，深谷有森林，阴郁之地"。树胡的意思则是接近"在深谷的森林中有个黑暗阴影"。有些则是辛达林语：Fangorn（法贡）"胡子树"，Fimbrethil（芬伯西尔）"纤瘦的柏树"。

半兽人与黑暗语。Orc（半兽人）是其他人对于这个邪恶种族的称

[①] 不过，霍比特人在记录这段历史时，曾试图将树人较短的呼喊记载下来。A-lalla-lalla-rumba-kamanda-lindor-burúme 并不是精灵语，可能是本书中唯一试图（精确度多半不是很高）将真正的树人语片段记录下来的地方。

呼，这是洛汗语。在辛达林语中则是 Orch。毫无疑问的，相关的字眼在黑暗语中对应的是 uruk（强兽人）。不过这个名字似乎只是用在从魔多和艾辛格所培育出来的高大战士亚种。强兽人对于其他亚种的称呼则几乎都是 snaga（史那加）"奴隶"。

半兽人起初是在远古时被北方的黑暗力量培育出来的。据说他们没有自己的语言，而是吸收其他种族的语言，并且将它们转化成自己偏好的格式。不过，他们经常使用的也只有一些粗鲁的短字，刚好能满足他们生活上的需求。但是，他们在辱骂和诅咒上则发展得比较复杂一些。这些生物满心邪恶，连自己的同胞都会仇视，因此很快就在各聚居地之中发展出复杂、分歧甚远的方言来。到了最后，连他们自己的半兽人语都不再适合于不同部族之间的沟通。

因此，到了第三纪元，半兽人们各亚种间彼此沟通的主要语言成了西方语。事实上，许多比较古老的部落，像是北方和迷雾山脉中的分支，他们早已将西方语当成自己的母语，不过，在他们的糟蹋之下，他们所讲的西方语也成了和半兽人语不相上下的肮脏语言。

根据历史记载，所谓的黑暗语是索伦在黑暗年代中所发展出来的，他意图将这种语言扩展为所有服侍他的奴仆所使用的共通语，但最后却失败了。不过，从这黑暗语中发展出了许多半兽人在第三纪元通用的单字，像是 ghâsh "火焰"。[①]不过，在索伦第一次被推翻之后，这种语言就被众人所遗忘，只剩下戒灵还记得。当索伦再起时，它又成了巴拉多要塞和魔多将领之间的语言。魔戒上的铭文则是古老的黑暗语，魔多的半兽人（为首的是葛力斯那克）在挟持梅里和皮聘时所使用的咒骂是邪黑塔的士兵所用的简化版本。在黑暗语中的 Sharkü 则是"老人"之意。

---

① 出现在摩瑞亚矿坑中的半兽人称呼炎魔时所使用。

食人妖。它在辛达林语中的称呼是 Torog。在远古天地初开的时候，他们是相当愚笨、迟缓的生物，使用的语言并不比野兽复杂多少。不过，索伦还是将他们收归旗下，教导他们愚笨的脑袋所能学得的浅薄知识，并且运用各种方法增加他们的智力。因此，在朝夕相处之下，食人妖就从半兽人的口中学习了它们的语言。在西方大地的岩石食人妖则是使用某种通用语的变体。

不过，到了第三纪元的尾声时，一群之前没有见过的食人妖开始出现在幽暗密林中和魔多的边境山区。在黑暗语中他们被称为 Olog-hai。根据推断，这些应该是索伦所培育出来的，但却没人知道是从什么样的族系培育出来的。有些人说他们不是食人妖，而是巨大的半兽人；但事实上，Olog-hai 不论是在身体和心理上都与最高壮的半兽人亚种截然不同，他们在这两方面都远远超过了半兽人。他们的确是食人妖，但身体内充满了主人的邪气。他们是个邪恶的种族，强壮、敏捷、凶暴、狡猾，比岩石还要强硬。他们和远古的祖先不同，只要索伦的意志还在背后操纵，他们就可以忍受阳光的照射。他们极少交谈，所用的语言则是巴拉多的黑暗语。

矮人。矮人是个与其他生物没有关联的种族。有关他们的奇异起源，以及为什么他们与精灵和人类之间会有这样的差异，都记载于《精灵宝钻》一书中。中土世界的精灵后代对这段历史并不知情，而人类的记忆又把它和其他的种族搞混在一起。

矮人是个强悍、固执的种族，秘密行动、吃苦耐劳，对于受伤（和获得好处）不会轻易忘记。他们酷爱岩石、宝石和可以在工匠手中转化形状的各种材质，至于那些自己生长的东西则不是他们钟爱的对象。他们的天性并不邪恶，只有极少数的矮人会自愿替魔王效力，许多人类论及他们的相关传说都是捏造出来的。因为古代的人类觊觎他们的财富和所创造的工艺品，因此两族之间一直有嫌隙。

到了第三纪元时，在许多地方依旧可以发现人类和矮人之间合作无间的友谊，这都是基于矮人喜欢旅行、劳动与贸易的天性。矮人在古代的家园被摧毁之后，开始了四处流浪、制造工艺品和贸易的生活，因此，他们必须要使用人类的语言。但是，在私底下（这与精灵不同，他们甚至不愿意在朋友面前揭露这种语言）他们使用的是千万年以来代代相传，几乎没有改变的语言。这对他们来说已经不再是牙牙学语时的母语，而是成了历史传承的宝贵资产。其他的种族只有极少数人曾经习得这种语言。在这段历史中，矮人语只出现在金雳对于伙伴们提及地名时的名称，以及他在号角堡时所呼喊的战呼。但这句战呼不算秘密，乃是自古到今流传于许多战场上的高呼：Baruk Khazâd! Khazâd aimênu！"矮人之斧！矮人驾到！"

金雳和他所有同胞的名字都是北方（人类）起源的。他们自己的秘密真名则是从来不对外族透露，甚至也不会刻写在墓碑上。

II
翻译的过程

为了将红皮书呈现给今日的读者阅读，以便了解过去的历史，书中的整个文字语言都经过对应，投射到我们现今的世界中。书中保留原文的地方只有通用语以外的语言，这些则是大部分出现在人名、地名中。

通用语，也就是霍比特人的语言，毫无疑问的必须被翻译成现代的英文。在这整个过程中，使用西方语的不同习惯则变得没有那么明显。笔者试着以不同风格的英文来代表这些不同的语言模式。但是，实际上夏尔的词组、发音和精灵或是刚铎的贵族在使用西方语上的差异远远大于本书所能呈现的范围。霍比特人所使用的是相当俚俗的方言，而刚铎和洛汗则使用比较正式、规矩和简洁的西方语。

不过，这些方言之间的差异有一点非常重要，在本书中却无法表现。西方语在第二人称（通常也包括第三人称）的称呼会以发音来作"远近亲疏"[①]的分别。事实上，这就是夏尔的语言使用脱离常轨的地方。只有夏尔西区的人保留了这种发音差异，通常是用来当作亲切的意思。因此，对于刚铎的人来说，夏尔的西方语最奇怪的是在这个地方。举例来说，当皮瑞格林·图克第一天到米那斯提力斯的时候，他对于每个人都是不分阶级地使用"亲近格"称呼法，甚至连迪耐瑟也被他一视同仁的这样称呼。这或许让年老的摄政王觉得很有趣，但他的部下肯定都吓坏了。毫无疑问的，也正是这种误打误撞的巧合让人们开始以为皮瑞格林在自己的国家中一定拥有很高的地位。[②]

不过，霍比特人佛罗多、甘道夫和亚拉冈等人并不见得会有这样的风格。这是可以刻意避免的。在霍比特人之中比较博学多闻的人通常都会对"书中的语言"有一些基本的了解，他们可以很快注意到新朋友说话的风格，并且随之调适。而经常四处旅行、见识丰富的人们也可以改变自己的说话风格来配合所处的环境。特别像是亚拉冈这种

[①] 由于中文中与托尔金所意图呈现的状况正好相反，我们只有"疏远格"的"您"和相较之下比较亲近的"你"。若套用"汝"，则反而会给读者"疏远格"的误会，因此，译者在别无选择之下，只能舍弃这样的替代。书中的翻译若是使用到"您"时，纯粹代表语气较为尊敬，与此处的"疏远格"和"亲近格"没有关系。但原文书中曾经发生过这样的远近亲疏转变的场景多半是发生在伊欧玟身上。她起初与法拉墨之间的对话多半比较疏远，但最后则是开始使用"亲近格"。——译注

[②] 在几个不同的地方中，笔者曾经尝试着使用thou"汝"来表达这样的意义。这个字目前已经变得相当少见和古老，大多数是在仪典中使用。不过，有时，笔者在书中you把"你"改换成thou或是thee"汝"，目的是为了在别无选择的状况下显示从"疏远格"变为"亲近格"的状况，或是在男人和女人之间由"疏远格"变为"亲近格"的情形。

必须尽可能隐匿身份的旅人更是如此。而在第三纪元中，所有魔王的敌人都十分珍惜古代的事物，这其中当然也包括了语言；他们会根据自己的语言知识，从中寻找乐趣。艾尔达族是对语言最有天赋的，他们了解许多种的说话风格，不过，大部分时间还是以比较接近自己种族风格的方式说话；这种风格甚至比刚铎还要古老。矮人们的语言能力也相当不错，可以随时配合同伴们的转变；不过，外人有时会认为他们的腔调比较粗鲁、有许多的喉音。对于任何事物都不尊重的半兽人和食人妖则是毫不在乎的使用语言；只不过，他们的语言往往比笔者在书中所能够呈现的还要下流和肮脏。虽然范例并不难找到，但笔者认为读者们并不会喜爱太过逼近的转译。同样的，许多半兽人之间所使用的都是充满了恨意的重复词语，由于他们偏离正道太久，甚至已经失去了语言的活力；只不过，在他们同族之间可能反而以为那腔调听起来十分强而有力。

  上面的这些问题在翻译古代的记载时是经常会遇到的。但一般来说并不会做更进一步的处理。不过，笔者实际上做得更深了一些。笔者将所有西方语的姓名几乎都按照它的意义做了翻译。在本书中如果出现了英文的姓名或是称号，这代表的是对应于当代的通用语的翻译，而不是外来语（通常是精灵语）的产物。① 像是Rivendell（瑞文戴尔）、Hoarwell（狂吼河）、Silverlode（银光河）、Langstrand（朗斯特兰）、The Enemy（魔王）、Dark Tower（邪黑塔）。有些在意义上则是有所改变：末日火山替代了Oroduin（欧洛都因）"燃烧的大山"，或是幽暗密林替代了Taur e-Ndaedelos"极度恐惧之森林"。几个则是从精灵名称中做修改而来：Lune（隆恩河）和Brandywine（烈酒河）则是改自精

---

① 受限于翻译上的诸多限制，笔者在此尽可能地将所有拥有英文意义的地名及人名加以翻译，但由于许多是源自于古英文的缩写和简称，为了模拟英文读者在阅读时也无法完全解译的情况，因此某些地名和人名还是采用了音译的方法。

灵语的Lhûn和Baranduin（巴兰督因河）。

　　这个过程当然需要一些说明。对笔者来说，如果将所有的名称都以它原来的方式展现，则会模糊掉当年霍比特人对这些地名的认识和了解（笔者在全书中也力图保持从他们的角度来观看整个历史）。[①]因此，在当时所使用的语言中，霍比特人所面对的是一个广为流传，但衍生出许多变异的语言（西方语）——如同我们今日所使用的英语，以及另一个更古老，为人所尊重的残存语言。如果笔者只将所有的名称照章转录，那对于读者来说会变成一样的模糊遥远。举例来说，如果把精灵语的Imladris（伊姆拉崔）和西方语翻译的地名Karingul全都保留下来，对读者来说将是一种遥远的异世界产物。但是，如果把伊姆拉崔和瑞文戴尔来做比较，[②]就如同在一个现代人面前称呼温切斯特为卡麦隆一样，人们会知道指的是同一个地方。只不过，瑞文戴尔居住着一个远比阿瑟王要年长的君王。

　　夏尔（原文为Sûza）和大部分霍比特人居住的地方都经过了英文意译的动作。[③]这个动作并不困难，因为这些名称都和英文中用来取名的要素几乎是相同的。常用的像是hill（山）或是field（地），或是town（镇）演变之后的ton（屯）都相当容易找到对应。不过，也有一

[①] 也就是整个魔戒三部曲可以当成"霍比特大历史：夏历一四〇一年"来看待。
[②] Camelot（卡麦隆）是古代通行于英格兰的韦尔斯语地名，将它翻译成现代英文就是Winchester（温切斯特），指的也是同一个地方。而这里的举例在中文中的模拟则是：伊姆拉崔对应于"金陵"，而瑞文戴尔则对应于"南京"，或是伊姆拉崔对应于"噶玛兰"，瑞文戴尔对应于"宜兰"。虽然指的是同样一个地区，但在意义上和感觉上有很大的差异。
[③] 如同译者在前面所提到的一样，中文翻译本中无法完全将这样的转换表现出来。英文中的Shire是英国惯称的行政区域，对应到中文类似郡。但其实适当的中文表现法就如同乡下人称呼自己故乡为"我老家"是一样的。但在此地为了中英文使用习惯的不同，只得忍痛使用音译之法。但其余于Bag End翻作袋底洞或是Hill翻作小丘等都尽量依照托尔金的惯例来进行。

些是来自于早已不再使用的霍比特人古语，这则是用英文类似的词句来对应，像是wich或是bottle"住宅"，或是michel"大"。

不过，夏尔和布理的霍比特人则是在此之前几个世纪，开始有了姓的使用习惯。大多数的姓在当代的语言中依旧有着意义，因为原先就是由绰号、职业、地名或是（特别以布理为多）从植物和树木的名称中取得。翻译这些也不太困难，但也有几个古老的姓名其意义已经被人所遗忘，笔者则是将其拼法变为英文的习惯，像是用Took（图克）取代Tûk，或是用Boffin（波芬）取代Bophîn。

同样的，笔者也尽量以类似的方法处理霍比特人的名。霍比特人通常会替自己的女孩取珠宝或是花朵的名称。而男孩则是从日常生活中完全没意义的语词中获得灵感。有些女人的名字也是一样。这其中有比尔博、邦哥、波罗、罗索、坦塔、妮娜等等。不过，也有一些纯粹是出于或然率的巧合，让其中有一些名称和我们今日的人名很像：Otho傲梭、Odo傲多、Drogo德罗哥、Dora多拉、Cora可拉等等。这些名字笔者还是保留下来，但在拼法上做了一些修正。因为在霍比特人名中，a结尾的是男性名，o和e结尾的是女性名。①

在比较古老的家族中，特别是法络海一系的家族，像是图克和博格家，习惯于给孩子取个响亮的名。由于这大部分都是从古代的人类或是霍比特人传说中所选取，对于河谷镇、骠骑、霍比特人来说，这些名称都没有多大意义了。因此，笔者将这些名字转换成相对于英文古老的法兰克语和哥德语系的名字，而且是还在历史中或是近代流传的名字。因此，笔者借着这样的做法，尽可能地保留了霍比特人自己也明白的姓和名之间的语源和感觉的差异。拥有古代语源的名则是很少使用，以夏尔人的角度来看，对应于希腊文和拉丁文的语言是精灵语，

---

① 正好和大多数的英文名相反。

霍比特人连在专有名词中都极少使用精灵语。在这个时候，霍比特人只有非常少数的人懂得这个他们口中的"王者之语"。

雄鹿地的人名则是和夏尔的其他部族都不相同。沼泽地的居民和他们在烈酒河对岸的亲戚，在许多地方都相当的与众不同。毫无疑问的，他们的名字都是从史图尔家族古老的语言中传承下来的，有许多在我们看来都相当怪异。这种风格读者们或许应该将它对应为"塞尔特"语系。①

既然史图尔家族的后代所使用的都是古语的残存，就如同英格兰还可以找得到塞尔特的遗迹一样；因此，笔者使用了类似的方法来进行转译。布理、康比、阿契特、契特森林都是套用塞尔特语的英文。Bree（布理）"山丘"，chet（契特）"森林"。但只有一个人名经过这样的修改，梅里雅达克。Merry（梅里）的原来名字缩写Kali在西方语中有着"欢乐"的意思，因此英文就利用Merry"欢乐"来逆推回他的名字。不过，他的原文全名Kalimac在雄鹿地已经是一个无意义的名字了。

在本书的转译过程中，笔者并没有使用任何希伯来语系的名字。霍比特人姓名中并没有可以对应到我们文化中的这个部分。较短的名字如Tom山姆、Sam汤姆、Tim提姆、Mat麦特都是霍比特人真正名字的缩写，原文则是Tomba、Tolma、Matta等等。不过，山姆和他的父亲哈姆的原文名称是Ban和Ran，这些则是Banazîr和Ranugad的缩写，起初是昵称，分别代表着"傻，天真"和"居家型"。不过，这些已经脱离了日常生活用语的名字还是因为传统而被保留在某些家庭中。因此，笔者使用了Samwise（山姆卫斯）和Hamfast（哈姆法斯特），也就是古

---

① 学界有关于Celtic正确念法应该为Keltic或是Seltic的争议依旧不断，译者在此不深入探究其正确性，其后以众人习惯的"塞尔特"译名称之。

英文近似意义的samwís和hámfast的翻译版本。

由于在转换霍比特人姓名的时候进行了如此深入的转换，笔者发现自己已经开始进行更深一个层级的转换。在笔者看来，历史中所有的人类语言，似乎都应该转换成与英文相关的语言。因此，笔者将洛汗的语言处理得比较接近古英文，因为它和通用语（关系较远）以及北区霍比特人所使用的语言（关系较近）都有牵连，和所谓的西方语比起来也较为古老。在红皮书中有几处特别记载，霍比特人听见了洛汗的语言，可以听懂其中的许多字，也觉得这语言和他们的十分类似。因此，洛汗国的人名和地名就不应该完全以陌生的方式呈现。

在几个例子中，笔者将洛汗的地名的拼法加以现代化，像是Dunharrow（登哈洛），Snowbourn（雪界河）。但笔者并没有完全照着这个规矩进行，因为笔者是遵循着霍比特人的看法。他们如果能认出其中的一些字，或是和夏尔类似的地名，他们就会翻译，但许多地方则是和笔者一样留下来不做翻译Edoras（伊多拉斯）"宫廷"。而因为同样的理由，几个人名也做过了翻译，像是Shadowfax（影疾）和Wormtongue（巧言）。①

这样的吸收同时也提供了比较方便的方式，用来表现霍比特人北区的语言。笔者将这些特殊的语言给予了古英文如果流传到现代可能有的变化。因此mathom（马松）用来对应古英文的máthm，借以表现出霍比特人原文的kast和洛汗语的katsu之间的关系。同样的，smial（或smile）"地穴"是古英文smygel的可能演变，这也对应了霍比特人原文的trân和洛汗语中的trahan之间的关系。史麦戈（Sméagol）和德戈（Déagol）则也是运用同样的方法逆推回北区霍比特语，原文是

---

① 这个语言学的转换并不代表洛汗语和古英语有在文化、艺术、武器、战斗方式上任何的类似。唯一的相似是出自于类似的环境：较为原始、单纯的民族和一个文化较先进、高尚的种族相处，并且定居在后者原先的国土上。

Trahald"挖掘、钻"和Nahald"隐密"。

　　在河谷镇一带更为古老的用语，在本书中则是只出现在来自该处的矮人姓名；他们将外界对他们的称呼转成自己的名字。比较细心的读者可能会发现在《魔戒前传》中所使用的是dwarves这个字来代表矮人的复数形。但是，在字典中又告诉我们dwarf的复数形应该是dwarfs。事实上，如果这个字的复数形如同man和men（男子），以及goose（鹅）和geese一样，单复数形有了分道扬镳的演化，它的复数形应该会是dwarrows（或是dwerrows）。不过，我们使用矮人这个字的几率已经远远小于男人或鹅这些字；而且，人类的记忆并不是很好，对于一个被隐藏入传说和故事中的种族来说，要强迫人类记住这种族的单复数形似乎有点太苛求了一些。不过，在第三纪元中，这个种族远古的活力和个性依旧还是残存了下来：那些远古诺格林矮人的后代，他们的心中依旧燃烧着主神奥力的烈火，对于精灵的仇怨也没有丝毫的减少。在这些人手中，依旧传承着无人能够超越的工艺和技术。

　　因此，笔者大胆地采用了dwarves这个字，或许与这些现代童话故事中的使用法有了一些差距。其实，Dwarrow会是一个更好的字，但笔者只有用Darrowdelf①来代表摩瑞亚在西方语中的名称：Phurunargian。这个字是"矮人洞"的意思，而且在当时已经是有稍嫌古老的用语了。不过，摩瑞亚一词是精灵语，而且其中还隐藏着歧视。因为艾尔达族虽然在对抗黑暗势力的过程中有时必须兴建地底的堡垒，但他们绝不可能自愿居住在这样的地方。精灵们喜好大地和天光，在他们的语言中，摩瑞亚代表的是"黑深渊"。而矮人们自己为该地所取的名称则是例外地从未保密，直接公开称呼：凯萨督姆，意思是"凯萨的居所"。因为凯萨这个字是他们对自己种族的称呼，自从主神奥力创造他们之后从

---

① 本书中此字的中文译为"矮人故乡"。——译注

未改变过。

　　Elves（精灵）这个字则是用来转译Quendi"咏者"，和高等精灵语中对于这个种族所有的称呼。Eldar（艾尔达族）则是找寻不死之地，在天地初创之后出现的三个部族（只有辛达精灵例外）的总称。事实上，只有这个字适合目前的状况，人们也会用它来描述记忆中少数有关精灵的历史，或是与人类完全不相似的过去。不过，这用法也渐渐减少，对许多人来说这个字只是代表了某种美丽或是不可能的事物。这和古代的Quendi比较起来，就像是将蝴蝶和雄鹰做比较一样的天差地别。当然，这并不是代表Quendi真的拥有翅膀；认为他们有长翅膀就像认为人有长翅膀一样怪异。事实上，他们是个高尚、美丽的种族，古老的世界之子，在他们当中，艾尔达族拥有君王的地位，但现在也全都离开了：他们是长征的民族、星辰的民族。他们高大、俊美，拥有白细的皮肤和灰色的眼眸，但头发却是黑色的，只有费纳芬的家族例外，他们是拥有金发。他们的声音比任何现在于凡间所能听到的声音都要美妙。他们十分勇敢，但那些回归中土世界的艾尔达族的历史，却充满了浓浓的哀愁。虽然精灵与人类祖先的命运曾经交会，但他们的命运和人类并不相同。精灵称霸的年代已经过去了，他们如今全都脱离了这圆形的世界，再也不会回来了。

有关三个名称的特殊之处：霍比特人、詹吉和烈酒河

　　Hobbit：霍比特人这个字是个发明。在西方语中对这个种族的称呼是banakil"半身人"。但在这个时期，布理和夏尔的居民使用的是kuduk，这在其他地区并不通行。不过，根据梅里雅达克的记录，洛汗的国王使用了kûd-dûkan"掘洞者"这个字。因此，正如同前面所提到的一样，霍比特人曾经使用过和洛汗语相当接近的语言。Kuduk很显然是kûd-dûkan演化和省略之后的结果。对于后者，笔者以前面所解释过的惯例将它翻译成hobytla。如果这个字存在于我们的古语中，那么hobbit这个字也应该是hobytla经过演化之后可能的结果。

　　Gamgee：根据红皮书中描述的家族传统，Galbasi这个姓，或是其缩写的形态Galpsi都是由小村Galabas所演变来的。而一般人认为那个村庄的名称是来自于galab"游戏"，而字尾bas则类似英文中的wick或是wich。因此Gamwich（读音是Gammidge詹米吉）就成了一个相当不错的转换。不过，在将Gammidgy演化成代表Galpsi的Gamgee（詹吉）过程中，并没有将山姆卫斯和卡顿家族连结在一起的用意。不过，如果霍比特人的语言中有这样的关联，他们可能会很爱开这种玩笑。

　　事实上卡顿（Cotton）所代表的是夏尔相当流行的一个普通乡村名字Hlothran。这是由hloth-"两个房间的地洞"，以及ran(u)"山丘边有两间房的一排住家"。当作姓来用的时候可能是hlothram(a)"住在乡下房子的人"。因此，笔者将Hlothram转译成英文名字Cotman，这是农夫卡顿的祖父之名。

　　Brandywine：霍比特人对这个河的称呼其实是来自于精灵语Baranduin（and发重音），而这是从baran"金褐色"和duin"（大）河"所组合出来的。因而，从Baranduin演变成Brandywine是很自然的一件事。事实上，更早以前的霍比特人所使用的地名是Branda-nîn"边境河"，比较接近的英文译名应该是Marchbourn"境界河"，但是由于霍比特人爱开玩笑的天性，这个名字又变成了和它颜色有直接关系的字眼。到了这个年代，这条河通常被称为Bralda-nîm"烈麦酒"。

　　不过，读者们也必须注意，当Oldbuck"老雄鹿"（Zaragamba）一家改名为Brandybuck"烈酒鹿"（Brandagamba）时，前缀其实代表的是"边境"的意思。比较接近的翻译应该是Marchbuck（边境鹿）。但后来的演变却让这姓有了更多的意思。只有非常大胆的霍比特人才会在雄鹿地之主面前叫他Braldagamba。

the pass and look over into the [?]
accomplished something. Sam [?]
turned him. He knew that [?] had
He had sheathed his sword, but now he
[?] movement, and stopped to pick [?]

"That's that!" said Sam. "What we
suppose we were [?] just exactly where
moving away as quick as we can.
I ask whether if this wasn't put for [?]
wickedness of some sort. [?]

Likely enough, said Frodo [?]
without him. Do [?] ever [?] of
wickedness we be past of [?] place—

So far you say, said Sam. [?]
A look at the crest of the mount[?]
Look!" The road [?] now : [?]
beyond and ahead there was an [?]
great notch in the mountain wall
So [????]. On their right [?]
ordained [???] no break. Low
Darkness of [?] great [?] [?] [?]
depths on the front of [?] of the cracks
On their left sharp jagged pinnacles